清·萬樹撰

詞律

（二）

中國書店

詳校官原任侍講臣王燕緒

詞律

卷七至卷十四

一

欽定四庫全書

詞律卷七

宜興萬樹撰

鳳來朝　五十一字　史達祖

暈粉就妝鏡韻掩金閨豆綵絲未整叶趂無人豆學指鴛鴦頸叶恨誰踏豆蘚花徑叶一夢蒲香葵冷叶墮銀瓶豆脆繩挂井叶扇底并豆團圓影叶只此是豆沈郎病叶

整井二字上聲兩上用未挂二字去聲妙美成用兩個未字清真集此調于扇底句作待起又如何拚片

王詞又作待起難捨拚今按此詞亦六字則載于清真者為准故不另收五十字一體然玩扇底句上七字句下六字句俱與前段同則此句該如前段起無人八字豈并字上下有落字乎蓋扇底并三字義理欠明也

雨中花　五十一字　晏殊

剪(可平)翠妝紅欲(可平)就(韻)折(可平)得清(可仄)香滿(可平)袖(叶)一對鴛鴦眠未足(句)葉下長相守(叶)　莫(可平)傍細(可平)條尋嫩藕(叶)怕綠(可平)刺(豆)罥(可平)衣傷手(叶)可惜許(豆)月明風露好(句)恰在人歸後(叶)

後起三句比前段各多一字

又一體　五十二字　　歐陽修

千古都門行路(韻)能使離歌聲苦(叶)送(可平)盡行人(句)花(可仄)殘(可仄)春晚(句)又(可平)到東君去(叶)　醉藉落花吹暖絮(叶)多少曲堤芳樹(叶)且(可仄)攜手留連(句)良(可仄)辰(可平)美景(句)留(可仄)作相思處(叶)

前後第三句以下與前詞異　按送盡句查各家俱前後段相同此前四後五或誤多誤少耳

又一體　五十四字　　楊旡咎

早已是(豆)花魁柳冠(韻)更絕唱(豆)不容同伴(叶)畫鼓低敲(句)紅牙隨應(句)著個人勾喚(叶)　漫引鶯喉千樣囀(叶)聽過處(豆)幾多嬌怨(叶)

換羽移宮句偷聲減字句不怕人腸斷叶

起句七字乃上三下四語氣與他家不同楊共三首如此有刻首句缺早字者非第二句七字畫鼓句換羽句皆四字

又一體　五十四字　程垓

聞說海棠開盡了韻怎生得豆夜來一笑叶顰綠枝頭句落紅點裏句悶有愁多少　小院閒門春悄悄叶禁不得豆瘦腰如嫋叶豆蔻濃時句酴醿香處句試把菱花照叶

起句七字如七言詩句而前後整齊者

又一體 五十六字 王觀

百尺清泉聲陸續韻映瀟灑豆碧梧翠竹叶面千步迴廊句重重簾幙句小枕欹寒玉叶 試展鮫綃看畫軸叶是一片豆瀟湘凝緑叶待玉漏穿花句銀河垂地句月上欄干曲叶

前後第三句俱五字整齊 圖譜註此為第二體云後段同第一體蓋以前歐詞為第一也然歐次句六字此七字豈得為同乎

又一體 五十六字 或加令字 趙長卿

又名明月棹孤舟 即夜行船

緑鎖窗紗梧葉底韻麥秋時豆曉寒慵起叶宿酒懨懨句殘香冉

冉句渾似那時天氣叶　别日不堪頻屈指叶回頭早豆一年不會叶搔首無言句欄干十二句倚了又還重倚叶

前後結句俱六字　按黄在軒有明月棹孤舟詞逃禪亦有四首俱與此趙詞一字無異汲古註云向誤作夜行船令按譜正之改為明月棹孤舟蓋逃禪四詞載于雨中花之後夜行船之前故毛氏以為訂正如此也不知此調即是夜行船試將四詞與他處夜行船對校無不相同必因夜行船三字而以明月代夜字棹代行字孤舟代船字也是則夜行船與明月棹孤舟為一調無疑矣而觀此趙詞則夜行船亦即雨中花令今恐人致疑將夜行船長短數調俱列于後

夜行船　趙長卿

龜甲爐烟輕裊韻簾櫳靜乳鴉啼曉叶拂掠新妝句

時宜頭面句繡草冠兒小叶衫子揉藍初着了叶身材稱就中恰好叶手撚雙丸句菱花重照句帶朶宜男草叶

此五十三字與前楊詞同

又一體　趙長卿

短棹輕舟排辦了韻歌聲斷晚霞殘照叶紅蓼披頭句綠楊堤外句離恨知多少叶別後莫教音信杳句嘆光陰自來堪笑叶畫角譙門句槐溪歸路句正是楚天曉叶

此五十四字與前程詞同

又一體　吳文英

鴉帶斜陽歸遠樹韻無人聽數聲鐘暮叶日與愁長句心灰香斷句月冷竹房扃戶叶畫扇青山吳苑路叶傍懷袖夢飛不去叶憶別西池句紅綃盛泪句腸斷粉蓮啼露叶

凡五十六字與前趙詞同　其外夜行船尚有

字句異者亦并載入以憑考証

又一體　趙長卿

淚眼江頭看錦樹韻別離又還秋暮叶細水浮浮句輕風冉冉句穩送扁舟去叶歸去江山應得助叶新詩定須多賦叶有雁南來句槐溪千萬句寄我驚人句叶

此五十二字前後整齊次句六字前晏歐有之

又一體　石孝友

漏永迢迢清夜韻露華濃洞房寒乍叶愁人早是不成眠句奈無端月窺窗罅叶心心念念都緣那叶被相思悶損人也叶寃家你若不知人句這歡娛自今權罷叶

此五十五字露華濃等四句上三字可作平平仄寃家句可作仄仄平平平平平仄此句七字前晏體有之

又一體　歐陽修

憶昔西都懽縱韻自別後有誰能共叶伊川山水洛川花句細尋思舊遊如夢叶記今日相逢情愈重叶愁聞唱畫樓鐘動叶白髮天涯逢此景句倒金尊殢誰相送叶

此亦五十六字而後起八字者

又一體　趙長卿

緑蓋紅幢籠碧水韻魚跳處浪痕匀碎叶惜別殷勤句留連無計句歌聲與淚和柔脆叶一葉扁舟烟浪裏叶曲灘頭此情無際叶窈窕眉山句暮霞紅處句雨雲想翠峯十二叶

此五十八字

雨中花慢 九十六字　京鏜

玉局祠前句銅可仄壺閣畔句錦可平城藥可平市爭奇韻正紫可平萸綴席句黄可仄菊

浮危(叶)巷(可平)陌連鑣共轡(句)樓臺吹(可仄)竹彈絲(叶)登(可仄)高望(可平)遠(句)一(可平)年好(可平)景(句)九(可平)日佳期(叶)自(可平)憐行客(句)猶(可仄)對嘉賓(句)留(可仄)連豈(可平)是貪癡(叶)誰會得(豆)心馳北闕(句)興(可平)寄東籬(叶)惜(可平)別未(可平)催鷁首(句)追歡且(可平)醉蛾眉(叶)明(可仄)年此(可平)會(句)他(可仄)鄉令(可仄)日(句)總(可平)是相思(叶)

綴共北鷁字不可用平平未字用平方佳　圖譜旣收稼軒馬上三年一首作雨中花慢矣又于續譜收此調作雨中花淸訛重複眞不可解而後起次句作六字又因嘉賓留連四字皆平遂註嘉字連字可仄眞無可奈何矣

又一體　九十七字　　辛棄疾

舊雨常來(句)新雨不(作平)來(句)佳(可仄)人偃(可平)蹇誰留(韻)幸山中芋栗(句)今歲全收(叶)貧(可仄)賤交情落落(句)古(可平)今吾(可仄)道悠悠(叶)怪新來却(可平)見(句)文(可仄)友離騷(句)詩(可仄)發秦州(叶)功名只道(句)無之不樂(句)那(可仄)知有(可平)更堪憂(叶)怎(可平)奈向(豆)兒曹抵死(句)喚(可平)不回頭(叶)石(可平)卧山前認虎(句)蟻(可平)喧(可仄)牀下聞牛(叶)為誰西望(句)憑(可仄)闌(可平)一餉(句)却(可平)下層樓(叶)

前段新雨句後段無之句俱與京詞平仄異怪新來句北前多一怪字　按稼軒又于無之句作有酒盈罇與京詞同惜香于幸山中二句作倚闌無語羞辜負年華想皆不拘以其句字同不另錄竹屋于幸山中句作六字其餘皆同茲亦不錄

又一體九十八字　蘇軾

今歲花時深院句盡日東風蕩颺茶烟叶但有綠苔芳草句柳絮榆錢叶聞道城西句長廊古寺句甲第名園叶有國艷帶酒句天香染袂句為我留連叶　清明過了句殘紅無處句對此淚灑樽前叶秋向晚句一枝何事句向我依然叶高會聊追短景句清商不暇餘妍叶不如留取句十分春態句付與明年叶

起處與前詞不同或云可以讀作兩四一六若聞道至名園十二字前詞作兩句相對此則作三句單行全不侔矣後段高會二句又仍作偶語未審何也

又一體 九十八字　秦觀

指點虛無征路句醉乘斑虯句遠訪西極韻見天風吹落句滿空寒□叶皇女明星迎笑句何苦自淹塵域叶正火輪飛上句霧捲烟開句洞觀金碧叶　重重觀閣句橫枕鼇峯句水面倒銜蒼石叶隨處有豆奇香幽火句杳然難測叶好是蟠桃熟後句阿環偷報消息叶在□天碧海句一枝難遇句占取春色叶

此用仄聲韻虯字即虬字　舊刻見天風八字句余細玩之寒字下應有一叶韻字而落去耳此二句正同前辛詞幸山中九字也後段舊刻在天碧海無理余謂亦有一青字此句五字與前正火輪句同也因

一時無秦集可
查姑記于此

又一體 一百字　　柳永

墜髻慵梳（句）愁蛾懶畫（句）心緒是事闌珊（韻）覺新來憔悴（句）金縷衣寬（叶）認得這疎狂意下向人誚譬如閒（叶）把芳容陡頓（句）恁地輕孤（句）爭忍心安（叶）依前過了舊約（句）甚當初賺我（句）偷翦香鬟（叶）幾時得歸來（句）香閣深關（叶）待伊要（豆）尤雲殢雨（句）纏繡衾（豆）不與同歡（叶）儘更深款款問伊今後更散無端（叶）

認得這兩句即後待伊要兩句該十四字今少一字且難解恐有誤耳儘更深下照前該在款款斷句而

語氣則該更深處畧豆

總之一氣貫下不拘也

望江東 五十二字　黄庭堅

江水西頭隔烟樹韻望不見豆江東路叶思可仄量只可平有夢來去叶更不可平怕豆江攔住叶　燈前寫了書無數叶筭没個豆人傳與叶直可平饒尋可仄得雁分付叶又還是豆秋將暮叶

前後字句同只後起平仄與前起異　沈氏云此調用平韻即醉紅妝可笑兩者相去河漢寧得牽合夢來去雁分付皆去平去乃此調定格圖譜以雁字可平既差而末句落去還字竟註作五字句則更甚矣

醉花陰 五十二字　李清照

薄可平霧濃可仄雰愁永晝韻瑞可平腦噴金獸叶佳可仄節又重陽句寶可平枕紗廚句半可平夜秋初透叶東可仄籬把可平酒黃昏後叶有可平暗香盈袖叶莫可平道不消魂句簾可仄捲西風句人可仄比黃花瘦叶

有暗香句以有字領句與瑞腦句語氣異然查各家如稼軒東堂逃禪等前後皆用瑞腦句法　後段起句與前段起句平仄相反東堂亦然餘家前後俱用東籬句法因字同韻同不另立體圖譜謂兩結皆九字而紗字西字可仄何也　沈氏選詞首句云似忘似變似似無已寶枕二句云竟不念人約梅花香裏後起云相望相思窗遍倚莫道句云願風將此意末二句云背人吹入他合歡盃底如此平仄句法謂是醉花陰沈氏亟賞之密圈到底且加雙層圈嗚呼此豈有目者耶

入塞 五十二字　　程垓

好思量韻正秋風豆半夜長叶奈銀釭一點句耿耿背西窗叶衾又涼叶枕又涼疊韻　露華淒淒月半牀叶照得人豆真個斷腸叶窗前誰浸木犀黃叶花也香叶夢也香疊韻

或云釭字亦是叶韻而一點下為七字句與後結同未知果否然如此則未免穿鑿也

青門引 五十二字　　張先

乍煖還輕冷韻風雨晚來方定叶庭軒寂寞近清明句殘花中酒句又是去年病叶　樓頭畫角風吹醒叶入夜重門靜叶那堪

更被明月句隔墻送過秋千影叶

輕字譜作乍字註可平不知何據圖譜合前結為九字無謂中字本平聲徐邈中聖人對魏武曰臣今時復一中之是也圖譜讀作去聲反云可平誤矣沈氏選明詞于那堪下二句云口脂紅逗鸚鵡窗前難數春歸恨作兩四一五如此選詞尚可謂知詞者乎

鋸解令 五十二字

楊旡咎

送人歸後酒醒時句睡不穩豆衾翻翠縷韻應將別泪灑西風句盡化作豆斷腸夜雨叶　卸帆浦漵叶一種悽惶兩處叶尋思却是我無情句便不解豆寄將夢去叶

結二句

前後同

木蘭花　五十二字　毛熙震

掩朱扉(句)鈎翠箔(韻)滿(可平)院鶯(可仄)聲春寂寞(叶)勻粉淚(句)恨檀郎(句)一(可平)去不(可平)歸花又落(叶)對斜暉(句)臨小閣(叶)前(可仄)事豈(可平)堪重想著(叶)金帶冷(句)畫屏幽(句)寶(可平)帳(可仄)慵薰蘭麝薄(叶)

前後同

又一體　五十四字　魏承班

小芙蓉(句)香旖旎(韻)碧玉堂深情似水(叶)閉寶匣(句)掩金鋪(句)倚屏

拖袖愁如醉叶　遲遲好景烟花媚叶曲渚鴛鴦眠錦翅叶凝

然愁望靜相思句一雙笑靨嚬香蕋叶

前段與前詞同只倚屏句平仄異耳圖譜竟註同前體誤後段四句七字乃大異

又一體　五十五字　韋莊

獨上小樓春欲暮韻愁望玉關芳草路叶消息斷句不逢人句却斂細眉歸繡戶叶　坐看落花空嘆息換仄羅袂溼斑紅淚滴叶二仄千山萬水不曾行句魂夢欲教何處覓叶二仄

前後兩韻只第三四句用三字餘俱七字圖譜云後段同魏詞誤魏後起句尾句平仄與此皆反安得云

同

又一體 五十六字 又名玉樓春 牛嶠

春入橫塘搖淺浪（韻）花落小園空惆悵（叶）此情誰信為狂夫（句）恨翠愁紅流枕上（叶） 小玉窻前嗔燕語（換仄）紅泪滴穿金線縷（叶仄）雁歸不見報郎歸（句）織成錦字封過與（叶仄）

前後兩韻而第三句仍用七字者過字恐誤作者于惆字用仄過字用平可也

又一體 五十六字 又名春曉曲 葉夢得

惜春容

花（可仄）殘却（可平）似春留戀（韻）幾日餘（可仄）香吹酒面（叶）溼（可平）烟不（可平）隔柳條青（句）

小(可平)雨池(可仄)塘初有燕(叶)波(可仄)光縱(可平)使明如練(叶)可奈(可平)落紅(可平)粉似

霞(叶)解將(可平)心(可仄)事訴東風(句)只(可平)有啼(可仄)鶯千種囀(叶)

前後俱七字四句此宋體也　按唐詞木蘭花如前所列四體是矣其七字八句者名玉樓春至宋則皆用七言而或名之曰玉樓春或名之曰木蘭花又或加令字兩體遂合為一想必有所據故今不立玉樓春之名而載註前三體之後蓋恐另收玉樓春則如此葉詞無所附而體同名異不成畫一耳　按唐玉樓春如家臨長信往來道等句中平仄不拘顧夐魏承斑為有紀律然不如宋人平仄整齊蓋首句第二字用平次句第二字用仄三平四仄五平六仄七平八仄是有定格可從也其顧魏詞惟于前後第三句第二字用平餘六句第二字皆仄而魏詞後起叶韻顧詞後起用仄聲而不叶韻又自不同今不備錄者

因此調雖宋人合之曰木蘭花而本譜不敢以唐之玉樓春改名木蘭花也若欲作顧魏唐腔仍名曰玉樓春可耳　按步蟾宮亦五十六字八句每句七字然第二四六八句皆上三下四不可為譜圖等書混列所誤

減字木蘭花 四十四字　呂渭老

雨可平簾高可仄捲韻芳可仄樹陰可仄陰連別館叶涼可仄氣侵樓換平蕉可仄葉荷枝各可平自秋叶平前可仄溪夜可平舞三換仄化可平作驚可仄鴻留不住叶三仄愁可仄損腰肢四換平一可平桁香銷舊可平舞衣叶四平

四段四換韻

偷聲木蘭花　五十字　張先

雲籠瓊苑梅花瘦(韻)外院重扉聯寶獸(叶)海月新生(平)上得高樓沒奈情(叶平)　簾波不動銀釭小(三換仄)今夜夜長爭得曉(叶三仄)欲夢高唐(四換平)祗恐覺(作平)來添斷腸(叶四平)

前後起句七字與前異

木蘭花慢　一百一字　蔣捷

傍池闌倚徧(句)問(可平)山(可仄)影(句)是誰偷(韻)但鷺(可平)斂瓊絲(句)鴛(可仄)藏繡(可平)羽(句)礙(可平)浴妨浮(叶)寒流(叶)暗衝片響(句)似犀椎(豆)帶(可平)月靜敲秋(叶)因(可仄)念涼荷

院宇(句)粉(可平)丸曾(可仄)泛金甌(叶)　妝樓(叶)曉(可平)澀翠罌油倦(可平)鬟理還休(叶)

更有(可平)何(可仄)意(可平)緒(句)(可平)憐(可仄)他半(可平)夜(句)餅(可平)破梅愁(叶)紅裯(叶)泪乾萬點(句)待穿

來(豆)寄(可平)與薄情收(叶)只(可平)恐東風未轉(句)悞(可平)人日(可平)望歸舟(叶)

此調作者如林至竹山此詞規矩森然可謂毫髮無憾矣首句傍字領句下用兩平兩仄此正格也他如稼軒老來情味減亦平仄不礙若花庵鶯啼啼不盡之鶯字竹齋問功名何處之何字畢竟不如仄聲故不旁註可平而鶯啼不以一字領句他家無之不可從也寒流暗衝片響必用平平仄平仄仄紅裯句亦同而暗片泪萬去聲尤妙但細觀古人名作莫不皆然院宇之院未轉之未亦妙此字間有用平者然不如用仄片響萬點用去上甚為發調觀其又一首作自老片腦可見流字裯字乃藏短韻于句中亦他人

所不能及惟夢牕有之圖譜乃于流字註可仄真可嘆也妝樓亦必須叶韻方是猶之滿庭芳後起二字雖有不叶者然不如依此葢作詞本求推敲精當若可援以自恕執以自辨則但須閣筆誰來相彊既欲求厠于作者之林而不肯稍費心力竟率焉脫稿不思取法乎上耶　又按海野于似犀椎八字作繁華清勝兩兩無窮此誤也不可從

又一體　一百一字　　黄機

政征塵滿野（句）問誰與（句）作堅城（韻）有老子行年（句）平頭六十（句）無限聲名（叶）向來試陳大畧（句）便羣兒（豆）啁哳耳邊鳴（叶）爭識規模先定（句）破羌終屬營平（叶）　吾心惟有忠誠（叶）羞媚嫵（句）倣逢迎（叶）

謂干戈鋒鏑句動關民命句此不宜輕聽渠自分勇怯句奈何他豆天理若持衡叶只把從前不殺句也應換得長生叶

後起六字一句三字兩句與前調異竹齋又一首云神仙之說朦朧鉛與汞亦何功同此而夢窗蒲江亦有此體

尋芳草 五十二字 又名王孫信 辛棄疾

有得許多淚韻更閑却豆許多鴛被叶枕頭兒豆放處都作平不是叶舊可平家可仄時可仄豆怎可平生睡叶　更也沒書來句那堪被豆雁平聲兒調戲叶道無書豆却有書中意叶排可仄幾可平個可平豆人可仄人字叶

此調只後起用平聲不叶與前稍異餘句皆同沈氏及圖譜誤以枕頭兒放處作五字都不是舊家時作六字怎生睡作三字怪極豈意必欲使學者失塡一韻耶夫前後段字句一樣明若列眉且是字端端正正叶韻有何難辨而偏如此註也

醉紅妝 五十二字 張先

瓊林玉樹不相饒韻薄雲衣句細柳腰叶一般妝樣百般嬌叶眉兒秀句總如描叶 東風搖草雜花飄叶恨無計句上青條叶更起雙歌郎且飲句郎未醉句有金貂叶

前後字句同只更起句用仄不叶

雙雁兒 五十二字 楊无咎

窮陰急景暗推遷韻減綠鬢句損朱顏叶利名牽役幾時閒叶又還驚一歲圓叶可平勸君今夕不須眠叶且滿滿泛觥船叶大家沈醉對芳筵叶願新年句勝舊年叶

按此調或云即醉紅妝考其後段大家沈醉句乃叶韻者醉紅妝此句用仄聲不叶未必是一調也今兩列之

玉團兒 五十二字 周邦彥

可仄鉛華澹佇新妝束韻好可仄風韻豆天然異俗叶彼此知名句可仄雖然初

(句)見情分先熟(叶)　(可仄)爐烟淡淡雲屏曲(叶)睡(可平)半醒(豆)生香透肉(叶)賴
得相逢(句)(可平)若還虛度(句)生世(作平)不足(叶)

前後段同分字世字不可平聲盧炳詞亦然　按此詞又載惜香樂府内然據盧炳註云是和美成韻則知此是周作矣

傾杯令 五十二字

呂渭老

(可仄)楓葉飄紅(句)蓮(可仄)房肥露(句)枕席嫩涼先到(韻)簾外(可仄)蟾華如掃(叶)枝
上(可仄)啼鴉催曉(叶)　秋(可平)風又送潘郎老(叶)小窗明(豆)疎螢(可平)淺照(叶)登
高送遠惆悵(句)白髮(可平)至今未了(叶)

或謂悵字恐誤應同前掃字叶韻不知呂别作亦前叶後否也

傾杯樂 九十四字 柳永

樓鎖輕烟句水橫斜照句遥山半隱愁碧韻片帆岸遠句行客路杳句簇一天寒色叶楚梅映雪數枝艷句報青春消息叶年華夢促句音信斷豆聲遠飛鴻南北叶　筭伊别來無緒句翠銷紅減句雙帶長拋擲叶但泪眼沈迷句看朱成碧叶惹閑愁堆積叶雨意雲心句酒情花態句辜負高陽客叶

又一體 九十五字 柳永

離讌慇懃句蘭舟凝滯句看看送行南浦情知道豆世人難使句皓月長晝句彩雲鎮聚叶人生悲莫悲於輕別句最苦正歡娛句便分鴛侶叶泪滴瓊臉梨花句一枝春帶雨叶慘黛別臨行猶自再三問道君須厺叶頻耳畔低語叶知多少豆他日深盟句平生丹素叶從此盡把憑鱗羽叶

以上二調字句參差柳集最訛莫可訂正次首尤多錯亂分句未確且長調應分兩段原刻如右姑仍之

又一體　一百四字　　柳永

木落霜洲句雁橫烟渚句分明畫出秋色韻暮雨乍歇句小檝夜

泊句宿葦村山驛叶何人月下臨風處句起一聲羌笛叶離愁萬緒句聞岸草豆切切蛩吟如織叶為憶芳容別後句水遙山遠句何計憑鱗翼叶想繡閣深沈句爭知憔悴句損天涯行客叶楚峽雲歸句高陽人散句寂寞狂蹤跡叶望京國叶空目斷豆遠峯凝碧叶

此首較明據此則前樓鎖輕烟一首是于末處遺缺望京國以下十字而此闋照前則當在如織下分段耳爭知二句人皆讀上五下四不知此與前看朱二句相同乃上四下五損天涯行客正如惹閑愁堆積是以惹字損字領句也前詞簇一枝寒色報青春消息此篇前段宿葦村山驛起一聲羌笛皆上一下四句法其何計寂寞二語與前詞雙帶辜負二語乃如五言詩句耳詞中五字句最易淆訛而此爭知憔悴

損像五字一句尤易誤讀故
詳註于此他詞皆可類推

又一體　一百六字　楊无咎

瑞(可平)日凝暉(句)東風解(可仄)凍(句)峭(可平)寒猶(可仄)淺(韻)正池館梅英粉淡(句)柳(可平)枝
金軟(句)蘭(可仄)芽香煖(叶)滕(可仄)城誰(可仄)種芙蕖滿(叶)浸銀蟾影(句)一(可平)夜(可平)萬(可平)花(可仄)
開(可仄)遍(叶)翠樓朱(可仄)戶(句)是處重簾競(可平)捲(叶)　羅(可仄)綺簇(豆)歡(可仄)聲一(可平)片(叶)看
五馬行春旌旆遠(叶)擁襦袴(可平)(豆)千(可仄)里歌謠(句)都(可仄)入(可平)太(可平)平(可仄)絃(可仄)管(叶)且
莫厭(豆)瑤觴屢勸(叶)聞鳳(可平)詔(豆)催(可仄)歸非(可仄)晚(叶)願歲歲(句)今夜裏(豆)端門
侍宴(叶)

此詞整齊查柳詞亦有此百六字調字句正與此同學者可從也程珌曾覯俱同此格只曾詞于翠樓句上多一仄字因其餘皆同不另錄旁可平可仄俱取柳程曾二詞對註但程尾句云來歲却笑羣仙月寒空冷上六字平仄不同或亦不拘但查楊詞本步趨柳作如前結柳云是處層城閬苑後結柳云願歲歲天仗裏常瞻鳳輦楊俱依樣畫之而曾云但殢飲香霧捲壺天不夜亦軌轍相符固知淵源榘矱如此學者但遵此三公可耳　又按浸銀蟾影程作迤邐瑩歌與柳楊曾異亦不必從此四字乃銀蟾二字相連者柳云聳皇居麗曾云杳旗亭路三句一般所宜遵效可異者柳云聳皇居麗佳氣瑞烟葱蒨嘯餘不識竟註聳皇居三字句麗佳氣三字句瑞烟葱蒨四字句可笑圖譜沈氏因之然則楊詞可以浸銀蟾為一句影一夜為一句乎且將佳氣瑞烟四字折開分屬上下試問麗佳氣三字有此文理否而願歲歲全註

可平

尤奇

又一體　一百七字　原題作古傾盃　柳永

凍水消痕（句）曉風生暖（句）春滿東郊道（韻）遲遲淑景（句）烟和露（豆）偏潤長堤芳草（叶）斷鴻隱隱歸飛（句）江天杳杳（叶）遙山變色（句）妝眉淡掃（叶）目極千里（句）閒倚危檣迥眺（叶）　動幾許（豆）傷春懷抱（叶）念何處（豆）韶陽偏早（叶）想帝里看看（句）名園芳榭（句）爛漫鶯花好（叶）追思往昔年少（叶）繼日恁（豆）把酒聽歌（句）量金買笑（叶）別後頓負（句）光陰多少（叶）

字句又異前數篇註亦未確

又一體 一百八字 原題止作傾盃二字 柳永

水鄉天氣句灑蒹葭露結寒生早韻客館更堪秋杪叶空階下木葉飄零句颯颯聲乾句狂風亂掃叶當無緒豆人靜酒初醒句天上征鴻句知送誰家歸信句穿雲悲叫叶蛩響幽牕句風窺寒硯句一點銀釭閑照叶夢枕頻驚句愁衾半擁句萬里歸心悄悄叶往事追思多少叶贏得空使方寸撓斷不成眠句此夜厭厭句就中難曉叶

姑註未確

又一體　一百八字　柳永

金風淡蕩句漸秋光老豆清宵永韻小院新晴天氣句輕烟乍斂句皓月當軒練淨叶對千里寒光句念幽期阻豆當殘景叶早是多愁多病叶那堪細把句舊約前歡重省叶最苦碧雲信斷句仙鄉路杳句歸鴻難倩叶每高歌豆彊遣離懷句奈慘咽豆翻成心耿耿叶漏殘露冷叶空贏得豆悄悄無言句愁緒終難整叶又是立盡梧桐清影叶

又與前異　按金風起至練淨似是一段對千里起至重省似是一段蓋兩段相比而對字為換頭領句且漸秋光老句法正與念幽期阻同是則此調應分三段然天氣不叶韻亦不敢確以為然也

又一體　一百十六字　柳永

皓月初圓句暮雲飄散句分明夜色如晴晝韻漸消盡豆醺醺殘酒叶危樓迥豆涼生襟袖叶追舊事豆一餉凭闌久叶如何媚容艷態句底死孤歡偶叶朝思暮想句自家空恁添清瘦叶算到頭豆誰與伸剖叶向道我別來句為伊牽繫句度歲經年句偷眼覷豆也不忍覷花柳叶可惜恁豆好景良宵句未曾略展雙眉暫開口叶問

甚時與你深憐痛惜還依舊叶

調更長句亦更亂愈難分晰矣　以上惟一百六字可學餘但臚列以備體格不能彊為論定也　或云柳集一百六字禁漏花深一首屬仙呂宮皓月金風二首屬大石調木落一首屬雙調樓鎖涷水離讌三首屬林鍾商水鄉一首屬黄鍾調因調異故曲異也然又有同調而長短大殊者總之世遠音亡字訛書錯祇可闕疑而已

引駕行　五十二字　晁補之

梅梢瓊綻句東君次第開桃李韻痛年年好風景句無事對花垂泪叶　園裏叶舊賞處幽葩柔條一一動芳意叶恨心事豆春

來聞阻句憶年時豆把羅袂叶雅戲叶

此調有不可解處人皆讀舊賞處為句幽葩柔條為句一一動芳意為句然照後詞則當于幽葩斷為五字柔條連下為七字或曰雅戲二字為結則園裏二字亦應屬之前段蓋以柔條七字對前東君七字也而恨心事句比痛年年句多一字憶年時六字句法與無事句稍異且查後柳詞則此說非是明矣愚謂此五十二字與柳之前半適同恐此只引駕行之半曲耳或曰此如王晉卿之燭影搖紅本是小令分二段而後人又加一疊者愚謂晁柳同時又非此例可比總之此詞或逸去後段決非全璧世遠調湮又作者甚少無可考矣

又一體 一百字 柳永

虹收殘雨句蟬嘶敗柳長堤暮韻背都門豆動銷黯西風片帆輕舉叶愁覩泛畫鷁翩翩句靈鼉隱隱下前浦叶忍回首豆佳人漸遠句想高城豆隔烟樹叶幾許叶　秦樓永晝句謝閣連宵奇遇叶筭贈笑千金句酬歌百琲句盡成輕負叶南顧叶念吳邦越國句風烟蕭索在何處叶獨自箇千山萬水句指天涯去叶

前段與晁全篇同是則幾許二字即前雅戲二字宜屬于前尾者蓋前詞既然後所載一首亦用銷凝二字于末雖用平韻而體格則相似耳吳邦越國疑是越國吳邦此四字即前畫鷁翩翩也

又一體　一百二十五字　柳永

紅塵紫陌句斜陽暮草長安道句是誰人豆斷魂處句迢迢匹馬西征叶新晴叶韶光明媚句輕烟淡薄句和氣暖望花村叶路隱映句搖鞭時過長亭叶愁生叶傷鳳城仙子句别來千里重行行叶又記得臨岐句泪眼溼豆蓮臉盈盈叶銷凝叶

花朝月夕句最苦冷落銀屏叶想媚容耿耿無限句屈指已筭回程叶相縈叶空萬般思憶句爭如歸去覩傾城叶向繡幃深處句並枕說豆如此牽情叶

用平韻此調更難覈訂自首起至西征方起韻與此詞格或云入字是韻無理不確也和氣下更有訛字村字作叶亦未必確然且前段比前詞多二十餘字其訛無疑只自搖鞭至盈盈與後屈指至末確是相

合耳噫引駕行有此三詞長短平仄俱備而不能訂正殊怏怏也

天下樂　五十三字　楊无咎

雪後雨兒雨後雪(韻)鎮日價(豆)長不歇(叶)今番為寒忒(作平)太切(叶)和天地(豆)也來廝鼈(叶)睡不著(豆)身心自暗攧(叶)況味頻誰說(叶)枕衾冷得(作平)渾似鐵(叶)衹心頭(豆)些箇熱(叶)

他無作者

莫可訂正

望遠行　五十三字　李珣

露(可平)滴幽庭落葉時(韻)愁聚蕭娘柳眉(叶)玉(可平)郎一(可平)去負佳期(叶)水

雲迢遞雁書遲叶屏半掩句枕斜欹叶蠟淚無言對垂叶可仄吟蛩

可平斷續漏頻移叶入牕明月鑒空帷叶

後起換頭

兩句餘同

又一體 五十五字　　南唐後主

碧砌花光照眼明韻朱扉長日鎮長扃叶餘香欲去夢難成叶

爐香烟冷自亭亭叶遼陽月句秣陵砧叶不傳消息但傳情叶

黃金臺下忽然驚叶征人歸日二毛生叶

前第二句後第三句俱七字與前

異除兩起韻餘六句平仄皆同

又一體　六十字　　韋莊

欲別無言倚畫屏（韻）含恨暗傷情（叶）謝家庭樹錦鷄鳴（叶）殘月落邊城（叶）人欲別（句）馬頻嘶（換平）綠槐千里長堤（叶二平）出門芳草路萋萋（叶二平）雲雨別來易東西（叶二平）不忍別君後（句）却入舊香閨（叶二平）

前後兩用平韻雲雨句拗然此調惟有此詞無可校勘想應如是耳圖譜以別來別字為可平無妨乃以東為可平則自我作古矣

又一體　七十六字　　黃庭堅

自見來虛過却好時好日這訑尿粘膩得處煞是律據

眼前言定也有十分七八寃我無心除告佛 管人閒底且放我快活得便索皆别茶祗待又怎不遇偎花映月且與一斑半點只怕你没丁香核

後山謂今詞家惟黄九秦七此語大不可解樂府或用諺語詩餘亦多俳體然未有如此可笑者即云是當時坊曲儇佻之言而至此俗褻如何可入風雅乎且經傳訛已久字畫亦差愈為無理姑存其字數于此然亦未審其字數確否也涪翁詩故為聱牙當時宗尚西江故俎豆之為鼻祖實則原非大雅正傳更以此手為詞尤覺了無佳處詞綜云于黄作去取特嚴未肯深論愚則有所不耐矣

又一體 一百四字 柳永

繡幃睡起殘妝淺(句)無緒勻紅鋪翠(韻)藻井凝塵(句)金堦鋪蘚(句)寂寞鳳樓十二(叶)風絮紛紛(句)烟蕪苒苒(句)永日畫欄(句)沈吟獨倚(叶)望遠行(豆)南陌春殘悄歸騎(叶)　凝睇(叶)消遣離愁無計(叶)但暗擲(豆)金釵買醉(叶)好景空歛香醪(句)爭奈轉添珠淚(叶)待伊遊冶歸來(句)故故解放(句)翠羽輕裙重繫(叶)見纖腰(豆)圖信人憔悴(叶)

此詞前後參差恐有錯訛不如後一百六字者整齊可從

又一體　一百六字　　柳永

長(可仄)空降瑞寒風剪(句)淅淅(可平)瑤華初下(韻)亂飄僧舍(句)密(可平)灑歌樓(句)

迤邐漸迷鴛瓦叶可平好是漁人披得句作平一蓑歸去句江上晚來堪畫叶滿長安高卻句旗亭酒價叶　幽雅叶乘興最宜訪戴句泛小棹豆越溪瀟灑叶皓鶴奪鮮句白鷴失素句千里廣鋪寒野叶可仄須信幽蘭歌斷句同雲收盡句作平別有可仄瑤臺瓊榭叶作平放一輪明月句交光清夜叶

按亂飄密灑二句用鄭谷詩皓鶴白鷴二句用謝靈運賦此正前後相對處其平仄自宜合轍今前則先舍字仄後則先鮮字平未知應何所從余曰此調通用仄音玩其聲響不應以平字居下此必密灑句在上或因美成女冠子亦用此二語遂相襲而訛刻耳小字各譜訛山字榭字汲古嘯餘沈際飛草堂詞及

塡詞圖譜等俱訛樹字因使句拗韻失而圖譜踵嘯餘之謬前結則註九字後結則註一五一四皆未經讐勘并不知較前後相同處也

紅牕睡　五十三字　又名紅窗聽　柳永

如可仄削肌膚紅玉瑩韻舉可平動有豆許多端正叶二年三歲同鴛寢句表溫柔心性叶別後無非良夜永叶如何向豆名牽利役句歸期未定叶筭伊心裏句却寃人薄作平倖叶

汲古刻樂章瑩字下多一峰字誤　珠玉詞名紅窗聽然睡字有理必誤作聽也

東坡引　五十三字　趙師使

相看情未足韻離觴可仄已催促叶停可仄歌欲可平語眉先蹙叶何期歸太速叶如今去也句無計可平追逐叶怎忍可平聽陽關曲叶扁可仄舟後可平夜灘頭宿叶愁隨烟樹簇叶愁隨烟樹簇疊句

已催促用仄平仄坦庵三首稼軒二首惜香一首皆同計字仄坦庵三首皆同餘家用平此調前結不用疊句

又一體 五十八字 趙長卿

茅齋無客至韻冰硯可平凍寒澌叶南可仄枝喜可平入新詩裏叶惱可平人頻嚼蕋叶惱可平人頻嚼蕋疊句因思去臘句江頭醉倚叶動客興豆傷春意叶

經可仄年自可平嘆人如寄叶光可仄陰如撚指叶光可仄陰如撚指疊句

前後結俱疊句硯字仄聲

江頭醉倚句與前稍異

又一體 五十九字　　辛棄疾

玉纖彈舊怨韻還敲繡屏面叶清歌自送西風雁叶雁行吹字斷叶雁行吹字斷疊句　夜深拜半月句瑣窗西畔叶但桂影空堦滿叶翠帷自掩無人見叶羅衣寬一半叶羅衣寬一半疊句

後起用五字譜圖謂後第二句五字而于夜深拜半讀斷無論後有半字此不宜重叶不知拜何以半真笑府也

又一體 五十九字 辛棄疾

花梢紅未足韻條破驚新綠叶重簾下徧欄干曲叶有人春睡熟叶有人春睡熟疊句 鳴禽破夢句雲偏目蹙叶起來香腮褪紅玉叶花時愛與愁相續叶羅裳過半幅叶羅裳過半幅疊句

於中好 五十四字 楊旡咎

濺濺不住溪流素韻憶曾記豆碧桃紅露叶別來寂寞朝朝暮叶恨遮可仄斷豆當時路叶 仙家豈解空相誤叶嗟可仄塵世可平豆自難知處叶而可仄今重可仄與春為主叶儘浪可平蕊豆浮花妒叶

前後同楊又一首自難知處作兩葉飛墜葉字乃作平用勿誤可仄也　按壽域有端正好詞四首與此句法俱同雖其用字四首中亦自平仄各異而其為一調則無疑葢題名俱有一好字必同調也今錄一闋于後以為覽者折衷焉

端正好　杜安世

檻菊(作平)愁烟霑秋露韻天(可仄)微冷　豆雙(可仄)燕(可平)辭巢去　叶月(可平)明空照別(作平)離苦　叶透素光(可仄)　豆穿朱戶　叶夜來西風(可仄)雕寒樹　叶凭欄望　豆迢遙長路　叶花(可仄)牋寫就此(可平)情緒　叶特傳(可仄)寄　豆知何處　叶

此據其四首中平仄註之可見即為於中好矣　本譜于調同名異者俱歸併一名此體恐人因杜詞多拗句疑別是一調故載此備証若月照梨花惜雙雙令等比原調多一二字者則仍大字書之不在此例

又按周竹坡有憶王孫一詞字句與此合只前後

第三句用平字不叶
韻不可誤認為一調

紅羅襖 五十四字 周邦彥

畫燭尋歡去句羸馬載愁歸韻念取酒東壚句罇罍雖近句採花南圃句蜂蝶須知叶　自分袂豆天闊鴻稀叶空懷乖夢約心期叶楚客憶江蘺叶算宋玉豆未必為秋悲叶

懷乖二字恐有誤或只一懷字
或只一乖字或更有脫字耳

戀繡衾 五十四字 吳文英

頻可仄摩可仄書可仄眼怯可平細文韻小窗陰豆天氣似昏叶獸爐可仄暖豆慵添困句帶

茶烟豆微潤寶薰叶 可平少年可仄嬌馬西風冷句舊春衫豆猶涴酒痕叶

夢可平不到豆梨花路句斷長橋豆無限暮雲叶

首句拗體乃此調定格夢窗稼軒竹山皆同陳允平緗桃紅淺柳褪黄銀鶯金鳳畫稍消亦然惟放翁作不惜貂裘換釣篷裘字用平耳至詞統所選李大古橋花風信滿園香園字作平大謬蓋此調聲響每句俱于叶韻上一字用仄聲豈可作園字乎前後第二第四句末四字用平仄仄平乃是定格如此方爲戀繡衾也如此詞無限暮雲暮字不可不仄暮字用仄則無字不可不平此歌聲頓挫處至理存焉譜圖不識槩註可作仄仄平平試于四處俱作仄仄平平尚可謂之戀繡衾乎又獸爐煖夢不到二句皆三字豆者譜總作六字句誤人不少 按竹山舊金小袖花下行一首于夢不到句止五字稼軒長夜偏冷添被

兒一首于獸爐煖句作七字此皆誤也故不另别

詞律卷七

欽定四庫全書

詞律卷八

宜興萬樹撰

臨江仙 五十四字 和凝

海(可平)棠香(可仄)老春江晚(句)小(可平)樓霧(可平)縠空濛(韻)翠(可平)鬟初(可仄)出繡簾中(叶)麝(可平)烟鸞(可仄)珮惹蘋風(叶)碾(可平)玉釵(可仄)搖鸂鶒戰(句)雪(可平)肌雲(可仄)鬢將融(叶)含(可仄)情遥(可仄)指碧波東(叶)越(可平)王臺(可仄)殿蓼花紅(叶)

前後同只兩

起句平仄異

又一體　五十六字　趙長卿

夜(可平)久笙(可仄)簫吹徹(句)更(可仄)深星(可仄)斗還稀(韻)醉(可平)拈裳(可仄)帶寫新詩(叶)鎖(可平)牕

風露(句)燭(作平)灺月明時(叶)　水(可平)調悠(可仄)揚聲美(句)幽(可仄)情彼(可平)此心知(叶)古(可平)

香烟(可仄)斷綵雲歸(叶)滿(可平)傾蕉葉(句)齊唱轉花枝(叶)

前後起處六字兩句相對

兩結俱一四字一五字

又一體　五十八字　尹鶚

深秋寒夜銀河靜(句)月明深夜中庭(叶)西窗幽夢等閒成(叶)逡

巡覺後(句)特地恨難平(句)　紅燭半條殘焰短(句)依稀暗背銀

屏叶枕前何事最傷情叶梧桐葉上句點點露珠零叶

前後起皆一七一六結皆一四一五此前首句平平平仄平平仄後首句平仄仄平平仄仄與和詞同者

又一體 五十八字 鹿虔扆

金鏁重門荒苑靜句綺牕愁對秋空韻翠華一去寂無蹤叶玉樓歌吹句聲斷已隨風叶 烟月不知人事改句夜闌還照深宮叶藕花相向野塘中叶暗傷亡國句清露泣香紅叶

此前後起句俱用平仄平平平仄仄者此篇詞統選之註題下云一名庭院深深夫庭院深深深深幾許

者乃歐陽公蝶戀花語也李易安愛之因作臨江仙數首用此為起句後人遂以其詞名之曰庭院深深已為不通何也如易安之臨江仙可名庭院深深則歐陽之蝶戀花反不可名庭院深深乎即以為名亦止可以易安此詞加以新名而已即謂此名可愛亦止可于易安以後人之詞而名之若曰此人所作乃用易安此體云爾詞統註之詞滙因之無妨也至圖譜則竟立一庭院深深之名既立此一名又不載易安之詞乃收此鹿詞為式上書庭院深深下書鹿虔扆名夫鹿乃唐末人仕蜀為太保豈預知數百年後有歐陽作此句可愛而先取以名其詞且適與更數十年後之李易安同志俱取而為臨江仙調乎其背謬可笑甚矣且不知為臨江仙而立一新名猶可乃既知即是臨江仙前已列臨江仙第一二體矣後又列臨江仙第四五等體矣于此獨標一庭院深深之名却又仍註題下曰即臨江仙第三體豈不大怪而

選聲載臨江仙止有二體亦首曰臨江仙註第四體次曰庭院深深註即臨江仙第三體則眞不可解矣

又一體　五十八字　柳永

鳴珂碎撼都門曉句旌旗擁下天人韻馬搖金轡破香塵叶壺漿盈路句歡動帝城春叶　揚州曾是追遊地句酒臺花徑仍存叶鳳簫依舊月中聞叶荆王雲散句應認嶺頭雲叶

此前後起句用平平仄仄平平仄者

又一體　五十八字　牛希濟

柳帶搖風漢水濱句平蕪兩岸爭勻叶鴛鴦對浴浪痕新叶弄

珠遊女句微笑自含春叶　輕步暗移蟬鬢動句羅裙風惹輕
塵叶水精宮殿豈無因叶空勞纖手句解珮贈情人叶
首句起韻用仄
仄平平仄仄平

又一體　五十八字　閻選

雨停荷芰逗濃香韻岸邊蟬噪垂楊叶物華空有舊池塘叶不
逢仙子句何處夢襄王叶　珍簟對欹鴛枕冷句此來塵暗淒
涼叶欲憑危檻恨偏長叶藕花珠綴句猶似汗凝妝叶
首句起韻用仄平平仄仄平平
按此調後段無平平起者

又一體　五十八字　馮延巳

冷紅飄起桃花片(句)青春意緒闌珊(韻)高樓簾幕卷輕寒(叶)酒餘人散(句)獨自倚闌干(叶)　夕陽千里連芳草(句)風光愁殺王孫(換平)徘徊飛盡碧天雲(叶二平)鳳城何處(句)明月照黃昏(叶二平)

後段換韻

又一體　五十八字　徐昌圖

飲散離亭西去(句)浮生常恨飄蓬(韻)回頭烟柳漸重重(叶)淡雲孤雁遠(句)寒日暮天紅(叶)　今夜畫船何處(句)潮平淮月朦朧(叶)

酒醒人靜奈愁濃(叶)殘燈孤枕夢(句)輕浪五更風(叶)

前後起俱六字兩句

前後結俱五字兩句

又一體 六十字 秦觀

千里瀟湘挼藍浦(句)蘭橈昔日曾經(韻)月高風定露華清(叶)微波澄不動(句)冷浸一天星(叶) 獨倚危樓情悄悄(句)遙聞妃瑟泠泠(叶)新聲含盡古今情(叶)曲終人不見(句)江上數峰青(叶)

兩起七字兩結五字二句 按淮海又一詞與此同但前結五字二句後結一四一五恐無此體必係落一字者故不錄 起句接藍浦用仄平仄雖或不妨然亦不必學惜香有云仙源正閬散龍洲有云誰知

清涼意思皆或係敗筆或係訛刻無此例也

又一體 六十字　顧夐

碧染長空池似鏡句倚樓閒望凝情韻滿衣紅藉細香清叶象牀珍簟句山障掩句玉琴横叶　暗想昔時歡笑事句如今贏得愁生叶博山鑪煖淡烟輕叶蟬吟人靜句殘日傍句小窻明叶

兩結各三字兩句

又一體 六十二字　晏幾道

東野亡來無麗句句于君去後少交親韻追思往事好沾巾叶

白頭王建在句猶見詠詩人叶學道深山空自老句留名千
載不干身叶酒筵歌席莫辭頻叶爭如南陌上句占取一年春叶

前後起處皆七字兩句

又一體 七十四字　柳永

渡口向晚句乘瘦可平馬豆陟崇岡韻西郊又送秋光叶對暮山橫翠句
襯殘葉飄黃叶憑高念遠素景句楚天無處不淒涼叶　香可仄閣可平
別來無信息句雲愁雨恨難忘叶指帝城歸路句但烟水茫茫叶
凝情望斷淚眼句盡日獨立斜陽叶

此另為一格與前調迴别首句四字皆仄渡向尤須去聲而送對暮翠襯素信帝路但淚盡等去聲字皆妙宜學之憑高與凝情下四仄字亦不可改

又一體 九十三字 柳永

夢覺小庭院句冷風淅淅句疎雨瀟瀟韻綺窗外豆秋聲敗葉狂飄叶心搖叶奈寒漏可平永句孤幃悄豆淚燭空燒叶無端處句是繡衾鴛枕句閑過清宵叶　蕭條叶牽情繫恨句爭向年少偏饒叶覺新來憔悴句舊日風標叶魂銷叶念歡娛可仄事句烟波阻豆後約方遙叶還經歲句問怎生禁平聲得句如許無聊叶

又另一格此調整齊完善樂章中之佳者而舊刻將蕭條二字綴于前段之尾傳誤已久此正是換頭處今為改正魂消已下前後相同

杏花天　五十四字　周密

漢(可平)宮乍(可平)出慵梳掠韻關(可仄)月(可平)冷(可平)豆玉(可平)沙飛(可仄)幕叶龍(可仄)香撥(可平)指春風弱叶

一(可平)曲哀(可仄)絃謾(可平)托叶君(可仄)恩(可仄)渥豆空(可仄)憐命薄叶青(可仄)塚(可平)遠豆幾(可平)番花(可仄)落叶

丹(可仄)青自(可平)是難描摸叶不(可平)是當(可仄)時畫(可平)錯叶

兩結末二字名作多用去上哀當二字亦宜用平命字去而上用空字平花字平而上用幾字仄仄俱極妙此抑揚起調處也旁註雖寬識者能深求其奧則更為微妙耳　此調前後起句雖皆七字而前起上四

下三後起上三下四不可誤混譜註圖圈槩用省文不註不圈但云後段同豈不誤事琰青曰作譜者原未解此實以為前後同耳彼且自誤何足責其誤人相與一笑　或以此調即於中好余謂於中好兩結六字皆三字豆者與此不同其後起與前起一樣亦非如此上三下四者豈一調乎

又一體　五十五字　　侯寘

寶釵整鬢雙鸞鬪韻睡來醒豆薰風襟袖叶綠絲皓腕宜清晝叶更艾虎衫兒新就叶　玉盃共飲菖蒲酒叶願耐夏豆宜春廝守叶榴花故意紅添皺叶映得人來越瘦叶

前結七字後起不于三字豆斷句法不同或曰共字亦不妨畧豆映得句上若依前段則應尚有一字

又一體　五十六字　盧炳

鏤冰剪玉工夫費韻做六出豆飛花亂墜叶舞風情態誰相似叶算只有豆江梅可比叶　極目處豆瓊瑤萬里叶海天濶豆清寒似水叶從教高捲珠簾□叶□□□豆□□□□叶

後八字缺然即與前段同也此則兩結俱七字者

玉闌干　五十七字　杜安世

珠簾捲句春殘景韻小雨牡丹零盡叶庭軒悄悄燕高空句風飄絮豆綠苔暗侵叶　欲將幽恨傳愁信叶想後期豆無令憑定叶幾

回獨睡不思量(句)還悠悠(豆)夢裏尋趁(叶)

侵字平聲想可與仄叶不然或是浸字無今宜是今無

摘紅英　五十四字　又名擷芳詞　張翥

鶯聲寂(韻)鳩聲急(叶)柳烟一片梨雲溼(叶)驚人困(換仄)教人恨(叶二仄)待到平明(句)海棠應盡(叶二仄)　青無力(叶首仄)紅無跡(叶首仄)殘香賸粉那禁得(叶二仄)天難準(叶二仄)晴難穩(叶二仄)晚風又起(句)倚欄爭忍(叶二仄)

晚風又起比待到平明平仄不同又古今詞話載擷芳詞亦前用記得年時後用燕兒來也想所不拘然作者于前後相同較安且　按此調較釵頭鳳只少結處三疊字查擷芳詞中一句云可憐孤似釵頭鳳

竊恐此兩體本是一調原名擷芳詞人因取句中三字名曰釵頭鳳而增三疊字于末或擷芳詞原有疊字而流傳失去亦未可知耳況書舟之折紅英即是釵頭鳳益折英之義即擷芳也其為一調無疑故今

以釵頭鳳

併列左幅

釵頭鳳 六十字 又名玉瓏璁 折紅英

陸游

紅酥手韻黃藤酒叶滿城春色宮墻柳叶東風惡換仄歡情薄叶二仄一懷愁緒句幾年離索叶二仄錯叶二仄錯疊錯疊 春如舊叶首仄人空瘦叶首仄泪痕紅浥鮫綃透叶首仄桃花落叶二仄閑池閣叶二仄山盟雖在句錦書難托叶二仄莫叶二仄莫疊莫疊

四段凡兩仄韻結用三疊字前後同 按此三疊字與醉春風中三疊字須用得雋雅有味方佳如此詞

精麗非俗手所能後人欲塡此調務須彷其聲響詞句末一字上去互叶原不妨然觀此詞前用手酒栁三上後用舊瘦透三去何其心細而法嚴若此詞可妄作乎然此論入微聞者莫不掩口而哂其迂矣

又一體　六十字　曾覿

華燈鬧(韻)銀蟾照(叶)萬家羅幕香風透(借叶)金樽側(換仄)花顏色(叶二仄)醉裏人人(句)向人情極(叶二仄)惜(叶二仄)惜(疊)惜(疊)　春寒峭(叶首仄)腰肢小(叶首仄)鬢雲斜嚲蛾兒裊(叶首仄)清宵寂(叶二仄)香閨隔(叶二仄)好夢難尋(句)雨蹤雲跡(叶二仄)憶(叶二仄)憶(疊)憶(疊)

前後同前詞及玉瓏璁詞俱于第六句用仄而此篇人字尋字用平各異梅溪書舟作亦然想即如擷芳詞不拘叶透字不是韻乃借叶也史詞第二句用春夢亂夢字仄聲程詞第四句用長記憶記字仄聲後

第五句用問消息問字仄聲雖或不拘然皆不如用平　按能改齋漫錄載無名氏玉瓏璁一詞即是此調其金樽側二句云新相識舊相識清宵寂二句云心相憶空相憶此本弄巧複用上韻為句非有此定格也圖譜喜其名新而收之遂于舊相識下註疊兩字後段同則是前後此句必要疊上兩字矣何其謬也

惜分釵　五十八字　呂渭老

春將半（韻）鶯聲亂（叶）柳絲拂馬花迎面（叶）小堂風（換平）暮樓鐘（叶平）草色連雲（句）暝色連空（叶平）重重（叶平疊）　秋千畔（叶仄）何人見（叶仄）寶釵斜照春妝淺（叶仄）酒霞紅（叶平）與誰同（叶平）試問別來（句）近日情悰（叶平）忡忡（叶平疊）

四段仄平間用以二疊字結之前後同　按此與釵頭鳳相類故題皆用釵字但此換平韻釵頭鳳換仄韻此疊兩字釵頭鳳疊三字然體格聲響確是同類且題名釵字相合故列于此　明人高深甫作桃花路一首于柳縧句作一見魂驚幾回顧寶釵句作無限芳心春到惹平仄全拗詞統選之已為無識圖譜所列惜分釵即收此詞尤為可笑夫作譜以為人程式必求名作之無疵者方堪摹倣柰何取此謬句以示人耶至其篇中語句之陋更不必言而聲字千字俱用仄聲草色試問兩句誤用平平仄仄俱無足取

睿恩新　五十五字　晏殊

芙蓉一朵霜秋色韻迎曉露豆可仄依依先拆叶似佳人豆獨立傾城句傍朱檻豆暗傳消息叶　静對西風可平脉脉叶可仄金蕊綻豆粉紅如滴叶

向蘭堂豆莫厭重新句免可仄清夜豆微寒漸逼叶

後起六字餘同

鷓鴣天　五十五字　又名思佳客　　秦觀

枕可平上流鶯和可仄淚聞韻新可仄啼痕可仄間舊啼痕叶一可平春魚可仄鳥無消息句

千可仄里關山勞可仄夢魂叶　無一語句　對芳樽叶　安可仄排腸斷到黃昏叶

甫可平能炙可平得燈兒了句　雨可平打梨花深可仄閉門叶

後起三字二句與前異和勞深三字不妨用仄然各調中此等七字句第五字古人多用平即如北曲賞花時南曲懶畫眉等調亦有此義可為知者道也芸窗有一首後起用壽笄菊香浮五字其詞後尾殘缺

十字則是起處亦脫落第一字非另有此體也龍洲起句樓外雲山千萬里乃是萬重勿誤認可仄

瑞鷓鴣 五十六字　侯寘

遙可仄天拍可平水共空明韻玉可平鏡開奩特可平地晴叶極可平目秋容可仄無限好句舉可平頭醉可平眼暫須醒叶　白可平眉公子可仄催行急句碧可平落仙人著可平句清叶後可平夜蕭可仄蕭葭可仄葦可平岸句一可平尊獨可平酌見離情叶

即七言律詩分前後段前段第三四句後段第一二句俱作對語但首句第二字平聲起不可誤圖譜註云前四句三韻即七言絕句後段同惟用二韻故不圖可笑若謂即絕句將三四兩句竟可不屬對乎按鷓鴣天亦近于七言詩且鷓鴣二字相同必皆從詩中變出因以兩調並列　又按丹陽仄韻一首亦

題曰瑞鷓鴣而其字句與木蘭花無異故不另錄

又一體 六十四字 晏殊

江可仄南殘臘欲歸時韻有梅紅可仄亞雪中枝叶一可平夜前村豆間破瑤英折句端可仄的千花冷未知叶 丹可仄青改可平樣匀朱粉句雕可仄梁欲畫猶疑叶何可仄妨與可平向冬深豆密可平種秦人路句夾仙溪叶不可平待夭桃客自迷叶

何妨與向冬深六字耆卿作最好簇簇寒竹乃以上入作平者

又一體 八十八字 柳永

寶髻瑤簪韻嚴妝巧豆天然綠媚紅深叶綺羅叢裏句獨逞謳吟叶一曲陽春定價句何啻值千金叶傾聽處句王孫帝子句鶴蓋成陰叶　凝態掩霞襟叶動象板聲聲句怨思難任叶嘹喨處句回壓絃管低沈叶時可仄恁迴眸斂黛句空役五陵心叶須信道豆緣情寄意句別有知音叶

與前調全異簪字乃是起韻舊譜不識以首句為七字悞矣乃因讀作七字又嫌妝字平聲此句遂拗因于妝字下註作可仄誤而更誤豈不可笑至于一曲以下前後相同而前註王孫二句作八字後註緣情二句作兩四字此又其通帙皆然無足怪矣

金鳳鉤 五十五字 晁補之

春辭我句向何處韻怪草草豆夜來風雨叶一簪華髮句少歡饒恨叶無計殢春且住叶 春回常恨尋無路叶試向我豆小園徐步叶一欄紅藥句倚風含露叶春自未曾歸去叶

後起七字餘同

步蟾宮 五十五字 汪存

玉可平京此可平去春猶淺韻正可平雪絮豆馬可平頭零亂叶姮可仄娥剪可平就綠雲裳句待來步豆蟾宮與可平換叶 明年二月桃花岸叶雙槳浪平烟煖叶

揚州十里小紅樓句盡卷上豆珠簾一半叶

雙槳句六字比前段少一字　按此調前後自應相對此必係脫落雖照舊刻列此不可從也

又一體五十六字　　蔣捷

玉牕掣鎖香雲漲韻喚綠袖豆低敲方響叶流蘇拂處字微訛句但斜倚豆紅梅一餉叶　濛濛月在簾衣上叶做池館豆春陰模樣叶春陰模樣不如晴句這催雪豆曲兒休唱叶

此調八句皆七字一三五七如詩句二四六八上三下四譜圖等書槩註七字致誤不少故本譜加豆字于旁以識之此調雖亦五十六字與玉樓春迴別沈選蔣詞及無名氏作春風捏就腰兒細一首俱作玉

樓春大誤卽如小青天仙子後起二句及作上三下四而沈亟稱之耳詞統改步蟾宮是已而仍沈註曰有一士人訪妓開府作按宋周遵道豹隱紀談云此阮郎中贈妓詞沈蓋未考也又按周所載前起云東風捏就腰兒纖細後起云更闌應是酒紅微褪皆四字兩句亦與步蟾宮異自另是一調但今無可考耳

又一體 五十七字 楊旡咎

桂花馥郁清無寐(韻)覺身在(豆)廣寒宮裏(叶)憶吾家(豆)妃子舊遊(句)麝龍腦(豆)暗藏葉底(叶) 不堪午夜西風起(叶)更颼颼(豆)萬絲斜墜(叶)向曉來(豆)卻是給孤園(句)乍驚見(豆)黃金布地(叶)

憶吾家句上三下四與此調不合恐誤也向曉來句比前多一字或曰遊字下乃誤落一時字此句與向

曉來句前後相同耳此
論甚確但不敢擅添也

又一體　五十九字　黃庭堅

蟲兒真箇惡（作平）靈利（韻）惱亂得（豆）道人眼起（叶）醉歸來（豆）恰似出桃源（句）但目斷（豆）落花流水（叶）不如隨我歸雲際（叶）共作箇（豆）住山活計（叶）照清溪（句）勻粉面（句）插山花（句）算終勝（豆）風塵滋味（叶）

醉歸來句八字照清溪句九字此前後恐亦
宜相同勻字必誤多若去之則與前調合矣

芳草渡　五十五字　歐陽修

梧桐落（句）蓼花秋（韻）烟初冷（句）雨纔收（叶）蕭條風物正堪愁（叶）人去

後句多少恨句在心頭叶　燕鴻遠叶仄羌笛怨叶仄渺渺澄波一片叶仄山
如黛句月如鉤叶平笙歌散叶仄魂夢斷叶仄倚高樓叶平

前段平韻後段平仄間用

又一體　八十九字　周邦彥

昨夜裏句又再宿桃源句醉邀仙侶韻聽碧牕風快句疎簾半卷
愁雨叶多少離恨苦叶方留連啼訴叶鳳帳曉句又自悤悤句獨自
歸去叶　愁顧叶滿懷淚粉句瘦馬衝泥尋去路叶謾回首豆烟迷
望眼句依稀見朱戶叶似癡似醉句暗惱損豆凭闌情緒句澹暮色句

看盡栖鴉亂舞叶

與前調迥别各仄聲字俱宜遵守葢此調音響如斯也或曰謾回首句五字望眼句七字

徵招調中腔　五十五字　王安中

紅雲倩霧籠天闕韻聖運叶豆星虹佳節叶紫禁曉風馥天香句奏九韶豆帝心悅叶　瑤堦萬歲蟠桃結叶睿算永豆壺天風月叶日觀幾時六龍來句金鏤玉牒告功業叶

金鏤句比前尾多一字

徵招　九十五字　周密

可仄江蘺可仄搖落江楓冷句霜空雁程先到韻萬景正悲秋句奈作平曲終

人杳叶可仄登臨嗟老矣宜叶問今古豆可仄清愁多少叶一夢東園句十年心

事句恍然驚覺叶腸斷紫霞深句知音遠豆作平寂作平寂怨琴淒調叶短

髮已無多句怕西風吹帽叶黃花空自好叶問誰識豆可平對花懷抱叶

楚山遠句九辨難招句更晚烟殘照叶

登臨嗟老矣應作登臨嗟已老觀後黃花句可知此句當叶韻也查趙以夫此句前段用起字後段用事字正叶秧翠意水等韻故知讀書論古當細心也寂寂至懷抱俱同前段寂寂二字作平即同前霜空二字不可用仄萬景登臨短髮黃花四句如五言詩柰曲終怕西風二句乃一字領句不可誤同

鼓笛令 五十五字 黃庭堅

寶犀未解心先透(韻)惱殺(作平)人(可仄)(豆)遠(可平)山微皺(叶)意(可平)淡言疎情最(可平)厚(叶)枉教作(可平)(豆)著(可平)行官柳(叶)小雨勒花時候(叶)抱琵琶(可仄)(豆)為(可平)誰清瘦(叶)翡(可平)翠金籠思珍(可仄)偶(叶)忽撩與(可平)山(可仄)鷄僝僽(叶)

後起比前起少一字

又一體 五十五字 黃庭堅

見來便覺情于我(句)廝守著(豆)新來好過(叶)人道他家有婆婆(換平叶)與一口(豆)管教屦磨(叶仄)副靖傳語木大(叶仄)鼓兒裏(豆)且打一和(叶仄)

更有些兒得處囉叶平燒沙糖豆香藥作平添和叶仄

婆囉二字以平叶仄此又一平仄通叶體也後段不宜叶兩和字豈有仄可叶平乎大抵此詞全用俳語難明且豙字字書不載恐有誤耳囉字叶婆可見不音羅那切　按此第三句用平叶韻若不叶即與步蟾宮同矣

又一體 五十五字　黃庭堅

酒闌命友閒為戲韻打揭兒豆非常愜意叶各自輸贏只賭是叶賞罰采豆分明須記叶　小五出來無事叶却跋翻和九底叶若要十作平一作平花下死叶那管十三句不如十二叶

後第二句六字末二句共八字

又一體 五十六字　黄庭堅

見來兩兩寧寧地韻眼厮打豆過如拳踢叶恰得嘗些香甜底叶苦殺人豆遭難調戲叶臘月望州坡上地叶凍著你豆影𨈭村鬼叶你但那些一處睡叶燒沙糖豆管好滋味叶

前後相同俳體恐有訛處𨈭字亦字書不載踢字音替是入聲叶韻

鼓笛慢 一百六字　秦觀

亂花叢裏曾攜手句窮艷景句迷歡賞韻到如今誰把句雕鞍鎖

定(句)阻遊人來往(叶)好夢隨春遠(句)從前事(豆)不堪思想(叶)念香閨正杳佳歡未偶(句)難留戀(豆)空惆悵(叶)　永夜嬋娟未滿(句)嘆玉樓(豆)幾時重上(叶)那堪萬里(句)却尋歸路(句)指陽關孤唱(叶)苦恨東流(句)水桃源路(豆)欲回雙槳(叶)仗何人細與(句)叮嚀問呵(上聲)(句)我如今怎向(叶)

如今誰把至未偶與後那堪萬里至問呵相同但前多一到字耳舊譜註鎖字斷句誤觀阻遊人以下與後指陽關以下無一字平上去入不合阻字指字乃一字領句也柰何亂註乎呵字上聲正與前偶字同而譜乃認作平聲可嘆獨不見朱希真滿路花以呵字煞尾叶火裹等韻耶　按長卿聖求俱有鼓笛慢

詞及詞林萬選載張仲宗一首查俱係水龍吟想因起句及前結畧似故訛刻耳

思歸樂 五十五字 柳永

天暮清和堪宴聚（韻）相得盡（豆）高陽儔侶（叶）皓齒善歌長袖舞（叶）漸引入（豆）醉鄉深處（叶）

晚歲光陰能幾許（叶）這巧宦（豆）不須多取（叶）共君把酒勸杜宇（叶）再三喚人歸去（叶）

此調亦似於中好只前結句七字而前第三句平仄與後段異於中好則皆用共君句平仄也

翻香令 五十六字 蘇軾

（可仄）金爐猶煖麝煤殘（韻）惜香（可平）更把寶釵翻（叶）（可仄）重聞處（句）餘薰在（句）這

一(可平)番(豆)氣(可平)味勝從前(叶)背(可平)人偷蓋小蓬山(叶)更將(可仄)沉水暗同燃(叶)且(可平)圖得(句)氤氳(句)久為情深(豆)嫌(可仄)怕斷頭烟(叶)

前後同

市橋柳　五十六字　蜀中妓

欲寄意(豆)渾無所有(韻)折盡市橋官柳(叶)看君著上春衫(句)又相將(豆)放船楚江口(叶)　後會不知何日又(叶)是男兒(句)須要鎮長相守(叶)苟富貴(豆)無相忘(句)若相忘(豆)有如此酒(叶)

須字各刻作休字不通詞意云若是男兒須相守到底也若作休字是回絕人口氣不要其相守矣

鳳銜盃 五十六字 晏殊

青蘋昨夜秋風起韻無限個豆露蓮相倚叶獨凭朱闌愁放晴天際叶空目斷句遙山翠叶 彩牋長錦書細叶誰信道豆兩情難寄叶可惜良辰好景歡娛地叶只恁空憔悴叶

後結比前段少一字

又一體 五十六字 晏殊

留花不住怨花飛韻向南園豆情緒依依叶可惜倒紅斜白一枝枝叶經宿雨句又披離叶 凭朱檻句把金卮叶對芳叢豆惆悵多

時(叶)何況舊歡新寵阻心期(叶)滿眼是相思(叶)

用平韻與前異 此詞壽域集亦載之末句作滿空眼是相思則與前結同是六字但滿空眼不成語恐是空滿眼之誤也壽域又一首共五十七字末云空牽惹病纏綿前後相同無誤因其前段缺九字故未取另列然可從也

又一體 六十三字 柳永

追悔當初辜深(可仄)願(韻)經年(可仄)價(豆)兩成幽怨(叶)任越(可平)水吳山(句)似屏如(可仄)障堪遊翫(叶)奈獨(作平)自(句)慵擡眼(叶) 賞烟花(句)聽(可平)絃(可仄)管(叶)圖歡娛(豆)轉加腸斷(叶)待時(可仄)展丹青(句)強拈書信頻頻看(叶)又爭似(句)親相

見

比前調前後第三句各多二字

錦帳春 五十六字　戴復古

處(可平)處逢花(句)家(可仄)家插(可平)柳(韻)政寒(可仄)食(豆)清(可仄)明時候(叶)奉板(可平)輿行(可仄)樂(句)使星隨後(叶)人(可仄)間稀有(叶) 出(可平)郭尋仙(句)繡(可平)衣春(可仄)晝(叶)馬上(可平)列(豆)兩(可平)行紅袖(叶)對韶(可仄)華一(可平)笑(句)勸國(作平)夫酒(叶)百(可平)千長壽(叶)

國夫字難解此為陳提舉奉母夫人遊庵而作國夫或謂封某國夫人也前後同

又一體 六十字　辛棄疾

春色難留句酒盃常淺韻更舊恨豆新愁相間叶五更風句千里夢句看飛紅幾片叶這般庭院叶　幾許風流句幾般嬌嬾叶問相見豆何如不見叶燕飛忙句鶯語亂句恨重簾不捲叶翠屏深遠叶

亂字偶合非叶韻前後同

鵲橋仙　五十六字或加令字　有前後首次句俱叶者　秦觀

纖可仄雲弄可平巧句飛可仄星傳可仄恨句銀可仄漢迢可仄迢暗可平度韻金可仄風玉可平露一相逢句便勝可平却豆人間無可仄數叶　柔可仄情似可平水句佳可仄期如可仄夢句忍可平顧鵲可平橋歸可仄路叶兩可平情若可平是久長時句又豈可平在豆朝朝暮可平暮叶

前後同酒邊詞首句作合爸風流平仄異然不可從坦庵第四句摩孩羅荷葉傘兒輕偶多一字無此體也摩孩羅即摩合羅七夕之耍孩兒也北曲耍孩兒調亦名摩合羅劉因前後首次句俱叶餘同不録

又一體 八十七字 柳永

屆征途句攜書劍句迢迢匹馬東去韻慘離懷句嗟年少豆易分難聚叶佳人方恁繾綣句便忍分鴛侶叶當媚景句算密意幽歡句盡成辜負叶 此際寸腸萬緒叶慘愁顏豆斷魂無語叶和淚眼片時句幾番回顧叶傷心脈脈誰訴叶但黯然凝竚叶暮烟寒雨句望秦樓何處叶

與前調迴別

卓牌子（五十六字或加慢字　子或作兒）　楊无咎

西樓天將晚（韻）流素月（豆）寒光正滿（叶）樓上笑揖姮娥（句）似看羅襪塵生（句）鬢雲風亂（叶）　珠簾終夕捲（叶）判不寐（豆）闌干凭煖（叶）好在影落清樽（句）冷侵香幄（句）歡餘未教人散（叶）

似看下十字冷侵下十字本是相同但語氣前則上六下四後則上四下六總之平仄無異氣可貫下也

夕字照前段應作平聲

又一體（九十七字）　万俟雅言

東風綠楊天句如畫出豆清明院宇韻玉艷淡泊句作平梨花帶月句胭脂零落句海棠經雨叶單衣怯黃昏句人正在豆珠簾笑語叶相並戲蹴秋千句共攜手豆同倚闌干句暗香時度叶　翠牕繡戶叶路繚繞豆潛通幽處叶斷魂凝佇叶嗟不似飛絮叶閒悶閒愁句難消遣豆此日意緒叶無據叶奈酒醒春去叶

東風至經雨似前楊詞之前半單衣至時度似其後半後翠窗以下較前段字少必有誤處無他作可考姑仍之

虞美人　五十六字　蔣捷

絲(可仄)絲楊(可仄)柳絲絲雨(韻)春(可仄)在冥(平聲)濛處(叶)樓(可仄)兒忒(可平)小不藏愁(換平)幾(可平)度

和雲飛去覓歸舟(叶平)　天(可仄)憐客(可平)子鄉關遠(三換仄)借(可平)與花消遣(叶三仄)海(可平)

棠紅(可仄)近綠欄干(四換平)纔(可仄)捲珠(可仄)簾却(可平)又晚風寒(叶四平)

前後同兩結九字語氣或可六字豆或可四字豆

又一體　五十八字　　閻選

粉融紅膩蓮房綻(韻)臉動雙波慢(叶)小魚銜玉鬢釵橫(換平)石榴

裙染象紗輕(叶平)轉娉婷(叶平)　偷期銀漢荷深處(三換仄)一夢雲兼雨(叶三仄)

臂留檀印齒痕香(四換平)深秋不寐漏初長(叶四平)盡思量(叶四平)

前後第四句各多一字并結處兩叶韻

樓上曲　五十六字　張元幹

樓(可仄)上夕(可平)陽明遠水(韻)樓(可仄)中人倚東風裏(叶)何事有(可平)情怨別離(換平)低鬟背(可平)立君應知(可平)　東(可仄)望雲(可仄)山君去路(三換仄)斷(可平)腸迢(可仄)迢盡(可平)愁處(叶三仄)明朝不忍見雲山(四換平)從今休(可仄)傍曲闌干(叶四平)

每二句一韻凡易四韻蘆川此調有二首故照註平仄如右非臆斷也

廳前柳　五十六字　趙師使

景清佳(韻)正倦客(句)凝秋思(豆)浩無涯(叶)遙十里(豆)香芬馥(句)桂初華(叶)

向碧葉豆露芳葩叶為粟粒鵝兒情淡薄句倩西風豆染就丹砂叶不比黃金雨句爍餘霞叶送幽夢豆到仙家叶

趙詞二首字極整齊可從查金谷亭前柳一詞雖多兩字定與此是一調故附于此後其體用俳語字更參差不可學也

亭前柳　五十八字　石孝友

有件偷遮筭好事大家都知被新寃家矍索後沒別底似別底也難為　誰盡千千并萬萬那得恁海底猴兒這百十錢一箇潑性命不分付待分付與誰

或曰此起結處與前不同何不另別一體余曰首起處必有訛錯新究家以下與前詞字句彷彿後起兩句亦同其後亦必有訛錯豈可另列一體以誤人且題中亭字與聽字音本相近是決一調而傳寫各異耳本譜崇真尚實不欲多列新奇以誇詳博也末句誰字上應落伊字

夜遊宮　　周邦彥

葉(可平)下斜陽照水(韻)捲輕浪(豆)沉(可仄)沉千里(叶)橋(可仄)上酸風射眸(可仄)子(叶)立多時(句)看黃昏(句)燈火市(叶)

古屋寒窗底(叶)聽幾(作平)片(豆)井(可平)桐飛墜(叶)不(可平)戀單衾再三(可仄)起(叶)有誰知(句)為蕭娘(句)書一紙(叶)

後起五字異前照字射字再字俱用去聲妙甚如千里放翁東堂夢窗蘆川皆詞家矩矱于此數字莫不

用去聲可見讀詞與塡詞須要熟玩深味方得其肯綮不可謂遇仄塡仄便以為無憾也看字為字亦得去為佳射眸子再三起放翁作去去上亦不拘然作去平上者多　舊譜于照射等字註可平無足怪已乃于有字註可平不知何解而立多時作三字句有誰知為蕭娘合作六字句本是前後一樣而註乃兩樣葢其所選刻者放翁之詞前云憶承恩嘆餘生今至此故于恩字讀斷作上三下六後云恨君心似危欄難久倚故錯認心似二字相連作上六下三且此調作者頗多何竟未一覽遂以作譜乎即放翁尚有一首云想關河雁門西豈可讀河雁二字相連耶夢窗稿末句對秋燈人幾老刻作幾人老不可誤從若用幾人調拗矣葢此句說離愁漸增作客者幾番添老故佳若云幾人無味且上云說與蕭娘何堪所寄情之蕭娘與幾人來往乎可為一笑

一斛珠　五十七字

又名醉落魄

南唐後主

曉(可平)妝初(可仄)過(韻)沉(可仄)檀輕(可仄)注些兒箇(叶)向(可平)人微(可仄)露丁香顆(叶)一(可平)曲清歌(句)暫(可平)引櫻(可仄)桃破(叶)　羅(可仄)袖裛(可平)殘殷(可)色可(叶)杯(可仄)深旋(可平)被香醪涴(叶)繡(可平)牀斜(可仄)凭嬌無那(叶)爛(可仄平)嚼紅茸(句)笑(可平)向檀(可仄)郎唾(叶)

醉落魄魄字音托　那字音糯

又一體　五十七字

周密

寒侵徑葉(韻)雁風擊碎珊瑚屑(叶)硯涼閒試霜晴帖(叶)頌菊騷蘭(句)秋事正奇絕(叶)　故人又作江西別(叶)書樓虛度中秋節(叶)

碧欄倚徧誰人說叶愁是新愁句月是舊時月叶

後起句平仄與前詞異宋人多用此體正字舊字用去聲抑揚有調中字片玉逃禪用上聲然不如用平石屏詞有一首五十五字乃後第三句誤落二字非有此體

又一體　五十七字　史達祖

鶯鶯意愜叶空分付豆有情眉睫叶齊家蓮子黃金葉叶爭比秋苔句靴鳳幾番蹋叶　牆陰月白花重疊叶悤悤軟語屢驚怯叶宮香錦字將盈篋叶雨長新寒句今夜夢魂接叶

第二句用上三下四句法　按草窗一首用憶憶憶憶四箇疊字此是巧筆但憶字入可作平上去不得

又一體　五十七字　楊无咎

水寒江靜韻浸一抹豆青山倒影叶樓外指點漁村近叶笛聲誰噴叶驚起賓鴻陣叶　往事總歸眉際恨叶這相思豆情味誰問叶泪痕空把羅襟印叶泪應啼盡叶爭奈情無盡叶

前後第二句俱用上三下四句法笛聲句泪應句俱用仄平平仄叶韻與前各異外字味字仄音不必學沈氏選明詞有于後起作三字兩句者吾不知其何所本也

遍地花　五十七字　毛滂

白玉欄邊自凝佇韻滿枝頭豆新彩雲雕霧叶甚芳菲豆繡得成

團(句)砌合出(豆)韶華好處(叶)　暖風前(豆)一笑盈盈吐(叶)檀心向誰分付(叶)莫與他(豆)西子精神(句)不枉了(豆)東君雨露(叶)

或云後起句七字吐字乃屬下句又云新字是誤多者未知是否

梅花引　五十七字　万俟雅言

曉風酸(韻)曉霜乾(叶)一雁南飛人度關(叶)客衣單(叶)客衣單(疊句)千里斷魂(句)空歌行路難(叶)　寒梅驚破前村雪(換仄)寒鷄啼落西樓月(叶仄)酒腸寬(叶平)酒腸寬(疊句)家在日邊(句)不堪頻倚欄(叶平)

客衣單以下與後同客衣單酒腸寬俱疊一句雪月二字換韻相叶譜圖失註大誤　此梅花舊調也詞

隱此篇允為程式觀其千家二字平斷日二字仄行頻二字平何等起調豈非名手明詞以青田為第一其斷日二字用暗未二字去聲甚妙但魂邊二字青田亦用叶韻此則不叶或曰古人詞以真文元寒刪先同叶魂字十三元邊字一先故亦取用此論雖是但邊字不妨魂字則與韻相去遠觀其前後韻無此等字此句定不須叶也況後王向等詞此句皆不用韻可知　江城梅花引合調說見前江城子下沈天羽作後起云清泪般酒兒傾潑玉容般花兒扯撒如此上三下四句法真所謂笑斷人腸不惟于調中句字平仄全未夢見但問扯撒二字如何相連其下云約藏胸舊巖松尤不成語而自選之且自評之曰字句音旨獨竪壇坫人亦以壇坫歸之異哉

又一體　五十七字　又名貧也樂　王特起

山之麓(韻)水之曲(叶)一灣秀色盤虛谷(叶)水溶溶(換平)雨濛濛(叶平)有人行李蕭蕭落葉中(叶平)人家籬落炊烟溼(三換仄)天外雲峯迷淡碧(叶三仄)野雲昏(四換平)失前村(叶四平)溪橋路滑(句)平沙沒舊痕(叶四平)

前詞只換頭二句改韻此竟四換韻矣此調平仄不拘多用古詩句法為之觀高仲常諸篇可見

又一體　一百十四字　　向子諲

又名小梅花

花如頰(韻)梅如葉(叶)小時笑弄堦前月(叶)最盈盈(換平韻)最惺惺(叶平)鬧愁未識(句)無計說深情(叶平)一年空省春風面(三換仄)花落花開不相見(叶三仄)要相逢(四換平)得相逢(叶四平)須信靈犀(句)中自有心通(叶四平)同杯杓(五換仄)同斟

酌（叶五仄）千（可仄）愁一（可平）醉都忘卻（叶五仄）花（可仄）陰邊（疊韻平）柳陰邊（叶六平）幾回擬（可平）待（句）偷憐（宜仄）不
成憐（叶六平）傷（可仄）春王（可平）瘦慵梳掠（七換仄）拋（可仄）擲琵琶悶（可仄）處（可平）著（叶七仄）莫猜疑（八換平）莫嫌
遲（叶八平）鴛鴦翡翠（句）終自一雙飛（叶八平）

合前調之兩段為一復加一疊不相見與後闋處著稍異不拘也偷憐憐字雖此調有古詩風致用平不妨然在此前後整齊調中畢竟用仄為妥　賀東山作名小梅花句法同但有訛錯又落兩字其異于此者第三句車如雞栖馬如狗六七句不知我輩可是蓬蒿人後起酌大斗更為壽余謂此數句不如向詞穩若篇中四字句法共四處賀于前段用不知我輩誰問旗亭後段用當壚秦女爭柰愁來似有紀律此詞鴛鴦翡翠若作翡翠鴛鴦則與賀合矣　余論此調未免太鑿觀上王詞結處用葉中舊痕葉舊兩仄

高仲常詞用人家人間兩人字皆平則知通篇全宜以古氣行之不必拘拘于一字之間也但能古則可若謂格律不拘而隨意亂寫則不如斤斤拘守之無弊耳知音者當擇焉

踏莎行　五十八字　又名柳長春　吴文英

潤(可平)玉籠綃(句)檀(可仄)櫻倚(可平)扇(韻)繡(可平)圈猶(可仄)帶脂香淺(叶)榴(可仄)心空(可仄)疊舞裙紅(句)艾(可平)枝應(可仄)壓愁鬟亂(叶)　午(可平)夢千山(句)牕(可仄)陰一(可平)箭香(可仄)瘢新(可仄)褪紅絲腕(叶)隔(可平)江人(可仄)在雨聲中(句)晚(可平)風菰(可仄)葉生秋苑(叶)

前後同楊炎于第二句不起韻第三句方起韻諸家無此體蔡伸後起云一切見聞不可思議見可二字仄聲此係偶用禪家成語亦無此體俱不可學

轉調踏莎行 六十五字

曾覿

翠幄成陰（句）誰家簾（可仄）幙（韻）綺（可平）羅香擁處（豆）觥（可仄）籌錯（叶）清和將（可仄）近（句）春寒更（可平）薄（叶）高歌看簌簌（豆）梁塵落（叶）好景良辰（句）人生行（可仄）樂（叶）金（可仄）盃無奈是（豆）苦（可平）相虐（叶）殘紅飛（可仄）盡（句）裊垂楊輕（可仄）弱（叶）來歲斷（宜平）不負（豆）鶯花約（叶）

裊垂楊句比春寒句多一字恐誤多否則春寒上落一字看字斷字去聲觀後趙詞可見歲字恐是年字

又一體 六十六字

趙師使

宿雨纔收（句）餘寒尚力（韻）牡丹將綻也（豆）近寒食（叶）人間好景（句）算

仙家也惜叶因循盡埽斷豆蓬萊跡叶　舊日天涯句如今咫尺叶
一月五番□豆共懽集叶些兒壽酒句且作平莫留半滴叶一作平百作平二十
箇豆好作平生日叶
前後同且莫留句五字正與前詞
同恐前詞春寒句乃落一字耳

紅牕迥　五十八字　又名虹窗影　周邦彥

幾日來豆真箇醉韻不知道牕外句亂紅已深半指叶花影被豆風
搖碎叶　擁春醒乍起叶有箇人人句生得濟楚句來向耳畔句問
道今朝醒未叶情性兒豆慢騰騰地叶惱得人又醉叶

愚謂此詞當于乍起分段識者詳之葢有箇人人是後段起語不應連上句大約有箇二句抵前首二句來向二句抵不知二句情性句抵花影句惱得句得字作平聲抵擁春醒句　按此與紅窗睡迴别故不類聚

小重山　五十八字　蔣捷

晴(可仄)浦溶溶明斷霞(韻)樓(可仄)臺搖影處(豆)是誰家(叶)銀(可仄)紅裊(可仄)襴皺宮紗(叶)風前坐(句)閑鬬鬱金芽(叶)人(可仄)散樹啼鴉(叶)粉(可平)襴粘不住(豆)舊繁華(叶)雙(可仄)龍尾(可平)上月痕斜(叶)而今(可仄)照(句)冷(可平)淡白菱花(叶)

後起五字異前餘同　惜香樂府一首前結疎雨韻入芭蕉必誤多一字此調作者甚多無前結獨六字

之理粘字竹山又一首用半字風前坐東堂一首作玉堂人此皆偶然不必從也　江月晃重山犯此調附西江月後

惜瓊花　五十八字　張先

汀蘋白（韻）苕水碧（叶）每逢花駐樂（句）隨處歡席（叶）別時攜手看春色（叶）螢火而今（句）飛破秋夕（叶）

河流如帶窄（叶）任輕口似葉（句）何計歸得（叶）斷雲孤鶩青山極（叶）樓上徘徊（句）無盡相憶（叶）

此調只後起五字比前不同餘平仄無一字不合圖譜于前結註八字後結註兩四誤任輕下落一舟字故似與前異夫上曰河流如帶矣則似葉者是何物非舟而何豈一輕字可代舟乎況此正對前每逢花

駐樂五字無足疑也故為口以補之看字平聲 按此詞用處破計盡四去聲字正是發調處用上聲且不可而圖譜俱註作可平人見此註必取其順便可填不知已受其誤拗而不覺矣嗟乎誰不知此字用平易于用去乃如三影之才壽且九十歲而必苦苦用此難用之字何其太不解事而見哂于今人也

詞律卷八

欽定四庫全書

詞律卷九

宜興萬樹撰

花上月令 五十八字 吳文英

文園消渴愛江清韻酒可平腸可仄怯句怕深觥叶玉舟曾洗芙蓉水句瀉

清冰叶秋可仄夢可平淺句醉雲輕叶庭竹不收簾影去句人可仄睡可平起句月空

明叶瓦餅汲井和秋葉句薦吟醒叶夜可平深可仄句重怨遥更叶

後起用仄

不叶餘同

七娘子　五十八字　蔡伸

天（可仄）涯觸（可平）目傷離緒（韻）登（可仄）臨（可平）況值秋光暮（叶）手（可平）撚黃花（句）憑（可仄）誰分付（叶）雝（可仄）雝落（可平）雁蒹葭浦（叶）憑高目斷桃溪路（叶）屏（可仄）山樓（可仄）外青無數（叶）綠（可平）水紅橋（句）鎖（可平）牕朱戶（叶）如（可仄）今總（可平）是銷魂處（叶）

前後段同

又一體　六十字　向子諲

山園水繞高唐路（韻）恨寥（可平）雲不下陽臺雨（叶）霧閣雲牕風亭月戶（叶）分明攜手同行處（叶）而今不見生塵步（叶）但長（可仄）江無

語東流去(叶)滿地落(作平)花(句)漫天飛絮(叶)誰知總是離愁做(叶)

前後第二句俱八字○謝無逸一首起句云風剪冰花飛零絮此必冰花風剪誤刻也查諸家無此拗句

繫裙腰 五十八字 魏夫人

燈(可仄)花(可平)耿耿漏遲遲(韻)人別(可平)後(句)夜涼時(叶)西(可仄)風瀟(可仄)灑夢初回(叶)誰(可仄)念我(句)就(可平)單(可仄)枕(句)皺雙眉(叶)錦(可平)屏繡(可平)幌與秋期(叶)腸欲(可平)斷(句)淚偷垂(叶)月(可平)明(可仄)還到小窗西(叶)我(可平)恨你(句)我(可平)憶(可平)你(句)你爭知(叶)

前後同

又一體 六十一字 張先

濃霜淡照夜雲天韻朦朧影句畫勾欄叶人情縱似長情月句算一年年叶又能得句幾番圓叶　欲寄西江題葉字句流不到句五亭前句東池始有荷新綠句尚小如錢叶問何日藕句幾時蓮叶

前第四句後第一第四句俱用仄聲不叶而年錢二字轉叶與前詞異前詞兩結俱三字三句此前段多算字後段多尚問二字但此問字係誤多者此句宜與前又能得同

朝玉堦　五十九字　杜安世

春色欺人拂眼清韻柳條綠絲軟豆雪花輕叶黃金纔鈒掩銀屏叶陰沉深院靜豆語嬌鶯叶　美人春困寶釵橫叶惜花芳態

泪盈盈叶風流何處最多情叶千金一笑句須信傾城叶

綠絲恐是絲綠纔鉞二字不可解必誤惜花句比前段少一字恐是落去尾句應上五下三此乃兩四不審此體當如是或是誤也作者從後載一體可耳

又一體 六十字

杜安世

簾捲春寒小雨天韻牡丹花落盡豆悄庭軒叶高空雙燕舞翩翩叶無風輕絮墜豆暗苔錢叶 擬將幽怨寫香牋叶中心多少事豆語難傳叶思量真箇惡因緣叶那堪長夢見豆在伊邊叶

前後一樣只後起句平仄不同觀前詞則換頭例應平仄起選聲奇註平仄謂可與前段首句同不知所

據而圖譜竟註後段同前矣

一翦梅　五十九字　李清照

紅(可仄)藕香殘玉(可平)簟秋(韻)輕(可仄)解羅裳(句)獨(可平)上蘭舟(叶)雲(可仄)中誰寄錦書來(句)雁字來時月滿樓(叶)花(可仄)自飄零水(可平)自流(叶)一(可平)種相思(句)兩(可平)處閒愁(叶)此(可平)情無計可消除(句)纔(可仄)下眉頭(句)却(可平)上心頭(叶)

月滿樓或作月滿西樓不知此樓與他詞興如裳思來除等字皆不用韻原與四段排比者不同雁字句七字自是古調何必彊其入俗而添一西字以湊八字乎人若欲填排偶之句自有另體在也

又一體　六十字　蔣捷

一(可平)片春愁帶(可平)酒澆(韻)江(可仄)上舟搖(叶)樓(可仄)上帘招(叶)秋(可仄)娘容(可仄)與泰娘嬌(叶)颭(可仄)又飄飄(叶)雨(可平)又瀟瀟(叶)何(可仄)日雲帆卸(可平)浦橋(叶)銀(可仄)字箏調(叶)心(可仄)字香燒(叶)流(可仄)光容(可仄)易把人拋(叶)紅(可仄)了櫻桃(叶)綠(可平)了芭蕉(叶)

此則通篇用韻四段四字八句皆排偶者矣其七字句有四須記前後第一句之第二字俱是仄第四句之第二字俱用平不可誤也後村于後起句誤用酒酣耳熱說文章不可從至鳳洲四七字句第二字俱用平尤誤而天羽之謬又不足言矣

又一體 六十字 吳文英

遠目傷心樓上山(韻)愁裏長眉(句)別後蛾鬟(叶)暮雲低壓小欄

干叶教問孤鴻句因甚先還叶 瘦倚溪橋梅夜寒叶雪欲消時句
泪不禁彈叶翦成釵勝待歸看叶春在西牕句燈火更闌叶
眉鴻時牕四字不叶韻

又一體 六十字 盧炳

燈火樓臺萬斛蓮韻千門喜笑句素月嬋娟叶幾多急管與繁
絃叶巷陌喧闐叶畢獻芳筵叶 樂與民偕五馬賢叶綺羅叢裏句
一簇神仙叶傳柑雅宴約明年叶盡夕留連叶滿泛金船叶
笑字裏字仄聲韓東浦作前後第二句亦用仄聲與此盧詞同而第五句并用平不叶與後周詞同茲不

另録。友古前尾用姑且自寛自字仄坦菴用問誰似似他誰字平似似字仄俱不可學如夢窗之春到一分花瘦一分兩一則以入作平也

又一體 六十字 周邦彥

一剪梅花萬樣嬌叶斜插疎枝句畧點梅梢輕盈微笑舞低回句何事樽前句拍手誤招叶 夜漸寒深酒漸消叶袖裏時聞句玉釧輕敲叶城頭誰恁促殘更句銀漏何如句且慢明朝叶

回字更字俱不叶韻。友古一首止後第四句不叶

冉冉雲 五十九字 盧炳

雨洗千紅又春晚（韻）留（可仄）牡（可平）丹（豆）倚闌（可仄）初綻（叶）嬌婭姹（可平）（豆）偏（可仄）賦精神

君看（叶）算費盡（豆）工夫點（可平）染（叶）　帶露天香最清遠（叶）太（可平）真（可仄）妃（豆）院

妝體（可平）段（叶）拚對花（可仄）（豆）滿（可平）把流霞頻勸（叶）怕逐東風零（可仄）亂（叶）

尾句比前結少一字餘同又春晚最清遠用去平上須從之不可杜撰○愚謂前後段宜同怕逐句乃誤落一字也

接賢賓　五十九字　毛文錫

香韉鏤襜五色驄（韻）值春景初融（叶）流珠噴沫躞蹀（句）汗血流紅（叶）　少年公子能乘馭（句）金鑣玉轡瓏璁（叶）為惜珊瑚鞭不

下句騎生百步千蹤叶信穿花從句拂柳句向九陌追風叶

此小令可不分段觀後柳詞可知今仍其舊

集賢賓 一百十六字 柳永

小樓深巷狂遊遍句羅綺成叢韻就中堪人屬意句最可平是蟲蟲叶有可平畫難描雅可平態句無可仄花可比芳容叶幾回飲可平散良宵永句鴛衾鳳枕香濃叶算得人間天上句惟有兩心同叶　近來雲雨每西東叶誚惱損情悰叶縱然偷期暗會句長可仄是悤悤叶爭可仄似和鳴諧可仄老句免可平教斂翠啼紅叶眼前時可仄暫殊歡宴句盟言在豆更莫忡

忡叶待作真箇可平宅院句方信有初終叶

與前詞同調只前是單調此以前調合為一段而加後疊耳調名接集二字北音相同實一字也論花間在前該從接字但自北曲相沿至南曲皆有集賢賓俱作集字不便作接故並列于此○接此詞除後起柬字叶韻外前後俱宜相同羅綺句不應少一字恐係脫落比前毛詞亦應五字盟言句比鴛衾句不應多一字若此句七字則鴛衾句亦應加一字矣其與前毛詞較異者則首句不起韻有畫爭似二句少一字惟有誚惱方信三句比前值字向字領句者稍不同而前信穿花下六字作兩句此合為一句是則宗體耳

散天花 六十字 舒亶

雲淡長空落葉秋韻寒江烟浪盡豆月隨舟叶西風偏解送離愁叶聲聲南去雁豆下汀洲叶　無奈多情去復留叶驪歌齊唱罷豆泪爭流叶悠悠別恨幾時休叶不堪殘酒醒豆凭高樓叶

前後同圖譜于悠悠下註叶韻愚謂此調前後相合無此處分二字之理其為七字句無疑此係詞理自應如此非本譜于別處譏人失註叶韻此詞註叶而反改去也圖譜又于寒江句落一江字遂註七字句且註此調共五十九字遂與後段驪歌句兩樣誤矣

○按此調與朝玉堦同只後起平仄同前段是兩體

少年心　六十字　黃庭堅

對景惹起愁悶韻染相思豆病成方寸叶是阿誰先有意句阿誰

薄倖（叶）斗頓恁（豆）少喜多嗔（換平叶）　合下休傳音問（叶仄）你有我（豆）我無你分（叶仄）似合歡桃核（句）真堪人恨（叶仄）心兒裏（豆）有兩個人人（叶平）

似合歡句比前少一字心兒裏下比前多一字。按後段雖字有多少然語氣音響前後相同或前則阿字誤多後則有字誤多耳沈氏乃于末句作有兩箇人少一人字大謬人人乃詞家常用語如有箇人人心裏人人之類況前用多嗔是平平煞此用箇人去平煞于聲調全拗矣。此詞用平仄兩叶者

又一體　六十六字　黃庭堅

心裏人人（句）暫不見（豆）霎時難過（韻）天生你（豆）要憔悴（叶）我把心頭（豆）從前鬼（句）著手摩挲（換平叶）抖擻了（豆）百病銷磨（叶平）　見說那廝（句）脾鱉

熱大叶仄不成我豆便與折破叶仄待來時豆鬲上與句廝嗽則箇叶仄温存著豆且教推磨叶仄

俳體字或有誤前詞惟兩結尾用平叶此前段用掌磨二字平後末磨字又去聲可見通叶者總不拘也

後庭宴 六十字 無名氏

千里故鄉十年華屋韻亂魂飛過屏山蔟叶眼重眉褪不勝春句菱花知我銷香玉叶　雙雙燕子歸來句應解笑人幽獨叶斷歌零舞句遺恨清江曲叶萬樹綠低迷句一庭紅撲簌叶

前段同踏莎行後段全異圖註重字仄可平撲字可平不解

撥棹子　六十字　　尹鶚

風切切韻深秋（可仄）月叶十（可平）朵芙（可仄）蓉繁艶歇叶小檻細（可平）腰無力叶空贏（可仄）

得句目（可平）斷魂飛何處說叶寸（可平）心恰（可平）似丁香結叶看看瘦盡胸

前雪叶偏挂恨豆少年抛擲叶羞（可平）覩見句繡（可平）被堆紅閒不徹叶

又一體　六十一字　　尹鶚

丹臉膩韻雙鬟（可平）媚叶冠（可仄）子縷（可平）金裝翡翠叶將一朵豆瓊（可仄）花堪比叶窠

窠繡句鸞（可仄）鳳衣裳香窣地叶銀（可仄）臺蠟（可平）燭滴（作平）紅泪叶綠酒勸人

教半醉叶簾幙外豆月（可平）華如水叶特（作平）地向句寶（可平）帳顛狂不（作平）肯睡叶

兩詞相同只酴酒句與前詞看看句平仄異然前段冠子句與前詞十朵句與酴酒句合雖或不拘從此為妥至于將一朵句與後簾幙外同七字前詞偏挂恨亦七字其小檻句上定落一憑字是則前詞缺而此調全也

又一體 六十一字 黃庭堅

歸去來韻歸去來疊句攜手舊山歸去來疊有人共豆對月樽罍叶橫一琴句甚處逍遙不自在換仄叶　閒世界叶仄無利害叶仄何必向世間甘幻愛叶仄與君釣豆晚烟寒瀨叶仄蒸白魚稻飯溪童供筍菜叶仄

此體雖大約與尹詞相合而用韻異首以平聲起韻結句即換仄叶後段俱仄此又一平仄兩叶者○後

起三字兩句異前詞與前段起處合而何必向比前多一字蒸白魚三字即同上横一琴該三字尹詞亦皆三字句此則宜于稲飯分句或十字一氣不拘

蝶戀花　張泌

六十字又名一羅金 黄金縷 鵲踏枝 鳳棲梧 明月生南浦 捲珠簾 魚水同歡

六(可平)曲闌(可仄)干偎碧樹韻楊(可仄)柳風輕句展(可平)盡黄金縷叶誰(可仄)把鈿(可仄)箏移玉柱叶穿(可仄)簾燕(可平)子雙飛去叶　滿(可平)眼游(可仄)絲兼落絮叶紅(可仄)杏開時句一(可平)霎清明雨叶濃(可仄)睡覺(可平)來鶯亂語叶驚(可仄)殘好(可平)夢無尋處叶

壽域首句新月羞花影庭樹末三字仄平仄此係偶然不可從又有一首前第四句畫閣巢新燕聲喜後第四句苒苒光陰似流水又一首前第四句哀柳揺風尚柔軟後第四句獨倚闌干暮山遠則全用仄平

仄或有此體然作詞但從其多者可耳又兩首後起句一云近來早是添顣頷一云新翻歸翅雲間雁平仄全異此則唐以後無此格詞統收明詞二首人間玉簫起者誤矣譜圖既收蝶戀花又收一羅金誤其起句云武陵春色濃如酒平仄全反初謂因其全反故疑是另體而收之也及觀所圖則仍註可平仄仄平平仄仄又曰後段同是亦明知其與蝶戀花一樣矣何又兩收之耶

又一體　六十字　　石孝友

別來相思無限期韻欲說相思句要見終無計換仄叶擬寫相思持送伊叶平如何盡得相思意叶仄　眼底相思心裏事叶仄從把相思句寫盡憑誰寄叶仄多少相思都做泪叶仄一齊泪損相思字叶仄

期字平聲起韻第四句伊字平叶則此調又一平仄兩叶者矣○或曰期字恐是際字伊字恐是你字然舊刻如此期伊二字正是韻脚不敢議改故另列一體于此又或云前後第二句兩思字亦是叶則未必耳

唐多令　六十字　唐一作糖　又名南樓令

陳允平

何(可仄)處是秋風(韻)月(可平)明霜(可仄)露中(叶)算淒涼(豆)未(可平)到梧桐(叶)曾(可仄)向垂(可仄)虹橋上看(句)有(可平)幾(可平)樹(句)水邊楓(叶)

客(可平)路怕相逢(叶)酒(可平)濃愁(可仄)更濃(叶)數歸期(豆)猶(可仄)是初冬(叶)欲(可平)寄相(可仄)思無好句(句)聊(可仄)折(可平)贈雁來紅(叶)

前後對待無參差者夢牕一首第三句誤刻縱芭蕉不雨也颼颼因多一字詞統遂註縱字爲襯襯之一

說不知從何而來詞何得有襯乎況此句句法上三下四亦止可註也字為襯而不可註縱字襯也著譜示人而可率意為之耶愚謂也字必是誤多無疑即不然亦竟依其體而填之不可立襯字一說以混詞格也

鞓紅 六十字 無名氏

粉香尤嫩句霜寒可慣韻怎奈向豆春心已轉叶玉容別是句一般閑婉叶悄不管豆桃紅杏淺叶 月影玲瓏句金隄波面叶漸細細豆香風滿院叶一枝折寄句故人雖遠叶莫輒使豆江南信斷叶

前後同只換頭首句用平○按鞓紅乃牡丹名放翁桃源憶故人詞一朶鞓紅凝露東坡西江月詞蓬萊

殿後鞓紅鞓音汀帶革也西廂角帶倣黃鞓宗待制服紅鞓犀帶蓋以花色如帶鞓之紅耳今所繫亦曰鞓帶而字書音為丁誤也

感皇恩　六十字　張先

廊廟當時共代工韻睢陵千里約句遠相從叶欲知賓主與誰同叶宗枝內句黃閣舊有三公叶　廣樂起雲中叶湖山看畫軸句兩仙翁叶武陵佳話幾時窮叶元豐際句德星聚句照江東叶

後起五字與前段異兩結同而譜註前六字後兩三字且于舊字註可平若作者依之于舊有二字作兩字相連語如廊廟賓主之類豈不大錯

又一體 六十五字 趙長卿

碧水浸芙蓉句可仄秋風楚岸韻可仄三歲光陰轉頭換叶可平且留可仄都騎句未許可仄悤悤分散叶更持可仄盞酒慇懃勸叶可仄休作等閒句可平別離人看叶可平且對笙歌醉須判叶可仄如君可仄才調句掌得可平玉堂詞翰叶定應可平不久勞州縣叶

此用仄韻而格調亦與前異轉頭換醉須判用仄平仄是此調定格而譜圖註可作平仄仄甚怪若此三字作平仄仄豈成其為感皇恩乎試問古作家亦有用平仄仄者乎且前段不註吾又不知其何說也

又一體 六十七字 周邦彥

小閣倚晴空句數聲鐘定韻斗柄垂寒暮天靜叶朝來殘酒句又被春風吹醒叶眼可平前猶認得豆當時景叶 往事舊懽句不堪重省叶自嘆多愁更多病叶綺牕依舊句敲遍闌干誰應叶斷腸明月下豆梅搖影叶

兩結八字與前異○後段起句或作洞房見説或作繁枝高蔭或作此去常恨想所不拘因不係叶韻句不另録舊懽舊字多用去聲者不可不知

又一體 六十八字 周紫芝

無事小神仙句世人誰會韻著甚來由自縈繫叶人生須是句做

些閒中活計叶百年能幾許豆無多子叶 近日謝天句與片閒田地叶作箇茅堂待作平打睡叶酒兒熟也句贏取山中一醉叶人間如意事豆只作平此作平是叶

與片閒田地五字然各家俱用前六十七字體

荷華媚 六十字

蘇軾

霞包霓荷碧韻天然地豆別是風流標格叶重重青蓋下句千嬌照水句好紅紅白白叶 每恨望豆明月清風夜句甚低迷不語句妖邪無力叶終須放豆船兒去句清香深處住句看伊顏色叶

霓字必蜺字乃入聲然此句難解恐有誤因他無
作者可証也妖應作夭音歪出白長慶詩自註

玉堂春　六十一字　晏殊

斗城池館韻二可平月風可仄和煙煖叶繡戶珠簾句日影初長換平玉鑾金鞍句繚繞沙堤路句幾處行人映綠楊叶平　小檻朱可仄闌回倚句千花濃露香叶平脆管清絃句欲奏新翻曲句依約林間坐夕陽叶平

脆管下與前玉鑾下同珠玉三詞如一
規矩森然學者不可依圖譜所註平仄

破陣子　六十二字　又名十拍子　晏殊

燕子來時新可仄社句梨可仄花落可平後清明韻池可仄上碧可平苔三四點句葉可平底

黃鸝三兩聲叶 可平日長飛絮輕叶 巧笑東鄰可平女伴句 可平采桑徑裏逢迎叶 可仄疑怪可仄昨宵春夢好句 可仄元是今朝鬬草贏叶 可平笑從雙臉生叶

前後同飛雙二字平而上用日笑二字仄妙日笑或有用平者然不如此發調四點夢好鬬草等去上俱妙

好女兒 六十二字

晏幾道

綠徧西池韻 梅子青時叶 儘無端豆 盡日東風惡句 更霏微細雨句 可平惱人離恨句 沸路春泥叶 應是行雲歸路句 有閑淚豆 灑相思叶 想旗亭豆 望斷黃昏月句 又依前誤了豆 可仄紅牋香信句 翠袖歡期叶

想旗亭下與前同餘說見繡帶兒下○儘字想字上聲而盡字望字去聲更字又字去聲而細雨與誤了去上聲如此發調豈非作家楊用修一首于霏微細雨作紅拂當筵後段又依前句止四字又一首前段第三句止七字俱誤明詞往往有差處勿錯從

贊成功 六十二字 毛文錫

海棠未(可平)坼(句)萬(可平)點深紅(韻)香(可仄)包緘(可仄)結一重重(叶)似含羞態(句)邀(可仄)勒春風(叶)蜂(可仄)來蝶去(句)任遶芳叢(叶)

昨夜微(可仄)雨(句)飄(可仄)灑庭中(叶)忽(可平)聞聲(可仄)滴井邊桐(叶)美人驚起(句)坐(可平)聽晨鐘(叶)快(可平)教折取(句)戴玉瓏璁(叶)

前後同夜字不妨用平

漁家傲　六十二字　周邦彥

灰（可仄）暝香（可仄）融銷永晝（韻）蒲（可仄）萄架（可平）上春藤秀（叶）曲（可平）角闌（可仄）干羣雀鬭（叶）清明（可仄）後（叶）風（可仄）梳萬（可平）縷亭前柳（叶）　日（可平）照釵（可仄）梁光欲溜（叶）循（可仄）堦竹（可平）粉霑衣袖（叶）拂（可平）拂面（可平）紅新著酒（叶）沉吟（可仄）久（叶）昨（可平）宵正（可平）是來時候

前後同惜香一首後段三字句不叶韻乃誤也用修誤于拂拂句用仄平平仄平平仄天羽選徐小淑作前後首句俱反作次句平仄前次句反作首句平仄大誤雖閨人所作當恕然以入選作後人矜式則不可也

又一體　六十二字　杜安世

可仄踈雨才收淡淨天韻可仄微雲可平綻處月嬋娟叶寒雁一聲人正遠換仄叶添幽怨叶仄那堪往事思量遍叶仄誰道綢繆兩意堅叶平可平水萍可仄風絮不相緣叶平舞鑑鸞腸虛寸斷叶仄芳容變叶仄好將憔悴教伊見叶仄

前後首次句俱平韻餘用仄韻此調亦平仄通叶者○杜詞又一首第一句每到春來長如病第五句奈向後期全無定後第三句天賦多情翻成恨俱拗玆不另録而其前第三句不慣被人拋擲日竟不叶韻則更係傳訛矣

定風波 六十二字

歐陽炯

暖日閒牕映碧紗韻可平小池可仄春水浸晴霞叶可平數樹可平海棠紅欲盡換仄

爭忍(叶仄)玉(可平)閨深(可仄)掩過年華(叶平)　獨(可平)凭繡(可平)牀方寸亂(三換仄)腸斷(叶三仄)淚(可平)珠
穿(可仄)破臉邊花(叶平)鄰(可仄)舍女(可平)郎相借問(四換仄)音信(叶四仄)教(可仄)人休(可仄)道未還家(叶平)

平一韻仄三韻是定格也圖譜因收葉石林詞其第一仄用見淺第二仄用伴斷第三仄用暮雨遂註伴斷叶前見淺之韻是使人必于後起兩句叶前三四兩句矣悞甚悞甚定風波作者最廣何竟不一閱而輒作譜耶用修于首句用客中冬至夜偏長平仄誤學者勿因沈選謂有此格

又一體 六十二字　蘇軾

好睡慵開莫厭遲(韻)自憐冰臉不宜時(叶)偶作小紅桃杏色(句)
閑雅(句)尚餘孤瘦雪霜姿(叶)　休把閒心隨物態(句)何事(句)酒生

微暈沁瑶肌叶詩老不知梅格在句吟詠句更看綠葉與清枝叶

仄句俱不換韻○按定風波調自五代迄宋作俱無不換仄韻之體坡公九首亦惟此一詞不叶作者不必從之

又一體 六十三字 孫光憲

簾拂踈香斷碧絲韻淚衫還滴繡黃鸝叶上國獻書人不在換仄凝黛叶仄晚庭又是落紅時叶平　春日自長心自促三換仄翻覆叶三仄年來年去負前期叶平應是秦雲兼楚雨四換仄留住叶四仄向花枝誇說月中枝叶平

後結多一字○按此依花間舊刻録之但恐
花枝枝字誤多作者只依前歐陽體可耳

又一體 九十九字 張翥

恨行雲豆特地高寒句牢籠好夢不定韻婉娩年華句淒涼客況句泥酒渾成病叶畫欄深句碧牕靜叶一樹瑤花可憐影叶低映叶怕明月作平照見句青禽相並叶 素衾正冷叶又寒香豆枕上薰愁醒叶甚銀牀霜凍句山童未起句誰汲墻陰井叶玉笙殘句錦書迴叶應是多情道薄倖叶爭肯叶等閒孤負句西湖春興叶

山童下與前段淒涼下同只等閒句比前少一怕字後柳詞亦然

又一體 一百字 柳永

自春來豆慘綠愁紅句芳心是事可可韻日上花梢句鶯穿柳帶句
猶壓香衾臥叶暖酥銷句膩雲嚲叶終日厭厭倦梳裹叶無那叶恨
薄情一去句音書無箇叶 早知恁般麼叶悔當初豆不把雕鞍
鎖叶向雞牕只與句蠻牋象管句拘束教吟詠應叶鎮相隨句莫拋躲叶
針線閒拈伴伊坐叶和我叶免使少年句光陰虛過叶

比前詞只後起句多一字詠字不叶韻免使少年作
仄仄仄平三處異耳余斷以為即是前調後起句應
從柳作蓋如膩雲嚲等仄平仄句篇中多用之則此
恁般麼亦不誤也麼字去聲免使句應從張作蓋照

前段薄情一去平仄可也至詠字無不叶之理必是和字去聲而訛寫詠字無疑也○又竹坡有定風波令查係琴調相思引故此不列

又一體　一百四字　柳永

竚立長堤句澹蕩晚風起韻驟雨歇豆極目蕭踈句柳萬株豆掩映箭波千里叶走舟車向此句人人奔名競利叶念蕩子豆終日驅馳句爭覺鄉關轉迢遞叶何意繡閣輕拋句錦字難逢句等閒度歲叶奈泛泛旅迹句厭厭病緒句近來諳盡宦遊滋味叶此情懷豆總寫香牋句憑誰與寄叶算孟光豆爭得知我句繼日添憔悴叶

與前體又別何意二字向刻前尾今改正為後起句玩走舟車至競利似對後此情懷至與寄該于車字豆人字句然亦一氣貫下也

蘇幕遮 六十二字

又名鬢雲鬆令　周邦彥

鬢雲鬆(句)眉葉聚(韻)一(可平)闋離歌(句)不(可平)為行人駐(叶)檀(可仄)板停時君看取(叶)數(可平)尺鮫綃(句)半是梨花雨(叶)　鷺飛遙(句)天尺五(叶)鳳(可平)閣鸞坡(句)看(可平)即飛騰去(叶)今(可仄)夜長亭臨別處(叶)斷(可平)梗飛雲(句)盡是傷情緒(叶)

結句不惟定格如此而聲響亦不得不然譜于前結註云可用平平平仄仄真天下之大奇也且此調前後皆同而美成隴雲沉一闋末句云斷雨殘雲只怕巫山曉嘯餘譜落去雨殘二字作斷雲只怕巫山曉

謂有六十字一體而以此六十二字者命為第二體無論此調作者頗多無七字尾者若七字則竟與蝶戀花同矣有何難辨況片玉本集原有兩殘二字而各譜竟將不全之句列為一格何其率畧也且斷雲亦不成語故明中葉以後詞調廢閣間有為之者原未究心故吳純叔于此調末句云薔薇着雨胭脂瘦正坐舊刻譜之誤也沈氏不能辨正取以入選陋矣○因此此詞故又名鬢雲鬆

明月逐人來 六十二字 張元幹

花迷珠翠韻香飄羅綺叶簾旌外豆月可平華如可仄水叶煥紅影可平裏句誰會王孫意叶冣樂昇平景可平致叶長記宮中句五可平夜春可仄風鼓可平吹叶遊仙豆夢輕可仄寒半可平醉叶鳳幃未可平暖句歸去薰濃被叶更問陰晴天可仄氣叶

遊仙夢下與前簾旌外下同李持正作誰會句用瞻塵香拂面鳳幃句用玉輦待歸平仄各異然此等句前後相同從盧川此詞為證

別怨　六十三字　趙長卿

嬌馬頻嘶韻曉霜濃豆寒色侵衣叶鳳帷私語處句翻成離怨不勝悲叶更與叮嚀祝後期叶　素約諧心事句重來了豆比看相思叶如何見得句明年春事濃時叶穩乘金騕褭來爛醉豆玉東西叶

別怨二字恐係詞題而非調名然他無作者莫可考証矣

殢人嬌 六十四字 毛滂

雲(可仄)做屏風(句)花(可仄)為行(可仄)帳(叶)屏(可仄)帳(可平)裏(可平)(豆)見春模樣(叶)小(可平)晴未(可平)了(句)輕陰
一(可平)餉(叶)酒(可平)到處(豆)恰(作平)如把春拈(可仄)上(叶)官(可仄)柳黃輕(句)河(可仄)堤緑(可平)漲(叶)花(可仄)
多(可仄)處(可平)(豆)少停蘭槳(叶)雪(可平)邊花(可仄)際(句)平蕪疊(可平)嶂(叶)這(可平)一段(豆)淒(可仄)涼為誰
帳(可平)望(叶)

這一段淒涼宜作一句但此調前後相同各家多于三字一豆故如此註然此九字一氣或三或五作豆不拘也

又一體 六十八字 蘇軾

滿(可平)院桃花(叶)盡是劉郎未(可平)見(韻)於(可仄)中更(豆)一(可平)枝纖軟(叶)仙(可仄)家日(可平)月(句)

笑人(可仄)間春(可仄)晚(叶)濃(可仄)睡(可平)起(豆)驚(可仄)飛(可仄)亂紅千(可仄)片(叶)　密意難窺(句)羞(可仄)容

易見(叶)平(可仄)白(可平)地(豆)為(可平)伊腸斷(叶)問(可平)君終(可仄)日(句)怎安(可仄)排心(可仄)眼(叶)須(可仄)信(可平)道(豆)

司(可仄)空(可仄)自來見(可平)慣(叶)

第二句比前調多二字笑人間怎安排二句俱多一字○珠玉詞于兩結句作平仄仄平平平仄或仄仄平平平仄可以不拘但別家俱與蘇詞同耳蘇又于盡是句作滿城燈火無數恐是燈火滿城之誤也又柳詞于仙家二句如前毛詞俱作四字而問君二句上四下五字此調前後一樣無參差之理或前段悞少或後段誤多故不另列六十三字之體

黃鐘樂 六十四字 魏承班

池塘烟暖草萋萋韻惆悵閑宵含恨句愁坐思堪迷叶遙想可平玉人情事遠句可仄音容渾似隔桃溪叶　偏記同歡秋月低叶簾外論心花畔句和醉暗相攜叶何事可仄春來君不見句可平夢魂長在錦江西叶

後起平仄與前異○舊譜俱于宵字心字斷句其下七字太拗今以愚意註之如右此調他無可攷然如此讀亦不錯也

輥繡毬 六十四字 趙長卿

流水奏鳴琴句風月淨天無星斗韻翠嵐堆裏句蒼巖深處句滿林霜膩句暗香凍了句那禁頻嗅叶馬上再三回首叶因記省豆去年時候叶十分全似句那人風韻句柔腰弄影句冰腮退豆做成消瘦叶

輥音滾曲調因有滾繡毬○按冰腮退句比暗香凍了少一字或定體兩結互異或係誤落或前誤多了字無他詞可証也

侍香金童 六十四字 蔡伸

寶馬行春句緩轡隨油壁韻念一可平瞬豆韶光堪重惜叶還可仄是去可平年

同醉日(叶)客(可平)裏情懷(句)倍添悽惻(叶) 記南(可仄)城(豆)錦逕名園曾遍歷(叶)更柳下(豆)人家似織(叶)此(可平)際凭(可平)欄愁脈脈(叶)滿(可平)目江山莫雲空碧(叶)

此際下與前還是下同

又一體 六十五字 趙長卿

一種春光(句)占斷東君惜(韻)算穠李(豆)昭華爭並得(叶)粉膩酥融嬌欲滴(叶)端的尊前(句)舊曾相識(叶) 向夜闌(豆)酒醒霜濃寒又力(叶)但只與(豆)冰姿添夜色(叶)繡幙銀屏人寂寂(叶)只許劉郎(句)暗

傳消息叶

但只與句比前詞更柳下句多一字○愚謂前詞恐人家下落一字葢此句照前段訣八字也

握金釵 六十四字 呂渭老

可仄風日困花枝句晴蜂自相趂韻晚來紅淺香盡叶可平整頓腰肢暈殘粉叶綫上語句夢中人句天外信叶可仄青杏已成雙句新樽薦櫻笋叶為誰一作平和去聲銷損叶可平數著歸期又作平不穩叶春去也句怎當他句清晝永叶

前後同所用四箇仄平仄處俱是去平上聖求他作俱同不可擅改和字去聲不可作平讀

醉春風 六十四字 趙德仁

陌上清明近韻行人難借問叶風流何處不歸來句悶叶悶疊悶疊回雁峰前句戲魚波上句試尋芳信叶　夜永蘭膏燼叶春睡何曾穩叶枕邊珠淚幾時乾句恨叶恨疊恨疊惟有牕前句過來明月句照人方寸叶

悶恨二字三疊○譜圖註平仄謂後段與前段同不知春睡句睡字去曾字平與前行人句相反只可云不拘不可云相同也又或謂兩段宜同非俱照前即俱照後亦是明高深甫于回雁二句惟有二句皆先用平平仄仄後用仄仄平平顛倒矣何沈氏新集必愛之耶

行香子　六十四字　趙長卿

驕(可仄)馬花驄(韻)柳(可平)陌經從(叶)小春天(豆)十(可平)里和風(叶)箇(可平)人家(可仄)住(句)曲(可平)巷墻東(叶)好軒牕(句)好(可平)體(可平)面(句)好儀容(叶)　燭(可平)灺歌慵(叶)斜(可仄)月朦朧(叶)夜新寒(豆)斗(可平)帳香濃(叶)夢(可平)回畫(可平)角(句)雲(可仄)雨悤悤(叶)恨相逢(句)恨(可平)分(可仄)散(句)恨情鍾(叶)

前後同結句

多作三排

又一體　六十六字　蔣捷

紅了櫻桃(韻)綠了芭蕉(叶)送春歸(豆)客尚蓬飄(叶)昨宵穀水(句)今夜

蘭皐叶奈雲溶溶句風淡淡句雨瀟瀟叶 銀字笙調叶心字香燒叶料芳蹤豆乍整還凋叶待將春恨句都付春潮叶過窈娘堤句秋娘渡句泰娘橋叶

此前多奈字過字作者多宗此體送春歸料芳蹤二句平仄有不拘者然正體是仄平平且亦易填故不旁註○此後起兩句與前詞俱是叶韻者

又一體 六十六字 蘇軾

攜手江村韻梅雪飄裠叶情何限豆處處消魂叶故人不見句舊曲重聞叶向望湖樓句孤山寺句湧金門叶 尋常行處句題詩千首句

繡羅衫豆與拂輕塵叶別來相憶句知有人人叶有湖中月句江邊柳句隴頭雲叶

此後起兩句俱用仄不叶韻者○望湖樓下三句湖中月下三句皆用偶句然散亦不妨若石屏于望湖樓作文章公與前蔣詞雲溶溶三平聲字雖不拘亦到底不宜學也樓字照後月字用仄亦不拘

又一體 六十六字　黄昇

寒意方濃韻暖信才通叶是晴陽豆暗拆花封叶冰霜作骨句玉雪為容叶看體清臞句香淡泞句影朦朧叶　孤城小驛句斷角殘鐘叶又無邊豆散與春風叶芳心一點句幽恨千重叶任雪霏霏句雲漠

漠句月溶溶叶

此後起首句仄次句叶韻者

又一體　六十六字　　晁補之

前歲栽桃句今歲成蹊韻更黃鸝豆久住相知叶微行清露句細履斜暉叶對林中侶句閒中我句醉中誰叶何妨到老句常閒常醉句任功名豆生事俱非叶衰顏難彊句拙語多遲叶但酒同行句月同坐句影同歸叶

此首句不起韻次句方韻者琴趣二首皆同侶字仄聲不拘

又一體　六十八字　杜安世

黄金葉細句碧玉枝纖韻初暖日豆當乍晴天叶向武昌溪畔句於彭澤門前叶陶潛影句張緒態句兩相牽叶　數株堤面句幾樹橋邊叶嫩垂條豆絮蕩輕綿叶繫長江舴艋句拂深院秋千叶寒食下句半和雨句半和烟叶

此首句用仄不起韻者其中間四字四句前後俱加一字陶潛影寒食下二句上少一領句字與前趙詞同

獻衷心　六十四字　歐陽炯

見好花顏色句爭笑東風韻雙臉上句晚妝同叶閑小樓深閣句春景重重叶三五夜句偏有恨句月明中叶　情未已句信曾通叶滿衣猶自染檀紅叶恨不如雙燕句飛舞簾櫳叶春欲暮句殘絮盡句柳條空叶

閑小樓下前後同恨不如下九字即前段閑小樓下九字亦即後詞被嫦娥下九字譜乃前註一五一四後註九字而後詞又註一五一四何也

又一體 六十九字　顧夐

繡鴛鴦枕暖句畫孔雀屏高韻人悄悄句月明時叶想昔年懽笑句

恨今日分離叶銀釭背句銅漏永句阻佳期叶　小爐烟細句虛閣

簾垂叶幾多心事句暗地思維叶被嬌娥牽役句魂夢如凝叶金閨

裏句山枕上句始應知叶

前段次句第四句各五字與前

詞異後段起四句皆四字亦異

麥秀兩岐　六十四字　和凝

涼簟鋪斑竹韻鴛可仄枕並可平紅玉叶臉蓮紅句眉柳綠叶胸可仄雪宜新浴叶

淡可平黃可仄衫子裁春縠叶異香芬馥叶　羞道交回燭叶未可平慣雙雙

宿叶樹連枝句魚比目叶掌可平上腰如束叶嬌可仄嬈可平不爭人拳跼叶黛眉

徽蹙（叶）

前後同蓮字舊刻訛邊字今改正爭字宜仄此亦訛因未確審不敢改

風中柳 六十四字

劉因

我（可平）本漁樵（句）不（可平）是白駒空谷（韻）對西山（豆）悠然自足（叶）北（可平）窻疎竹（叶）南窻叢菊（叶）愛村居（豆）數間茅屋（叶）風烟草屨（句）滿（可平）意一川平綠（叶）問前溪（豆）今朝酒熟（叶）幽（可仄）泉歌曲（叶）清泉琴筑（叶）欲歸來（豆）故人留宿（叶）

前後同只風烟句用平平仄仄與首句仄仄平平不同想調當如此即如謝池春前後起句亦平仄全異

此所謂過變也

又一體六十六字　孫夫人

銷減芳容句端的為郎煩惱韻鬢慵梳豆宮妝草草叶別離情緒句待歸來都告叶怕傷郎豆又還休道叶　利鎖名韁句幾阻當年歡笑叶更那堪豆鱗鴻信杳叶蟾枝高折句願從今須早叶莫辜負豆鏡中人老叶

前後第四句不叶五句多一字後起與首同與前詞異按此篇與謝池春一字無異因前詞第四句前後叶韻而謝池春無此體故另列焉然細諷玩確是同調也如此則後起或是名韁利鎖耳譜註平仄謬甚

喝火令 六十五字　黃庭堅

見晚情如舊（句）交疎分已深（韻）舞時歌處動人心（叶）（可仄）烟水數年夢魂（可仄）無處可追尋（叶）　昨夜燈前見（句）重題漢上襟（叶）便愁雲雨又難禁（叶）曉也星稀（句）曉也月西沉（叶）（可平）曉也雁行低度（句）（可平）不會寄芳音（叶）

後段比前多曉也二句九字。按此調前後相同不應中多二句恐前有脫落夢魂當是魂夢則可斷句與後結相同矣或謂前後自是各異前段原于數年分句夢魂下乃七字句耳然觀兩起處相同而無處下五字與不會下五字亦合當以魂夢為是

芭蕉雨　六十五字　　程垓

雨過涼生藕葉(韻)晚庭消盡暑(豆)渾無熱(叶)枕簟不勝香滑(叶)爭奈寶帳情生(句)金尊意愜(叶)　玉人何處夢蝶(叶)思一見冰雪(叶)須寫個帖兒(豆)丁寧說(叶)試問道(豆)肯來麼(句)今夜小院無人(句)重樓有月(叶)

結語二句前後同

解珮令　六十五字　　蔣捷

春晴也好(韻)春陰也好(叶)着些兒(豆)春雨越好(作仄)(叶)春雨如絲(句)繡出

花枝紅裊叶怎禁他豆孟婆合皁叶　梅花風悄叶杏花風小叶海
棠風豆驀地寒峭叶歲歲春光句被二十豆四風吹老叶楝花風豆爾
且作平慢到叶

繡出句即同後被二十句不應前六後七恐繡字上落一字也今姑照舊列之若後史詞則全矣

又一體　六十六字　史達祖

人可仄行花可仄塢韻衣沾香可仄霧叶有新詞可仄豆逢春分付叶屢可平欲傳情句奈可平燕
子豆不可平曾可平飛去叶倚珠簾豆詠郎秀可平句叶　相可仄思一可平度叶濃愁一可平度叶
最難忘可仄豆遮燈私語叶簷可平月梨花句借可平夢來可仄豆花可仄邊廊廡叶指春衫豆

淚曾濺可平處叶

前後同

又一體　六十七字　晏幾道

玉堦秋感句年華暗去韻掩深宮豆團扇無情緒叶記得當時句自翦下豆機中輕素叶點丹青豆畫成秦女叶　涼襟猶在句朱絃未改句忍霜紈豆飄零何處叶自古悲涼句是情事豆輕如雲雨叶倚么絃豆恨長難訴叶

前起一句後起二句不用韻掩深宮句多一字○王千秋一首前結落一字非有此體

淡黃柳　六十五字　　姜夔

空城曉角句吹入垂楊陌韻馬上單衣寒惻惻叶看盡鵝黃嫩綠句都是江南舊相識叶正岑寂叶　明朝又寒食叶彊攜酒句小橋宅叶怕梨花豆落盡成秋色叶燕燕飛來句問春何在句唯有池塘自碧叶

正岑寂不應屬在上段乃過變處首句也無論體裁一定如此可玩味而得之即論文理一正字一又字恰是相呼應語相連何疑此姑照舊録之作者不可泥刻本而仍其謬也圖譜刻是

垂絲釣　六十六字　　吳文英

聽風聽雨句春殘花落門掩韻乍倚玉闌句旋可平剪夭豔叶攜醉靨叶放遡溪游可仄纜叶波光掩叶映燭可平花黯澹叶　碎霞澄可仄水句吳宮初試菱鑑叶舊情頓減叶孤負深杯灩叶衣可仄露天香染叶通夜飲可平問漏移幾點叶

按此調本宜如此分段而各家集中俱是訛刻如龍川詞千里詞則于游纜處分段逃禪詞則于光掩處分段尤可笑者片玉詞于澄水分段則竟不是叶韻矣于是圖譜以波光掩三字為前結且平仄亂註而作此調者遂遵而弗改矣可嘆哉今將各家對明而為定之曰第一聽字必仄第三聽字必去第四雨字可以起韻亦可不必次句春殘花門必平落字必仄第三句必三仄一平而乍玉二字用去尤妙第四句

剪字必仄只逃禪用平結句黠字必仄只龍川用平當從其多者後段起處亦同舊字頓字夜字漏字幾字俱必仄去聲尤妙歷觀諸家無不如此乃所謂譜者皆必取而混之果何意耶通夜飲句周詞本作梁燕語現有片玉詞可據千里和周亦曰無限語而譜妄增一字作梁間燕語遂使失調且因而註題下作六十七字豈不大謬乎○邈字應作瀰掩字不宜重出飲字不是韻此亦誤刻也首句花落亦誤刻落花查各家前後段六字句俱平平平仄平仄此必係花落故為正之龍川于通夜飲作遐壽身亦誤刻若如遐壽身之不通龍川當時亦不能中狀元矣一笑

詞律卷九

詞律卷十

宜興萬樹撰

錦纏道 六十六字

宋　祁

燕子呢喃句景色乍長春晝韻覩園林豆萬花如繡叶海棠經雨胭脂透叶柳展宮眉句翠拂行人首叶 向郊原踏青句恣歌攜手叶醉醺醺豆尚尋芳酒叶問牧童遥指孤村道句杏花深處句那裏人家有叶

沈天羽云諸本作尋芳酒問牧童說不去詞譜款羨問字又不必故定作尚尋芳問酒余謂詞有定律豈得以羨字解之又豈得以不必二字委之俱誤矣愚意醉醺醺句同前觀園林句不應多一字問牧童有何說不去小杜詩借問酒家何處有牧童遙指杏花村原是問牧童故牧童答應也況此處句法原與前不同何故要去問字或云牧童句該于道字讀斷蓋此句雖不叶韻而與前海棠句聲響相合觀下二句一四一五可見明吳純叔于道字用平聲誤矣或前海棠句亦是八字而上落一字也此則未必

玉梅令 六十六字　姜夔

疏疏雪片韻散入溪南苑叶春寒鎖豆舊家亭館叶有玉梅幾樹句背立怨東風句高花未吐句暗香已遠叶　公來領客句梅花能

勸叶花長好豆願公更健叶便挼春為酒句剪雪作新詩句拚一日豆繞花千轉叶

高字恐贅蓋自春寒以下前後同也更字恐是長字

謝池春 六十六字 又名賣花聲 陸游

賀監湖邊句初繫放翁歸棹韻小園林豆時時醉倒叶春眠驚起句聽啼鶯催曉叶嘆功名豆誤人堪笑叶 朱橋翠徑句不許京塵飛到叶挂朝衣豆東歸欠早叶連宵風雨句捲殘紅如掃叶恨樽前豆送春人老叶

前後同只後起句作平平仄仄異觀黃子常與喬夢符諸作亦如此平仄此是換頭也○放翁詞精警無敵如此詞用諸去聲字可愛醉倒欠早去上尤妙○按此調又名賣花聲因浪淘沙亦名賣花聲故本譜各歸其正名不列賣花聲之目○按此詞格律放翁歸棹京塵飛到宜仄平平仄京字應去聲恐誤耳放翁精練必不然也觀其別作用少字故字可見時時醉倒東歸欠早必平平仄仄別作淒涼病驥晴嵐暖翠可見啼鶯催曉連宵風雨必平平平仄別作臨風清泪犀仙同醉可見誤人堪笑送春人老必仄平平仄誤送去聲尤妙別作伴人兒戲露桃開未可見鶯字風字亦必用平聲此乃詞中句法抑揚相間起腔妙處不可混亂譜圖周知聯註平仄互用使一調聲響俱壞矣更謂小園林嘆功名挂朝衣恨樽前之仄平平皆可平平仄尤為無理又云聽擣可平啼殘可仄是不知此是一字領句而欲作五言詩讀也謬甚

謝池春慢 九十字

李之儀

殘(可仄)寒銷(可仄)盡(句)疎雨過(豆)清明後(韻)花(可仄)徑欵殘紅(句)風沼縈新皺(叶)乳(可平)燕穿庭户(句)飛(可仄)絮沾襟袖(叶)正佳時(句)仍晚晝(叶)著(可平)人滋(可仄)味(句)真箇濃如酒(叶)頻(可仄)移帶(可平)眼(句)空只恁(豆)厭厭瘦(叶)不(可平)見又思量(句)見(可平)了還依舊(叶)為(可平)問頻相見(句)何(可仄)似長相守(叶)天不(作平)老(句)人未偶(叶)且(可平)將此(可平)恨(句)分付庭前柳(叶)

前後同只天不老句與正佳時平仄異查張子野作前云徑莎平後云歡難偶是定格應如此耳○按此詞不見又思量與前花徑句同用平聲住句為問頻相見與前乳燕句同用仄聲住句子野作則前段與

此相同後段于不見句用秀豔過施粉不作平聲住句矣雖或不拘不如此詞前後合轍為妥

青玉案 六十六字 史達祖

蕙(可平)花老(可平)盡離騷句(韻)綠染(可平)遍(豆)江頭樹(叶)日(可平)午酒(可平)消聽驟雨(叶)青榆錢小(句)碧苔錢古(叶)難(可仄)買東君住(叶)　官荷不礙遺鞭路(叶)被芳草(豆)將愁去(叶)多定紅樓簾影暮(叶)蘭燈初上(句)夜香初駐(叶)猶(可仄)自聽鸜鵒(叶)

此調多有參差此詞前後第二句皆六字古字駐字俱叶韻者

又一體 六十六字 沈端節

使君標韻如徐庾韻更名節豆高千古叶卧治姑溪纔小駐叶閒
雲無定句陽春有脚句又作南昌去叶　興來亭上清歌度叶盡
能唱豆公詩句叶記取諸生臨別語叶從容占對句天顔應喜句千
萬留王所叶

此與前詞同而脚字喜字不叶韻者

又一體　六十六字　　趙長卿

恍如遼鶴歸華表韻閬盡人間巧叶天乞一堂山對遶叶微波
不動句岸巾時照叶照照見星星好叶　舞風荷蓋從欹倒叶碧樹

生涼自天杪叶誰識元龍胸次浩叶騎鯨欲去句引杯獨嘯叶醉眼青天小叶

此前第二句用五字
後第二句用七字者

又一體六十七字　　賀鑄

淩波不過橫塘路韻但目送豆芳塵去叶錦瑟年華誰與度叶月樓花院句綺牕朱戶叶惟有春知處叶　碧雲冉冉蘅皋暮叶綵筆空題斷腸句叶試問閒愁知幾許叶一川烟草句滿城風絮叶梅子黃時雨叶

此前第二句六字後第二句七字戶字絜字叶韻者○各調中惟此為中正之則人因此詞呼為賀梅子詞情詞律高壓千秋無怪一時推服涪翁有云解道江南腸斷句世間惟有賀方回信非虛言○按此詞和者甚衆然于戶絜二字俱不叶韻涪翁嘗用語浦二字為叶而不和其原字想亦因戶絜二字掣肘也雖曰不拘亦是微疵總之似此絕作難為和耳知幾許三字逃禪作尋靈藥金谷作如何也琴趣作形庭香皆拗不可從

又一體 六十七字 吳文英

東風客雁溪邊道韻帶春去豆隨春到叶認得踏青香徑小叶傷高懷遠句亂雲深處句目斷湖山香叶 梅花似惜行人老叶不

恐輕飛送殘照叶一曲秦娥春態少叶幽香誰採句舊寒猶在句

歸夢啼鶯曉叶

此同賀詞而處字在字不叶韻者此格作者最多送殘照仄平仄與前斷腸句三字同此定格也嘯餘猶刻作斷腸句註七字不註可平可仄不差也圖譜則註斷字可平腸字可仄遂致游移而選聲更誤刻腸斷句其旁反不註可仄可平則是以平仄仄為此句定格人若從便而填之大失體矣各家此作極多惟逃禪有一首此句末用凝不掃三字恐是偶筆然凝字可讀去聲不字可作平聲亦或不誤也○他如書舟蘆川知稼等後四字句叶而前不叶海野審齋等前四字句叶而後不叶因字句同不另錄

又一體六十七字　張榘

西風亂葉溪橋樹韻秋在黃花羞澀處叶滿袖塵埃推不去叶馬蹄濃露句雞聲淡月句寂歷荒村路叶　身名多被儒冠誤叶十載重來漫如許叶且盡清尊公莫舞叶六朝舊事句一江流水句萬感天涯暮叶

此第二句用七字者惜香亦有此體。查惜香又一首于羞澀處三字作兩眉聚石孝友于推不去作落平野片玉前起作良夜燈光簇如豆後起作玉體偎人情何厚後第三句作雨散雲收眉兒皺惠洪于前第三句作日永如年愁難度平仄稍異茲皆一錄

又一體六十八字　曹組

碧山錦樹明秋霽韻路轉陡豆疑無地叶忽有人家臨曲水叶竹籬茅舍句酒旗沙岸句一笑漁樵市叶　淒涼只恐鄉心起叶鳳樓遠豆回頭慢凝睇叶何處今宵孤館裏叶一聲征雁句半窗明月句總是離人淚叶

此後第二句用八字者陳瓘一首亦作正千里瓊瑤未輕掃○凡作詞須將古名篇紬繹諷詠自得其音節段落如此調為體甚繁用字稍異而其聲響則莫非青玉案也沈氏新集取吳文定公作前段次句云要遊時春常晝時字用平聲不協然猶于三字分豆也至後段次句云可惜情懷不順則青玉案內無此六字相連句法亦無此聲響在作者原於文章政事之外遊戲為之疏節闊目無足為異選者將以垂示

後人觀沈氏所論字句自謂考究精當足以為譜乃不能訂正其咎安辭乎僕以弇鄙之識而作此狂妄之言極知開罪先賢取詬時俗然寸心之愚不能自緘況為此針砭將以救世之誤服藥者想沈公有靈亦曲諒其責備
賢者之心也

聲聲令 六十六字 俞克城

簾移碎影句香褪衣襟韻舊家庭院嫩苔侵叶東風過盡句暮雲鎖句綠窗深叶怕對人豆閒枕剩衾叶 樓底輕陰叶春信斷句怯登臨叶斷腸魂夢兩沈沈叶花飛水遠句便從今句莫追尋叶又怎禁豆驀地上心叶

舊家下與後斷腸下同今字似乎用韻然此句同前暮雲鎖不必叶恐原是此字之訛耳怕對人與後又怎禁句同嘯餘未辨三字豆句將閒字刻作閒字誤矣怕對人閒猶不妨也枕剩衾三字豈不可笑○明高深甫作兩結云儼風走漁陽甲兵都付與東風戰爭陽風二字平而走與二字反仄謬甚蓋不知枕地二字必用去聲故其上必用人禁二字平聲也此正與戀繡衾結句同如高詞則竟與柳梢青太常引慶春宮等調中一句同矣豈得為聲聲令乎如此失調而選之以誤後人沈氏之無識甚矣

聲聲慢九十六字　石孝友

花前月下句好景良辰句廝守日許多時韻正美之間句何事便有輕離叶無端珠泪暗簌句染征衫豆點點紅滋叶最苦是句殷勤

密約句做就相思叶 咿啞櫓聲離岸句 魂斷處豆 高城隱隱天涯叶 萬水千山句 一去定失花期叶 東君鬪來無賴句 散春紅點豆 破梅枝叶 病成也句 到而今豆 著個甚醫叶

慇勤句四字與諸家不同恐落一字然文義不差不敢謂其訛錯故収為一體作者但從後調可耳

又一體 九十七字

吳文英

雲可仄深山可仄塢句 烟可仄冷江臯句 人生可仄未可平易相逢韻 一可平笑燈前句 釵行可仄兩可平春容叶 清芳夜爭真可仄態句 引生可仄香豆 撩亂東風叶 探可平花可仄手句 與安排金可仄屋句 懊可平惱司空叶 憔可仄悴欹翹委可平佩句 恨玉可平奴消可仄瘦句 飛可仄趂

輕鴻叶試可平問知心句尊前可仄誰可仄最情濃叶連呼紫雲伴可平醉句小可仄丁香豆

纔吐微紅叶還解語句待攜歸豆行雨夢中叶

此則各家所通用之體也一笑至花手試問至解語前後同恨玉奴句惜香作空記得當時平仄異亦不拘行雨夢中四字用平仄仄平乃一定之律歷考各家作此體者無不皆然如此方是聲聲慢也行字夢窗間用起字上聲猶可若夢字自古無用平聲者即仄韻詞亦于此字必用仄聲譜圖岸然註曰可平大可駭異不知有何所據嗚呼安矣若後所載周趙二詞乃九十九字者後結句用十二字其體原與此各別不得以此十字結者比而同之也若用此十字結之體則萬萬無夢字用平之理也○按此調惟有此體與仄韻二格及九十九字平仄各二格、譜圖所分五體可駭今備指其謬于左其所云第一體者收稼軒開元歲日一首前段第三四句云十里芬芳一枝金粟玲瓏後云枉學丹蕉葉底偷染妖紅本皆上四下六譜乃以前為上四下六後為上六下四豈枉學丹蕉不可作四字讀乎此總不知詞有前後相合之理也又後段第二第三句被西風醞釀徹骨香濃原上五下四兩句乃認定被字以下合為九字句不知何意其後各體皆因此而誤也其所云第二體停雲靄靄一首因認定前詞九字句將後段第二第三句列初榮枝葉再競春風註為上三下六謂與前九字句不同夫列初榮枝葉五字與被西風醞釀五字何異而誤為第二體乎嘯餘既誤作圖譜者自應出己意裁審何以仍訛襲謬若此至嘯餘之所以誤者因不識榮字是八庚韻音盈而讀作一東韻音雄遂謂此句列初榮是三字句叶通篇濛從等韻其不通尤甚稼軒此詞本檃陶詩謂方見佳樹之列於東園者枝葉初榮今又見其再競春風矣故上用嘆息二字

下接以日月于征也今以列初榮作一句其義理安在稼軒真究矣又第三四句前既下相畢丹蕉處認差故于此篇謂其前後皆上四下六遂另收作一體矣其所謂第三體亦以此十字彊分上六下四另收一體不知此十字語氣一貫四字斷六字斷皆無礙音節詞中如此類者最多此尚不解何以論定其所謂第四體本是用仄韻者乃不註因仄韻另收而曰前同第三體後同第一體惟第三句四字第四句六字余閱之初甚不解細思之則彼仍以第二第三句九字合為第二句而指柱學丹蕉十字為第三四句且仍謂上六下四故收此為第四體耳至所謂第五體其謬尤甚如吳詞還解語三字待攜歸三字行雨夢中四字定格應爾各家皆同即其前四體所收辛詞無不同他若各家用仄韻者亦無不同即其所收第五體詞末云有皓月照黃昏眠又不得亦無不同也乃以有皓月照黃昏為六字句故又另列作第五

體豈有皓月三字不許其斷句乎真所不鮮矣此類往往皆然不能盡舉姑臚列于此以告天下之信譜圖而誤者○又按草窗燕泥沾粉一首于清芳句作多憐漂泊夢窗春星當户一首于敘行句作暗藪文梁俱係誤落二字非有此體也

又一體 九十七字 高觀國

壺天不夜句寶炬生香句光風蕩搖金碧韻月可平灩水可平痕句花外峭寒無力叶歌傳翠簾盡捲句誤驚回豆瑤可仄臺可仄仙跡叶禁漏促句㩦千金一作平刻句未可平酬佳夕叶　捲地香塵不可平斷句最可平得可平意可平豆輸可仄他可仄五陵狂客叶楚可平柳吳梅句無可仄限眼邊春色叶鮫綃暗中寄與句待重尋豆

行(可仄)雲(可仄)消息(叶)作醉醒(句)怕南樓(豆)吹斷曉笛(叶)

用仄韻從來此體皆叔易安所作蓋其道逸之氣如生龍活虎非描塑可擬其用字奇橫而不妨音律故卓絕千古人若不及其才而故學其筆則未免類狗矣觀其用上聲入聲如慘字戚字盞字點字滴字等原可作平故能諧協非可泛用仄字而以去聲填入也其前結正傷心却是舊時相識于心字豆句然于上五下四者原不拗所謂此九字一氣貫下也後段第二三句憔悴損如今有誰忺摘句法亦然如高詞應以最得意為豆然作者于輔他住句亦不妨也余恐人因易安詞高難學故錄竹屋此篇又最得意句稼軒作是傳家合在玉皇香案上五字竟與高詞相反然平聲調内本是如此總之不拘耳○或曰子論譜謂宜一字不苟有若鐵板而忽于句法及上入作平等又作籠統顢頇之語豈非矛盾余應之曰所以

嘵嘵辨論者在不可假借處若于音律不爽則原無妨碍何必拘泥此中自有一定之理在君但平心細閱高聲頻讀自當于脥吻間得之豈可漫無主張而隨意作囈語乎

又一體 九十九字 晁集作勝勝慢　　周密

瓊壺敲月句白髮簪花句十年一夢揚州韻恨入琵琶句小憐重見灣頭叶樽前謾題金縷句奈芳情豆已逐東流叶還送遠句甚長安可平亂葉句都是閒愁叶　次第重陽近也句看黃花綠酒句只合遲留叶朧柳無情句不堪重繫行舟叶百年正消幾別句對西風豆休賦登樓叶怎去得句怕淒涼時可仄節句團扇悲秋叶

平韻後結與前結同另為一體琴趣亦有此體詞亦精因其第四句用斷腸如雪與前諸家不合故錄此篇其後段于看黃花句作別後縱青青平仄與惜香空記得當時同不拘

又一體 九十九字　　趙長卿

金風玉露〔句〕綠橘黃橙〔句〕商秋爽氣飄逸〔韻〕南斗騰光〔句〕應是間生賢哲〔叶〕照人紫芝眉宇〔句〕更仙風〔豆〕誰能儔匹〔叶〕細屈指〔句〕到小春時候〔句〕恰則〔作平〕三日〔叶〕　莫論早年富貴〔句〕也休問文章〔句〕有如椽筆〔叶〕堯舜逢君〔句〕啟沃定知多術〔叶〕而今且張錦幄〔句〕麝煤泛〔豆〕暖香鬱鬱〔叶〕華堂裏〔句〕聽瑤琴輕奏〔句〕水仙新律〔叶〕

仄韻後結亦與前結同另為一體

酷相思　六十六字　程垓

月掛霜林寒欲墜韻正門可仄外豆催人起叶奈離別豆如今真個是叶欲可平住也豆留無計叶欲可平去也豆來無計叶　馬上離情衣上淚叶各自可平箇豆供顦顇叶問江路豆梅花開也未叶春可仄到也豆須頻寄叶人可仄到也豆須頻寄叶

前後同兩結疊韻汲古刻書舟詞落箇字誤

慶春澤　六十六字　張先

飛閣危橋相倚韻人獨立東風句滿衣輕絮借叶還記憶江南豆如今天氣叶正白蘋花句遶堤漲流水叶　寒梅落盡誰寄叶方春意無窮句青空千里叶愁草樹依依句闕城初閉叶對月黃昏句角聲傷烟起叶

此調六十六字前後各三十三字其句法乃是照合者或曰滿衣句六字憶江南句七字後段自當亦如前此草字乃翠字之訛蓋前則滿衣輕絮還記後則青空千里愁翠也人因里字似叶韻故于千里斷句草樹又似相連故認為愁草樹依依以致前後不一耳余曰記憶草樹自當相連前段原是滿衣輕絮為句絮字非韻乃三影借叶也若照前説則上用記字不應下複憶字上用青字不應下複翠字

又一體 一百字 或加慢字 劉叔安

即高陽臺

燈火烘春(句)樓臺浸月(句)良(可仄)宵一刻千金(韻)錦(可平)步成蓮(句)彩雲簇(可平)

仗難尋(叶)蓬(可仄)壺影(可平)動星毬轉(句)映兩(可平)行寶(可平)珥瑤簪(叶)恣嬉遊(豆)玉(可平)

漏聲催(句)未(可平)歇芳心(叶) 笙歌十里誇張地(句)記年時行(可仄)樂(句)憔

悴雨令(叶)客(可平)裏情懷(句)伴(可平)人閒(可仄)笑閒吟(叶)小(可平)桃未(可平)盡劉郎老(句)把

相(可仄)思(豆)細(可平)寫瑤琴(叶)怕歸來(豆)紅(可仄)紫欺風(句)三(可仄)徑成陰(叶)

按此調與高陽臺字字相同舊草堂兩收之以此為慶春澤以僧皎如紅入桃腮一首為高陽臺蓋以此篇後起七字用仄不叶皎如後起六字叶韻也愚謂如此長調必不以一字多少而分兩調從昔致疑不

敢臆斷及閱竹山高陽臺後起云臞翁一點清寒性人情終似娥兒舞正用七字不叶韻猶恐有悮又查王沂孫後起云一枝芳信應難寄江南自是離愁苦張炎後起云當年燕子知何處因爽然自信高陽臺即慶春澤而輯草堂者未之校勘耳何況後之著譜作圖者耶今將舊譜所收高陽臺錄後以備查對

高陽臺 九十九字 僧皎如

紅入桃腮青回柳眼韶華已破三分人不歸來空教草怨王孫平明幾點催花雨夢半闌欹枕初聞問東君因甚將春老卻閒人　東郊十里香塵旋安排玉勒整頓雕輪趂取芳時去尋島上紅雲朱衣引馬黃金帶筭到頭總是虛名莫閒愁一半悲秋一半傷春

試與慶春澤對証豈非一調舊譜兩收不惟不辨且將前結註問東君因甚為一句將春老卻閒人為一句竟不知是一三字兩四字句法而諸家從之于是圖譜選聲皆相沿而未察獨不見其後結莫閒愁三

字下兩句各四字乎然則竹山之好傷情春也難留人也難留亦可讀好傷情春也為一句難留人也難留為一句乎何其忽畧如此而後段以莫閒愁至悲秋作七字句又不足奇矣。譜又註前叔安詞以蓬壺影動為四字句星毬轉映為四字句兩行寶珥瑤簪為六字句此調除兩起三句外餘字句無不合一奈何全不照管也。又按竹山亦有用平叶如皎如者又一首前結云獨裊鞭梢笑不成七字後起云春愁吟未了烟林曉人謂換頭八字兩仄叶宜另一體余曰此汲古誤以前尾春字移加後首耳非有此體

鳳凰閣 六十七字

趙師使

正薰風可仄初扇句黃梅暑溽韻並搖雙可仄槳去程速叶那可仄更黃流浩淼句白浪如屋叶動歸可仄思豆離愁萬斛叶　平生奇觀去聲句頗快江山

寓目叶日斜雲定晚風熟叶白鷺飛來句點破一川明綠叶展十可平幅豆瀟湘畫軸叶

白鷺下十字上四下六似與前那更下十字稍異然是一氣分豆不拘且于破字分斷亦不妨也蓋並搖下與後日斜下同耳

思字觀字皆去聲

又一體六十七字　葉清臣

遍園林綠暗句渾如翠幄韻下無一片是花萼叶可恨狂風橫雨忒煞情薄叶盡底把豆韶華送却叶

楊花無奈句是處穿簾透幙叶豈知人意正蕭索叶春去也句這般愁句沒處安著叶怎奈

何豆黃昏院落叶

春去也下六字與前段可恨句六字不同更與前詞亦異慵餘以這般愁連下作七字不知沒處安着乃四字句正對上忒煞情薄也○煞音晒是去聲處亦去聲也前詞浪字亦同只川字作平恐是片字之訛耳是花萼是字正蕭索正字與前詞去字晚字定格仄聲又前詞暑浩萬寓畫此詞翠橫送透院皆去聲是調中喫緊處譜俱註可平豈有此理

夢行雲 六十七字 吳文英

簟波皺纖縠豆朝炊熟句眠未足叶青奴細膩句未擣真珠斛叶素蓮幽怨風前影句搔頭斜墜玉叶 畫欄枕水句垂楊梳雨句青

絲亂句如乍沐叶嬌笙徹韻句晚蟬亂秋曲叶翠陰明月勝花夜句

那愁春去速叶

朝炊下與後青絲下同若照青絲亂句則熱字是偶合非叶韻也未拚句可疑照後晚蟬句恐有訛字勝字平聲○或云朝炊青絲二語皆六字句

看花回 六十七字　柳永

玉可平墄金堦舞舜干韻朝可仄野多歡叶九衢三市風光麗句萬家急管繁絃叶鳳可平樓臨綺陌句佳氣非烟叶雅可平俗熙熙物態妍叶忍可平負芳年叶笑筵歌席連宵晝句在旗亭豆斗酒十作平千叶賞可平心何處

好(句)惟有樽前(叶)

萬家句六字而在旗亭句七字又一首前反七字而後反六字必皆誤也此調兩疊相符作者或前後俱六或前後俱七可也

又一體 一百一字　　蔡伸

夜久涼生庭院(句)漏聲頻促(韻)念(可平)昔勝(可平)遊舊地(句)對畫閣層巒(句)

雨(可平)餘烟簇(叶)新詩(可仄)暗(可平)藏小字(句)霜刀刋翠竹(叶)攜素手(豆)細繞回

塘(句)芰荷香裏彩鴛宿(叶)別(可平)後想(豆)香消臙玉(叶)帶圍(可仄)減(可平)(豆)削寬

金粟(叶)雖(可仄)有鱗(可仄)鴻錦素(句)奈事與心違(句)佳(可仄)期難卜(叶)擬解(可平)愁(可仄)腸

萬結句惟憑尊酒緑叶望天涯句斷魂處句醉拍闌干曲叶

用仄韻與前調迴别

又一體 一百一字 周邦彦

蕙風初散輕煗句霽景澄潔韻秀蕋乍開乍斂句帶雨態烟痕句春思紆結叶危絃美響句來去驚人鸎語滑叶無賴處句麗日樓臺句亂絲岐路總奇絕叶何計解豆黏花繫月叶嘆冷落豆頓辜佳節叶猶有當時氣味句挂一縷相思句不斷如髮叶雲飛帝國句人在雲邊心暗折叶語東風句共流轉句謾作匆匆别叶

首句比前詞平仄異危絃至語滑雲飛至暗折俱上四下七比前新詩與擬鮮上六下五不同景字思字斷字用仄字亦異山谷亦有此體而危絃與雲飛四字句前用歡意未闌後用暗想當時因體同且有訛字故不錄○片玉又一首前起云秀色芳容明眸就中奇絕平仄與此不同眸字恐誤恐是媚字其危絃句用平平仄仄雲飛句用仄仄平平想不拘也尾句用與他衫袖裏平仄與前異恐誤不可從

又一體 一百三字 趙彥端

注目韻正江湖浩蕩句烟雲離叶屬美人衣蘭佩玉叶澹秋水凝神句陽春翻曲叶烹鮮坐嘯句清淨五千言自足叶橫劍氣豆南斗光中句浩然一醉引雙鹿叶 回雁未歸書未續叶夢草處豆舊

芳重綠叶誰想瀟湘歲晚句為喚起長風句吹飛黃鵠叶功名異時句圮上家傳謝寵辱叶待封留句拜公堂下句授我長生錄叶

首句第二字即起韻又一首云愛日報踈梅動意春前呼得餘與前詞大約相同衣字去聲此句玉字用韻與前詞異初疑偶合及觀後詞竹字知是用叶者時字恐應是日字然此十一字總是一串或四或六斷句皆可拜公堂下比前詞多一字其別作云未妨遊戲亦同後起句前詞上三下四介庵別作亦同惟此用上四下三亦另為一體功名下十一字別作云他年妙高臺上優曇會堪折稍異

又一體一百四字　趙彥端

端有恨豆留春無計句花飛何速韻檻外青青翠竹叶鎮高節淩

雲句清陰常足叶春寒風袂句帶雨穿牕如利鏃叶催處處豆燕巧

鶯慵句幾聲鉤豆輈叫雲木叶　看波面豆垂楊蘸綠叶最好是豆風

梳烟沐叶陰重薰簾未捲句正泛乳新芽句香飄清馥叶新詩惠

我句開卷醒然欲再讀叶嘆詞章豆過人華麗句擲地勝如金玉叶

起異尾句多一字。此調何速用平仄翠竹用去仄常足用平仄利鏃用去仄雲木用平仄蘸綠用去仄烟沐用平仄未捲用去仄清馥用平仄再讀用去仄金玉用平仄相間用之此是詞眼不可不知觀前所載各篇及未錄諸作無不皆然故知閉門造車出而合轍非有規矩尺寸車可信手而造耶。輈字宜用仄聲查考工毛詩俱無音仄者此誤也

三奠子 六十七字　　王惲

悵神光奕奕句天上良宵韻花露溼句翠釵翹叶風回鸞扇影句愁滿紫雲軺叶恨可平相可仄望句雖一可平水句隔三橋叶　朱絃寂寂句心思迢迢叶人未老句鬢先凋叶翻騰驚世故句機巧到鮫綃叶涼可仄夜可平永句簫聲可仄咽句篆烟飄叶

後起句比前起少一字餘同

兩同心 六十八字　　晏幾道

楚鄉春晚句似可平入仙源韻拾可平翠處可平豆閒可仄尋流可仄水句踏可平青路豆暗可平惹香

塵叶心可仄在可平句柳可平外青帘句花可仄下朱門叶　對景可平且可平醉芳樽叶莫可平話

銷魂叶好可平意思可平豆曾可仄同明可仄月句惡可平滋味豆最可平是黃昏叶相可仄思處可平句一可平紙

紅牋句無可仄限啼痕叶

只換頭一句異前餘同此詞用詩韻十三元故用源字起韻不知此字入詞實與餘音不叶令人皆知分用不宜效之矣

又一體 六十八字　黃庭堅

一笑千金韻越樣情深叶曾共結豆合歡羅帶句終須效豆比翼文禽叶許多時句靈利惺惺句驀地昏沈叶　自從官不容針叶直至

而今叶你共人豆女邊著子句争知我豆門裏挑心叶記攜手句小院回廊句月影花陰叶

首句即起韻

又一體　六十八字　柳永

竚立東風句斷魂南國韻花光媚豆可仄春醉瓊樓句可仄蟾可平彩過豆夜遊香陌叶憶當時句酒戀花迷句役可平損詞客叶　別有眼長腰搦叶痛憐深惜叶鴛衾冷豆可平夕雨淒淒句可平錦可仄書斷豆暮雲凝碧叶想別作平來句好景良時句也應相憶叶

字句同上但用仄耳叶韻上一字俱用平方有調圖譜槩作可仄誤

又一體 七十二字 杜安世

巍巍劍外(句)寒霜覆林枝(韻)望衰柳(豆)尚色依依(叶)暮天靜(豆)雁陣高飛(叶)入碧雲際(句)江山秋色(句)遣客心悲(叶) 蜀道巇嶮行遲(叶)瞻京都迢遞(換仄叶)聽巴峽(豆)數聲猿啼(叶平)惟獨箇(豆)未有歸計(叶仄)謾空悵望(句)每每無言(句)獨對斜暉(叶平)

比前晏詞前後第二句第五句各多一字遞字計字乃是以仄叶平此又一平仄兩叶者

佳人醉 六十九字 柳永

暮景蕭蕭雨霽韻雲淡天高風細叶正月華如水叶金波銀漢句瀲灩無際叶冷浸書幃句夢斷却豆披衣重起叶臨軒砌叶　素光遙指叶因念翠眉句音塵何處句相望同千里叶儘凝睇叶厭厭無寐叶漸曉雕欄獨倚叶

姑依韻分句恐有訛錯未必確然臨軒砌恐是後段起句圖譜以夢斷下分句却披衣至軒砌為八字句或又曰前起該四字三句因無他作難以訂正耳

且坐令　七十字　韓玉

閒院落韻悞了清明約叶杏花雨過臙脂綽叶緊了秋千索叶鬪

草人歸句朱門悄掩句梨花寂寞叶書萬紙豆恨憑誰托叶纔封了豆又揉却叶寃家何處貪歡樂叶引得我豆心兒惡叶怎生全不思量著叶那人人情薄叶

前後全異

月上海棠 七十字

陸游

蘭房繡可平戶厭厭病韻嘆春酲豆可仄和悶甚時醒叶燕子空歸句幾曾傳豆玉關音信叶傷心處句獨展團窠瑞錦叶可仄薰籠消歇沈烟冷叶泪痕深豆可平展轉看花影叶漫擁餘香句怎禁他豆峭寒孤枕叶西

朧曉[句]幾聲[宜仄]銀餅玉井[叶]前後同甚字看字必要去聲觀後所載段詞及放翁別作用泪字寄字可見或曰醒字深字是暗用平韻未必

又一體七十字　段成己

酒盃何似浮名好[韻]一入枯腸太山小[叶]喚醒夢中身[句]鷓鴣數聲春曉[叶]昂頭處[句]幾點青山屋杪[叶]　人生得計魚游沼[叶]視過眼花陰向來少[叶]須卜一枝安[句]笑月底[豆]鷺鳥三繞[叶]無窮事[句]畢竟何時是了[叶]

喚醒句須卜句比前詞各多一字一八句七字視過眼句八字兩平仄聲響亦與前詞不同

惜黃花　七十字　史達祖

涵秋寒渚韻染霜丹樹叶尚依稀句是來時豆夢中行路叶時可仄節正思家句遠可平道仍懷古叶更對著豆滿城風雨叶　黃花無數叶碧雲欲作平暮叶美人兮句美人兮豆未知何處叶獨可平自捲簾櫳句誰可仄為開樽俎叶恨不得豆御風歸去叶

前後同美人兮巧借上三字非疊句也○或曰尚依稀二句是換稀時兩個平韻自相為叶後段美人兮兩個兮字亦是叶前平韻此說亦新但未知確否附筆于此

惜黄花慢 一百八字　楊旡咎

霽空如水韻襯落作平木墜紅句遥山堆翠叶獨立閒堦句數聲蟬度

風前句幾點雁横雲際叶已可平涼天氣未寒時句問可平好處豆一可平年誰

記叶笑可仄聲裏叶摘得半釵句金蓝來至叶横斜為插烏紗句更揉

碎泛句入作平金樽瓊蟻叶滿酌霞觴句願人□壽作平百千句可奈此時

情味叶牛可仄山何必獨沾衣句對可仄佳節豆惟可仄應歡醉叶看可平睡起叶曉蝶

也愁花顇叶

只换頭多二字結尾少二字餘同願人句同前數聲

句必無五字之理偶落無疑為□補之墜字泛字去

聲不可平或謂時字衣字亦以平叶仄未必

又一體 一百八字　　吳文英

送客吳皋(韻)正試霜夜冷(句)(可仄)楓落長橋(叶)望天(作平)不盡(句)背城漸杳(句)離亭黯黯(句)(可平)恨水迢迢(叶)翠香(可仄)零落紅衣老(句)暮愁鎖(豆)殘柳眉梢(叶)念瘦腰(叶)沈郎舊日(句)曾繫蘭橈(叶)仙人鳳咽瓊簫(叶)悵斷魂送遠(句)(可平)九辯難招(叶)醉鬟留盼(句)小窗剪燭(句)歌雲載恨(句)(可仄)飛上銀霄(叶)素秋(可平)不解隨船去(句)敗紅趂(豆)(作平)一葉寒濤(叶)夢翠翹(叶)怨紅料過南譙(叶)

用平韻○夢窗詞七寶樓臺拆下不成片段然其用字精審處嚴確可愛如此調有二首其所用正試夜望背漸翠念瘦舊繫鳳悵送醉載素夢翠愁料諸去聲字兩篇皆相合律吕之學必有不可假借如此

千秋歲七十一字　謝逸

(可平)楝花(可仄)飄砌(韻)(可平)蔌蔌清香細(叶)(可仄)梅雨過(句)蘋風起(叶)(可仄)情隨湘水遠(句)(可平)夢遶吴峯翠(叶)琴(可仄)書倦(句)(可平)鷓鴣(可平)喚起南窗睡(叶)(可平)密意無人寄(叶)(可仄)幽恨憑誰洗(叶)(可仄)修竹畔(句)疏簾裏(叶)(可仄)歌餘塵拂扇(句)(可平)舞罷風掀袂(叶)人(可平)散後(句)(可平)一鈎(可平)淡月天如水(叶)

只後起一句換五字餘同圖譜云歌餘句可作仄仄平平仄奇而情隨句又得免改何也○青田後第三

句良會知何許乃刻者誤落一字沈氏謂有少一字格謬也青田豈如此疎畧哉

又一體七十一字　葉夢得

雨聲蕭瑟(句)初到梧桐響(韻)人不寐(句)秋聲幷(叶)低簷燈暗淡(句)畫幕風來往(叶)誰共賞(叶)依稀記得船篷上(叶)拍岸浮輕浪(叶)水闊蘋蒲長(叶)向別浦(句)收橫網(叶)綠蓑衝暝色(句)艇子搖雙槳(叶)君莫(去聲)忘(叶)此情猶是當時唱(叶)

首句不起韻誰共賞君莫忘皆叶韻者姑溪一首前後起句俱不用韻茲不備錄

又一體七十二字　李之儀

柔腸寸折韻解袂留清血韻藍可仄橋動可平是經年別叶掩門春絮亂句

欹枕秋蛩咽叶檀篆滅叶鴛衾半擁空牀月叶　妝鏡分來缺叶

塵污菱花潔叶嘶騎遠句鳴機歇叶密封書錦字句巧綰香囊結叶

芳信絶叶東風半落梅梢雪叶

第三句七字六一亦有此作○此調雖畧有參差大約尾上三字句可叶可不叶而兩起句以叶為妥

千秋歲引　八十二字　　王安石

別館寒砧句孤城畫角韻一派秋聲入寥廓叶東歸燕從海上

去句南來鴈向沙頭落叶楚臺風句庾去聲樓月句宛如昨叶　無奈被

世名利縛叶無奈被他情擔閣叶可惜風流總閒却叶當初謾留華表語句而今誤我秦樓約叶夢闌時句酒醒平聲後叶思量著叶

與前調迥別其平仄宜悉遵之庚不可讀平醒不可讀仄圖譜于此調只一庚字作可平誤餘俱不議改使此詞得成全璧手眼獨高急表而讚之○明人徐元玉一首亦自名為千秋歲引因繙沈氏書讀之令人訝絕令全錄于後以見作詞選調不可不致審也

千秋歲引　徐元玉

風攪柳誤仄絲雨誤仄揉花誤平纈蚤過了清明時節誤作上三下四新來燕子誤仄語何誤平多誤平老去鶯花飛未歇全句誤拗鞦誤平韆院誤仄蹴踘誤仄場誤平人誤平蹤絕踏青拾翠都全句誤拗休說全句誤拗是誤仄誰誤平馬走誤仄章臺雪是誰簫美秦樓月全句誤拗從前已自誤仄無情誤平緒可奈而今更離別全句

拗誤一回頭人平誤千里腸百仄誤結

西施七十一字　柳永

柳街燈市好花多(韻)盡讓美瓊娥(叶)萬嬌千(可仄)媚(句)的(可平)的在層波(叶)取次梳妝(豆)自有天然態(句)愛淺(可平)畫雙蛾(叶)　斷腸最是金閨客(句)空憐(可仄)愛(豆)奈伊何(叶)洞房咫(可平)尺(豆)無(可仄)計枉朝珂(叶)有意憐才(豆)每遇行雲處(句)幸時(可仄)恁相過(叶)

後起用仄第二句六字與前段異取次句有意句俱九字一氣第六字下畧豆亦可盡愛幸三字皆領句與的的無計二句雖同五字而句法各殊

又一體 七十二字　　柳永

苧蘿嬌豔世難□韻善媚悅君懷叶後庭恃愛寵盡使絕嫌猜叶正恁朝歡暮宴情未足句早江上兵來叶捧心調態軍前死句羅綺旋豆變塵埃叶至今想怨魂無主尚徘徊叶夜夜姑蘇城外當時月句但空照荒臺叶

難字下原缺一字後庭下恐有訛錯。後庭句比前調萬嬌句至今句比洞房句各多一字

惜奴嬌 七十一字　　晁補之

可仄歌闋瓊筵句暗失金貂侶韻可平說衷腸豆可仄丁可仄寧囑付叶棹舉帆開句可平黯

行(可仄)色(豆)秋將暮(叶)欲(可平)去(叶)待卻(可平)回(可仄)(豆)高城已暮(叶)　漁火烟村(句)但觸目(豆)傷離緒(叶)此(可平)情向(可平)(豆)阿(可平)誰分訴(叶)那裏思量(句)爭(可仄)知(可仄)我(豆)思量苦(叶)最(可平)苦(叶)睡不(可平)著(可平)(豆)西風夜雨(叶)

前後同只後第二句六字欲去最苦乃叶韻兩字句友古詞只是唱曲兒詞中認意只替火桶兒與奴暥睡讀者不覺其在兩字用韻因于題下訛註一作粉蝶兒不知粉蝶兒自另一調判然不同也

又一體　七十二字　史達祖

香剎酥痕(句)自昨(可平)夜(豆)春愁醒(韻)高情寄(豆)冰橋雪嶺(叶)試看黃昏(句)便不誤(豆)春昏信(叶)人靜(叶)倩嬌娥(豆)留連秀影(叶)　吟鬢簪香(句)已

[可平]斷了[豆]多情病[叶]年年待[豆]將春管領[叶]鏤月描雲[句]不枉了[豆]閒心性[叶]謾聽[叶]誰敢把[豆]紅顏比並[叶]

第二句六字與後段同○按此句自應六字晁詞恐有脫字也此調凡七字句于第六字皆用仄聲如此詞雪秀管比是也閒有用平者不如從仄爲是故未註可平友古于將春管領句作三字誰敢把上多一字皆誤刻無此體也至惜香一首本是少字韻而以秀後爲叶更于不枉了閒心性作捧出金盞銀臺金盞相連又不叶韻且作平聲訛而愈訛矣

又一體七十二字　石孝友

我已多情[句]更撞著[豆]多情底你[韻]把一心[豆]十分向你[叶]盡他們[句]

劣心腸豆偏有你叶共你叶撇了人豆只為箇你叶　宿世冤家句百
忙裏豆方知你叶沒前程豆阿誰似你叶壞却才名句到如今豆都因
你叶是你叶我也沒豆星兒恨你叶

第二句多一字盡他們比前後詞少一字必係脱去○次句或是誤多底字

又一體七十三字　石孝友

合下相逢句筭鬼話豆須沾惹韻閒深裏豆做場話霸叶負我看承句
枉駞我豆許多時價叶冤家叶平你教我豆如何割捨叶　苦苦孜孜句
獨自箇豆空嗟呀叶仄便心腸豆捉他不下叶仄你試思量句亮從前豆説

風話叶仄寬家叶平休直待豆敎人咒罵叶仄

枉馳句多一字寬家二字乃以平叶仄此又一平仄通叶之體也

離亭燕七十二字　　黄庭堅

十可平載樽可仄前談笑韻天祿故人年少叶可可平是陸可平沈英俊地句看即

鎖可平聰抵詔叶此處忽相逢句潦可仄倒禿可平翁同調叶西可仄顧郎可仄官湖

渺叶醉可平看庚樓人小叶短可平艇絕可平江空悵望句寄得詩可仄來高妙叶夢

去倚君芻句蝴可仄蝶歸可仄來清曉叶

事看事字誤恐是爭字前後同

又一體七十二字　晁補之

憶向吳興假守韻雙溪四垂高柳叶儀鳳橋邊蘭舟過句映水雕甍華牖叶燭下小紅妝句爭平仄看使君歸後叶　攜手松亭難又叶題詩水軒依舊叶多少綠荷相倚句恨背立西風回首叶悵望採蓮人句烟波萬重吳岫叶

雙溪爭看題詩烟波八字皆作平平與前異舟字恐是棹字此句不宜拗觀後段可見前黃詞及張昇一帶江山如畫一首亦無拗句

憶帝京七十二字　黃庭堅

(可仄)鳴鳩乳燕春閒暇(韻)化作(可平)綠陰槐夏(叶)壽掌舞紅裳(句)睡鴨飄香靄(叶)醉此洛陽人(句)佐郡深儒雅(叶)(可平)況座上(豆)(可平)玉麟金馬(叶)更(可平)莫問(豆)(可仄)鶯(作平)老花謝(叶)萬里相依(句)千金(可仄)為壽(句)未厭(可平)玉燭傳清夜(叶)不醉欲言歸(句)笑殺高陽社(叶)

老字各家俱用平聲未厭句平仄如此是定格觀谷老又一首指下花落狂風雨耆卿作只恁寂寞厭厭地皆同圖譜讀厭字作平且云可作平仄平平平仄仄何據

又一體七十六字　　黃庭堅

銀燭生花如紅豆(韻)占好事(豆)如今有(叶)人醉曲屏深(句)借寶瑟(豆)

輕招手一陣白蘋風句故滅燭豆教相就叶　花帶雨豆冰肌香透叶恨啼烏轆轤聲曉柳岸微涼吹殘酒叶斷腸人依舊鏡中消瘦叶恐那人知後叶鎮把你來僝僽叶

起句平仄拗次句分兩三字前結六字俱與前詞異恨啼烏下更不同詞統以曉字斷句然以前詞推之此句宜叶韻詞滙以曉作驟然啼烏轆轤聲恐未可言驟或云曉字屬下句又或云舊字亦是叶總係可疑未敢臆斷

粉蝶兒七十二字　蔣捷

啼可仄鴂聲中句春光化可平成可仄春可仄韻夢問東君豆仗誰時送叶燕憐晴句鶯

愛暖(句)(可平)一憁芳哄(叶)奈悤悤(豆)催(可仄)他柳棉狂縱(叶)(可仄)輕羅小(可平)扇(句)桐花又(可仄)飛么鳳(叶)記寒吟(豆)沁梅霜凍(叶)古今人(句)□易老(句)(可平)莫閑雙鞓(叶)尚堪遊(豆)(可仄)荼蘼粉雲香洞(叶)

前後同只後起句平仄異燕憐晴二句與後古今人二句同本集人字下落一字非有此七十一字體也譜圖于澤民詞以燕憐晴二句古今人二句俱作六字句且註晴字可仄人若依之于晴鶯二字用相連仄平二字大誤矣嘯餘又另收稼軒作前後首次句俱作十字一句燕憐至芳哄前後各十字亦註作十字一句因與毛詞分為兩體竒矣圖譜遵嘯餘者也乃止于題名註粉蝶兒第一體却更無第二體更竒也○菊註雖如此然玩此調音響春光催他桐花荼蘼四句俱宜平平仄平平仄仗一沁莫四字亦宜仄

粉蝶兒慢　九十六字　周邦彥

宿霧藏春句餘寒帶雨句占得羣芳開晚韻艷□初美秀句倚東風嬌懶叶隔葉黃鸝傳好音句喚入深叢中探叶數枝新句比昨朝豆又早紅稀香淺叶眷戀叶重來倚檻叶當韶華豆未可輕辜雙眼叶賞心隨分樂句有清樽檀板叶每歲嬉遊能幾日句莫使一聲歌欠叶忍因循句片花飛豆又成春減叶

艷初美秀不成語且後段賞心隨分樂是五字可知艷字下落一字蓋占得至昨朝與後未可至花飛俱同也或謂此二句應在美字分字下斷則艷初美更不成語總應添一字于艷字下也故補一□又或謂

艷字是起韻尤非音字平聲不協定是語字之誤此句對後每歲句也雖此句是用杜工部詩然音字于此不合或曰隔葉黃鸝原是一句傳好音原屬下句每歲句亦然是三字畧豆平仄總可通用也當韶華當字下亦疑有此字

詞律卷十

欽定四庫全書

詞律卷十一

宜興萬樹撰

于飛樂 七十二字

晏幾道

曉日當簾(句)睡痕猶占香腮(韻)輕盈笑倚鸞臺(叶)暈殘紅(句)勻宿翠(句)滿(可平)鏡花開(叶)嬌(可仄)蟬鬢(可仄)畔(句)插(可平)一(可平)枝(豆)淡(可仄)蕊(可平)疎梅(叶) 每到春深(句)多愁饒恨(句)妝成懶下香堦(叶)意中人(句)從別後(句)縈(可仄)繫情懷(叶)良(可仄)辰好(可平)景(句)相(可仄)思(可仄)字(豆)喚(可平)不(可平)歸來(叶)

妝成下與前輕盈下同梅溪詞于良辰句刻作將終怨魂誤句末不應平必是醜字

又一體七十三字　張先

寶奩開(句)菱鑑淨(句)一掬清蟾(韻)新妝臉(豆)旋(去聲)學花添(叶)蜀紅衫(句)雙繡蝶(句)裙縷鶼鶼(叶)尋思前事(句)小屏風(豆)仍(可仄)畫江南(叶)　怎空教(豆)草解宜男(叶)柔桑暗(豆)又過春蠶(叶)正陰晴(句)天氣更(句)暝色相兼(叶)幽期消息(句)曲房西(豆)碎(可平)月篩簾(叶)

怎空教七字是換頭餘同圖譜不解註正陰晴天氣為五字句更暝色相兼為五字叶不知更字乃以住句字作轉語過下所謂言斷氣連流走體也不可拘執而分破調格毋論他家詞無兩五字體即本詞前

殺蜀紅衫端然是一句三字豈可上句作蜀紅衫雙繡下句作蝶裙縷鷓鴣耶其則不遠胡不睨而視之

又一體七十六字　毛滂

水邊山（句）雲畔水（句）新（可仄）出烟林（韻）送（可平）秋來（豆）雙（可仄）檜寒陰（叶）檜堂寒（句）香霧碧（句）黛（可仄）蓄清深（叶）放（可平）衙隱（可平）几（句）誰（可仄）知（可仄）共（可平）（豆）雲（可仄）水無心（叶）望西園（句）飛蓋夜（句）月到清樽（可平）（叶）為詩翁（可仄）（豆）露（可平）冷風清（叶）退紅裹（句）去（宜平）碧袖（句）花（可仄）草爭春（叶）勸（可平）翁彊（可平）飲（句）莫（可平）辜（可仄）負（可平）（豆）風（可仄）月留人（叶）

前後同後段起句用兩三一四與前詞七字異去字仄聲宜用平乃是毛又一首于望西園句作繫畫船畫字用仄或不拘然亦用平為是

撼庭竹七十二字　黃庭堅

嗚(可仄)咽南樓吹落梅(韻)聞鴉(可仄)樹驚飛(叶)夢(可平)中相(可仄)見不多時(叶)隔(可平)城今夜也應知(叶)坐(可平)久水空碧(作平)(叶)山月影沈西(叶)買(可平)箇宅(作平)兒住著伊(叶)剛不(可平)肯相隨(叶)如(可仄)今却(可平)被天嗔你(叶)永(可平)落(可平)雞羣(可仄)受雞欺(叶)空(可仄)恁惡憐伊(叶)風日損花枝(叶)

前後同後尾二句俱用平叶前段碧字亦是作平如今却被句即前段夢中相見句必該用韻觀後王詞畫欄句是叶可知你字乃以上叶平作者或仍用平聲必不可不叶韻也永落雞羣拗即同上隔城今夜句法亦不妨觀後詞佳辰句可見圖譜于受雞欺之雞字竟註可仄但要此句不拗而不管此調之拗矣

即欲改順亦止可于永落難羣改仄平平仄蓋前段隔城今夜可據也若難欺之難豈可用仄乎後結五字二句正與前同觀後王詞亦然圖譜乃分空憑惡為三字句下為七字句尤為無理

又一體 七十二字　王詵

〔可平〕綽畧青梅弄春色〔韻〕真〔可平〕豔態堪惜〔叶〕〔可仄〕經年〔可平〕費盡東君力〔叶〕〔可平〕有情〔可仄〕先到探春客〔叶〕〔可仄〕無語泣寒香〔句〕時暗〔可平〕度瑤席〔叶〕〔可平〕月下風前空悵望〔句〕思〔可仄〕攜手同摘〔叶〕〔可平〕畫〔可平〕闌倚遍無消息〔叶〕〔可仄〕佳辰〔可平〕樂事再難得〔叶〕〔可仄〕還是夕陽天〔句〕空暮〔可仄〕雲凝碧〔叶〕

此用仄韻而句中平仄較前詞整妥可從前後段同所稍異者後起句不叶耳雲字若依前段及前詞宜

用仄聲想不拘也蓋前詞兩結如五言詩一句此詞兩結則以時空二字領句句法本不同耳○此係擬庭竹與撼庭秋無涉

風入松　七十二字　趙彥端

傳(可仄)聞天(可仄)上有星榆(韻)歷(可平)歷誰居(叶)淡(可平)烟暮(可平)擁紅雲暖(句)春(可仄)寒乍(可平)有還無(叶)作(可平)態似(可平)深仍(可仄)淺(句)多(可仄)情要(可平)窓還蹤(叶)移(可仄)樽環(可仄)坐足相娛(叶)醉(可平)影憑扶(叶)江(可仄)南歸(可仄)到雖憐晚(句)猶(可仄)勝不(可平)見踟躇(叶)儘(可平)拚(去聲)綠(可平)陰青(可仄)子(句)憑(可仄)肩攜(可仄)手如初(叶)

前後同摖字去聲讀

又一體七十四字　周紫芝

禁烟過後落花天韻無奈輕寒叶東風不管春歸去句共可平殘紅豆可仄飛可仄上秋千叶看盡天涯芳草句春愁堆在闌干叶　楚江橫斷夕陽邊叶無限青烟叶舊時雲去今何處句山可仄無數豆可平柳可平漲平川叶與問風前回雁句甚時吹過江南叶

前後第四句七字○按此調前後相同不應互異各譜所收伯可一首第四句前云與誰同撚花枝六字後云嘆樓前流水難西七字必無此體斷是前段少一字也故本譜不收七十三字一格沈氏謂撚字下添好字亦非若作與誰同撚好花枝竟像七言詩句非上三下四句法矣

又一體七十六字　　吳文英

畫船簾密不藏香(韻)飛作(可仄)楚雲狂(叶)傷懷半捲金爐燼(句)怕暖(可平)消(豆)春日朝陽(叶)清馥晴薰殘醉(句)斷烟無限思量(叶)凭闌心事隔垂楊(叶)樓(可仄)燕鎖幽妝(叶)梅花偏惱多情月(句)慰溪橋(豆)流水昏黃(叶)哀曲霜鴻悽斷(句)夢魂寒蝶悠颺(叶)

前後第二句五字○按蘭畹一首五字句前作曾格外疎狂後作空烟水微茫其句法以曾字空字領句與此吳詞不同是另一格也因句字同不另列又按夢窗春風吳柳一首一番疎雨一首第四句皆作前六後七亦是傳誤與康詞同本譜亦不收七十五字一格

荔枝香近 七十三字　周邦彥

夜來寒侵酒席句露微泫韻舄履初會句香澤方薰句無端暗雨催人句但怪燈偏簾卷叶回顧始覺豆驚鴻去遠叶　大都世間最苦句唯聚散叶到得春殘句看即是豆開離宴叶細思別後句柳眼花鬚更誰剪叶此懷何處消遣叶

卷字應是叶韻但千里和詞通本皆字字模仿此調亦平仄不異而于無端以下作鶯啼燕語交加是處池館春徧風外認得笙歌近遠館字不用平聲而徧字不和卷字未審何故或疑卷字原非叶韻則自舄履起二十八字直至遠字方叶韻必無是理也首句似拗然千里所和小園花梢雨歇浪蓋泫無異而夢

窗亦作睡輕時聞晚鵲噪庭樹則正相同也但夢窗于此句之下則與後方詞翠壁以下同耳

又一體　七十六字　方千里

勝日登臨幽趣句乘輿去韻翠可平壁古木千章句林影生寒霧叶空濛泠濕人衣句可仄山路元無雨叶深澗豆斗瀉飛泉溜甘乳叶　漁唱晚句看小棹豆歸前浦叶笑指官橋句可仄風颭酒旗斜舉叶可仄還脫宮袍句一醉芳盃倒鸚鵡叶幸有可仄雕章作平蠟炬叶

此和清真詞字字相同只深澗句周本作看兩兩相依燕新乳此詞卻多一字耆卿此句作遙認衆裏盈盈好身段夢窗作天上未比人間更情苦則原應九字而周本于看字上落一字或係閒字愁字也圖譜

顛倒作新燕亂更謬首次二句周云照水殘紅零亂風喚去圖譜改喚字作撇字因于紅字斷句覩千里用興字則此字是仄而喚字甚妙蓋殘紅隨風如聞其呼喚而去也作撇字便沒意味柳詞甚處尋芳賞翠歸去晚亦是六字斷而去字用去聲也至夢窗一首作錦帶吳鈎征思渡淮水淮字平而渡字仄則用前周詞體而又畧變耳夢窗又一首前結云因詰駐車新堤步秋綺語字必訛車字必是馮字耆卿後起云擬回首平仄稍異或不拘○按片玉集刻周末句作如今誰念淒楚與耆卿尾平仄同清真集作共剪西窗密炬與夢窗尾平仄同想亦不拘然觀方和詞則周詞是炬字然者余謂學前周體則作前然學此體則作此然可也

師師令　七十三字

張先

香鈿寶珥(韻)拂菱花如水(叶)學妝皆道稱時宜(句)粉(可平)色有(豆)天(可仄)然
春意(叶)蜀綵衣長勝未起(叶)縱亂霞垂地(叶)　都城池苑誇桃
李(叶)問東風何似(叶)不須回扇障清歌(句)脣(可仄)一點(豆)小(可平)於朱蘂(叶)正
值殘英和月墜(叶)寄此情千里(叶)

後起換頭餘同圖譜亂註平仄不可從五字四
句俱以一字領句者勿誤菱東用平亂此用仄

郭郎兒近拍　七十三字　　柳永

帝里閒居小曲深(句)坊(句)庭院沈沈朱戶閑(韻)新霽(叶)畏景天氣(叶)
薰風簾幙無人(句)永晝厭厭如度歲(叶)愁瘁(叶)　枕簟微涼(句)睡

久轉轉慵起叶硯席塵生句新詩小闋句等閒都盡廢叶這些兒豆寂寞情懷句何事新來常恁地叶

此詞非有落字必有訛字難以論定姑註如右所無疑者愁瘁二字必是後段起句蓋何事句與永晝句合耳畏景決係誤字或謂帝里即是起韻總無他闋可考恨恨

隔浦蓮近拍 七十三字 或無近拍二字 或止有近字 周邦彥

新篁搖動翠葆韻曲徑通深窈叶夏果收新脆句金丸落驚飛鳥叶濃靄迷岸草叶蛙聲閙叶驟雨鳴池沼叶水亭小叶浮萍破處句簷花簾影顛倒叶綸巾羽可平扇句困臥北窗清曉叶屏裏吳山

夢自到叶驚覺叶依然身在江表叶

此調作者頗多而註者每誤今為細細正之首句六字三平三仄定格也譜圖只剩一葆字韻脚不註上五字俱曰可平可仄則此句可填作性旺耀同催葆之聲矣豈是隅浦蓮首句乎查千里和詞云垂楊烟溼嫩葆放翁云飛花如趂燕子騎鯨雲路倒景夢窗云榴花依舊照眼海野云涼秋湖上過雨梅溪云洛神一醉未醒逃禪云墻頭低蔭翠幄竹屋云銀灣初霽暮雨無非三平三仄者若論其細尚宜于第四第五字用去第六字用上豈有可用仄仄仄平平仄之理乎濃靄句平仄平仄仄定格也譜註濃可仄靄岸可平查千里云花妥庭下草放翁云雪澤秋萬頃介庵云秋館寒意早夢窗云年少驚送遠海野云粧臉宜淡泞梅溪云侵曉颺夢穩陰登生晴霧竹屋云繊巧雲晴度俱第二第四用仄止逃禪云新晴人意樂

晴字或係霽字豈可以其拗而竟改作五言詩句法乎夢自到三字俱仄定格也譜註夢字可平查千里云倦再到放翁云怕獨倚夜漏永介庵云待見了夢窗云蕩素練海野云待怨訴梅溪云暗折贈逃禪云怕又恐無非二去一上豈可用平仄仄乎其餘亂註更不可枚舉矣金丸落六字汲古刻註云一作金丸落飛鳥按譜此處應三字兩句宜作金丸落驚飛鳥毛氏可謂訂正矣然今歷查各家詞惟夢窗作汀菰綠薰風晚而放翁作金籠鸚鵡飛起寥然非復塵境海野作蕭然姑射儔侶梅溪作虛堂中自回互逃禪作餘酲推枕猶覺俱于第三第四字相連者且此二字俱用平仄只竹屋有涼生一天風露句一天用仄平然亦相連況千里乃和清真者原作奚猶終日魚鳥則周詞本是金丸驚落飛鳥而誤以驚落為落驚耳汲古又註云時刻或于池沼下分段愚謂水亭小三字是後段起句觀千里和詞野軒小屬後段可信

蓋前尾不宜有此贅句用作換頭為妥然各家如放翁梅溪竹屋屬前結海野夢窗屬後起則此句自來傳刻參差無有定例不敢鑿然姑仍舊繫于池沼之下至于嘯餘譜則竟將驟雨鳴註作三字句而以池沼二字連下水亭小作五字句其謬如此可發一笑鬧字是叶韻千里和云鳴蟬鬧是也譜圖不註叶差然此句放翁夢窗俱不用韻想不拘耳

隔簾聽七十三字　柳永

咫尺鳳衾鴛帳句欲去無因到韻蝦鬚窣地重門悄叶認繡履頻移句洞房杳杳叶彊語笑叶逞如簧豆再三輕巧叶梳妝早叶琵琶閒抱叶愛品相思調叶聲聲似把相思告叶隔簾贏得句斷腸

多少叶恁煩惱叶除非共伊知道叶

樂章如此分段然梳妝早三字不應贅于前結之下玩其語意自為過變起句且蝦鬚句七字抵後聲聲句七字認繡履二句抵後隔簾二句彊語笑三字抵後恁煩惱三字逞如簧句七字抵後末句則梳妝早非屬後段而何況語意亦謂梳妝早完閒暇無事故抱弄琵琶耳

碧牡丹七十四字　晏幾道

翠袖疎紈扇韻涼葉催歸燕叶一夜西風句幾處可仄傷高懷遠叶細菊枝頭句開嫩香還徧叶月可平痕依舊庭院叶　事何限叶悵望秋意晚叶離人鬢華將換叶靜憶天涯句路比可平此情還短叶試約鸞

牋句傳素期良顧叶南雲應有新雁叶

事何限是換頭起句子野正伯各詞皆同因舊刻誤連前結圖譜因之謬矣一夜西風以下俱與後段同靜憶天涯乃四字下路此句是六字圖譜誤分五字兩句尤大謬豈前段亦可以一夜西風幾為句耶又於傳素期句傳字下誤多與字

又一體七十五字　程垓

睡起情無著韻曉雨盡句春寒弱叶酒盞飄句零幾日頓可平疎行樂叶試數花枝句問此情何若叶為誰開句為誰落叶　正愁却叶不是花情薄叶花元笑人蕭索叶舊觀去聲千紅句至今冷夢難託叶燕麥

春風句更幾人驚覺叶對花羞句為花惡叶

前詞第二句五字此三字兩句前兩結皆六字一句此皆三字兩句餘同曉雨盡旡咎作銀箏低三平字為誰開旡咎作梁舟繫梁字平繫字仄子野作芭蕉寒芭字平問此情更幾人是一字領句者旡咎用紅浪隨鴛屧眼亂樽中翠如五言詩句想不拘至今句與幾日句平仄不同子野詞亦然旡咎則前後相同與晏詞體合亦不拘也觀酒盞舊觀各二句愈可知圖譜註前詞以靜憶天涯路為五字之誤矣

傳言玉女七十四字　　晁冲之

一夜東風句不見柳梢殘雪韻御樓烟暖句對鰲山綵結叶簫鼓向晚句鳳輦初回宮闕叶千門燈火句九逵風月叶　繡閣人人句

乍嬉遊(豆)困又歇(叶)豔妝初試(句)把珠簾半揭(叶)嬌羞向人(句)手撚玉梅低說(叶)相逢長是(句)上元時節(叶)

豔妝以下與前同對鰲山句即同把珠簾句對把二字領句各家皆然竹齋後段亦用此年時更瘦而前則云礫礫敲春晝此誤筆不可學其篇甚佳惜此句為疵也鼓晚二字俱仄羞人二字俱平或不拘竹齋前云衾繡半捲後云雙燕作歸金谷前云華國翠路後云花旗翠帽國字恐訛不如海野前云華胥夢裏後云幽期密約逃禪前云看猶未足後云韶華過半為易填而諧聽耳此句第三字必用去聲勿誤困又歇三仄是定格石之照夜賞黃之似病酒楊之與有問氣味俗皆同獨曾氏云不似少年懷抱年懷二字皆平且不于三字豆句則竟與前段同格矣或另有此體然當從其多者○不見二字作訝然意妙圖譜

改作吹散真如嚼蠟矣此則嘯餘仍作不見二字未差也又以晚字訛作曉字則仍嘯餘之謬吾未見上元必待天曉而張燈火也何不從其是處而偏從其謬處耶

百媚娘　七十四字　張先

珠（可仄）閣五雲仙子（韻）未省有誰能似（叶）百媚等應天乞與（句）淨（可平）飾艷妝俱美（叶）取次芳（可仄）華皆可意（叶）何處無桃李（叶）　蜀被（可平）錦文鋪水（叶）不放彩鸞雙戲（叶）樂事也知存後（句）會爭（可仄）奈眼前心裏（叶）繚皺小（可平）池紅疊砌（叶）花外東風起（叶）

前後同會字不是叶韻

剔銀燈七十四字　杜安世

昨(可平)夜一(可平)場風(可仄)雨(韻)催(可仄)促牡(可平)丹歸去(叶)孫(可仄)武宫中(句)石(可平)崇樓(可仄)下(句)多(可仄)情(宜仄)怎(可平)生為主(叶)真(可仄)疑洛(可平)浦(叶)雲(可仄)水(可平)莫(豆)杳(可平)無重(可仄)數(叶)獨(可平)倚闌(可仄)干凝(可仄)佇(叶)香(可仄)片亂(可平)沾塵土(叶)爭(可仄)似當初(句)不(可平)曾相(可仄)見(句)免(可平)恁(可平)惱人腸(可仄)肚(叶)緣(可平)叢無(可仄)語(叶)空(可仄)留(可仄)得(豆)寶(可平)刀翦(可平)處(叶)

情字宜用仄

聲前後同

又一體七十五字　毛滂

簾下風光自足(韻)春忽到(豆)席間屏曲(叶)瑤甕酥融(句)羽觴蟻鬭(句)

花映酃湖寒綠叶汨羅愁獨叶又何似豆紅圍翠簇叶 聚散悲歡箭速叶不易一盃相屬叶頻剔銀燈句別聽牙板句尚有龍膏堪續叶羅薰繡馥叶錦瑟畔豆低迷醉玉叶

前段第二句七字後段第二句六字初謂前後不宜參差查耆卿壽域皆有前七後六者故錄此以備一格○耆卿于頻剔銀燈句作論籃買花或平仄不拘然不可學但從其前段豔杏夭桃為是也

又一體七十六字　杜安世

好事爭如不遇韻可惜許豆多情相誤叶月下風前句偷期竊會句共把衷腸分付叶尤雲殢雨叶正繾綣豆朝朝暮暮叶 無奈別

離情緒叶和酒病豆雙眉長聚叶往事淒涼句佳音迢遞句似此因緣誰做叶洞雲深處叶暗回首豆落花飛絮叶

前後第二句俱七字

越溪春　七十五字　　歐陽修

三月十三寒食日句春色遍天涯韻越溪閬苑繁華地句傷禁垣豆珠翠烟霞叶紅粉牆頭句秋千影裏句臨水人家叶　歸來晚駐香車叶銀箭透窗紗叶有時三點兩點雨霽句朱門細柳風斜叶沈麝不燒金鴨句玲瓏月照梨花叶

向來俱作沈麝不燒金鴨冷籠月照梨花今依詞綜校正作六字兩句○按銀箭句即同前春色句則有時句似應作七字于兩點雨分斷而以霽字屬下為是然臆測不敢謂必然故依舊註之兩點二字皆上聲作平者少游金明池亦云過三點兩點細雨其句正對後段才子倒玉山休訴也作者不必泥此而于此二字誤用去聲圖譜于瓏字作可仄想誤刻也

長生樂 七十五字　晏殊

閬苑神仙平地見句碧海架蓬瀛韻洞門相向句倚金鋪微明叶處處天花撩亂句飄散歌聲叶裝真筵壽賜與流霞滿瑤觥叶紅鸞翠節句紫鳳銀笙叶玉女雙來近彩雲隨步朝夕拜

三清叶為傳王母金籙句祝千歲長生叶

中多難句豆處必有訛錯

又一體七十五字　晏殊

玉露金風月正圓韻臺榭早涼天叶畫堂佳會句組繡列芳筵叶洞府星辰龜鶴句來添福壽句歡聲喜色句同入金爐泛濃烟叶清歌妙舞句急管繁絃叶榴花滿酌觥船叶人盡祝富貴又豆長年叶莫教紅日西晚句留著醉神仙叶

此比前詞畧明然亦未必無誤也無可証姑依舊刻録存○來添福壽改用叶韻語如前詞飄散歌聲則

佳或原是福

壽來添也

千年調七十五字　辛棄疾

巵(可仄)酒向人時(句)和(可仄)氣先傾倒(韻)最(可平)要然然可(可平)可(句)萬事稱好(叶)滑(可平)稽坐(可平)上(句)更對鴟夷笑(叶)寒(可仄)與(可平)熱(可平)(句)總隨人(句)甘國老(叶)少(可平)年使酒(句)出(可平)口人嫌拗(叶)此(可平)個和合(作平)道(可平)理(句)近日方曉(叶)學(可平)人言(可仄)語(句)未會十(作平)分巧(叶)看(可平)他(可仄)們(可仄)(句)得人憐(句)秦吉了(叶)

只後起一句換頭餘同事字日字俱仄稼軒又一首後用賜汝蒼璧亦同但前用叫閶闔或偶誤或不拘未敢臆斷然作者依此用仄為是寒與熱下三句每句三字後結亦同圖譜分此九字前作三六後作

六三又笑字失註叶韻且註可平誤矣而嘯餘之奇更可大槩更對鷓鴣作四字句笑寒與熱作四字句總隨人甘國老作六字句後段結看他們得人作五字句憐秦吉了作四字句吉字註可平豈非怪事蓋甘國老是甘草也用以配後秦吉了鳥名作結巧絕作譜者不知耳其隨字註作可平意中竟以人甘二字連讀矣合字音呵譜圖無一字不亂註獨于合字作平者偏不註可平怪哉怪哉圖譜既知笑字屬上句又仍嘯餘之謬以笑字為可平且反註槩字可仄其去嘯餘一間耳稼軒又一首于隨字作斛字亦是作平

荳珠閒七十五字　　趙彥端

浦雲融句梅風斷句碧水無情輕度韻有嬌黃上林梢向春欲

舞叶綠烟迷畫句淺寒欺暮叶不勝小樓凝佇叶倦遊處叶故人
相見易阻叶可仄花事從今堪數叶片帆無恙句好在一篙新雨叶醉
袍宮錦句畫羅金縷叶莫教恨傳幽句叶

倦遊二句是換頭花事以下俱與前合但有嬌黃下十字不若後段片帆四字好在六字明順可從有嬌至林梢六字必有誤處惜無可考証也或曰嬌黃是嬌鶯之誤蓋謂鶯飛上林梢也然句法亦不可作上四下六

解蹀躞 七十五字

周邦彥

候館丹楓吹盡句面可平旋去聲隨風舞韻夜寒霜月飛來伴孤旅叶還可仄

是獨可平擁秋衾句夢餘酒可平困都醒句滿懷離苦叶甚情緒叶深念淩波微步叶幽房暗相遇叶泪珠都作秋宵枕前雨叶此可平恨音可仄驛難通句待憑征雁歸時句寄將愁去叶

夜寒下與後泪珠下同首句六字次句五字各家皆然嘯餘作一七一四謬甚面字應是回字之訛沈作百字未妥旋字去聲譜圖不觧讀作平聲故反註可仄又因讀旋爲平則風字拗遂并註風字可仄愈誤矣諸家于旋字皆用去聲夜寒句與後泪珠句皆九字各家俱然譜乃註夜字可平霜字可仄伴孤可平仄尤謬如逃禪云又還撩撥春心倍淒黯夢窗云倦峰剛着梨花惹游蕩千里云自憐春晚漂流尚羇旅而諸篇後段九字句亦無不與前同蓋此句以夜字去聲領起而第三字用霜字平聲接之至伴孤旅又

用仄平仄音響所以諧協也若改此數字何以為調乎暗相遇宜仄平仄譜註可平仄仄總欲改拗作順而不知成其為詩句不成其為詞句矣夢餘下十字與後待憑下十字各家俱上六下四醒字須讀作平聲而千里和云恨添客鬢終日子規聲苦則上四下六愚謂有各家可據作者但照後段填之不誤也又夢窗一篇首句云醉雲又兼醒雨平仄異因餘同不錄

又一體七十五字　楊无咎

金谷樓中人在句雨點眉顰綠韻叫雲穿月橫吹楚山竹叶怨斷憂憶困誰句坐中有客句猶記在句平陽宿叶泪盈目叶百轉千聲相續叶停盃聽難足叶謾誇天海風濤舊時曲叶夜深烟

慘雲愁句倩君洗醉句明日看句梅梢玉叶

兩結俱用四字一句三字兩句與前詞異

瑞雲濃　七十五字　楊无咎

睽離謾久句年華誰信曾換韻依可仄舊當時似花面叶幽可仄懽可平小會句記永夜豆杯可平行可仄無奠叶醉裏屢忘歸句任虛簷月轉叶　能變新聲句隨語意豆悲歡感怨叶可更餘可平音寄羌管叶倦可平遊江可仄淛句問似伊可仄豆阿可平誰曾見度叶已無腸句為伊可斷叶

依舊至無奠與後可更至曾見同

此是瑞雲濃與瑞雪濃無涉

番槍子 七十五字　韓玉

莫把團扇雙鸞隔(韻)要看玉溪頭(豆)春風客(叶)妙處(可平)風骨瀟閒(句)翠羅金縷(豆)瘦宜(可仄)窄(叶)轉面兩眉攢(豆)青山(可仄)色(叶)到此月想精神(句)花似秀質(叶)待與不清狂如何得(叶)奈何(可仄)難駐朝雲(句)易成春夢(豆)恨(可平)又積(叶)送上七香車(豆)春草(可平)碧(叶)

要看以下與後待與以下同

下水船 七十五字　黃庭堅

總領神仙侶(韻)齊到青雲岐(可仄)路(叶)丹(可仄)禁風微(句)咫(可平)尺(作平)諦聞天語(叶)

盡榮遇叶看即如龍變化句一可平擲靈梭風雨叶　真可仄遊處上苑

尋春去叶芳草芊芊迎可仄步叶幾可平曲笙歌句櫻可仄桃艷可平裏歡聚叶瑤宜仄觴

舉叶回祝堯齡萬萬句端可仄的君恩難負叶

後段比前多
起句三字

又一體七十五字　晁補之

百紫千紅翠韻惟有瓊花特異叶便是當年唐昌觀中玉蘂叶

尚記得句月裏仙人來賞句明日喧傳都市叶　甚時又豆分與

揚州本句一朵冰姿難比叶曾向無雙亭邊半酣獨倚叶似夢

覺豆曉出瑤臺十里叶猶憶飛瓊標致叶

便是以下十字曾向以下十字一氣故前宜于當年下斷句後宜于亭邊下斷句其實一也尚記得似夢覺又字本字俱不用韻里字却叶與前詞異

又一體七十六字　　晁補之

上客驪駒繫韻驚喚銀瓶睡起叶困倚妝臺句盈盈正解羅髻叶鳳釵墜叶繚繞金盤玉指叶巫山一段雲委叶半窺鏡句向我橫秋水叶斜頷花枝交鏡裏叶淡拂鉛華句悤悤自整羅綺叶斂眉翠叶雖有愔愔密意叶空作江邊解珮叶

斜領句比前多一字指字意字俱叶韻巫山句平仄變若作一段巫山雲委則與後結合而亦符前調矣

撲蝴蝶 七十五字 或加近字　趙彥端

清和時可仄候句薰風來小院韻琅玕脫籜句方塘荷翠颭叶柳絲輕可仄度流鶯句畫棟低飛乳燕叶園林綠陰初遍叶景何限叶輕紗細可平葛句綸巾和羽扇叶披襟散髮句心清塵不染叶一盃洗可平滌無餘句萬事消磨去遠叶浮名薄利宜平休羨叶

前後段森然對峙只景何限三字為過變首句耳汲古不校以此三字刻附前結然未嘗云作譜也乃各書之自以為譜者亦俱不肯訂正何歟

又一體七十七字　呂渭老

分釵綰髻句洞府難分手韻離觴短闋句啼痕冰舞袖叶馬嘶霜滑橋橫句路轉人依古柳叶曉色漸分星斗叶　怎分剖叶心兒一似句傾入離愁萬千斗叶垂鞭作平佇立句傷心還病酒叶十年夢裏嬋娟句二月花中荳蔻叶春風為誰依舊叶

洞府句平仄與前異傾入句比前調多二字萬千二字平仄亦與前異無名氏一首玉人應在明月樓中畫眉嬾正與此同圖譜乃作上八字下三字誤聖求別作于馬嘶二句作乍涼衣著輕明微醉歌聲審聽穩必多一審字此二句俱用對偶語無七字之理也故不収七十八字格○兩叶斗字誤

春草碧 七十五字　李獻能

紫簫吹破黄昏月(韻)簌簌小梅花(句)飄香雪(叶)(可平)寂寞花底風鬟(句)顔色如花命如葉(叶)(可仄)千里浣凝塵(句)凌波襪(叶)　心事鑑影鸞孤(句)箏絃雁絶(叶)舊時雪堂人(句)今華髮(叶)(可仄)腸斷金縷新聲(句)杯深不覺琉璃滑(叶)(可平)醉夢遶南雲(句)花上蝶(叶)

後起二句換頭餘同然杯深句平仄異時字平上字仄亦稍異此調作者甚少平仄悉宜依之

又一體 九十八字　万俟雅言

又隨芳渚(韻)坐看翠連霽空(句)愁遍征路(叶)東風裏(豆)誰望斷西

塞（句）恨迷南浦（叶）天涯地角（作平）（句）意不（作平）盡（豆）消沈萬古（叶）曾是送別（作平）（句）長

亭下（豆）細綠暗烟雨（叶）　何處（叶）亂紅鋪繡茵（句）有醉眠蕩子（句）拾

翠遊女（叶）王孫遠（豆）柳外共殘照（句）斷雲無語（叶）池塘夢生（句）謝公

後（豆）還能繼否（叶）獨上畫樓（句）春山暝（豆）雁飛去（叶）

亦惟詞隱有此調他不可考詞亦精妙可法坐字一作生字角字別字以入作平蓋此句即後段之池塘夢生獨上畫樓也或云坐字應從生字為是首句五字當于生字讀斷蓋此後之亂紅鋪繡茵五字平仄脗合而下以看字領下二句即如後之以有字領下二句也有一傖父云又隨芳渚下作生字無理地角角字何必作平夢生必是夢草之誤余笑謂曰此詞乃是詠草先輩尚未詳玩耳

婆羅門引　七十六字　曾組

漲可平雲暮可平卷句漏聲不可平到小簾櫳韻銀可仄河淡可平掃澄空叶皓可平月當可仄軒

高可仄挂句秋可仄入廣寒宮叶正金波不可平動句桂可平影朦朧叶佳可仄人未逢叶

歎此可平夕豆與誰同叶望遠傷懷對可平影句霜可仄滿秋紅叶南可仄樓何可仄處句想可平

人可仄在可平豆長可仄笛一聲中叶凝淚眼豆立可平盡西風叶

按此調向于婆羅門引上加望月二字誤也因是望月而作故傳訛以詞題加于牌名之上耳稼軒友古

本名只

四字

婆羅門令　八十六字　柳永

昨宵裏豆恁和衣睡韻今宵裏豆又恁和衣睡叶小飲歸來句初更過豆醺醺醉叶中夜後句何事還驚起叶　霜天冷句風細細叶觸疎牎豆閃閃燈搖曳叶空牀展轉重追想句雲雨夢豆任攲枕難繼叶寸心萬緒句咫尺千里叶好景良天句彼此空有相憐意叶未有相憐計叶

與前詞全不同句豆以意點定或有訛處未可知也

御街行七十六字　　柳永

燔可仄柴可仄烟斷星河曙韻寶可平輦回天步叶端可仄門羽可平衛簇雕闌句六可平樂

舜韶先舉鶴書飛下雞竿高聳恩露均寰寓 赤霜袍

爛飄香霧喜色成春煦九儀三事仰天顏八彩旋生眉

宇椿齡無盡蘿圖有慶常作乾坤主

又一體七十六字 柳永

前時小飲春庭院悔放笙歌散歸來中夜酒醺醺惹起

舊愁無限雖看墜樓換馬爭奈不是鴛幃伴 朦朧俱

妙暗花面欲夢還驚斷和衣擁被不成眠一枕萬回千

轉惟有畫梁新來雙燕徹曙聞長嘆

雖看隊樓以下十四字語氣宜在摸馬斷句然此調結處俱是兩四字一五字者想一氣貫下馬字可以作平歌時無碍耳樓渠二字用平與前異暗字宜平恐誤

又一體七十八字　又名孤雁兒　范仲淹

紛紛墜葉飄香砌韻夜寂可平靜豆寒聲碎叶真珠簾捲玉樓空句天淡銀河垂地叶年年今可仄夜句月可平華如練句長是人千里叶　愁腸已斷無由醉叶酒未可平到豆先成淚叶殘燈明滅枕頭攲句諳盡孤眠滋味叶都來此可平事句眉間可仄心上句無計相迴避叶

次句用三字兩句與前異歐詞一首刻前六字後五字誤○書舟有孤雁兒詞查與此調同故不另列

又一體八十二字　高觀國

香波半窣深深院(韻)正日上(豆)花陰淺(叶)青絲不動玉鈎閒(句)看翠額(豆)輕籠蔥蒨(叶)鶯聲似隔(句)篆烟微度(句)愛橫影(豆)參差滿(叶)那回低挂朱欄畔(叶)念悶損(豆)無人捲(叶)窺春偷倚不勝情(句)彷彿見(豆)如花嬌面(叶)纖柔緩揭(句)瞥然飛去(句)□不似(豆)春風燕(叶)

按此調前後不宜參差此後結誤落一字耳友古一首前五字後六字亦誤

側犯七十七字　方千里

四山翠合(句)一溪碧繞秋容靚(韻)波定(叶)見鷺立魚跳動平鏡(叶)

修篁散步屧句古木通幽徑叶風靜烟霧直句池塘倒晴影叶

流年舊事句老矣塵心瑩叶還暗省叶點吳霜句顦顇媿潘令叶夢

憶江南句小園路迴叶愁聽叶葉落轆轤金井叶

詞至千里而繩尺森然纖毫無假借矣四聲確定欲菊註而不可得矣舊刻片玉詞于小園路迴句作酒壚寂靜靜字犯重愁聽以下作烟鎖漠漠藻地苔井鎖字失叶詞統云方千里改之為是愚謂美成為樂府創始之人豈有謬誤況千里之和清真無一字聲韻不合寧有改之之理迴聽二字必其原韻因傳寫致訛而後遂不可考耳或曰白石作于尾句云寂寞劉郎自修花譜寞字亦不叶韻千里之聽字或是偶合然前段有波定風靜兩個二字叶韻句聽字亦必用韻也或白石之寞字借作暮字音亦未可知譜註

尾句八字無足怪者乃以烟鎖二字註可用仄平則大誤矣觀白石用劉郎則方之葉落周之漢漢或皆以入作平是鎖字萬無用平之理也又以還暗省點吳霜作六字句動平鏡為可用平仄仄媿潘令為可用平平仄還暗省為可用仄平仄皆謬之謬者○又詞統云修篁散步縻不成句恐有誤此不知何故若論音律則散步二字去聲正合周詞度暗二字若論文理則修篁之間可以散步無害于理步縻隨春風像杜詩散步詠涼天像韋詩何為不成句乎如謂通幽徑屬木散步縻屬人兩句不對則周詞度暗草屬飛螢遊花徑屬秉燭之人亦不成句乎此種論詞真不可解耳

四園竹 七十七字 四或作西　　周邦彥

浮雲護月句未放滿朱扉韻鼠摇暗壁句螢度破牕句偷入書幃叶

秋意濃(句)閒竚立(豆)庭柯影裏(換仄叶)好風襟袖先知(叶平)　夜何其(叶平)江南路遠重山(句)心知謾與前期(叶平)奈向燈前墮淚(句)腸斷蕭娘(豆)舊日書辭(叶平)猶在紙(換仄叶)雁信絶(句)清宵夢又稀(叶平)

諸刻皆以奈向誤作奈何遂致此句律拗而譜圖以腸斷句作七字讀且註叶韻蓋吳越鄉音多以魚虞韻混入支微如呼樞為痴呼儲為遲之類故作譜者認書字是韻耳豈清真詞伯而亦作此蠻音醜態耶觀方千里詞無限當年往復詩辭明明于辭字和韻何竟不一查也其裏字紙字乃以仄聲叶平方用踈雨裏千萬紙亦是和韻可見詞中平仄兩叶者甚多此又其一人未及細考耳圖譜不知此義竟以辭猶在紙連下雁信絶作七字句更為可笑豈方詞可讀作辭千萬紙甚近日耶且因誤讀句拗遂又註此

七字可用仄平平仄平平平仄如七言詩一句真怪絕矣嗚呼是可作譜乎哉余每贊歎方氏和清真一帙為千古詞音証據觀其字字摹合如此不惟調字可考且足見古人細心處不惟有功于周氏而凡詞皆可以此理推之豈非詞家所當蒸嘗者耶故字旁不敢復註平仄

祝英臺近　七十七字　或無近字　吳文英

剪紅情（句）裁綠意（句）花（可仄）信上釵股（韻）殘（可仄）日東風（句）不（可平）放歲華去（叶）有（可平）人（可仄）添（可仄）燭西窗（句）不（可平）眠侵（可仄）曉（句）笑聲轉（豆）新（可仄）年鶯語（叶）舊樽俎（叶）玉（可平）纖（可仄）曾（可仄）擘黃柑（句）柔（可仄）香繫幽素（叶）歸（可仄）夢湖邊（句）還（可仄）迷（可仄）鏡中路（叶）可（可平）憐（可仄）千（可仄）點吳霜（句）寒（可仄）銷（可平）不盡（句）又相對（豆）落（可平）花如雨（叶）

此調多用仄平仄句譜皆註可平平仄俁笑聲又相有作平仄者柔香繫幽聖求書舟偶用平仄不宜從○詞品載戴石屏所娶江西女子作惜多才一首即祝英臺也傳流殘缺前段三十七字不少後則逸去起處三句十四字圖譜不識合前後為一另立一調作六十三字而于尾句澆奴墳土作墳上土是六十四字矣且即取詞中第四語揉碎花箋四字命作調名因即杜撰出許多可平可仄來乃以為譜怪極矣

鳳樓春　七十七字　歐陽炯

鳳髻綠雲叢韻深掩房櫳叶錦書通叶夢中相見覺來慵叶勻面淚句臉珠融叶因想玉郎何處去句對淑景誰同叶小樓中叶春思無窮叶倚闌凝望句闇牽愁緒句柳花飛起東風叶斜日照簾句

羅幌香冷粉屏空叶海棠零落句鶯語殘紅叶

照簾一作照簾櫳詞綜仍之但前用房櫳此處不宜複叶譜圖以羅幌句拗因註羅幌香三字可用仄平仄此調自五代迄金元無第二首傳世者何從知幌字可平耶此句或當在幌字斷句而簾字上尚有繡字或珠字耳即謂幌字或是幃字之訛亦止可存其臆說相傳已久豈可竟改其平仄以示後人乎

一叢花　七十八字　　秦觀

年(可仄)來今(可仄)夜見師師韻雙(可仄)頰酒紅滋叶疎簾半捲微燈外句露華上豆烟(可仄)裊涼颸叶簪髻亂拋句偎人不(可平)起句彈(可仄)淚唱新詞叶　佳(可仄)期誰(可仄)料久參差叶愁(可仄)緒暗縈絲叶相應妙舞清歌夜句又還對豆秋(可仄)

色嗟咨叶惟有畫樓句當時皓可平月句兩可平處照相思叶

前後同露華上又還對多用仄平仄或有用仄平平仄仄平者亂字畫字必用去聲即不能亦用上入聲必不可用平此為定格如子野用漸細東坡用縱少惜香用作厚等字可見書舟放翁于此句用平平仄仄則又一格亦可從也○惜香一首第四句作東西芳草漫茸茸係誤刻無此體

陽關引　七十八字　又名古陽關　晁補之

草草蛩吟噎韻暗柳螢飛滅叶空庭雨過句西風緊句飄黃葉叶卷書帷寂可平靜句對此傷離別叶重感歎作平豆中秋數日又圓月叶沙可仄觜檣竿上句淮水濶叶有飛鳧客句詞珠玉句氣冰雪叶且莫作平敎皓可平

月照(句)影驚華髮(叶)問幾時(豆)清樽夜景共佳節(叶)

卷書惟興且莫教二句句法用卷且二字領句與下對此句照影句如五言詩者不同不可不知○按寇萊公作前結云動黯然知有後會甚時節後結云念故人千里自此共明月有字里字俱用上聲不拘也空庭以下前後相同有飛鳧客仄平平仄與前異而飛鳧二字相連寇云嘆人生裏嘆字亦仄人生亦連氣字用去聲與前異寇亦用易字必非偶合作者須留意焉譜圖將西風緊連上作七字詞珠玉連下作六字前結一三一七後結兩五俱誤　按第一草字恐誤

金人捧露盤 七十九字 又名上西平 西平曲

程垓

愛春歸(句)憂(可仄)春去(句)為春忙(韻)旋點(可平)檢(可平)(豆)雨(可平)障雲妨(叶)遮(可仄)紅護(可平)綠(句)翠(可平)

幃羅(可仄)幙任高張(叶)海(可平)棠明(可仄)月(句)杏花天(豆)更(可仄)惜(可平)濃芳(叶)　喚鶯吟(句)

招蝶(作平)拍(句)迎柳舞(句)倩桃妝(叶)盡呼(可仄)起(可平)(豆)萬(可平)籟笙簧(叶)一(可平)觴一(可平)詠(句)儘(可平)

教陶(可仄)瀉繡心腸(叶)笑(可平)他人(可仄)世(句)漫嬉遊(可仄)(豆)擁(可平)翠偎香(叶)

此調因有別名故各書多複收之而圖譜乃收至三體既收金人捧露盤與上西平又收一元人詞上南平調奇絕蓋嘯餘于兩結原讀作一七字一四字故圖譜亦以杏花天三字屬上句而嘯餘所收之詞于天字用仄圖譜所收之詞于天字用平且偶與通篇韻合故以為另一體而列之又其後段于盡呼起至繡心腸云洗五州妖氣關山已平全蜀風行何用一泥丸是于州字豆山字叶蜀字句丸字叶者圖譜誤認洗五州妖氣為一句關山已平為一句全蜀風行為一句何用一泥丸為一句則此詞比前詞原未嘗

有異而讀者差到底故遂另列一體耳豈非奇絶乎○又稼軒集九衢中一首前結云自憐是海山頭種玉人家乃于自憐是一句內落去一字觀其後段仍是兩句十一字可知譜因將自憐是連下作十字句故認為另格然則如東浦刻後結不如早問溪山高養吾慵亦不曾其是誤落而亦可另収一體耶總之此調起處三字三句換頭三字四句其餘字字相同豈有前後互異之理書籍之誤刻者甚多安可不一細心體認凡讀書皆然不獨一詞也

蘆川後起作名與利不必學

望雲涯引 七十九字 李甲

(可仄)秋容江上(句)岸花老(句)蘋洲白(韻)露濕蒹葭(句)(可平)浦嶼漸增寒色(叶)閒漁唱晚(句)(可平)鷺雁驚飛處(豆)映遠磧(叶)數點輕帆(句)送天際歸客(叶)

鳳(可平)臺人散(句)漫回首(句)沈消息(叶)素鯉無憑(句)樓(可仄)上暮雲凝碧(叶)曉(可平)
向西風下(豆)認遠笛(叶)宋玉悲懷(句)未信金樽消得(叶)

此詞後段比前少閒漁唱晚四字尾句多一字愚以為不全之調也蓋尾句或多或寡詞原有換尾之例若通篇前後字句平仄音響皆同而中間缺去四字則各調無此例故謂其不全惜他無可考証耳

夢還京 七十九字 柳永

夜來怱怱飲散(句)欹枕背燈睡(韻)酒力全輕(句)醉魂易醒(句)風揭
簾櫳(句)夢斷披衣重起(叶)悄無寐(叶) 追悔當初(句)繡閣話別太
容易(叶)日許時(豆)獨阻歸計(叶)甚況味(叶)旅館虛度殘歲(叶)想嬌媚(叶)

那裏獨守鴛幃靜句永漏迢迢句也應暗同此意叶

無可引証姑為分句恐有差落未必確然

山亭柳　七十九字　　晏殊

家住西秦韻賭博藝隨身叶花柳可平上句鬬尖新叶偶學念可平奴聲可仄調句

有時高可仄遏行雲叶蜀錦纏頭無可仄數句不可平負辛勤叶　數年來往

咸京道句殘杯冷炙謾消魂叶衷腸可仄事句託何人叶若有知可仄音見可平

採句不辭遍可平唱陽春叶一曲當筵落可平淚句重可仄掩羅巾叶

花柳下與後衷腸下同

又一體 七十九字 杜安世

曉來風雨句萬花飄落韻歎韶光句虛過却叶芳草萋萋句映樓臺豆淡烟漠漠叶紛紛絮飛院宇句燕子過朱閣叶 玉容淡妝添寂寞叶檀郎孤願太情薄叶數歸期句絕信約叶暗添春宵句恨平康豆恣迷歡樂叶時時悶飲綠醑句甚轉轉豆思量著叶

用仄韻兩首句不起韻次句四字前結五字後結六字芳草下暗添下各十一字皆上四下七俱與前調異姑分其句然或有訛脫也

暗添添字訣仄其誤尤明

鎮西 七十九字 蔡伸

秋風吹雨句覺重衾寒透韻傷可仄心聽可平豆曉鐘殘漏叶凝去聲情久叶記紅
牕夜雪句促可平膝圍爐句交杯勸酒叶如今頓孤歡偶叶念作平別後叶
菱花清鏡裏句眉峯暗可平鬭叶想可仄標容豆怎禁銷瘦叶忽回首叶但雲
牋墨妙句鴛可仄錦啼妝句依然似舊叶臨風泪霑襟袖叶

後段想標容以下與前段同念別後仄平仄莫誤

又一體七十九字本集作小鎮西　柳永

意中有箇人句芳顏二八韻天然俏豆自來奸黠叶最奇絕叶是笑
時媚靨句深深百態千嬌句再三偎著句再三香滑叶久離缺叶

夜來魂夢裏句尤花殢雪叶分明似豆舊家時節叶正懽悅叶被雞聲喚起句一塲寂寞無眠句向曉空有句半牕殘月叶

首句五字次句四字無眠向曉不叶韻與前詞異或云前詞或亦五字起余謂秋風吹雨如何覺起來除是脚字則可。按此調天然俏以下前後相同久離缺三字係後段換頭句前詞甚明汲古誤將此三字贅附前尾遂失却此調之體況論文義亦云離別已久而夜來夢中猶是舊時光景乃正當懽悅却又被雞聲驚覺也豈可割一句搭上截耶本應改正今仍舊録之者因欲覽者與前蔡詞相較自見分明耳一塲以下十四字若照前詞原可作一塲寂寞一句無眠向曉一句空有半牕殘月一句但前段是笑時以下不可如此分讀故註斷句如右

小鎮西犯 七十一字 柳永

水鄉初禁火(句)青春未老(韻)芳華滿(豆)柳汀烟島(叶)波際紅幃縹緲(叶)盡盃盤小(叶)歌祓禊(句)聲聲諧調(叶) 路遼遠(叶)野橋新市裏(句)花穠妓好(叶)引遊人(豆)競來歡笑(叶)酩酊誰家年少(叶)信(作)玉山倒(叶)家何處(句)落日眠芳草(叶)

汲古亦將路遼遠三字屬上段又祓字重寫今改正落日句五字比前結異玉字照前似應作平聲盃盤玉山皆四字句中用二字相連者不可不知○本譜以字少者居前此調因題有犯字必非鎮西全體故以列于正調之後

紅林檎近 七十九字 方千里

可平曉起山光慘句晚來花意寒韻映可平月衣纖縞句因風佩琅玕叶三可平美江梅聽徹句幾點岸柳飄殘叶宛可仄然可平舞曲初翻叶黛影捲波瀾叶把酒同喚醉句促膝小留歡叶清狂痛飲句能消多少盃盤叶況人生如寄句相逢半老句歲華休作容易看叶

起四句後起二句竟似五言古詩甚拗結一句亦拗但此係美成接腔製體有冬初雪景二首平仄相同千里和之亦一字不異是知調格應是如此不可任意更改不然美成既若守不變千里又若相模仿何其迂拙大遜今人之巧便乎于此可悟詞律之嚴愚之迂拙見哂于今人而或見諒于古人處亦可稍自

白已乃圖譜無一字不改拗為順不知皆改順為拗矣每見今之名流云作詞但要鍊字尖新鍊句妥儁讀之諧耳即為甚工必費心力求合于古毋乃愚而無益余謂若然則隨意做成長短句便是詞矣何必更名為某調某調耶未有名為某某調而平仄字句故與相乖之理如五七言古詩而彊名曰律豈理也哉○衣字去聲影字周用池字初疑千里和周詞一卷步趨不差分寸此字何以不守及觀清真雪詞亦用手字故千里不妨亦用上聲耳

詞律卷十一

欽定四庫全書

詞律卷十二

宜興萬樹撰

過澗歇 八十字

晁補之

歸去韻奈故人豆尚可平作青可仄眼相期句未許明時歸去叶放懷處叶買得東皐數畝句靜愛園林趣叶任過客豆剝啄相呼晝扃戶叶堪可仄笑兒童事業句華顛向誰語叶草堂人悄句圓荷過微雨叶都付邯鄲句一枕清風句好夢可平初覺句砌下槐可仄影方停午叶

草堂舊刻及各選俱載柳七淮楚曠望極一首久而傳訛于後段落去二字嘯餘乃因而作譜硬註字句圖譜因之遂為千古貽誤今以无咎詞為據并錄柳作于後以証訛脫之説

淮楚曠望極千里火雲燒空盡日西郊無雨厭行旅數幅輕帆旋落艤棹蒹葭浦避畏景兩兩舟人夜深語　此際爭可便恁奔利名九衢塵裏衣冠冐炎暑回首江鄉月觀風亭水邊石上幸有散髮披襟處

首句兩字起韻次句三字千里句六字盡日句六字晁詞明明可証也而譜註云首句七字以里字為起韻是一註而破亂三句失一楚字韻反妄添一里字韻豈不大誤且此闋是虞魚韻豈首句便借支字韻乎而淮字註可仄避字可平夜深註可平仄必欲改盡此調而後已矣後段九衢以下與前詞草堂以下字字相同則九衢之上該有十一字今落去二字止存九字因而不可句豆據愚揣之必奔字與名字下

各落一字或是奔馳利名路耳故下便接九衢冒暑等語于理為當而譜乃硬註此際爭可便為一句恁奔至塵裏為一句豈不大誤又自以恁奔利名為拘因註此四字平仄皆可反用豈不誤而又誤蓋以裏字為叶即首句里字起韻之說柳七縱有俳俗之誚豈意至五六百年後又以不識韻之罪加之乎況恁奔是何言語夫舊刻傳訛非後人之過但闕疑則可若彊不知以為知則自誤不可況以誤人乎

安公子 八十字　　柳永

長川波瀲灩韻楚鄉淮岸迢遞句一霎烟汀雨過句芳草青如染叶驅驅攜書劍叶當此好天好景句自覺多愁多病句行役心情厭叶　望處曠野沉沉句暮雲黯黯叶行侵夜色句又是急槳

投村店(叶)認去程將近(句)舟子相呼(句)遥指漁燈一點(叶)

惟耆卿有此詞他無可証○按此調當作三疊長川至如染驄驅至情厭字句相同宜分作兩段所謂雙拽頭也

又一體　一百二字　陸游

(可仄)風雨初經社(韻)(可平)子規(可仄)聲裏春光謝(叶)(可平)最是無情(句)零落盡(豆)薔薇

(作平)一架(叶)(可平)況我今年(句)(可仄)憔悴幽牕下(叶)人盡(可平)怪(豆)(可仄)詩酒消聲價(叶)向藥

爐經卷(句)(可仄)忘却鶯牕(可平)柳榭(叶)(可平)萬事收心也(叶)(可平)粉痕(可仄)猶在香羅

帕(叶)(可平)恨月愁花(句)爭信道(豆)如今都罷(叶)(可仄)空憶前身(句)(可平)便面章臺馬(叶)

因自來豆禁可仄得可仄心腸怕叶縱遇歌逢酒句但可平說京都舊可平話叶

此調整順可從前後段同

又一體 一百四字 晁補之

柳老荷花盡韻夜來霜落平湖淨叶征雁橫天句鷗舞亂豆魚遊清鏡叶又還是豆當年我向江南興叶移畫船豆深渚蒹葭叶映對半篙碧水句滿眼青山魂凝叶 一番傷華鬢叶放歌狂飲猶堪逞叶水驛孤帆句明夜此宜豆歡重事省叶夢回處豆詩塘春草愁難整叶宦情興豆歸思去聲終朝競叶記他年相訪句認取斜川三逕叶

又還是句與夢回處句十字與模魚兒中語同比前詞各多一字番字詞人常作仄聲用明夜句該上三下四今此字不可豆而歡重事省亦難解必係譌錯

又一體 一百六字 柳永

遠岸收殘雨韻雨殘稍覺江天暮叶拾翠汀洲句人寂靜豆立雙雙鷗鷺叶望幾點豆漁燈掩映蒹葭浦叶停畫橈豆兩兩舟人語叶道去程今夜句遙指前村烟樹叶 遊宦成羇旅叶短檣吟倚閒凝竚叶萬水千山句迷遠近豆想鄉關何處叶自別後豆風亭月榭孤歡聚叶剛斷腸豆惹得離情苦叶聽杜宇聲聲句勸人不如

歸去叶

雙雙上多一立字鄉闗上多一想字與前兩詞異柳

又一首前用四字後用五字乃前段落一字也杜宇

聲聲應作仄平平仄人字應仄或是偶誤

或是不拘然後學宜從其前段式為妥

又一體 一百六字 杜安世

又是春將半韻杏花零落閑庭院叶天氣有時陰淡淡句綠楊

輕軟叶連畫閣豆繡簾半捲叶招新燕叶殘黛斂豆獨倚闌干遍叶暗

思前事句月下風流句可仄狂蹤無限叶 惜恐鶯花晚叶更堪容易

相拋遠叶離恨結成心上病句幾時消散叶空際有豆斷雲片片叶

遥峰暖叶聞杜宇豆終日哀啼怨叶暮烟芳草句寫望迢迢句甚可平時重見叶

天氣句離恨句與前稍異連畫閣二句與後空際有二句各止七字亦與前異兩結各四字三句更不同○或曰天氣與離恨句源可作四字照前讀連畫閣與空際有亦可照前携字片字不是叶韻乃偶合耳此論亦是然其結則固是另一體也

早梅芳近 八十字　或無近字　　呂渭老

畫簾深句妝閣小韻曲徑明花草叶風聲約雨句暝色啼鴉暮天杳叶染眉山對碧句匀臉霞相照叶漸更衣對客句微坐自輕笑叶

醉紅明句金葉倒叶恣看還新好叶瑩注粉泪句滴爍波光射

庭沼叶犀心通密語句珠唱翻新調叶佳期定約秋了叶

霞相照翻新調以上前後同尾句恐誤聖求詞每多訛字

又一體 八十二字 周邦彦

花可仄竹可平深句房櫳好韻夜闌無人到叶隔作平牕寒雨句向壁孤燈弄餘

照叶泪多羅袖重句意密鶯聲小叶正魂驚夢怯句門可仄外已知曉叶

去難留句話可平未了叶早促登長道叶風披宿作平霧句露洗初陽射

林表叶亂愁迷遠覽句苦語縈懷抱叶謾回頭句更堪歸路杳叶

後結謾回頭下比前詞多二字但查片玉此調二闋及姑溪詞俱八字則前詞必是脫落作者只依此填之可也姑溪于路字作人字周又一首于堪字作淌字揔不如依此為妥

瑤堦草 八十字 程垓

山子規叫句月破黃昏冷讀簾幙風輕句綠暗紅又盡叶自從後句粉消香膩句一春成病叶那堪晝閒日作平永叶恨難整叶起無語句綠萍破處池光淨叶悶理殘妝句照花獨自憐瘦影叶來又怕句飲來越作平醉句醒來却作平悶叶看誰似可平我孤另叶

自從下與後睡來下同○或曰我字註可平閒字何以不註可仄余曰平則一途仄兼兩義詞中細處上

去原不可混凡于平字註可仄者原當詳審可上去通用則不妨隨填若止可上而不可去者自宜還他去或平或上不可以去字混入註不便細分上去故不得已只以仄字概之也如此我字可以用平閒字亦不妨用上然若註可仄則人謂去聲亦可用而調乖矣通部皆然偶記于此

鬬百花 八十一字 又名夏州 晁補之

臉色朝霞紅膩韻眼色秋波明媚叶雲度小釵濃鬢句雪透輕綃香臂叶不語凝情句教人喚得回頭句斜盼未知何意叶百態生珠翠叶低問石上句鑿井何由及底叶微向耳邊句同心有緣千里叶飲散西池句涼蟾正滿紗牎句一語繫人心裏叶

楊誠齋有云詞須擇腔如關百花之無味是知此調當時原不以為佳故作者寥寥且其調中多有參差今細考註之如起句晁三首俱起韻柳三首一韻二不韻第三句晁二作俱同仄聲一則叶韻柳一與此同其二則一云池塘淺蘸烟蕪平聲一云長門深鎖悄悄第四句柳二同一云滿庭秋色將晚平仄皆參差後段起十字晁一云教展香裀看舞霓裳促遍香裀用平與此石上二字異一云與問堦上簸錢時節記微笑但把纖腰向人嬌倚人多讀于節字斷句下作記微笑甚誤此乃記字上落一猶字或應字也記字是叶韻微笑但把乃四字句柳亦作年少傳粉平仄正合是此調原無八十字格也柳換頭一與教展香裀同一云無限幽恨寄情空殢紈扇一云爭奈心性未會先憐佳壻亦皆參差與此篇異微向耳邊耳字必要仄聲或作平仄仄平或作平仄仄上慎勿用去仄平平○按不語凝情以下三句一四兩六前後

相同對照為結不宜前尾拖一五字句愚謂此必係後段起句而誤移耳然傳之已久不敢遽改知音者請自玩味或以鄙言為諒乎○又柳一首于次句亦不起韻直至第四句方起韻恐是誤也不必從

有有令　八十一字　趙長卿

前山減翠韻疎竹度輕風句日移金影碎叶還又年華暮句看看是豆新春至叶那更堪豆有箇人人句似花似玉句溫柔伶俐叶準擬叶恩情忺戲叶拈弄上豆則人難比叶我也埋根豎柱句你也爭些氣叶大家一搽頭地叶美中更美叶廝守定豆共伊百歲叶

此等俳詞為北曲之先聲矣

皂羅特髻 八十一字 蘇軾

采菱拾翠句算如此佳名句阿誰消得韻采菱拾翠句稱使可平君知

客叶千金買豆采菱拾翠句更羅裙可仄豆滿把真珠結叶采菱拾翠句正

髻鬟初合叶 真箇采菱拾翠句但深可仄憐輕拍叶一作平雙手豆采菱

拾翠句繡衾下可平豆抱著俱香滑叶采菱拾翠句待到京尋覓叶

疊用采菱拾翠字凡七句或此調格應如此或是坡仙遊戲為之未可考也稱使君下與後但深憐下同

彩鳳飛 八十一字 陳亮

人立玉句天如水句特地如何撰韻海南沈豆燒著欲寒猶爇叶算

從頭句有多少豆厚德陰功句人家上豆一一舊時香案叶聯經慣叶小駐吾州纜爾句依然歡聲滿叶莫也教豆公子王孫眼見叶這些兒豆賴脫處句高出書卷叶經綸自入手不了判斷叶

中多難明所當闕疑。玩前後相合處則特地句與依然句各五字次各九字于三字一豆又次各三字又次各七字于三字一豆但此句照後段卷字叶韻則前功字平聲不合不可解也次人家至香案九字此後經綸下九字而聯經慣三字當為後段換頭起句誤屬前尾耳字雖多訛其段落定應如此聯宜作煞音聯忒煞也聯則為日曬字坡詞江南父老時與聯漁蓑

最高樓 八十一字

劉克莊

周郎後(句)直數到清真(韻)君莫是前身(叶)八音相應諧韶樂(句)一聲未了落梁塵(叶)笑而今(句)輕郢客(句)重巴人(叶)只少箇(豆)綠珠橫玉笛(換仄)更少箇(豆)雪兒彈錦瑟(叶仄)欺賀晏(句)壓黃秦(叶平)可憐樵唱并菱曲(句)不逢御手與龍巾(叶平)且酣眠(句)蓬底月(句)甕間春(叶平)

後段起兩句換仄韻稼軒一首第四五句用是夢松後追軒冕是化鶴後去山林夢化二字去聲因使丁氏故事而用之不可學也後起二句元司馬昂父作按秦箏學弄相思調寫幽情恨殺知音少平仄全反甚誤雖詞綜載之不可學

又一體　八十二字　毛滂

微雨過句深院芙荷中韻香冉冉句繡重重叶玉人共倚闌干角句月華猶在小池東叶入人懷句吹鬢影句可憐風叶　分散去豆輕如雲與夢句剩下了豆許多風與句月侵枕簟句冷簾櫳叶剛能小睡還驚覺句畧成輕醉早醒鬆叶仗行雲句將此恨句到眉峰叶

香冉冉三字兩句與前異後段起處兩句仄韻不自相叶愚意謂夢字乃是雪字與下月字為叶也而毛又一首作謾良夜月圓空好意恐落花流水終寄恨落花流水必流水落花之訛然恨字亦不叶意字或另有此格亦未可知但其侵枕簟兩句作悲歡往往相隨則竟作六字連句大與前體不合定係差誤不可從矣作者于仄聲韻必叶為是

倒垂柳　八十一字　楊无咎

曉(可平)來烟露重(句)為重陽(豆)增勝致(韻)記一年好處(句)無似此天氣(叶)東籬白衣至(句)南(可仄)陌芳筵啟(叶)風流曾未遠(句)登臨都在眼底(叶)

人生如(可仄)寄(叶)謾把茱萸看(平聲)仔細(叶)擊節聽高歌(句)痛飲莫辭醉(叶)烏帽任教(句)顛倒風裏墜(叶)黃花明日(句)縱好無情味(叶)

无咎又一首記一年至天氣十字作而今精神傾下越樣風措必係訛謬烏帽任教作情山曲海平仄不同或亦不拘

柳初新　八十一字　柳永

東郊向曉星杓亞韻報帝里豆春來也叶柳臺烟眼句花勻露臉句
漸覺綠嬌紅姹叶妝點層臺芳榭叶運神功豆丹青無價叶別
有堯堦試罷叶新郎君豆成行如畫叶杏園風細句桃花浪暖句競
喜羽遷鱗化叶遍九陌豆相將遊冶叶驟香塵豆寶鞍(可平)嬌馬叶

柳臺下與杏園下前後皆同只遍九陌句多一字必妝點上落一字今姑照舊錄之作者添字與後同可也圖譜于相將遊冶落相字遂致前段六字相連後段三字兩句不合矣運神驟香俱作可用平仄何據

新荷葉 八十二字 趙彥端

欲(可平)暑還涼句如(可仄)春有(可平)意重歸韻春(可仄)若歸來句任他鶯(可仄)老花飛叶輕

霅澹可平雨句似可平晚可平風可仄豆欺可仄得單衣叶簷可仄聲驚可仄醉句起可平來新可仄綠成圍叶回可仄首分攜叶光可仄風冉可平冉菲菲叶曾可仄幾何時句故山疑可仄夢還飛叶鳴可仄琴再可平撫句將可仄清可仄恨豆都可仄入金徽叶永可平懷橋可仄下句繫可平船溪可仄柳依依叶

前後俱同只後段起句叶韻查稼軒諸作皆用韻孏窟惜香介庵亦有不叶者可不拘也因餘同不另録此詞乃和稼軒者曾幾何時非叶叶韻仲殊一首于輕霅二句云波光艷粉紅相間脉脉嬌羞圖譜收之乃于艷字讀斷而下作八字句誤矣曾幾下十字永懷下十字俱不分斷總不觧查照前段故也

夢玉人引 八十二字

呂渭老

上危梯韻望畫閣迴句繡簾垂叶曲水飄香句小園鶯喚春歸叶舞

袖弓彎句正滿城豆烟草萋迷叶結伴踏青句趂蝴蝶雙飛叶賞心歡計句從別後豆無意到西池叶自撿羅囊句要尋紅葉留詩叶懶約無憑據句鶯花都不知叶怕人問句彊開懷豆細酌酴醾叶

汲古刻作八十四字望字作盡盡二字蝴蝶下有一字無憑下少據字細酌下有一字與此不同未知孰是毛刻固多訛處而此亦未必確然也酴醾二字宜從酉旁謂酒也故上有酌字詞綜作荼蘼非是

柳腰輕 八十二字 柳永

英英妙舞腰肢軟韻章臺柳句昭陽燕叶錦衣冠蓋句綺堂筵宴叶是處千金爭選叶顧香砌豆絲管初調句倚輕風豆佩環微顫叶

作入霓裳促遍叶逞盈盈豆漸催檀板叶慢垂霞袖句急趨蓮步句進退奇容千變叶笑何止豆傾國傾城叶暫回眸豆萬人腸斷叶

錦衣以下前後相同依後段步字則前段宴字乃是偶合韻脚而非叶也作者可以不叶

爪茉莉　八十二字　柳永

每到秋來句轉添甚況味韻金風動豆冷清清地叶殘蟬噪晚句甚聒得人心欲碎叶更休道豆宋玉多悲叶石人也句須下淚叶衾寒枕冷句夜迢迢豆更無寐叶深院靜豆月明風細叶巴巴望曉句怎生捱豆更迢遞叶料我兒豆只在枕頭根底叶等人睡句來夢裏叶

孤調他無援証所可辨者金風動句即後深院靜句
殘蟬句即後巴巴句則怎生句比前應于更字上加
一字舊譜總作六字則捱更迨遞不成語矣捱字去
聲更者更漏之更或是三更落三字譜却認作去聲
若是去聲則迨遞者何物兩結俱作六字佘謂尾句
該分斷蓋所憶之人纔入夢即見之如隱于枕底者
但等人睡熟即來也如睡來連讀便不通矣
審爾則前結亦是兩句以也字作虛字用耳

祭天神 八十二字 柳永

歎笑筵歌席輕拋嚲韻背孤城豆幾舍烟村停畫舸叶更深釣叟歸來句數點殘燈火叶被連綿豆宿酒醺醺句愁無那叶 寂寞擁豆重衾臥叶又聞得豆行客扁舟過叶蓬牕近句蘭棹急句好夢還

驚破叶念生平豆單棲蹤跡句多感情懷句到此厭厭句披衣坐叶

前後各異只數點句與好夢句相似宿酒句與到此句相似耳

又一體　八十五字　柳永

憶繡衾相向輕輕語韻屏山掩豆紅蠟長明句金獸盛熏蘭炷叶何期到此句酒態花情頓辜負叶愁腸斷豆還是黃昏句那更滿庭風雨叶聽空堦和漏碎聲鬭滴愁眉聚叶算伊還共誰人句爭知此寃苦叶念千里烟波句迢迢前約句舊歡省豆一向無心緒叶

與前調迴別字句亦不確風雨處應是分段然不敢彊註也○按毛氏塡詞名解述因話録所載北方季冬二十四日以板畫一人有形無口人各佩之謂可辟眚時有作謔詞名祭袄神而祭天神反失註解

驀山溪 八十二字 又名上陽春

張元幹

可平一番可平小雨句可平陡覺添秋色韻可仄桐葉下銀牀句可平又可平送可平箇豆淒涼可仄消息叶

可平故鄉可仄何處句可仄搔首對西風句可仄衣可平線可平斷句可平帶可仄圍可仄寬句可仄衰鬢添新白叶

可仄錢塘可仄江上句可仄冠蓋如雲積叶可仄騎馬傍朱門句可仄誰可平肯可平念句塵埃可平墨客叶

可仄佳人可平信杳句可平日暮碧雲深句可仄樓可平獨可平倚句可平鏡可仄頻可仄看句可平此意無人識叶

前後同

又一體　八十二字　石孝友

鶯鶯燕燕韻搖蕩春光嬾叶時節近清明句雨初晴豆嬌雲弄煖叶醉紅溼翠句春意釀成愁句花似染叶草如剪叶已是春彊半叶小鬟微盼叶分付多情管叶癡騃去聲不知愁句想怕晚豆貪春未慣叶主人好事句應許玳筵開句歌眉斂叶舞腰軟叶怎向輕分散叶

前詞次句起韻後段亦次句叶韻此則前後首句俱用韻者外又有前首句起韻後起不叶者有前首不起韻後起叶者總不拘也前詞衣帶斷等三字四句俱不叶此則俱叶者其餘各體參差摘列于後有前上下句俱叶後上仄下平者如山谷李氣韻前斜枝倚風塵裡後書謾寫夢来空也前後俱上仄不叶下

叶者如易祓語字韻前梨花雪桃花雨後吳姬唱秦娥舞也前上平下仄不叶後上仄不叶而下叶者如于湖近印韻前繡工慵圍棋倦後禽聲喜流雲盡也前上仄下平後上平下仄俱不叶者如無咎檜翠韻前將風調改荒涼後汝南周東陽沈也前上平下仄後上仄下平俱不叶者如姑溪户處韻前泛新聲催金盞後歡暫歇酒微醺也前兩叶後上仄不叶而下叶者如美成水尾韻前山四倚雲漸起後因箇甚烟霧底也前後俱上平下仄不叶者如澤民絮去韻前葉依依烟鬱鬱後隔斜陽點芳草也前上平下仄不叶後俱叶者如永叔满晚韻前駕香輪停寶馬後春宵短春寒淺也前上平下叶後上平下仄不叶者如盧炳旦宴韻前倩雙娥敲象板後鬢長青顔不老也前兩仄不叶後上仄下平者如惜香翠碎韻前髙一餉低一餉後不妒富不憎貧也前上仄下平後俱仄不叶者如曹組樹暮韻前風細細雪垂垂後消瘦損

東陽也也前上仄俱仄不叶後上平下叶者如無咎可我韻前我心裡忡忡也後天天天不曾麽也前上仄不叶下叶後上仄不叶下平者如惜香了到韻前笙簧奏星河曉後一歲裡一翻新也前後俱上叶下平者如惜香士戲韻前三徑裡四時花後爾富貴爾榮華也其三字中平仄亦不畫一總可隨填不拘耳

拂霓裳　八十二字　晏殊

笑秋天(韻)晚荷花綴露珠圓(叶)風日好(句)數行新鴈貼寒烟(叶)銀(可仄)簧調脆管(句)瓊(可仄)柱撥清絃(叶)捧觥船(叶)一聲聲(豆)齊(可仄)唱太平年(叶)人生百歲(句)離(可仄)別易(句)會逢難(叶)無(可平)事日(句)剩呼賓友啟芳筵(叶)星(可仄)霜催綠鬢(句)風(可仄)露損朱顏(叶)惜清歡(叶)又何妨(豆)沉(可仄)醉玉樽前(叶)

風日好下前後同

又一體 八十三字　　晏殊

喜秋成韻見千門萬戶樂昇平叶金風細句玉池波浪縠文生叶

宿露霑羅幕句微涼入畫屏叶張綺宴句傍薰爐豆蕙炷和新聲叶

神仙雅會句會此日句象蓬瀛叶管弦清叶旋翻紅袖學飛瓊叶

光陰無暫住句歡醉有閒情叶祝辰星叶願百千豆為壽獻瑤觥叶

次句比前多一見字宿霧二句與前詞平仄相反按晏詞三首前後共六用五字對句惟此一聯獨異前後兩樣恐亦不宜作者但學前調可也宴字不叶清字轉叶與前篇及別作異作者亦當依前

秋夜月　八十二字　　柳永

當初聚散韻便喚作無由再逢伊面叶近日來不期而會重歡宴叶向尊前句閒暇裏句斂著眉兒長嘆叶惹起舊愁無限叶盈盈泪眼叶謾向我耳邊作萬般幽怨叶奈你自家心下事難見叶待音信句真箇憑句別無縈絆叶不免收心句共伊長遠叶

中多參差不確觀後尹詞則此篇必有訛脫

又一體　八十四字　　尹鶚

三秋佳節韻罥晴空句凝碎露句茱可仄萸千結叶菊蕋和烟輕撚句酒

浮金眉叶徵可仄雲雨可平句調絲可仄竹句此可平時難可仄輟叶歡極作平一片句艷歌聲揭叶

黃昏慵別叶娃沉烟句薰繡被句翠可平帷同歇叶醉並鴛鴦雙枕句

暖偎春雪叶語可平丁寧可仄句情委可平曲句論可仄心正可平切叶夜深牕透句數條斜月叶

此比前詞整齊可學○或曰極字是叶韻二字句余曰照後結該四字兩句極字乃以入作平而于片字分句耳況極字不是通篇同韻

洞仙歌 八十二字或加令字 又名羽仙歌

吳文英

花中慣識句壓架瓏璁雪韻可見湘英閒瑯葉叶恨春風將了句

染額人歸(句)留得箇(豆)裊裊垂香帶月(叶)鵝兒真似酒(句)我愛幽芳(句)還比荼蘼又嬌絶(叶)自種古松根(句)待黄龍(句)亂飛上(豆)蒼髯五鬣(叶)更老仙(豆)添與筆端香(句)敢喚起桃花(句)問誰優劣(叶)

歴查此調待黄龍句俱用四字惟此詞三字或有脱落亦未可知作者只作四字句可也各家仙字用仄與字作平如此雖或不妨然當從其多者大約此調宜從八十三字之體如竹山于還比句作燭心懸小紅豆乃燭字上落一字克齋于留得箇作捺地二字初寮于更老仙少一更字皆係脱誤非有此等格也又蒲江于首句即用韻起他家所少亦不必從

又一體　八十三字　蘇軾

冰可仄肌玉可平骨句自清涼無汗韻水可平殿風來暗香滿叶繡簾開豆一點明可仄月窺人句人未寢句欹可仄枕釵橫鬢可平亂叶起可平來攜素手句庭可仄戶無聲句時可仄見踈星渡河漢叶試問夜如何句夜可平已三更句金波可仄淡豆玉可平繩低可仄轉叶但屈指豆西風幾時來句又不道流年句暗中偷換叶

此乃常用之體而其間句法多有不齊今不能徧錄聊摘採附後以備考擇第二句以自字領句亦有如五言詩者如稼軒大半成新貴是也繡簾開至窺人九字一氣此詞三字豆亦有于五字豆者如竹山此時無一醆此時二字相聯也如稼軒記平沙鷗鷺以一記字領句也欹枕句可七字如竹坡偏守定東風一處是也然此恐誤多一字不宜從之後段起二句可上四字下五字如初

寮迎人巧笑道好箇今宵是也然他家無此亦不宜從試問二句可上三下六如劉一止腸斷處天涯路遠音稀是也又可作四字兩句如竹坡病來應怕酒眼常醒是也友古亦有之又試問夜如何可用仄聲住如稼軒任掀天事業是也又可用六字如初寮見淡淨晚妝殘是也至如克齋一首于繡簾開下九字用向曉開簾凌亂重寒光則絶無此體是誤也不可從○嘯餘註欹枕釵橫鬢五字云可用仄平仄仄仄平字字相反余曰幸而亂字是叶韻不然亦註可平矣危哉

又一體 八十四字　　辛棄疾

松關桂嶺句望菁葱無路韻費盡銀鈎榜佳處叶悵空山歲晚句窈窕誰來句須著我豆醉卧石樓風雨叶　仙人瓊海上握手

當年句笑許君攜半山去叶劉疊嶂句巻飛泉句洞府淒涼句又却怕豆先生多取叶怕夜半豆羅浮有時還句好長把雲烟句再三遮住叶

劉疊嶂二句比前試問句多一字小山東堂皆同又李元膺云記當年得意處亦是六字而上句平下句仄與此不同想不拘也因餘同不錄又阮閱作前結云便江北也何曾慣見此此少一字恐誤不可從又東堂于悵空山歲晚句用相看露凉時平仄不合他家無之亦不必從

又一體 八十五字　李元膺

雪雲散盡句放曉晴庭院韻楊柳於人便青眼叶更風流多致句

一點梅心句相映遠豆約畧嚬輕笑淺叶　一年春好處句不在穠芳句小艷疎香最嬌軟叶到清明時候句百紫千紅句花正亂句已失春風一半叶早占取豆韶光共追遊叶但莫管春寒句醉紅自暖叶

花正亂下比前多已失二字竹屋蒲江皆同遠字亂字偶合不必叶也山谷于更風流下九字作望中秋纔有九日十分圓共十字友古云但人心堅固後天也憐人亦十字又各不同茲不另録

又一體　八十六字　吳文英

芳辰良宴句人日春朝並韻細縷青絲裹銀餅叶更玉犀金縷句

沾座分簪句歌圍暖豆梅靨桃唇鬬勝叶 露房花曲折句鶯入新年句添箇宜男小山枕叶待枝上句飽東風句結子成陰句藍橋去豆還覓瓊漿一飲叶料別館豆西湖最情濃句爛畫舫作平月明句醉袍宮錦叶

待枝上十字同辛詞還覓句六字同李詞○按嘯餘于八十六字收林外詞今載于左且照舊刻句字錄之以為訂訛之証

飛梁壓水虹影清光曉橘里漁村半烟草嘆今來古往物換人非天地裏惟有江山不老 雨中風帽四字句四海誰知我更韻五字句 一劍橫空幾番過按八字句 玉龍嘶未斷五字句 月冷波寒歸去也七字句 林屋洞門無

鎖（叶後段第二句韻六字句）認雲屏烟障是吾廬（八字句）任滿地蒼苔年年不掃（叶前段首句韻九字句）

按宋林外題此詞于垂虹橋不書姓名人疑仙作傳入禁中孝宗笑曰以鎖字叶老字則鎖當音掃乃閩音也後訪之林果閩人舊草堂收之極為無識然我過鎖林原借用三韻何嘗是更韻如譜註豈不誤使今人錯認可用兩韻乎且一劍句體當七字過字正是叶韻而譜竟罔知註作八字不但使此句多了一字且使此調少了一韻矣況幾番過按如何解說文理乃至如此乎月冷句亦不可作七字當以月冷波寒為一句況天羽改我為道改過為到圖譜因之而仍不註叶韻則是作譜者到底要使人滅却此一韻而後快也嗚呼豈不怪哉

又一體　八十七字　　康與之

若耶溪路韻別岸花無數叶欲斂嬌紅向人語叶與綠荷相倚句恨回首西風句波淼淼豆三十六陂烟雨叶新妝明照水句汀渚生香句不嫁東風被誰誤叶遣踟躕句騷客意句千里綿綿句仙浪遠豆何處凌波微步叶想南浦豆潮生畫橈歸句正月曉風清句斷腸凝竚叶

與綠荷下十字作五字兩句龍川亦有此體若謝勉仲則與綠荷下仍用兩三一四又稍不同

又一體 八十八字　趙長卿

廣寒宮殿句不在人間世韻分付天香與巖桂叶向西風豆搖曳

處句數十里知聞句金翠裏豆別有出羣標致叶　東園盛事句五
畝濃陰芘叶必以詩書取榮貴叶況一門句三秀宜仄才句未足欽崇句
那更是豆異姓同居兄弟叶更細把豆繁英祝姮娥叶看禹浪飛
騰句定應來歲叶

數十里句多一字後段起處同前段亦與他體異芘
字應是庇字才字宜仄聲趙詞又有于後結作要趂
他橘綠橙黃時候是上用三字豆下用六字句亦稍
異○潘牥此調題曰羽仙歌于況一門下六字用莫
閑愁金杯瀲灧與此詞稍異圖譜不知即洞仙歌另
收羽仙歌一調蓋數十里二句潘詞作落日平蕪行
雲斷幾見花開花謝作譜者誤讀落日平蕪行雲斷
為一句又自以為拗因註平字雲字可仄意中口中

想竟無洞仙歌聲調在故不覺也又更奇者正集既
仍嘯餘之舊收洞仙歌四體而續集又收洞仙歌令
即前康詞乃以恨回首下作八字句以不嫁東風為
四字句被誰誤連下遣踟躕騷客意為九字句且謂
意字叶韻千里綿綿仙浪遠為七
字句讀至此有不噴飯滿案者乎

又一體　一百十九字　柳永

嘉景況句少年彼此句爭不雨沾雲惹韻奈傳粉英俊句夢蘭品
雅叶金絲帳暖銀屏亞叶並燦枕輕倚綠嬌紅姹叶算一笑豆百
琲明珠非價叶閒暇叶　每只向豆洞房深處句痛憐極寵句似覺
些子輕孤句早恁背人沾灑叶從來嬌縱多猜訝叶更對剪香

雲深要深心同寫叶愛印了雙眉索人重畫叶忍負盟冶叶斷不等閒輕捨叶鴛衾下叶願常恁豆好天良夜叶

此以下三調與洞仙歌全不相涉而字句多有訛錯難以訂定且三詞又是三樣不知何故未敢彊論也此篇只金絲句七字似後段從來句七字若以並爍枕句配更對剪句則後多二字想深要二字是誤多耳算一笑至非價似後愛印了至重畫其餘前後俱不合閒暇二字似後段起句然不應前短後長如此闕疑可也

又一體　一百二十三字　柳永

乘興閒泛蘭舟句渺渺烟波東去韻淑氣散幽香句滿蕙蘭江

渚叶綠蕪平畹句和風輕暖句曲岸垂楊句隱隱隔豆桃花塢叶芳樹外豆閃閃酒旗遥舉叶羈旅叶漸入三吴風景句水村漁浦叶閒思更遠神京句抛擲（作平）幽會句小歡何處叶不堪獨倚危樓凝情西望日邊句繁華地豆歸程阻叶空自嘆豆當時言約無據叶傷心最苦叶竚立對豆碧雲將暮叶關河遠句怎奈向豆此時情緒叶

羈旅二字亦似換頭語總有訛錯不敢彊定或曰綠蕪四字對後不堪四字和風四字對後危樓四字情字或是想字之訛曲岸四字對後西望四字隱隱隔三字豆桃花塢三字句對後繁華地三字豆歸程阻三字句芳樹至遥舉對後空自至無據此說亦通然前後亦不合也

又一體　一百二十六字　　柳永

佳景留心慣韻況年少彼此句風情非淺叶有笙歌巷陌句綺羅庭院叶傾城巧笑如花面叶恣雅態豆明眸回美盼叶同心綰叶算國艷仙材句翻恨相逢晚叶繾綣叶　洞房悄悄句繡被重重句夜永歡餘句共有海約山盟句記得翠雲偷剪叶和鳴彩鳳于飛燕叶間柳徑豆花陰攜手遍叶情眷戀叶向其間豆密約輕憐事何限叶忍聚散叶況已結豆深深願叶願人間天上句暮雲朝雨長相見叶

繾綣二字亦似後段語此調只傾城至美盼與後和鳴至手遍相似餘亦前後參差傾城句似前一百十九字內金絲句而起處佳景少年彼此字亦似相同然他處又別不可比而同之耳

長壽樂 八十三字　柳永

花紅殢翠韻近日來豆陡把狂心牽繫叶羅綺叢中句笙歌筵上句有個人人可意叶解嚴妝巧笑句次姿則成嬌媚叶知幾度密約秦樓盡醉叶仍攜手句眷戀香衾繡被叶　情漸美句算好把豆夕雨朝雲相繼叶便是仙禁春深句御爐香裊句臨軒親試對叶

此調句字多訛分段處亦錯後亦必不全無可考矣圖譜何據而論定其可平可仄也

迷仙引　八十三字　　柳永

才過笄年初綰雲鬟句便學歌舞韻席上尊前句王孫隨分相許叶算等閒豆酬一笑句但千金慵覷叶常只恐容易句蕣華偷換句光陰虛度叶　已受君恩顧叶好與花為主叶萬里丹霄句何妨攜手同去叶去永棄却豆烟花伴侶叶免教人見妾句朝雲暮雨叶

只席上二句與後萬里二句相合餘各不同蕣字應是蕣字第二去字必訛或誤多此一字大約此調定有訛脱處無他詞可証也○與迷神引無涉

黃鶴引　八十三字　　方

先逢垂拱韻不識干戈免田隴叶士林書圃終年句庸非天寵叶才初闋茸叶老可平去支可仄離何用叶浩然歸豆算是黃鶴秋風相送叶

塵事塞翁心句浮世莊生夢叶漾舟遙指烟波句羣山森動叶神閒意聳叶回可仄首利可平戲名韁叶此情誰共叶問幾許豆淋浪平聲春甕叶

宋方勺泊宅編云先子晚官鄧州于紹聖改元致政歸隱遂為此詞序曰因閱阮田曹所製黃鶴引詞調清高寄為一闋命稚子歌焉。按方勺父名無可考阮田曹亦未知為誰錄之以存其調士林至何用與後漾舟至名韁同漾應作颺蓋取歸去來辭舟搖搖以輕颺也

滿路花 八十三字或加捉拍二字

方千里

鶯飛翠柳搖句魚可仄躍浮萍破韻斑斑紅杏子豆交榴火叶池可仄臺晝可平永句繚可平繞花陰裹叶山可仄色遙供座叶枕可平簟清涼句北牕時可仄喚高臥叶翻思年可仄少句走可平馬銅駝左叶歸來敲鐙月豆留闕鎖叶年可仄華老可平矣句事可平逐浮雲過叶今可仄吾非故我叶那可平日樽前句衹今問可平有誰呵上聲叶

魚躍下與後走馬下同今吾句宜同前山色句而平仄相反但千里是和周作片玉此詞亦前後各異至金花落燼燈一首則前反用玉人新間濶後反用除共天公說想所不拘耳○呵上聲那日樽前二句周用不成也還似伊無箇分別蓋此句貫下十字相連可以協于歌板故不妨如此句法所謂通乎音理不必拘也若不能者惟守繩尺為是

又一體 八十三字　秦觀

露顆添花色韻月彩投牕隙叶春思如中酒豆恨無力叶洞房咫尺句曾寄青鸞翼叶雲散無蹤跡叶羅帳薰殘句夢回無處尋覓叶輕紅膩白叶步步薰蘭澤叶約腕金環重豆宜裝飾叶未知安否句一向無消息叶不似尋常憶叶憶後教人句片時存濟不作平得叶

前起句用韻平仄各異後起句亦用韻俱與前詞不同思字去聲中字如字讀乃平仄平平仄與後約腕句合與周方詞異也譜圖因周詞遂註思可平中可仄不知用周體則依周用秦體則依秦不可互從恨字還宜用平為是

恨無力恐亦誤耳

又一體 八十三字 柳永

香靨融春雪句翠鬟嚲秋烟韻楚腰纖細正□□叶鳳幃夜短句偏愛日高眠叶起來貪顛俊句只恁殘却黛眉句不整花鈿叶有時攜手閒坐句偎倚綠牕前叶温柔情態儘人憐叶畫堂春過句悄悄落花天叶長是嬌癡處句尤殢檀郎句未教拆了鞦韆叶

用平韻與前調異○此雖以其與他詞另格收列于此然恐有訛處正字下舊失二字觀後段人憐二字應是七字句叶韻語顛俊二字誤至兩結各十字則一氣貫下前之上六下四非誤也

又一體 八十三字 呂渭老

西風秋日短(句)小雨菊花寒(韻)斷(可平)雲低古木(豆)暗江天(叶)星(可仄)娥尺(可平)

五(句)佳(可仄)約悞當年(叶)小(可平)語憑肩處(句)猶(可仄)記西園(叶)畫橋斜月闌干(叶)

鳥啼花落(句)春(可仄)信遺誰傳(叶)尚(可平)容清夜夢(豆)小留連(叶)青(可仄)樓何(可仄)

處(句)寶(可平)鏡注嬋娟(叶)應(可仄)念紅牋事(句)微(可仄)暈春山(叶)青腮愁枕孤眠(叶)

此亦用平韻而整齊可從

後段只起句換頭餘同

又一體　八十六字　　趙師使

連枝蟠古木(句)瑞蔭映晴空(韻)桃江江上景(豆)古今同(叶)忙中取

靜(句)心地儘從容(叶)掃盡荊榛蔽(句)結屋誅茆(句)道人一段家風(叶)

任烏飛豆兔走怱怱叶世事亦何窮叶官閒民不擾豆更年豐叶簞瓢雲水時句與話西東叶真樂誰能識句兀坐忘言句浩然天地之中叶

前調後起四字此調七字兼增一韻結屋句兀坐句前叶此不叶山谷亦有此詞整齊可學其刻本不分段誤○又按周美成有歸去難一詞與淌路花全同故合為一調錄後備証

歸去難 八十三字　周邦彥

佳約人未知背地伊先變惡會稱停事看深淺如今信我委的論長遠好彩無可怨自合教伊推些事後分散　密意都休待說先腸斷此恨除非是天相念堅心更守未死終須見多少閒磨難到得其間知他做甚頭眼

滿園花 八十七字

闕名

一向沉吟久句淚珠盈襟袖韻我當初不合豆苦撋就叶慣縱得軟頑句見底心先有叶行待癡心守叶甚捻著脈子句倒把人來僝僽叶 近日來豆非常羅皂醜叶佛也須眉皺叶怎掩得衆人口叶待收了孛羅句罷了從來斗叶從今後叶休道共我句夢見也豆不能得勾叶

此調既與前調牌名相似而句法亦多相合前段竟同只多一慣字與甚字耳後段稍異然佛也句罷了句及結處二句俱與前調彷彿故以附于滿路花之後而一枝花尤為脗合故并類列焉

一枝花　九十字　　辛棄疾

千丈擎天手韻萬卷懸河口叶黃金腰下印豆大如斗叶任千騎弓刀句揮霍遮前後叶百計千方久叶似鬬草兒童句贏箇他家偏有叶　算枉了豆雙眉長皺叶白髮空回首叶那時閒說向豆山中友叶看丘隴牛羊句更辨賢愚否叶且自栽花柳叶怕有人來句但只道豆今朝中酒叶

此與滿路花定是一調其後起七字即與前趙詞同彼用平此用仄耳但較多任似看但四個虛字其為同調何疑況調名亦有花字乎

鶴沖天 八十四字　柳永

閒窻漏永句月冷霜華墮韻悄悄下簾幙豆殘燈火叶再三思往事句離魂亂豆愁腸鎖叶無語沉吟坐叶好天好景句未省展眉則箇叶從前早是多成破叶何況經歲月豆相抛嚲叶假使重相見句還得似豆當初麽叶悔恨無計那叶迢迢良夜句自家只恁摧挫叶

後段換頭七字起。按此調名鶴沖天然與喜遷鶯迥別故另列于此。又按此體亦與滿園花相似或亦一調異名也其用字平仄前後稍有不同作者審而自填茲不旁註

又一體　八十六字　杜安世

清明天（可仄）氣（韻）永日愁如醉（叶）臺榭綠陰濃（豆）薰風細（叶）燕子巢方就（句）盆池小（豆）新荷蔽（叶）恰（可平）是逍遙際（叶）單（可仄）夾衣裳（句）半攏軟（可平）玉（可平）肌體（叶）石（作平）榴美（可平）艷（句）一撮紅綃比（叶）窻外數脩篁（句）寒相倚（叶）有箇關心處（句）難相見（豆）空凝睇（叶）行（可仄）坐深閨裏（叶）懶（可平）更妝梳（句）自知新（可仄）來（可仄）憔悴（叶）

前後俱同與前詞換頭者異

又一體　八十八字　柳永

黃金榜上韻偶失龍頭望叶明代暫遺賢豆如何向叶未遂風雲便句爭不恣遊狂蕩叶何須論得喪叶才子詞人句自是白衣卿相叶 烟花巷陌句依約丹青屏障叶幸有意中人豆堪尋訪叶且恁偎紅倚翠句風流事豆平生暢叶青春都一餉叶忍把浮名句換了淺斟低唱叶

依約句且恁句各多一字

踏青游 八十四字 周邦彥

金可仄勒羢鞍句西城嫩寒春曉韻路漸入豆垂楊芳可仄草叶過平堤句穿

綠徑句可平幾聲啼鳥叶是處裏句誰家杏花臨水句可仄依約靚妝斜照叶

可平極目高原句東風露桃烟島叶望十里豆可平紅圍翠遶叶更相將句

乘酒興句可仄幽情多少叶待向晚句從頭記將歸去句可平說與鳳樓人

道叶

前後段同又有贈妓崔念四一首吳虎臣云政和間士人作都下盛傳詞統載為東坡詞而坡集無之于過平堤下十字作向巫山重重去如魚水只有九字後段則云搡三八清齋望永同鴛被雖十字而句法却非兩三一四者殆有誤字不可從也故此譜不收入十三字格

蕙蘭芳引 八十四字

周邦彥

寒瑩晚空句點青鏡豆斷霞孤鶩韻對客館深扃句霜草未衰更綠叶倦遊厭旅句但夢遶豆阿嬌金屋叶想故人別後句盡日空凝風竹叶　塞北氍毹句江南圖障句是處溫燠叶更花管雲牋句猶寫寄情舊曲叶音塵迢遞句但勞遠目叶今夜長豆爭奈枕單人獨叶

瑩鏡斷對未更倦厭但夢故後障是處更寄舊遞但夜奈等字俱用去聲妙絶而瑩下用晚厭下用旅夢下用繞奈下用枕俱去上草木想故寫寄又俱上去且用鏡則上隔字用點用館則上隔字用對用管則上隔字用更此種乃詞中抑揚發調之處所以美成為詞壇宗匠而製律造腔稱再世周郎也向讀方氏

和詞驚愛其一字不改及閱夢窗集取以相較亦一字不改愈信定格之不可輕亂如此不然填詞亦文人末技有何棘手而古人傳者寥寥哉他調莫不皆然偶于此及之

清波引 八十四字　　姜夔

冷雲迷浦韻倩誰喚豆玉妃起舞叶歲華如許叶野梅弄眉嫵叶屐齒印蒼蘚句漸為尋花來去叶自隨秋雁南來句望江國豆渺何處作平叶新詩謾與叶好風景豆長是暗度叶故人知否叶抱幽恨難語叶何時共漁艇句莫負滄浪烟雨叶況有清夜啼猿句怨人良苦叶

惟石帚有此調平仄無可証當皆依之然自歲華以下即與後故人以下字句同至尾少二字耳時字平聲前段蓋字上聲上原可作平但斷不可用去聲蓋此字或平或上而下以去聲字接之如印字共字故妙勿謂是仄聲而隨意用去也詞中此類甚多不能枚舉亦不能細註高明熟玩自當得之抱幽恨句與野梅句句法異不拘

詞律卷十二

欽定四庫全書

詞律卷十三

宜興萬樹撰

簇水 八十五字 趙長卿

長憶當初(句)是他見我心先有(韻)一鈎纔下(句)便引得魚兒開
口(叶)好事重門深院(句)寂寞黄昏後(叶)厮覷著(豆)一面兒酒(叶) 試
攔就(叶)便把(豆)我得人意處(句)閔子裏(豆)施纖手(叶)雲情雨意(句)似十
二(豆)巫山舊(叶)更向枕前言約(句)許我長相守(叶)歡人也(豆)猶自眉

頭皺叶

一鈎下與後雲情下同只巫山舊三字舊字上恐落依字耳⿰忄閏如專切閔子裏即西廂琵琶所云酩子裏乃暗地裏之謂也歡人恐是勸人

華胥引 八十六字　方千里

長亭無數句羇客將歸句故園換葉韻乳鴨隨波句輕萍湍渚時共啖叶接眼春色何窮句更櫓聲伊軋叶思憶前歡句未言心已愁怯叶欺鬢吳霜句恨星星豆又還盈鑷叶錦紋魚素句那堪重翻再閱叶粉指香痕依舊句在繡裳鴛篋叶多少相思句皺成眉

上千疊 叶

各書俱選周詞川原澄映一首只作八十五字蓋在編裳句止云鳳箋盈篋故比此少一字也不知此句正與前段更櫓聲句相合當用五字則知片玉集乃落去一字而從來讀者未查校玩味耳又周尾句云夜來和淚雙疊來字平聲與前段醉頭扶起雙疊之頭字相同與此調前結言字後結成字俱同圖譜乃作夜夜和淚雙疊第二夜字竟改用去聲而所繪黑圈偏不以為可平豈非故意欲改壞此調乎

離別難 八十七字　薛昭蘊

寶馬曉鞴雕鞍 韻 羅幃乍別情難 叶 那堪春景媚 換仄 送君千萬里 叶仄 半妝珠翠落 豆 露華寒 叶平 紅蠟燭 換仄 青絲曲 叶三仄 偏能勾引淚闌

千叶平　良夜促叶三仄　香塵綠叶三仄　魂欲迷四換平　檀眉半斂愁低叶四平　未別心先

咽五換仄　欲語情難說叶五仄　出芳草豆　路東西叶四平　搖袖立六換仄　春風急叶六仄　櫻花楊

柳雨淒淒叶四平

凡六易韻譜圖以促綠為更韻非也此是叶燭曲耳若立急則與咽說不同乃為更韻也

又一體　一百十二字　柳永

花謝水流倏忽句　嗟年少光陰韻　有天然豆　蕙質蘭心叶　美韶容豆

何啻值千金叶　便因可仄甚豆　翠弱紅衰句　纏綿香體句　都不勝任句　算

神可仄仙可仄豆　五色靈丹無可仄驗句　中路委瓶簪叶　人悄悄句　夜沉沉叶　閉

香閨（豆）永棄鴛衾（叶）想嬌魂（豆）媚魄非遠（句）總洪都（豆）方士也難尋（叶）
最苦是（豆）好景良天（句）樽前歌笑（句）空想遺音（叶）望斷（可平）處（可平）（句）杳杳巫峯十二（句）千古暮雲深（叶）

與前調迥別總洪都以下俱與前段合此詞俱用十二侵韻甚嚴

醉思仙 八十八字

呂渭老

斷人腸（韻）正西樓獨上（句）愁倚斜陽（叶）稱鴛鴦鸂鶒（句）兩兩池塘（叶）
春（可平）又老（句）人何處怎慣不思量（叶）到如今（句）瘦損我（句）又還無計禁當（叶）小院呼盧夜（句）當時醉倒殘釭（叶）被天風吹散（句）鳳翼

難雙南窻雨西窻月尚未散拂天香聽鶯聲悄記得那

時舞板歌梁

被天風以下與前稱鴛鴦鵷鶵皆同尚未句不應比怎慣句多一字非散字羨則拂字羨也蓋春又老兩句俱三字而怎慣句用五字住到如今兩句亦三字而又還句用六字住後段亦然若皆用六字便句法雷同再加後疊則四段皆三三六必無是理也故知怎慣句為是而尚未句為多一字耳

八六子　八十八字

秦觀

倚危亭恨如芳草萋萋剗盡還生念柳外青驄別後水邊紅袂分時愴然暗驚　無端天與娉婷夜月一簾幽

夢句春風十里柔情叶怎奈何豆歡娛漸隨流水句素絃聲斷句翠
消香減句那堪片片飛花弄晚句濛濛殘雨籠晴叶正銷凝叶黃
鸝又啼數聲叶

又一體 九十字 杜牧

洞房深韻畫屏燈照句山色凝翠沉沉叶聽夜雨冷滴芭蕉句驚
斷紅窻好夢句龍烟細飄繡衾叶辭恩久歸長信句鳳帳蕭踈句
椒殿閒扃叶 輦路苔侵叶繡簾垂豆遲遲漏傳丹禁句蕣華偷
悴句翠鬟羞整句愁重望處金輿漸遠句何時綵仗重臨叶正消

魂句梧桐又移翠陰叶

此詞字數雖較多於秦亦有訛處前段當於繡衾分住鳳帳至旹侵十二字自悤與前詞夜月十二字相合該在殿字分句蓋此處是六字兩句況扁字不是閉口韻非叶也至侵字方是叶耳以下俱與前合矣總之此兩篇恐俱有誤覩後所載諸作可知

又一體　八十九字　楊纘

怨残紅韻夜来無賴句雨催春去悤悤叶但暗水新流芳恨句蝶悽蜂慘句千林嫩綠迷空叶那知國色還逢叶柔弱華清扶倦句輕盈洛浦臨風叶細認得凝妝句點脂勻粉句露蟬聳翠句蕋

金團玉成叢叶幾許愁隨笑解句一聲歌轉春融叶眼朦朧叶凭闌干豆半醒平聲醉中叶

此學秦體者但蝶悽句語氣當作四字而千林二字屬下句者秦則上句六字下句四字也觀杜詞及後晁詞千林句可六字但上句亦應六字耳然此十字一氣可以借讀上六下四也只綠字仄迷字平於各家不合必是誤處此句與尾句半醒醉中皆去平去平乃此調定格聲響如此秦之愴然暗驚又啼數聲杜之細飄鳳衾又移翠陰晁之漏長夢驚舊愁旋生無不相同此等若誤便失腔調圖譜註秦詞黃鸝又啼數聲云可用仄平平仄平平真信意妄改也細認得二句上五下四與秦怎奈何以下九字上三下六微異然此亦不妨借讀或曰秦之何字本是向字原於娛字斷句此亦不必蓋杜詞此處亦上三下六第

三字亦用垂字平聲也露蟬二句上四下六與秦素紘二句皆四字者不同而叢字是叶韻此則晁詞亦於此處用叶余故謂杜秦兩家恐有傳訛耳幾許二句各六字正對秦之片片以下杜之望處以下晁之賴有以下各十二字皆相對偶者只秦於此句上多那堪二字杜於此句上多愁重二字晁於此句上多難相見三字而此篇則缺之余則謂此處晁詞為獨全也尾句各家皆六字此恐原是凭闌半醒醉中誤多一千字耳兩字宜平勿用去聲

凭字宜作憑平聲醒字應讀平聲

又一體 八十四字　李濵

乍鷗邊韻一番腴緑句流紅又怨蘋花叶看曉吹約晴歸路句夕陽分落漁家叶輕寒半遮叶　縈情芳草無涯叶還報舞香一

曲句玉甃幾許春華叶正細柳烟青句小桃朱户句去年人面誰知句此日重來繫馬句東風淡墨欹鴉叶黯窻紗叶人歸緑陰自斜叶

此篇正細柳九字此日重來下十二字俱與前同而去年人面誰知六字比前少四字恐有脫誤愚謂去年人面四字即同秦素絃聲斷四字其那知二字連下同秦那堪二字而人面之下落四字一句耳家字叶韻與他家不同烟青恐是青烟對下朱户也此調第二句或云當作六字第三句當作四字余觀杜晁作宜上四下六然通玩之皆可兩讀者是亦在所不拘兩結半字自字去聲甚妙

又一體九十一字　晁補之

喜秋晴韻淡雲縈縷句天高羣雁南征叶正露冷初減蘭紅句風緊潛彫柳翠句愁人夢長漏驚叶　重陽景物淒清叶漸老何時無事句當歌好在多情叶暗自想朱顏句並游同醉句官名韁鏁句世路蓬萍叶難相見句賴有黄花滿句把從教綠酒深傾叶醉休醒叶醒來舊愁旋生叶

此學杜體者但重陽句叶韻杜則仄聲漸老二句各六字應是正格余故謂杜刻訛分作者自依秦晁及前載楊李此二句竟作偶語可也暗自想下九字可同各家上五下四然依杜作上三下六亦可而其下則較杜及秦為明整矣余自幼讀草堂秦詞即深討之怎奈何以下三十一字方以秦字叶韻疑有脫誤

繼讀杜詞其三十一字方叶處亦與秦同至於閒扃處分段乃必無之理故余確謂杜詞傳訛而秦亦未必確然蓋前結與後尾杜俱用平平去平去平秦則少龍烟二字是亦或不全也繼又讀晁詞疑團方釋一者於荓字用平叶可見非三十一字方叶者較秦之香减杜之羞整仄聲者明白易曉二者用難相見三字為短句啟下六字相對兩句較秦之那堪杜之愁重止用兩字者尤明蓋六字句上以三字領之則易讀易填以二字領之則難讀難填自然之理也總論之此調首句三字起韻次二句或上四下六或上六下四不拘四句五句以一字為領下各六字杜蕉字夢字先平後仄晁從之秦後字時字先仄後平李從之亦隨人所擇既有李詞可証則前結如秦四字亦不妨至換頭以下則從晁為妥高明以為何如

惜紅衣 八十八字 姜夔

枕簟邀涼句琴書換日句睡餘無力韻細灑氷泉句并刀破甘碧墻頭喚酒句誰訊問豆城南詩客叶岑寂叶高樹晚蟬句說西風消息叶虹梁水陌叶魚浪吹香句紅衣半狼藉叶維舟試望句故國渺天北叶可可平惜柳邊沙外句不可平共美人遊歷叶問甚時同賦句三十六陂秋色叶

夢窻此調於墻頭至岑寂云烏衣細語傷伴惹茸紅曾約南陌傷伴惹難解約字非韻玩其語意似以傷伴二字屬上句而曾約南陌四字相連則與姜句法異且失一韻矣維舟至天北夢窻作當時醉近繡箔夜吟不惟少一字且少一韻是必吟字下落一字或吟字乃吹字之訛而其下尚有一笛字耳必無此句

用平直至二十二字纔用韻之理況此調創自石帚夢窻自註從石帚遊呉雲閒三十五年感而賦此必倣其調而作决無異同且其餘平仄無字不合也故本譜不収八十七字體○或曰據夢窻則此誰訊問句當五字而詩客岑寂為四字客字偶在句中非韻也傷伴惹謂燕子心傷同伴去惹紅花耳此解有理

勸金船 八十八字

蘇軾

無情(可仄)流水多情客(韻)勸我如曾識(叶)杯行到手休辭却(借叶)這公道難得(叶)曲水池(宜平)上(句)小字更書年月(叶)(可仄)如對茂林修竹(句)(可平)似永和節(叶)纖纖素手如霜雪(叶)笑把秋光插(叶)尊前莫怪歌聲咽(叶)又還是輕別(叶)此去翺翔(句)遍賞玉堂金闕(叶)(可平)欲問再來何

歲(句)應(可仄)有華髮(叶)

前後相同却字乃坡老借韻非不叶也圖譜失註誤上字與後翔字同應用平聲或是頭字邊字之訛耳

滿江紅 八十九字 呂渭老

晚浴新涼(句)風蒲(可仄)亂(豆)松(可仄)梢見(可平)月(叶)庭陰靜(豆)暮蟬嘶歇(叶)螢(可仄)遶井(可平)闌簾入燕(句)荷(可仄)香蘭(可仄)氣供搖箑(叶)賴晚(可平)來(豆)一(可平)雨洗游塵(句)無些熱(叶)心下事(句)峰重疊(叶)人甚處(句)星明滅(叶)想行雲應在(句)鳳凰城闕(叶)曾(可仄)約佳(可仄)期同菊蕋(句)當(可仄)時共(可平)指燈花說(叶)據眼(可平)前(豆)何(可仄)日是西風(句)吹涼葉(叶)

第三句七字初疑有誤及查本集又有别作亦是如此始知有此八十九字一體也○書舟有九十字一首乃於頫晚來處缺一頫字故本譜不收九十字體

又一體 九十一字　　呂渭老

燕拂危檣句斜日外豆數峰凝碧叶正暗潮生渚句暮風飄席叶初過南村沽酒市句連空十頃菱花白叶想故人豆輕箑障遊絲句聞遙笛叶　魚與雁句通消息叶心與夢句空牽役叶到如今相見句怎生休得叶斜抱琵琶傳密意句一襟新月橫空碧叶問甚時豆同作醉中仙句烟霞客叶

正暗潮二句九字與前詞異○文溪芸窻有九十二字一首乃於問甚時處缺一問字故本譜亦無九十二字體

又一體 九十三字　程垓

門(可仄)掩垂楊(句)寶(可平)香(可仄)度(豆)翠(可平)簾重(可仄)疊(韻)春(可仄)寒(可仄)在(豆)羅(可仄)衣初試(句)素肌猶怯(叶)薄(可平)霧籠(可仄)花天欲暮(句)小(可平)風送(可平)角聲初咽(叶)但獨(可平)褰(豆)幽幌悄無言(句)傷初別(叶)

衣上(可平)雨(句)眉間月(叶)滴(可平)不(可平)盡(句)顰空切(叶)羨(可平)棲(可仄)梁歸燕(句)入簾雙蝶(叶)愁(可仄)緒多(可仄)於花絮亂(句)柔(可仄)腸過(可平)似丁香結(句)問甚(可平)時(豆)重理錦囊書(句)從頭說(叶)

各家詞多從此體　按前後段中俱用七字兩句多作對偶萬無用八字而前後參差者惟坡公二首於後段上句兩用君不見多一君字爛窩前段亦用君不見文溪後段下句多一望字稼軒於羅衣句多一見字皆係誤傳即當時偶筆亦是差處不可學也至于湖作前段七字上句用巴滇綠駿追風遠平仄全反尤是錯處無此體也他如友古後起之並蘭舟舟字平文溪尾句之劍休舞劍字仄金谷尾句之秋更綠坦庵尾句之無杜字更杜用仄此類尚多俱不可從　此調平順字之平仄可以游移然如眉間月彎空切之平平仄自不可改圖譜謂俱可三仄若用三仄豈不落腔乎沈氏収鳳洲一首謂後段可少一美字白陽一首於美樓梁句作看有斐堂前俱誤

又一體 九十三字　　張元幹

春水迷天句桃花浪豆幾番風惡韻雲作起豆遠山遮盡句晚風還作叶綠遍芳洲生杜若叶楚帆帶雨烟中落叶傍向來沙觜豆共停橈句傷飄泊叶寒猶在句衾偏薄叶腸欲斷句愁難著叶倚篷窻無寐句引杯孤酌叶寒日清明都過却叶最憐輕負年時約叶想小樓豆終日望歸舟句人如削叶

兩段中七字句俱叶韻客有見余收此體者謂此若却二字乃是偶合非故叶者余因檢程洺水詞亦之程詞用語字韻前七字句云當日臥龍商畧處秦淮王氣真何許後七字句云可笑唐人無意度却言此虎凌波去豈非四句俱叶乎客大笑而服

又一體 九十三字　　吳文英

雲〔可仄〕氣樓臺〔句〕分〔可仄〕一〔可仄〕派〔豆〕滄浪翠蓬〔韻〕開小〔可平〕景〔豆〕玉〔可平〕盆寒浸〔句〕巧〔可平〕石盤松〔叶〕風送流〔可仄〕花時過〔句〕岸〔可平〕浪搖晴棟欲飛空〔叶〕算鮫〔可仄〕宮〔豆〕祇〔可平〕隔一紅塵〔句〕無路通〔叶〕　神女〔可平〕駕〔句〕凌曉風〔叶〕明月〔可平〕佩〔句〕響丁東〔叶〕對兩〔可平〕蛾猶〔可仄〕鎖〔句〕怨綠烟中〔叶〕秋色未〔可平〕教飛盡雁〔句〕夕〔可平〕陽長是墜疎鐘〔叶〕又一聲〔豆〕款乃過前巖〔句〕移釣蓬〔叶〕

用平韻無路通凌曉風移釣蓬用平仄平乃是定格夢窻又一首用猿鶴驚朝馬鳴秋一聲彭芳遠一首用何處尋晴又陰霜滿林作者勿誤可也

又一體 九十七字 柳永

剪恨千愁句將年少豆衷腸牽繫韻殘夢斷豆酒醒孤館句夜長滋味叶可惜許豆枕前多少意叶到如今豆兩總無終始叶獨自箇豆贏得不成眠句成憔悴叶 添傷感句口何計叶空只恁句厭厭地叶無人處思量句幾度垂淚叶不會得豆都來些子事叶甚恁作平底豆抵死難撩棄叶待到頭豆終久問伊著作平句如何是叶

兩段七字句俱作八字此則另為一體非前後參差者比也其用意字事字亦鑿然是韻愈足知前張廬川是叶韻矣

石湖仙 八十九字 姜夔

松江烟浦韻是千古三高遊衍句佳處叶須信石湖仙句似鴟夷豆翩然引去叶浮雲安在句我自愛豆綠香紅舞叶容與叶看世間豆幾度今古叶 盧溝舊曾駐馬句為黃花豆閒吟秀句叶見說吳兒句也學綸巾欹雨叶玉友金蕉句玉人金縷叶緩移箏柱叶聞好語叶明年定在槐府叶

此亮章自度腔也宜悉遵之

魚遊春水 八十九字 無名氏

秦樓東風裏韻燕子還來尋舊壘叶餘寒猶峭句紅日薄侵羅綺叶嫩草方抽碧玉茵句媚柳輕窣黃金縷叶鶯囀上林句魚遊春水叶幾曲闌干遍倚叶又是一番新桃李叶佳人應怪歸遲句梅妝淚洗叶鳳簫聲絕沉孤雁句望斷清波無雙鯉叶雲山萬重句寸心千里叶

縷字是借叶○按復齋謾錄云政和中一中貴使越州同得詞於古碑無名無譜錄以進御命大晟府塡腔因詞中語賜命魚遊春水又古今詞話云是東都防河卒於汴河掘地得石刻此詞唐人語也是則此調起於此詞後之作者皆宜從其平仄今查蘆川於窣字用傳字平聲窣字原可以入作平而鳳簫句用

夢想濃妝碧雲邊平仄大異想謂與前段相同耳但於原詞不合又蒲江於嫩草一聯用軟紅塵裏鳴鞭鏡拾翠叢中勾伴侶趙聞禮用剪勝裁旛春日戲簇柳簪花元夜醉後段皆各同前與原詞相去更遠惟元人梁寅家隣千峯翠一首倣古甚嚴愚謂作者雖有游移然論理則當照原腔塡之也至首句起用四平定格蒲江作離愁禁不去不字是以八作平後人不可貪其易塡而用仄也圖譜註秦樓二字可仄可笑中七字結四字尤爲亂註至以嫩草句七箇字全改作平平仄仄平平仄怪極蘆川於無字用夕字重字用客字亦皆作平至於上字萬字必去聲乃起調蘆川用岸送蒲江用歲暮可見

雪獅兒 八十九字　程垓

斷雲低晚句輕烟帶暝句風驚羅幙韻數點梅花句香可仄倚雪可平窻搖

落(叶)紅爐對詎(叶)正酒面(豆)瓊酥初削(叶)雲屏(可仄)暖(句)不(可平)知門(可仄)外(句)月(可平)寒

風惡(叶)迤邐慵雲半掠(叶)笑盈盈(可仄)閒弄(句)寶箏絃(叶)索(可平)暎極生

春(句)已(可平)向橫(可仄)波先覺(叶)花嬌柳弱(叶)漸倚醉(豆)要(平聲)人摟著(叶)低告託(叶)

早把被香薰却(叶)

數點至初削與後暎極至摟着同要須讀作平聲盖去聲之要是人心中欲得也作邀字音乃强索人摟正是醉後嬌憨不復矜持景態待其已摟故下即低告耳

又一體　九十二字　　張雨

含香弄粉(句)便勾(豆)引游騎尋芳(句)城南城北(韻)別有西村(句)斷港

氷澌微綠叶孤山路熟叶伴老鶴豆晚先尋宿叶怕凍損三花兩蕊句寒泉幽谷叶幾番可仄花影一作陰濯足句記歸來醉臥句雪深平屋叶春夢無憑句鬢底鬧蛾爭撲叶不作平如圖畫宜叶相對展豆官奴風竹句燒黃獨叶一作燭自聽瓶笙調曲叶

比前詞多便句引三字游騎尋芳輿輕烟帶暝平仄亦反餘同別有至尋宿俱與後段無異圖譜乃註別有句作六字誤矣圖畫應是畫幅或畫軸之訛蓋此句同前孤山句應叶韻者前程詞紅爐對誰花嬌柳弱且對字柳字俱仄則此用路字畫字何疑譜不及考但據傳訛之圖畫二字遂註不如圖畫相對為一句而展官奴風竹為一句失韻破體為甚且因此并註不如圖畫四字可用平仄仄平訛而又訛矣北字

詞家多取叶屋沃黃獨生土中或云即黃精杜詩黃獨無苗山雪盛此必用之燒黃獨者即煨芋之意若燭則可云紅而不可云黃也

遠朝歸 八十九字　趙耆孫

金谷先春句見乍開豆江梅玉膩韻珠簾院落句人靜雨疎烟細叶橫斜帶月句別是一作平般風味叶金樽裏叶任遺英亂點句殘粉低墜叶惆悵秦隴當年句念水遠天長句故人難寄叶山城倦眼句無緒更看桃李叶當時醉魄句算依舊豆徘徊花底叶斜陽外叶謾回首豆畫樓十作平二叶

前珠簾至風味與後山城至花底同只算依舊比前別是句多一字裏字用韻則斜陽外句亦宜叶此用外字非韻或曰永叔踏莎行云行人更在春山外亦以外字叶細繹等字通用處北宋人時有之耳

探芳信 八十九字 又名玉人歌

張炎

坐清晝韻正治思可仄縈花句餘醒可仄倦可平酒叶甚探去聲芳人老句芳心可仄尚如舊叶消可仄魂忍可平說銅駝事句不可平是因春瘦叶向西園豆竹掃頹垣句蔓蘿荒梵叶　風雨可叶夜來驟叶歎歌可仄冷鶯簾句恨可平凝可仄蛾岫叶愁可仄到今年句都似去年否叶賦可平情嬾可平聽山陽笛句目可平極空搔首叶我何堪豆老却江潭漢柳叶

題探字及探芳人老探字去聲正治思至西園與後歎歌冷至何堪同只甚探芳句此後愁到句多一字
首句及尚如舊夜來驟去年否俱仄平仄如夢寒梅溪竹山莫不皆然圖譜俱註可用平平仄殊不可解
竹掃疑是掃竹此對蔓蘿也　按楊炎有玉人歌一調與此調通篇皆同只甚探芳句少一甚字實係一調而異名者
今錄於後

玉人歌　楊炎

風西起又老盡籬花寒輕香細漫題紅葉句裏意誰會長天不恨江南遠苦恨無書寄最相思盤橋千枚鱠鱸十尾鴻雁阻歸計算愁滿離腸十分豈止倦倚闌干顧影在天際淩烟圖畫青山約總是浮生事判從今買取朝醒夕醉

又一體九十字　吳文英

探春到(韻)見綵花釵頭(句)玉燕來早(叶)正紫龍眠重(句)明月弄清曉(叶)夜塵不沁銀河水(句)金盞供新澡(叶)鎮帷犀(豆)護緊東風(句)秀藏芝草(叶)星斗燦懷抱(叶)問霧暝藍田(句)玉長(上聲)多少(叶)禁苑傳香(句)柳邊語(句)聽鶯報(叶)片雲飛趁春潮去(句)紅軟長安道(叶)試回頭(豆)一點蓬萊翠小(叶)

見綵花釵頭句三字連平亦有此體夢窻別作更瘦如梅花正賣花吟春竹山如有人黃裳可證燕字用仄夢窻別作弄字竹山蚄字同日字用仄梅溪都未有人掃同長字用仄竹山紅鞸茸帽同若柳邊語用三字兩句比前調都似句多一字而句法亦異吳蔣史皆同可從翠小用去上妙妙覩前玉田之漢柳及

竹山之正好梅溪之夢老皆可師法夢窻別作云笑拍東風醉醒汲古刻作醇醒一字之訛謬乃千里

遥天奉翠華引 九十字 侯寘

雪消樓外山韻正秦淮豆翠溢回瀾叶香梢豆荳句紅輕猶怕春寒叶曉光浮晝戟句捲繡簾豆風暎玉鈎闌叶紫府仙人句花圍羽帔星冠叶 蓬萊閬苑句意倦遊豆常戲世間叶佩麟舊都江左襦袴歌歡叶只恐催歸覲句臍宴都休訴酒杯寬叶明歲應看句君鈞容舞袖歌鬟叶

意倦遊以下與前正秦淮以下俱同只佩麟下十字難讀愚謂必是佩麟江左舊都襦袴歌歡錯倒寫耳

如此則不惟與香梢下十字脗合而文理亦通矣只恐句五字與前平仄異賸宴下八字應與前捲繡簾同平仄雖不差而賸宴都三字難解或有誤也明歲應看之下比前多一字然亦是誤蓋君鈞容亦不可解必止一鈞字録者因君鈞二字同音信手錯寫不然則於君字住句而應字悞多惜無他詞可証也韞字平聲拗或曰當讀作韞音然考左傳薀藻之菜及凡我同盟毋薀年寄無作去聲讀者此恐藻字之訛也世字或是人字

玉京秋 九十字 周密

烟水濶韻高林弄殘照句晚蜩淒切叶碧砧度韻句銀牀飄葉叶衣濕桐陰露冷句採涼花豆時賦秋雪叶難輕別叶一襟幽事句砌蛩

能說叶 客思吟商還怯叶 怨歌長豆 瓊壺暗缺叶 翠扇踈豆 紅衣香褪句 翻成銷歇叶 玉骨西風句 恨最恨豆 閒却新涼時節叶 楚簫咽叶 誰倚西樓淡月叶

他作甚少照填可也或云衣濕句宜五字下作八字玉骨下亦應如前分句蓋前碧砧後紅衣下俱同耳

戀香衾 九十字 呂渭老

記得花陰同攜手句 指定日豆 許我同懽韻 喚做真成熱心安叶 打疊從來不成器句 待做箇豆 平地神仙叶 又却不成些事驀地心殘叶 掾我如今沒投奔去聲句 見着你豆 泪早偷彈叶 對月臨

風句一味埋冤叶笑則人前不妨笑句行笑裏豆斗覺心煩叶怎分得煩惱句兩處勻攤叶

前後俱同只又却句六字怎分句五字異至於喚做下七字比後對月下八字則必於熱字上少了一字蓋不惟兩疊宜同而熱心安三字亦欠妥○此戀香衾與戀繡衾無涉

駐馬聽 九十字

柳永

鳳枕鸞帷韻二三載豆如魚似水相知叶良天好景句深憐多愛句無非盡意依隨叶奈何伊叶恣性靈豆撻煞些兒叶無事孜煎句萬回千度句怎免分離叶 而今漸疎漸遠句雖悔難追叶漫憑寄

消息句終久奚為也叶擬重論繾綣句爭奈翻覆思維叶縱再會句
恐恩情豆難似當時叶

只此一首無可
查對然亦無訛

法曲獻仙音 九十一字　　柳永

追想秦樓心事當年便約于飛比翼韻悔恨臨岐處正攜
手翻成雲雨離析叶念倚玉偎香前事慣輕擲叶慣憐惜叶
饒心性正厭厭多病柳腰花態嬌無力叶早是乍清減別
後忍教愁寂叶記取盟言少孜煎剩好將息叶遇佳景臨風

對月事須憑相憶(叶)

柳詞多訛此調與諸家句法大異必有錯誤處不可從姑存之以俟識者

又一體 九十二字 吳文英

落葉霞翻(句)敗窗風咽(句)草色淒涼深院(韻)瘦不關秋(句)淚緣生別(句)情銷鬢霜千點(叶)恨翠冷(句)搔頭燕(句)那(平聲)能語恩怨(叶)紫簫遠(叶)記桃枝(豆)向隨春渡(句)愁未洗(豆)鉛水又將恨染(叶)粉縞澀離箱(句)忍重拈(豆)燈夜裁剪(叶)望極藍橋(句)綵雲飛(豆)羅扇歌斷(叶)料鸚籠(可平)玉鎖(句)夢裏隔花時見(叶)

紫簫遠三字諸家多作前段之尾汲古刻片玉詞亦兩存其説今照夢窗稿録之故不敢移屬上句然照前柳詞慣輕擲慣憐惜則此句宜屬於前又夢窗别作起用上浪韻而前結云過數點斜陽雨啼綃粉痕冷宛相向冷字不叶韻則宛相向三字連上無疑然冷字諸家無不叶者恐是誤也○篇中用平仄抑揚乃是定體歷查諸家皆同圖譜乃註情銷可仄悵翠可平能語可仄平紫字可平桃枝可仄鉛水又三字可仄平平試問於周方吳姜張諸公外有何傳稿可據而註之乎後結凡作者皆是上五下六而註作上七下四因謂周詞待花前月下見了為一句不教歸去為一句又因月下見了皆仄自以為拗遂註月下二字可平更因月下註作可平則連上花前二字為四平又拗遂并註花前二字可仄直似瞇目而猜黑白矣嗚呼何其陋哉○恨染吳别作珮響周作間阻方作尚阻而白石用紅舞玉田用春感想不拘然以

去上為佳燕字各家俱不叶惟周詞處字似叶然皆係偶合觀方和詞不叶可知不必韻也渡字玉田用叶亦不必周方亦皆不叶

采蓮令 九十一字 柳永

月華收豆雲淡霜天曙韻西征客豆此時清苦叶翠娥執手句送臨岐豆軋軋開朱戶叶千嬌血豆盈盈竚立句無言有泪句斷腸爭忍回顧叶一葉蘭舟句便恁急槳凌波去叶貪行色豆豈知離緒叶萬般方寸句但飲恨豆脈脈同誰語叶更回首豆重城不見句寒江天外句隱隱兩三烟樹叶

清苦應是情苦血字差急槳下與前段合只飲恨二字更字第二懕字兩三二字平仄稍異不拘

淒涼犯 九十一字 犯又作調 又名瑞鶴仙影

吳文英

空江浪闊韻清塵凝豆層層碎刻冰葉叶水邊照影句華裳曳翠句露搔泪濕叶湘烟暮合叶塵襪凌波半涉叶怕臨風豆欺瘦骨叶護冷素衣疊叶　樊姊玉奴恨句小鈿疎唇句洗妝輕怯叶汜人最苦句粉痕深豆幾重愁靨叶花溢香濃句猛薰透豆霜綃細摺叶倚瑤臺豆十二金錢暈半□叶

又一體 九十三字

姜夔

綠楊巷陌韻西風起豆邊城一片離索叶馬嘶漸遠句人歸甚處句戍樓吹角叶情懷正惡叶更衰草豆寒烟淡薄叶似當時豆將軍部曲叶迤邐度沙漠叶　追念西湖上句小舫攜歌句晚花行樂叶舊遊在否句想如今豆翠凋紅落叶謾寫羊裙句等新雁豆來時繫著叶怕悤悤豆不肯寄與悞後約叶

比前更衰草句多一字將軍部曲句多一字寄與二字與前詞金錢二字用平聲異○按此篇載白石集題下註云仙呂調犯雙調合肥秋夕作而夢窻乙稿亦載之題曰淒涼調註云合肥巷陌皆種柳秋風起騷騷然余客居闔戶時聞馬嘶出城四顧則荒烟野草不勝淒黯乃著此體琴有淒涼調假以為名歸行

都以此曲示國工田正德使以亞觱栗吹之其韻極美亦曰瑞鶴仙影據此則是篇乃夢窗自製之調非姜作明矣想此二公交厚同游最久故集中混入耳豈吳作此篇後又以其調賦前詞詠重臺水仙乎余又思焉知非姜所作此註亦姜所註而混入吳稿乎蓋姜有淡黃柳詞客是客合肥作也既自註用琴曲名則此詞宜曰淒涼調矣而傳作犯字者亦有故其題下又註云凡曲言犯者謂以宮犯商商犯宮之類如道調宮上字住雙調亦上字住所住字同故道調曲中犯雙調或於雙調曲中犯道調其他準此唐人樂書云犯有正旁偏側宮犯宮為正宮犯商為旁宮犯角為偏宮犯羽為側此說非也十二宮所住字各不同不容相犯十二宮特可犯商角羽耳據此則因此詞用犯故自註於下而姜集題下所註仙呂犯商調正與此註同在一處耳愚按宮商之理今已失傳自詩餘變為北曲北曲變為南曲雖亦相沿有宮調

之殊而莫能辨悉南曲自故明中葉有吳腔傳習至今但知其曲是如何唱法音響各别而宮調則置而不論北曲則并各宮各調而一樣音響矣元音不絕於天壤之間我

朝以文治天下詞學甚盛而宮調之理律呂之學無能通明者大為恨事安得起白石夢窻輩於九京而暢言之乎其註云唯道調雙調可以互犯而又云仙呂犯商恐商字即雙字豈仙呂即道調乎呂之名仙或以道故耶今南曲亦止有仙呂入雙調曲他宮不入雙調亦其証也但北曲有仙呂又有道宮總不可解矣

夏雲峯 九十一字　柳永

宴堂深韻軒楹可仄雨豆輕可仄壓可平暑可平氣沉沉叶花洞彩舟泛斝句坐遶清

潯叶楚可平臺風快句湘簟冷豆永日披襟叶坐久覺豆疎絃脆管句時換新音叶　越娥蕙可平態蘭心叶逞妖豔可平豆昵可平歡邀可仄寵難禁叶筵上笑歌間句發鳥履交侵叶醉鄉深處句須盡興豆滿酌高吟叶向此免豆名韁利鎖句虛費光陰叶

暑氣上去洞彩泛笋坐遶簟冷坐久脆管向此利鎖各去上聲俱妙而脆管利鎖之下接以時換虛費之平去尤妙花洞至清潯十字惜香作朱户小窻坐來低按秦箏似句法四六不同然此是十字一氣所謂可上可下者也筵上十字亦然結句向此以下趙云是我不卿卿更有誰可卿卿亦是語氣貫下音韻諧適不必拘也須盡興七字趙作一任側耳與心傾句法不同不可從前段結語原係時換新音四字本集

現明因草堂舊刻傳訛落去時字譜圖遂以為據將坐久至末作十字句不知前後只首句有異其餘字字相同時換新音正如後之虛費光陰也趙作體段輕盈蘆川作玉燕投懷俱同今少一字不惟失却古調且使作者棘手可歎哉○此調本非僻調舊草堂即已收之而詞統詞滙圖譜等書竟皆遺却所更奇者詞滙反將仲殊天潤雲高一首收作夏雲峯不知天潤雲高詞乃金明池也大誤大奇

醉翁操 九十一字 蘇軾

琅（韻）然清圓（叶）誰彈（叶）響空山（叶）無言（叶）惟翁醉中和其天（叶）月明風露娟娟（叶）人未眠（叶）荷蕢過山前（叶）日有心也哉此賢（叶）（泛聲同此）

醉翁嘯詠（句）聲和流泉（叶）醉翁去後（句）空有朝吟夜怨（叶）山有時

而童巔(叶)水有時而回川(叶)思翁無歲年(叶)翁今為飛仙(叶)此意在人間(叶)試聽(平聲)巖外三兩絃(叶)

起處三句皆兩字第三句三字第四句兩字稼軒效之云長松之風如公肯余從山中是也圖譜以首句次句為兩字而以誰彈響作三字句空山無言作四字句得毋供人噴飯乎詞滙又將三兩絃改作兩三絃蓋以此句為拗而改作七言詩句法耳亦奇又以今字訛作旣字不特旣字去聲失調而文義亦差皆失考之故也○按和其天向來傳刻皆然或謂知字之訛娟字余謂是涓字附記以俟識者○按稼軒本做此而作與此異者月明作湛湛第二湛字去聲或不拘曰有心句作堂君之門兮九重君門二字平聲想此二字平仄皆可用但不可用去聲耳娟字稼軒用江字非失韻本集常有借叶字也聽字平聲讀觀

稼軒用之字可知荷蕢句稼軒云噫送子於東空有句稼軒云或一朝兮取封汲古刻本集落于字兮字因使此調只存八十九字人不可為此誤也

露華　九十一字　王沂孫

紺葩乍坼(韻)笑爛漫嬌紅(句)不是春色(叶)換了素妝(句)重把青(可仄)螺輕拂(叶)舊歌共渡烟江(句)却占玉奴標格(叶)風霜峭(句)瑶臺種時(句)付與仙骨(叶)　閒門晝掩淒惻(叶)似淡月梨花(句)重化清魄(叶)尚帶唾痕香凝(句)怎(去聲可平)忍(作平)攀摘(叶)嫩(作平)綠漸暖溪陰(句)蔌蔌粉雲飛出(叶)芳豔冷(句)劉郎未應認得(叶)

笑爛漫至風露峭與後似淡月至芳豔冷同換了下

十字上四下六尚帶下十字上六下四然是一氣貫

下分句不拘是字素字化字嘕字不惟用仄且俱去

聲不可依譜槩作可平瑤臺下兩四字句圖譜註上

三下五誤種字

去聲非上聲也

宣清　九十二字　　柳永

殘月朦朧句小宴闌珊句歸來輕寒森森韻背銀釭豆孤館乍眠句

擁重衾豆醉魄猶噤換仄叶永漏頻傳句前歡已去句離愁一枕叶仄暗尋

思句舊追遊句神京風物如錦叶仄　會擲果朋儕句絕纓宴會句當

時曾痛飲叶仄命舞燕翻翻句鳳樓鴛寢叶仄玉釵亂橫信任叶仄散盡

高陽句這歡娛豆甚時重恁叶仄

森字平起是又一平仄兩叶之調矣若以槑字起韻恐無自首起二十八字纔用韻之理也或云衾字亦是叶總因只此一篇無可考証〇按杜曾詩哀猿藏森聳渴鹿聽潺湲自註森字去聲或此亦作去叶耳

塞翁吟 九十二字 吳文英

有約西湖去句移棹曉折芙蓉韻算宜仄終是句稱去聲心叶紅染不盡作平薰風叶千桃過眼春如夢句還認錦疊雲重叶弄晚色句舊香中叶旋撐入深叢叶從容叶情猶賦句冰車健筆句人未老豆南屏翠峰叶轉河影豆浮查信早句素妃豆叫海目歸來句太液池東叶紅衣卸

了句結子成蓮句天勁秋濃叶

查夢窗別作及片玉千里趙文諸詞平仄俱與此同終字宜仄聲恐是縱字之訛卻了去上妙各詞皆然夢窗別作於南屏翠峯刻作吳女暈濃乃悞也女字必娥字或謂娥不可言暈則又必蛾字而再誤耳蓋其下用唱入眉峰可推耳○按此調應分三疊自起至薰風為第一段千桃至深叢為第二段蓋千桃句七字換頭還認句即同移棹句弄曉色兩句即同算終是兩句旋撐入句即同染不盡句平仄一字無異即如瑞龍吟所謂雙拽頭也其第三疊則另為長短句與前絕不相類矣譜圖不識所載片玉詞第三四句散水虧小池東本是兩句乃以為六字不知其第二句窻外曉色瓏璁是六字而三四句乃三字曉色可連讀豈虧小亦可連讀乎如此吳詞是稱二字可連乎更可笑者周於弄晚色下云夢遠別淚痕重淡

鉛臉斜紅重字乃是叶韻處譜圖以夢遠別為三字句以淚痕重淡為四字句豈不笑破人口周意謂泪重疊故臉上紅色淡也重淡如何解然則此詞可讀為舊香中旋吳別作可讀為桂花宮為千里作可讀為繡衾重尚趙文作可讀為斗牛箕彊矣不惟失韻失體且使古作者俱判作不通文理人矣豈不冤哉

轆轤金井　九十二字　劉過

翠眉重拂句後房深豆自喚小蠻嬌小韻繡帶羅垂句報濃妝纔了叶堂虛夜悄叶但夜可平約豆鼓簫聲鬧句一曲梅花句樽前舞徹句梨可仄園新調叶　高陽醉山未倒叶看蘘飛鳳翼句斂褪微溜宜叶秋可仄滿東湖句更西風涼早叶桃源路杳叶記流可仄水豆泛舟曾到叶桂子香

濃句梧桐影轉月句寒天曉叶

夜悄路杳俱去上聲妙絕此二字不惟不可用平去亦不可用去去袛字亦不可平聲孌字恐蠻字鸞字之訛溜字非韻誤也秋滿以下俱與前段繡帶以下同則叙袛句不可不叶豈改之偶爾借韻耶

東風齊着力 九十二字 胡浩然

殘臘收寒句三陽初轉句已換年華韻東君律管句迤邐到山家叶處處笙簧句鼎沸句可平會佳宴豆坐列仙娃叶花叢裏句金爐滿爇句可仄龍麝烟斜叶

此景轉堪誇叶深意祝豆壽山福海增加叶玉觥滿泛句且莫羨流霞叶幸有迎春壽酒句可仄銀瓶浸豆幾朶梅花叶休辭

醉(句)園林秀色(句)百(可平)草萌芽(叶)

本譜所註平仄俱查此一體有他詞互用者方敢旁列否則於其前後段合拍者註之如此調他無可証只玉皺以下與前東君以下相同故為畧註此外如殘已遍處坐此壽福且幸幾等字或亦可平仄互用因無考據槩不亂填非曰太拘蓋以尊古從嚴為主耳於此偶識可例其餘

金盞倒垂蓮 九十二字 晁補之

諸阮英游(句)盡千鍾飲量(句)百(可平)丈詞源(韻)對舞春風(句)螺髻小雙蓮(叶)念兩處(豆)登高臨遠(叶)又傷芳物新年(叶)此景不待(豆)桓伊危柱哀絃(叶)身閑未應無(可仄)事(句)趂栽梅徑裏(句)插(可平)柳池邊(叶)野鶴

飄颻句幽興在青田也叶莫話書生豆豪氣句更銘功業燕然叶畢
竟得意豆何如月可平下花前叶

无咎又一首亦和此韻又傷句云會須行樂止四字
乃誤落去華年二字非有此體也換頭六字與前異
餘同兩結各十字姑於四字畧豆實則一氣注下者
其用此景不待畢竟得意音仄仄入去乃是定格襯
其別作只用有一部後會一笑可見學者勿誤或謂
身間是換頭二字叶者不知晁別作和韻此字用情
字故知非叶韻也○倒垂蓮乃金盞之像即如左相
之金巻荷耳竹山糖多令有句云金盞倒垂蓮歌揺
香霧
鬟

意難忘 九十二字　周邦彦

衣染鶯黃韻愛停可仄歌駐可平拍句勸可平酒持觴叶低鬟蟬影動句私可仄語口脂香叶蓮露滴句竹風涼叶拚可仄劇飲淋浪叶夜漸深句籠可仄燈就可平月句子可平細端相叶

知音見說無雙叶解移可仄宮換可平羽句未可平怕周郎叶長顰知有恨句貪可仄要不成妝叶些個事句惱人腸叶待可平說與何妨叶又恐伊句尋可仄消問可平息句瘦可平減容光叶

詞中七言有上四下三者有上三下四者各譜總作七字句往往誤認誤填而圖中黑白圈尤為眩目故本譜於七言如詩句者不註於上三下四者註豆字於第三字傍庶不致混亂也若五字句有上二下三如五言詩者亦有以一字領句而二三兩字相聯者尤多誤認但又不可註豆學者當自詳之如此詞拚

劇飲淋浪待說與何妨是也若誤作五言詩句則大謬矣此類甚多偶記於此

惜秋華　九十三字　吳文英

路遠仙城(句)自玉(可平)郎去却(句)芳卿憔悴(韻)錦(可平)斷鏡空(句)重鋪步幢新綺(叶)凡花瘦不禁秋(句)幻膩(可平)玉(豆)腴紅鮮麗(叶)相攜試新妝乍畢交扶輕醉(叶)　長記斷橋外(叶)驟(可平)玉驄過處(句)千(可仄)嬌凝睇(叶)昨夢頓醒(句)依約舊時眉翠(叶)愁邊暮合碧(作平)雲(句)倩唱(豆)入(可平)六幺聲裏(叶)風起(叶)舞斜陽(豆)闌(可仄)干十二(叶)

此調他家罕覯夢窗所作五闋亦不盡同詞綜收其思渺西風一首於凡花句讀作七字句不知此詞自

玉郎至鮮麗與後段驟玉驄至聲裏相同凡花句即如後愁邊句及後詞秋蛾句皆六字攜字似叶然非平仄通用者豈亦可作去聲耶○步瘦舊暮去聲至於鏡字頻字必用去聲勿誤

又一體　九十四字　　吳文英

思渺西風句悵行蹤浪逐句南飛高雁韻怯上翠微句危樓更堪凭叶晚蓬萊對起幽雲句澹野色豆山容乍捲叶清淺叶瞰蒼波靜銜愁痕一綫叶　十載寄吳苑叶慣東籬深處句把露黃偷翦叶移暮景照越鏡意銷香斷叶秋娥賦得閒情句倚翠尊豆小眉初展叶深勸叶侍明朝豆醉巾重岸叶

比前於後段第三句多一把字故為九十四字體然照前段及他作此句止宜四字此或偶誤不足據也所異者清淺二字儼然叶韻蓋後深勸二字是叶前亦相同也但其所作五闋惟此用淺字仄聲其餘一云新鴻喚淒涼漸入紅萸烏帽一云相逢縱相疎勝却巫陽無準一云留連有殘蟬韻晚時歌金縷第二字皆作平聲非用韻者是可知此調乃另為一體耳其前詞相攜以下十一字語氣蟬聯不便分豆大約皆於第二字一頓其下則或於三字或於五字略斷俱無不可也○又按前詞昨夢頓醒依約舊時眉翠頓醒二字相連而此詞移暮景照越鏡乃是三字兩句其意銷銷香斷自為四字句又其別作一云晚夢趂降杵斷作將愁到一云綵雲斷翠羽散此情難問一云此去杜曲已近紫霄尺五多不相合余因再四讀而斷之曰此詞及晚夢綵雲三處皆是三字兩句四字一句前詞昨夢頓醒醒字應讀平聲與前段之

錦段鏡空相合此去杜曲曲字亦應以入讀作平聲與其前段之瓜果夜深相合皆上四下六句法鏡頻夜杜四去余所謂此與前詞另為一體於此更明耳又露罥蛛絲一首於危樓句刻作當時細敘送遺恨七字乃抄書者因遺字邊旁相同偶誤多一送字遂使人疑有此體其實此句只六字且加送字不通矣

滿庭芳 九十三字 黃公度

一徑叉分句三亭鼎峙句小園別是清幽韻曲欄低檻句春色四時留叶怪石參差臥虎句長松偃蹇拏虯叶攜筇晚句風來萬里句冷撼一天秋叶

優游叶消永晝句琴尊左右句賓主風流叶且偷豆閒可仄不妨身在南州叶故國歸帆隱隱句西崑往事悠悠叶都休

問金釵十二(句)滿酌聽輕謳(叶)

怪石二句與故園二句皆作對偶如雨中花慢調中二語此知稼翁所獨也

又一體 九十五字 又名鎖陽臺 滿庭霜

程垓

南(可仄)月驚烏(句)西風破(可平)雁(句)又是(可平 可仄)秋滿平湖(韻)採(可平)蓮人盡(句)寒色戰菰蒲(叶)舊(可平)信江南好景(句)一(作平 可平)萬里輕(可仄)覓蓴鱸(叶)誰知道(句)吳儂未識(句)蜀(作平)客已情孤(叶)

憑高增悵望(句)湘雲盡處(句)都(可仄)是平蕪(叶)問故(可平)鄉(可仄)何日(句)重(可仄)見吾廬(叶)縱(可平)有荷紉芰製(句)終(可平)不似(豆)菊(可平)短蘺疏(叶)歸情遠(句)三更雨(句)夢依舊繞庭梧(叶)

前後第七句比前詞俱多一字不作儷語此通用體也後起二字不用韻問故鄉五字亦與前異○沈選詞後起云有舟中絃管終不似句云不道是箇老儒生誰知道句平叶望故鄉二句云總成就天涯一病身此非詞選乃笑林耳

又一體九十五字　黃庭堅

修水柔藍新句條淡綠句翠光交映虛亭韻錦鴛霜鷺句荷徑拾幽蘋叶香度欄干屈曲句紅妝隱豆薄綺疏櫺叶風清夜句橫塘月滿句水淨見移星叶　堪聽叶微雨過句嬰姍藻荇句瑣碎浮萍叶便移轉吳牀句湘簟方屏叶練靄鱗雲旋滿句聲不斷豆簷響風鈴叶

重開宴句瑤池雪沁句山露佛頭青叶

香度下與後練霧下同便移轉句轉字仄牀字平與前詞異此兩體隨意不拘○按此調作者如林嘗細加玩校其中仄韻住句者須留意不可以其調太穩熟率筆填之大抵次句淡綠二字淡字平仄不拘霜露必用平仄屈曲月滿藻荇旋滿雪沁俱要仄仄是此調中得法處荷字水字山字以用平為主上入亦不妨切不可用去聲古詞豈無一二出入然歷查諸大家名詞無不如前說者人但平心考古而更調其音響自知愚言之非穿鑿耳譜圖分句註字俱不可從○晁無咎一首次句秉檻心閑懶乃誤多一字無此體又小晏於紅妝隱下七字作可憐流水各東西句法乃如詩句此必傳訛無此體也觀其後段仍用上三下四可知譜圖以微雨過連下作七字句非後起二字用叶為正此篇為浩翁最整練當行之作

瀟湘夜雨 九十三字

趙長卿

斜點銀釭句高擎蓮炬句夜深不耐微風韻重重簾幙捲堂中叶香漸遠豆長烟裊穟句光不定豆寒影搖紅叶偏奇處句當庭月暗句吐焰如虹叶　紅裳呈豔句麗娥一見句無奈狂蹤叶試煩他纖手句捲上紗籠叶開正好豆銀花照夜句堆不盡豆金粟疑空叶丁寧語句頻將好事句來報主人公叶

此調與滿庭芳相近而實不同或曰此即滿庭芳起三句無異重重簾幙句雖只七字然其後段試煩他九字與滿庭芳無異則此句或於捲堂中上落二字未可知前結句雖只四字然其後結與滿庭芳無異

或於吐焔上下落一字亦未可知後起是麗字斷句娀字上亦落一字故周紫芝集瀟湘夜雨凡四首實即滿庭芳是一調而異名耳余曰此說固是但其中前後兩七字句對偶整齊揣其音響竟與滿庭芳相去甚遠豈可將香漸遠與閒正好亦各明一字以合滿庭芳調乎其另為一調無疑故列於此本譜欲黜新名復古調然實係殊體不敢不收也選聲既收瀟湘夜雨調而不收此詞反收紫芝之真滿庭芳以為式則不可解矣

詞律卷十三

欽定四庫全書

詞律卷十四

宜興萬樹撰

如魚水 九十三字 柳永

輕靄浮空(句)亂峯倒影(句)瀲灔十里銀塘(韻)遶岸垂楊(叶)紅樓朱閣相望(叶)芰荷香雙雙(可仄)戲(豆)鸂鶒(可仄)鴛鴦(叶)乍雨過(豆)蘭芷汀洲(句)望中依約似瀟湘(叶)風淡淡(句)水茫茫(叶)動一片晴光(叶)畫舫相將(叶)盈盈紅粉清商(叶)紫薇郎(叶)修禊(可平)飲(豆)且(可平)樂仙鄉(叶)便歸去(豆)徧

歷鸞坡鳳沼句此景也難忘叶

柳詞僻調難得如此嚴整者○愚謂中字恐是裏字作雨過下當作蘭芷汀洲望裏為一句依約似瀟湘為一句正與後結二句相符蓋此調前段繞岸下後段畫舫下字句無不合轍蘭芷句必係六字耳或曰人方以君為穿鑿如此詞頗順妥即如其舊亦無不可若執此說則穿鑿之毀更不免矣相與一笑

梅子黃時雨 九十四字 張炎

流水孤村句愛塵事頓消句來訪深隱韻向醉裏誰扶句滿可平身花影叶鷗鷺驚看相比瘦句近來不是傷春病叶嗟流景叶竹外野橋句猶繫烟艇叶 誰引叶斜川歸興叶便啼鵑縱少句無奈時聽叶

待棹擊空明句魚可仄波千頃叶彈斷琵琶留不住句最愁人是黃
昏叶近江風緊叶一行柳絲吹瞑叶

鷗鷺句多刻鷗鷺相看如瘦詞綜亦相仍錄之但於如字下註云一作鷥相比余考此調前後只頭尾稍變來自訪下俱係相同鷗鷺句正與後段彈斷句合斷宜七字若作如瘦語甚晦或作鷗鷺鷥相比瘦亦少一字觀玉田自註題下曰病中懷歸蓋其意謂病而消瘦竟與鷗鷺同故鷗鷺見之訝其瘦甚與已相比故曰鷗鷺鷥看相比瘦也或去相比字或去看字則意難解而調亦失矣頓字訪字野字繫字奈字用仄方是此詞聲響若依圖譜亂註可平可仄每句雖覺順便奈不是梅子黃時雨何醉裏外野縱少之去上比瘦之上去音妙甚可法

尾犯 九十四字　吳文英

翠被落紅妝句流水膩香句猶共吳越韻十載江楓句冷霜波成纈燈院靚豆涼花乍翦句桂園深豆幽香旋去聲折叶醉雲吹散句晚樹細蟬句時替可平離歌可仄咽叶　長亭曾送客句偷賦錦雁留別叶泪接孤城句渺平蕪烟闊叶半菱鏡豆青門重售句採香堤豆秋蘭共結叶故人鬢額句遠夢越來溪畔月叶

賦字兩個共字乍字旋字雁字俱去聲各家皆然此係用字要緊處勿為譜註所誤若細字離字則平仄可通用也乍翦去上晚樹錦雁上去俱妙夢寬別作及竹山耆卿等皆同送字半字故字亦須去聲遠夢

句夢窻別作滿地桂陰無人惜與此異說詳後註

又一體 九十五字 又名碧芙蓉　　蔣捷

夜倚讀書牀句敲碎唾壺句燈暈明滅韻多事西風句把齋鈴頻掣叶人共語豆溫溫芋火句雁孤飛豆蕭蕭檜雪叶徧闌干外句萬頃魚天句未了予愁絕叶　雞邊長劍舞句念不到豆此樣豪傑叶瘦骨稜稜句但凄其衾鐵叶是非夢豆無痕堪記句似雙瞳繽紛翠纈叶浩然心在句我逢著豆梅花便說叶

念不到比前多一字尾句用上三下四與他家不同

又一體 九十五字　柳永

夜雨滴空階(句)孤館夢回(句)情緒蕭索(韻)一片閒愁(句)想丹青難貌(叶)秋漸老(豆)蛩聲正苦(句)夜將闌(豆)燈花漸落(叶)最無端處(句)忍把良宵(句)只恁孤眠却(叶)佳人應怪我(句)自別後(豆)寡信輕諾(叶)記得當時(句)翦香雲為約(叶)甚時向(豆)幽閨深處(句)按新詞(豆)流霞共酌(叶)再同歡笑(句)肯把金玉珍珠博(叶)

按此詞舊草堂所収而樂章片玉詞皆載之然玩其語句則為柳作無疑但柳集止作別後寡信輕諾少一自字此字雖可有可無而有之為妥詞字汲古都集誤刻調字不可錯認於此字用去聲也尾句較前

兩詞又各異愚謂依吳詞遠夢句蔣詞我逢著句順而易填然此首把句與夢窗別作滿地桂陰句相合必有定格從之為是故雖同是九十五字特具列於此以備參考蓋作譜欲使人明白易曉若選聲葫蘆嘯餘而刪具各體惟畧註題下欲取簡省謂小冊便攜未免晦而難考耳至譜圖註肯把金三字可作平平仄不知出於何典此亦亂註中之最無理者而夢漸後共等去聲字皆云可平亦誤甚○貌字正韻在入聲六樂韻讀若莫音乃描畫人物荀子貌而不功楊妃傳命工貌妃於別殿韓詩不得畫師來貌取杜詩屢貌尋常行路人皆謂寫人容貌也嘯餘註叶未詳疑從卜各反一作邈非沈天羽云貌字於義合邈字於韻合詞韻貌字作轉韻亦通觀此等註皆因未識貌字入聲故紛紛如此可歎哉

又一體 九十八字 柳永

晴烟冪冪韻漸東郊芳草句染成輕碧叶野塘風煖句遊魚動可平觸句
氷澌微坼叶幾行斷雁句旋次第豆歸霜磧叶詠新詩豆手撚江梅句
故人贈我春色叶　似此光陰催逼叶念浮生句不滿百叶雖照
人軒冕句潤屋金珠句於身何益叶一種勞心力叶圖利祿豆殆非
長策叶除是恁豆點檢笙歌句訪尋羅綺消得叶

首句四字起韻刻本誤冪作幕便不是韻矣勞字刻
方亦誤或謂野塘句應於動字分斷則下句五字便
合前調想丹青句法余謂此本兩體不可彊同及讀
後晁詞深溪池底句益信余言非妄又或謂此十二
字宜作兩六字
讀未審然否

又一體 九十九字　　晁補之

廬山小隱韻漸年來疎懶句浸濃歸興叶綠橋飛過句深溪池底句奔雷餘韻叶香爐照日句望處與豆青霄近叶想羣仙豆呼我應還句怪曉來豆鬟絲垂鏡叶　海上雲車回軔叶少姑傳句金母信叶森翠裾瓊佩句落日初霞句紛紜相映叶誰見湖中景叶花洞裏豆杳然漁艇叶別是個豆瀟灑乾坤句世情塵土休問叶

怪曉來句比前詞多一字但柳作前後兩結上七下六相同此作後結與柳合其前結多一字恐誤耳鬟絲亦應作綠鬟乃與後尾及柳同琹趣刻本鬟字訛鬢故知此句必有誤處今不敢輒謂與前一體同故

另収於此作者自
照柳填之足矣

雪梅香 九十四字 柳永

景蕭索句危樓獨立面晴空動韻悲秋情緒句當時宋玉應同叶
可仄漁市孤烟裊寒碧句水村殘葉舞愁紅叶楚天闊豆浪浸斜陽句
千里溶溶叶 臨風叶想佳麗句別後愁顏句鎮歛眉峯叶可惜當
年句頓乖雨跡雲蹤叶可平雅態妍姿正歡洽句落花流水忽西東叶
無憀恨豆相思意盡句分付征鴻叶

當時下與後頓乖下同此調惟耆卿有之他無可考
其平仄自應守之乃譜於第一景字便註可平奇矣

漁市句與雅態句只第一字平仄可通用餘乃鐵板定格必如此方成為雪梅香調也譜乃於下五字云可作仄平平仄仄蓋欲與下句相對作七言詩一聯後之趨便者悉從之矣豈非作俑者之過乎或謂風字非叶然過變處於第二字儼然用韻不敢謂其偶合也

金浮圖　九十四字　尹鶚

繁華地韻王孫富貴叶玳瑁筵開句下朝無事叶壓紅裀豆鳳舞黃金翅叶玉可平立纖腰句一片可平揭天歌吹叶滿可平目綺羅珠翠叶和風淡蕩句偷可仄散沉檀氣叶　堪判醉叶韶光正媚叶折盡牡宜平丹句豔迷人意叶金張許史應難比叶貪戀歡娛句不覺金烏墜叶還可仄惜會難

別作平易叶金船更勸句勸可平住花驄轡叶

前後整對後段不應偏少乃金張上落去一便字金
烏下落去一西字作者竟與前段同填可也判字宜

作拼
平聲

一枝春 九十四字 周密

淡可平碧春姿句柳眠醒豆似怯朝來踈雨韻芳塵乍數句喚起探花
情緒叶東風尚淺句甚先有豆翠嬌紅嫵叶應自把豆羅綺圍春句占
得畫屏春聚叶 留連繡叢深處叶愛孤雲裊裊句低隨香縷叶
瓊窻夜暖句試與細評新譜叶妝眉媚粉句料無奈豆弄顰佯妒叶

還只怕豆簾外籠鸚句笑人醉語叶

草窻此調二首音節俱同但應自把作空自傷愚謂把字即同後怕字傷字平聲或誤觀其後段用深院悄悄字用仄無異也料無奈作曾記是愚謂此三字即同前甚先有或係記曾是誤倒觀其前段用倩誰畫無異也草窻為顧曲周郎具所用乍數喚起尚剪夜暖試與媚粉等去上字俱宜恪遵至於尾句笑人醉語別作云倩鶯寄語皆是去平去上尤不可差圖譜載楊守齋一首與此詞用字平仄全同可愛而羅綺圖春本作歌字清圖誤刻歌清字圖得字用誇字或不拘乃將醒朝芳東留連瓊新妝眉無還簾等字俱註可仄似乍喚尚甚翠自把與自等字俱註可平絕妙好辭可惜都遺改壞作者費盡拈髭走甕一片苦心讀者全然不知無怪浪仙有歸臥故山之痛也

白雪 九十四字 楊无咎

蟾収雨脚句雲乍斂豆依舊又滿長空韻紋蠟焰低句薰爐燼冷句寒衾擁盡重重叶隔簾櫳叶聽撩亂豆撲漉春蟲句曉來見豆玉樓朱殿句恍若在蟾宮叶 長愛越水泛舟句藍關立馬句畫圖中叶悵望幾多詩無句可形容叶誰與問豆已經三白句或是報年豐叶未應真箇句情多老却天公叶 亦作掃除陰翳惟祈紅日生東

誰與問下三句似前結語立馬下似有脫落大抵此詞有誤刻處○試據愚意移補錄後

蟾収雨脚雲乍斂依舊又滿長空紋蠟焰低薰爐燒冷寒衾擁盡重重隔簾櫳聽撩亂撲漉春蟲曉來見

玉樓朱殿恍若在蟾宫未應真箇情多老却天公
長愛越水泛舟藍闕立馬幾多悵望冂冂畫圖中無
詩句冂可形容誰與問已經三日或是報年豐掃除
陰翳惟祈紅日生東

以未應二句補前尾以掃除二句改後尾長愛處為
換頭玩越水泛舟句泛字去聲確與斂蠟焰低相合
只換頭字太少
或更有脱落耳

天香 九十四字　王充

霜瓦鴛鴦句風簾翡翠句今年又是寒早韻矮去聲釘明窻句側開朱
户句斷莫亂教人到叶重陰未解句雲共雪商量豆不少叶青帳垂
氊句要密縫豆放圍宜小叶　呵梅弄妝試巧叶繡羅衣豆瑞雲芝

草[叶]伴我語同語[句]笑時同笑[叶]已被金樽勸酒[句]又唱箇[豆]新詞

故相惱[叶]盡道窮冬[句]元來恁好[叶]

草堂舊載如此舊譜分句如此余閱他家詞皆九十六字者因疑此前結青氊二字各家皆六字兩句且多為對偶語此必以放圍宜小對上垂氊要密而縫字乃係脫誤但思其字不得及觀沈天羽所駁謂密字下是紅窻二字乃紅字誤作縫而窻字誤缺耳初亦謂然沈又云窻字犯上明窻宜改因思作者必不連用兩窻而上之明窻非訛字沈所云紅窻未必確也又伴我以下各家俱十字沈謂當作語時同語而缺一字余又信之乃今查校各集始得其說方知舊譜之非誤而沈為臆說耳蓋毛澤民詞本有此體其前結云對罷宵分又金蓮燭引歸院句法亦上四下七是此結所云縫密而圍小者即是青氊一物而密

字作平讀耳其伴我下九字毛云碧瓦千家借袴襦
餘燰亦是九字是與草堂舊載者正同九十四字余
因與然信有此體而譜註為非謬也本譜於嘯餘駁
正最多此調又幾因沈氏謬為論定故詳識於此以
表愚意之公云陰字向
訛冷字或作寒字亦誤

又一體 九十六字

唐藝孫

螺甲磨[句]星犀[可仄]株搗月[句]麯英嫩壓拖水[韻]海蜃樓高[句]仙[可仄]娥鈿
小[句]縹緲結成心字[叶]麝[可平]煤候燰[句]載[可平]一朵[豆]輕雲未[可平]起[叶]銀葉初
生薄暈[句]金猊旋[去聲]翻纖指[叶] 芳盃惱人漸醉[叶]碾微馨[豆]鳳團
閒試[叶]滿架舞紅都換[句]嬾收珠珮[叶]幾[可平]片菱花鏡裏[叶]更摘索

雙鬟伴秋睡叶早是新凉句重薰翠被叶

此則前結六字滿架以下十字者芳盃句草窻作素被瓊簫夜悄乃是偶誤不可從壓字亦有用平者亦不如用仄為是裏字可不必叶韻篇中諸去聲字凡名家皆同俱宜細玩譜於搗嫩壓結倏漸碾鳳滿鏡更摘早翠等字俱著可平螺黎芳盃閒萎重等字俱註可仄謬甚而將伴秋睡註可用平平仄仄尤可怪從未見此三字用平仄仄之天香也○又景覃有二闋前結俱作四字三句如云宿雨新晴隴頭閒看露桑風麥又云紙帳練衾日高睡起懶梳蓬鬢此又是一體因其餘皆同且作者多從唐體故不録其餘滿架下十字有用上四下六此則語氣本係一貫不必拘也又譜圖載劉方叔漠漠紅皐一首自草堂舊刻皆於後段第二句作不許蝶蜂親近然查從來作家此句皆七字無六字者此必係脱落一字故本譜不収

九十五字格沈氏刻不許上加全字

玉漏遲 九十四字

元好問

浙江歸路杳(韻)西南卻羨(句)投林高鳥(叶)升(可仄)斗微官(句)世(可平)累苦相縈繞(叶)不(可平)似麒麟殿裏(句)又不(可平)與巢由同調(叶)時自笑(叶)虛(可仄)名負我(句)半(可平)生吟嘯(叶)擾擾(可平)馬足車塵(句)被歲月無情(句)暗(可平)消年少(叶)鐘(可仄)鼎山林(句)一(可平)事幾時曾了(叶)四(可平)壁秋蟲夜雨(句)更一(可平)點(豆)殘燈斜照(叶)青鏡曉(叶)白(作平)髮(作平)又添多少(叶)

按林至自笑與後暗消至鏡曉同杳字可不起韻宋于京吳夢窻皆有之然不必起韻為正查竹山一首

於更一點處少一更字此句宜同前段又不與句乃誤落一字也又草窻一首西南卻羨句作錦鯨去三字亦誤落一字也又歸愚於被歲月句止有四字殘燈斜照止有三字亦誤落二字也故本譜不收九十三字格又書舟於升斗下十字作忍對危欄數曲暮雲千疊是上六下四然可不拘後尾白髮二字乃以入作平襯子京用東風夢窻用瑶臺黄昏歸愚用何人竹山用盈盈背兩平聲竹山又一首用鶴立二入聲正與白髮二字同此二字用平其下一字必仄如白髮之下必用又字也書舟用不耐飛來蝴蝶耐仄飛平乃誤筆不可從後起擾字非叶不可誤認○沈選有於虛名上多一字者非

六么令 九十四字 或作綠腰 又名樂世 録要

李琳

淡(可平)烟疎雨(句)香(可仄)逕渺(可平)啼鴂(韻)新(可仄)晴晝簾閑卷(句)燕(可平)外寒(可仄)尤力(叶)依(可仄)

約天涯可仄芳草句染得春風碧叶可仄人間陳迹叶可仄斜陽可仄今古句可平幾縷遊
絲趂飛蜨叶誰可平向尊可仄前起舞句可平又覺春如客叶可平翠作平袖折取薦
紅句笑與簪華髮叶可仄回首青山一點句可仄簷外寒雲疊叶梨花搖葉叶
可平柳花可仄飛絮句可平夢繞闌干滿園雪叶

燕外下與後笑與下同郰寒二字片玉俱用平亦有俱用仄者不拘趂字滿字則必用仄耳柳詞前結刻作夢裏欲歸歸不得誤歸不得恐是怎歸得也○此篇絕妙好詞惜於梨花下用著雨二字忘却叶韻愚僭改如右非敢妄易前賢之句因欲以為程式必用韻為佳又愛其詞故不取他作而錄之

四犯剪梅花 九十四字

劉過

水殿風凉句賜環歸豆正是夢熊華旦韻解連環疊雪羅輕句稱雲
章題扇叶醉蓬萊西清侍宴叶望可仄黃傘豆日可平華籠輦叶雪獅兒可仄金券三
王句可平玉可平堂四世句帝恩偏眷叶醉蓬萊臨安記豆龍飛鳳舞句信神明
有後句竹梧陰滿叶解連環笑折花看句橐荷香紅潤宜叶醉蓬萊功名
歲晚叶可仄帶河與豆可平礪山長遠叶雪獅兒可仄麟脯杯行句可仄宜平狨薦可平坐穩句内家
宣勸叶醉蓬萊

此調為改之所創採各曲句合成前後各四段故曰四犯柳詞醉蓬萊屬林鐘商調或解連環雪獅兒亦是同調也剪梅花三字想亦以剪取之義而名之但前段起句與解連環本調全不相似殊不可解後段

起句比解連環多一記字此係誤傳宜去之此篇雖是集成仍分前後段汲古所刻龍洲詞乃欲連刻之又因舊刻分段處空白疑有落字遂於分處多加一□誤矣寵字應是龍字蔦字應是鸛此此二處俱宜平聲豪字疑亦有誤或用荷囊故事恐是笑折花香看荷囊紅潤或云紫荷囊荷字去聲與前雲章雲字不合不知醉蓬萊此字原平仄可以通用也潤字借叶非失韻也又按玲瓏四犯史邦卿起處云雨入愁邊翠樹晚無人風葉如剪與此詞起句相似恐史之四犯亦即與此同

留客住 九十四字　　周邦彥

嗟烏兎韻正茫茫豆相催無定句只恁東生西沒句半均寒暑叶昨見花紅柳綠句處處林茂句又覩霜前籬畔句菊散餘香句看看

又還秋暮어　忍思處아念古往賢愚句終歸何處아爭似高堂句
日夜笙歌齊舉아選甚連宵徹晝句再三留住句待擬沈醉扶
上馬句怎生向主人未肯交去叶

字有脫落姑仍舊錄之○愚謂沒字音暮綠字音慮
皆用北音爲叶不然前段用韻太稀恐無此詞體也

又一體　九十七字　柳永

偶登眺韻憑小樓豆豔陽時節句乍晴天氣句是處閒花野草叶遙
山萬疊雲散漲海千里潮平波浩渺叶烟村院落句是誰家豆
綠樹數聲啼鳥叶　旅情悄叶遠信沈沈句離魂杳杳叶對景傷

懷句度日無言誰表叶惆悵舊歡何處句後約難憑句看看春又老叶盈盈淚眼句望仙鄉豆隱隱斷霞殘照叶

此亦有差落處但比前詞稍全旅情悄係後段起句舊刻屬前結尾今照周詞改正度日句可擬是處句遙山至浩渺十五字宜同惆悵至又老十五字今觀後段不差此必前段訛錯愚謂里字應作重字而顛倒之云雲散遙山萬疊漲海千重潮平波浩渺則可與後相符烟村以下則前後原同矣

玉女迎春慢 九十五字　彭元遜

纔入新年句逢人日豆拂拂淡烟無韻雨葉底妖禽自語句小啄幽香還吐叶東風可仄辛苦叶便怕有豆踏青人誤叶清明寒食句消得

渡江黃翠千縷(句)看臨小帖宜春(句)填輕暈濕碧花生霧(叶)為說釵頭梟梟(句)繫著輕盈(作平)不(可平)住(叶)問郎留否(叶)似昨夜(豆)教成鸜鵒(叶)走馬章臺(句)憶得畫眉歸去(叶)

葉底至人誤與後段為說至鸜鵒同填輕句似宜同逢人日句恐填字有誤否則輕字下落一字耳圖譜以填輕暈濕為一句填輕二字難解余不敢從語字似乎用韻故圖譜註叶然觀後段梟字非韻因知語字乃偶合也

埽花遊

九十五字　又名埽地花　埽地遊

方千里

野亭話別(句)恨露草芊綿(句)曉風酸楚(韻)怨絲恨縷(叶)正揚花碎

玉句滿城雪作平舞叶耿耿無言句暗灑闌干淚雨叶片帆去叶縱作平百種

避愁句愁早知處叶　離思去聲都幾許叶但漸慣征塵句斗迷歸路叶

亂山似俎叶更重江浪淼句易沈書素叶瞪目銷魂句自覺孤吟

調苦叶小留住叶隔前村豆數聲簫鼓叶

恨露草至帆去與後但漸慣至留佇同千里和周一字不異或謂太拘不知有不可假借處也如此詞只種字夢窻兩首用陰字湖字其餘皆同歷查清真西麓夢窻五首碧山四首玉田二首邵清溪張半湖如出一轍其中恨縷淚雨似俎浪淼調苦諸去上字并諸仄字俱是定例譜圖亂註話恨露曉怨恨正碎滿耿暗淚片怨思但漸斗亂似更易瞪目調小隔俱謂可平而楊離歸前數字必須用平者則反註可仄豈

非深恨掃花遊之調必欲盡壞之而後快耶吾不知捨宋元諸公外別何可宗既欲如此則作譜者何不自我作古悉載自度之腔而猶勉殭襲古人之調名列古人之詞句耶○按第一野字碧山用商字係偶筆不必從玉田一首野字用烟避字用荒思字用天玉田於此中最精深必不如此皆誤刻也○圖譜既收掃地花又收掃花游其註亦差至縷字狙字二句不註叶韻意欲將後之作者皆勒令失韻可謂忍矣

水調歌頭

九十五字　夢窻名江南好　白石名花犯念奴

蘇軾

明月幾時有(句)把酒問青天(韻)不(可平)知天(可仄)上宮(可仄)闕(可平)今(可仄)夕是何年(叶)我(可平)欲(可仄)乘風歸(可仄)去(句)又(可平)恐瓊樓玉(作平)宇(句)高(可仄)處不勝寒(叶)起舞弄清影何似在人間(叶)　轉(可平)朱(可仄)閣(可平)(句)低(可仄)綺(可平)户(句)照無眠(叶)不(可平)應有(可平)恨何(可仄)

事(可平)常(可仄)向別時圓(叶)人(可仄)有悲(可仄)歡(可仄)離合(句)月(可平)有陰晴圓(可仄)缺(句)此(可平)事古

難全(叶)但(可平)願人(可仄)長久(句)千(可仄)里共嬋娟(叶)

幾時有弄清影用仄平仄絶妙人長久之人字若亦用仄聲尤妙後人多用平平仄全不起調矣不知至何年十一字語氣一貫有於四字一頓者有於六字一頓者平仄亦稍有不同但隨筆致所至不必拘定而闋字用仄覺有調耳起句月字有用平者竟有作偶語如五言律者不如此起為妙舞字或用平清字長字或用仄亦皆不妥無字有用仄者縱入聲可代平終是不響至稼軒多用上去字雖或不妨然不可學

鳳凰臺上憶吹簫 九十五字

李清照

香(可仄)冷金猊句被(可平)翻紅(可仄)浪句起(可平)來慵(可仄)自梳頭韻任寶奩塵滿句日(可平)上簾鈎叶生(可仄)怕離懷別(可平)苦句多少(可平)事豆欲(可平)說還休叶新來瘦句非干病酒句不是悲秋叶休休叶這回去也句千萬(可平)遍陽關句也(可平)則難留叶念武陵人遠句烟(可仄)鎖秦樓叶惟(可仄)有樓前流(可仄)水句應念(可平)我豆終(可仄)日凝眸叶凝眸處句從今又添句一段新愁叶

休休二字查他人不叶然此篇二字定是用韻作此體者自宜依之添字若照前結亦可用仄但不敢擅註也

又一體 九十六字 吳元可

更不成愁句何曾是醉句豆花雨後輕陰韻似此心情自可句多了閒吟叶秋在西樓西畔句秋較淺豆不似情深叶夜來月句為誰瘦小句塵鏡羞臨叶　彈箏舊家伴侶句說雁啼秋水句下指成陰叶聽未穩豆當時自誤句又況如今叶那是柔腸易斷句人間事豆獨此難禁叶雕籠近句數聲別似春禽叶

似此句比前調任寶奩句多一字聽未穩句比念武陵句多二字數聲句比從今句少二字而記雁啼句與千萬遍句平仄亦異或曰彈箏是叶韻非也此調原不必叶況通篇用十二侵閉口韻必不搭一庚青字也

又一體　九十七字　侯寘

浴(可平)雪精神(句)倚(可平)風斜(可仄)態(句)百(可平)端邀(可仄)勒春還(韻)記舊隱(豆)溪橋日暮(句)驛(可平)路泥乾(叶)曾(可仄)伴先生蕙帳(句)香細(可平)細(豆)粉(可平)瘦瓊閒(叶)傷牢落(句)一夜夢回(句)腸斷家山(叶)空教映溪帶月(句)供遊客無情(句)折(可平)滿雕鞍(叶)便忘(去聲)了(豆)明窻淨(句)几(可平)筆研同歡(叶)莫(可平)向高樓噴笛(句)花(可平)似我(豆)蓬(可仄)鬢霜斑(叶)都休說(句)今(可仄)夜倍覺清寒(叶)

前詞似此句六字聽未穩句七字不如此詞為全蓋記舊隱便忘了兩句前後宜同也一夜夢三字用仄回字用平及夜倍覺三字用仄皆此體定格嬾窟四首皆同

雙瑞蓮 九十五字　趙以夫

千機雲錦裏韻看可平並蒂新房句駢頭芳蕋叶清標豔態句可平兩兩可平翠裳霞袂叶似是商量心事句倚綠蓋豆可仄無言相對叶天蘸水叶彩舟過處句鴛鴦驚起叶　縹緲漾影搖香句可仄想劉阮風流句雙仙姝麗叶閒情未斷句可仄猶戀可仄人間歡會叶莫待西風吹老句薦玉醴豆可平碧筒擽醉叶清露底叶月照一襟涼思叶

看並蒂至蘸水與後想劉阮至露底同○按此調比玉漏遲只第二句多一看字清標閑情二句平仄顛倒其餘句字通首皆同應是一體想趙公原以玉漏遲調詠雙頭瑞蓮或自變其名或後人因題而誤也

不然何長調而相同如此本應合前玉漏遲之後終以多一字顛倒四字不敢確信同調故仍另列於此

○圖譜以倚綠蓋為言為五字句相對天蘸水亦為五字句不僅句法兩差調因隨失而相對二字如何連得天醮水趙虛齋文理豈至如此乎

夢揚州 九十六字 秦觀

晚雲收韻正柳塘豆烟雨初休叶燕子未歸句惻惻輕寒如秋叶小闌干外東風軟句透繡幃豆花密香稠叶江南遠句人何處句鷓鴣啼破春愁叶　長記曾陪燕遊叶酬妙舞清歌句麗錦纏頭叶殢酒困花句十載因誰淹留叶醉鞭拂面歸來晚句望翠樓豆簾捲

金鈎叶佳會阻句離情正亂句頻夢揚州叶

如此丰度豈非大家傑作乃為傖父讀錯註錯可歎哉燕子至香猶與後殢酒至金鈎同燕子殢酒俱用去上妙絕未字困字用去聲是定格蓋上面用去上下面用平此字非去聲不足以振起況有此去字則落下輕寒如秋與因誰淹留四箇平聲字方為抑揚有調不解此義於燕殢未困四字俱註可平寒誰二字俱註可仄有此夢揚州乎從長記起至金鈎沓追想當時遊讌之樂為酒所殢為花所困也沈氏及圖譜以困作為全失意味而沈氏又註云為一作因不惟平聲失調而下即有因誰之因氏豈不一顧耶誰字孀餘刻猶不差但註可仄沈氏竟刻甚字註一作誰圖譜竟作甚字矣此真為訛以傳訛也譜圖俱落去折字而以透字連上作上三下四句法繡幃句止有六字亦從未取後段試一較量此則沈氏已註缺

杆字誤矣何圖譜於徐氏之囑餘沈氏之别集不從其是處而偏從其誤處耶

塞垣春 九十六字　　周邦彥

暮色分平野韻傍葦岸豆征帆鄁叶烟深極浦句樹藏孤館句秋景如畫叶漸别離豆氣味難禁叶也更物象句供瀟灑叶念多才豆渾衰減句一懷幽恨難寫叶　追念綺窻人句天然自豆風韻閒雅叶竟夕起相思句慢嗟怨遥夜叶又還將豆兩袖珠淚句沈吟向豆寂寥寒燈下叶玉骨為多感句瘦來無一把叶

觀千里和詞其四聲無字不同未便臆註只各處所刻千里詞前結俱作短長音如寫此此少一字愚謂

必無此體方上句云聽黃鸝啼紅樹則此句必於短長音下落一韻字或調字耳人不可但見詞統詞宗等所載而誤認有此五字句格也兩袖珠淚方和云堆滿襟袖而自汲古刻及統綜等書皆倒作滿堆不知此三字不可用仄平說見後註譜圖以暮傍幕景漸韻謾怨向爲俱作可平秋多衰遥俱作可仄更將又還將兩袖珠六字翻作平仄仄平平仄不知出於何典

又一體 九十八字　　吴文英

漏瑟侵瓊筦（韻）潤鼓借（豆）烘爐暖（叶）藏鉤怯冷（句）畫難臨曉（句）隣語鶯囀（叶）殢綠窻（豆）細咒浮梅醆（叶）換蜜炬（句）花心短（叶）夢驚回（豆）林鴉起（句）曲屏春事天遠（叶）迎路柳緣裠（句）看爭拜東風（句）盈灞橋

岸叶鬐落寶釵寒句恨花勝遲燕叶漸街簾影轉句還似新年句過

郵亭豆一作平相見叶南陌又燈火句繡囊塵香淺叶

前詞天然自句七字此看爭拜句九字則當於風字斷句未審是否或有誤字不可知也漸街簾至相見十五字照前周詞及方和俱上句七字下句八字此詞平仄雖與周無異而分句不得不於轉字年字住亭字為畧豆想平仄字數不差其斷句可不拘也觀此影轉二字可知方詞堆滿必不可作滿堆或曰譜圖於前詞註又還將作九字向寂寥作六字則與此彷彿君何於此互異余曰千里和周云念征塵堆滿襟袖那堪更獨游花陰下則自當於襟袖分句不可以念征塵堆滿為一句襟袖那堪為一句更獨遊花陰下為一句也是周詞讀法必當依前所註而不可與吳詞同矣香字周用一字方用滿字或曰可通用

或曰堆滿可作平俱未可知然方詞上已用滿字不宜重出恐本是盈字如此則此字必以用平為是既有吳詞可據作者自宜用平蓋此調韻脚上一字通篇皆平此處亦必平字或仍用上聲入聲斷不可用去聲也客曰囊塵香三平拗余曰其上郵亭一相之一字周詞寂寥寒燈之寂字方詞獨游花陰之獨字互玩之皆以入作平是上句已疊用四平下句疊三平何足為異必其調之音響如此耳

倦尋芳　九十六字　王雱

露晞向曉句簾幙風輕句小(可平)院閒晝韻翠逕鶯來句驚(可仄)下亂紅鋪繡叶倚危欄句登高榭句海(可平)棠著(可平)雨胭脂透叶算韶華句又因循過了句清(可仄)明時候叶倦遊(可仄)燕豆風(可仄)光滿(可平)目句好(可平)景良辰句誰共攜手叶

恨被榆錢句買斷兩眉長鬬叶可平憶得高陽人散後句可平落花可仄流水仍依舊叶這情懷句對東風句盡成消瘦叶

首句用去平去上各家皆同是定格院共二字亦定用仄聲得去聲更佳古詞無不同者不可受誤於譜圖也餘俱去聲字皆當學之必如此然後爲倦尋芳耳後字不必叶韻

又一體 九十七字 潘元質

獸鐶半掩句鴛鴦無塵句庭院瀟灑韻樹色沈沈句春盡燕嬌鶯姹叶可平夢草池塘青漸滿句海棠軒檻紅相亞叶聽簫聲句記秦樓夜約句彩鸞齊跨叶　漸迤邐豆更催銀箭句何處貪歡句猶繫驄

馬(叶)旋剪燈花(句)兩點翠眉誰畫(叶)香(可仄)滅羞回空帳裏(句)月高猶在重簾下(叶)恨疎狂(句)待歸來(句)碎揉花打(叶)

夢草二句七字與香滅二句相對如滿江紅中語比前倚危欄二句不同○按盧申之一首前起句用香泥壘燕第三句用春晴寒淺記秦樓句用記寶帳歌慵猶繫句用牡丹開遍待歸來用但鎮日俱與此不合因其句字同且不足取法故不錄又查夢窻三首篇篇用字精當無疵俱與此相合只一首於第三句作空閑孤燕閑字當是閑字之訛蓋此句即與後第三句同其後云衫袖濕徧袖字旣用去聲則知其閑字必無用平之理夢窻非率筆者流其為誤刻無疑況上句塵鏡迷樓則是用燕子樓事尤可信為閑字詞綜亦照舊刻錄之未及深辨人不可貪用平聲而以此藉口也○圖譜旣收王詞為倦尋芳又收潘詞

為倦尋芳慢蓋前則以算韶華作八字此則分一三一五前則以倦遊燕作七字此則分一三一四前則以這情懷作六字此則分一三一七故列兩體其意見真獨出矣

雙雙燕 九十六字

吳文英

小桃謝後(句)雙(可仄)雙燕飛來(句)幾家庭户(韻)輕烟曉暝(句)湘(可仄)水暮雲遥度(叶)簾外餘香未捲(句)共斜(可仄)入(豆)紅樓深處(叶)相將占得雕梁(句)似約韶光留住(叶)

堪舉(叶)翩翩翠羽(叶)楊(可仄)柳岸泥香(句)半知梅雨(叶)落(作平)花風軟(句)戲(可平)逐亂紅飛舞(叶)多少呢喃意緒(叶)盡日(可平)向(豆)流鶯分(叶)訴還過短牆(句)誰(可仄)會萬(可平)千言語(叶)

換字照後段緒字及後史詞宜用韻○按史詞於還過短墻句六字與前段同此只四字另爲一體或謂恐是落去二字然玩此句似亦無字可添詞體常有後結比前較少者或另有此體故収之

又一體 九十八字 史達祖

過春社了句度簾幙中間句去年塵冷韻差池欲住句試入舊巢相並叶還相去聲雕梁藻井叶又軟語豆商量不作平定叶飄然快拂花稍句翠尾分開紅影叶芳徑叶芹泥雨潤叶愛貼地爭飛句競誇輕俊叶紅樓歸晚句看足柳昏花暝叶應是棲香正穩叶便忘了天豆涯芳信句愁損可平翠黛雙蛾句日日畫欄獨凭叶

發字以下同前通首平仄除前吳詞所註數字外俱不可游移圖譜從第一字改起可笑蓋此調所用仄平仄仄與仄平平仄平平仄仄平平平仄似可相混不知皆有分別如首句必仄平仄仄而第三字必以去聲為妙其下去年舊巢競誇柳昏畫欄等句必仄平平仄雕梁芹泥棲香等句必平平仄仄商量分開天涯等句必平平平仄試以後段較前段更以此詞較彼詞則古人名作無不整齊明白若指掌列眉一定不易所謂律也豈可一概抹却亂註亂填乎且凡詞篇中必有語氣段落如還相二語亦然正字應還字與下又字相照應字二語亦然正字與下便字相照此語氣也而段落因之試入句束住上語飄然句另起下意後段亦然自不可以還相句截連於下又軟語句截連於下此段落也而音響因之藻井用去上藻字去聲一縱則不定須用平去不字平聲一狀此音響也凡此皆至理所有各詞皆有其義作者但

取名篇細玩熟吟必得其解慎勿貪便而以妄譜為據致來識者之譏也偶註此調不覺饒舌覽者諒焉

黃鶯兒 九十六字

柳永

園林靜晝誰為主韻暖律潛催幽谷叶暄和黃鸝句翩翩乍遷芳樹叶觀露濕縷金衣句葉映如簧語叶曉來枝上綿蠻句似把芳心豆深意低訴叶 無據叶乍出暖烟來句又趁遊蜂去叶恣狂蹤跡豆兩兩相呼句終朝霧吟風舞叶當上苑柳濃時句別館花深處叶此可平際海可平燕偏饒句都把韶光與叶

向讀此詞於腔律下難以句豆嘯餘強分和字住為八字句黃鸝以下為八字句心嘗疑之無可考証後

讀晁無咎詞亦有此調方喜得以校正矣而晁詞此數句比柳更多一字尤難分斷其首句七字用韻起與柳同其下云雨雨三三修篁新笋出初齊猗猗過墻侵户共十七字再四紬繹不得其理既而悟曰此晁詞誤多一出字耳蓋柳第二句是暖律潛吹幽谷六字用鄒衍事吹字誤催其谷字乃以入聲叶首句主事韻中州韻云谷叶古是也晁詞修篁篁字乃是竹字之誤其詞首句暑字亦是魚虞韻故以竹字叶中州韻云竹叶主是也柳詞暄和黄鸝是四字句翩翩乍遷芳樹是六字句和字去聲謂當春暄鶯聲相和而鳴或是喧字之誤晁詞新笋初齊四字句猗猗過墻侵户六字句蓋竹至過墻不宜言新出但言新笋為是如此則兩詞皆字字相合而於文理條貫無聱牙矣蓋暄和至綿蠻與後雨雨至偏饒俱相同也兩乍字露葉似意又趁恣霧上別此諸仄字兩詞如一不可照譜用平幽黄鸝觀枝蹤終風當諸平字不

可照譜用仄

步月 九十六字

史達祖

剪柳章臺句問梅東閣句醉中攜手初歸韻逗香簾下句璀璨縷金衣叶正依約豆冰絲射眼句更荏可平苒豆蟾玉西飛叶輕塵外句雙鴛細蹙句誰賦洛濱妃叶　霏霏叶紅霧繞句步搖共鬢影句吹入花圍叶管絃將散句人靜燭龍稀叶昵私語豆香櫻作破句怕夜寒可仄豆羅襪先知叶歸來也句相偎未肯入重幃叶

按此調與滿庭芳相似但正依約句泥私語句俱多一字步搖句亦多一字末句相偎下少二字耳然其

體格自是不同中間兩七字句即如瀟湘夜雨中二語自相對偶與滿庭芳之上句六字下句七字者判然不同管絃二句雖亦是九字却與前段逗香二句一樣句法乃前後匕合者與滿庭芳之上句五字下句四字者亦判然不同至末句少字不必言矣故不强扭作滿庭芳也或曰子於他調有一二字參差者往往合而為一獨於此岐而别之何也余曰詞有聲響如此篇聲響自各異耳及閱施仲山梅川詞亦有此調用入聲叶者比史詞少二字其聲響更别愈知與滿庭芳逕庭矣今録於右

又一體 九十四字　施岳

玉宇薰風句寶堦明月句翠叢萬點晴雪韻煉霜不就句散廣寒霏屑叶采珠蓓豆綠萼露滋句嗔銀豔豆小蓮氷潔叶花魂在句纖指

嫩痕句素英重結叶　枝頭香未絶叶還是過中秋句丹桂時節叶
醉香冷境句怕翻成消歇叶玩芳味豆春焙旋薰句貯穠韻豆水沉
頻爇叶堪憐處句輸與夜涼睡蝶叶

用入聲叶其句法與前詞稍異處則散廣寒句怕翻成句是一字領句者後起二字不叶韻還是句平仄相反兩結各少一字耳○按前詞尾句或謂相假下必落相倚二字蓋欲增入以合滿庭芳也不知滿庭芳此句應於第三字仄聲梅溪精審絶倫必不用相倚相字至於此輸與句則與滿庭芳之尾一四字一五字者相去河漢豈得謂之合調乎況前結不惟上四字句平仄不同素英句四字與滿庭芳之五字聲響全別不可添一字而相合尤為明証矣○又按此體九十四字字數較少於前然梅溪詞家標準用平

自為正體施詞另格故載後云

漢宮春　九十六字　吳文英

花姥來時(句)帶天(可仄)香國(可平)豔(句)羞(可仄)掩名姝(韻)日(作平)長半嬌半困(句)宿(可平)酒微蘇(叶)沉香檻北(句)比人間(豆)風(可仄)異烟殊(叶)春恨重(句)盤雲墜髻(句)碧花翻(可仄)吐瓊盂(叶)　洛(可平)苑舊移仙(可仄)譜(句)向吳娃深(可仄)館(句)曾奉君娛(叶)猩唇露紅未洗(句)客(可平)鬢霜鋪(叶)蘭詞沁壁過西園(豆)重(可仄)載雙壺(叶)休謾道(句)花扶人(可仄)醉(句)醉花却要人扶(叶)

後段起句換頭餘同賦此調者甚衆此篇用字穩妥可為程式日長二句與猩唇二句本上六下四而稼

軒用無端風雨未肯収盡餘寒乃上四下六且風雨二字平仄亦異余謂雖此句十字貫下或可不拘然歷覩諸家皆用此篇之體即稼軒此首後段亦云閒時又來鏡裏轉變朱顏矣更有作長把清明夜雨者尤不可從此平平仄平仄仄則為中正之理也後段起句亦有用平平仄平平仄者不拘檻沁二字以仄為妙比人間過西園兩處有作仄平仄有作仄仄平皆不拘凡調調於此等七字句往往互異然此調似用仄平平為響知音者審之至春恨重春字自當用平有作仄者不可學也墜字人字人字亦宜仄此則古人用平者亦多然求無瑕之璧其亦以用仄為全美乎○又前後首句有起韻者如惜香講抑談花從前萬事堪誇是又一體因字同不録附記於此若放翁後起用無事又作南來又非叶韻乃用平聲斷句他無同者恐不可從

又一體　九十六字　康與之

雲海沉沉(句)峭寒收建章(句)雪(可平)殘鳷鵲(韻)華燈炤夜(句)萬井禁城行樂(叶)春隨鬢影(句)映參差(豆)柳(可平)絲梅萼(叶)丹禁杳(句)鼇峯對聳(句)三山上通寥廓(叶)　春衫繡羅香薄(叶)步金蓮影(句)下(可仄)三千綽(作平)約(叶)氷輪桂滿(句)皓色冷侵樓閣(叶)霓裳帝樂(句)奏昇平(豆)天(可仄)風吹落(叶)留鳳輦(句)通宵宴賞(句)莫放漏聲閒却(叶)

用仄韻兩結平仄稍異所用峭炤鬢映禁對上繡步桂帝奏鳳宴漏諸去聲宜學帝樂二字偶合非叶韻觀前段影字可知第一字嘯餘作雪字誤下有殘雪也○按春隨鬢影與霓裳帝樂乃四字句其下七字

上三下四於差字平字為豆而夢字落字為叶也其下又七字亦上三下四於杳字輦字為豆而聳字賞字為句也結句皆六字前後相對明明白白且此體雖仄韻而句字與用平一樣甚為顯而易見乃圖譜將映參差與奏昇平分屬上句誤矣猶未足奇也竟以丹禁至三山作九字末作四字而後段之尾則又作一七一六何所見而云然乎又以禁字聳字註可平奇甚更可笑者嘯餘不識丹禁杳讀斷竟將查字讀作香字遂刻作丹禁香鼇不知鼇有何香臭真足捧腹

陽臺路 九十六字　　柳永

楚天晚(韻)墜冷風敗葉(句)疎紅零亂(叶)冒征塵(豆)匹馬區區(句)愁見水遶山遠追念年時(句)正恁鳳幃(豆)倚香偎暖(叶)嬉遊(叶)慣又豈

知豆前歡雲雨分散叶　此際空勞回首句望帝里豆難收淚眼叶
暮烟衰草句算暗鎖豆路歧無限叶今宵又豆依前寄宿句甚處葦
村山館叶寒燈半夜厭厭句憑何消遣叶

此篇婉順可從平仄宜悉遵之幸譜圖失收尚留得本來面目未被雕鏤塗抹也

採明珠　九十六字

雨乍收豆小院塵消句雲淡天高露冷韻坐看月華生句射玉樓
清瑩叶蟋蟀鳴金井叶下簾幃豆悄悄空堦句敗葉墜風句惹動閒
愁句千端萬緒難整叶　秋夜永叶涼天迥叶可不念光景叶嗟薄

命叶倏忽少年句怎教孤冷叶燈閃紅窻影叶步回廊豆嬾入香閨句暗落珠滿面句誰人知我句為伊成病叶

他無作者莫可校勘姑註其句豆如右然或有訛落非確然也其中確然者惟蟋蟀句至空堦與後燈閃句至香閨可以無疑珠字上必有淚字孤冷冷字不宜犯重恐是另字景字亦未必是叶

慶清朝　九十七字　或加慢字　史達祖

墜可平絮孳萍句狂鞭孕竹句偷移紅紫池亭韻餘花未落句似可仄供殘蝶經營叶賦可平得送春詩宜仄了句夏可平帷擴斷綠陰成叶桑麻外句乳鴉稺燕句別作平樣芳情叶　荀令舊香易冷句歎俊遊疎嬾句枉是銷

凝叶塵侵謝屐幽徑句斑駁苔生叶便可平覺寸心尚老句故可平人前度

謏丁寧叶空相誤句裌蘭曲水句桃葉東城叶

餘花下與後塵侵下同此詞是此調正體穩順可從
王碧山詞亦與此合較後載王通叟所作易塡也〇
細玩各家詞於未送乳揮舊易俊謝寸尚裌曲等字
皆宜用仄此篇詩字恐是句字此乃起調處不可謂
古人之拙而
愚見之迂也

又一體　九十七字　王觀

調雨為酥句催氷做水句東君分付春還韻何人便將輕煖句點

破殘寒叶結伴踏青去好句平頭鞋子小雙鸞叶烟郊外望句中

秀色(句)如有無間(叶)　晴則箇(句)陰則箇(句)餖飣(去聲作平)得天氣(句)有許多般(句)須教撩花撥柳(句)爭要先看(叶)不道吳綾繡襪(句)香泥斜心幾行斑(叶)東風巧(句)盡收翠綠(句)吹上眉山(叶)

何人二句與須教二句上六下四與前詞異後起兩句亦異故雖字同另錄之然亦因其詞佳也晴則箇二句雖各三字然與前調六句一句者平仄恰合故妙餖飣二句用流走活字巧合音律故譜圖疑之不取註斷作九字句此無足怪所怪者此調自何人下即前後相同如何將結伴句分作五字而以好字連下平頭句作八字乎豈後段可讀不道吳綾繡為句而下可作襪香泥乎以較前詞可讀了夏帷老故人乎

綠蓋舞風輕 九十七字　周密

玉立照新妝句翠蓋亭亭句凌波步秋漪韻真色生香句明璫搖淡月句舞袖斜倚句耿耿芳心句奈千縷豆晴絲縈繫叶恨開遲句不嫁東風句顰怨嬌蕋叶　花底叶謾卜幽期句素手採珠房句粉豔初洗叶雨濕鉛腮句碧雲深豆暗聚軟綃清淚叶訪藕尋蓮句楚江遠豆相思誰寄叶棹歌回句衣露滿身花氣叶

袖字怨字艷字去聲不可依圖譜作平而凌波步謂可用仄仄平尤無理○按漪字平聲想草窻偶作仄用亦誤也不然則是綺字之誤耳

玉京謠 九十七字 吳文英

蝶夢迷清曉(句)萬里無家(句)歲晚貂裘敝(韻)載(可平)取琴書(句)長安閒看桃李(叶)爛繡錦(可平)(豆)人海花場(句)任客燕(豆)飄零誰計(叶)春風裏(叶)香泥九陌(句)文梁孤壘(叶)微吟怕有詩聲翳(叶)鏡慵(豆)看但小樓獨倚(叶)金(可仄)屋千嬌(句)從他鴛煖秋被(叶)蕙帳(豆)移(可仄)烟雨孤山(句)待對影(豆)落(作平)梅清泚(叶)終不(作平)似(叶)江上翠微流水(叶)

載取至春風裏與後段金屋至終不相似〇按此詞結句亦似玉京秋或謂即是一調但他句不合且陳隨隱謾錄曰先君號藏一夢窻吳先生為度夷則商犯無射宮製玉京謠一篇相贈則此調創於夢窻與

玉京秋無涉故不敢連載於前也

西子妝 九十七字 或加慢字 吴文英

流水麴(作平)塵(句)豔(可平)陽醅酒(句)畫舸遊(可仄)情如霧(韻)笑(可平)拈芳(可仄)草不知名(句)乍凌波(豆)斷橋西堍(叶)垂楊謾舞(叶)總不解將春繫住(叶)燕歸來(句)問綵繩纖手(句)如今何許(叶)歡盟誤(叶)一箭流光(句)又趁寒食(作平)去(叶)不(可平)堪衰(可仄)鬢著飛花(句)傍綠(作平)陰(豆)冷烟深樹(叶)玄都秀句(叶)記前(可平)度(豆)劉郎曾(可仄)賦(叶)最傷心一(可平)片孤山細雨(叶)

謾字秀字俱要去聲張叔夏作於謾舞用寸碧二字其詞是意字起韻碧字乃以入聲為叶者故知入聲

不但可作平兼可作上聲而叶韻矣中州音韻原以碧叶比也細雨去上煞妙甚張亦用萬里若作平仄或上上或去去便落調矣凡詞結尾字皆不宜草草亂填可於此類推換頭起句叔夏用外字或謂可以不叶余云詞中多以外字叶支微韻作者自當用韻為是況叔夏原註效夢窻自度而作無不同之理也

○酷酒酷字無理汲古刻本集及圖譜詞綜等書皆相沿誤刻余謂是酤字之訛耳

被花惱 九十七字

楊纘

疎疎宿雨釀輕寒句簾幙靜乖清曉韻寶鴨微温睡烟少叶聲不動句春禽對語句夢怯頻驚叶覺欹珀枕句倚銀牀句半窻花影明東照叶 惆悵夜來風句生怕嬌香混瑤草叶披衣便起句

小徑迴廊句處處都行到叶正千紅萬紫競芳妍句又還似豆年時被花惱叶驀忽地句省得而今雙鬢老叶

此楊守齋自度腔也以詞中語名題亦因山谷水仙詩坐對真成被花惱故取其三字耳

詞律卷十四

總校官候補知府臣葉佩蓀
校對官編修臣嚴福
謄録監生臣頋又新

清·萬樹撰

詞律（一）

中國書店

詳校官原任侍講臣王燕緒

臣紀昀覆勘

欽定四庫全書　　集部十

詞律　　詞曲類　詞譜詞韻之屬

提要

臣等謹案詞律二十卷

國朝萬樹撰樹字紅友宜興人是編糾正嘯餘

譜及填詞圖譜之譌以及諸家詞集之舛異

如草堂詩餘有小令中調長調之目舊譜遂

謂五十八字以内為小令五十九字至九十

字為中調九十一字以外為長調樹則謂七娘子有五十八字者有六十字者將謂小令乎中調乎雪獅兒有八十九字者有九十二字者將謂中調乎長調乎故但列諸調而不立三等之名又舊譜於一調而長短不同者皆定為某調第一體某調第二體樹則謂調有異同體無先後所列次第既不以時代差次何由知孰為第幾故但以字數多寡為序

而不立名目皆精確不刊其最入微者一為舊譜不分句讀往往據平仄混填樹則謂七字有上三下四句如唐多令燕辭歸客尚淹留之類五字有上一下四句如桂華明遇廣寒仙女之類四字有横擔之句如風流子倚欄杆處上琴臺去之類一為詞字平仄舊譜但據字而填樹則謂上聲入聲有時可以代平而名詞轉折跌蕩處多用去聲一為舊

譜五七字之句所注可平可仄多改爲詩句
樹則謂古詞抑揚頓挫多在拗字其論尤前
人所未發至於考調名之新舊證傳寫之舛
訛辨元人曲詞之分斥明人自度之謬考證
尤一一有據雖偶有過拘之處而唐宋以來
倚聲度曲之法已十得其九矣乾隆四十九
年五月恭校上

總纂官臣紀昀臣陸錫熊臣孫士毅

總校官臣陸費墀

詞律序

嘅自曲調既興詩餘遂廢縱覽草堂之遺帙誰知大晟之元音然而時屆金元人工聲律迹其編著尚有典型明興之初餘風未泯青丘之體裁幽秀文成之丰格高華矩矱猶存風流可想既而斯道愈遠愈離即世所膾炙之婁東新都兩家擷芳則可佩就軌則多歧按律之學未精自度之腔乃出雖云自我作古實則英雄欺人蓋緣數百年來士大夫輩帖括之外惟事於詩長短之

音多置弗論即南曲盛行於代作家多擅其名而試付校讐類皆齟齬況乎詞句不付歌喉涉歷已號通材摹仿莫求精審故維揚張氏據詞而為圖錢唐謝氏廣之吳江徐氏去圖而著譜新安程氏輯之于是嘯餘譜一書通行天壤靡不駭稱博覈奉作章程矣百年以來蒸嘗弗輟近歲所見剞劂載新而未察其觸目瑕瘢通身罅漏也近復有填詞圖譜者圖則葫蘆張本譜則矉捧嘯餘持議或偏叅稽太畧盖歷來造譜之意原欲有便

於人但疑拗句難填試易平辭易叶故于每篇作註逐字為音可平可仄并正韻而可移五言七言改詩句而後已列調既謬分句尤訛云昭示於來茲實大誤夫後學不知詩餘乃劇本之先聲昔日入伶工之歌板如耆卿標明于分調誠齋垂法于擇腔堯章自註鬲指之聲君特致辨煞尾之字當時或隨宮造格剏製于前或遵調填音因仍于後其腔之疾徐長短字之平仄陰陽守一定而不移証諸家而皆合茲雖舊拍不復可考而聲

響猶有可推乃今汎汎之流別有超超之論謂詞以琢辭見妙煉句稱工但求選艷而披華可使驚新而賞異奚必斤斤于句讀之末瑣瑣于平仄之微況世傳嘯餘一編即為鐵板近更有圖譜數卷尤是金科凡調之稍有難諧皆譜所已經駁正但從順口便可名家于是篇牘汗牛棗梨充棟至今日而詞風愈盛詞學愈衰矣僕本鄙人生為笨伯覩茲迷謬心竊惑焉謂際此
熙朝世隆文運翕然風會家擅鴻篇乃以鮑謝雋才燕許

大手沉溺于學究兔園之册頽顈于村伶釘鉸之篇不
禁發其嗟吁遂擬取而論訂夫今之所疑拗句者乃當
日所為諧音協律者也今之所改順句者乃當日所為
捩喉扭嗓者也但觀清真一集方氏和章無一字而相
違更四聲之畫合如可議改則美成何其闇劣而不能
製為婉順之腔千里何其昏庸而不能換一妥便之字
其他數百年間之才流韻士何以識見皆出令人之下
萬萬哉且詞謂之填如坑穴在焉以物實之而恰滿如

字可以易則枘鑿背矣即強納之而不安況乎髭斷數莖惟貴在推敲之確否則毫揮百幅何難為磅礴之雄乃後人不思尋繹古詞止曉遵循時譜既信其分註為盡善又樂其改順為易從人或議其聱牙彼則援以藉口嗟乎古音不作大雅云亡可勝悼哉或云今日無復歌詞斯世誰知協律惟貴有文有采博時譽于鏗鏘何堪亦步亦趨反貽譏于樸樕則何不自製新腔殊名另號安用襲稱古調陽奉陰違故愚謂信傳而不信經有

作不如無作又或云古人亦未必全合如眉山之雄傑詞嘗見誚于當年失調亦原自可歌如玉茗之離奇曲反大行于斯世不知古人有云取法乎上擇善而從非謂舊詞必無誤填然羅列在前我自可加審勘非謂今詞必無中節然源流無本我豈敢作依從故肇於李唐者本為剏始之音即有詰屈難調總當仍其舊貫其行于趙宋者自皆合律之作然有比類太異亦必摘其徵瑕除僻調之單行未堪援証凡纍篇之有據自貴折衷

要當獺祭而定厥指歸詎宜蠡測而狥其眇見用是發為願力加以校讐戊申己酉之閒即與陳檢討其年論此志於金臺客邸丙辰丁巳之際因過侯鹽官亦園昉此事於蓉湖草堂乃未幾而同人皆鵲起以乘車賤子則鶉懸而彈鋏北轅燕晉南棹楚閩輿既敗于飢驅力復孱于孤立齋此悵惋十稔於茲颷舘披函燈帷擱管未嘗不惄焉而抱疚也戌夏自晉安蓮幕從鞾帊于軍中丑春在端署蕉窻寄琴尊于閣上因繙舊業儗卒前編時

公子琰青方有志於聲律家之學其小阮雪舫復夙負乎長短句之名聞述鄙懷咸資鼓勸但以官衙嚴謐若新婦于深閨裏秘置三年載籍荒凉如老衲之破笥中殘經一卷漂泊向天涯海角既不比通都大市有四庫之堪求交游惟明月清風又不遇騷客名流無一鴟之可借祇據賀囊之所挈及搜鄴架之所存惟花菴草堂尊前花間萬選汲古刻諸家沈氏四集嘯餘譜詞統詞滙詞綜選聲數種聊用參較攷其調之異同酌其句之

分合辨其字之平仄序其篇之短長務標準于名家必
酌中于各製有調同名别者則删而合之有調别名同
者則分而疏之複者釐之缺者補之時則慎菴吳子相
為助閲於其初蒼崖姜君更共編摩于其後録之成帙
稍有可觀計為卷二十為調六百六十為體千一百八
十有奇其篇則取之唐宋兼及金元而不収明朝自度
本朝自度之腔于字則論其平仄兼分上去而每詳以入
作平以上作平之説此雖獨出乎一人之臆見未必有

符於四海之時流然試注目而發深思平心而持公論或片言之微中或一得之足取亦有偶合於古人未必無裨於末學但志在明腔正格自不免駁謬糾譌而近來譜圖實多舛錯作者雖皆守而弗考論者烏可諱而弗詳故諄語累辭遂多繩正之議攻瑕砭疾不無譏彈之聲每有指陳或至過當固開罪於曩哲亦獲戾于今賢雖或邀君子寬大之情能見諒春秋責備之義然自揣愚妄多所懷慙本以祕之帳中豈敢懸諸市上會制

府有梓書之役故琰青為訂稿之謀率付剞劂自慙疎陋因為粗述鄙意勉質方家更縷義例之諸條另作發凡于左幅欲稽列調請覽前篇大言小言恕妄人姑為緒論知我罪我諒哲士定有公評爾

康熙二十六年歲在丁卯上元夕陽羡萬樹題

發凡

嘯餘譜分類為題意欲別於草堂諸刻然題字參差有難取義者强為分列多至乖違如踏莎行御街行望遠行此行步之行豈可入歌行之行而長相思尤為不倫醉公子七娘子等是人物豈可與他子字為類通用題與三字題有何分别惜分飛紗窻恨又不入人事思憶之數天香入聲色不入二字題白苧入二字不入聲色題柳梢青入三字而小桃紅又入聲色

玉連環不入珍寶若此甚多分列俱不確當故列調自應從舊以字少居前字多居後既有彙規亦便檢閲

自草堂有小令中調長調之目後人因之但亦約畧云爾詞綜所云以臆見分之後遂相沿殊屬牽率者也錢唐毛氏云五十八字以内為小令五十九字至九十字為中調九十一字以外為長調古人定例也愚謂此亦就草堂所分而拘執之所謂定例有何所據

若以少一字為短多一字為長必無是理如七娘子有五十八字者有六十字者將名之曰小令乎抑中詞乎如雪獅兒有八十九字者有九十二字者將名之曰中調乎抑長調乎故本譜但叙字數不分小令中長之名

舊譜之最無義理者是第一體第二體等排次既不論作者之先後又不拘字數之多寡强作鴈行若不可踰越者而所分之體乖謬殊甚尤不足取因向來詞

無善譜俱以之為高曾典型學者每作一調即自註
其下云第幾體夫某調則某調矣何必表其為第幾
自唐及五代十國宋金元時遠人多誰為之考其等
第而確不可移乎更有繼嘯餘而作者逸其全刻撮
其註語尤為糊突若近日圖譜如歸自謠止有第二
而無第一山花子鶴沖天有一無二賀聖朝有一三
無二女冠子有一二四五而無三臨江仙有一四五
六七而無二三至如酒泉子以五列六後又八體四

十四字九十十一十二體皆四十三字故以八居十二之後夫既以八體之字較多則當改正為十二而以九升為八十升為九矣乃因舊定次序不敢趑越故論字則以弟先兄論行則少不踰長得毋兩相背謬乎此俱遵嘯餘而忘其為無理者也本譜但以調之字少者居前後亦以字數列書又一體又一體作者擇用何體但名某調又何行輩之註耶且圖譜止敘字數故同是一調散分嵌列于諸調之間殊覺割

裂令照舊彙之以便簡尋至沈天羽駁嘯餘云一調分為數體體緣何殊花間諸詞未有定體何以派入譜中愚謂此語謬矣同是一調字有多少則調有短長即為分體若不分何以為譜觀沈所刻或註前段多幾字少幾字或註後段多幾字少幾字是本知此體與他體異矣又或云據譜應作幾字則知調體不同矣何又以為體不宜分耶花間詞雖語句參差亦各有所據豈無規格而亂填者何云不可派入體中

耶字之平仄尚不可相混況於通篇大段體裁耶未有定體一語爲淆亂詞格之本大謬無理甚矣故第一第二必不可次序而體則不可不分

詞有調同名異者如木蘭花與玉樓春之類唐人即有此異名至宋人則多取詞中字名篇如賀新郎名乳燕飛水龍吟名小樓連苑之類張宗瑞綺澤新語一帙皆然然其題下自註寓本調之名也後人厭常喜新更換轉多至厖雜朦混不可體認所貴作譜者合

而酌之標其正名削其巧飾乃可遵守而今之傳譜
有二失焉嘯餘則不知而誤複收如望江南外又收
夢江南蝶戀花外又收一籮金金人捧露盤外又收
上西平之類不可枚舉甚至有一調收至四五者更
如大江東之誤作大江乘燕春臺燕臺春顛倒一字
而兩體共載一詞訛謬極矣圖譜則既襲舊傳之誤
而又狥時尚之偏遂有明知是某調而故改新名者
如搗練子改深院月卜算子改百尺樓生查子改美

少年之類尤多不可枚舉至若臨江仙不依舊列第三體而換作庭院深深復註云即臨江仙三體是明知而故改也又如喜遷鶯因韋莊詞語又名鶴沖天而後人并長調之喜遷鶯亦曰鶴沖天矣中興樂因牛希濟詞語又名溼羅衣而後人并字少之中興樂亦名溼羅衣圖譜且倒作羅衣溼矣總因好尚新奇矜多炫博遇一殊名亟收入帙如升菴以念奴嬌為賽天香六醜為箇儂圖譜皆複收之而即以楊詞為

式葢其序所云宋調不可得而取之唐及元明是也
夫唐宋元既不可得是古無此調則亦已矣何必欲
載之耶且念奴嬌極為眼前熟調而讀賽天香竟不
辨耶箇儂即用六醜美成原韻而兩調連刻亦竟未
辨耶本譜于異名者皆識之題下且明列于目録中
使覽者易于檢覈有志古學者切不可貪署新呼故
鐫舊號徒貽大方之誚也至于自昔傳訛若高陽臺
即慶春澤望梅即鮮連環之類相沿已久莫為釐正

今皆精研歸并有註所不能詳者則將原篇用小字
載于其左以便校勘如雨中花即夜行船王人歌即
探芳信之類有大段相同而一二字稍異者則不拘
字數即以附于本調之後可一覽而揣其異同是則
仍以大字書之如探芳新于探春過秦樓于惜餘春
之類又如紅情綠意其名甚佳而再四玩味即暗香
疎影也此等皆舊所未辨者或曰石帚賦湘月詞自
註即念奴嬌鬲指聲則體同名異或亦各有其故子

何槩欲比而同之余曰于今宮調失傳作者但依腔填句即如湘月有石帚之註今亦不必另収盖人欲填湘月即仍是填念奴嬌無庸立此名也又如晁無咎消息一調註云自過腔即越調永遇樂是雖換宮調即可換名而今人不知其理耳况其他異名皆作者巧立或後人摘字又與湘月消息不同聲音之道必不終湮有知音者出能考定宮調而曹分部署之方可明辨其理于天下後世此則余平生所憾于周

柳諸公無詳示之遺書而時時望天之生子期公瑾也

詞有調異名同者其辭有二一則如長相思西江月之類篇之長短迥異而名則相同故即以相比載于一處他若甘州後之附甘州子甘州遍木蘭花後之附減字偷聲亦俱以類相從蓋彙為一區可以披卷瞭然而無重名誤認前後翻檢之勞也一則如相見歡錦堂春俱别名烏夜啼浪淘沙謝池春俱别名賣花

聲之類則皆各仍正名而削去雷同者俾歸畫一又如新雁過妝樓別名八寶妝而另有八寶妝正調菩薩蠻別名子夜歌而另有子夜歌正調一落索別名上林春而另有上林春正調眉嫵別名百宜嬌而另有百宜嬌正調繡帶子別名好女兒而另有好女兒正調之類則另列其正調而于前調兼名者註明此不在前項附載又一體之例蓋又一體者長相思等其體雖全殊而無他名可別故合之兼名者新雁過妝樓等其本

調自可名不得占彼調之名故判之
又如憶故人之化為燭影摇紅雖先後懸殊而源流有
本故必相從列于一處然不得以燭影新名而廢其
原題也又如江月晃重山江城梅花引之類二調合
成者則以附于前半所用西江月江城子之後至于
四犯翦梅花則犯者四調而所犯第一調之解連環
便與本調不合頗為可疑故另列于九十四字之次
而不隨各調以上數項皆另為一例

分調之誤舊譜頗多其最異者如醜奴兒近一調稼軒本是全詞後因失去半闋乃以集中相聯之洞仙歌全闋誤補其後遂謂另有此醜奴兒長調註云一百四十六字九韻反云辛詞是換韻極為可笑圖譜等書皆仍其謬今為駁正圖譜又載揉碎梅花箋一調云六十三字七韻乃本是祝英臺而落去後起三句十四字耳其他參差處不可枚舉皆於各調後註明

分段之誤不全因作譜之人蓋自抄刻傳訛久而相襲

但既欲作譜宜加裁定耳如虞山毛氏刻諸家詞詞綜稱其有功于詞家固已但未及精訂如片玉詞有方千里可証而不取一校對間有附識亦皆匆確然毛氏非以作譜不可深加非議若譜圖照舊抄謄實多草率則責倫有所難辭矣各家惟柳詞最為舛錯而分段處往往以換頭句贅屬前尾茲俱考証辨晰總以斷歸於理為主如笛家以後起二字句連合前段致前尾失去一叶韻字且連上作八字讀而作者

遂分為兩四字句矣豈不誤哉長亭怨慢亦然今俱裁正若詞隱三臺一調從來分作兩段愚獨斷為三疊如此類則大改舊觀于體製不無微益識者自有明鑑

分句之誤更僕難宣既未審本文之理路語氣又不校本調之前後短長又不取他家對証隨讀隨分任意斷句更或因字訛而不覺或因脫落而不疑不惟律調全乖兼致文理大謬坡公水龍吟細看來不是楊

花點點是離人淚原於是字點字住句昧昧者讀一七兩三因疑兩體且有照此填之者極為可笑升菴謂淮海念多情但有當時皓月照人依舊以詞調拍眼言當以但有當時作一拍皓月照作一拍人依舊作一拍蓋欲强同於前尾之三字二句也其説乖謬若竟未讀他篇者正詞綜所云升菴强作解事與樂章未諳者也況天羽謂太拘拘此是誤處豈得謂之拘拘而已乃令時詞流尚有守楊説者吾不知詞調

拍眼令已無傳升菴何從考定乎時流又謂斷句皆有定數詞人語意所到時有參差如瑞鶴仙第四句冰輪桂花滿溢為句此論更奇滿字是叶韻自有此調此句皆五字豈伯可忽作六字乎如此讀詞論詞真為怪絶令遇此等俱加駁正雖深獲罪于前譜實欲辨示於將來不知顧避之嫌甘蹈穿鑿之誚

詞中惟五言七言句最易淆亂七言有上四下三如唐詩一句者若鷓鴣天小窻愁黛淡秋山玉樓春棹沉

雲去情千里之類有上三下四句者若唐多令燕辭歸客尚淹留爪茉莉金風動冷清清地之類易于誤認諸家所選明詞往往失調故今于上四下三者不註其上三下四者皆註豆字於第三字旁使人易曉無誤蓋句為句半句為讀讀音豆故借書豆字其外有六字八字語氣折下者亦用豆字註之五言有上二下三如詩句者若一絡索暑氣昏池館錦堂春腸斷欲棲鴉之類有一字領句而下則四字者如桂華明遇廣寒宮女燕歸梁記一笑千金之類

尤易誤填而字旁又不便註豆此則多辨于註中作者須以類推之蓋甞見時賢有于齊天樂尾用遏廣寒宫女句法者因總是五字句不留心而率填之不惟上一下四不合而廣字仄宫字平遂悮同好事近尾矣又四字句有中二字相連者如水龍吟尾句之類與上下各二者不同此亦表于註中向因譜圖皆槩註幾字句無所分辨作者不覺因而致誤至沈選天仙子後起用上三下四解語花後尾用上二下三等將以為

人模範而可載此失調之句乎然沈氏全于此事茫然觀其自作多打油語至如賀新郎前結用星逢五之平平仄後結用夜未午之三仄真足絕倒而他人之是非又烏能辨察耶

自沈吳興分四聲以來凡用韻樂府無不調平仄者至唐律以後浸淫而為詞尤以諧聲為主倘平仄失調則不可入調周柳万俟等之製腔造譜皆按宮調故協于歌喉播諸絃管以迄白石夢窻輩各有所刱未

有不悉音理而可造格律者今雖音理失傳而詞格具在學者但宜依倣舊作字字恪遵庶不失其中矩矱舊譜不知此理將古詞逐字臆斷平謂可仄仄謂可平夫一調之中豈無數字可以互用然必無通篇皆隨意通融之理譜見畧有拗處即改順適五七言句必成詩語并於萬萬不可移動者亦一例註改如摸魚兒賀新郎綺羅香尾三字欲改作平平仄蘭陵王尾六字欲改入平聲之類無調不加妄註有一首

而改其半者有一句而全改者於其原詞判然相反
尚得為本調乎學者不肯將古詞對填而但將譜字
為據信譜而不信詞猶之信傳而不信經也今所註
可平可仄皆取此調之他作較証有通用者然後註
之或無他作而本調前後段相合者則亦註之否則
不敢以私意擅為議改或曰改拗為順取其諧耳順
口君何必如此拘執余曰苟取順便則何必用譜何
必用舊名乎故不作詞則已既欲作詞必無杜撰之

理如美成造腔其拗處乃其順處所用平仄豈慢然為之耶倘是慢然為之者何其第二首亦復如前豈亦皆慢然為之至再至三耶方千里係美成同時所和四聲無一字異者豈方亦慢然為之耶後復有吳夢窻所作亦無一字異者豈吳亦慢然為之耶更歷觀諸名家莫不繩尺森然者其一二有所改變或係另體或係傳訛或係敗筆亦當取而折衷歸於至當烏可每首俱為竄易乎本譜因遵古之意甚嚴救弊

之心頗切故于時行之譜痛加糾駁言則不無過直
義則竊謂至公幸覽者平心以酌之其或見聞未廣
褒彈有錯則望加以批削垂為模範總之前賢著譜
之心與今日訂譜之心皆欲紹述古音啟示來學同
此至公大雅之一道非有所私而創為曲說以恣譏
訶也諒之諒之

平仄固有定律矣然平止一途仄兼上去入三種不可
遇仄而以三聲概填蓋一調之中可概者十之六七

不可概者十之三四須斟酌而後下字方得無疵此其故當於口中熟吟自得其理夫一調有一調之風度聲響若上去互易則調不振起便成落腔尾句尤為喫緊如永遇樂之尚能飯否瑞鶴仙之又成瘦損尚又必仄能成必平飯瘦必去否損必上如此然後發調末二字若用平上或平去或去去上上上去皆為不合元人周德清論曲有煞句定格夢窻論詞亦云某調用何音煞雖其言未詳而其理可悟余嘗見

有作南曲者于千秋歲第十二句五字語用去聲住句使歌者激起打不下三板因知上去之分判若黑白其不可假借處關係一調不得艸艸古名詞之妙全在于此若總置不顧而任便填之則作詞有何難處而必推知音者哉且照古詞填之亦非甚苦難但熟吟之久則口吻間自有此調聲響其拗字必格格不相入而意中亦不想及此不入調之字矣譬之南曲極熟爛如黃鶯兒中兩四字句用平平仄平作者

口中意中必無仄仄平平矣安用費心耶所謂上去亦然蓋上聲舒徐和軟其腔低去聲激厲勁遠其腔高相配用之方能抑揚有致大抵兩上兩去所在當避而篇中所載古人用字之法務宜倣而從之則自能應節即起周郎聽之亦當蒙印可也更有一要訣曰名詞轉折跌蕩處多用去聲何也三聲之中上入二者可以作平去則獨異故余甞竊謂論聲雖以一平對三仄論歌則當以去對平上入也當用去者非

去則激不起用入且不可斷斷勿用平上也

或曰入聲派入三聲吾聞之中原韻務頭矣上之作平

何居余曰中州韻不有者也作平乎上之為音輕柔

而退遜故近于平今言詞則難信姑以曲喻之北曲

清江引末一字可平亦可上如西廂之下場頭那荅

兒發付我我字上聲香美娘處分破花木瓜瓜字平

聲天下樂汎浮查到日月邊邊字平聲安排着憔悴

死死字上聲如此等甚多用上皆可代平却用不得

去聲字但試于口吻間諷誦自覺上聲之和協而去聲之突兀也今旁註平之可仄者因不便瑣細止註可仄高明之家自能審酌用之至有本宜平聲而古詞偶用上者似近于拗此乃借以代平無害于腔故註中多爲疏明如何籀宴清都前結用那更天遠山遠水遠人遠書舟亦效之用四好字蓋遠好皆上聲故可代平其句字本宜如美成所作庾信愁多江淹恨極須賦多字淹字宜用平聲此以二遠字代之填

入去聲不得譜圖讀作上六下四認遠字仄聲總註可仄是使人上去隨用差極矣此類尤夥不能遍引閱者著眼

入之派入三聲為曲言之也然詞曲一理今詞中之作平者比比而是比上作平者更多難以條舉作者不可因其用入是仄聲而填作上去也且有以入叶上者不可用去以入叶去者不可用上亦須知之以上二項皆確然可據故諄復言之不厭婆舌勿云穿鑿

可也

舊譜于可平可仄俱逐字分註分句處亦然詞章既遺割裂之病覽觀亦有斷續之嫌近日圖譜踵張世文之法平用白圈仄用黑圈可通者則變其下半一望茫茫引人入暗且有讐校不精處應白而黑應黑而白者信譜者守之尤易迷惑又有平用口仄用丨可平可仄用田選聲謂其淆亂止于可平可仄用口于字旁而韻句叶仍註行中愚謂亦晦而未明何如明

白書之為快也蓋往者多取簡便不知欲以此曉示于人何妨多列幾字圖譜云方界文旁者總求簡約以省刻資耳此雖譏誚亦或有然然論其模糊圈之與豎亦猶魯衛本譜則以小字明註于旁在右者為韻為叶為換為疊為句為豆在左者為可平為可仄為作平為某聲有字音易誤讀者故為註之如旋字凝字之類句不破碎聲可照填開卷朗然不致厖襍其又一體句法與本體同者概不複註可平仄有句法長短者則單註明此

句而他句不註吳江沈氏曲譜例用丨卜厶入作令則全字書之惟讀字借用豆又以曲譜字字皆註未免太繁反為眩目愚謂可通用者當註不可通者原不必註且專標則字朗不致徒費眼光

更韻之體唐詞為多有換至五六者舊譜雖註更韻而糢糊不明如酒泉子顧敻詞黛怨紅羞掩映畫堂春欲暮殘花微雨隔青樓思悠悠芳菲時節看將度寂寞共人還欲語畫羅襦香粉污不勝愁是樓悠愁叶

首句蓋字度語汙叶次句暮字自當于暮字下註更韻而後註叶平叶仄矣乃將首次兩句俱註韻字其下俱註叶字豈不糢糊今本譜于首韻註韻字更韻則註或換平或換仄第三更則註三換平或三換仄四五皆然其後叶韻句若通篇是平仄兩韻則註叶平叶仄有交錯者則註叶首平或叶首仄叶二平或叶二仄三四五亦然若平韻起而更韻亦平者下註叶首平二平正韻與更韻皆仄者下註叶首仄二仄

其有平仄通用如西江月等則註換仄叶哨遍等則註換平叶如此庶一覽可悉無糢糊之病矣

凡調用平仄通叶者頗多如西江月換巢鸞鳳少年心俱顯而易見人多知之其外如洪皓江城梅花引以[illegible]里叶誰飛夢窻醜奴兒慢以清明叶影友古亦以華家叶畫亞山谷鼓笛令以婆囉叶我過撼庭竹以你叶梅飛金谷蝶戀花以期伊叶計意又惜奴嬌以家叶霸價壽域漁家傲以遠怨叶天娟又兩同心以

遞計叶依飛耆卿宣清以喋枕叶森又曲玉管以秋

洲叶久偶又戚氏以限絆叶天軒東坡亦以漢淺叶

山仙逃禪二郎神以都叶雨堵玉田渡江雲以處叶

初鉏美成千里亦以下叶沙家君衡絳都春以嬾遠

叶寒閒竹山晝錦堂以上叶陽傷美成亦以厭叶簷

尖竹山大聖樂以歌和叶破伯可亦以多波叶過美

成四園竹以裏紙叶扉知千里和詞亦同東坡哨遍

以扉飛叶纍是稼軒亦以之知叶水裏友古飛雪滿

羣山以裏字叶時衣宋聚穆護砂以枯朘叶苦雨如此等調向來譜家皆未究心致多失註使本調缺韻今俱細訂詳註又山谷撥棹子以在害叶來濟元質醜奴兒以啼叶氣夢窻亦以鸞叶亂

詞上承于詩下沿為曲雖源流相絡而界域判然如菩薩蠻憶秦娥憶江南長相思等本是唐人之詩而風氣一開遂有長短句之别故以此數闋為詞之鼻祖不必言矣若清平調小秦王竹枝柳枝等竟無異于七言絶句與菩薩蠻等不同如專論詞體自當捨而

弗録故諸家詞集不載此等調而花菴艸堂等選亦不收也蓋等而上之如樂府諸作為長短句者頗多何可勝收乎後人則以此等調為詞蒿矢遂取入譜令已盛傳不便裁去又唐人送白樂天席上指物為賦一字起至七字止後人名為一七令用以入詞殊屬牽强故不録若夫曲調更不可援以入詞本譜因詞而設不敢旁及也或曰子以元人而置之則八犯玉交枝穆護砂等亦間收金元矣以曲調而置之則

搗練子等亦已通于詞曲矣以為三聲並叶而置之則西江月等亦多矣何又于此致嚴耶余曰西江月等宋詞也玉交枝等元詞也搗練子等曲因乎詞者也均非曲也若元人之後庭花乾荷葉小桃紅即平湖樂天淨沙醉高歌等俱為曲調與詞聲響不侔倘欲采取則元人小令最多收之無盡矣況北曲自有譜在豈可闌入詞譜以相混乎若詞綜所云仿升菴萬選例故采之蓋選句不妨廣擷訂譜則未便旁羅耳

能深明詞理方可製腔若明人則于律呂無所授受其所自度竊恐未能協律故如王太倉之怨朱絃小諾臯揚新都之落燈風款殘紅悮佳期等令俱不收至近日顧梁汾所犯踏莎美人非不諧婉亦不敢收蓋意在尊古輟新焉耳又如湯臨川之添字昭君怨古無其體時譜亟收之愚謂昔日千金小姐之語止可在傳奇用豈可列諸詞中又如徐山陰之鵲踏花翻亦無可考皆在所削勿訝其不倫也

情史載東都柳富别王幼玉作詞名醉高春詞云人間最苦最苦是分離伊愛我我憐伊青草岸頭人獨立畫船歸去櫓聲遲楚天低回望處兩依依後會也知俱有願未知何日是佳期心下事亂如絲好天良夜還虛過辜負我兩心知願伊家衷腸在一雙飛詞係雙調但情史不載柳富何代人毛氏云其詞有盛宋風味然不雍不敢收入此類亦正不少耳至于搜羅博極近日詞綜一書可云詳矣而錫鬯猶以漏萬為

慮茲更限于見聞未能廣考其遺漏訛錯尤為萬萬
尚期從容續訂惟冀高雅惠教德音幸甚幸甚

詞之用韻較寬于詩而真侵互施先鹽並叶雖古有然
終屬不妥沈氏去矜所輯可為當行近日俱遵用之
無煩更變今將嗣此有三韻合編之刻故茲不具論
云

欽定四庫全書

詞律卷一

宜興萬樹撰

竹枝 十四字 又名巴渝辭

皇甫松

芙蓉並蒂竹枝一心連韻女兒花侵隔子竹枝眼應穿叶女兒

竹枝之音起于巴蜀唐人所作皆言蜀中風景後人因效其體于各地為之非古也如白樂天劉夢得等作本七言絕句皇甫子奇亦有四句體所用竹枝女兒乃歌時羣相隨和之聲猶採蓮曲之有舉棹年少等字他人集中作詩故未註此四字此作詞體故加入也其詞六首皆每首二句相叶其句中平仄不拘

但每句第二字皆平末一首乃用仄韻者另錄于後

又一體　十四字　皇甫松

山頭桃花竹枝谷底杏韻女兒兩花窈窕竹枝遥相映叶女兒

又一體　二十八字　皇甫松

門前春水竹枝白蘋花韻女兒岸上無人竹枝小艇斜叶女兒商女經過竹枝江欲暮句女兒散抛殘食竹枝飼神鴉叶女兒

此調竟是七言詩句中平仄亦可不拘若唐人拗體絶句者

十六字令　十六字　又名蒼梧謠　蔡伸

天韻休可仄使圓蟾照客眠叶人何在句桂可平影自嬋娟叶

此調舊刻收周美成作明月影穿窗白玉錢一首詞綜校正之謂此係周晴川詞明字乃眠字之誤本一字句月影以下為七字句蔡詞亦天字起韻今作三字起句者非也按張于湖送劉郎詞三首皆以歸字起韻一云歸十萬人家兒樣啼二云歸獵獵薰風捲繡旗三云歸數得宣麻拜相時是此調之為一字起句無疑矣蓋蔡詞尚可讀天休使為句張詞豈可讀歸十萬等為句乎時流作詞名解謂三字起者為十六字令一字起者為蒼梧謠謬矣至于填詞圖譜註云首句本作五字今作三字斷古無此體不知所謂古者何人之詞五字斷句有何考據且引蔡詞云于五字用韻起則尤可笑蟾字是閉口音豈如此小調而必借他韻為叶友古不若是之陋也不亦妄哉

又按汲古刻張詞題名歸梧謠本是蒼梧因詞首字

而誤耳

閒中好　十八字　段成式

閒中好句塵務不縈心韻坐對當窻木句看移三面陰叶

即以首句三字為題看字作去聲讀觀張善繼作亦然

又一體　十八字　鄭符

閒中好句盡日松為侶韻此趣人不知句輕風度僧語叶

用仄韻與前異

紇那曲　二十字　劉禹錫

踏曲興無窮韻調同辭不同叶願郎千可仄萬可平壽句長可仄作主人翁叶

此本五言絶句尊前収之盖與小秦王等本七言絶句而實為詞調也觀夢得别作聽唱紇那聲可知

羅嗊曲　二十字　劉采春

借問東園柳句枯來得幾年韻自無枝葉分句莫怨太陽偏叶

亦五言絶首句可起韻

梧桐影　二十字　呂嵒

落日斜句秋風冷韻今夜故人來不來句教人立盡梧桐影叶

此本詩耳今人以其長短句故用入詞而取其末字為名

醉妝詞 二十二字 蜀主王衍

者邊走韻那邊走疊只是尋花柳叶那邊走疊者邊走疊莫厭金杯酒叶

者邊即俗語這邊也這禪書多作者字

南歌子 二十三字 歌又作柯 温庭筠

手裏金鸚鵡句胸前繡鳳凰韻可仄偷眼暗形相叶可平不如從嫁與句作鴛鴦叶

又一體 二十六字 張泌

柳色遮樓暗（句）桐花落砌香（韻）畫（可平）堂開（可仄）處晚風涼（叶）高（可仄）捲水（可平）晶簾額（句）襯斜陽（叶）

第三句作七字第四句作六字與前異

又一體

雙調五十二字

又名望秦川 風蝶令

歐陽修

風鬢金泥帶（句）龍紋玉掌梳（韻）去（可平）來窗（可仄）下笑相扶（叶）愛（可平）道畫（可平）眉深（可仄）淺（句）入時無（叶）弄（可平）筆偎人久（句）描花試手初（叶）等（可平）閒妨（可仄）了繡工夫（句）笑（可平）問鴛（可仄）鴦兩（可平）字（句）怎生書（叶）

此比唐詞加後一疊宋人皆用此體圖譜于此調不收何也 又有入韻者乃以入作平附見與後同下

又一體 五十二字 石孝友

春淺梅紅小句山寒嵐氣薄韻斜風吹雨入簾幙叶夢覺西樓嗚咽句數聲角叶 歌酒工夫嬾句別離情緒惡叶舞衫寬盡不堪著叶若比那回相見句更消削叶

此與前詞字句俱同而用入聲為叶者 愚謂入聲可作平人多不信曰入聲派入三聲始于元人論曲君何乃移其說于詞余曰聲音之道古今遞傳詩變詞詞變曲同是一理自曲盛興故詞不入歌然北曲憶王孫青杏兒等即與詞同南引之引子與詞同者將六十調是詞曲同源也況詞之變曲正宋元相接處豈曲入歌當以入派三聲而詞則不然乎故知入之作平當先詞而後曲矣蓋當時周柳諸公製調皆

用中州正韻今觀詞中如不音遖一音伊之類多至萬千正與北曲同而入何疑于入作平之説耶且用韻句亦可以入為叶如惜香醉蓬萊以吉字叶髻戲坦菴以極字叶氣瑞等甚多若云入不可叶則此等詞落一韻矣至通篇入叶之詞有可兼用上去如賀新郎念奴嬌之類有本是平韻而以入代叶者如金谷此篇之類雖全用入聲而實以入作平必不可謂是仄聲而用上去為韻脚也若夫以上作平如永叔少年遊千里萬里里字東坡醉蓬萊好飲無事為我西飲飲我二字蘆川賀新郎肯兒曹恩怨相爾汝爾字誠齋好事近看十五十六五字皆以上作平亦不可勝舉姑識于此高明自能類推而知鄙説非誣耳

荷葉杯 二十三字 温庭筠

鏡(可平)水夜(可平)來秋月(韻)如雪(叶)采蓮時(換平)小娘紅粉對寒浪(三換仄)惆悵(叶三仄)正

思惟（叶平）

凡三易韻浪悵二仄間用于時惟二平內對字必用仄聲

又一體　二十六字　顧夐

（可仄）春晝（可平）小庭花落（韻）（作平）寂寞（叶）凭檻斂雙（換平）眉（可平）忍教（可仄）成病憶佳期（叶平）知摩知（叶平）知摩知（疊句）

末疊三字摩字應係麼字設為問答之辭當于知麼二字畧豆

又一體　雙調　五十字　皇甫松

（可平）記得（可平）那年花下（韻）深夜（叶）初識謝娘時（換平）（可平）水堂西面畫簾垂（叶平）（可仄）攜

手暗相期（叶平）惆（可仄）悵曉（可平）鶯殘月（三換仄）相別（叶三仄）從此隔音塵（四換平）如（可仄）今俱
是異鄉人（叶四平）相（可仄）見更無因（叶四平）

結用五字而此前
加一疊凡四易韻

塞姑　二十四字　無名氏

昨日盧龍塞口（韻）整見諸人鎮守（叶）都護三年不歸（句）折盡江
邊楊柳（叶）

仄韻六言絕句同　此係萬首絕句所収唐人樂府
也塞姑二字不可解然觀其詞意塞者謂邊塞姑者
乃戍邊者之閨人耳按柳耆卿集有塞孤一詞題亦
難解余謂必即是此調之遺名而訛以姑字為孤字

也故取此篇列前而附柳詞于後
但不敢擅改而仍其塞孤之名云

塞孤 九十五字 柳永

一聲雞句又報殘更歌韻秣馬巾車催發叶草草主可平人燈下別叶
山路險句新霜滑叶瑤可仄珂響豆起棲烏句金鐙冷豆敲殘月叶漸西風
際句襟可仄袖淒裂叶遙指白玉京句望斷黃金闕叶遠道何時行徹叶
算得佳可仄人凝恨切叶應念念句歸時節叶相見可平了豆執柔荑句幽會
處豆偎香雪叶免鴛衾豆兩可平恁虛設叶

樂章舊刻如此余細繹之知其為兩段而刻本誤連
也蓋前半於淒裂處分段遙指句比前首句多二字

正是過變之體其下句句比對相符此柳詞中最森整妥協者向來人皆草草讀過不知其段落耳　前結漸西風緊四字後結免鴛衾三字雖詞于結處多不同但此詞氣度如此不應前多一字愚謂前句緊字為羨蓋緊襟音相近寫者因誤多一字也袖恁二字去聲妙兩字不可用去

回波詞　二十四字　沈佺期

回波爾時佺期韻流向嶺外生歸叶身名已蒙齒録句袍笏未復牙緋叶

此詞平仄不拘即六言絶句體當時入于歌曲回波其調名也皆用回波爾時四字起

又一體　二十四字　裴談

回波爾時栲栳(韻)怕婦也是大好(叶)外邊祇有裴談(句)內裏無過李老(叶)

用仄韻

舞馬詞　二十四字　張說

綵旄八佾成行(韻)時龍五色因方(叶)屈膝銜杯赴節(句)傾心獻壽無疆(叶)

平仄不拘首句可不用韻　按此并前後二調唐時本為詩類而用以入歌則另有腔板如七言之清平調小秦王等亦同雖字數相合而其腔則異耳清平樂後半亦即此四句也

三臺 二十四字 或加令字　韋應物

冰泮寒塘水綠句雨餘百草皆生韻朝來衡門無事句晚下高齋有情叶

平仄不拘所賦不論何事詠宮闈者即曰宮中三臺亦名翠華引亦名開元樂詠江南者即曰江南三臺又有突厥三臺其長調則為宋人所撰而襲取其名因以類從載于左幅圖作開元樂収明夏言詞無謂

又一體 三疊 一百七十一字　万俟雅言

見梨花初帶夜月句海棠半可平含朝雨韻內苑春豆不作平禁過青門句御溝漲豆潛通南浦叶東風靜豆細柳垂金縷叶望鳳闕作平豆非烟非

霧叶好時代豆朝野多歡句徧九作平陌作平豆太平簫鼓叶　作鶯兒百作平囀
斷續句燕子飛來飛去叶近綠水作平豆臺榭映秋千句鬭作平草聚豆雙雙
遊女叶餳香更豆酒冷踏作平青路叶會暗識作平豆夭桃朱戶叶向晚作平驟豆寶作平
馬雕鞍句醉襟惹作平豆亂花飛絮叶　正輕寒輕暖漏永句半陰半
晴雲暮叶禁火天豆已作平是試新妝句歲華到豆三分佳處叶清明看豆
漢蠟傳宮炬叶散翠烟豆飛入作平槐府叶斂兵衛豆閶闔門開句住傳
宣豆又還休務叶

從來舊刻此篇俱作雙調于雙雙遊女分段余獨斷之改為三疊人莫不疑且怪者余為解之曰首段見

字以下梨花海棠兩句各六字相對次段乍字以下鶯兒燕子兩句各六字相對三段正字以下輕寒半陰兩句各六字相對字句明整對仗工嚴而見乍正三字皆以一去聲虛字領起句末三字皆仄而夜斷漏俱用去聲豈非三段脗合乎內苑春入字句御溝漲七字句與中段近綠水入字闘草聚七字後段禁火天八字歲華到七字同也而內近禁皆去聲苑綠火亦皆用仄禁過榭映是試用六去御漲闘聚歲到又用六去下皆以平平平仄接之豈非三段脗合乎東風靜八字句望鳳闕七字句與中段餳香更八字會暗識七字後段清明看八字散翠烟七字同也而東風靜等三字俱用平平去下接以仄仄平平仄望鳳闕等三字俱用去去平下接以平平平仄豈非三段脗合乎好時代七字句徧九陌七字句與中段向晚驟七字醉襟惹七字後段斂兵衛七字住傳宣七字同也而好時代等三字俱仄平去徧醉住三去太

亂又三去豈非三段脗合乎如此堂堂正正每段五十七字一字不苟豈非是三疊調乎詞隱領大晟府為詞壇主盟他作皆精緻絕倫如此長篇流麗瓌弘其下字真有千椎百練之力而五百年來謂流俗人草草讀過不能知其調之段落又安能知其語之義趣字之和協乎更可詫者沈氏指斥此篇謂雜遝少倫過接換應虛字少力大怪事大怪事如此傑出之詞而遭其妄貶豈沈氏所作如夢令之逗下心頭一塊長相思之歇末盈別能輕虞美人之坐憶眠還想一剪梅之別又難樓臨江仙之錯疑奔司馬滿江紅之憂端欲去去翻覆賀新郎之管花管魚并管鳥等句可謂有倫可謂有力耶嗚呼豈不可悲哉然據愚臆斷如此怒余者以為狂妄哂余者以為穿鑿愛余者以為勞傯余悉弗顧上之冀詞隱在天喜後世有子雲為之洗發下之冀天下後世或有諒其苦心而以為然者正不止圖作長短句周郎也　內用不闕

陌百踏識入等字乃以入作平九子水草晚實惹已等字乃以上作平皆須細心體認此言尤為讀詞關鍵不可不知以入以上作平處不可用去聲字其說甚長已于發凡悉之漢蠟傳宫炬向來俱刻漢宫傳蠟炬疑與前稍異後得粤中藏書家元刻本作漢蠟傳宫炬為之爽然心快

伊州三臺　雙調　四十八字　　趙師使

桂花移自雲巖韻更被靈砂染丹叶清露濕酡顏叶醉乘風豆下臨世間叶　素娥襟韻蕭閒叶不與羣芳並看叶蔌蔌絳綃單叶覺身輕豆夢回廣寒叶

伊州刻本作洲字今改正　此調雖前後段亦各二十四字第三句五字第四句七字下夢二字用去

與上靈犀二字又別不可不知　又按調
笑令亦名三臺令與此全異不可誤認

一點春　二十四字　侯夫人

砌可平雪可平消無可仄日句捲可平簾可仄時可仄自可平顰韻庭可仄梅對我有可平憐意句先露枝頭
一點春叶

此隋宮看梅曲也
凡二闋今録其一

摘得新　二十六字　皇甫松

酌一卮韻須教玉笛吹叶錦筵紅蠟燭句莫來遲叶繁紅一夜經
風雨句是空枝叶

皇甫別作首句三字摘得新因以為名　經風二字平聲而摘得新一首用幾十兩字幾字上聲十字入聲蓋可借作平不礙歌喉乃深于音律者所用也初學若謂此二字可仄而填入去聲字則大謬矣

花非花　二十六字　白居易

花非花(句)霧非霧(韻)夜半來(句)天明去(叶)(可仄)來如(可仄)春夢不多時(句)(可平)去似朝雲無覓處(叶)

此本長慶長短句詩而後人名之為詞者

春曉曲　二十七字　朱敦儒

西樓月落雞聲急(韻)夜浸疎香漸瀝(叶)玉人醉渴咽春冰(句)曉

色入簫橫寶瑟叶

第二句六字花草粹編所載如此後人于香字下增一寒字故作七言四句即謂之阿那曲耳毛氏名解于阿那曲下註又名春曉曲復引粹編云第二句本六字譜增一字以為阿那曲其實二調也夫既云本是六字其實二調而復云阿那曲又名春曉曲何其矛盾耶

漁歌子

二十七字 又名漁父

張志和

西塞山前白鷺飛韻桃花流水鱖魚肥叶青箬笠句綠蓑衣叶斜風細雨不須歸叶

和凝詞結句用香引芙蓉惹釣絲平仄不同又一首起二句松江蟹舍主人歡菰飯蓴羹亦共餐平

仄全異和凝又一首青蒻笠句用釣車子是仄平仄想亦不拘然自宋以後皆依西塞一體今作者宜從之山谷增句作鷓鴣天東坡增句作浣溪沙蓋本調音律失傳故加字歌之然坡止加潤玄真之語谷則增入朝廷尚覓玄真子何處如今更有詩二句于青蒻笠之上語氣不倫可謂蛇足

又一體 雙調五十字 孫光憲

泛流螢（句）明又（可平）滅（韻）夜（可平）涼水（可平）冷東灣闊（叶）風浩浩（句）笛寥寥（句）萬（可平）頃金（可仄）波重（可仄）疊（叶）杜（作平）若洲（句）香郁（可平）烈（叶）一（可平）聲宿（可平）雁霜時節（叶）經霅水（句）過松江（句）盡（可平）屬儂（可仄）家風（可仄）月（叶）

前後同風浩浩二句可用仄平平平仄仄而叶韻者後段同又李珣一首于第二句用瀟湘夜湘字平聲

憶江南

二十七字　又名夢江南　謝秋娘　夢江口　望江南　望江梅　春去也

皇甫松

蘭燼(可平)落(句)屏(可仄)上暗紅蕉(韻)閒(可仄)夢江(可仄)南梅熟日(句)夜(可平)船吹(可仄)笛雨瀟瀟(叶)人(可仄)語驛邊橋(叶)

又一體

雙調五十四字

吳文英

三月(可平)暮(句)花(可仄)落更情濃(韻)人(可仄)去秋(可仄)千閒挂月(句)馬(可平)停楊(可仄)柳倦嘶風堤(可仄)畔畫船空　厭厭(可仄)醉(句)長(可仄)日小簾櫳(叶)宿(可平)燕夜(可平)歸銀燭外(句)啼(可仄)鶯聲(可仄)在綠陰中(叶)無(可仄)處覓殘紅(叶)

即前調加一疊　此調隋煬帝有八闋但白香山三詞晚唐襲之皆係單調至宋方加後疊故知隋詞乃贋作者無疑李後主多少恨及多少淚本是二首嘯餘合之為一大謬此調作者甚多何乃取李詞二首牽合以作五十四字格乎致後人疑前後可兩用韻豈不悞殺圖以前為夢江口此為望江南異哉

又一體　五十九字　馮延巳

今日相逢花未發韻正是去年句別離時節叶東可仄風次第有花開換平憑可平時須約卻重來叶平　重來不怕花堪折叶仄秪怕明年句花發人離可平別叶仄若向百花時一換平東可仄風彈淚有誰知叶平

凡用三韻句法與前調全異

擣練子 二十七字 又名深院月 南唐後主

深院靜(句)小庭空(韻)斷(可仄)續寒砧斷(可平)續風(叶)無(可仄)奈夜(可平)長人不寐(句)數(可平)

聲和(可仄)月到簾櫳(叶)

又一體 以下雙調 三十八字 無名氏

林下路(句)水邊亭(韻)涼(可仄)吹水曲散餘醒(叶)小藤牀(句)隨意橫(叶) 猶

記得(句)舊時經(叶)翠(可平)荷闌雨做秋聲(叶)恁時節(句)不堪聽(叶)

見天機餘錦與前調大異前後同只堪字用平異圖不用擣練子名而改為深院月可厭

胡擣練 四十八字 晏殊

小(可平)桃花(可仄)與早梅花句畫是芳(可仄)妍品(可平)格韻未(可平)上東(可仄)風先坼叶分(可仄)付春消息叶佳(可仄)人敘(可仄)上玉尊前句朶朶穠(可仄)香堪(可仄)惜叶誰(可仄)把絲(可平)毫描得叶免(可平)恁輕抛擲叶

前後同此與前調異桃源憶故人或云即胡搗練但彼前後起句即用仄起韻與此不同故仍各收之

又一體 五十字 杜安世

數枝半斂半開時句洞閣曉妝初注韻寶香格艷姿天賦叶甘被羣芳妬叶狂風橫雨且相饒句又恐有豆彩雲迎去叶牽破少年心緒叶無計為長主叶

第三句七字後第二句七字
與前調異為長疑是長為

赤棗子　二十七字　歐陽炯

夜悄悄句燭熒熒韻可仄金爐可仄香盡酒初醒叶可仄春睡可平起來回雪面句可仄含羞可平不語倚雲軿叶

此詞與搗練子桂殿秋句法相同未免錯認今考定之曰首次二句三詞俱同第三句搗練用仄仄平平仄仄平赤棗反是桂殿則兩者不拘後二句搗練赤棗用平仄平平平仄仄平平仄仄仄平平桂殿反是瀟湘神亦與此格同但首句疊三字耳

桂殿秋　二十七字　向子諲

秋色裏(句)月明中(韻)紅旌翠節下蓬宮(叶)蟠(可仄)桃(可平)巳結瑤池露(句)桂(可平)子初開玉殿風(叶)

太白有此調二首一與此同一首于紅旌句平仄相反然酒邊詞所作平仄如右後人但學此可也選聲註桂殿云末二句不對即是赤棗大非

解紅 二十七字 和凝

百戲罷(句)五音清(韻)解紅一曲新教成(叶)兩箇瑤池小仙子(句)此時奪却柘枝名(叶)

亦似前三調而第三句平仄畧拗有異

瀟湘神 二十七字 又名瀟湘曲　劉禹錫

斑竹枝韻斑竹枝疊句淚痕點點寄相思叶楚客欲聽瑤瑟怨句瀟湘深夜月明時叶

首三字用疊句又一首用湘水流二句是也

章臺柳 二十七字　韓翃

章臺柳韻章臺柳疊昔日青青今在否叶縱使長條似舊垂句也應攀折他人手叶

君平贈句本只是詩後人採入詞譜即以起句為名其柳姬答詞亦以起句名楊柳枝句法與此相同故

即附于此

楊柳枝句芳菲節韻可恨年年贈離別叶一葉隨風忽報秋句縱使君來豈堪折叶

此譜凡調俱以字少者居前此柳氏詞本二十七字似應列于楊柳枝調之首但七言絕句楊柳枝其調最古作者亦最多不宜以此一詞為冠故錄附君平詞後不復入楊柳枝調內覽者勿謂例有異同可也

南鄉子　二十七字　歐陽炯

岸遠沙平韻日可平斜歸可仄路晚霞明叶孔可平雀自可平憐金翠尾換仄臨水叶仄認得行人驚不起叶仄

又一體 二十八字 歐陽炯

路入南中韻桄可仄榔葉可平暗蓼花紅叶兩可平岸人可仄家微雨後換仄收紅豆叶仄葉底纖纖擡素手叶仄

前詞臨水是兩字句後詞收紅豆是三字句餘俱同

又一體 三十字 李珣

烟漠漠句雨淒淒韻岸可平花零可仄落鷓鴣啼叶遠客扁舟臨野渡換仄思鄉處叶仄潮可仄退水可平平春色暮叶仄

起用三字兩句與前異餘俱同其遠客句李有十詞四與此同外三首用迴塘深處遥相見等句平仄與

此反又二首用帶香遊女偎伴笑春酒香熟鱸魚美平仄拗想不拘也但帶香句或伴字平聲說仄春酒句或是酒香春熟亦未可知訛以傳訛不可考矣學人但從其穩妥者可也

又一體　雙調五十六字　陸游

可仄歸夢倚吴檣韻可平水驛江城去路長叶可平想見可仄芳洲初繫纜句斜陽叶可仄烟樹參差認武昌叶可仄愁鬢點新霜叶可仄曾是朝衣染御香叶可仄重到可平故鄉交舊少句淒涼叶可平却恐他鄉勝故鄉叶

雙疊句法亦異前詞詞統云前後四字起名減字南鄉子無據如指歐詞則彼先此後不可云減字也

樂遊曲　二十七字　閨后陳氏

龍舟搖曳東復東韻采蓮湖上紅更紅叶波淡淡句水溶溶叶奴隔荷花路不通叶

是調有二首此首與漁歌子松江蟹舍一首相近想其腔則各異也其又一首云西湖南湖鬬綵舟青蒲紫茭滿中洲平仄想亦不拘

小秦王 二十八字 又名陽關曲 無名氏

柳條金嫩不勝鴉韻青粉牆頭道韞家叶燕子不來春寂寂句小窗和雨夢梨花叶

即七言絶句平仄不拘如東坡所作暮雲收盡溢輕寒一首下二句失粘不論

採蓮子　二十八字　　皇甫松

可平菡萏香連十頃陂韻舉棹可平小姑貪戲採蓮遲叶年少可平晚來弄水船頭溼句舉棹可平更脫紅裙裹鴨兒叶年少

即七言絕句其舉棹年少字乃相和之聲說見竹枝然竹枝二字用于句中女兒二字用于句尾此則一句一換耳或曰竹枝之枝兒兩字此調之棹少兩字亦自相為叶不可不知

楊柳枝　二十八字　即柳枝　　溫庭筠

館娃宮外鄴城西韻遠映征帆近拂堤叶繫得王孫歸意切句不關春草綠萋萋叶

即七言絶句平仄失粘不拘
皆詠柳詞也不比竹枝汎用

又一體 以下雙調 四十字 顧敻

秋(可仄)夜香閨思寂寥(韻)漏迢迢(叶)鴛(可仄)幃羅(可仄)幌麝烟消(叶)燭光揺(叶)
正(可平)憶玉(可平)郎遊蕩去(換仄)無尋處(叶仄)更(可平)聞簾(可仄)外雨瀟瀟(叶平)滴芭蕉(叶平)

又張泌此調于鴛鴦幃句用金鳳掻頭墜鬢斜平仄同
首句無尋處尋字用仄其餘無異是不拘也但顧詞
鴛幃句與後更聞句同覺紀律更精故録之 按賀
聖朝影句法字法皆與此同只後段無尋處之處字
仍用平聲叶前後韻故
于此為各調不可誤也

又一體 四十四字 朱敦儒

江南岸句柳枝韻江北岸句柳枝重二字折送行人無盡時叶恨分離叶柳枝重酒一盃叶柳枝重泪雙垂叶柳枝重君到長安百事違叶幾時歸叶柳枝重

按此柳枝二字當如竹枝女兒舉棹年少作和歌之語今他無可考仍以大字書之且因時離等字即叶枝字韻故耳

浪淘沙 二十八字

皇甫松

蠻歌豆蔻北人愁韻蒲雨杉風野艇秋叶浪起鵁鶄眠不得句寒沙細細入江流叶

此亦七言絶句平仄不拘觀劉白諸作皆切
本調名非汎用也汲古花間刻淘作濤誤

又一體　以下雙調五十四字　又名賣花聲　南唐李後主

簾(可仄)外雨潺潺(韻)春(可仄)意闌珊(叶)羅(可仄)衾不(可平)耐五更寒(叶)夢(可平)裏不(可平)知身是客(句)一(可平)餉貪歡(叶)　獨自莫凭欄(叶)無(可仄)限江山(句)別(可平)時容(可仄)易見時難(叶)流(可仄)水落(可平)花春去也(句)天(可仄)上人間(叶)

自南唐後俱用此調　石孝友此調前後用四兒字為叶乃狘猶伎倆非另有此體即如獨木橋之類耳汲古刻李之儀首句霞捲雲舒乃捲字下落一字非另體也觀其後段仍是五字可知與後柳詞不同
按此調一名賣花聲而謝池春又別名賣花聲不可混也圖譜改調名并前唐調亦曰賣花聲無理　沈

氏選吳遵巖一首後第三句已飄零一片減嬋娟乃誤多一巳字沈註云後段多一字則似有此體矣謬

又一體 五十四字

宋祁

少年不管（韻）（可仄）流光如箭（叶）（可仄）因循（可平）不覺韶華換（叶）到如今（豆）始惜月滿花滿（作平）酒滿（叶）扁舟欲解垂楊岸（叶）（可平）尚同歡宴（叶）（可平）日斜（可仄）歌闋將分散（叶）倚蘭橈（豆）望水遠天遠人遠（叶）

後段惟首句七字與前段異又前用始惜二字後惟一望字恐落去一字作者應照前段可也 按何籀宴清都前結即用此結云天遠山遠水遠人遠余斷以上兩遠字乃以上作平說見宴清都下此詞用滿遠二韻恐亦有作平處但舊詞惟小宋有此體不如宴清都有他詞可証耳然作者須記此字用上聲萬

萬不可用去聲因宋公創此三遠句一變而為何子初細草沿階詞再變而為王渼陂無意整雲鬟曲愈出愈妙紅杏尚書豈非風流之祖乎

浪淘沙令　五十二字　柳永

有箇人人韻飛燕精神叶急鏘環珮上華裀叶促口畫隨紅袖舉句風柳腰身叶　簌簌輕裙叶妙盡尖新叶曲終獨立斂香塵叶應是四肢嬌困也句眉黛雙顰叶

比前李詞前後首句俱少一字餘皆同以調名加令字故收在後或謂凡小調俱可加令字非因另一體而加令字也汲古刻作有一箇人人促字下誤少一字令為口以補之或曰有一箇人人仍是五字句或

蔌蔌下落一字亦未可知余曰有一箇人人語氣亦可于第二字畧斷周美成柳梢青起句亦云有箇人人更何疑乎

浪淘沙慢 一百三十三字

周邦彥

曉陰重豆霜凋岸草句霧隱城堞韻南陌脂車待發叶東門帳飲乍闋叶正拂面豆垂楊堪攬結叶掩紅淚豆玉手親折叶念溪浦離魂去何許句經時信音絕叶　情切叶望中地遠天濶叶向露冷風清無人處句耿耿寒漏咽叶嗟萬事難忘句唯是輕別叶翠罇未竭叶憑斷雲豆留取西樓殘月叶羅帶光銷紋衾疊叶連環解豆

舊香頓歇叶怨歌永豆瓊壺敲盡缺叶恨春去豆不與人期句弄夜色句空餘滿地梨花雪叶

精綻悠揚真千秋絕調其用去聲字尤不可及觀竹山和詞通篇四聲一字不殊豈非詞調有定格耶故可平可仄俱不敢填　又按此詞各刻俱作兩段而詞綜于西樓殘月分段作三疊必有所據

又一體　一百三十三字　周邦彥

萬葉戰豆秋聲露結句雁度砂磧韻細草和烟尚綠句遙山向晚更碧叶見隱隱豆雲邊新月白叶映落照豆簾幕千家句聽數聲何處倚樓笛叶裝點盡秋色叶　脉脉叶旅情暗自消釋叶念珠玉

臨水猶悲感句何況天涯客叶憶少年歌酒句當時蹤跡叶歲華易老句衣帶寬豆懊惱心腸終窄叶飛散後豆風流人阻句藍橋約豆悵恨路隔叶馬蹄過豆猶嘶舊巷陌叶嘆往事豆一一堪傷句曠望極叶凝思又把闌干拍叶

與前詞字數相同句法稍異緑字家字老字俱不用韻極字用韻家字涯字時字俱用平點字恨字舊字俱用仄而數聲何處比前溪浦離魂珠玉臨水比前露冷風清少年歌酒比前萬事難忘俱平仄不同飛散句與前羅帶句句法不同故另録一體然前調有蔣詞可証作者但從之可耳

又一體 一百三十三字 柳永

夢覺透窻風一線句寒燈吹息韻那堪酒醒句又聞空階句夜雨頻滴叶嗟因循豆久作天涯客叶負佳人豆幾許盟言句更忍把豆從前歡會句陡頓翻成憂戚叶　愁極叶再三追思句洞房深處句幾度飲散歌闌叶香煖鴛鴦被句豈暫時踈散句費伊心力叶殢雨尤雲句有萬般豆千種相憐惜叶到如今豆天長漏永句無端自家踈隔叶知何時豆却擁秦雲態句願低幃昵枕句輕輕細說叶與江鄉句夜夜數豆寒更思憶叶

亦與前調字數同而中間句法又多異處至結語竟判然不同矣然樂章多有譌錯難于考訂不敢妄為

之說歌闋闋字舊刻作闌知何
時舊刻作如何時今改正之

八拍蠻　二十八字　　閻選

雲鏁嫩黃烟柳細(句)風(可仄)吹紅(可仄)蔕雪梅殘(韻)光(可仄)影不(可平)勝閨閣恨(句)
行(可仄)行坐(可平)坐黛眉攢(叶)

即七言絕句而下二句平仄失粘閻二首及孫
光憲一首皆然孫詞首句用平韻起又與此異

阿那曲　二十八字　又名雞叫子　　楊太真

羅袖動香香不已(韻)紅蕖裊裊秋烟裏(叶)輕雲嶺下乍摇風(句)
嫩柳池塘初拂水(叶)

即仄韻七言絶
句平仄不拘

欸乃曲　二十八字　元結

千里楓林烟雨深韻無朝無暮有猿吟叶停橈靜聽曲中意句
好似雲山韶濩音叶

亦即七言絶句平仄不拘　按欸乃俗訛欵乃非字
書作款乃亦非欸乃棹船戞軋之聲柳詩欸乃一聲
山水緑巖次山集名清江欸乃是也欸字與唉字同
是嘆恨發聲之辭通雅曰唉烏開切又於鮮於亥於
皆三切楚辭唉秋冬之緒風亞父曰唉豎子不足與
謀此欸乃之欸正當作埃字上聲讀為烏蟹切蓋船
聲如人聲耳劉蜕湖中歌作靄廼劉言史瀟湘詩作
曖迺皆欸乃之借字山谷黄直翁皆以為字異音同

陰氏謂紫陽韻及韻會皆然而梅氏字彙謂數處當各如其音不必比而同之甚謬升庵云欸亞改切柳詩本作靄襖後人誤倒讀作襖靄近江右張爾公作正字通以為宜讀作矮靄然正韻于上聲六觧内收乃字作依亥切去聲六泰内收乃字作於蓋切皆引欸乃為証是乃有靄愛二音而欸則音襖是欸之音襖向來相傳亦必有所本魏校六書精藴云語辭之乃轉為欸乃之乃音烏皓切正作襖音是則欸字之為埃上聲無疑而乃字則或作靄或作襖未確然耳又陳氏謂當如乃字本音奈上聲則必不然而冷齋夜話載洪駒父云柳詩本是⿱欸乃靄俗誤分⿱欸乃為二字則其說新奇而無可考據也

清平調 二十八字

李白

雲想衣裳花想容韻春風拂檻露華濃叶若非羣玉山頭見句

會向瑤臺月下逢叶

七言絶句

平仄不拘

甘州曲 二十八字 蜀主王衍

畫羅裠韻能解束句稱腰身叶柳眉桃臉不勝春叶薄媚足精神叶可惜淪落在風塵叶

衍幸青城至成都山上清宫隨駕宫人皆衣畫雲霞道服衍自製此曲與宫人唱和本意謂神仙而在凡塵耳後衍降中原宫妓多淪落者其語始驗云

甘州子 三十三字 顧敻

紅可仄爐深可仄夜醉調笙韻敲拍處句玉纖輕叶小可平屏古可平畫岸低平叶烟可仄
月滿閒庭叶山枕上句燈可仄背臉波橫叶
顧此調五首俱用山枕上三字此偶然不拘也首七字末八字與前異

甘州遍　以下雙調六十三字　毛文錫

春光好句公子愛閒遊韻足風流叶金鞍白馬句雕弓寶劍句紅纓錦襜出長鞦叶　花蔽膝句玉銜頭叶尋芳逐勝歡宴句絲竹不曾休叶美人唱句揭調是甘州叶醉紅樓叶堯年舜日句樂聖永無憂叶

毛此體二闋查其用字無不相合可見古人填譜自有定律也　此下三調皆以甘州名同類集于此

甘州令　七十八字　柳永

凍雲深句淑氣淺句寒欺綠野韻輕雪伴豆早梅飄謝叶艷陽天句正明媚句却成瀟灑叶玉人歌句畫樓酒句對此早豆驟增高價叶賣花巷陌句放燈臺榭叶好時代豆怎生輕捨叶賴和風句蕩霽靄句廓清良夜叶玉塵鋪句桂華滿句素光裏豆更堪遊冶叶

後段只首句換頭放燈以下與前段寒欺以下俱同

八聲甘州　九十五字　劉過

問紫嵓去後漢公卿句不知幾貂蟬韻誰能借留侯筯句著祖
生鞭叶依舊塵沙萬里句河洛擾烽烟叶誰識道山客句衣鉢曾
傳叶共記玉堂對策句欲先明大義句次第籌邊叶況重湖八
桂句袖手已多年叶望中原豆驅馳去也句擁十州豆牙纛正翩翩叶
春風早句看東南王氣句飛繞星躔叶

又一體　九十五字　蕭列

可憐生豆飄零到荼蘼句依然舊銷魂韻殘春幾許句風風雨雨句
客裏又黃昏叶無奈一江烟霧句腥浪捲河豚叶身世忽如萍句

那自清渾(叶)　莫厭悲歌笑語(句)奈天涯有夢(句)白髮無根(叶)怕
相思別後(句)無字寫回文(叶)更月明洲渚(句)杜鵑聲裏(句)立向臨
分(叶)三生石(句)情緣千里(句)風月柴門(叶)

殘春三句更月明二句與前
調異情緣上比前少一字

又一體　九十七字　或止題甘州二字

柳永

對蕭蕭暮(可平)雨灑江天(句)一(可平)番洗清秋(韻)漸霜風凄(可仄)緊(句)關河冷(可平)
落(句)殘(可仄)照當樓(叶)是處紅(可仄)衰綠(可平)減(句)苒(可平)苒物華休(叶)惟(可仄)有長(可仄)江水(句)

無可仄語東流叶　不忍登高臨遠句望故可平鄉渺可平邈句歸可仄思難收叶歎
年可仄來蹤可仄跡句何可仄事苦淹留叶想佳人豆妝可仄樓長可仄望句誤幾豆回天可仄際
識歸舟叶爭知我豆倚可平闌干處句正可平恁凝愁叶

漸霜風三句與前兩詞皆異作者多用此體番字多用平聲如坡翁潮字石林然字心字草窻暉字夢窻天字盃字依字方壺鵑字稼軒陵字亭字皆然其用仄者十中之一耳幾字亦多用仄故兩字俱未旁註取法乎上者自當鑒之至倚闌干處四字內闌干二字相連如玉田之有斜陽處琴趣之算如何此更何須惜夢窻之上琴臺云暗消磨畫醉秋香畔皆然此雖非大關係古作者不必皆同然亦不可不知夢窻之故意填此必有謂也按玉田首句第八字即起韻他作無之可不必從石林于首二句一云故都迷

岸草望長淮依然繞孤城一云又新正過了問東風消息幾時來一云問浮家汎宅自玄真去後有誰來皆首句作五字次句作八字與他家稍異因字數平仄同于此註明不另列

字字雙　二十八字　王麗真

牀頭錦衾斑復斑韻架上朱衣殷復殷叶空庭明月閒復閒叶夜長路遠山復山叶

七言四句俱用韻因末字重複故名字字雙

九張機　二十九字　無名氏

春衣韻素可平絲染可平就已堪悲叶塵可仄昏汗可平污無顏色句應同秋可仄扇句從可仄

茲永可平棄句無復奉君時叶

此用兩字起韻

又一體　三十字　無名氏

五可平張機韻橫可仄紋織就沈郎詩叶中可仄心一可平句無人會句不作平信愁可仄恨句不言憔可仄悴句只作平憑寄相思叶

此用三字起韻圖譜但收三十字者失却前調矣此詞九首其第一字自一至九故有三張機三字平聲亦不拘也

法駕導引　三十字　陳與義

東風（可仄）起（句）東風（可仄）起（疊句）海（可平）上百花搖（韻）十八（可平）風（可仄）鬟雲半動（句）飛（可仄）花和雨著輕綃（叶）歸路碧迢迢（叶）

起兩句重用此調似憶江南兩首多一疊句耳按此詞三首各刻俱作烏衣女子歌之或問一道士曰此赤城韓夫人作水府蔡真人法駕導引也今按簡齋無住詞首即載此題下註前事云是擬作三闋是為陳詞耳

拋毬樂　三十字

劉禹錫

五（可平）色繡團圓（韻）登君玳瑁筵（叶）最宜紅燭下（句）偏（可仄）稱落花前（叶）上客如先起（句）應須贈（可平）一船（叶）

五言六句中二句對偶劉他作
及皇甫作俱同起句可用仄

又一體　四十字　　馮延巳

霜積秋山萬樹紅(韻)倚巖樓上掛朱櫳(叶)白雲天遠重重恨(句)
黃葉烟深漸漸風(叶)髣髴梁州曲(句)吹在誰家玉笛中(叶)

六句惟第五句五字餘
皆七字中二句亦對偶

又一體　雙調一百八十七字　　柳永

曉來天氣濃淡(句)微雨輕灑(韻)近清明(豆)風絮巷陌(句)烟草池塘(句)
盡堪圖畫(叶)艷杏暖(豆)粧臉勻開(句)弱柳困(豆)宮腰低亞(叶)是(可平)處麗

質盈盈句巧笑嘻嘻句爭簇鞦韆架叶戲綵毬羅綬句金雞芥羽句

少年可仄馳騁句芳郊綠野叶可平占斷五陵遊句奏脆管豆可仄繁可仄絃聲和雅叶

向名園深處句爭泥畫輪句競羈寶馬叶取次羅列杯盤句就

芳樹豆綠影紅陰下叶舞婆娑句歌宛轉句髣髴鶯嬌燕姹叶寸珠

片玉句爭似濃懽無價叶任可仄他美酒作平十千句一斗作平飲作平竭句仍解金

貂叶貰恣幕天作平席地句陶陶盡醉句太平且樂句唐虞景化叶可仄須信

艷陽天句看未足豆可平已覺鶯花謝叶對綠蟻翠蛾句怎生輕捨叶

是處以下與後段任他以下相合至結處比前段少四字耳泥字去聲　作長調須要如此照管則知安

字平仄處裁句長短處不然隨讀隨填必至前後盡錯矣況不如此體認而惟舊譜是依豈不大誤耶

江南春 三十字　寇準

波渺渺句柳依依韻孤村芳草遠句斜日杏花飛叶江南春盡離腸斷句蘋滿汀洲人未歸叶

兩三兩五兩七或曰此萊公自度曲他無作者余謂唐李青蓮詩秋風清秋月明落葉聚還散寒鴉棲復驚相思相見知何日此時此夜難為情即此此調之濫觴耳

踏歌辭 三十字　崔液

庭際花微落句樓前漢已橫韻金壺催夜盡句羅可仄繡舞寒輕叶調

笑暢歡情未半句看天明叶

唐詩刻此作五言六句誤

詞律卷一

欽定四庫全書

詞律卷二

宜興萬樹撰

憶王孫 三十一字　又名豆葉黃　李重元

欄杆萬里心

萋可仄萋芳可仄草憶王孫韻柳可平外樓高空可仄斷魂叶杜可平宇聲聲不作平忍聞叶欲黃昏叶雨可平打梨花深可仄閉門叶

詞林萬選云元人北曲云一半兒即是此調蓋其末句云一半兒○○一半兒○添兒字襯即曲調矣然元曲亦有憶王孫與此同者當是一調異名北曲末一字多用上聲詞則無之空深二字用平不字亦作平

最起調雖不拘然名詞名曲

多得此訣但可為知者道耳

又一體 雙調 五十四字 周紫芝

梅(可仄)子生(可仄)時春漸老(韻)紅滿地(豆)落花誰掃(叶)舊年池(可仄)館不歸來(句)

又綠盡(豆)今年草(叶)思(可仄)量千(可仄)里鄉關道(叶)山共水(豆)幾時得(作平)到(叶)

杜鵑只(可平)解怨殘春(句)也不管(豆)人煩惱(叶)

前後字句同只

後起平仄異

一葉落 三十一字 後唐莊宗

一葉落(韻)褰朱箔(叶)此時景物正蕭索(叶)畫樓月影寒(句)西風吹

羅幕叶吹羅幕疊三字往事思量著叶

他無作者圖譜註平仄可換吾不敢信

蕃女怨 三十一字 溫庭筠

萬枝香雪開已遍韻細可平雨雙燕叶鈿蟬箏句金雀扇叶畫可平梁相見叶雁門消息不歸來換平又飛迴叶平

已字兩字俱必用仄聲觀其次篇用磧南沙上驚雁起飛雪千里可見乃舊譜中岸然竟註作可平不知詞中此等拗句乃故為抑揚之聲入於歌喉自合音律由今讀之似為拗而實不拗也若改之似順而實拗矣且此詞起於溫八义餘鮮作者試問作譜之人從何處訂定其為可平乎

調笑令　三十二字　又名宮中調笑　轉應曲　三臺令　馮延巳

明月(韻)明月(疊句)照得(可平)離(可仄)人愁(可仄)絶(叶)更(可仄)深影(可平)入空(可仄)牀(換平)不(可平)道幃(可仄)屏夜

長(叶平)長夜(三換仄)長夜(疊句)夢(可平)到庭(可仄)花陰(可仄)下(叶仄)

起二字疊後長夜二字即以上句尾二字顛倒而疊之凡三用韻此亦名三臺令然與二十四字者不同

又一體　三十八字　毛滂

隼旟珮馬昌門西(韻)泰娘紺幰為追隨(叶)河橋春風弄鬟影(句)桃花鬠暎黃蜂飛(叶)繡茵錦韉承回雪(換仄)水犀梳斜抱

明月(叶仄)銅駝夢斷江水長(句)雲中月墮寒香歇(叶仄)

(可仄)香歇(韻)(可平)袂紅黦(叶)(可平)記立(可仄)河橋花自折(叶)(可平)隼旗(可平)紺幰城西闕(叶)(可仄)教妾

驚鴻回雪(叶)(可仄)銅駝(可仄)春夢空愁絕(叶)(可仄)雲破(可平)碧江流月(叶)

詞前用七言古詩八句四平四仄即以詩尾二字為詞首二字句餘俱叶之蓋詩則誦而詞則歌猶董解元西廂先有詩句而後彈曲子也圖譜將起處作五字句失註第二字起韻大謬此調或題作頭子或作破子東堂有破子二首則單用後詞而無前詩句然酒美一首詞中皆言文君事蓋其前八首俱詠古美人前有詩八句詞後俱註右某某此首無之恐原亦有詩句而前後俱逸去耳又花好一首詞意似無所實指則為不用詩而止用詞之體也又此二詞後載遣隊一詞乃七言絕句或謂本集作詞應收于二

十八字調內余曰宋時教坊演樂必有致語皆以文士之筆代為優人之辭致語用四六其下必有口號多作七言律亦有四句者或小兒或女弟子登演雜劇皆有問語荅語隊名謂之勾隊演畢則放之使去謂之放隊此遣隊者即放隊也但放隊亦用四六數句不用絶句此詩必本是口號而誤刻作遣隊耳否則遣隊時或亦可作詩總于詞無涉也今附録于後

歌長漸落杏梁塵舞罷香風捲繡裀更擬綠雲弄清切樽前恐有斷腸人

遐方怨 三十二字 溫庭筠

憑繡檻句解羅幃韻未得君書句斷腸瀟湘可仄春雁飛叶不知征馬幾時歸叶海棠花謝也句雨霏霏叶

湘字飛卿次章用悵字去聲想不拘
也斷腸必用仄平譜謂可作平仄差

又一體 雙調六十字 顧夐

簾（可仄）影（可平）細（句）簟文平（韻）象紗籠玉指（句）縷（可平）金羅扇輕（叶）嫩紅雙臉似花明（叶）兩（可平）條眉黛遠山橫（叶）鳳（可平）簫（可仄）歇（句）鏡塵生（叶）遼塞音書絕（句）夢（可平）魂長暗驚（叶）玉郎經歲負娉婷（叶）教（可仄）人怎不恨無情（叶）

第三第四句前調用一四一七此調用兩五字各異
餘俱同後段比前段只遼塞句塞字作仄書字作平
與前紗字玉字異孫光憲則第三句前云為表花前
意後云願早傳金盞全用遼塞句平仄更為有律但
以其第五句此時更沒心腸只六字
必刻本落去一字不全故收此詞耳

思帝鄉　三十三字　韋莊

雲髻墜鳳釵垂髻墜釵垂無力枕函欹翡翠屏深月落漏依依說盡人間天上兩心知

又一體　三十四字　韋莊

春日遊杏花吹滿頭陌上誰家年少足風流妾擬將身嫁與一生休縱被無情棄不能羞

比前起結俱異

又一體　三十六字　溫庭筠

花花韻滿枝紅似霞叶可仄羅袖畫簾腸斷句卓金車叶可仄迴面可平共人可仄閑

語句可平戰可仄篦金鳳斜叶可仄惟有阮郎春盡句不還家叶

起句與戰篦句比前異篦平聲滿字仄紅字平定格

如夢令 三十三字又名憶仙姿宴桃源比梅 秦觀

可仄遙夜可平月明如水韻風可仄緊驛可平亭深閉叶夢可平破鼠窺燈句霜可仄送曉寒

侵被叶無寐叶無寐疊句門可仄外馬嘶人起叶

無寐疊上二字趙長卿作第四句目斷行雲凝竚下即用凝竚凝竚雖亦有此格然不多不宜從也

又一體 三十三字 吳文英

鞦[可仄]韆爭[可仄]鬧粉牆[韻]閑[可仄]看燕[可平]紫鶯黃[叶]啼[可仄]到綠陰處[句]喚[可平]回浪[可平]子
閒忙[叶]春光[叶]春光[疊]正[可平]是拾[可平]翠尋芳[叶]

此用平韻
與前異

西溪子　三十三字　牛嶠

捍[可平]撥雙[可仄]盤金鳳[韻]蟬鬢玉[可平]釵搖動[叶]畫堂前[句]人不[可平]語[二換仄]弦解[可平]語[叶二仄]
彈[可仄]到昭君怨[可平]處[叶二仄]翠蛾愁[三換平]不擡頭[叶三平]

第二語字可用他
字叶不必重上韻

又一體　三十五字　毛文錫

昨(可平)夜西(可仄)溪遊賞(韻)芳樹奇(可仄)花千樣(叶)鎖春光(句)金樽(可仄)滿(二換仄)聽(平聲)絃管(叶二仄)

嬌(可仄)妓舞(可平)衫香(可仄)暖(叶二仄)不(可平)覺到斜暉(三換平)馬馱歸(叶三平)

比前翠蛾愁句上多
不覺二字聽字平聲

訴衷情　三十三字　又名一絲風　溫庭筠

鶯語(韻)花舞(叶)春晝午(叶)雨霏微(二換平)金帶枕(三換仄)宮錦(叶三仄)鳳凰帷(叶三平)柳(可平)弱燕

交飛(叶二平)依依(叶二平)遼(可仄)陽音信稀(叶二平)夢中歸(叶二平)

第二字用韻起二三兩句連叶叶帷字以下
俱叶微韻而枕錦二字換韻間於其中

又一體　三十三字　韋莊

碧沼紅芳烟雨靜(句)倚蘭橈(韻)垂玉珮(換仄)交帶(叶仄)裊纖腰(叶平)鴛(可仄)夢隔星橋(叶平)迢迢(叶平)越(可平)羅香暗銷(叶平)墜花翹(叶平)

前調起七字三用韻此調起七字句不用韻倚蘭橈以下俱同前或云珮帶非叶韻不知韋相又用花欲謝深夜顧夐用羅帶重雙鳳香閣掩眉斂正與溫作枕錦合乃自謂知音者不識此義以垂玉珮香閣掩俱註作三字句交帶眉斂俱連下作五字句公然劃斷著圖作譜致悞後人豈不可怪哉

又一體 三十七字 顧夐

永夜抛人何處去(句)絕來音(韻)香閣掩(換仄)眉斂(叶仄)月將沉(叶平)爭(可仄)忍不相尋(叶平)怨孤衾(叶平)換我心為你心(叶平)始知相憶深(叶平)

不相尋以上與韋作同愁孤衾句三字換我心句六字始知句五字與前異為字平妙前溫作音字韋作香字亦然譜于前詞作交帶裊纖腰猶可解也于此作眉斂月將沈如何解顧公何不幸哉

又一體 以下雙調 四十一字 魏承班

又名桃花水

春情滿可平眼臉紅消韻嬌可仄妒索人饒叶星靨可平小句玉鐺搖叶幾可平共醉春朝叶別可平後憶纖腰叶夢魂勞叶如今楓可仄葉又蕭蕭叶恨迢迢叶

魏詞又有于起句作銀漢雲情玉漏長者次句作風飄錦繡開者皆平仄互異又有于夢魂勞三字作重重囑用仄字住句而不叶上下韻者以句字同故末另收 按此調各刻俱作雙調而前韋詞亦有于纖腰分段者唐詞多如此不必泥也 此體毛文錫首句云桃花流水漾縱橫故又名桃花水 圖譜等去訴

衷情而改桃花水可厭況并前三十三字者

後四十四字者亦俱曰桃花水豈不可笑

又一體 四十四字 王益

燒(可仄)殘絳(可平)蠟淚成痕(韻)街(可仄)鼓報黃昏(叶)碧(可平)雲(可仄)又(可平)阻(可平)來信(句)廊(可仄)上月

侵門(叶) 愁永夜(句)拂香裀(叶)待誰溫(叶)夢(可平)蘭憔悴(句)擲(可平)果淒涼(句)兩(可平)

處銷魂(叶)

宋人皆用此體碧雲又阻雖平仄有互異者然必如

此詞方起調名詞多如此嚴仁第二句用人間無此

愁平仄與諸人異雖唐詞此句亦有如此者然在此

調中不可學也擲果句可用平平仄仄然如此詞者

多宜從之 汲古柳詞第三句作

不堪更倚木蘭係誤刻乃蘭棹也

又一體四十五字　趙長卿

花前月下會鴛鴦韻分散兩情傷叶臨行祝付真意句臂間皓齒留香叶還更毒句又何妨叶儘成瘡叶瘡兒可後句痕兒見在句見後思量叶

前段尾用六字與前調異

又一體四十五字　歐陽修

清晨簾幕卷輕霜韻呵手試梅妝叶都緣自有離恨句故畫作豆遠山長叶思往事句惜流光叶易成傷叶擬歌先斂句欲笑還顰句

最斷人腸叶

前結亦六字而三字分豆者　按此調第三句凡從來作者皆作六字沈氏乃以故字連上作七字句蓋祇知訴衷情前結五字而不知有六字體耳尤不通者并所選山谷一首云天然自有殊態供愁黛不須多蓋隋煬帝宫人多畫長蛾每日給螺子黛五斛故黛上用供字詞意言愁眉蹙損不必多供螺黛而自天然可愛也沈亦註于供字斷句試問殊態供如何解可笑極矣　又按蘆川有漁父家風一詞查與訴衷情同只第三句七字圖譜收之不知此係傳訛多一新字其實即訴衷情也細玩自明今載其詞并說于後

漁父家風

八年不見荔枝紅腸斷故園東風枝露葉誰新採悵

望冷香濃　冰透骨玉開容想筠籠今宵歸夢滿頰
天漿更御冷風

詞格雖句法多有相同然未有如此全合者至過變處非訴衷情斷斷無此句法況盧川因憶家鄉荔枝而作故云風枝露葉誰採意謂雖有枝葉在誰去採他何必加一新字乎讀詞須如此體認則詞意明詞律亦明故本譜不另收漁父調不然名甚新雅極宜收之以為譜中生色豈反刪卻耶本譜以詳慎為貴諸皆如此

訴衷情近　七十五字　　柳永

雨晴氣爽(句)竚立江樓望處(句)澄明遠水生光(句)重疊暮山聳翠(韻)遙想斷橋幽徑(句)隱隱(可平)漁村(句)向晚孤烟起(叶)　殘陽裏(叶)脈

脈朱闌靜倚叶黯然情緒句未飲先如醉叶愁無際叶暮雲過了句
秋風老盡句故人千里叶竟日空凝睇叶

圖譜收景闌晝永一首後段帝城信阻天涯目斷暮雲芳草分作兩六字句誤也本係三句每句四字如此詞豈可讀作暮雲過了秋風耶　此作雨晴句他作景闌句俱上平去上暮雲句他作帝城句俱去平去上妙必如此方起調聳翠靜倚亦不可用平仄

天仙子　三十四字　皇甫松

可平躑可仄躅花開紅照水韻可平鷓鴣飛繞青山嘴叶可仄行人可仄經歲始歸來句
千萬里叶錯相倚叶可平懊惱可仄天仙應有以叶

第二句和學士作纖手輕拈紅豆弄次首亦然與此詞異千萬里二句皇甫別作皆同和則一作桃花洞瑶臺夢花瑶二字用平其次作懶燒金慵篆玉平仄俱異而金字平聲竟不用韻因字句同不另列

又一體 三十四字 韋莊

夢可平覺雲屏依可仄舊空韻杜可平鵑聲可仄咽隔簾櫳叶玉可平郎薄可平倖去無蹤叶

一日日句恨重重叶淚可平界蓮腮兩可平線紅叶

此用平韻日字不叶又一首第二句七字與首句平仄同茲不另錄

又一體 三十四字 韋莊

深夜歸來長酩酊韻扶入流蘇猶未醒叶醺醺酒氣麝蘭和換平

驚睡覺(句)笑呵呵(叶平)長道人生能幾何(叶平)

此則前二句用仄後三句用平首句次句第二字俱用仄則宋詞之所本也

又一體　雙調六十八字　沈會宗

景(可平)物因(可仄)人成勝槩(韻)滿(可平)目更(可平)無塵可礙(叶)等(可平)閒簾(可仄)幙小闌干(句)衣未(可平)解(叶)心先(可仄)快(叶)明(可仄)月清(可仄)風如有待(叶)誰(可仄)信門(可仄)前車馬隘(叶)別(可平)是人(可仄)間閑世界(叶)座(可平)中無(可仄)物不清涼(句)山一(可平)帶(叶)水(可平)一(可平)派(叶)流(可仄)水白(可平)雲長自在(叶)

比唐詞加一疊全用仄韻衣未解二句平仄多不拘故註于字左然觀張三影臨晚鏡傷流景後用風不

定人初静皆上句平仄仄下句平平仄最為起調宜從之　第二句第二字必用仄聲不比唐詞可以兩用圖譜註此調云同第一體惟用雙調故不圖其所謂第一體即前皇甫詞而皇甫次句第二字乃用平者　今註曰同則人將亦用平而此句相反矣豈不謬歟　按草堂新集詞統等書收入小青詞通首平仄全然相反至後段原不是鴛鴦一派休算做相思一槩兩句竟作上三下四句法古來有此天仙子乎夫著譜固以為學者範圍集選亦以供後人詠翫奈之何不察而引人入暗若此耶聞小青傳為陳元朋先生寓言先生本未工詞故作此遊戲豈可執以為實沈氏更引其不全之篇曰數盡懨懨深夜雨無多也只得一半工夫云是南鄉子結句且謂數言足千古異哉多與夫叶韻乃吳鄉不識字人土音既可大噱而也只得句上三下四之南鄉子尤聞所未聞沈氏自謂詞中名家今人亦翕然尊之古來有不解天仙

子南鄉子之
歐柳蘇辛否

風流子　三十四字　孫光憲

樓倚長(可仄)衢欲(可平)暮(韻)瞥(可平)見神(可仄)仙伴(可平)侶(叶)微傳粉(句)攏梳頭(句)隱(可平)約畫(可平)
簾開處(叶)無語(叶)無緒(叶)慢(可平)曳羅(可仄)裛歸去(叶)

無語無緒乃兩句俱叶韻者譜中不識註作四字句可笑孫作本三首一云歡罷歸也一云聽織聲促譜因載其聽織一首必以織與促不叶故不察而亂註耳不知聽織一篇其首句用曲字起韻次句即用北字為叶此乃少監借織北以叶曲促正是用韻也況聽織之聽字是平聲譜亦不知作去聲讀而反註作可平若學者誤從讀作去聲而以四字為句則一個三十四字之小令而失一韻錯兩句矣豈不誤哉

又一體 雙調一百一十字 又名内家嬌 張耒

亭(可仄)皋木葉下(句)重陽近(豆)又(可平)是搗衣秋(韻)奈愁入庾腸(句)老(可平)侵潘鬢(句)謾簪黄菊(句)花也應羞楚(叶)天晚(句)白(可平)蘋烟盡處(句)紅(可仄)蓼水邊頭(叶)芳草有情(句)夕陽無語(句)雁横南浦(句)人倚西樓(叶)玉(作平)容知安否(句)香牋共錦字兩處悠悠(叶)空恨碧雲離合(句)青鳥沈浮(叶)向風前(可仄)懊惱(句)(可平)芳(可仄)心一(可平)點(句)寸眉兩葉(句)禁甚閒愁(叶)情到不堪言處(句)分付東流(叶)

調中四字四句者前二段後一段作者多用儷語但須于庾有懊三字必用仄聲方妙名作皆然換頭五

字上須四平要緊楚天晚之仄平仄亦不可亂如審齋之淚盈盈友古之粉牆低不可學也此詞抑揚盡致不板不滯用字流轉可法真名手也　又首句第五字周美成新綠小池塘孫惟信三疊古陽關用平字起韻吳彥高前後俱用平字起韻與此不同因字句相合不另立一體　美成友古等于離合之合言處之處作平聲則語氣當于碧雲與不堪下讀斷耳愁入庾腸有作平平仄仄風前悞惱有作仄平平平不若此詞有紀律此句亦可同愁入句香牋至悠悠句語氣或作上三下六或作上五下四不拘審齋作塵埃盡留白雪長黃芽又云空搔首還是憶舊青氈則竟作三字三句矣雖不拘不宜從也至于張翥止有八字乃傳寫之訛非有此體夢窗集二首于楚天晚句以下十三字一作窈窕繡窗人睡起臨砌脈無言一作自別楚嬌天正遠傾國見吳宮則是上七字下五字句矣或亦係脫落不敢另收一格也　升庵

云于驪山見石刻一詞必元人作即詞統所選三郎年少客一首也圖譜竟于風流子外另收此詞别加一名曰驪山石因而分字句處與風流子兩樣以此作譜可怪之極又詞統收沈天羽起句云對洛陽春色不惟洛字仄春字平而對字領句句法與風流子何干至換頭云溜波窺艷蝶不知四平之説又不足怪矣如此詞手而僭厠名壇難矣詞統且評之曰可友楊狀元而奴唐解元是何言歟

歸國謡 三十四字 國一作自 歐陽修

謡一作遥

何處笛(韻)深(可仄)夜夢(可平)回情脈脈(叶)竹(可平)風簾(可仄)雨寒牕隔(叶) 離人幾(可平)歲無消(可仄)息(叶)今頭白(叶)不(可平)眠特(可平)地重相憶(叶)

離人句歐别作香閨寂寂門半掩又作蘆花千里霜月白半字月字俱用仄聲不拘 按趙介菴有思佳

客令一首即係此詞雖後段起句平仄不同然必為一調無疑今錄于左幅不另列思佳客令之名又鷓鴣天亦別名思佳客不可混也

思佳客令　三十四字　趙彦端

天似水秋到芙蓉如亂綺芙蓉窓與黃花倚　歷歷黃花矜酒美清露委山間有箇閒人喜

前換頭用平平仄仄平平仄此用仄仄平平平仄仄似乎各異不知詞調各有風度如此篇風度與前恰合豈有兩格之理況歐公別作此句平仄亦有變者

又一體　四十二字　温庭筠

雙臉韻小鳳戰篦金颭豔叶舞衣無力風斂叶藕絲秋色染叶

錦帳可平繡幃斜掩叶露珠清曉簟叶粉心黃蕊花靨叶黛眉山兩

點叶

首句二字起後起句溫又

作畫堂照簾殘燭稍不同

又一體　四十三字　　韋莊

春欲晚韻戲蝶遊豆蜂花爛漫叶日可平落謝可平家池館叶柳絲金縷斷叶

睡可平覺綠鬟風亂叶畫屏雲雨散叶閑倚博山長歎叶淚流沾

皓腕叶

首句三字起與溫異前調舞衣粉心二句用仄平平

仄平仄此調日落閑倚二句用平仄仄平平仄不同

作者

勿誤

定西番　三十五字　孫光憲

帝(可平)子枕(可平)前秋(可仄)夜(句)霜幄冷(句)月華明(韻)正三更(叶)何(可仄)處戍(可平)樓寒(可仄)笛(句)夢(可平)殘聞(可仄)一聲(叶)遙(可仄)想漢(可平)關萬(可平)里(句)淚縱橫(叶)

韋相作與此同但不分段合作一調耳

連理枝　三十五字　李白

淺(可平)畫雲垂帊(韻)點(可平)滴昭陽淚(叶)咫(可平)尺宸居(句)君(可仄)恩斷(可平)絶(句)似(可平)遙千里(叶)望水(可平)晶簾(可仄)外竹枝寒(句)守羊車(可平)未至(叶)

此唐調也宋詞俱加後疊　圖譜收此調不識即宋詞小桃紅之半竟將望水晶簾外作五字句竹枝寒

守作四字句羊車未至作四字句可嘆毋論句字長短註差致誤學者試問竹枝寒守有此文理乎異哉

又一體 雙調七十字又名小桃紅紅娘子灼灼花 程垓

不(可平)恨殘花軃(韻)不(可平)恨殘春破(叶)只(可平)恨流光(句)一(可平)年一(可平)度(句)又(可平)催新火(叶)縱青(可仄)天白(可平)日繫長繩(句)也留春得(可平)麼(叶) 花(可仄)院從教鎖(叶)春(可仄)事從教過(叶)燒(可仄)笋園林(句)嘗(可仄)梅臺(可仄)榭(句)有(可平)何不(可平)可(叶)已安(可仄)排珍(可仄)尊小胡牀(句)待日長閒(可仄)坐(叶)

比前加後疊故虛舟集名小桃紅同叔集名連理枝其實一也圖譜兩收誤嘯餘譜又收灼灼花一調圖譜諸書因之亦即是此體總未致審耳 詞綜收倪雲林小桃紅即王秋澗名為平湖樂者乃北曲非詞

也說見發凡

江城子　三十五字　城一作神　又名水晶簾　　牛嶠

鵁(可仄)鶄飛(可仄)起郡城東(韻)碧江空(叶)半灘風(叶)越(可平)王(可仄)宮(可仄)殿(可平)(句)蘋葉藕花中(叶)簾(可仄)捲(可平)水樓魚浪起(句)千片雪(句)雨濛濛(叶)

此唐調也宋詞俱加後疊首句韋莊作恩重嬌多情易蕩平仄互異宋詞俱依此起句矣越王至花中本九字句故語氣或于四字斷或于六字斷不拘而宋詞俱依後所載謝無逸體矣作雙調者勿誤

又一體　三十六字　　張泌

浣花溪上見卿卿(韻)臉波秋水明(叶)黛眉輕(叶)綠雲高綰(句)金簇

小蜻蜓叶好是問他來得麽句[illegible]和笑道句莫多情叶

前詞碧江空三字此詞臉波秋水明五字餘俱同牛給事亦有此體起句作極浦烟消水鳥飛平仄互異正與韋莊恩重句同也

又一體三十七字　歐陽炯

晚日金陵岸草平韻落霞明叶水無情叶六代繁華句暗逐逝波聲叶空有姑蘇臺上月句如西子鏡照江城叶

結句七字與前異

又一體以下雙調七十字　謝逸

杏花村館酒旗風韻水溶溶叶颺殘紅叶野渡舟横句楊柳緑陰

濃叶望斷江南山色遠句人不見句草連空叶　夕陽樓外晓烟

籠叶粉香融叶淡眉峯叶記得年時句相見畫屏中叶只有闗山今

夜月句千里外句素光同叶

比前牛詞加後疊人不見千里外俱平仄仄如石林之前用試攜手東坡之後用便憔悴又如友古之後用瑶臺路皆偶然之筆不必從也　題本名江城子城或作神至别名水晶簾者乃後人因詞中有此三字故巧取立名因使人易混易訛最為可厭今人好奇者皆厭常喜新多從之致誤不少如此調圖譜作水晶簾第一第二等體竟忘却江城子本來矣其他尚多皆去舊易新甚屬無謂至于上西平之即金人

捧露盤一蘿金之即蝶戀花等則原因不識而兩收之嘯餘之病亦坐此愚謂不識而兩收之猶可本知而故改之則不可也此類甚多聊記其槩於此

又一體 七十字　　黄庭堅

新來又被眼奚搐韻不甘伏叶怎拘束叶似夢還真句煩亂損心曲叶見面暫時還不見句看不足句惜不足叶　不成歡笑不成哭叶戲人目叶遠山蹙叶有分看伊句無分共伊宿叶一貫一文饒十貫句千不足句萬不足叶

此首韻脚全用入聲作平聲也予謂詞中字多以入作平人或未信得此詞足証予言之不謬快絶快絶

蓋入聲作平北音皆然故予謂不通曲理不可言詞
也至于入既作平亦仍可作仄但于口中調之其音
自見其理自明如此詞看不足千不足
兩足字原作仄用音調未嘗不諧叶耳

江城梅花引　八十七字　康與之

娟可仄娟可仄霜月冷侵門韻怕黃昏叶又黃昏叶手撚一枝獨作平自對芳
樽叶酒可平又不可平禁花又惱句漏聲遠句一更更句總斷魂叶斷魂斷疊二字
魂疊不可平堪聞叶被可平半溫叶香可仄半薰叶睡也睡也句睡不穩豆誰與溫存叶
惟可仄有牀前銀燭照啼痕叶一可平夜為可平花憔悴損句人瘦也句比梅
花句瘦幾分叶

此詞相傳為前半用江城子後半用梅花引故合名江城梅花引蓋取江城五月落梅花句也但前半自首至花又惱確然為江城子而後全不似梅花引至過變以下則并與兩調俱不相合止惟有至憔悴損十六字同耳未知以為梅花引是何故也竹山荆溪阻雪一首遵此而作足知此調無誤但無可訂定梅花二字耳　又按梅花引如客衣單客衣單千里斷魂空歌行路難與江城子第二三四句平仄聲響原相似或臆有可通未可知也　此詞又誤刻書舟詞中題曰攤破江神子然則此調祇應名為攤破江城子可耳因相沿已久不便議改竹山集于此調又竟作梅花引益與五十七字之梅花引相混故今以此附于江城子之後而

梅花引仍另列云

又一體八十七字　又名江梅引　洪皓

天涯除館憶江梅韻幾枝開叶使南來叶還帶餘杭春信到燕臺叶準擬寒英聊慰遠句隔山水句應銷落句赴愬誰叶 空恁遐想笑摘蘂換仄叶斷回腸句思故里叶仄謾彈綠綺叶仄引三弄豆不覺魂飛叶平更聽胡笳哀怨淚沾衣叶平亂插繁華須異日句待孤諷句怕東風句一夜吹叶平

與前作字句俱同只蘂字里字以上聲叶平而綺字亦叶韻故錄之以備証 按此又刻作江梅引不過節去二字耳

又一體 八十六字 又名明月引 陳允平

雨餘芳草碧蕭蕭韻暗春潮叶蕩雙橈叶紫鳳青鸞舊夢帶文簫叶綽約珮環風不定句雲欲墮句六銖香句天外飄叶 相思爲誰蘭恨銷叶渺湘魂句無處招叶素紈猶在句真真意豆還倩誰描叶舞鏡空懸羞對月明宵叶鏡裏心句 心裏月句君去矣句舊東風句新畫橋叶

鏡裏心心裏月只六字與前異但恐有誤故不取列于康詞之前 按西麓詞準繩可法如此作森然典型其後起句及素紈句殊有牆壁因康蔣俱用疊字難學故收于此使作者可以取法云 又按此詞陳槁題曰明月引愈令人難查可見新立異名之不便然其自註和趙白雲自度曲不知何謂也

又一體八十七字　吳文英

江頭何處帶春歸（韻）玉川迷（叶）路東西（叶）一雁不飛雪壓凍雲低（叶）十里黃昏成曉色（句）竹根籬（叶）分流水過翠微（叶）帶書傍月自鉏畦（叶）苦吟詩（叶）生鬢絲（叶）半黃細雨翠禽語（句）似說相思（叶）惆悵孤山花盡草離離（叶）半幅寒香家住遠（句）小簾垂（叶）玉人悞聽馬嘶（叶）

此又與康蔣所作各異籬字垂字叶韻一異也水字誤字仄聲二異也後段起句與前起平仄同三異也玉人誤聽馬嘶似是六字一句故并前分流水處未敢註斷

江城子慢 一百零九字

呂渭老

新枝媚斜日(韻)花徑霽(句)晚(可平)碧(作平)泛紅滴(叶)近寒食(叶)蜂蝶(作平)亂(豆)點(可平)檢

一(可平)城春色(叶)倦遊客(叶)門外昏鴉啼夢破(句)春心似(豆)遊絲飛遠

碧(叶)燕子(可平)又語斜檐(句)行雲自沒消息(叶)當時烏絲夜語(句)約

桃花時候(句)同醉瑤瑟(叶)甚端的(叶)看看是(豆)榆(可仄)莢楊(可仄)花飛擲(叶)怎

忘得(叶)斜倚紅樓回淚眼(句)天如水(豆)沈沈搖翠壁(叶)想伊不(可平)整

啼妝影簾側(叶)

與江城本調全異 按此調字句圖譜隨意註之今細察改正蓋詞調前後每有相同處今按近寒食至

飛遠碧三十字與後段甚端的至搖翠壁三十字平仄胳合也而譜于近寒食字不註叶韻後之甚端的又註叶韻蜂蝶亂作三字句後之看看是又連下作九字句是因不知前後相同之說固無足怪只食字一韻失叶豈不悞人至第三句滴字叶韻其上第二句應在霽字為豆豈可不知而乃以花徑霽晚碧為叶韻大誤蓋花字即上新枝字意也霽字即上日字意也而晚字又應上斜字謂徑草碧色花枝紅色紅滴則泛于碧上矣是豈得以碧字作叶韻乎且泛紅滴亦不成語况後有飛遠碧句豈一詞叶兩碧字乎蔡松年亦有此體起云紫雲點楓葉崖樹小婆娑歲寒節可証豈娑字亦可叶葉字耶末句乃九字亦不可于妝字註斷　蔡詞于甚端的處萬選刻作種種陳迹誤多一字想種種二字乃總字之訛耳

望江怨 三十五字　牛嶠

東風急(韻)惜別花時手頻執(叶)羅幃愁獨入(叶)馬嘶殘雨春蕪濕(叶)倚門立(叶)寄語薄情郎(句)粉香和淚泣(叶)

或于入字分段然此小令必不分也　此調作者絕少是應以此詞為準繩矣而詞統選近時人呂沈二首于羅幃句皆作仄仄平平仄倚門立皆作平仄仄余嘗謂時流必不肯效古人而自相附和于此可見然此乃嘯餘舊譜亂註誤之可嘆者不肯依原詞而偏依誤註耳如手頻執必註可作平仄仄字字如此可恨

相見歡 三十六字　又名烏夜啼　上西樓

憶真妃　西樓子　月上瓜州　秋夜月

南唐後主

無(可仄)言獨(可平)上西樓(韻)月如鉤(叶)寂(可平)寞(可仄)梧桐深院(句)鎖清秋(叶)　剪(可平)不(可平)

斷換仄理可平還可仄亂叶仄是離愁叶平別可平是一可平般滋味句在心頭叶平

寂寞至清秋別是至心頭皆是九字句語氣亦可于第四字畧斷斷亂二字是換仄韻如昭藴之幕閣稼軒之轉斷希真之事淚友古之路處等俱同各譜俱失註是使學者落去二韻其誤甚矣各家惟友古後起兩句不叶韻夢窗一首云一顆顆一星星是秋情星字叶平韻竟似訴衷情換頭矣因句字同不易録

按此調本唐腔薛昭藴一首正名相見歡宋人則名為烏夜啼而錦堂春亦名烏夜啼因致傳訛不少今斷以此調從唐人為相見歡而錦堂春亦仍其名俱不以烏夜啼亂之庶為畫一嘯餘既收相見歡復收烏夜啼誤圖譜既收烏夜啼復收上西樓且又收憶真妃尤誤

何滿子　三十六字

和凝

寫得魚牋無限句其如花鎖春暉韻目斷巫山雲雨句空教殘夢依依叶却愛薰香小鴨句羨他長在屏幃叶

單調六句每句六字　按唐崔令欽教坊記何滿作河滿但此調因開元中滄州歌者臨刑進此曲以贖死竟不免而世傳其曲故白香山詩世傳滿子是人名臨就刑時曲始成是則應作何字

又一體　三十七字　孫光憲

冠劍不隨君去句江河還共恩深韻歌袖半遮眉黛慘句淚珠旋滴衣襟叶惆悵雲愁雨怨句斷魂何處相尋叶

單調六句第三句七字餘俱六字平仄處同上

又一體雙調 七十四字 毛熙震

無語殘妝淡薄句含羞嚲袂輕盈韻幾度香閨眠過曉句綺窗疎日微明叶雲母帳中偷惜句水精枕上初驚叶 笑靨嫩疑花拆句愁眉翠斂山橫叶相望只教添悵恨句整鬟時見纖瓊叶獨倚朱扉閒立句誰知別有深情叶

即前調加一疊東坡作幾度句相望句平仄同而壽域二首前後俱用平平平仄平平平仄與此相反恐是杜君誤筆不可從汲古刻其前一首于後起第二句誤少二字又所刻尊前集尹鶚一首前七字句止六字後則七字亦係誤少一字 按碧雞漫志云此詞屬雙調兩段各六句內五句各六字一句七字蓋舜

曲也樂天亦云一曲四詞歌八疊從頭都是斷腸聲是本為雙調兩前之單調者止得其半也宋人多從雙疊 唐詩紀事載文宗時宮人沈翹翹善舞此曲歌浮雲蔽白日之句上曰此文選古詩語是則詩句亦可歌作何滿子之音節不必如此詞然世遠聲湮不可訂矣

長相思 三十六字 又名雙紅豆 山漸青 憶多嬌 白居易

汴（可平）水（可平）流（韻）泗（可平）水（可平）流（叶）流（可仄）到瓜洲古（可平）渡頭（叶）吳（可仄）山點（可平）點愁（叶）思（可平）悠（可仄）悠（叶）恨（可平）悠悠（可仄）（叶）恨（可平）到歸時方（可仄）始休（叶）月（可平）明人（可仄）倚樓（叶）

後首句可不叶韻

又一體 三十六字 劉光祖

玉樽涼(韻)玉人涼(叶)若聽離歌須斷腸(叶)休教成鬢霜(叶)畫橋西(句)畫橋東(換平)有淚分明清漲同(叶平)如何留醉翁(叶平)

前後兩韻

又一體　一百字　楊無咎

急雨回風(句)淡雲障日(句)乘閑攜(可仄)客登樓(韻)金桃帶葉(句)玉李含朱(句)一(可平)樽同醉青州(叶)福善橋頭(叶)記檀槽淒(可仄)絕(句)春(可仄)筍纖柔(叶)窗(可仄)外月西流(叶)似潯陽(豆)商婦鄰舟(叶)況得(作平)意情懷(句)倦妝模樣(句)尋(可仄)思(可仄)可奈離愁(叶)何妨乘逸興(句)任征帆(豆)直(可平)抵蘆洲(叶)月怯花

羞叶重相可仄見豆歡情更稠叶問何時豆佳期卜夜綢繆叶

逃禪自註此詞乃用賀方回韻而淮海鐵甕城高一
首與此韻脚相同想揚州懷古秦賀同作也秦尾句
汲古刻作鴛鴦未老不悞也詞滙刻鴛鴦未老綢繆
為是但此詞第二句是蒜山渡潤蒜渡二字作去聲
甚妙正與楊詞淡障二字合詞滙乃作
金山金字平聲一字之訛相去河漢矣

又一體 一百三字　　柳永

畫鼓喧街句蘭燈滿市句皎月初照嚴城韻清都絳闕夜景句風
傳銀箭句露暖金莖叶巷陌縱橫叶過平康欵轡句緩聽歌聲叶鳳
燭熒熒叶那人家豆未掩香屏叶向羅綺豆叢中認得句依稀舊

(句)日雅態輕盈(叶)嬌波艷治(句)巧笑依然(句)有意相迎(叶)牆頭馬上(句)謾遲留(豆)難寫深誠(叶)又豈知(豆)名宦拘檢(句)年來減盡風情(叶)

比前大同小異

風光好三十六字　陶穀

好因緣(韻)惡因緣(叶)祇(可平)得郵亭一夜眠(叶)會神仙(叶)琵琶撥(可平)盡相思調(換仄)知音少(叶仄)安(可仄)得鸞膠續斷絃(叶平)是何年(叶平)

此調音甚妥叶而宋人作者甚少天機餘錦所載柳陰陰一闋正與此同

望梅花三十八字　和凝

春草全無消息韻臘雪猶餘蹤跡叶越嶺寒枝香自折叶冷艷奇芳堪惜叶何事壽陽無處覓叶吹入誰家横笛叶

此詞及下詞俱賦詠梅花者是知此調未可作他用也

又一體　雙調　三十八字　孫光憲

數枝開與短牆平韻見雪萼豆紅跗相映句引起誰人邊塞情叶簾外欲三更叶吹斷離愁月正明叶空聽隔江聲叶

用平韻　草堂舊收望梅一調亦詠梅之作論例應收望梅花之後但查望梅即是解連環草堂亦誤作兩收耳今本譜但存解連環于後說見本調下此不復收望梅非變例脫落也

上行杯 三十八字 鹿虔扆

草草離亭鞍馬句從遠道豆此地分襟韻燕宋秦吳千萬里換仄
無辭一醉叶仄野棠開句江草濕三換仄佇立叶三仄沾泣叶三仄征騎駸駸叶平

又一體 三十九字 鹿虔扆

離棹逡巡欲動韻臨極浦豆故人相送叶去住心情知不共叶
金船滿捧叶綺羅愁句絲管咽換仄迴別叶仄帆影滅叶仄江浪如雪叶仄

後調與前異者五首句即起韻一只換兩韻二不用平韻三帆影滅作三字四尾句不叶首韻五 或謂前一首當以後段起句屬于前尾為是一則凡詞無半截內不自相叶叶韻者今草草至萬里各自為韻無

此體也以下四字合之則叶矣其下半自另起一韻耳二則無辭一醉正以足上語氣言當遠別一醉不可辭文義貫串上段言情下段言景若以此句領下半則贅矣後調金船句亦當屬上段亦是臨行勸酒之意下段則言愁思也若冠此四字于下段亦不相接余曰此論甚明但恐人疑前長後短以余斷之只是單調小令原不宜分作兩段也合之為妥若譜圖并兩處後起醉字捧字俱失註用韻則尤錯矣至謂金船可仄浪可平如可仄更誤

又一體 四十一字　韋莊

芳可仄草灞陵春岸韻柳烟深豆滿樓絃管叶一可平曲離可仄腸寸可平寸斷叶今日送君千萬叶紅縷玉盤金鏤盞叶須勸叶珍重意句莫辭滿叶

通篇一韻金鏤盞韋又作勸和淚用仄平仄勸和淚不解恐誤鏤去聲音漏

醉太平 三十八字 戴復古

可仄長亭短亭韻春風酒醒叶可仄無端可平惹起離情叶有黃鸝數聲叶可仄芙蓉繡裀叶江山畫屏叶可平夢中昨夜分明叶悔先行一程叶

各譜註有悔二字可用平聲謬

又一體 四十五字 辛棄疾

態濃意遠韻眉顰笑淺叶薄羅衣窄叶絮風軟叶鬢雲欺翠捲叶南園花樹春光暖叶香鏡裏豆榆錢滿叶欲上鞦韆又驚嬾叶且

歸休怕晩叶

仄韻與前調迴異無第二首可証不敢註平仄

感恩多 三十九字 牛嶠

兩條紅粉淚韻多少香閨意叶彊攀桃李枝換平斂愁眉叶平 陌上鶯啼蝶舞句柳花飛叶平柳花飛疊願得郎心句憶家還早歸叶平

仄平兩韻柳花飛疊一句

又一體 四十字 牛嶠

自從南浦別韻愁見丁香結叶近來情轉深換平憶鴛衾叶平 幾度

將書托烟雁(句)淚盈襟(叶平)淚盈襟(疊句)禮月求天(句)願君知我心(叶平)

後起比前調多一字餘同

長命女　三十九字　又命薄命女　和凝

天欲曉(韻)宮(可仄)漏穿(可仄)花聲繚繞(叶)窗(可仄)裏星光少(叶)冷霞(可仄)寒侵帳(可平)額(句)殘(可仄)月光(可仄)沈(可平)樹杪(叶)夢(可平)斷錦(可平)幃空悄悄(叶)彊起愁眉小(叶)

霞字疑是露字霞不可言冷亦不可言侵帳也　按此調或不分段愚謂夢斷二句與上宮漏二句相合宜分如右譜註天欲可作仄平誤

春光好　四十字　又名愁倚欄令　和凝

紗牕可仄暎句畫屏閑韻嚲雲鬟叶睡可平起四可平肢無力句半春閒叶 玉可平指

剪可平裁羅勝句金盤點可平綴酥山叶窺可仄宋深可仄心無限事句小眉彎叶

又一體 四十一字 歐陽炯

蘋葉可平軟句杏花明韻畫船輕叶雙可仄浴鴛鴦出綠汀叶棹歌聲叶 春

水無可仄風無浪句春可仄天半可平雨半可平晴叶紅可仄粉相可仄隨南浦晚句幾含情叶

雙浴句用七字又叶平韻與前異半晴之半字若無現成佳句定宜用平 按歐陽別作三首一與此同一于雙浴句云堤上採花筵上醉醉字用仄不叶與後段同一云飛絮悠揚遍虛空虛字平稍異因字句同于此註明不另錄

又一體　四十一字　張元幹

踈雨洗句細風吹韻淡黄時叶不分小亭芳草緑句映簾低叶　樓
下十二層梯叶日長影裏鶯啼叶倚遍闌干看盡柳句憶腰肢叶

不分句用仄不叶與歐異而後段首句用平叶韻與
前俱異其次篇第四第五句作翠被眠時要人煖着
懐中要字仄人字平因字句皆同不另録或曰此
十字當于眠時斷句然于本調不合故不敢彊註

又一體　四十二字　曾覿

心下事句不思量韻自難忘叶花底夢迴春漠漠句恨偏長叶　閑
日多少韶光叶雕闌静豆芳草池塘叶風急落紅留不住句又斜

陽叶

後段第二句七字與前調異　圖譜此體收書舟

詞後起云玉窗明煖烘霞註作三字兩句謬甚

又一體四十二字　張元幹

花恨雨句柳嫌風韻客愁濃叶坐久霜刀飛碎雪句一樽同叶　勞

煩玉指春蔥叶未放筯豆金盤已空叶更與箇中尋尺素句兩情

通叶

後段第二句七字同兩金盤已空

用平平仄平與前芳草池塘又異

又一體四十八字　葛立方

禁(可平)烟却(可平)釀春愁(韻)正繫(可平)馬(豆)清淮渡頭(叶)後(可平)日清(可仄)明催疊鼓(句)應(可仄)
在揚州(叶)歸(可仄)時元(可仄)已臨流(叶)要綺(可平)陌(豆)芳郊恣遊(叶)三(可仄)月羈(可仄)懷
當一洗(句)莫放觥籌(叶)

前後段(可平)同首句六字起韻次句七字前後兩結句四字與前調異清淮渡頭芳郊恣遊正與前金盤句平仄相合按此曲一名愁倚闌令不知誰人又名之曰鶴冲天夫喜遷鶯之所以名鶴冲天者因韋莊詞尾三字也與此春光好何與好換調名者之可厭極矣圖譜收春光好又收愁倚闌令誤

詞律卷二

欽定四庫全書

詞律卷三

宜興萬樹撰

昭君怨 四十字 又名一痕沙

宴西園　万俟雅言

春（可仄）到（可仄）南樓雪（可平）盡（韻）驚（可仄）動燈（可仄）期花（可仄）信（叶）小（可平）雨一番寒（換平）倚闌干（叶平）

莫（可平）把闌（可仄）干頻（可仄）倚（三換仄）一（可平）望幾（可平）重烟（可仄）水（叶三仄）何（可仄）處是京華（四換平）暮雲遮（叶四平）

凡用四韻詞統等書收添字昭君怨于第三句上添兩字乃出湯義仍牡丹亭傳奇者查唐宋金元未有此體不宜載入

怨回紇　四十字　　皇甫松

祖（可平）席駐（可平）征棹（句）開帆候信潮（韻）隔（可平）筵桃葉泣（句）吹（可仄）管杏花飄（叶）船（可仄）去鷗飛閣（句）人歸塵（可仄）上橋（叶）別（可平）離惆悵淚（句）江（可仄）路濕紅蕉（叶）

或曰此本是五言律一首不宜混入詞譜余曰此因尊前集載入故仍之且題名與曲意不合正是詞體若謂律體不入詞則清平調獨非七絕瑞鷓鴣獨非七律乎

酒泉子　四十字　　毛熙震

閑（可仄）卧（可平）繡幃（韻）慵（可仄）想萬（可平）般情寵（換仄）錦檀偏（句）翹股重（叶仄）翠雲欹（叶平）莫（可平）天（可仄）屏上春山碧（三換仄）映香烟霧隔（叶三仄）蕙蘭心（句）魂（可平）夢役（叶三仄）斂蛾眉（叶平）

凡三換韻 溫飛卿又一首于春字用仄想所不拘香字亦有用仄者因不關韻脚不另錄 舊譜收鈿匣舞鸞一首本鸞寒韻末三字對殘妝不叶韻註云不知何謂余謂此蓋妝殘倒寫傳訛耳詞豈有末字不叶者乎其第二句隱映豔紅修碧三句月梳斜四句雲鬢膩膩字應叶碧字觀唐詞二十三首皆同可見此碧字乃北音作去聲閑字讀譜不知此義但註六字句此等須知以入作平之說非妄語也其後段役字叶上碧偶鈿匣一首用卷字叶上展軟譜亦失註是一調而失四韻矣如此篇若落去寵重役眉四箇韻脚豈成詞乎

又一體 四十字　孫光憲

斂態牕前句裊裊雀釵抛頸韻燕成雙句鸞對影叶耦新知換平 玉

纖澹拂眉山小鏡(三換仄)中顋共照(叶三仄)翠連娟(句)紅縹緲(叶三仄)早妝時(叶平)

與前字句同只

首句不起韻

又一體 四十字 顧夐

羅帶縷金(韻)蘭麝烟凝魂斷(換仄)畫屏欹(句)雲鬟亂(叶仄)恨難任(叶平)幾迴垂淚滴鴛衾(叶平)薄情何處去(三換仄)月臨牕(句)花滿樹(叶三仄)信沈沈(叶平)

後段起句叶

前段平韻

又一體 四十字 溫庭筠

楚女不歸(韻)樓枕小河春水(換仄)月孤明(句)風又起(叶仄)杏花稀(叶平) 玉

釵斜篸雲鬟髻(叶仄)裊上金縷鳳(三換仄)八行書(句)千里夢(叶三仄)雁南飛(叶平)

後段起句叶前段仄韻

又一體 四十一字 顧敻

楊柳舞風(韻)輕惹春烟殘雨(換仄)杏花愁(句)鶯正語(叶仄)畫樓東(叶平)錦屛寂寞思無窮(叶平)還是不知消息(三換仄)鏡塵生(句)珠淚滴(叶三仄)損儀容(叶平)

同羅帶一首兩後段第六句用六字

又一體 四十一字 韋莊

月落星沈(韻)樓上美人春睡(換仄)綠雲欹(句)金枕膩(叶仄)畫屛深(叶平)子

規啼破相思夢三換仄曙色東方纔動叶三仄柳烟輕句花露重叶三仄思難任叶平

後段同斂態一首兩次句用六字

又一體 四十二字 顧敻

黛薄紅深韻約掠綠鬟雲膩換仄小鴛鴦句金翡翠叶仄稱人心叶平錦鱗無處傳幽意叶仄海燕蘭堂春又去叶仄隔年書句千點淚叶仄恨難任叶平

後段第二句用七字 去字借叶

又一體 四十二字 牛嶠

記得去年句烟暖杏園花正發句雪飄香韻江草綠句柳絲長叶
鈿車纖手卷簾望換仄眉學春山樣叶仄鳳釵低裊翠鬟上叶仄落梅
妝叶平

第二句七字後鳳釵句七字　舊譜謂此詞于長字起韻誤凡詞無一段內不相叶者蓋因作譜者用前調句法讀以雪飄香江草綠為對故綠字不可叶發字而一段無叶韻矣不知此與前異雪飄香三字乃足上語氣謂花發而飄香也其下江草綠柳絲長乃自為對語而長字正叶香字耳或謂望字是平聲叶長字未審是否

又一體四十二字　李珣

秋月嬋娟句皎潔碧紗牕外句照花穿竹冷沈沈韻印池心叶
凝露滴句砌蛩吟叶驚覺謝娘殘夢句夜深斜傍枕前來換平影徘
徊叶平

第三句七字後起兩三字結又換韻　舊譜註首句六字次句四字誤此調俱首四次六無首用六字者

又一體　四十三字　張泌

紫陌青門句三十六宮春色句御溝輦路暗相通韻杏園風叶
咸陽沽酒寶釵空叶笑指未央歸去句插花走馬落殘紅叶月
明中叶

前段與李詞同後段七字叶平起而通篇止用一韻

又一體 四十三字 顧夐

掩卻菱花句收拾翠鈿休上面句金蟲玉燕鎖香奩韻恨厭厭叶雲鬟半墜嬾重簪叶淚侵山枕濕句銀燈背帳夢方酣叶雁飛南叶

第二句七字異餘俱同前詞通篇一韻

又一體 四十三字 顧夐

水碧風清句入檻細香紅藕膩句謝娘斂翠恨無涯韻小屏斜叶

堪憎蕩子不還家叶謾留蓑帶結句帳深枕膩炷沈烟換平負當年叶平

末二句換韻

又一體 四十三字 顧敻

小檻日斜句風度綠牕人悄悄韻翠幃閑掩舞雙鸞換平舊香寒叶平別來情緒轉難捺叶平韶顏看却老叶仄依稀粉上有啼痕三換平暗消魂叶三平

後段第二句叶前段第二句仄韻 按此詞以老叶悄恐前篇結字亦是音計蓋以叶前段膩字也

又一體 四十三字 李珣

寂寞青樓韻風觸繡簾珠碎撼換仄月朦朧句花黯淡叶仄鎖春愁叶平尋思往事依稀夢三換仄淚臉露桃紅色重叶三仄鬢欺蟬句釵墜鳳叶三仄思悠悠叶平

後起兩句皆七字另韻

又一體 四十三字 李珣

秋雨聯緜句聲散敗荷叢裏句那堪深夜枕前聽韻酒初醒叶牽愁惹思更無停叶燭暗香凝天欲曙換仄細和烟句冷和雨叶仄透

簾旌叶平

後段首句叶平第二句換仄韻　汲古刻及舊譜訛曙作曉遂使冷和雨一句無叶韻處矣又傳訛以末旌字為中字正與毛詞殘妝同無此理也今改正或曰烟字叶首句緜字未必然

又一體　四十三字　張泌

春雨打窗韻驚夢覺來天氣曉換仄畫堂深句紅燄小叶仄背蘭釭叶平酒香噴鼻嬾開釭叶平惆悵更無人共醉三換仄舊巢中句新燕子叶三仄語雙雙叶平

前段同寂寞青樓闋後段同秋雨聮緜闋　蘭釭之釭從金旁燈也開釭之釭從缶旁甖也舊譜不識釭

字註云後段首句即用前段末句韻爲叶是欲以此爲式而使人遵守必宜疊用前尾字矣可爲噴飯又失註醉字換韻子字叶韻誤

又一體　四十四字　顧夐

黛怨紅羞(韻)掩映畫堂春欲暮(換仄)殘花微雨隔青樓(叶平)思悠悠(叶平)芳菲時節看將度(叶仄)寂寞無人還獨語(叶仄)畫羅襦(句)香粉汚(叶仄)不勝愁(叶平)

前同小檻日斜

後同寂寞青樓

又一體　四十五字　毛文錫

綠樹春深(句)燕語鶯啼聲斷續(句)惠風飄蕩入芳叢(韻)惹殘紅(叶)柳絲無力裊烟空(叶)金盞不辭須滿酌(句)海棠花下思朦朧(叶)醉春風(叶)

此則前後整齊宋之同叔稼軒皆用此體矣

又一體　四十九字　　　潘閬

長憶孤山(句)山(可仄)在湖(可仄)心如簇黛(句)僧(可仄)房四(可平)面向湖開(韻)輕(可仄)棹去還來(叶)芰(可平)荷香(可仄)細連雲閣(換仄)閣(可平)上清(可仄)聲簾下鐸(叶仄)別(可平)來塵(可仄)土污人衣(換平)空(可仄)役夢魂飛(叶平)

前後結語俱用五字

又一體 五十二字 又名憶餘杭 潘閬

長(可仄)憶西(可仄)湖湖水上(韻)盡(可平)日憑(可仄)欄樓上望(叶)三(可仄)三兩(可平)兩釣魚舟(換平)島(可平)嶼正清秋(叶平)笛(可平)聲依(可仄)約蘆花裏(三換仄)白(可平)鳥成(可仄)行忽(可平)驚(可仄)起(叶三仄)別(可平)來閑(可仄)想整綸竿(四換平)思(可平)入水雲寒(叶四平)

首句七字起韻 按潘作此詞三首前四十九字者二此五十二字者一舊原係酒泉子即石曼卿取作畫圖錢希白自書于玉堂屏風者尾句雖稍變實是酒泉子而詞綜收此一篇作憶餘杭誤也縱有此別名亦應附入酒泉子不得另立一調

蝴蝶兒　四十字　張泌

蝴蝶兒韻晚春時叶阿可平嬌初著淡黃衣叶倚窗學作平畫伊叶還可仄似花間見句雙雙對對飛叶無可仄端和淚拭臙脂叶惹教雙翅垂叶

倚字惹字上聲學字雙翅雙字平聲妙兒字即起韻譜失註誤

玉蝴蝶　四十一字　溫庭筠

秋風淒切傷離韻行客未歸時叶塞外草先衰叶江南鴈到遲叶芙蓉凋嫩臉句楊柳墮新眉叶搖落使人悲叶斷腸誰得知叶

此調及後孫詞名玉蝴蝶然與張泌蝴蝶兒相近決是一調故類聚于此

又一體　四十二字　孫光憲

春欲盡(句)景仍長(韻)滿園花正黃(叶)粉翅兩悠揚(叶)翩翩過短牆(叶)

解颷暖(換仄)牽遊伴(叶仄)飛去立殘陽(叶平)無語對蕭娘(叶平)舞衫沉麝

香(叶平)

起三字兩句與前異滿園句平仄亦異後起三字兩句又改用仄韻亦異圖譜註云與第一體同惟後段首句作六字故不圖不譜此言甚混後首句兩三字且換韻相叶豈可不指明即前起雖亦六字而作二句分者豈可云與第一體同乎

又一體　九十八字　李之儀

坐久燈可仄花開盡句暗可平驚風可仄葉句初可仄報霜寒韻冉可平冉年華催可仄暮句額可仄色非丹叶攬迴腸豆可仄蛩可仄吟似可平織句留可仄恨可平意豆月可平彩如攤叶慘無歡叶篆可平烟縈可仄素句空可仄轉雕盤叶　何難叶別可平來幾可平日句信可平沈魚可仄鳥句情可仄满闕山叶耳可平邊依可仄約常可仄記句巧可平語緜蠻叶聚愁窠豆可仄蜂可仄房未可平密句傾可仄淚可平眼豆海可平水猶慳叶掩萸關叶漸可平移銀可仄漢句低可仄泛簾額叶

與唐調全異攬迴腸二句聚愁窠二句俱用對偶暗驚下與後信沈下俱同耳邊依約應作依依約約耳邊然此十字語氣一貫故上四字可不拘耳鳥字恐是雁字

又一體　九十九字　　史達祖

晚雨未(可平)摧宮樹(句)可(可平)憐閑(可仄)葉(句)猶(可仄)抱涼蟬(韻)短(可平)景歸秋(句)吟(可仄)思又(可平)

接愁邊(叶)漏初長(可仄)(豆)夢(可平)魂難(可仄)禁(句)人(可仄)漸(可平)老(豆)風(可仄)月俱寒(叶)想幽歡(叶)土(可平)

花庭(可仄)甃(句)蟲(可仄)網闌干(叶)無端(叶)啼(可仄)蛄攪(可平)夜(句)恨(可平)隨團(可仄)扇(句)苦(可平)近秋

蓮(叶)一曲當樓(句)謝娘懸泪立風前(叶)故園晚(可平)(豆)彊(可平)留詩(可仄)酒(句)新(可仄)雁(可平)

遠(豆)不(可平)致寒暄(叶)隔窗烟(叶)楚(可平)香羅(可仄)袖(句)誰(可仄)伴嬋娟(叶)

前後起處結處俱與前調同只謝娘句用七字異作者多宗此體　短景下十字乃一氣貫下者可上四下六亦可上六下四觀此詞及前調冉冉下十字可見凡詞中此種句法皆然可以類推一曲當樓至風前十一字柳詞作見了千花萬柳比並不如伊是于萬柳斷句而下作五字與此不同然亦是一氣貫下

不拘耳但此調作者甚多俱同史體即耆卿亦有五首獨此一篇小異不宜從也

太平時　四十字　又名賀聖朝影　賀鑄

蜀(可平)錦塵香生(可仄)襪羅(韻)小婆娑(叶)箇(可平)儂無(可仄)賴動人多(叶)見橫波(叶)

按(可平)角雲開風卷幕(句)月侵河(叶)纖(可仄)纖持(可仄)酒艷聲歌(叶)奈情何(叶)

此調一名賀聖朝影因原名太平時故列于此不附賀聖朝之後勿謂例有不同也圖譜方收賀聖朝影于前旋收太平時于後豈不一玩其腔調平仄耶

醉公子　四十字　又名四換頭　顧敻

河(可仄)漢秋雲澹(韻)紅(可仄)藕(可平)香侵(可仄)檻(叶)枕(可平)倚小山屏(換平)金(可仄)鋪向(可平)晚扃(叶平)

睡(可平)起(可平)橫波(可仄)慢(三換仄)獨(可平)坐(可平)情何(可仄)限(叶三仄)衰(可仄)柳數聲蟬(四換平)魂銷似去年(叶四平)

凡二句一韻四換韻

又一體　四十字　無名氏

門外猧兒吠(韻)知是蕭郎至(叶)剗襪下香階(句)冤家今夜醉(叶)

扶得入羅幃(換平)不肯脫羅衣(叶平)醉則從他醉(句)還勝獨睡時(叶平)

此亦唐詞前半用仄韻後半用平韻與前調異

又一體　一百零六字　史達祖

神仙無皋澤(韻)瓊琚珠佩(句)卷下塵陌(叶)秀骨依依(句)誤向山中(句)

作平得與相識叶溪岸側叶倚高情豆自鎖可平烟翠句時點空碧叶念香襟沾恨句酥手剪愁句今夜夢魂隔叶　相思暗驚清吟客叶想玉照堂前樹三百叶雁翅霜輕句鳳羽寒深句誰護春色叶詩鬢白叶總多因豆水村攜酒句烟墅留屐叶更時帶豆明月同來句與花為表德叶

長調與前體迥異秀骨至空碧與後雁翅至留屐相同

上林春　四十字　或加令字　楊无咎

穠李夭桃堆繡豆正暎日豆如薰芳袖叶少年未用稱遐壽叶

願來歲豆如今時候叶相將得意皇都句同攜手豆上林春晝叶

手字或云是叶韻

又一體 五十三字 毛滂

蝴蝶初翻簾繡韻萬玉女豆可仄齊回可平舞袖叶落花飛可仄絮濛濛句可仄長可平憶

可平着豆灞橋別後叶濃香斗帳自永漏叶任滿地豆可平月深可仄雲厚叶夜

寒可平不近流蘇句可平祇可仄憐可仄他豆後庭梅瘦叶

前後段同只後起七字

上林春慢 一百二字 晁冲之

帽可平落空花句衣惹御香句鳳輦晚可平來初過韻鶴降可平詔飛可仄句龍銜燭戲句端門萬枝燈火叶滿城車馬句對明月豆有誰閒坐叶任狂遊句更許傍禁街可仄句不扃金鎖叶　玉樓人豆暗中擲果叶珠簾下豆笑著春可仄衫裊可平娜叶素蛾遶釵句輕蟬撲鬢句垂垂柳絲梅朵叶夜闌飲可平散句但贏得豆翠翹雙嚲叶醉歸來句又重可仄向豆曉窗梳裹叶

鳳輦至狂遊與後笑著至歸來同　鶴降詔飛補之用孟頫歲好想不拘然照後疊當依此詞更許傍九字補之用暫燕處共仰赤松高轍分句平仄不同想亦不拘蛾字宜用仄聲御字詔字遠字補之用淡字歲字哀字須知此等字不可用平

生查子 四十字　魏承班

可仄烟雨晚晴天句可仄零落花無語韻可仄難話此時情句可仄梁燕雙來去叶

可仄琴韻對薰風句可平有限和情撫叶可仄腸斷斷絃頻句可平淚滴黃金縷叶

五言八句四韻作者平仄多有參差此詞八句第二字俱用仄者　按韓偓詞前第三句那知本未眠後第四句和烟墜金穗此乃初創之體故只如五言古詩至五代而宋漸加紀律故或亦依此魏體而前後首句第二字用平者為多雖間有一二拗句者然名流則如出一軌也　圖譜註生查子名改作美少年可笑夫美少年三字因晏小山此調首句金鞍美少年故也彼牛張孫魏四公乃五代時人百餘年之前豈即預知宋朝晏氏有此一句而取以自名其調乎

又按生查子本樝梨之樝省筆作查今有讀作查

考之查且取浮查字以為解者若是所乘之查如何加一生字耶

又一體 四十一字 牛希濟

春山烟欲收句天澹稀星小韻殘月臉邊明句別淚臨清曉叶語已可平多句情未可平了叶迴首猶重道叶記得綠羅裙句處處憐芳草叶

後起三字兩句與前詞異孫少監二首作繡工夫牽心緒玉爐寒香爐滅是有此體也詞綜刪去已字豈以生查子必五字起耶

又一體 四十二字 孫光憲

暖日策花驄句嚲鞚垂楊陌韻芳草惹烟青句落絮隨風白叶

誰家繡轂動香塵句隱映神仙客叶狂殺玉鞭郎句咫尺音容隔叶

後段起句用七字

又一體 四十二字 張泌

相見稀句喜相見韻相見還相遠叶檀畫荔枝紅句金蔓蜻蜓軟叶魚雁疎句芳信斷叶花落庭陰晚叶可惜玉肌膚句消瘦成慵懶叶

前後起處皆用三字兩句圖譜于喜相見不註韻而于遠字註韻起何也

紗窗恨　四十一字　　毛文錫

新春燕[可平]子還來至[換仄]一雙飛[換平]壘巢泥[可仄]濕時時墜[叶仄]涴人衣[叶平]

後園裏看[作平]百花發[句]香[可仄]風[可仄]拂[豆][可平]繡[可平]户金扉[叶平]月照紗窗[豆]恨依依[叶平]

又一體　四十二字　　毛文錫

雙雙蝶[可平]翅塗鉛粉[韻]咂花心[換平]綺牕繡[可平]户飛來穩[叶仄]畫堂陰[叶平]

二三月愛隨風絮[句]伴[可平]落[可平]花[豆][可仄]來[可仄]拂衣襟[叶平]更剪輕羅片[豆]傅黄

金[叶平]

更剪句比前多一字　前墜字叶至字此穩字叶粉字兩首既同自當用韻故比舊增註勿謂穿鑿也

女冠子 四十一字 牛嶠

含(可仄)嬌含(可仄)笑(韻)宿(可平)翠殘(可仄)紅窈(可平)窕(叶)鬢如蟬(換平)寒(可仄)玉簪秋水(句)輕紗捲碧烟(叶平)

雪(可平)肌鸞鏡裏(句)琪(可仄)樹鳳樓前(叶平)寄(可平)語青娥伴(句)早求仙(叶平)

首二句仄叶下皆平　按嘯餘譜選刻韋莊詞前段云四月十七正是去年今日別君時忍泪佯低面含羞半斂眉首句乃以七字起韻次句以日字叶之下時字換平韻也譜中不解註首句四字次句九字而以時字為起韻一註而失兩韻句字錯調亦隨錯尤可噴飯至詩餘辨體自謂考証明白矣而但知于今日斷句仍謂時字起韻不猶然大盲乎自唐以來作此調者不知凡幾如此小體尚不能辨而自以為辨體耶　韋作四月十七月字仄又一首昨夜夜半夜字亦仄想不拘然不必從

又一體　一百七字　康與之

火雲初布韻遲遲永日炎暑叶濃陰高樹叶黃鸝葉底句羽毛學整句方調嬌語叶薰風時漸動句峻閣池塘句芰荷爭吐叶畫梁紫可平燕句對對銜泥句飛可仄來又可平去叶　想佳期豆容易成辜負叶共人人同上豆畫樓可仄斟香醑叶恨花無主叶臥象牀犀枕句成何情緒叶有時魂夢斷句半窗殘月句透簾穿戶叶去年今夜句扇兒扇我句情人何處叶

此冠長調字句參差不一如漢老伯可耆卿美成勝欲皆詞人宗匠而各詞多不相同此作字止百七較

他人為少然細翫之實係完整非有差落也薰風
以下前後段相符　圖譜于暑字不註叶大謬

又一體　一百十二字　蔣捷

蕙風香也(韻)雪(可平)晴池館如畫(叶)春風飛到(句)寶釵樓上(句)一片笙簫(句)琉璃光射(叶)而今燈謾挂(叶)不是暗塵明月(句)那時元夜(叶)況年(可仄)來心懶意(可平)怯(可平)(句)羞與鬧蛾爭耍(叶)　江城人悄初更打(叶)問繁(可仄)華誰解(句)再向天工借(叶)剔殘紅灺(叶)但夢(可平)裏(可平)隱隱(句)鈿車羅帕(叶)吳牋銀粉砑(叶)待把舊家風景(句)寫成閑話(叶)笑(可平)綠鬟鄰女(句)倚窗猶唱(句)夕陽西下(叶)

此比康詞較多五字　按竹山此作字字依李漢老帝城三五一首平仄但舊家上比李多待把二字今細訂之待把句即同前段不是句此二字不可少而李詞落去也沈本草堂集于李詞不如趂早句上註云一本比處多到字不知非多一字乃尚少一字也故不敢另收一百十字之體若康詞則前後俱無此兩字并無況字笑字而于換頭上加一想字與此相異且康詞于挂研二字不用韻一片笙簫反作羽毛學鑿故另録于前作一格耳　又按春風飛到句漢老用叶伯可亦叶此獨不用韻想所不拘況年來下十三字照本尾及康詞前後結俱應作三句而漢老作見許多才子艷質攜手並肩低語竹山亦步亦趨故此段亦作兩句讀於意怯下分段然此段語氣連貫作二句作三句俱不礙也只李之質字蔣之怯字皆是入聲可以作平若去聲則不可耳即此心懶意怯欲仿才子艷質四字用平上去入又一首用千載

舊迹亦同古人心細如髮若此而令人翻謂不妨假借豈不毫釐千里哉鬧蛾諸本多作蛾兒觀此尾句夕字仄聲李詞前後俱仄聲作鬧蛾為是且鬧蛾是上元之物去鬧字則晦矣有刻作鬧蛾兒三字更謬夕陽西下條伯可上元寶鼎現詞首句故云猶唱

又一體　一百十一字　柳永

淡烟飄薄韻鶯花謝豆清和院落叶樹陰密豆翠葉成幄叶麥秋霽景夏雲忽變奇峯倚寥廓叶波暖銀塘漲新萍綠魚躍叶想端憂多暇句陳王是日句嫩苔生閣叶　正鑠石天高句流金晝永句楚榭光風轉蕙句披襟處豆波翻翠幕叶以文會友句沈李浮

瓜忍輕諾叶別館清閑句避炎蒸豆豈須河朔叶但樽前隨分句雅歌艷舞句盡成歡樂叶

此與前調只兩結同其餘絕不相類麥秋以下十三字圖譜彊分作一四一九波暖下十字彊分作兩五余眇識之人不敢妄註綠魚躍三字無理過變至暮字方叶亦恐未確而譜以蕙字為惡字謂是叶韻暮字翻不註叶想讀作暮音矣但光風轉蕙乃招魂句改為轉惡無理之甚柳七雖俗未必如此村煞也總之樂章集差訛最多實難勘定寧甘闕陋之嘲不能為柳氏功臣亦不敢為柳氏罪人也作此調者亦只從康蔣可矣端憂多暇月賦中語圖譜作憂端非

又一體　一百十四字　柳　永

同雲密布韻撒梨花豆柳絮飛舞叶樓臺悄似玉句向紅爐煖閣院宇深沈廣排筵會句聽笙歌猶未徹句漸覺寒輕句透簾穿戶叶亂飄僧舍句密灑歌樓句酒帘如故叶　想樵人山徑迷蹤路叶料漁人收綸罷釣歸南浦叶路無伴侶叶見孤村寂寞句招颭酒旗斜處叶南軒孤雁過句嚦嚦聲聲句又無書度叶見臘梅枝上嫩蕊句兩兩三三微吐叶

諸刻或以此詞為周待制作然其語確是柳屯田待制縝密不作此疎枝潤葉也故其字句亦傳訛難考樓臺以下三十二字至戶字方叶韻斷無此理或云玉字音裕以入作叶亦未確宇字似韻而上既不可

連煖閣下深沈又不可連廣排其為差錯無疑圖譜乃以會字為叶韻甚奇後段雖較前稍明然亦未必確然因無令人率意造譜之膽未敢論定

中興樂　四十一字　毛文錫

豆蔻花繁烟艷深（韻）丁香軟結同心（叶）翠鬟女（句）相與共淘金（叶）紅蕉葉裏猩猩語（換仄）鴛鴦浦（叶仄）鏡中鸞舞（叶仄）絲雨（句）隔荔枝陰（叶平）

或云女字是換韻後段叶之

又一體　四十二字　牛希濟

池塘煖碧浸晴暉（韻）濛濛柳絮輕飛（叶）紅蘂凋來（句）醉夢還稀（叶）

春雲空有雁歸叶可仄珠簾叶垂東風寂寞句恨郎抛擲句淚濕羅衣叶

與前全異　按此調因此詞尾三字好異者遂名為濕羅衣已為可厭選聲即以濕羅衣立名至圖譜則又訛而為羅衣濕且并前毛司徒詞亦謂之羅衣濕矣豈不大悞此類甚多作者但須詞佳何必務立異名以為新乎詞統選沈自炳詞于醉夢還稀作孤燈漏長春雲空有作夢入花庭俱誤選聲因而收之沈明人原于詞道不工何可取以為譜哉

又一體八十四字　李珣

可仄可平後庭可平寂寂日初長韻可仄翩翩蝶舞紅芳叶繡簾垂地句可仄金鴨無香叶

誰(可仄)知春思如狂(叶)憶蕭郎(叶)等閒一(可平)去(句)程遥信(可平)斷(句)五(可平)嶺三湘(叶)休(可仄)開鸞(可仄)鏡學宮妝(叶)可(可平)能更理笙簧(叶)倚屏凝睇(句)淚(可平)落成行(叶)手(可平)尋裊帶鴛鴦(叶)暗思量(叶)忍辜前(可仄)約(句)教人花(可仄)貌(句)虛(可仄)老風光(叶)

即前調合為一段後加一疊但繡簾垂地倚屏凝睇平仄與牛詞紅藥凋來不同

醉花間　四十一字

毛文錫

深相憶(韻)莫相憶(疊)相憶情難極(叶)銀漢是紅牆(句)一帶遥相隔(叶)

金盤珠露滴(叶)兩岸榆花白(叶)風搖玉珮清(句)今夕為何夕(叶)

珠露圖譜誤作露珠

又一體 四十一字　毛文錫

休相問韻怕相問叶相問還添恨叶春水滿塘生句鸂鶒還相趁叶

昨日雨霏霏句臨明寒一陣叶偏憶戍樓人句久絕邊庭信叶

前段同後段平仄異　按嘯餘註云生查子與醉花間相近不知生查子正體前後皆五字起間有用六字兩句者醉花間正體則前必六字後必五字也

又一體 五十字　馮延巳

林鶴歸棲撩亂語韻恉前還日暮叶屏掩畫堂深句簾捲蕭蕭

雨（叶）玉（可平）人何處去（叶）鵲（可平）喜渾無據（叶）雙（可仄）眉愁幾許（叶）漏（可平）聲看（可平）却

夜將闌（句）點寒燈（句）扃繡戶（叶）

起結
俱異

點絳唇 四十一字

趙長卿

雪（可平）霽山橫（句）翠濤擁（可平）起千重恨（韻）砌成愁悶（叶）那（可仄）更梅花褪（叶）

鳳（可平）管雲笙（句）無（可仄）不縈方寸（叶）叮嚀問（叶）淚痕羞揾（叶）界（可平）破香腮粉（叶）

翠字去聲妙甚砌字淚字亦去俱妙凡名作俱然作平則不起調近見時人有于翠字用平平而砌成句用平平仄仄是不深于詞者也　沈氏別集選韓魏公病起懨懨一首次句云對庭前花樹添憔悴此誤多

對字沈不能辨明乃註題下云前段多一字
是使後人誤認有此四十二字體矣謬哉

戀情深 四十二字 毛文錫

滴可平滴銅壺寒漏咽韻醉紅樓月叶宴可平餘香可仄殿會鴛衾換平蕩春心叶平
真可仄珠簾下曉光侵叶平鶯可仄語隔瓊林叶平寶帳欲開慵起句戀情
深叶平

此詞兩首俱以戀情深為結想因此名題也醉紅樓
月紅樓二字相連其第二首作簇神仙伴神仙二字
亦連須知之寶帳句第二首云永願作
鴛鴦伴則在作字一豆與此微不同

贊浦子 四十二字 毛文錫

錦帳添香睡(句)金鑪換夕薰(韻)嬾結芙蓉帶(句)慵拖翡翠裙(叶)正是柳夭桃媚(句)那堪暮雨朝雲(叶)宋玉高唐意(句)裁瓊欲贈君(叶)

後起二句各六字與前段異

浣溪沙 四十二字 張曙

(可平)枕障薰爐冷繡帷(韻)(可平)二年(可仄)終日苦相思(叶)(可平)杏花(可仄)明月爾應知(叶)

(可仄)天上(可仄)人間何處去(句)(可平)舊歡(可仄)新夢覺來時(叶)(可仄)黃昏(可仄)微雨畫簾垂(叶)

詞統收匏庵一首起二句云晚來踈雨過柴關還我斜陽屋滿間平仄全誤此等明朝先輩之作原弄筆適興未嘗究心選以為世模楷反揚其短矣是非作者之過而選者之過也更有大怪者圖譜註此調于杏花舊歡黄昏三句俱作可用仄仄平平仄仄平天上句作可用平平仄仄平平仄幾將此調全首平仄俱改則真為太甚矣　按此調有起用仄聲次句方韻者如許貽蘊紅蓼渡頭秋正雨是也茲註明不録

又一體 四十二字　南唐後主

紅日已高三丈透韻金爐次第添香獸叶紅錦地衣隨步皺叶佳人舞點金釵溜叶酒惡時拈花蘂齅叶別殿遙聞簫鼓奏叶

用仄韻後
起亦叶

攤破浣溪沙 四十八字 又名山花子

南唐元宗

菡(可平)萏香銷翠葉殘(韻)西(可仄)風愁起綠波間(叶)還(可仄)與韶(可仄)光共(可平)憔(可仄)悴(句)不堪看(叶)細(可平)雨夢(可平)回雞塞遠(句)小(可平)樓吹(可仄)徹玉笙寒(叶)多(可仄)少淚(可平)珠何限恨(句)倚闌干(叶)

此調本以浣溪沙原調結句破七字為十字故名攤破浣溪沙後又另名山花子耳後人因李主此詞細雨小樓二句膾炙千古竟名為南唐浣溪沙然則唐詞沿至宋人改新調而仍舊名者甚多如喜遷鶯長相思之類皆添字成調豈可名北宋喜遷鶯北宋長相思耶　按調名沙字與浪淘沙不同義應作紗或

又作浣沙溪則尤當爲紗今姑仍諸刻

浣溪沙慢 九十三字　周邦彥

水竹(作平)舊院落(句)櫻筍新蔬果(韻)嫩英翠幄(句)紅杏交榴火(叶)心事暗卜(作平)(句)葉底尋雙朶(叶)深夜歸青鎖(叶)燈盡酒醒時(句)曉窗明(豆)釵橫鬢嚲(叶)怎生那(叶)被間阻時多(句)奈愁腸數疊(句)幽恨萬端(句)好夢還驚破(叶)可怪近來(句)傳語也(作平)無箇(叶)莫是嗔人呵(去聲)(叶)真個若嗔人(句)却因何(豆)逢人問我(叶)

紅杏以下與後好夢以下同　按多字乃以平叶仄不然直至破字方韻矣且語意亦在此頓住下奈愁

腸三句自一串而下也是此詞亦為平仄通叶之體但無第二首可對恐人不信故不敢竟註識者當自辨之

清商怨　四十二字　又名傷情怨　晏幾道

庭花香信尚淺（韻）最玉樓先暖（叶）夢覺香衾（句）江（可仄）南依夢遠（叶）迴文錦（作平）字暗翦（叶）謾寄與（可平）（豆）也（可平）應（可仄）歸晚（叶）要問相思（句）天涯猶自短（叶）

前後起皆三平三仄觀片玉枝頭風信漸小江南人去路杳可見錦字上聲可借作平不可用去聲也尚淺夢遠暗翦自短皆去上妙妙片玉亦然無怪兩公之樹幟騷壇也　按此調又名傷情怨圖譜兩收誤

又一體　四十三字　　沈會宗

城上鴉啼斗轉韻漸玉壺冰滿叶月淡寒梅向清香來小院叶
誰遺鸞箋寫怨叶翻錦字豆疊疊和愁卷叶夢破胡笳向江南烟
樹遠叶

遺照首句上字應作去聲照前後
二詞亦可作平後段次句多一字

又一體　四十三字　又名關河令　　晏殊

關河愁思望處滿韻漸素秋可平向晚叶雁可平過南雲向行人回淚眼叶
雙鸞衾裯可仄悔展叶夜又永豆枕孤人遠叶夢可平未成歸向梅花鬧

塞管叶

首句比前調多一字　按此調因此詞首二字故又名闗河令片玉詞亦作闗河令其首句秋陰時晴漸向暝正與此同而趙坦菴作一云亭臯霜重飛葉滿一云江頭伊軋動柔艣不如依此為是處滿泪眼悔展塞管亦皆去上可知元獻家風亦可知詞眼定格矣

雪花飛　四十二字　黄庭堅

攜手青雲路穩句天聲迤邐傳呼韻袍笏恩章乍賜句春滿皇都叶何處難忘酒句瓊花照玉壺叶歸嫋絲梢競醉句雪舞街衢叶

後起二句比前段各少一字

醉垂鞭 四十二字 張先

酒面灩金魚（韻）吴娃唱（換仄）吴潮上（叶仄）玉殿白麻書（叶平）待君歸後除（叶平）勾留風月好（三換仄）平湖曉（叶三仄）翠峯孤（叶平）此景出關無（可平）（叶平）西州空畫圖（叶平）

凡三用韻前後結處二句同

傷春怨 四十三字 王安石

雨打江南樹（韻）一夜花開無數（叶）綠葉漸成陰（句）下有遊人歸

路叶與君相逢處叶不道春將暮叶把酒祝東風句且莫恁豆悤悤去叶

荆公自註夢中作應是創調他無作者兩結雖俱六字須知語氣不同

霜天曉角　四十三字　又名月當牕　辛棄疾

吳可仄頭楚可平尾韻一可平棹人千里叶休可仄說可平舊愁新恨句長可仄亭樹豆今可仄如此叶宦可平途可仄叶吾倦矣叶玉可平人留我醉叶明可仄日落花寒食句得可平且可平住豆為可仄佳耳叶

兩結六字句定體也自嘯餘于亭字下誤落一樹字圖譜等因之註作五字句毋論將詞註差但即長亭

今如此五字如何解法葢此句本用枯樹賦樹猶如此一語也乃不知而妄註何哉而圖譜又改調名作月當廳吾不知霜天曉角四字有何不佳而必改之也況東澤寓名月當牕非廳字且月當廳自有正調

又一體　四十三字　趙長卿

雪花飛歇韻好向前村折叶行至斷橋斜處句寒蘂瘦豆不禁雪叶韻絕叶香更絕叶歸來人共說叶最愛夜堂深迥句踈影占豆半牕月叶

後段兩字叶韻起高賓王作望極連翠陌香更二字可作仄平

又一體　四十三字　蔣捷

人影牕紗韻是誰來折花叶折則從他折去句知折去豆向誰家叶簷牙叶枝最佳叶折時高折些叶說與折花人道句須插豆向鬢邊斜叶

用平韻後起亦兩字叶

又一體　四十三字　　黃幾

玉粲冰寒韻月痕侵畫欄叶客裏安愁無地句爲徙倚豆到更殘叶問花花不言叶嗅香香欲闌叶消得箇溫存處句山六曲豆翠屏間叶

用平韻兩後起非兩字叶者

又一體 四十四字 趙長卿

閣兒幽靜處句團爐面小牕韻好似鬬頭兒坐句梅烟炷豆返魂香叶對火怯夜冷句猛飲消漏長叶飲罷且收拾睡句斜月照豆滿林霜叶

前起五字不用韻後亦同

又一體 四十四字 程垓

幾夜瑣牕韻揭素蟾光似雪叶恰恨照人欹枕句紗廚爽豆簟紋

滑（叶）迤邐篆香裊（叶）好懷誰共說（叶）若是知人風味（句）來分付（豆）

半牀月（叶）

五字起用仄韻　書舟又一首前起玉清冰樣潔幾夜相思切後起息息休惜別還有來時節平仄與此詞又異因句字同不另録

卜算子　四十四字　又名百尺樓　蘇軾

（可平）缺月挂疎桐（句）（可平）漏斷人初定（韻）（可仄）時見幽人獨往來（句）（可平）縹緲孤鴻影（叶）（可仄）驚起却回頭（句）（可平）有恨無人省（叶）（可平）揀盡寒枝不肯棲（句）（可平）寂寞沙洲冷（叶）

毛氏云駱義烏詩用數名人謂為卜算子故牌名取之按山谷詞似扶着賣卜算益取義以今賣卜算命之人也 因秦詞極目烟中百尺樓故巧名百尺樓圖譜刪卜算子而用百尺樓無謂

又一體 四十四字 石孝友

見也如何暮韻別也如何遽叶別也應難見也難句後會難憑據叶去也如何去叶住也如何住叶住也應難去也難句此際難分付叶

首句即起仄韻後起亦叶與前詞異

又一體 四十五字 徐俯

胷中千種愁句挂在斜陽樹韻綠葉陰陰自得春句草滿鶯啼處叶不見淩波步叶空想如簧語叶門外重重疊疊山句遮不斷愁來路叶

首句平仄與蘇詞異不起韻與石詞異而後起叶仄後結六字亦俱異譜圖俱註後首句不叶韻未審何故　按詞統註云遮字是襯字大謬此調多用六字結者觀李之儀定不負相思意趙長卿山不似長眉好此類甚多豈皆襯字乎豈他句不可襯獨此句可襯乎若謂詞可用襯則詞中多少一兩字者甚衆皆可以襯之一說槩之而不必分各體矣

又一體　四十五字　黃公度

薄宦各東西句往事隨風雨韻先是離歌不忍聞句又何況豆春將暮叶愁共落花多句人逐征鴻去叶君向瀟湘我向秦句後會知何處叶

此又前結六字後結五字者

又一體 四十六字　黄庭堅

要見不作平得作平見句要近不作平得作平近韻試問得作平君多少憐句管不解豆多於恨叶禁止不作平得作平淚句忍管不作平得作平悶叶天上人間有底愁句向箇裏豆都諳盡叶

兩結皆六字而兩起句皆仄而不叶韻者

又一體　四十六字　杜安世

樽前一曲歌(句)歌(可仄)裏千金意(韻)纔(可仄)欲歌時淚已流(句)恨應更(豆)多於淚(叶)試問緣何事(叶)不(可平)語如癡醉(叶)我(可平)亦情多不忍聞(句)怕和我(豆)成憔悴(叶)

首句平後起叶而兩結皆六字者

又一體　四十六字　杜安世

深院花鋪地(韻)淡淡陰天氣(叶)水榭風亭朱明景(句)又別(豆)是愁

情味叶 有情奈無計叶謾惹成憔悴叶欲把羅巾暗傳寄叶細認取豆斑點淚叶

前後第三句俱用仄聲而後竟叶韻者 又按姑溪云我住長江頭君住長江尾上長字平後村云朝見樹頭繁暮見樹頭少下樹字仄皆係偶然不必學

卜算子慢 八十九字 柳永

江風漸老句汀蕙半凋句滿目敗紅衰翠韻楚客登臨句正是暮秋天氣叶引疎砧豆斷續殘陽裏叶對晚景豆傷懷念遠句新愁舊恨相繼叶 脈脈人千里叶念兩處風情句萬重烟水叶雨歇天

高句望斷翠峯十作平二叶儘無言豆誰可仄會憑高意叶縱寫得豆離情萬種句奈歸鴻誰寄叶

楚客至念遠與後雨歇至萬種同韦字恨字定格去聲後張詞亦用去絮二字漸老到晚念遠念兩縱寫萬種等用六箇去上妙絕

又一體　九十三字　張先

溪山別意句烟樹去程句日落采蘋春晚韻欲上征鞍句更掩翠簾回面叶相盼叶惜彎彎豆淺黛長長眼叶奈畫閣歡遊也學狂風飛絮輕散叶　水影橫池館叶對靜夜無人句月高雲遠叶一

餉凝思句兩眼淚痕還滿叶難遣叶恨私書豆又逐東風斷叶縱夢

澤豆層樓萬尺句望湖城那見叶

比柳作多相盼難遣四字圖譜讀更掩翠簾為一句回面相盼為一句且註回面云可用仄平怪絕怪絕又有傖父讀作相盼惜者不知面字與後段滿字是六字句叶韻盼與遣亦二字句叶韻者也無知妄讀何哉歡遊下十字據後段及柳詞應于學字分句人謂歡遊也學不可斷句不知此本十字句歌者原不于學字歇拍正不妨畧住即如水龍吟之結誤讀坡詞而謂另一體者相類甚矣拘墟者之未可與權也諸仄字皆宜玩而去翠淚等去聲妙妙觀前柳詞可知

詞律卷三

欽定四庫全書

詞律卷四

宜興萬樹撰

伊川令 四十四字

范仲胥妻

西風昨夜穿簾幕韻閨院添蕭索叶最是梧桐零落叶迤邐秋光過卻叶人情音信難托叶教奴獨自守空房句淚珠與豆燈花共落叶

後庭花 四十四字

毛文錫

輕(可仄)盈舞(可平)妓含芳豔(韻)競妝新臉(叶)步(可平)搖珠翠修蛾斂(叶)膩鬟雲染(叶)　歌(可仄)聲慢(可平)發開檀點(叶)繡衫斜掩(叶)時(可仄)將纖手勻紅臉(叶)笑拈金靨(叶)

毛詞三首其第一首次句用後庭花發正合題名而各刻多改後庭作瑞庭可笑後庭花乃陳後主曲瑞庭何所取義乎　此詞用閉口韻甚嚴後人則與元寒刪先出入太覺汎濫不及唐人矣競膩繡笑皆去聲妙甚當學之　又一首時將篹掩怎奈禁人長相見甚拗愚謂恐是爭教人不長相見或教人爭不長相見之誤也

又一體四十六字　孫光憲

景陽鐘動宮鶯囀(韻)露涼金殿(叶)輕飇吹起瓊花旋(叶)玉葉如剪(叶)　晚來高閣上(豆)珠簾捲(叶)見墜香千片(叶)修蛾慢臉陪雕輦(叶)後庭新宴(叶)

後起用八字次句用五字與前異觀此尾句則毛詞後庭花發可信欒字可作平然觀後孫詞此字亦可用去

又一體　四十六字　　孫光憲

石城依舊空江國(韻)故宮春色(叶)七尺青絲芳草碧(叶)絕世難得(叶)　玉英凋落盡(豆)更何人識(叶)野棠如織(叶)只是教人添怨

憶叶悵望無極叶

後起九字異世字望字俱用仄聲與毛詞不同想不拘也碧字各本多作緑字此句須叶韻必係碧字無疑　詞綜載王秋澗趙松雪後庭花破字乃是北曲本譜于曲調不收今録趙詞于後觀者自明蓋此等若收入詞則不勝其收矣

後庭花

趙孟頫

清溪一葉舟芙蓉兩岸秋採菱誰家女歌聲起暮鷗亂雲愁滿頭風雨帶荷葉歸去休

此即西廂襯殘紅一曲也帶字是襯字若論曲調則此詞之清溪一葉舟平仄為正而秋澗之緑樹遠連洲不合也菱字亦宜用仄

巫山一段雲　四十四字

李珣

古(可平)廟依青嶂(句)行宮枕(可平)碧流(韻)水(可平)聲山(可仄)色鎖妝樓(叶)往(可平)事思悠悠(叶)　雲(可仄)雨朝還暮(句)烟花春(可平)復秋(叶)啼(可仄)猿何必近孤舟(叶)行(可仄)客自多愁(叶)

此詞及毛文錫作俱即詠巫山神女事

又一體　四十六字　　唐昭宗

蝶舞梨園雪(句)鶯啼柳帶烟(韻)小池殘日艷陽天(叶)苧(可平)蘿山(可仄)又山(叶)　青鳥不來愁絶(換仄)忍看鴛鴦雙結(叶仄)春風一等少年心(三換平)閒(可仄)情(可平)恨不禁(叶三平)

前段句法與前詞同但苧蘿句平仄各異耳後段起兩句六字全異

醜奴兒 四十四字 又名羅敷媚 羅敷艷歌 采桑子 和凝

蝤(可仄)蠐領(可平)上訶梨子(句)繡(可平)帶雙垂(韻)椒(可仄)戶閑時(叶)競學(可平)樗蒲賭(可平)荔枝(叶)　叢(可仄)頭鞋(可仄)子紅編細(句)裙(可仄)窣金絲(叶)無(可仄)事嚬眉(叶)春(可仄)思翻教阿(可平)母疑(叶)

此是本調正格作者皆從之

攤破醜奴兒 六十字 趙長卿

樹(可平)頭紅(可仄)葉飛都盡(句)景(可平)物淒涼(韻)秀(可平)出羣芳(叶)又見江梅淺(可平)淡

妝叶也囉句真箇是豆可人香叶　蘭可仄魂蕙可平魄應羞死句獨可平占風光叶

夢可平斷高唐叶月可平送疎枝過可平女墻叶也囉句真箇是豆可人香同前句

粧墻二字叶韻真箇是六字前後同　按本集此詞題作一剪梅又註或作攤破醜奴兒但觀也囉以上詞端端正正是醜奴兒只添也囉二字并真箇是六字所謂攤破也與一剪梅無干想因此詞是詠梅而首句七字下二句皆四字有似一剪梅故訛傳耳今收于此不載在一剪梅之後　也囉二字乃歌詞助語之辭南曲水紅花亦用此二字　又按囉字佛經作羅打切俗語亦有囉哩嗹之說而向来南曲俱唱作羅字音有一傖父自謂知音因聞此字宜讀羅打切謂是家麻韻遂以浣沙記唱一聲水紅花也囉句囉字是叶韻且云作此套曲者必用家麻韻方可偶見余所製南劇此曲不用家麻駭然以為大誤蓋其

人但識浣沙一詞而未見他曲即譜中月明千里故人來也囉亦未寓目故大肆譏議余亦不與辨但笑而謝其糾正焉因思其人若見此詞既用芳妝韻而又用也囉亦當蒙駁矣因註此詞附記以為一笑

促拍醜奴兒 六十二字 似娘兒 又名青杏兒

黄庭堅

得(可平)意許多時(韻)長(可仄)醉(可平)賞(可平)(豆)月(可平)下花枝(叶)暴(可平)風(可平)急雨年年有(句)金(可仄)籠鎖(可平)定(句)鶯(可仄)雛燕(可平)友(句)不(可平)被難欺(叶) 紅(可仄)旆轉逶迤(叶)悔(可平)無(可仄)計(可平)(豆)千(可仄)里追隨(叶)再(可平)來重(可仄)綰瀘南印(句)而(可仄)今目(可平)下(句)恓(可仄)惶怎(可平)向(句)日(可平)永春遲(叶)

谷集直名曰醜奴兒而元遺山永廨室中香一首題加促拍二字故從之以別于本調 此調趙長卿名為青杏兒令北曲小石調青杏兒即此調詞綜所載趙秉文風雨替花愁是也大石調名青杏子亦同只

于友字向字用仄叶本譜于乾荷葉後庭花平湖樂等實係北曲槩不收入以與詞調相混故不存青杏兒名目又按此調趙長卿又名似娘兒汲古毛氏註云或作攤破醜奴兒誤毛氏亦非蓋醜奴兒非誤但攤破二字誤耳故前也囉一調准作攤破而此調准作促拍　又按南曲仙呂引子似娘兒亦即此調故知此調多異名今以在詞為醜奴兒在北曲為青杏兒在南曲為似娘兒可也　又書舟亦有此調名曰攤破南鄉子尤為無涉正與誤名一剪梅同故南鄉子正調後亦不另收程體

醜奴兒慢　九十字　潘元質

愁春未醒句還是清和天氣韻對濃綠豆陰中庭院句燕可平語鶯啼換平叶數點新荷句翠鈿輕泛水平池叶平一作平簾風絮句才晴又雨句梅子

黃時叶平恐記那回句玉人嬌困句初試單衣叶平共攜手豆紅窗描繡句畫扇題詩叶平怎有而今句半牀明月兩天涯叶平章臺何處句多應爲我句蹙損雙眉叶平

吳子和此調題無慢字荷字今字俱用叶韻與此異後起云凝想恁時歡笑傷今萍梗悠悠句法亦異兹註明因餘同不錄　按此詞因首句四字後人遂名曰愁春未醒夢窗稿東風未起一篇是也圖譜不知即醜奴兒慢故另立一愁春未醒之調且斷句差錯殊甚踵訛襲謬致時人之喜填新名者多受其累矣總之作譜者全未費一縷心力半黍眼光不審調不訂韻不較本篇之前後不較他作之異同隨意斷句遂曰是足以爲程式矣豈不怪哉今細加勘定先錄吳詞于左

愁春未醒　吳文英

東風未起花上纖塵無影峭雲溼凝酥深塢作洗梅清釣僊遊絲冷浮虹氣海波明若耶門閉扁舟去懶客思鷗輕　幾度問春倡紅冶翠空媚陰晴看真色千巖一素天淡無情醒看重開玉鈎簾外曉峰青相扶輕醉越山更上臺最高層

此詞句法本如此讀與前潘詞如出一轍止洗梅清句上落去乍字令人任意混讀選聲及塡詞圖譜皆以第二句作四字且云塵字起韻夫此詞通首用庚青韻豈獨用一真文字為起夢窗詞家龍象豈亦猶今人之亂用韻者真寃殺矣既註塵字為韻則後段春字亦可註叶矣何不註乎以次句作四字則前潘詞亦可于清和斷句乎又無影連下作五字凝酥連下作七字釣僊連下冷字作五字浮虹至波明作三字兩句如此讀法如此分句法豈不怪絕今斷之曰起句四字次句六字影字乃為起韻蓋長調用平仄

豆叶者甚多不然直至清字方用韻起必無是理潘詞第二句氣字原端然是起韻也峭雲溼以下與後段看真色以下皆字字照合亦與潘詞字字照合峭雲溼乃三字一豆用仄平仄與後之看真色潘之對濃綠共攜手合也凝酥句四字洗梅句洗字上或下落一字蓋此二句對後段千巖至無情八字也釣倦句四字對後醒看句冷浮句七字對後玉鈎句若耶三句對後相扶三句不惟句字明晰而平仄亦甚嚴整以較潘詞有一字不合乎蓋夢窗丙稿愁春未醒深塢下即洗梅清而乙稿醜奴兒則有作字人因忽略不察其兩稿同是一詞但見愁春未醒新名喜取入譜而不知有落字竟將句法亂分矣可歎哉況乙稿第二首亦即以鶯干叶亂字尤可據也兩詞平仄森然學者須依其矩矱如未醒未起之去上恐記幾度之上去皆當從之而後起首句之那字問字尤為要緊萬勿用平凡此皆愚意僭論如是有心人或首

肯焉若以為怪誕以為穿鑿以為狂妄則皆聽之而已

有一友見此註口雖唯唯而心不信氣字影字仄聲起韻之說適讀友古詞則平仄更多間用始訝然知余說之不謬而余亦自幸其億中云因喜而備錄之以廣平仄互用之格

醜奴兒慢　　蔡伸

明眸秀色別是天真瀟灑更鬢髮堆雲玉臉淡拂輕霞醉裏精神衆中標格誰能畫當時攜手花籠淡月重門深亞　巫峽夢回已成陳事豈堪重話設贏得羅襟清淚鬢邊霜華　念傷懷凭欄烟水渺無涯秦源目斷碧雲暮合難認仙家

此詞以灑字仄聲起韻而以霞字平接畫亞話仄華涯家平相間為叶　更鬢髮下十一字一貫即前潘詞對濃綠下十一字具句豆處不妨上下也念傷懷上落一字

嘯餘及圖譜又收醜奴兒近一調今查係全誤
特照舊刻錄之并駁正于後覽者當爲一噱焉

醜奴兒近一百四十六字 辛棄疾

千峯雲起四字驟雨一霎兒價六字仄韻起更遠樹斜陽五字風景怎生圖畫六字叶青旗賣酒四字山那畔別有人家七字只消山水光中無事八字過者一霎四字午睡醒時四字松窗竹戶萬千瀟灑八字野鳥飛來四字又是一飛流萬壑七字叶共千巖爭秀五字仄韻更孤負平生弄泉手七字

嘆輕衫帽幾許紅塵八字還自喜濯髮滄浪依舊九字叶人生行樂耳五字身後虛名四字何似生前一盃酒七字更仄韻便此地結吾廬六字待學淵明四字更手種門前五柳七字叶且歸去三字父老約重來五字問如此青山定重來否九字叶

此詞自來分作三段其字一百四十六從稼軒舊集汲古閣板皆同其後嘯餘譜及填詞圖譜等書因從

而分其字句論其平仄爲圖爲註于其下蓋欲以此譜詔天下後世之學詞者故學者亦從而信之守之俱謂醜奴兒近有此一格相與模倣塡之矣稍有識者起而駁之曰灑字是韻手字是借韻何以不註叶酒字卽叶上秀手舊等韻何以註更韻且所註八字九字亦皆不確又有識高者起而辨之曰譜于秀字註更仄韻大非此詞到底本是一韻因稼軒用韻常有出入如六幺令以覺學叶折鴨之類乃此老誤處此詞是以秀柳叶價晝後人不可依譜更韻但改正通篇用一箇韻脚可耳一說如此謂留心風雅者矣而僕向來審疑之謂此詞必非僅字句之差叶韻之謬而已如又是一飛流萬壑句稼軒必不至如是不通且用韻或一二假借亦必與前後分異若此者年來匆匆忽畧未及校正近因有訂譜之役再四紬繹諷詠忽焉得之蓋其所謂第一段者實醜奴兒之前段也價晝之下用家字正此調平仄互用處而舊譜

不識詞中兩箇一霎字俱作平聲一霎兒價即潘詞之清和天氣者字與俗這字同過者一霎即潘之梅子黄時是首段自起至末一字不差也其所謂第二段者則前半仍是醜奴兒而後半則非醜奴兒矣午睡以下十二字原是本調分作三句灑字是叶韻者其下則此調殘缺不全野鳥飛来又是一七個字即潘之攜手紅窓描繡畵七個字亦即同本詞前段遠樹斜陽風景怎七個字而野字之上缺一字又是一之下竟全遺失矣至飛流萬壑以下及所謂第三段者則係完全一首洞仙歌前段依舊止後段人生起也細細校對無一字不合只嘆輕衫帽之衫字下落一短字耳以洞仙歌全首彊借為醜奴兒之尾豈非大怪事乎又細考之稼軒原集醜奴兒近之後即載洞仙歌五闋當時不知因何遺失醜奴兒後半竟将洞仙歌一闋錯補其後故集中遂以醜奴兒作一百四十六字而後洞仙歌止存四闋矣讀者未嘗熟玩

洞仙歌句法安能覺蟲吻間有此聲响乎且見譜圖之中鑿然註明更無疑惑遂認定醜奴兒另有此一體然則讀者之不詳審其過尚輕而向来刻詞者之過較重至作譜作圖為定格以誤後人者其開罪于古今後世豈爰書可容未减哉僕本笨伯向来任意雌黄其為世所怒詈自揣不免然此等處輒自以為于詞學頗有微功耳時乙丑長夏展紅藤簟把卷卧端署東閣丹蕉花下不覺躍起大呼狂笑同人雪舫驚問因疏此相示雪舫亦撫髯擊節曰此詞自稼軒迄今五百七十餘年至今日始得洗出一副乾凈面孔真大快事因呼童子酌西國蒲萄釀相與大醉

菩薩蠻 四十四字 又名子夜歌 巫山一片雲 重疊金 李白

平可仄林漠可平漠烟如織韻寒可仄山一可平帶傷心碧叶暝可平色入高樓換平有可平人

樓(可仄)上愁(叶平)　玉(可平)階空竚立(三換仄)宿(可平)鳥歸飛急(叶三仄)何(可仄)處是歸程(四換平)長(可仄)亭

連(可仄)短亭(叶四平)

兩句一韻共易四韻連字或作更字然此一字用平為佳用平則此句首一字可用仄　按青蓮此調與憶秦娥為千古詞祖實亦千古絕唱平仄悉宜從之又按唐蘇鶚杜陽襍編云宣宗大中初蠻國人入貢危髻金冠瓔珞被體故謂之菩薩蠻當時倡優遂製菩薩蠻曲文士往往聲其詞又崔令欽教坊記載兩院人歌曲名亦有菩薩蠻北夢瑣言云宣宗好唱菩薩蠻詞是原作蠻字自楊升庵好奇云是鬘字今人皆從之不知蠻字乃女蠻之蠻不必易也　按圖譜載菩薩蠻慢一調一百八字羅壺秋作查係解連環別名

故不錄

華清引 四十五字 蘇軾

平時十月幸蓮湯韻玉甃瓊梁叶五家車馬如水句珠璣滿路旁叶

翠華一去掩方牀叶獨留烟樹蒼蒼叶至今清夜月句依舊過繚墻叶

散餘霞 四十五字 毛滂

墻頭花口寒猶噤韻放繡簾可平晝靜叶簾外可仄時有蜂兒句趁楊花不定叶

闌干又還獨凭叶念翠低眉可仄暈叶春夢枉可平惱人腸句更懨懨酒病叶

後起比前少一字

憶悶令　四十五字　晏幾道

取次臨鸞勻畫淺韻酒醒遲來晚叶多情愛惹閒愁句長黛眉低斂叶　月底相逢見叶有深深良願叶願期信豆似月如花句須更交長遠叶

醒字作平聲讀與後深深良願句法同信字恐誤多蓋前後結相同而願期信字複而贅耳

更漏子　四十六字　溫庭筠

玉闌干句金甃井韻月可平照碧可平梧桐可仄影叶獨可平自箇句立多時換平露可平華濃可仄

溼衣[叶平]一向[三換仄]凝情望[叶三仄]待[可平]得不[可平]成模[可仄]樣[叶三仄]雖时[可平]耐[句]又尋思[叶平]怎[可平]

生瞋[可仄]得伊[叶平]

後起兩字韻後人俱三字矣

又一體四十六字　温庭筠

玉爐香[句]紅蠟淚[韻]偏[可仄]照畫[可平]堂秋[可仄]思[叶]眉翠薄[句]鬢雲殘[換平]夜[可平]長衾

枕寒[叶平]梧桐[可仄]樹[三換仄]三[可仄]更雨[叶三仄]不[可平]道離[可仄]情正[可平]苦[叶三仄]一[可平]葉葉[句]一聲聲[四換平]

空[可仄]階滴[可平]到明[叶四平]

起句毛熈震用烟月寒烟字平月字仄梧桐樹三字毛用人悄悄悄字仄可不拘也然自北宋以後前起

皆用仄平平而後起竟與前同不復如樹字惜字用韻矣山谷一篇首句用菴摩勒此係偶然又一篇後一二句用休休休莫莫莫四五句用了了了玄玄玄亦是遊戲非正體也

又一體四十六字　孫光憲

掌中珠(句)心上氣(韻)愛惜豈將容易(叶)花下月(句)枕前人(換韻)此生誰更親(叶平)　交頸語(句)合歡身(叶平)便同比目金鱗(叶平)連繡枕(句)臥紅茵(叶平)霜天似煖春(叶平)

前段與前體同後段不另換韻即叶前平聲　按各詞選所載皆只前一體蓋因花間止收孫少監兩首皆與溫助教體同想忘考孫全詞故未及另立一體也

又一體　四十九字　歐陽炯

三十六宮秋夜永句露華點滴高梧韻丁丁玉漏咽銅壺叶明月上金鋪叶　紅線毯句博山爐叶香風暗觸流酥叶羊車一去長青蕪叶鏡塵鸞綵孤叶

通首用平韻字句亦多異前結句平仄反

又一體　一百四字　杜安世

庭遠途程韻算萬水千山句路入神京叶暖日春郊綠柳紅杏句香逕可平舞燕流鶯客館悄悄閑庭堪惹舊恨深叶有多少馳

驅驀嶺涉水枉癈身心(叶)　思想厚利高名(叶)謾惹得意煩(句)

枉度浮生(叶)幸有青松白雪深洞(句)清閑(可仄)且樂昇平(叶)長是宜

遊羈思別離淚滿襟(叶)望江鄉蹤跡舊遊題書尚自分明(叶)

此與唐腔迴別後段換頭六字以下俱與前段同只字之平仄畧異耳悄悄閑庭疑是閑庭悄悄總因恐有誤字不敢旁註

好事近　四十五字　又名釣船笛　鄭獬

江上探春回(句)正(可平)值早(可平)梅時節(韻)兩(可平)行(去聲)小(可平)槽雙鳳(句)按涼州初

徹(叶)謝(可平)娘扶(可仄)下繡鞍來(句)紅靴(可仄)踏殘雪(叶)歸(可仄)去不(可平)須銀燭(句)有

山（可仄）頭明月（叶）

紅靴句如向子諲之尚喜知時節洪咨夔之半陰晴方好稍有不同然踏殘雪用仄平仄甚起調名詞皆然兩結用仄平平平仄圖譜謂可用平仄平仄仄誤

誠齋末句看十五十六豈非上入作平之証張輯詞名東澤綺語債皆取詞中字題以新名如桂枝香名踈簾淡月齋天樂名如此江山長相思名山漸青憶秦娥名碧雲深點絳唇名南浦月又名沙頭雨謁金門名花自落又名垂楊碧憶王孫名闌干萬里心好事近名釣船笛然皆于題下自註寓某調今圖譜等好奇盡刪舊易新極無意味徒令人嘔惡耳

好時光　四十五字　　唐玄宗

寶髻偏宜宮樣句蓮臉嫩豆體紅香韻眉黛不須張敞畫句天教

入鬢長叶 莫倚傾國貌句嫁取箇句有情郎叶彼此當年少句莫負好時光叶

此調昉于明皇即以末字為名

繡帶兒 四十五字 兒或作子 曾覿

一名好女兒

可仄瀟灑隴頭春韻 可平取次一枝新叶 可仄還是東風來也句 猶作未歸人叶

可仄微月淡烟村叶 謾竚立豆 可仄惆悵黃昏叶 可平暮寒香細句 疎英幾點句 儘奈銷魂叶

按山谷有好女兒詞三首其二首與此字字相合故嘯餘所收繡帶子即黃詞也今并入此調而錄其又

一首稍異者于左至好女兒又有晏小山六十二字一詞另列于後蓋調名重複訛混不得不如此分晰耳

又一體四十五字　黃庭堅

春去幾時還韻問桃李無言叶燕子歸棲風勁句梨雪亂西園叶唯有月嬋娟叶似人人豆難近如天叶願教清影常相見句更乞取團圓叶

問桃李無言句法不同願教句七字尾句五字皆與前異

天門謠四十五字　李之儀

天塹休論險[韻]盡遠[可平]目[豆]與天俱占[叶]山水斂[叶]稱霜晴披覽[叶]正風靜雲閒平瀲灩[叶]想見高吟名不濫[叶]頻扣檻[叶]杳杳落[豆]沙鷗數[可平]點[叶]

或謂天塹塹字即是起韻蓋塹字亦閉口音必二字句不知此詞李自註賀方回韻今查賀詞首句牛渚天門險故知塹字不是起韻

柳含烟　四十五字　毛文錫

隋堤柳[句]汴河旁[韻]夾[可平]岸綠[可平]陰千[可仄]里[句]龍[可仄]舟鳳[可平]舸木蘭香[叶]錦帆張[叶]因[可仄]夢江[可仄]南春景好[換仄]一[可平]路流[可仄]蘇羽[可平]葆[叶仄]笙[可仄]歌未[可平]盡起橫

流三換平鎖春愁叶三平

汴河旁舊刻俱訛作汴河春故作譜者謂與下香張字不叶韻另作一體而又收第二句起韻者作一體也不知毛詞四首精工麗密豈有三首皆同而一首獨異之理其第二首占芳春下叶人神三首近垂旒下叶州浮四首占春多下叶羅波皆于第二句起韻此首豈得至香字方起韻乎近得善本乃是旁字正與下句叶耳

一落索 四十五字 又名玉聯環 洛陽春 上林春

呂渭老

宮可仄錦裁可仄書寄可平遠韻意長辭短叶香可仄蘭泣可平露雨催蓮句暑氣昏池館叶向可平晚小可平園行可仄遍叶石榴紅滿叶花可仄花葉可平葉盡成雙句渾似人

我豆梁間燕叶

各家兩結俱六字此詞前尾五字獨異查所作有二首同故收之

又一體　四十六字　辛棄疾

羞可仄見鑑可平鸞孤却韻倩人梳掠叶一春長是為春愁句甚可平夜夜豆東風惡叶行可仄遠翠可平簾珠箔叶錦箋誰托叶玉觴泪滿却停觴句怕可平酒似人豆即情薄叶

此前後整齊者辛又一首起云錦帳如雲高處不知重數汲古刻錦帳如雲處高不知重數乃誤也非另有此體倩錦二字不可用平

又一體 四十七字 張先

來時露浥衣香潤韻綵縧垂鬟叶卷簾還喜月相親句把酒與豆花相近叶 西去陽關休問叶未歌先恨叶玉峯山下水長流句流水盡豆情無盡叶

前起七字
後起六字

又一體 四十八字 嚴仁

清曉鶯啼紅樹韻又一雙飛去叶日高花氣撲人來句獨自個豆傷春無緒叶 別後暗寬金縷叶倩誰傳語叶一春不忍上高

樓句為怕見豆分攜處叶

第二句五字第四句七字

又一體四十九字　陳鳳儀

蜀江春色濃如霧韻擁雙旌歸去叶海棠也似別君難句一點點豆啼紅雨叶　此去馬蹄何處叶向沙堤新路叶禁林賜宴賞花時句還憶著豆西樓否叶

前後次句俱五字

又一體五十字　黃庭堅

誰道秋來烟景素韻任遊人不顧叶一番時態一番新句到得意豆皆歡慕叶　紫萸黃菊繁華處叶對風庭月露叶愁來即便去尋芳句更作甚豆悲秋賦叶

前後起句皆七字次句皆五字末句皆六字兩段整齊者　按此調因題名有四字數又多寡不一故各譜收作兩調或三調如周美成眉共春山爭秀一首片玉詞作一落索清真集作洛陽春人不細考因而分列矣今查明歸併焉

杏園芳　四十五字　尹鶚

嚴妝嫩臉花明韻教人見了關情叶含羞舉可平步越羅輕叶稱娉

娉叶 終朝咫尺窺香閣句 迢遙似隔層城叶 何時休可仄遣夢相

迎叶 入雲屏叶

後起七字用仄與前段異餘同迎一作縈

綵鸞歸令 四十五字　　張元幹

珠履爭圍韻 小立春風趁拍低叶 態閑不可平管樂催伊叶 整朱衣叶

粉融香潤隨人勸句 玉困花嬌越樣宜叶 鳳城燈可仄夜舊家

時叶 數他誰叶

後起七字用仄與前段異餘同

謁金門 四十五字 又名花自落 韋莊

空相(可仄)憶(韻)無(可仄)計得(可平)傳消息(叶)天(可仄)上嫦(可仄)娥人不識(叶)寄(可平)書何處覓(叶)新(可仄)睡覺(可平)來無(可仄)力(叶)不(可平)忍看(可平)伊書(可仄)迹(叶)滿(可平)院落(可平)花春寂寂(叶)斷(可平)腸芳草碧(叶)

各家俱從此體獨孫光憲後起云輕別離甘拋擲作三字兩句因字數叶韻同不另録圖譜乃註云孫後起處二字一句四字一句蓋錯認輕別為叶韻故云三字句也試問離甘拋擲如何成語寃哉孫少監也

又將調名改花自落無謂

憶少年 四十六字 又名十二時 晁補之

無窮官(可仄)柳(句)無情畫(可平)舸(句)無根行客(韻)南山尚相送(句)只高城人隔(叶)罨畫園林溪紺碧(叶)算重來(豆)盡成陳跡(叶)劉郎鬢如此(句)況桃花顏色(叶)

算重來可用平平仄

又一體四十七字　曹組

年時酒伴(句)年時去處(句)年時春色(韻)清明又近也(句)却天涯為客(叶)念過眼光陰難再得(叶)想前歡(豆)盡成陳跡(叶)登臨恨如此(句)把闌干暗拍(叶)

近字暗字用仄不起調不如晁詞觀從来名作可知因後起八字故另收之然無第二首莫可訂正作者但從前體可也詞滙註念字是襯可删但聞曲有襯字未聞詞有襯字不知何據也　按朱敦儒有連雲衰草一首四十六字題作十二時查與憶少年一字無異故不另收作格說見長調十二時柳詞下

占春芳　四十六字　蘇軾

紅杏了[句]天桃盡[句]獨自占春芳[韻]不比人間蘭麝[句]自然透骨生香[叶]　對酒莫相忘[叶]似佳人[豆]兼合明光[叶]只憂長笛吹花落[句]除是寧王[叶]

此題他無作者想因第三句為題名

喜遷鶯四十六字　張元幹

文倚馬（句）筆如椽（韻）桂（可平）殿早登仙（叶）舊（可平）遊冊（可平）府記當年（叶）袞（可平）繡合貂蟬（叶）慶天申（句）瞻玉座（句）鵷（可仄）鷺共陪班（叶）看（可平）君穩（可平）步過花甎（叶）歸（可仄）院引金蓮（叶）

前後字句同只後起二句先平後仄而不叶韻

又一體四十七字或加令字又名鶴冲天燕歸來　韋莊

街鼓（可平）動（句）禁城開（韻）天（可仄）上探人回（叶）鳳（可平）銜金（可仄）榜出雲來（叶）平（可仄）地一聲雷（叶）鶯（可仄）已遷（句）龍（可平）已化（換仄）一（可平）夜滿（可平）城車馬（叶仄）家（可仄）家樓（可仄）上簇神

仙（三換平）争（可仄）看鶴冲天（叶三平）

用三韻與前不同唐詞皆此體譜圖以薛昭蘊金門晚一首為第一體其後起云九陌喧千門啟滿袖桂香風細啟細二字相叶正與此詞化馬相叶同譜不註叶韻只作三字句六字句又汲毛文錫芳春景一首為第二體其後起云錦翼鮮金毳軟百囀千嬌相喚則註軟喚二字相叶吾不知軟喚可謂相叶而啟細不可謂相叶是何故也　按此詞末有鶴冲天三字故後人又名此詞曰鶴冲天是惟此四十七字之喜遷鶯方可名鶴冲天也乃今人將一百三字之喜遷鶯亦名曰鶴冲天而選聲更註云又名鶴冲霄似此展轉訛謬豈可不加釐正哉　按張元幹又一首用此體汲古不知乃註云向亦作喜遷鶯誤今改鶴冲天以為改正而實反錯天下事往往如此而圖譜等書收作兩體者尤為無識　又按杜安世柳耆卿

別有鶴冲天八十餘字者與喜遷鶯本調相去懸絶各譜反不收今另列其體于後

又一體四十七字　晏幾道

蓮葉雨[句]蓼花風[韻]秋恨幾枝紅[叶]遠烟收盡水溶溶[叶]飛雁碧雲中[叶]　衷腸事[换仄]魚箋字[叶仄]情緒年年相似[叶仄]凭高雙袖晚寒濃[叶平]人在月橋東[叶平]

後起首句即換仄韻　一本題作燕歸來　沈選新集有于尾句用榴花開欲燃者不能辨反選之可笑

又一體四十七字　毛文錫

芳春景[句]曖晴烟[韻]喬木見鶯遷[叶]傳枝偎葉語關關[叶]飛過綺

叢間(叶)錦翼鮮(句)金毳軟(换仄)百囀千嬌相喚(叶仄)碧紗窗曉怕聞聲(句)驚破鴛鴦暖(叶仄)

末句不換平韻仍叶仄聲

又一體 一百三字 蔣捷

游(可仄)絲纖弱(韻)謾著(可平)意絆春(句)春難憑託(叶)水(可平)暖成紋(句)雲(可仄)晴生影(句)芳(可仄)草漸侵裙幄(叶)露(可平)添(可仄)牡(可平)丹新(可仄)艷(句)風(可仄)擺秋千閒索(叶)對此(可平)景(句)動高(可仄)歌一(可平)曲(句)何妨行樂(叶)行樂(叶)君聽取(句)鶯轉綠窗(句)也(可平)似人來相約(叶)粉(可平)壁題詩(句)香(可仄)街走(可平)馬(句)爭(可仄)奈鬢絲輸卻(叶)夢(可平)回(可仄)晝(可平)長

無(可仄)事(句)聊(可仄)倚闌(可仄)干斜角(叶)翠深(可仄)處(句)看悠(可仄)悠幾(可平)點(句)楊花飛落(叶)

此詞諸去聲字宜玩後起行樂是叶韻不必疊上字謾着意絆春句有作仄平平仄仄露添句夢回句或作仄仄平平平仄故旁註如此以便學者易于填字然其實此三須依此詞方為得調竹山鍊字精深調音諧暢乃詞家榘矱定宜遵之綠窓綠字亦要仄聲用平者亦不足法也

又一體　一百三字　　趙長卿

商飈輕透(韻)動簾幙飛梧(句)亂飄庭甃(叶)瑞氣氤氳(句)沉檀初爇(句)烟噴寶臺金獸(叶)黄花美酒(句)天教占得(句)先他時候(叶)誕元老(句)慶有聲此夕(句)降生華胄(叶)　歡笑宜稱壽(叶)絃管鬧沸(句)宮商

方頻奏(叶)滿捧瑤巵(句)華堂歌舞(句)拍轉金釵斜溜(叶)朱顏綠鬢(句)
殷勤深願(句)鎮長如舊(叶)嘆濵海(句)道難留指日(句)榮遷飛驟(叶)

黄花下朱顏下各十二字皆四字句與前兩六字句法不同

又一體　一百四字　張元幹

雁塔題名(句)寶津盼宴(句)盛事簪紳常說(韻)文物昭融(句)聖代搜
羅(句)千里爭趨丹闕(叶)元侯勸駕(句)鄉老獻書(句)發軔龜前列(叶)山
川秀(句)圖觀衆多(句)無如閩越(叶)　豪傑姓標紅紙(句)帖報泥金(句)
喜信歸來俱捷(叶)驕馬蘆鞭(句)醉垂藍綬(句)吹雪芳□□月(叶)素

蛾情厚句桂花一任郎君折叶須滿引句南臺又是句合沙時節叶

此與前調絕異其中恐有誤字無可查証姑照舊本録之以存其體

荆州亭 四十六字 又名江亭怨

吳城小龍女

簾捲曲欄獨倚韻江展暮雲無際叶淚眼不曾睜句家在吳頭楚尾叶　數點落花亂委叶撲漉沙鷗驚起叶詩句欲成時句沒入蒼烟叢裏叶

此原無調名因題在荆州江亭故以名之

萬里春 四十六字

周邦彥

千紅萬翠韻簇清明天氣叶為憐他豆種種清香句好難為不醉叶我愛深如你叶我心在豆箇人心裏叶便相看豆老卻春風句莫無些歡意叶

為憐他二句前後同或謂前段應于好字分句後段應于莫字分句莫即暮字也余云如此則無些歡意說不去

金蕉葉 四十六字

蔣捷

雲褰翠幙韻滿天星豆碎珠迸索叶孤可仄蟾闌外照我句看看過轉角叶

酒醒寒砧正作叶待眠來豆夢可平魂怕惡叶枕可平屏那平聲更畫了豆

平沙斷雁落叶

後起去字與前段異餘同此體作者甚多平仄俱宜從之沈前後森整如外照我過轉角更盡了斷雁落俱疊三仄字而外照更畫俱去聲我了二字俱上聲方是此調音響圖譜謂過轉角可仄平仄更畫了斷雁落可平仄仄此何據耶翠碎迸正夢怕等去聲字俱妙絕譜俱作可平嗟乎作譜者苦心宛轉必欲滅盡古調而後已是何忍乎

又一體 六十二字 柳永

厭厭夜飲平陽第韻添銀燭豆旋去聲呼佳麗叶巧笑難禁句艷歌無間聲相繼叶準擬幕天席地叶金蕉葉泛金波霽叶未更闌豆

已盡狂醉叶袖中有個風流句暗向燈光底叶惱徧兩行珠翠叶

與前調全異袖中至光底十一字與前段巧笑至相繼十一字句豆平仄雖微有不同實則兩段句法一般也後起句有金蕉葉字或因句立名或取名入句此類甚多

朝天子 四十六字

楊旡咎

小閣寬如掌韻占螺浦豆山川夷曠叶千奇萬狀叶見雲烟斂放叶更永夜豆風生明月上叶用取真成無盡藏叶誰共賞叶徙倚撫豆危欄吟望叶

此體作者甚少平仄當依之

憶秦娥　四十六字　別名秦樓月　碧雲深　雙荷葉

李白

簫聲(可仄)咽(韻)秦(可仄)娥夢(可平)斷秦樓月(叶)秦樓月(疊三字)年(可仄)年柳(可平)色(句)灞陵傷別(叶)樂(可仄)遊原(可仄)上清秋節(叶)咸(可仄)陽古(可平)道音塵絕(叶)音塵絕(疊三字)西(可仄)風殘(可仄)照(句)漢家陵闕(叶)

秦樓月音塵絕俱疊上三字灞漢二字必用仄字得去聲尤妙令人竟有于傷字及陵闕陵字用仄者大謬沈選王修微竟于年年西風二句作仄仄平平更奇

又一體　四十六字

孫夫人

花深深(韻)一(可平)鈎羅(可仄)襪行花陰(叶)行花陰(疊三字)閒(可仄)將柳(可平)帶(句)試(可平)結同心(叶)

可平日邊可仄消息空沉沉叶畫可平眉樓可仄上愁登臨叶愁登臨疊三字海可平棠開可仄後句望可平到如今叶

用平韻竹屋亦有此體

又一體四十六字　石孝友

秦樓月韻秦娥本是秦宮客叶秦宮客疊三字夢雲風韻句借仙標格叶相從無計不如休句如今去也空相憶叶空相憶疊三字樽前歡笑句夢中尋覓叶

前後俱仄韻獨後段起句用平聲不叶此又一變格然唯此一首他無作者雖列于此不宜從也

又一體三十七字　毛滂

夜夜(韻)夜了花開也(叶)連忙(換平)指(可平)點銀瓶索酒嘗(叶平)　明朝花落知多少(三換仄)莫(可平)把殘紅掃(叶三仄)愁人(四換平)一(可平)片花飛減却春(叶四平)

起韻疊字次句即頂上一字下換三韻　本譜俱以字數少者居前今因青蓮詞乃為此調鼻祖故先列李作後及他體

又一體三十八字　馮延巳

風漸(可平)漸(韻)夜(可平)雨連雲黑(叶)滴滴(叶)窗(可仄)外芭(可仄)蕉燈下客(叶)　除非魂夢到鄉國(叶)免(可平)被關山隔(叶)憶憶(叶)一(可平)句枕(可平)前爭忘(去聲)得(叶)

通篇一韻而與李
詞各異忘字音望

又一體　四十一字　張先

參差竹（韻）吹斷相思曲（叶）情不足（叶）西北高樓窮遠目（叶）憶苕溪（豆）寒影透清玉（叶）秋鴈南飛速（叶）菰草綠（叶）應下溪頭沙上宿（叶）

與馮詞同但換頭句多一字
情不足菰草綠俱用三字

琴調相思引　四十六字　趙彥端

（可平）拂拂輕陰雨麴塵（韻）（可平）小庭（可仄）深幕墮嬌雲（叶）（可平）好花無幾（句）（可仄）猶是洛陽春（叶）（可平）燕語（可平）似知懷舊主（句）（可平）水生（可平）只解送行人（叶）（可平）可堪詩思（句）

和（可仄）淚漬羅巾（叶）

周紫芝有此調竹坡集內刻作定風波令必誤也定風波原有本調此只作相思引為是

清平樂　四十六字　又名憶蘿月　李白

禁（可平）闈清（可仄）夜（韻）月（可平）探金窗罅（叶）玉（可平）帳鴛（可仄）鴦噴（可平）蘭（可仄）麝（叶）時（可仄）落銀（可仄）燈香（可仄）灺（叶）女（可平）伴（可平）莫（可平）話孤眠（換平）六（可平）宮羅（可仄）綺三千（叶平）一（可平）笑皆（可仄）生百（可平）媚（句）宸（可仄）遊教（可仄）在誰邊（叶平）

與清平調無涉圖譜等改清平樂為憶蘿月無謂

望仙門　四十六字　晏殊

玉(可平)池波浪碧如鱗(韻)露蓮新(叶)清(可仄)歌一(可平)曲翠眉嚬(叶)舞華茵(叶)

滿酌蘭英酒(句)須知獻(可平)壽千春(叶)太(可平)平無(可仄)事荷君恩(叶)荷君恩(疊三字)

齊唱望仙門(叶)

荷君恩三字疊末三字用調名　凡詞內用調名者俱與調無干不必用也

西地錦　四十六字　周紫芝

雨(可平)細欲(可平)收還滴(韻)滿一(可平)庭秋(可仄)色(叶)闌干獨倚(句)無人共說(句)這(可平)些愁寂(叶)手(可平)把玉(可平)郎書跡(叶)怎(可平)不教人憶(叶)看看又是黃昏也(句)斂眉峯輕碧(叶)

尾用一七一五與前段異

又一體四十六字　　蔡伸

寂寞悲秋懷抱韻掩重門悄悄叶清風皓月句朱闌畫閣句雙鴛池沼叶不忍今宵重到叶惹離愁多少叶蓬山路杳句藍橋信阻句黃花空老叶

此前後相同尾皆四字三句者

又一體四十八字　　石孝友

回望玉樓金闕韻正水遮山隔叶風兒又起句雨兒又煞句好愁

人天色叶　兩岸荻花楓葉叶爭舞紅　吹白叶中秋過也句重陽
近也句作天涯孤客叶
此前後結俱
兩四一五者

望仙樓　四十七字　晏幾道

小春花信日邊來句冰可仄上江梅先可仄折韻今可仄歲東可仄君消息叶還自
南枝得叶　素衣染盡天香句玉可平酒添成國可平色叶一可平自故可平溪疎
隔叶腸斷長相憶叶
後起比前
少一字

相思兒令　四十七字　　晏殊

昨日探春消息(句)湖上綠波平(韻)無奈遶堤芳草(句)還向舊痕生(叶)有酒且醉瑤觥(叶)更何妨(豆)檀板新聲(叶)誰教楊柳千絲(句)就中牽繫人情(叶)

與相思引無涉

眉峰碧　四十七字　　無名氏

蹙(可平)破眉峰碧(韻)纖(可仄)手還重執(叶)鎮(可平)日相看未(可平)足時(句)便忍使(豆)鴛鴦隻(叶)薄(可平)暮投村驛(叶)風(可仄)雨愁通夕(叶)窗(可仄)外芭蕉窗(可仄)裏人(句)分

明蘖上心頭滴[叶]

末句比前結多一字

餘同首句用題名

畫堂春 四十七字 徐俯

落[可平]紅鋪[可仄]徑水平池[韻]弄[可平]晴小[可平]雨霏霏[叶]杏[可平]花憔[可仄]悴杜鵑啼[叶]無[可仄]

奈春歸[叶]

柳[可平]外畫[可平]樓獨[可平]上[句]凭[可平]欄手[可平]撚花枝[叶]放[可平]花無[可仄]語對

斜暉[叶]此[可平]恨誰知[叶]

後起比前

少一字

又一體 四十八字 趙長卿

小亭烟柳水溶溶(韻)野花白白紅紅(叶)惱人池上晚來風(叶)吹損春容(叶)　又是清明天氣(句)記當年(豆)小院相逢(叶)憑欄幽思幾千重(叶)殘杏香中(叶)

後第二句七字餘同

又一體四十九字　　黄庭堅

摩圍小隱枕蠻江(韻)蛛絲閑鎖晴窗(叶)水風山影上修廊(叶)不(可平)到晚來涼(叶)　相伴蝶穿花徑(句)獨飛鷗舞溪光(叶)不因送客下繩牀(叶)添火炷爐香(叶)

兩結俱用五字

珠簾捲　四十七字　歐陽修

珠簾捲句暮雲愁韻垂楊暗鎖青樓叶烟雨濛濛如畫句輕風吹旋妝叶　香斷錦屏新別句人間玉簟初秋叶多少舊歡新恨句書杳杳句夢悠悠叶

首句有珠簾捲字想即因此名題也又蘆川一詞名捲珠簾查即蝶戀花不可溷錯間字宜作閒

甘草子　四十七字　柳永

秋暮韻亂灑衰荷句顆顆真珠雨叶雨過月華生句冷徹鴛鴦浦叶

池上凭欄愁無似（借叶）奈此個（豆）單棲情緒（句）卻（可平）傍金龍教（可平）鸚（可仄）鵡（叶）念粉郎言語（叶）

似字非韻乃借叶也教鸚鵡柳又作慵整頓然觀楊无咎作五湖去則仄平仄為是凭字音並不可誤讀

平聲

阮郎歸　四十七字

又名醉桃源　吳文英

翠（可平）深濃（可仄）合曉鶯堤（韻）春（可仄）如日（可平）墜西（叶）畫（可平）圖新（可仄）展遠山齊（叶）花（可仄）深十（可平）二梯（叶）　風絮晚（句）醉魂迷（叶）隔（可平）城聞（可仄）馬嘶（叶）落（可平）紅微（可仄）沁繡鴛泥（叶）秋（可仄）千教（可仄）放低（叶）

後起句六一作淺螺黛東坡作雪肌冷俱用仄平仄然此亦是偶爾作者自當用平仄仄也　圖譜等削去阮郎歸而改用碧桃春無謂　日十二字夢窓必以入作平蓋此等句法以平仄平為妙作者不盡然故旁註如此然高明必能用平也

詞律卷四

詞律卷五

宜興萬樹撰

賀聖朝 四十七字 杜安世

牡(可平)丹(可平)盛折春將暮(韻)羣芳羞妒(叶)幾(可平)時流(可仄)落在人間(句)半開仙露(叶)馨(可仄)香艷(可平)冶(句)吟(可仄)看醉(可平)賞(句)嘆誰能留住(叶)莫(可平)辭持(可仄)燭夜深深(句)怨等(可平)閒風雨(叶)

結語前四後五

又一體四十七字　杜安世

東君造物無凝滯韻芳容相替叶杏花桃蕚一時開句就中明媚叶　綠叢金朶句枝長葉細叶稱花王相待叶萬般堪愛句暫時見了句斷腸無計叶

後結語用四字三句異

又一體四十八字　葉清臣

滿斟綠醑留君住韻莫悤悤歸去叶三分春色句二分愁悶句一分風雨叶　可仄花開可仄花謝花無語叶且高歌休訴叶知他來歲句壯

丹時候句相逢何處叶

後起或作花開花謝都來幾日或作都來幾許皆可又一本作花無語與前段相同故亦收存以備一體

又一體四十九字　趙師使

可仄千林可平脫落羣芳息韻有一枝先白叶可仄孤標可仄疎影壓花叢句更可仄清香堪惜叶　吟情無盡句可平賞可平音未已句早可仄紛紛作平藉藉叶可平想貪可平結子去調羨句任可平叫雲橫笛叶

孤標想貪二句用七字并換頭與前異　又賀聖朝影調原名太平時故雖三字相同不附此後

又一體六十一字　歐陽炯

憶昔花間相見後(韻)只憑纖手(叶)暗(可平)抛紅(可仄)豆(叶)人前不(作平)鮮(豆)巧傳心事(句)別(可仄)來依舊(叶)辜負春晝(叶)　碧羅衣上蹙金繡(叶)覩對對鴛鴦(句)空裛淚(可平)痕透(叶)想韶顏非久(叶)終是為伊(句)只(作平)恁偷瘦(叶)

舊字是叶韻舊譜作八字句失註矣觀別作云玉指偷撚雙鳳金線可見覩對對鴛鴦兩句十字正與別作誰料得兩情何日教繾綣同嚮餘落一對字各譜因之遂少了一字但問覩對二字豈成文理乎只憑纖手別作用紅袖半遮想所不拘負恁去聲別作用鳳暮亦去聲不可用平也　按此調一作賀聖朝而汲古刻花間集以此調作賀明朝似可另列一調本譜不欲尚奇故附此

雙鸂鶒　四十八字　朱敦儒

拂破秋江烟碧(韻)一對 飛鸂鶒(叶)應是遠來無力(叶)稍下相偎沙磧(叶) 小管誰吹橫笛(叶)驚起不知消息(叶)悔不當時描得如今何處尋覓(叶)

前後各四句皆六字相同只後結平仄與前結異 鸂鶒圖譜作鷄鶒誤

錦堂春 四十八字 又名烏夜啼 趙令時

樓(可仄)上縈(可仄)簾弱絮(句)牆(可仄)頭礙(可平)月低花(韻)年(可仄)年春(可仄)事關心事(句)腸(可仄)斷欲棲鴉(叶) 舞(可平)鏡鸞(可仄)衾翠減(句)啼(可仄)珠鳳(可平)蠟紅斜(叶)重(可仄)門不(可平)鎖相思夢(句)隨(可仄)意遶天涯(叶)

前後同坡公前第三句作若見故人須細問後第三句作更有鱸魚堪切鱠與此平仄異因字數同不另錄 按歐公有聖無憂一詞四十七字與錦堂春同只首句少一字初謂是兩體然觀李後主烏夜啼一首首句亦五字正與聖無憂同蓋錦堂春原別名烏夜啼也是則錦堂春本有五字起句之格而聖無憂之五字起者斷即是錦堂春耳本譜務覈實歸併不欲侈異誇多故不收聖無憂體而並載歐李二篇于後以資考証識者鑒諸沈選明詞有用仄韻者今查宋元人無此體

聖無憂 四十七字 歐陽修

此路風波險十年一别須臾人生聚散長如此相見且歡娛 好酒能消光景春風不染髭鬚為公一醉花前倒紅袖莫来扶

烏夜啼 四十七字 李後主

昨夜風兼雨簾幃颯颯秋聲燭殘漏滴頻欹枕起坐

不能平　世事謾隨流水筭來一夢浮生醉鄉路穩宜頻到此外不堪行

此二詞脗合足見聖無憂之必為烏夜啼而烏夜啼即錦堂春又足見聖無憂之必為錦堂春矣或曰如是則何不以四十七字者列之于前余曰因錦堂春之名最著作者頗多且後所收長調皆係錦堂春不便以聖無憂為冠故變例載此至于烏夜啼不以立題說見相見懽調下茲不贅云

又一體　五十九字　程珌

最是元來句苦無風雨韻只恁息息可仄歸去叶看遊絲豆都不恨句恨秦淮可仄新漲句向人東注叶　醉裏仙人句惜春曾賦叶却不解豆留春且可平住叶問何人豆留得住句怕可平小山可平更有句碧蕪春句叶

前後同只後段第二句七字留得住之住字不必叶韻此調與前調逕庭

錦堂春慢　九十九字　　葛立方

氣(可平)應三陽(句)氣澄六幕(句)翔鳥初上雲端(韻)問朝來何(可仄)事(句)喜(可平)動門闌(叶)田(可仄)父占來好歲(句)星家說道宜官(叶)擬更凴高望(可平)遠(句)春在烟波(句)春在晴巒(叶)歌管雕堂宴喜(句)任重簾不捲(句)交護春寒(叶)況金釵盤(可平)盤(句)玉(可平)樹團團(叶)栢(可平)葉輕浮重醑(句)梅枝巧綴新幡(叶)共祝年年如(可仄)願(句)壽過松椿(句)壽過彭聃(叶)

問朝來以下與後段況金釵以下同田父二句各六字相對正與栢葉二句合汲古刻歸愚詞落一家字

遂使文理大謬
讀者勿誤認也

又一體　一百一字　司馬光

紅日遲遲[句]虛廊轉影[句]槐陰迤邐西斜[韻]彩筆工夫[句]難狀晚意烟霞[叶]蝶尚不知春去[句]漫遶幽砌尋花[叶]奈猛風過後[句]縱有殘紅[句]飛向誰家[叶]

始知青鬢無價[句]欲飄零宦路[句]荏苒年華[叶]今日笙歌叢裏[句]特地咨嗟[叶]席上青衫溼透[句]算感舊[豆]何止琵琶[叶]怎不教人見老[句]多少離愁[句]散在天涯[叶]

席上二句應同前蝶尚二句而算感舊多了一字奈猛風句應同後怎不句而少了一字恐有誤處若于

漫逺下增一着字奈字上增一争字則為完璧矣然相傳已久不敢妄註也彩筆十字上四下六今日十字上六下四總是語氣一貫分處不拘耳學者若賦此調不如用前體穩當

人月圓　四十八字　又名青衫溼　吴激

南朝千(可仄)古傷心事(句)還(可仄)唱後庭花(韻)舊(可平)時王謝(句)堂前燕子(句)飛(可仄)向誰家(叶)恍然一(可平)夢(句)仙肌勝(可平)雪(句)宮(可仄)鬢堆鴉(叶)江(可仄)州司(可仄)馬(句)青衫淚溼(句)同(可仄)是天涯(叶)

又一體　四十八字　楊无咎

風和日薄餘烟嫩(句)側側透鮫綃(韻)相逢且喜(句)人圓珉席(句)月

滿丹霄叶　爛遊勝賞句高低燈火句閧沸笙簫叶一年三百六(作平)十日句願長似今宵叶

末句與前異

又一體四十八字　楊无咎

月華燈影光相射韻還是元宵也叶綺羅如畫句笙歌遞響句無限風雅叶　閙蛾斜插句輕衫乍試句閒趁尖耍叶百年三萬六(作平)千夜叶願長如今夜叶

用仄韻首句即用韻起六千夜之夜可不用韻

喜團圓 四十八字 晏幾道

危樓靜鎖句可仄窗中迨岫句可仄門外垂楊韻珠簾不禁春風度句解偷送餘香叶 眠思夢想句可平不知雙燕句可平得到蘭房叶別來只是憑高泪眼句感舊離腸叶

此調惟此詞後段同人月圓

隔溪梅令 四十八字 姜夔

好花可平不與殢香人韻浪粼粼叶又恐春風歸去豆綠成陰叶玉鈿何處尋叶 木蘭可仄雙槳夢中雲叶水橫陳叶謾向孤山山下豆覓

盈盈(叶)翠禽啼一春(叶)

前後段同此白石自度腔也

朝中措 四十八字 歐陽修

平(可仄)山闌(可仄)檻倚晴空(韻)山(可仄)色有無中(叶)手(可平)種堂(可仄)前垂(可仄)柳(句)別(可平)來幾(可平)度春風(叶)

文(可仄)章太(可平)守(句)揮(可仄)毫萬(可平)字(句)一(可平)飲千鍾(叶)行(可仄)樂直(可平)須年(可仄)少(句)尊(可仄)前看(可平)取衰翁(叶)

前後結二句同 按垂字應作楊字故坡公西江月云欲弔文章太守仍歌楊柳春風

又一體 四十八字 趙長卿

荷錢浮翠點前溪(韻)梅雨日長時(叶)恰是清和天氣(句)雕鞍又作分攜(叶)別來幾日愁心折(句)針線小蠻衣(叶)羞對綠陰庭院(句)銜泥燕燕于飛(叶)

後起二句七字五字與前詞異

雙頭蓮令 四十八字

趙師使

太平和(可仄)氣兆嘉祥(韻)草(可平)木總成雙(叶)紅苞翠蓋出橫塘(叶)兩(可平)兩鬭芬芳(叶)　幹搖碧(可平)玉並青房(叶)仙(可仄)髻擁新妝(叶)連枝不解引鸞皇(叶)留取映鴛鴦(叶)

前後四段一七一五字俱各整齊想題名因此也

雙頭蓮 一百字 陸游

華鬢星星句驚壯志成虛句此身如寄韻蕭條病驥叶向暗裏消可仄盡句當年豪氣叶夢斷故國山川句隔重重烟水叶身萬里叶舊社凋零句青門俊遊誰記叶 盡道錦里繁華句嘆官閒晝永句柴荊添睡叶清愁自醉叶念此際付可平與句何人心事叶縱有楚柁吳檣句知何時東逝叶空悵望句鱠美菰香句秋風又起叶

驚壯志以下九字上五下四陸又別作堪嘆處青驄正摇金轡上三下六不拘身萬里叶韻空悵望不叶

其別作前後俱用韻

學者亦皆叶之可也

又一體一百三字 周邦彥

一抹殘霞句幾行新雁句天染斷紅句雲迷陣影句隱約望中句點破晚空澄碧韻助秋色叶門掩西風句橋橫斜照句青翼未來句濃塵自起句咫尺鳳幃句合有人相識叶 嘆乖隔叶知甚時恣與句同攜歡適叶度曲傳觴句並韉飛轡句綺陌畫堂連夕叶樓頭千里句帳底三更句盡堪淚滴叶怎生向句總無聊句但只聽消息叶

前段多不叶韻語未審有訛與否

惜方千里無和詞莫可訂正也

海棠春 四十八字 秦觀

流(可仄)鶯窗(可仄)外啼聲巧(韻)睡未足(豆)把(可平)人驚(可仄)覺(叶)翠被曉寒輕(句)寶篆沉烟裊(叶)宿(可平)醒未(可平)鮮宮娥報(叶)道別院(豆)笙(可仄)歌會(可平)早(叶)試問海棠花(句)昨夜開多少(叶)

前後段同有于鮮字道字斷句讀者差

慶春時 四十八字 晏幾道

倚天樓殿(句)昇平風月(句)彩仗春移(韻)鸞絲鳳竹(句)長生調(可平)裏(句)迎得翠輿歸(叶)雕鞍遊罷(句)何處還有心期(叶)濃熏翠被(句)深停

(可仄)幽燭(句)人約月西時(叶)

濃熏下與前同

武陵春　四十八字　毛滂

(可仄)風過(可仄)冰簷環珮響(句)(可平)宿霧在華茵(韻)(可平)賸落瑤花襯月明(叶)(可仄)嫵怕有纖塵(叶)(可平)鳳口(可仄)銜燈金炫轉(句)(可仄)人醉覺寒輕(叶)(可平)但得清光解照人(叶)(可平)不負五更春(叶)

武陵或作武林誤前後同

又一體　四十九字　李清照

風住塵香春已盡(句)日曉倦梳頭(叶)物是人非事事休(叶)欲語淚先流(叶)　聞說雙溪春尚好(句)也擬泛輕舟(叶)只恐雙溪舴艋舟(叶)載不動(豆)許多愁(叶)

詞統詞滙俱註載字是襯悞也詞之前後結多寡一字者頗多何以見其為襯乎查坦庵作尾句亦云流不盡許多愁可証沈選有首句三句後第三句平仄全反者尾云忽然又起新愁者愁從酒畔生者奇絕

洞天春 四十八字

歐陽修

鶯啼綠樹聲早(韻)檻外殘紅未掃(叶)露點珍珠遍芳草(叶)正簾幃清曉(叶)　鞦韆宅院悄悄(叶)又是清明過了(叶)燕蝶輕狂(句)柳

絲撩亂句春心多少叶

後起三句同前圖譜謂首句可仄仄仄

平平仄仄遍芳草可平平仄仄何據耶

秋蕊香 四十八字

晏殊

梅(可仄)蕊雪(可平)殘香(可仄)瘦韻羅(可仄)幙輕(可仄)寒微透叶多(可仄)情只(可平)似句春楊柳叶占(可平)斷

可(可平)憐時(可仄)候叶蕭(可仄)娘勸(可平)我杯中酒叶翻(可仄)紅袖叶金(可仄)烏玉(可平)兔長飛

走叶爭(可仄)得朱(可仄)顏依(可仄)舊叶

多情下與後同

桃源憶故人 四十八字 又名虞美人影

王之道

逢(可仄)人借(可平)問春歸處(韻)遥(可仄)指蕪(可仄)城烟樹(叶)滴(可平)盡柳(可平)稍殘雨(叶)月(可平)闕西南戶(叶)遊(可仄)絲不(可平)解留伊住(叶)漫(可平)惹閑(可仄)愁無數(叶)燕(可平)子為(可平)誰來去(叶)似(可平)說江南路(叶)

前後同　桃源汲古放翁詞作桃園誤此調又名虞美人影令只收本題不列虞美人之後與賀聖朝同

三字令　四十八字

歐陽炯

春欲盡(句)日遲遲(韻)牡丹時(叶)羅幌卷(句)翠簾垂(叶)彩箋書(句)紅粉泪(句)兩心知(叶)人不在(句)燕空歸(叶)負佳期(叶)香燼落(句)枕函欹(叶)月分明(句)花淡薄(句)惹相思(叶)

每句三字前後段同幌字即後段爐字亦即後詞滿字我字圖譜謂可平何據

又一體五十四字　向子諲

春盡(可平)日(句)雨餘時(韻)紅蔌蔌(句)綠漪漪(叶)花滿地(句)水平池(叶)烟光(可仄)裏(句)雲影上(句)畫船移(叶)　文鴛並(句)白鷗飛(叶)歌韻響(句)酒行遲(叶)將我意(句)入新詩(叶)春欲(可平)去(句)留且住(句)莫教歸(叶)

此詞前後各多第三句而裏字去字用仄此前用書字明字平聲亦稍異

眼兒媚四十八字　又名秋波媚　王雱

楊(可仄)柳(可平)絲(可仄)絲(可仄)弄輕柔(韻)烟(可仄)縷織成愁(叶)海(可平)棠未(可平)雨(句)梨(可仄)花先(可仄)雪(句)一(可平)

半春休叶　(可仄)而今(可平)往事難重省句(可仄)歸夢遶秦樓叶(可仄)相思(可平)只在句(可仄)丁
香(可仄)枝上句(可平)豆蔻梢頭叶

起四字平仄平平平惟此詞及阮閱樓上黃昏杏花寒
耳歷查宋人樂府皆用霏霏疎雨轉征鴻句法只此
註明不復另錄　書舟歸愚詞俱以朝中措誤作眼
兒媚毛子晉跋歸愚云眼兒媚不合譜未敢妄為更
定豈朝中措亦不辨耶至
圖譜失收此調更為疎畧

撼庭秋　四十八字　晏殊

別來音信千里韻恨此情難寄叶碧紗秋月句梧桐夜雨句幾回
無寐叶　樓高目斷句天涯雲黯句只堪顦顇叶念蘭堂紅燭句心

長焰短(句)向人垂泪(叶)

與撼庭竹無涉

前後結二句同

沙塞子 四十八字 葛立方

天生玉骨冰肌(韻)瘦損也(豆)知他為誰(叶)寒底傲霜凌雪(句)不教春知(叶) 高樓橫笛試輕吹(叶)要一片(豆)花飛酒卮(叶)擽沉醉(豆)帽簷斜插(句)折取南枝(叶)

論後段擽沉醉及後趙詞則寒底句尚該一字然不敢增入姑列如右

又一體 四十九字 趙彥端

春水綠波南浦漸理棹行人欲去黯消魂柳際輕烟花梢微雨長亭放餞無計住但芳草迷人去路恐回頭斷雲殘日長安何處

此用仄韻與前詞異黯消魂三字與後恐回頭同而斷雲殘日比前段柳際輕烟異想亦不拘

又一體五十字　周紫芝

玉溪秋月浸寒波恐持酒重聽驪歌不堪對綠陰飛閣月下姮娥夜深驚鵲轉南柯憐別意無奈愁何他年事不須重問轉更愁多

前後段同此詞完整
又有兩闋對証可從

品令四十九字　　顏博文

夜蕭索韻側耳聽豆清海樓頭吹角叶停歸棹句不覺重門閉句恨暮潮落叶　偷想紅啼緑怨句道我真箇情薄叶紗窗外句厭厭新月上句應也睡不著叶

恨字上下
必有落字

又一體四十九字　　石孝友

困無力韻幾度偎人句翠顰紅溼叶低低問豆幾時麼句道不遠豆三

五日叶　你也自家寧耐句我也自家將息叶驀然地豆煩惱一箇病句教一箇豆怎知得叶

首句下與前異後段同或謂驀然地句應于惱字分句然觀前後詞則皆上三下五余謂此兩相慰勉之語若煩惱出一箇病來則那一箇知了便難當矣作煩惱一箇病五字正合

又一體　五十一字　秦觀

幸自得韻一分索強句教人難喫叶好好地豆惡了十來日叶恰而今較些不叶　須管啜持教笑句又也何須肐織叶衠倚賴豆臉兒得人惜叶放軟頑豆道不得叶

第二三句似石詞惡了比前多二字較全衡音諄西廂一團衡是嬌

又一體五十二字　秦觀

棹又耀韻天然箇豆品格于中壓一叶簾兒下豆時把鞵兒踢叶語低低豆笑唏唏叶　每每秦樓相見句見了無限憐惜叶人前彊豆不欲相沾溼叶把不定豆臉兒赤叶

此詞五十二字比前較全兩結各六字應是正格也前調恐俱有闕誤未可從稼軒作正與此同只踢溼二字不用韻耳茲不録　按此調多作俳詞故為彼時歌伶語氣多用入聲而肐織字與棹又耀及壓一等語未解且亦恐傳寫有訛也

又一體五十五字　周邦彥

夜闌人靜韻月痕寄豆梅梢疎影叶簾外曲角闌干近叶舊攜手處句花霧寒成陣叶　應是不禁愁與恨叶縱相逢難問叶黛眉曾把春衫印叶後期無定叶腸斷香消盡叶

此與前原各自一體觀方千里和詞平仄處無一字不同初欲作旁註而令人握筆不敢下古人詞律如此謹嚴可亂填乎

又一體六十四字　呂渭老

可仄 霜蓬零韻亂笑綠鬢豆光陰叶晚紫可平茱可仄時節句小樓可仄長醉句一可平川平

遠叶休(可仄)說龍(可仄)山佳(可仄)會句此情不(可平)淺叶 黃(可仄)花香滿叶記白苧豆吳歌

軟叶如(可仄)今卻(可平)向句亂山叢(可仄)裏句一(可平)枝重看叶對(可平)著西(可仄)風搔(可仄)首句為誰

腸(可仄)斷叶

此又另體
前後段同

又一體 六十五字

黃庭堅

鳳舞團團餅韻恨分破豆教孤另叶金渠體淨句隻輪慢碾句玉塵

光瑩叶湯響松風句早減二分酒病叶 味濃香永叶醉鄉路豆成

佳境叶恰如燈下句故人萬里句歸來對影叶口不能言句心下快

活作平自省叶

首句五字異湯響下口不下各十字上四下六前呂詞上六下四此十字總是一氣貫下斷句不拘也或曰金渠三句恰如三句各四字然恰如以下讀作兩六字亦可蓋山谷又一詞于金渠三句用裁成桃李未開便鮮銀章歸早前段亦作六字兩句耳

圖譜以尾句六字上五字平仄俱可相反奇

陽臺夢 四十九字　唐莊宗

薄羅衫子金泥縫韻困纖腰怯銖衣重叶笑迎移步小蘭叢句嚲金翹玉鳳叶　嬌多情脉脉句羞把同心撚弄叶楚天雲雨却相和句又入陽臺夢叶

取末三字為調名兩結七字五字兩句平仄雖同而前尾蹕字領句後尾又入與陽臺各分句法不同圖譜謂情字可仄何也

極相思 四十九字 呂渭老

西(可仄)園(可平)鬬草歸遲(韻)隔(可平)葉轉黃鸝(叶)闌(可仄)干醉(可平)倚(句)秋(可仄)千背(可平)立(句)數(可平)遍佳期(叶)寒(可仄)食清(可仄)明都過了(句)趁如(可仄)今(可仄)(豆)芍(可平)藥薔薇(叶)衩(可平)夜吟(可仄)露(句)歸(可仄)舟纜(可平)月(句)方(可仄)解開眉(叶)

末三句前後同

月宮春 四十九字 毛文錫

水晶宮裏桂花開(韻)神仙探幾迴(叶)紅芳金蕋繡重臺(叶)低傾瑪瑙杯(叶) 玉兎銀蟾爭守護(句)姮娥奼女戲相偎(叶)遙聽鈞天九奏(句)玉皇親看來(叶)

前段同阮郎歸此體宋人無作者

鳳孤飛 四十九字 晏幾道

一曲畫樓鐘動(句)宛轉歌聲緩(韻)綺席飛塵滿(叶)更小待(豆)金蕉暖(叶) 細雨輕寒今夜短(叶)依前是(豆)粉墻別館(叶)端的懽期應未晚(叶)奈歸雲難管(叶)

惟有此詞外無他証

柳梢青　四十九字　秦觀

岸草平沙吳王故苑柳裊烟斜雨後寒輕風前香細春在梨花　行人一棹天涯酒醒處殘陽晚鴉門外秋千墻頭紅粉深院誰家

首句有用仄不起韻者不另錄

又一體　四十九字　張元幹

海山浮碧細風絲雨新愁如織慵試春衫不禁宿酒天

涯寒食(叶) 歸期莫(可平)數芳辰(句)誤幾(可平)度(豆)回廊夜色(叶)入(可平)户飛花(句)

隔(可平)簾雙(可仄)燕(句)有(可平)誰知得(叶)

此用仄韻首句有用平聲不起韻者次句有仄仄平平者愁字涯字有用仄聲者後起有叶仄韻者如家山辜負猿鶴是也字句相同不能備録大約此調平仄二體兹兩詞可為凖繩矣 按此調後第二句殘陽亂鴉四字平平仄平其仄字宜用去聲乃為起調觀古名篇無不如是前詞亂字可見即仄叶者亦于此字用去此詞夜字可見此等須再四吟玩而後知之乃填詞家抉髓處不可不曉也如沈選釋涵初作此四字云亂點蒼茫豈不貽笑于世

太常引 四十九字　辛棄疾

仙機似欲織纖纖羅髣髴度金梭無奈玉纖何却彈作清
商恨多　朱簾影裏如花半面絕勝隔簾歌世路苦風
波且痛飲公無渡河

恨渡二字必用去聲與柳梢青同此乃音理非穿鑿也

又一體五十字　　高觀國

玉肌輕襯碧霞衣似爭駕翠鸞飛羞問武陵溪笑女伴
東風醉時　不飄紅雨不貪青子冷淡却相宜春晚湧
金池問一片將愁寄誰

第二句多一字與前異稼軒亦有此體

歸去來　四十九字　柳永

初(可仄)過元宵三五(韻)慵困春情緒(叶)燈(可仄)月闌珊嬉游處(叶)游人盡(豆)厭歡聚(叶)全仗如花女(叶)持盃謝(豆)酒朋詩侶(叶)餘醒更(可平)不禁(平聲)香醑(叶)歌筵舞(豆)且歸去(叶)

厭且二字仄聲兩結平仄正同圖譜前作六字後作兩三字而于且字註可平何據乎

河瀆神　四十九字　孫光憲

江上草芊芊(韻)春(可仄)晚(可平)湘(可仄)妃(可仄)廟(可平)前(叶)一方卯(可平)色楚南天(叶)數(可平)行(可平)斜

雁(可平)聯(可仄)翩(叶)　獨(可平)倚朱(可仄)闌情不極(換仄)魂(可仄)斷(可平)終(可仄)朝(可仄)相(可仄)憶(叶仄)兩(可平)槳不(可平)知
消息(叶仄)遠(可平)汀時起鸂鶒(叶仄)

此調多用以詠鬼神祠廟

又一體四十九字　張泌

古樹噪寒鴉(韻)滿庭楓葉蘆花(叶)晝燈當午隔輕紗(叶)畫閣珠簾影斜(叶)　門外往來祈賽客(句)翩翩帆落天涯(叶)迴首隔江烟火(句)渡頭三兩人家(叶)

後段不另換韻迴首句不叶與前異

燕歸梁 四十九字 杜安世

風擺紅縐卷畫簾韻寶鑑慵拈叶日高梳洗幾時忺叶金盆水句弄纖纖叶 髻雲鬆嚲衣斜褪句和嬌嬾句瘦巖巖叶離愁更句宿酲兼叶空贏得句病懨懨叶

離愁二句各家俱合作七字更字下恐落一字然不敢增益嬌贏可用仄聲大晏此三字句多用仄平仄

又一體 五十字 柳永

織可平錦裁篇寫可平意深韻字值千金叶一可平回披可仄翫一愁吟叶腸成可仄結句淚盈襟叶 幽可仄歡已可平散前期遠句無聊可仄賴句是而今叶密可平憑歸可仄燕

寄芳音叶恐冷可平落句舊時心叶

寂泥句七字是正體　按此調所用三字語俱兩句者各篇明白可據況結處一七兩三前後正同圖譜以前為兩句後則合六字為一句試問恐冷落舊時心如何連法

又一體　五十字　石孝友

樓外春風桃李陰叶記一笑千金叶翠眉山斂眼波侵叶情滴滴句恐深深叶　當初見了句而今別後句算此恨難禁叶與其向後兩關心叶又何似而今叶

第二句五字異後段更異　按此調尾句凡作家無不用六字者此又何似句止五字雖列此五十字一

體但恐落一字不必從也

又一體五十一字　史達祖

獨卧秋窗桂未香(韻)怕雨點飄涼(叶)玉人只在楚雲傍(叶)也著淚過昏黃(叶)西風今夜梧桐冷(句)斷無夢(句)到鴛鴦(叶)秋鉦二十五聲長(叶)請各自(句)奈思量(叶)

請各自兩句三字是正體

又一體五十一字　謝逸

六曲闌干翠幙垂(韻)香燼冷金猊(叶)日高花外囀黃鸝(叶)春睡

覺句酒醒時叶　草青南浦句雲橫西塞句錦字杳無期叶東風只送柳棉飛叶全不管句寄相思叶

前史詞後起一七兩三與杜作同此詞後起兩四一五與石作同　史詞怕雨點飄涼是怕字領句此則香爐罨斷可以不拘但用史詞句法則雨字可用平聲也

又一體五十二字　柳永

輕躡羅鞋掩絳綃韻傳音耗句苦相招叶語聲猶顫不成嬌叶乍得見句兩魂消叶　悤悤草草難留戀句還歸去句又無聊叶若諧雨夕與雲朝叶得似個句有囂囂叶

首句之下即用三字兩句與前各體異若字或作若恐誤

醉鄉春 四十九字 秦觀

喚起一聲人悄(韻)衾(可仄)冷夢(可平)寒窗(可仄)曉(叶)瘴雨(可平)過(句)海棠開(句)春色又添多少(叶)社甕釀成微笑(叶)半(可平)缺椰(可仄)瓢共(可平)舀(叶)覺顛(可仄)倒(句)急投牀(句)醉鄉廣大人間小(叶)

後尾比前多一字舀音咬倒字偶合圖譜註叶差

越江吟 四十九字 蘇易簡

非烟非霧瑤池宴(韻)片片碧桃冷落(句)黃金殿(叶)蝦鬚半捲(叶)天

香散叶　青雲和孤竹清婉叶入霄漢叶紅顔醉態爛漫金輿

轉叶霓旌影斷叶簫聲遠叶

此調無可查對句法叶韻亦未必如此平仄亦不敢註姑存闕疑

應天長　四十九字　　歐陽修

一可平彎可仄初月臨鸞鏡韻雲可仄鬢鳳可平釵慵不整叶珠可仄簾靜叶可平重可仄樓迥叶惆可仄悵可平落花風不定叶　綠烟低柳徑叶何可仄處轆可平轤金井叶昨可平夜更可仄闌酒可平醒叶春可仄愁勝可平却病叶

又一體　四十九字　　顧夐

瑟瑟羅裙金線縷（韻）輕透鵝黃香畫袴（叶）垂交帶（句）盤鸚鵡（叶）裊

裊翠翹移玉步（叶）背人勻檀炷（叶）慢轉嬌波偷覷（叶）斂黛春

情暗許（叶）倚屏慵不語（叶）

首句用仄仄平平平仄仄三句不叶韻後起句檀字用平與前異

又一體　五十字　　韋莊

（可平）綠槐（可仄）陰裏黃鸝語（韻）（可仄）深院（可仄）無人春晝午（叶）（可平）畫簾（可仄）垂（句）（可仄）金（可平）鳳舞（叶）（可平）寂

寞（可平）繡屏香一炷（叶）碧天雲（句）無定處（叶）（可仄）空有（可平）夢魂來去（叶）（可平）夜（可平）夜

（可平）綠窗（可仄）風雨（叶）（可平）斷腸君信否（叶）

首句平仄與歐詞同畫簾垂用平後起用三字兩句與前異

又一體 五十字 牛嶠

玉(可平)樓春(可仄)望晴烟滅(韻)舞(可平)衫斜(可仄)捲金條脫(叶)黃(可仄)鸝嬌(可仄)囀聲初歇(叶)杏(可平)花飄(可仄)盡龍山雪(叶) 鳳(可平)釵低赴節(叶)筵(可仄)上王孫愁絕(叶)鴛鴦(可仄)對(可平)銜羅結(叶)兩(可平)情(可仄)深(可仄)夜(可平)月(叶)

起四句皆七字皆用韻平仄亦皆同又後起用五字與前異

又一體 五十字 毛文錫

平江波煖鴛鴦語(韻)兩兩釣船歸極浦(叶)蘆洲一夜風和雨(叶)

飛起淺沙翹雪鷺叶 漁燈明遠渚叶蘭棹今宵何處叶羅袂從風輕舉叶愁殺採蓮女叶

前段四句雖亦皆七字而第二第四句平仄與前異尾句亦稍異

又一體九十四字

葉夢得

松陵秋已老句正柳岸田家句酒醅可仄初熟韻鱸鱠蓴羹句萬可平里水可平天相續叶扁舟波浩渺句寄作平一葉豆暮濤吞沃叶青箬可仄笠豆西塞山前句自翻新曲叶 來往未應足叶便細雨斜風句有誰可仄拘束叶陶寫中年句何可仄待更可平須絲竹叶鴟夷千古意句算作平入手豆比來尤速叶

最(可平)好是(豆)千點雲峯(句)半篙(可仄)澄綠(叶)

耆卿此體于醖字誰字篙字俱用仄聲不拘正柳岸以下與後便細雨以下同圖譜註首句松陵秋已四字可作仄仄仄平未知何據渺字意字柳俱叶韻想可不拘

又一體　九十八字　周邦彥

條(可仄)風布煖(句)霏霧弄晴(句)池塘遍滿(可平)春色(韻)正是夜堂無月沈沈暗寒食(叶)梁間燕(句)前社客(叶)似笑我(豆)閉門愁寂(叶)亂花過(豆)隔院芸香(句)滿地(可平)狼藉(叶)長記那回時(可仄)(句)邂逅相逢(句)郊外駐油壁(叶)又見漢宮傳燭(句)飛烟五侯宅(叶)青青草(句)迷路陌(叶)彊載酒(豆)

細尋前跡叶市橋遠句柳下人家句猶自(可平)相識叶

此九十八字乃一定之格只內數字平仄可換耳竹山詞本和周韻而正是句刻作轉翠籠池閣又見句刻作漫有戲龍盤乃各落一字遂使人疑有九十六字一體不特詞調傳訛而文理亦失錯矣余嘗謂千里和清真四聲一字不改觀竹山亦一字不改益知用字自有定格不如今人高見隨意可填也亂花過過字各家俱用仄蔣集作似瓊花花字亦訛恐是苑字夢窗甲稿于梁間二句作芙蓉詞賦客亦是蓉字下落一字非有九十七字一體也或曰前葉詞此句云扁舟波浩渺亦用五字或夢窗同之耳余曰葉用柳體是五字其後段鴟夷千古意亦五字夢窗用周體是六字其後段淩波恨簾戶寂亦六字兩體前後各自相同不可亂也伯可于正是二句又見二句作上四下七不拘此十一字語氣總一貫耳圖譜以此

收康周作兩體不必也弄字宜用去聲譜圖云可平暗寒食五侯宅宜仄平仄方康吳蔣皆同譜圖云可平仄仄前社客迷路陌宜平去仄方康吳蔣皆同譜圖云可仄平仄似笑我殭載酒宜仄去上方康吳蔣皆同圖譜云可平平仄後起康作楚岫在何處正與前葉詞同譜圖云在字可平駐油壁宜去平仄方康吳蔣皆同譜圖云可平平仄亂花過市橋遠宜仄平仄方康吳蔣皆同譜圖云可平平平俱不顧腔調而信意亂註真為怪事至于閑字細字方用易漸康用頓夜吳用醉墮蔣用畫墮俱是去聲槩曰可平必欲將此調註壞何歟隅

字柳字亦不可平

憶漢月 五十字 又名望漢月 歐陽修

紅艷幾枝輕裊韻早可平被東可仄風開了叶倚可平烟啼可仄露為誰嬌句故可平惹

蝶憐蜂惱叶　多情遊賞處句留戀向豆綠叢千繞叶酒可平闌歡可仄罷

不成歸句腸可仄斷月斜人老叶

同叔作名望漢月查與此詞同只倚烟句用謝娘春晩先多愁先字恐誤酒闌句用年年歲歲好時節節可作平觀後柳詞則知亦可用仄但前結云更撩亂絮如雪三字兩句與此不同後結云怎奈有人離別則可作三字兩句亦可作六字也

又一體　五十字　　柳永

明月明月明月韻何事乍圓還缺叶恰如年少洞房人句歡會依前離別叶　小樓凭檻處句正是去年時節叶千里清光又

依舊[句]奈永夜[豆]厭厭人絕[叶]

起六字乃巧句非有此定格也蓋月字入聲可借用耳前段與前詞同後段畧異

少年遊五十字 毛滂

遥[可仄]山雪[可平]氣入疎簾[韻]羅[可仄]幕曉寒添[叶]愛[可平]日騰波[句]朝[可仄]霞入[可平]戶[句]一[可平]線過冰簷[叶] 綠[可平]尊向[可平]嫩蒲桃映[句]滿[可平]酌破冬嚴[叶]庭[可仄]下早[可平]梅[句]已[可平]含芳[可仄]意[句]春[可仄]近瘦枝南[叶]

後起句用仄餘同于野作于愛日句用銀瓶素綆庭下句用韶華長在與此稍異然各家多從毛詞體

又一體五十字 向子諲

去年同醉酴醾下句儘筆賦新詞韻今年君去句酴醾欲破句誰與醉爲期叶　舊曲重歌傾別酒句風露泣花枝叶漳水能長湘水遠句流不盡豆兩相思叶

首句仄不起韻後起句平仄相反第三句七字不叶韻結句六字皆與前詞異

又一體五十字　　梅堯臣

欄干十二獨凭春韻晴碧遠連雲叶千里萬里句二月三月句行色苦愁人叶　謝家池上江淹浦句吟魄與離魂叶那堪疎雨滴黃昏叶更特地豆憶王孫叶

後第三句七字叶韻異千里里字
以上作平二月月字以入作平

又一體五十字 張耒

含羞倚醉不成歌韻纖手掩香羅叶偎花映燭句偷傳深意句酒思入橫波叶 看朱成碧心還亂句脉脉斂雙蛾叶相見時稀隔別多叶又春盡豆奈愁何叶

後第三句七字叶韻
而平仄與前詞各異

又一體五十一字 柳永

淡黃衫子鬱金裙韻長憶個人人叶文譚閒雅句歌喉清麗句舉

惜好精神叶 當初為倚深深寵句 無箇事豆 愛嬌瞋叶 想得別
來句 舊家模樣句 只恁翠蛾顰叶

後段次句
用六字

又一體 五十一字 柳永

一生贏得淒涼韻 追往事豆 暗心傷叶 好天良夜句 深屏香被句 爭
忍便相忘叶 王孫動是經年去句 貪迷戀豆 有何長叶 萬種千
般句 把伊情分句 顛倒盡猜量叶

首句六字前後
第二句皆六字

又一體五十一字　晏幾道

西樓別後句風高露冷句無奈月分明韻飛鴻影裏句擣衣砧外句總是玉關情叶　王孫此際句山重水遠句何處賦西征叶金閨魂夢枉叮嚀叶尋盡短長亭叶

首起兩四字至第三句方起韻後起亦同尾用一七一五俱叶韻

又一體五十一字　姜夔

雙螺未合句雙蛾先斂句家在碧雲西韻別母情懷句隨郎滋味句桃葉渡江時叶　扁舟載了句怱怱去句今夜泊前溪叶楊柳津

頭句梨花墻外句心事兩人知

前起兩四字後起七字

又一體五十一字　　蘇軾

去年相送句餘杭門外句飛雪似人楊花韻今年春盡句楊花似人雪句猶不見還家叶對酒捲簾邀明月句風露透窗紗叶恰似人嫦娥憐雙燕句分明照豆畫梁斜叶

後段七字起尾又用一七一六對酒恰似兩句有拗字不必從雙字或作隻

又一體五十二字　　高觀國

春風吹碧句春雲映綠句曉夢入芳堙韻軟襯飛花句遠連流水句一望隔香塵叶　萋萋多少句江南舊恨句翻憶翠羅裙叶冷落閒門句淒迷古道句烟雨正愁人叶

四段俱用兩四一五字

又一體四十九字　　晁補之

當年携手句是處成雙句無人不羨韻自間阻五年句也一夢擁豆嬌嬌粉面叶　柳眉輕掃句杏腮微拂句依前雙靨叶甚睡裏豆起來尋覓句却眼前不見叶

本譜皆以字數次序前後但此詞全與本調不似未審果是少年遊否今姑依原集題名載此故另列于後

城頭月 五十字 李公昂

工夫作用中宵晝韻點化無中有叶真氣常存句童顏不改句底用呵摩皺叶 一身二五之精媾叶積得嬰兒就叶試問霞翁句三田熟未句還鮮飛冲否叶

前後段同此調與少年遊字句同但係仄韻不敢擅以為一調故另收之

詞律卷五

欽定四庫全書

詞律卷六

宜興萬樹撰

梁州令 五十字 梁一作凉

晏幾道

莫(可平)唱陽關曲(韻)泪(可平)溼(可平)當(可仄)年金縷(叶)離(可仄)歌自古最銷魂(句)于(可仄)今更有銷魂處(叶)南(可仄)橋楊(可仄)柳多情緒(叶)不(可平)繫行人住(叶)人(可仄)情却(可平)似飛絮(叶)悠揚便逐春風去(叶)

曲字音去查各詞俱首句用韻此乃以入聲作去蓋北音也

又一體五十一字　晁補之

二月春猶淺韻去年櫻桃開遍叶今年春色怪遲遲句紅梅常早句未露胭脂臉叶　東君遣春來緩叶似會人深願叶蟠桃新鏤雙盞叶相期似此春長遠叶

紅梅以下比前多二字後起句只六字或曰東君下恐落去一字

又一體五十五字　柳永

夢覺紗窗曉韻殘燈黯然空照叶因思人事苦縈牽句離愁別恨句無限何時了叶憐深定是心腸小叶往往成煩惱叶一生惆

悵情多感句月不長圓句春色易爲老叶

照前詞則應于何時了下分段而柳集係連刻且觀後二闋亦可合作一段故仍之

又一體 一百五字 歐陽修

翠樹芳條颭韻的的裊腰初染叶佳人攜手弄芳菲句緑陰紅影句共展雙紋簟叶插花照影窺鸞鑑叶只恐芳容減叶不堪零落春晚句青苔雨後深紅點叶 一去門閑掩叶重來却尋朱檻叶離離秋實弄輕霜句嬌紅脉脉句似見胭脂臉叶人非事往眉空斂叶誰把佳期賺叶芳心只願長依舊句春風更放明年

豔叶

前後段同只芳心句七字恐長字是誤多耳晚字譜
圖俱註叶韻不知此詞通篇用閉口音甚嚴豈誤插
一旁韻況後段舊字不叶可証觀此詞則知前詞
可合兩段為一而晁詞東君句或誠少一字矣

梁州令疊韻　一百字　晁補之

田野閒來慣韻睡起初驚曉燕叶樵青走挂小簾鉤句南園昨夜句細雨紅芳遍叶　平蕪一帶烟花淺叶過盡南歸雁叶俱遠句凭闌送目空腸斷叶　好景難常占叶過眼韶華如箭叶莫教鶗鴂送韶華句多情楊柳句為把長條絆叶　清罇滿酌誰為

伴叶花下提壺勸叶何妨醉卧花底句愁容不上春風面叶

此與前歐詞多同但題曰疊韻而本集分刻如右今不敢改也俱遠二字上尚有四字舊本遺落無可考增遠字亦非叶韻作者照歐詞不堪句填之可也觀此何妨句則前詞芳心句長字誤多可信

西江月 五十字 又名步虛詞 史達祖

裊可仄摺綠可平羅芳可仄草句冠可仄梁白可平玉芙蓉韻次可平公筵可仄上見山公叶紅可仄綬

欲可平銜雙可仄鳳換仄叶已可平向冰可仄奩約可平月句更可平來玉可平界乘風叶平淩可仄波襪可平冷

一尊同叶平莫可平負彩可平舟涼可仄夢叶仄

平仄兩叶 又有前二平一仄後又換韻二平一仄者山谷夢窓皆有此體錄後

又一體　五十字　吳文英

枝裊一痕雪在(句)葉藏幾豆春濃(韻)玉奴旱晚嫁東風(叶)來結梨花幽夢(換仄叶)　香力添薰羅被(句)瘦肌猶怯冰綃(換平)綠陰青子老溪橋(叶平)羞見東隣嬌小(換仄叶)

又一體　五十六字　趙以仁

夜半沙痕依約(句)雨餘天氣溟濛(韻)起行微月遍池東(叶)水影浮花(句)花影動簾櫳(叶)　量減難追醉白(句)恨長莫盡題紅(叶)雁聲能到畫樓中(叶)也要(作平)玉人(句)知道有秋風(叶)

前後結俱一四一五不換仄叶　按汲古刻書舟西江月三首一缺後半一缺前半乃以兩半合作烏夜啼別載誤矣其第三則全是烏夜啼只兩結、六字余斷其亦是誤名必無此西江月體也但因烏夜啼各家無六字結者故不收錦堂春後附錄于此備考

墻外雨肥梅子階前水遶荷花陰陰庭户薰風滿水紋簟豆怯菱芽　春盡難憑燕語　日長惟有蜂銜沉香火冷珠簾暮箇人在豆碧窗紗

西江月慢　一百三字　　呂渭老

春風淡淡句清晝永豆落英千尺韻桃杏散平郊句晴蜂來往句妙香飄攧叶傍畫橋可仄豆賣酒青帘句綠可平楊風外句數聲長笛叶記去年豆紫陌朱門句花下舊相識叶　向寶帕豆裁書憑燕翼叶望翠閣豆

烟林似人織(叶)聞道春衣猶未整(句)過禁烟寒食(叶)但記取(可平)(豆)角枕
情題(句)東(可仄)窗休誤(句)這些端的(叶)更莫待(豆)青子緑陰春事寂(叶)

與西江月本調無涉

江月晃重山　五十四字　陸游

芳(可仄)草洲(可仄)前道(可平)路(句)夕(可平)陽樓(可仄)上闌干(韻)碧(可平)雲何(可仄)處望歸鞍(叶)從軍
客(句)航(可仄)樂不思還(叶)　洞(可仄)裏仙(可仄)人種(可平)玉(句)江(可仄)邊楚(可平)客滋蘭(叶)鴛(可仄)鴦
沙(可仄)煖鸂鶒寒(叶)菱花晩(句)不(可平)奈鬢毛斑(叶)

用西江月小重山串合故名江月晃重山此後世曲中用犯之嚆矢也詞中題名犯字者有二義一則犯

調如以宮犯商角之類夢窗云十二宮住字不同惟道調與雙調俱上字住可犯是也一則犯他詞句法若玲瓏四犯八犯玉交枝等所犯竟不止一詞但未將所犯何調著于題名故無可考如四犯翦梅花下註小字則易明此題明用兩調名串合更為易曉耳此調因江月在前小重山在後故收于西江月後猶江城梅花引收于江城子後也　碧雲鴛鴦二句兩調俱有此七言或云西江月止四句小重山六句必各採其半余曰總之此句平仄相同不必太泥也近日圖譜收踏莎美人調而以梁汾之新犯實之亦自和協且存新犯差勝于自度然今人不諳當時宮調未便擅創此類甚多余皆不敢收入　按夢窗所云道調雙調俱上字住可犯此上字非平上去入之上乃今絃管家所謂六工尺上之上也此不可不知

四犯令　五十字　侯寘

月(可平)破輕雲天淡注(韻)夜(可平)悄花無語(叶)莫聽陽關牽離緒(叶)拚酩
酊(豆)花深處(叶)明(可仄)日江郊芳草路(叶)春(可仄)逐行人去(叶)不似酴醾
開獨(作平)步(叶)能著意(豆)留春住(叶)

前後段同　題名四犯必犯四調者或每句犯
一調然未註明不知犯何調也說見前調下

滿宮花　五十字　尹鶚

月(可平)沉(可仄)沉(句)人悄悄(韻)一(可平)炷後(可平)庭香裊(叶)風(可仄)流帝(可平)子不歸來(句)滿(可平)地
禁(可平)花慵掃(叶)離(可仄)恨(可平)多(句)相見少(叶)何(可仄)處醉(可平)迷三島(叶)漏(可平)清宮(可仄)樹
子規啼(句)愁(可仄)鎖碧(可平)窗春曉(叶)

前後段同

又一體五十一字　　張泌

花正芳句樓似綺前寂寞上陽宮裏叶鈿籠金鎖睡鴛鴦句簾冷露華珠翠叶　嬌艷輕盈香雪膩叶細雨黃鸝雙起叶東風惆悵欲清明句公子橋邊沉醉叶

後段起句七字細雨句圖譜失註叶

又一體五十一字　　魏承班

雪霏霏句風凜凜前玉郎何處狂飲叶醉時想得縱風流句羅帳

香幃鴛寢(叶)春朝秋夜思君甚(叶)愁見繡屏孤枕(叶)少年何事負初心(句)淚滴縷金雙衽(叶)

玉郎句春朝句平仄各異

留春令 五十字　　高觀國

粉綃輕試(句)綠裳微(可仄)褪(句)吳(可仄)姬嬌小(韻)一點清香著芳魂(句)便添(可仄)起(豆)春懷抱(叶)玉(可平)臉窺人舒淺笑(叶)寄此(可平)情天渺(叶)酒(可平)醒羅浮角聲寒(句)正月(可平)挂(豆)南枝曉(叶)

梅溪于一點句作一涓春水點黃昏玉臉句作曾把芳心深相許平仄稍異然此詞前後整齊可從

又一體五十字　李之儀

夢斷難尋句酒醒猶困句那堪春暮韻香閤深沉句紅窗翠暗句莫羨顛狂絮叶　綠滿當時攜手路叶懶見同懽處叶何時却得句低幃昵枕句盡訴情千縷叶

起句用平前後結俱兩四一五與前詞異

又一體五十四字　黃庭堅

江南一雁橫秋水韻嘆咫尺豆斷行千里叶回文機上字縱橫句欲寄遠豆憑誰是叶　謝客池塘春都未叶微微動豆短牆桃李叶

半陰纔暖却清寒(句)是瘦損人天氣(叶)

前後段同俱七字起與前詞異尾句不可于三字豆與前段稍有不同

月中行　五十字　周邦彥

蜀(句)(可平)絲趁(可平)日染乾紅(韻)微(可仄)暖口脂融(叶)博(可平)山細(可平)篆靄房櫳(叶)靜(可平)看打窗蟲(叶)愁(可仄)多膽(可平)怯疑虛幙(句)聲(可仄)不斷(豆)暮景疎鐘(叶)團(可仄)圞四(可平)壁小屏風(叶)淚(可平)盡夢啼中(叶)

博山二句前後同

鹽角兒　五十字　晁補之

開時似雪韻謝時似雪叶花中奇絕叶香非在蘂句香非在萼句骨
中香徹叶　占溪風句留溪月叶堪羞損豆山桃如血叶直饒更疎
疎淡淡句終有一般情別叶
前段似柳梢青後則全異

茶瓶兒　五十字　石孝友

相對盈盈一水韻多聲價豆開名得字叶剛能見也還拋棄叶負
了萬紅千翠叶　留無計豆來無計叶成何況味叶而今若沒些
兒事叶却枉了豆做人一世叶

又一體　五十四字　趙彦端

澹月華燈春夜[韻]送東風[豆]柳烟梅麝[叶]寶[可平]釵宮[可仄]髻連嬌馬[叶]似記得[豆]帝鄉遊冶[叶]　悅親戚之情話[叶]況[可平]溪山[豆]坐中如畫[叶]淩波微[可仄]步人歸也[叶]看酒醒[豆]鳳鸞誰跨[叶]

前後同比石詞多四字愚謂石詞不全其前結負字上必落一韋字蓋此調前後皆七字也至成何況味上必落三字無疑蓋玩其語氣斷無單用此四字之理也

又一體　五十六字　李元膺

去[可平]年相逢深院宇[韻]海[可平]棠[可仄]下[豆]曾歌金縷[叶]歌罷花如雨[叶]翠羅

衫上句點可平點紅無數叶今可仄歲重尋携手處叶空可仄物可平是豆人非春暮叶回首青門路叶亂英飛絮句相可仄逐東風去叶

前後段同絮字偶合非叶韻年字必係歲字之訛

惜春令 五十字

杜安世

春夢無憑猶嬾起銀燭盡畫簾低垂小庭楊柳黃金翠桃臉兩三枝 妝閣慵梳洗悶無緒玉簫拋擲絮飄紛紛人疎遠空對日遲遲

此調惟此壽域兩首他無可証而叶韻復參差無定今并其又一首錄後以俟覽者審定焉

今夕重陽秋意深籬邊散嫩菊開金萬里霜天林葉墜
蕭索動離心　臂上茱萸新似舊年堪賞光陰百盞香
醑且酬身牛山會難尋

兩闋不同難以註定　愚謂前詞首句起字即是用
韻與後深字起韻同後段起句洗字亦是叶韻與後
新字同乃平仄通叶也擲字亦是韻與後陰字用韻
同乃以入為叶也但絮飄下與百盞下不合必有錯
字不敢彊
為之說

惜分飛　五十字　陳允平

釧(可平)閣桃腮香玉溜(韻)困(可平)倚銀牀倦繡(叶)雙(可仄)燕歸來後(叶)相(可仄)思葉(可平)

底尋紅豆叶　（可平）碧唾春衫還在否叶（可仄）重理弓彎舞袖叶（可平）錦藉芙

蓉綰叶（可平）翠腰（可仄）羞對垂楊瘦叶

前後同聖求雙燕句作簾映春窈窕窈窕二字誤或

窈字之上尚有一平聲之字而寫者誤落因窈窕二

字相連故

遂訛書耳

惜雙雙令　五十二字　劉弇

（可仄）風外（可平）橋花香暗度韻飛絮綰豆殘春歸去叶醞造黃梅雨叶冷烟

曉占橫塘路叶　（可平）翠屏（可仄）人在天低處叶驚夢斷豆行雲無據叶此

恨凴誰訴叶恁時却倩危絃語叶

此調比惜分飛只前後次句各多一字雖查各家惜分飛無次句七字者然其格局音響鑿然即是惜分飛況惜字相同故取附于此而仍其名焉

憶故人　五十字　即燭影揺紅　王詵

燭影揺紅句向夜闌句作酒醒豆心情懶韻尊前誰為唱陽關句離恨天涯遠叶　無奈雲沉雨散叶凴闌干豆東風泪眼叶海棠開後句燕子來時句黄昏庭院叶

按能改齋漫録云此詞乃晉卿駙馬自度曲因憶故人作也徽宗喜其詞意但以不豐容宛轉命周美成增益而取其首句為名故余謂後之九十六字者名燭影揺紅而此則因其憶故人之名然本因憶故人

而作後人即以名其詞其實晉卿作此時原未有名也或以晉卿此篇乃平仄通叶者其所用闌字闕字干字俱是叶韻此則謂之穿鑿矣

又一體 四十八字 毛滂

老景蕭條句送君歸去添凄斷叶贈君明月滿前谿句直到西湖畔叶　門掩綠苔應遍叶為黃花句頻開醉眼叶橘奴無恙句蝶子相迎句寒窗作平日短叶

此調美成增定雙疊第二句七字遂為定譜此詞澤民仍用王體九句而第二句則用七字耳毛又一首蝶子相迎句作水邊月底平仄偶誤不可從

燭影搖紅 九十六字 吳文英

秋可仄入燈花句夜深簷可仄影琵琶語韻越可平娥青鏡洗紅埃句山可仄鬬秦眉嫵叶相可仄間金可仄茸翠畝叶認城陰豆春畊舊處叶晚春相應句新可仄稻炊香句疎烟林莽叶

清可仄磬風前句海沉宿可平裊芙蓉炷叶阿可平香秋夢起嬌啼句玉可平女傳幽素叶人可仄駕海可平查未渡叶試梧桐豆聊分宴俎叶採菱別作平調句留取蓬萊句霎時雲住叶

將前調加一疊此則南宋以後俱用之夜海二字須仄聲至若翠舊未宴尤須用仄得去聲更妙蓋此字仄而末句用林字雲字平聲方得抑揚聲響若前用平後反用仄便是落腔矣譜圖亂註莫從

滴滴金 五十字　　李遵勗

帝城五夜宴遊歇韻殘燈外句看殘月叶都來猶在醉鄉中句聽更漏初徹叶　行樂已成閒話說叶如春夢句覺時節叶大家同約探春行句問甚花先發叶

前後字句同而換頭平仄各異漏字仄花字平亦不同

又一體 五十字　　晏殊

梅花漏泄春消息韻柳絲長句草芽碧叶不覺星霜鬢邊白句念時光堪惜叶　蘭堂把酒留嘉客叶對離筵句駐行色叶千里音

塵便疎隅（叶）合（可平）有人相憶（叶）

前後同白字隅字叶韻春字長字疎字用平聲與前詞異

又一體　五十字　　楊无咎

相逢未盡論心素（韻）早容易（句）背人去（叶）憶得歌翻腸斷句（叶）更惺惺言語（叶）　萋萋芳草迷南浦（叶）正風吹（句）打窗雨（叶）靜聽愁聲夜無眠（句）到水村深處（叶）

楊二首俱同憶得句叶而腸字平聲靜聽句用平平不叶而夜無眠三字仄平平與前詞異　按同甫介庵作前後俱用靜聽句句法茲不錄

又一體五十一字　孫夫人

月光飛入林前屋(韻)風策策(句)度庭竹(叶)夜半江城擊柝聲(句)動寒梢棲宿(叶)　等閒老去年華促(叶)祇有江梅伴幽獨(叶)夢繞夷門舊家山(句)恨驚回難續(叶)

中兩七字句前後俱用平而舊家山與擊柝聲稍異祇有句七字更異

桂華明　五十字　關注

縹緲神仙開洞府(韻)遇廣寒宮女(叶)問我雙鬟梁漢舞(叶)還記得(豆)當時否(叶)　碧玉詞章教仙女(叶)為按歌宮羽(叶)皓月滿窗

人何處叶聲永斷豆瑤臺路叶
墨莊漫録云宣和二年關注于東夢一髯翁使女子
歌太平樂醒而記之後復夢翁問記否于東歌之翁
以笛復作一弄是重頭小令後又夢月姊為歌前兩
曲姊喜亦歌一調似昆明池醒不復憶惟髯翁笛聲
尚在因倚其聲為
調名曰桂華明

歸田樂　五十字　　蔡伸

風生蘋可仄末蓮香細韻新浴晚涼天氣叶猶自倚朱欄句波面雙
雙彩鴛戲叶　鸞釵委可平墜雲堆髻叶誰會此時情意叶冰簟玉
琴橫句還是明月人千里叶

後結與前結平仄異

又一體 五十字　晁補之

春又去句似別佳人幽恨積韻閑庭院句翠陰滿豆添晝寂叶一枝梅最好句至今憶叶　正夢斷豆爐烟裊句參差疎簾隔叶為何事豆年年春恨句問花應會得叶

與前調迴別

又一體 六十八字　晏幾道

試把花期數韻便早有豆感春情緒叶看即梅花吐叶願花更不

謝[句]春且長住[叶]只恐去[叶]　春去花開還不語[叶]此意年年春
會否[叶]絳唇青鬢[句]漸少花前語[叶]對花又記得[句]舊曾遊處[叶]門
外垂楊未飄絮[叶]

比前兩體亦各異然恐有誤處

又一體 七十三字　　黃庭堅

對景還消受[韻]被箇人[豆]把人調戲[句]我也心兒有[叶]憶我又喚
我[句]見我嗔我[句]天甚教人怎生受[叶]　看承幸則勾[叶]又是尊
前眉峰皺[叶]是人驚怪[句]冤我忒撋就[叶]擽了又捨了[句]一定是

這回休了叶及至相逢又依舊叶

天甚句七字與前詞異然前詞此句必有脫落蓋此看承句比前詞少二字則前詞後起亦只花開還不語五字而春去二字乃前段尾中字耳只恐去三字必不全或是只恐春來又春去也一定是句比前多三字此則恐是誤多觀前段只用見我瞋我四字晏詞前用春且長住後用舊曾遊處亦皆只四字則此處不應獨加此三字也　谷老又一詞止四十四字然查係殘缺不全又皆俳語難曉故不錄為調首

怨三三　五十字　李之儀

清溪一派瀉柔藍韻岸草毿毿叶記得黃鸝語畫簷叶喚狂裏醉重三叶　春風不動重簾叶似三五豆初圓素蟾叶鎮泪眼簾

纖(叶)何時歌舞(句)再和池南(叶)

狂裏字恐訛

竹香子　五十字　劉過

一頃窗兒明快(韻)料想那人不在(叶)薰籠脫下舊衣裳(句)件件

香難賽(叶)　息息去得忒睞(叶)這鏡兒也不曾盞(叶)千朝百日

不曾來(句)沒這些兒箇采(叶)

後第二第四句比前各多一字　按詞統載升菴程辭誤佳期各一首四十六字查舊詞無此體或升菴自度或調僻考訂不及耳因其前段與此竹香子同附錄于此以識余淺學疎漏之媿

悞佳期 四十六字 楊慎

今夜風光堪愛可惜那人不在臨行多是不曾留故意將人怪　雙木架鞦韆兩下深深拜條香燒盡紙成灰莫把心兒壞

思越人 五十一字 孫光憲

古臺平（句）芳草遠（句）館（可平）娃宮（可仄）外春深（韻）翠（可平）黛空（可仄）留千載恨（句）教（可仄）人何（可仄）處相尋（叶）　綺（可平）羅無（可仄）復當時事（換仄）露（可平）花點（可平）滴香淚（叶仄）惆（可仄）悵遙（可仄）天橫淥（可平）水（叶仄）鴛（可仄）鴦對（可平）對飛起（叶仄）

前平韻後仄韻或曰首句平字即是起韻觀後趙二詞亦首句用韻者未審是否圖譜以露花句分作三字兩句查孫別作此句云紅蘭綠蕙愁死鹿虔扆云玉纖慵整雲散張泌云黛眉愁聚春碧并後趙詞斑

斑玉纖相連豈可于三字分斷耶

又一體　五十一字　　趙長卿

情難托(韻)離愁重(句)悄愁沒處安著(叶)那堪更一葉知秋(句)天色兒(豆)漸冷落(叶)　馬上征衫頻揾淚(句)一半斑斑汚却(叶)別來為憶叮嚀語(句)空羸得(豆)瘦如削(叶)

通篇仄韻那堪句句法另異恐誤

又一體　五十字　　趙長卿

好事客(韻)宮商內(句)吟得風清月白(叶)主人幸有豪家意(句)後堂

煞有春色叶　花壓金翹俏相映句酒滿玉巵無力叶你若待我些兒酒句儘喫得得得叶

此與前詞又微不同尾句只五字恐儘喫得下是三個得字而今落去其一耳不然或儘喫得儘喫得本以三字疊兩句當時于得字下點了兩點故傳訛作兩得字耳因恐不全故雖五十字不列于前

思遠人　五十一字　晏幾道

紅可仄葉黃可仄花秋意晚句千可仄里念行客韻飛雲過盡句歸可仄鴻無信句何處寄書得叶　淚可平彈不可平盡臨窗滴叶就可平硯旋去聲研墨叶漸寫到別來句此可平情深處句紅牋為無色叶

前後第二句四句五句同旋字去聲
念寄旋為四字皆用去聲字不可誤

探春令五十一字　宋徽宗

簾旌微動句峭寒天氣句龍池冰泮韻杏花笑吐香紅淺叶又還是豆春將半叶　清可仄歌妙可平舞從頭按叶等芳時開宴叶記去年對著句東風當許句不負鶯花願叶

按此調與留春令相似然是兩調勿悞

又二體五十一字　蔣捷

玉窗蠅字記春寒句滿茸絲紅處韻畫翠鴛雙豆展金蜩翅叶未

可平抵我豆愁紅膩叶　可仄芳心一點可平天涯去叶絮濛濛遮住叶對花彈

阮纖瓊指叶為粉豆釁空彈淚叶

起句七字結處前後相合與前詞異是膩指淚俱借叶畫翠鴛句入字對花句不應七字恐誤兩結六字皆于三字豆斷圖譜乃槩作六字讀且以我字為可平則人必于我愁二字相連用平平矣豈是此調哉

此本竹山詞

圖譜誤作東坡

又一體五十二字　趙長卿

數聲回雁句幾番疎雨句東風回暖韻甚今年豆立得春來晚叶過

人日豆方相見叶　縷金旛勝教先辦叶著工夫裁剪叶到那時

睹當(句)須教滴惜(句)稱得梅妝面(叶)

第四句比嚴宗詞多一字各家多如此

又一體五十二字　　　　晏幾道

綠楊枝上曉鶯啼(句)報融和天氣(韻)被數聲(豆)吹入紗窗裏(叶)又驚起(豆)嬌娥睡(叶)　綠雲斜軃金釵墜(叶)惹芳心如醉(叶)為少年溼了(句)鮫綃帕上(句)都是相思淚(叶)

前半同蔣體後半同嚴宗體　此調向來皆如此讀或曰起三句每句四字蓋各詞前段皆三句四字起後換頭則七字也前蔣詞第二句亦應作記春寒滿余亦疑之及觀趙彥端笙歌間錯一首方知有此七

字起句之格幾以字鑿註差

又一體 五十二字 楊无咎

梅英粉淡[句]柳梢金軟[句]蘭芽依舊[韻]見萬家[豆]燈火明如晝[叶]正人月[豆]圓時候[叶] 挨香傍玉偷攜手[叶]儘輕衫寒透[叶]聽一聲[豆]畫角催殘漏[叶]惜歸去[豆]頻回首[叶]

前半同趙體後半同蔣體只第三句多一字與前段見萬家句同又一首晝漏二字不叶茲不另録

又一體 五十二字 楊无咎

東風初到[句]小梅枝上[句]又驚春近[韻]料天台不比[句]人間日月[句]

桃蕚紅英暈叶 劉郎浪迹憑誰問叶莫因詩瘦損叶怕桑田變海仙源重返句老大無人認叶

前後結處俱用一五一四一五相同與前各調異料天台下與怕桑田下九字亦可作三六亦可作五四總是一氣貫下者

又一體五十二字 趙長卿

笙歌間錯華筵啟韻喜新春新歲叶綵傳纖手句青絲輕細叶和氣入豆東風裏叶 幡兒勝兒都姑婦叶戴得更忔戲叶願新春已後句吉吉利利句百事都如意叶

首句七字起韻菜傳兩句皆四字與前各異然此用俳體恐有誤處不便學又一首起處云新元纔過漸融和氣先到薰幃幃字起韻是平聲下則以裏未棄淚等仄聲叶之想此句亦可平仄通叶觀其到字用仄是幃字之平不是偶誤也

探春 九十三字 或加慢字

吳文英

苔徑曲深深句不見故人句輕敲幽户韻細草春回句目斷流光一羽叶重平聲雲冷哀雁斷句翠微空愁蝶舞叶遲鳴鞭句遊蓬小夢句枕殘驚寤叶　還識西湖醉路叶向柳下並鞍句銀袍吹絮叶事影難追句那負燈牀聞雨叶冰谿凴誰照影句有明月乘興去叶

暗相思(句)梅孤瘦(豆)共江亭暮(叶)

銀袍至相思與前段輕敲至鳴鞭同重雲二句疑皆于三字為豆後之冰谿句泯字恐是凭字仄聲此二句亦皆于三字豆耳

又一體　一百三字　張炎

銀(可仄)浦流雲(句)綠(可平)芳迎(可仄)曉(句)一(可平)抹(可平)墻腰(可仄)月(作平)淡(韻)煖玉生香(句)懸(可仄)冰解(可平)凍(句)碎(可平)滴瑤(可仄)堦如霰(叶)繞(可仄)放些晴意(句)早瘦(可平)了(豆)梅(可仄)花一(作平)半(叶)也知不(可平)作花香(句)東(可仄)風何事吹散(叶)

搖(可仄)落似(可平)成秋(可仄)苑(叶)甚(可平)釀得春(可仄)來(句)怕(可平)教(可仄)春見(叶)野(可平)渡舟回(句)前(可仄)村門(可仄)掩(句)應(可仄)是不(可平)勝清怨(叶)次(可平)第

尋芳去句灞(可仄)橋外豆蕙(可平)香波煖叶猶(可仄)聽簷聲句看(可平)燈人在深院叶

此調句中平仄頗多不同一抹句或作平平平仄平仄怕教春見或作平仄平仄纔放句與次第句或作平仄仄平平結句或作平平仄平平仄或作仄仄平平平仄皆與此詞稍異而君衡結云盡欄閒立東風舊紅誰掃則上六下四矣總之數者皆可照填而白石詞中典型于腰教二字用旋泪兩仄聲從之可也人在二字與前段何事二字同白石用零亂其前段亦用閒共二字是也汲古及圖譜等刻作亂零大誤蓋旋淚共亂四去聲字發調白石所以為名家高手正在此處改作亂零白石冤矣

探芳新 九十二字

吳文英

九街頭句正軟塵潤酥句雪消殘溜韻禊賞祇園句花艷雲陰籠

畫叶層梯空靄散句擁凌波縈翠袖叶嘆年端句連環轉爛漫句遊人如繡叶　腸斷迴廊竚久叶便寫意濺波句傳愁蹙岫叶漸没飄鴻句空惹閒情春瘦叶椒杯香乾醉醒句怕西窗人散後叶暮雲深句遲回處豆自攀花柳叶

　層梯句照後椒杯句宜亦六字乃落一字也連環句有誤想轉字誤多耳　按此調余向疑即是探芳信以新信二字音相近也探芳信首句皆三字仄韻起此以頭字平起後用仄叶故疑平仄通叶而正軟塵二句便寫意二句及兩結俱與探芳信相似但彼之四五兩句雖亦十字而句各五字此則一四一六彼之六七兩句雖亦十二字而一七一五此則各六字後段亦然因句法有別故不敢收入探芳信後今查

與前夢窗苔徑曲一首頗爲相合故附于此首句三字雖異而以下多同至縈翠袖人散後之平仄仄與前詞之愁蝶舞乘輿去平仄尤合濺字去聲亦與前詞並字同至後段起處尾處一字無殊益信前結悞多轉字矣是則探芳新之即是探春慢無疑況俱以探字爲題乎但雖附此于末而仍探芳新之名以質諸高明者　層梯下必落一仄聲字椒杯下香乾二字亦必誤文理難解香字該仄聲字乾字或是朝字之訛此四句亦如前詞俱應于三字分句耳

秋夜雨　五十一字

蔣捷

黃雲水驛秋笳噎（韻）吹人雙鬢如雪（叶）愁多無奈處（句）漫碎把（豆）寒花輕撚（叶）　紅雲轉入香心裏（句）夜漸深（豆）人語初歇（叶）（可平）此際

愁更別(叶)雁落影(豆)西窗殘月(叶)

鬢字語字仄聲更字尤必用去聲

迎春樂　五十一字　　秦觀

菖(可仄)蒲葉(可平)葉知多少(韻)唯(可仄)有(可平)箇(豆)蜂(可仄)兒妙(叶)雨晴紅粉齊開了(叶)露(可平)

一點(豆)嬌黃小(叶)早(可平)是被(豆)曉(可平)風力暴(叶)更(可平)春(可仄)共(豆)斜陽俱老(叶)怎

得花香深處(句)作個蜂兒抱(叶)

後起二句七字與前兩七字句句法不同圖譜總作七字其露一點句亦總作六字人若照其所圖填之則句法誤者不少矣

又一體五十一字　　柳永

近來憔悴人驚怪韻為別相思⿰目然叶我前生豆負你愁煩債叶便苦恁豆難開解叶　良夜永豆牽情無奈叶錦被裏豆餘香猶在叶怎得依前燈下句恣意憐嬌態叶

第二句五字第三句八字與前詞異
汲古刻本集奈字訛計便失却一韻

又一體五十一字　　楊无咎

新來特特更門地韻都收拾豆山和水叶看明年豆事事如意叶迎福禄豆俱來至叶　莫管明朝添一歲叶儘同向豆樽前沉醉叶且

共唱(豆)迎春樂(句)祝母千秋歲(叶)

第二句同秦體第三句句法上三下四與秦異事事下恐落一字後起句法與前段同而平仄則異

又一體五十二字　方千里

紅深綠暗春無跡(韻)芳心動(豆)冶遊客(叶)記搖鞭(豆)跛馬銅駞陌(叶)凝睇認(豆)珠簾隔(叶)　絮滿愁城風捲白(叶)遙多少(豆)相思消息(叶)何處約歡期(句)芳草外(豆)高樓北(叶)

何處句五字平兩結皆六字與前調異美成有一首于外字作平

又一體五十三字　晏殊

長安紫陌春歸早韻軃垂楊豆染芳草叶被啼鶯豆語燕催清曉叶

正好夢豆頻驚覺叶　當此際豆青樓臨大道叶幽會處豆兩情多

少叶莫惜明珠百琲句占取長年少叶

第三句後首句比秦詞各多一字

瑤池燕　五十一字　　蘇軾

飛花成陣韻春心困叶寸寸叶別腸多少愁悶叶無人問叶偷啼自

揾叶殘妝粉叶　抱瑤琴豆尋出新韻叶玉纖趁叶南風未解幽慍叶

低雲鬢叶眉峰斂暈叶嬌和恨叶

東坡云琴曲有瑶池燕其詞不協而聲亦怨咽變其詞作閨怨寄陳季常此曲奇妙勿妄與人

河傳五十一字　張泌

渺莽雲水(韻)惆悵暮帆(句)去程迢遞(叶)夕陽芳草(句)千里萬里(叶)雁聲無限起(叶)　夢魂悄斷烟波裏(叶)心如醉(叶)相見何處是(叶)錦屏香冷無睡(叶)被頭多少淚(叶)

此調體製最多通篇用一韻而字少者惟此詞圖譜于起句渺莽雲三字註可平平仄非

又一體五十一字　張泌

紅杏(韻)交枝相映(叶)密密濛濛(換平)一庭濃艷倚東風(叶平)香融(叶平)透簾

櫳(叶平) 斜陽似共春光語(三換仄) 蝶爭舞(叶三仄) 更引流鶯妒(叶三仄) 魂消千片

玉樽前(四換平) 神仙(叶四平) 瑤池醉暮天(叶四平)

凡四換韻體亦異前唐詞多與此髣髴

又一體 五十三字　孫光憲

柳拖金縷(韻) 著烟籠霧(叶) 濛濛落絮(叶) 鳳皇舟上楚女(叶) 妙舞(叶) 雷喧波上鼓(叶) 龍爭虎戰分中土(叶) 人無主(叶) 桃葉江南渡(叶) 髣

花殘(換平) 艷思牽(叶平) 成篇(叶平) 宮娥相與傳(叶平)

此兩換韻者體又異

又一體五十三字　閻選

秋雨秋雨(句)無晝無夜(句)滴滴霏霏(韻)暗燈涼簟怨分離(叶)妖姬(叶)不勝悲(叶)　西風稍急喧窗竹(換仄)停又續(叶仄)膩臉懸雙玉(叶仄)幾回邀約雁來時(叶平)違期(叶平)雁歸(叶平)人不歸(叶平)

各調如四字起者即以第四字為韻如前渺莽柳拖二首是也二字起者即以第二字為韻如後錦浦棹舉二首是也此詞雖兩雨字而下無叶者只作無韻句耳或謂尾句只五字雁歸不必用韻凡前後用一二字一五字結者俱同

又一體五十三字　韋莊

錦浦韻春女叶繡衣金縷叶霧薄雲輕換平花深柳暗句時節正是清明叶平雨初晴叶平　玉鞭魂斷烟霞路叶仄鶯鶯語叶仄一望巫山雨叶仄香塵隱映句遥見翠檻紅樓三換平黛眉愁叶三平

浦字是韻舊譜但註四字句于輕字始註起韻是一註而失二韻大謬　花深下十字與後香塵下十字或作上六下四亦可　按此調與怨王孫同說見後

又一體五十三字　顧敻

曲檻韻春晚叶碧流紋細句緑楊絲軟叶露華鮮換平杏枝繁叶平鶯囀叶仄野蕪平似剪叶仄　直是人間到天上三換仄堪遊賞叶三仄醉眼疑屏幃叶三仄對

池塘(四換平)惜韶光(叶四平)斷腸(叶四平)為花須盡狂(叶四平)

檻字閉口音是借叶　露華雨句與前詞異直是句平仄小異對池塘以下與前孫詞同此則作者多相合也　舊譜轉字失註叶韻連下作七字句謬解繁二字亦失註叶

又一體五十四字　孫光憲

花落(韻)烟薄(叶)謝家池閣(叶)寂寞春深(換平)翠蛾輕斂意沉吟(叶平)沾襟(叶平)無人知此心(叶平)　玉爐香斷霜灰冷(三換仄)簾鋪影(叶三仄)梁燕歸紅杏(叶三仄)晚來天(四換平)空悄然(叶四平)孤眠(叶四平)枕檀雲髻偏(叶四平)

寂寞下與前詞異後段同

又一體五十四字　顧夐

棹舉(韻)舟去(叶)波光渺渺(句)不知何處(叶)岸花汀草共依依(換平)雨微(叶平)鷓鴣相逐飛(叶平)　天涯離恨江聲咽(三換仄)啼猿切(叶三仄)此意向誰說(叶三仄)艤蘭橈(四換平)獨無憀(叶四平)魂銷(叶四平)小爐香欲焦(叶四平)

處字叶上舉去依字換韻與前詞異後段同　按稼軒詞春水千里一首正與此合而刻本多訛如艤蘭橈以下刻本云太顛狂那邊柳線被風吹上天不知太狂顛乃四換平韻而誤倒顛狂那邊乃叶韻句該三字而誤落一字柳綿乃叶韻而誤寫柳線遂使讀者致疑甚矣梓書而不細校之為害也

又一體五十四字　顧夐

燕颺晴景(韻)小窗屏暖(句)鴛鴦交頸(叶)菱花掩却翠鬟欹(句)慵整(叶)

海棠簾外影(叶)　繡幃香斷金鸂鶒(換仄)無消息(叶三仄)心事空相憶(叶三仄)

倚東風(換平)春正濃(叶平)愁紅(叶平)淚痕衣上重(叶平)

慵整下仍叶首韻與前異後段同　颺字雖去聲不用韻與渺莽雲水同圖譜于整字不註叶連下作七字句大謬即如前顧詞轉字失註蓋不知為句中短韻也

又一體　五十四字　孫光憲

太平天子(韻)等閒遊戲(叶)疏河千里(叶)柳如絲(句)偎倚(叶)綠波春水(叶)

長淮風不起(叶)　如花殿脚三千(換仄)女爭雲雨(叶三仄)何處留人住(叶三仄)

錦帆風[三換平]烟際紅[叶平]燒空[叶平]魂迷大業中[叶平]

前段不換韻與柳拖金縷一首同而柳如絲以下則異後段同　首句第二字雖不起韻而各詞多用仄聲想調應如是只此詞與柳拖金縷二句用平聲耳倚字或云非叶

又一體　五十五字　孫光憲

風颭[韻]波斂[叶]團荷閃閃[叶]珠傾露點[叶]木蘭舟上[句]何處吳娃越艷[叶]藕花紅照臉[叶]　大隄狂殺襄陽客[換仄]烟波隔[叶二仄]渺渺湖光白[叶二仄]身已歸[三換平]心不歸[叶三平]斜暉[叶三平]遠汀鸂鶒飛[叶三平]

木蘭二句一四一六體又異後段同　愚謂前柳如絲下是落一字蓋與木蘭句同而全篇亦無弗同也

又一體　五十五字　　　温庭筠

湖上（韻）閒望（叶）雨蕭蕭（換平）烟浦花橋路遥（叶平）謝娘翠蛾愁不銷（叶平）終朝（叶平）夢魂迷晚潮（叶平）　蕩子天涯歸棹遠（三換仄）春已晚（叶三仄）鶯語空腸斷（叶三仄）若耶溪（四換平）溪水西（叶四平）柳隄（叶四平）不聞郎馬嘶（叶四平）

雨蕭蕭句即換韻又異後段同

又一體　五十六字　　　李珣

去去（韻）何處（叶）迢迢巴楚（叶）山水相連（換平）朝雲暮雨（叶仄）依舊十二峰前（叶平）猿聲到客船（叶平）　愁腸豈異丁香結（三換仄）因離別（叶三仄）故國音書

斷絕叶三仄想佳人花下句對明月春風四換平恨應同叶四平

兩結皆與前各體異

又一體五十五字　李珣

春暮韻微雨叶送君南浦叶愁斂雙蛾換平落花深處叶仄啼鳥似逐離歌叶平粉檀珠泪和叶平　臨流更把同心結三換仄情哽咽叶三仄後會何時節叶三仄不堪迴首相望句已隔汀洲四換平艣聲幽叶四平

後會句五字不堪下與前異　前詞雨字叶上去處連字起下前船後詞處字叶上暮雨蛾字起下歌和乃連環叶韻不可不知　或云依此不堪迴首以下句法前詞應是佳人想對花下明月清風恨應同偶

一字顛倒耳不知果否
不敢以為據姑附于此

又一體五十七字　柳永

翠(可平)深(可仄)紅(可仄)淺(韻)愁蛾黛蹙(句)嬌波刀翦(叶)奇容妙伎(句)互逞舞裀歌扇(叶)妝光生粉面(叶)　坐中醉客風流慣(叶)罇前見(叶)特地驚狂眼(叶)不似少年時(可仄)節(句)千金爭選(叶)相(可仄)逢何太晚(叶)

樂章集題作河轉即河傳也但通首俱仄韻耳柳又一首于不似句作上四下六想所不拘互逞句汲古刻作露清江芳交亂清江二字乃影紅二字之訛其首句云淮岸漸晚則仍用唐體耳餘同

又一體五十八字　徐昌圖

秋光滿目韻風清露白句蓮紅水綠叶何可仄處夢回句弄珠拾可平翠盈盈句倚蘭橈句眉黛蹙叶　採蓮調穩句吳侶聲相續叶倚棹吳江曲叶鷺可平起暮天句幾雙交可仄頸鴛鴦句入蘆花深處宿叶

與前調迴別此則宋詞之濫觴也何處以下與後鷺起以下同夢暮二字去聲勿誤

又一體　六十一字　秦觀

恨眉醉可平眼韻甚輕可仄輕覷著句神魂迷亂叶常記那回句小曲闌干西畔叶鬢雲可仄鬆句羅襪剗叶　丁香笑吐嬌無限叶語軟聲低句道我何曾慣叶雲雨未諧句早被東風吹散叶悶損人句天不管叶

按山谷亦有此調尾句好殺人天不管自註云因少游詞戲以好字易瘦字是此秦詞尾句該是瘦殺人矣那字未字去聲起調黄用燈字不及也又前甚輕輕下九字黄作對歌對舞猶是當時眼與秦異

按怨王孫一調與唐腔河傳無異今載于右

怨王孫　五十三字　　張元幹

小院春晝韻晴窗霞透叶著雨胭脂倚風翠袖叶芳意惱亂人多換平㶿金荷叶平　多情不分去聲羣葩後叶仄傷春瘦叶仄淺黛眉尖秀叶仄紅潮醉臉句半掩花底重門三換平怨黄昏叶三平

院字必仄譜註可平大謬觀蘆川易安諸作可見紅潮至重門易安作上六下四不拘　此與前韋莊錦

浦一首字句平仄聲響俱同只此篇倚風句叶韻韋作花深柳暗不叶韻耳查李珣河傳此句原用叶韻是為一調何疑且韋莊又有錦里蠶市一首花間不載者原名作怨王孫其所用玉蟬金雀四字句亦不叶上里字市字之韻是此句可叶可不叶河傳與怨王孫正同也況院字用仄尤為顯而易見哉但宋人不作河傳而作怨王孫故列此而仍其名　沈天羽刻收明人此調首句云深閨靜悄後起云遙望玉郎在何處于臉字用連字平聲末三字用不見君如此平仄真足絕倒前第五句云堪惜那小桃紅句法更奇成何言語而自謂和易安韻沈氏選之賛之可嘆可憐矣又按月照梨花亦即此調并以附後

月照梨花五十五字　　黃昇

晝韻景方永叶重簾花影叶好夢猶酣句鶯聲喚醒叶門外風絮交

飛換平送春歸叶平　修蛾畫了無人問三換仄幾多別恨叶三仄淚洗殘妝粉叶三仄

不知郎馬何處嘶四換平烟草萋迷叶四平鷓鴣啼叶四平

此怨王孫只多別恨上加一幾字不知句下多一嘶字餘皆無異其聲響確是怨王孫即確是河傳也況加一嘶字此句遂拗恐原無此字而後人見温詞有郎馬嘶句此亦用郎馬字其下又用迷啼韻因訛寫多此一字耳圖譜不註景字起韻誤又落去妝字止作四字又以不知句可作平仄仄平仄平平平未審何據可為駭然

總校官候補知府臣葉佩蓀

校對官助教臣陳木

謄録監生臣顏攀龍

詞律

（三）

清·萬樹撰

中國書店

詳校官原任侍講臣王燕緒

臣紀昀覆勘

欽定四庫全書

詞律卷十五

宜興萬樹撰

玉簟涼 九十七字

史達祖

秋是愁鄉韻自錦瑟斷絃句有淚如江叶平生花裏活句奈舊夢難忘叶藍橋雲樹正綠句料抱月豆幾夜眠香叶河漢阻句但鳳音傳恨句欄影敲涼叶新妝叶蓮嬌試曉句梅瘦破春句因甚卻扇臨窻叶紅巾銜翠翼句早弱水茫茫叶柔指作平各作平自未翦句問此去豆

莫負王昌叶芳信準句更敢尋豆紅杏西廂叶

平生至漢阻與後紅巾至信準同指各二字照前橋雲二字宜用平聲想皆借用耳若認是用仄填入去聲字便拗矣平生二句同是五字但上句平生二字連與五言詩句同下則奈字領句而舊夢二字相連不可比而同之也紅巾二句亦然

月邊嬌 九十七字

周密

酥雨烘晴句早柳盼嬌嚬句蘭芽愁醒韻九街月作平淡句千山夜煖句十作平里寶光花影叶塵凝步襪句送豔笑豆爭誇清俊叶笙簫迫曉句翠幙捲豆天香宮粉叶 少年顧曲疎狂句絮花蹤跡句夜蛾心

性叶戲叢園錦句燈簾轉玉句擠却舞勾歌叶引前歡謾省句又輦
路豆東風吹鬢叶醺醺倚醉句任夜深春冷叶
九街至迫曉與後戲叢至倚醉
同音字照前襪字不必叶韻

暗香 九十七字 又名紅情　吳文英

縣花誰葺記韻滿庭燕麥句朱扉斜闔韻妙手作新句公館青紅
曉雲濕叶天際踈星趁馬句畫可平簾隙豆冰綃三疊叶盡換却豆吳水
吳烟句挑李靚春靨叶 風急叶送帆叶葉正雁水夜清句臥虹平
帖叶輭紅路叶接塗粉闈深早催入叶懷暖天香宴果句花隊簇豆

輕軒銀蠟叶便問訊豆湖上柳句兩堤翠匝叶

公館至換却與後塗粉至問訊同此調惟堯章創之君特塡之耳觀其步趨原曲如此謹嚴所謂斷髭啓錯令人有擊鉢揮毫之懼姜詞首句第三字是月字譜俱作仄觀此誰字則知可用平吳水姜作竹外可知竹字可平送帆葉姜作正寂寂可知第二箇寂字作平臥虹姜作夜雪可知雪字作平有此一闋姜遂不孤矣至圖譜所註於作字靚字送字夜字艇字問字兩字俱作可平而花隊簇軒輕五字謂可用仄平平仄仄則其見太廣其說太玄非愚之淺鄙所識矣○按詞調有紅情綠意二體向原疑為巧立名色近校之即暗香疎影二詞也詳見疎影調下

夜合花 九十七字

晁補之

百紫千紅句占春多少句共推絕世花王韻西都萬家俱好句不為姚黃叶謾腸斷巫陽叶對沉香豆可仄亭北新妝叶記清平調句詞成進了句一夢仙鄉叶　天葩秀出無雙叶倚朝暉豆半如酣酒成狂叶無言自有句檀心一點偷芳叶念往事情傷叶又新豔豆可平曾說滁陽叶縱歸來晚句君王殿後句別是風光叶

西都下與無言下同但西都句六字無言句四字稍異然此十字句分豆可上可下而他家則俱用上四下六耳

又一體　一百字　周密

月(可平)地無塵(句)珠宮不(可平)夜(句)翠籠誰煉鉛霜(韻)南州路杳(句)仙(可仄)子(作平)誤(可平)

入唐(叶)昌零(可平)露(可平)滴(句)翠微妝(叶)逗清(可仄)芬(豆)蝶(可平)夢空忙(叶)梨(可仄)花雲暖(句)梅

花雪(可平)冷(句)應妒秋芳(叶)　虛庭夜氣方涼(叶)曾記幽叢採玉(句)素(可平)

手相將(叶)素𧱏嫩蕚(句)指(可平)痕猶(可仄)映瑶房(叶)風(可仄)透(可平)幙(句)月侵牀(叶)記夢(可平)

(豆)回粉(可平)黶爭香(叶)枕(可平)屏金絡(句)釵梁絳(可平)縷(句)都是思量(叶)

作者多用此體南州下與後青𧱏下同零露滴二句

風透幙二句各三字與前謾腸斷念往事句五字異

○按梨花句枕屏句他家多於中二字相連如前晁

詞清平二字歸來二字史用共凄凉處向銷凝裏吳

用共追游處高用隔花陰淺想體當如此○按夢窗

一首於曾記句作似西湖燕去五字查各家俱六字

故不另収附記於此梅溪柳鎖鶯魂一首於逗清芬三字原作早窺春而譜圖相沿俱誤刻早去窺春遂謂此句八字蓋未審其後段之是當三家及及將他家詞相較故竟作一百一字調耳路嫩二字妙在去聲註作可平全然沒味矣

醉蓬萊 九十七字

呂渭老

任落(可平)梅鋪(可仄)綴(句)雁(可平)齒斜橋(句)裳(可仄)腰芳草(韻)閒(可仄)伴遊絲(句)過曉(可平)園庭沼(叶)斷(可平)近清明(句)雨(可平)晴風(可仄)軟(句)稱少(可平)年尋討(叶)碧(可平)縷墻頭(句)紅(可仄)雲水(可平)面(句)柳(可平)堤花島(叶)誰(可仄)信而今(句)怕愁憎酒(句)對(可平)著花枝(句)自踈歌笑(叶)鶯(可仄)語丁寧(句)問甚(可平)時重到(叶)夢(可平)筆題詩(句)帊(可平)綾封(可仄)淚(叶)向鳳(可平)簫

人(叶)道處(可平)處傷懷(句)年(可仄)年遠(可平)念(句)惜(可平)春人老(叶)

對着下與前雁齒下俱同任過稱問向諸字定用仄聲且須去聲方妙歷覽古人作者無不如此蓋此一字領句必去聲方喚得起下面也此亦易明之理況舊詞篇篇可証而譜俱註可平一字之訛便失一調之體豈得如此率意乎而庭花憎人等字翻註可仄且將過𧇊園句不註叶韻蹋餘既誤圖譜再誤必欲去此一韻矣此調凡五字句者皆一字領下四字不可上二下三作五言詩句法查楊无咎作有用況是當佳致歲歲稱眉壽者竟與念奴嬌中三語同此乃其誤處不可從也夢窻首句作碧天書信斷雖或第一句可通用然亦是敗筆後起四句每句四字係定格坡公作此會應須爛醉仍把紫菊茱萸細看重嗅上二句六字下一句四字而辟字又用去聲定難叶律亦不可從又晁无咎於稱少年句作與花爭豔乃

落去一字非有此體晴字坡作飲綾字坡作我柳作
輦上可借作平不得用去聲○聖求此詞汲古刻本
於懷字作□念字
上又多一□誤

燕春臺 九十七字　張先

麗日千門句紫烟雙闕句瓊林又報春回韻殿角風微句當時去
燕還來五侯叶池館屏開叶探芳菲走馬句重簾人語句轔轔車
幰句遠近輕雷叶　雕觴霞灩句翠幙雲飛句楚腰舞柳句宮面妝
梅叶金猊夜暖句羅衣暗裹香煤叶洞府人歸句笙歌院落句燈火
樓臺叶下蓬萊叶猶有花上月句清影徘徊叶

此詞疑有脫誤惜無他篇可証愚謂探芳句下或尚有叶韻語蓋走馬句與重簾人語詞意不連也或謂微字飛字歸字亦是叶韻詞中微灰原通用未知是否○按嘯餘譜於春字題內收燕臺春又於宮室題內收燕春臺將下二字顛倒遂收兩調又兩處所載俱即張子野此篇豈不貽笑千古當日欲作譜示人寧竟未一考耶又於燕春臺內少却院落二字至所註之可平可仄兩處互異又不必言矣真奇絕奇絕○此調沈氏作燕春臺圖譜作燕臺春若作燕春臺則燕字當作燕會之燕若作燕臺春則是黃金臺事當作幽燕之燕但舊草堂所載是燕春臺合當從之也○又按夏初臨一調與此相同即載此後以便考訂

夏初臨 九十七字

洪咨夔

鐵甕栽荷(句)銅(可仄)彝種(可平)菊(句)膽(可平)瓶萱(可仄)草榴花(韻)庭户深沉(句)畫(可平)圖低(可仄)映窻紗(叶)數枝奇石谽谺(叶)染宣和(豆)瑞露明霞(叶)於菟長嘯(句)風林□□(句)霜草先斜(叶)　雪(可平)絲香裏(句)冰(可仄)粉光中(句)興來進酒(句)睡(可平)起分茶(叶)輕雷急雨(句)銀篁迸揷簷牙(叶)涼(可仄)入琵琶(叶)枕幃開(豆)又送蟾華(叶)問生涯(叶)山林朝市(句)取次人家(叶)

此詞缺二字照後結應是平仄○按此詞與燕春臺聲響句法俱同只染宣和句上三下四與前採芳菲下不同余反覆玩之而斷其為一調何也蓋前採芳下下原有闕文今以此相較是走馬之下當有二字落去竊恐是歸來二字也其詞意謂五侯之家同諸閨人出游至暮則採芳菲者走馬而歸來矣其閨人

則在車上簾中將到第宅故簾中有語而其時宅中迎候故池館屏開耳後段則言歸後重整筵宴歌舞之景故用夜字燈字月字也若上無歸來二字則接不下矣笙歌句必上落一字而下誤多院落二字是因笙歌歸院落燈火下樓臺二句成語而誤寫耳此句即同前探芳菲句亦宜上三下四蓋探芳菲即洪詞之染宜和七字曰笙歌即洪詞之枕幃開七字前後相同也查草堂舊刻止笙歌燈火樓臺六字是雖闕上一字而原無院落二字汲古所刻亦同愈可徵余說之不謬自嘯餘収作兩調於燕春臺内作笙歌燈火樓臺六字燕臺春内作笙歌院落燈火樓臺八字於是沈氏刻仍其八字反註云一本闕院落二字而圖譜則竟作八字矣豈不謬歟猶有花上月亦誤多一字此即洪詞之山林朝市也玩其節奏豈不脗合乎是則前洞府人歸句果是叶韻正與涼入琵琶合矣蓋他處猶可謂偶同若換頭處四字四句斷無

兩調兩如此相符者愚見如此然以五六百年後尚論兩獨創異說其能免於時俗之駭怪乎

又一體 九十八字　　劉涇

泛水新荷句舞風輕燕句園林夏日初長韻庭樹陰濃句雛鶯學弄新簧叶小橋飛蓋入橫塘叶跨青蘋豆綠藻幽香叶朱欄斜倚句霜紈未摇句衣袂先涼叶　歡歌稀遇句怨別多同句路遙水遠句烟淡梅黄叶輕衫短帽句相攜洞府流觴叶況有紅妝叶醉歸來豆寶蠟成行叶拂牙牀叶紗廚半開句月在迴廊叶

舊刻此詞俱作小橋飛入橫塘沈天羽云飛字下缺蓋字愚謂據此調風範小橋句當以六字為正況有

前洪詞可據但天羽或有所考故収此九十八字體然作者只從洪平齋可耳○此篇霜紈未搖紗厨半開用平平去平比洪詞山林朝市句用平平平仄者不同想所不拘也

瑶臺第一層　九十七字　張元幹

寶(可平)歷祥開飛練上(句)青冥萬里光(韻)石城形勝(句)秦(可仄)淮風(可仄)景(句)威(可仄)鳳來翔(叶)臘餘春色早(句)兆鈞璜(豆)賢(可仄)佐興王(叶)對熙旦(句)正格(可平)天同德(句)全魏分疆(叶)　熒煌(叶)五雲深處(句)化鈞獨運斗魁旁(叶)繡裳龍尾(句)千(可仄)官師(可仄)表(句)萬(可平)事平章(叶)景鍾文瑞(句)世醉尚方(可仄)(豆)難(可仄)老金鑾(叶)慶垂裳(叶)看雲屛閒坐(句)象笏堆牀(叶)

石城至興王與後繡裳至金縷同釣字即同後尚字圖註可平誤埀裳是用韻其別作亦以鷁字叶長光等字圖失註襪方二字似叶而非觀別作後用且字也○按圖譜汲其別作臘餘二句云豆花初秀雨散暑空洗出秋涼亦於雨字斷句正與其後段舊山同梓里荷月旦久已平章同此正前後相合處如此篇後段景鍾二句也上五下七甚明何乃後作上五七七而前則另讀為四字三句耶

長亭怨慢 九十七字 或無慢字　姜夔

漸吹盡豆枝頭香絮韻是處人家句綠深門戶叶遠浦縈迴句暮帆零亂豆向何許叶閱人多矣句誰得似豆長亭樹叶樹若有情時句不會得豆青青如此借叶作平日暮叶望高城不見句只見亂山無數叶韋

郎去也句怎忘得豆玉環分付叶第一是豆早早歸來句怕紅萼豆無人為主叶算只有幷刀句難翦離愁千縷叶

按此調為白石所創其字句自應守之但前結此字不是韻乃白石借叶者後人不知遂將後起句日暮二字割連前尾如沈氏別集詞統圖譜等書皆遞相傳誤加以圈點註其平仄而不知其非也周公謹張叔夏皆南宋人去白石最近其所作長亭怨周詞用處字韻前結云數轉眼歲華如許後起云凝佇張一首是絕字韻前結云誰為主都成消歇後起云凄咽一首是處字韻前結云應笑我飄零如羽後起云同去是端端正正兩箇韻脚豈可硬判日暮二字連上而使此調前結少却一韻乎但有不可曉者第一是句上三下四周仍作燕樓鶴表半飄零與姜不合而張詞則合又誰得似句六字掬若句五字張一作渾

忘了江南舊雨七字不擬重逢四字一作悉千折心情頻别七字露粉風香四字與姜不合而周詞則合此二者又不知何以参差如此後人但以姜填之可耳〇枝字周張作仄是處是字張作平暮帆暮字周作平不會只玉第一是早只箏字張兩首内或作平想不拘也又張一首於首句不起韻閒人句周張俱叶韋郎句張一首叶

黄鸝遶碧樹 九十七字 周邦彦

雙闕籠佳氣句寒威日晚句歲華將暮韻小院閒庭句對寒梅照雪句淡烟凝素叶忍當迅景句動無限豆傷春情緒叶猶賴是豆上苑風光句漸好芳容將煦叶草萸蘭芽漸吐叶且尋芳豆更休思

處(叶)這浮世甚(豆)驅馳利祿(句)奔競塵土(叶)縱有魏珠照乘(句)未買得(豆)流年住(叶)爭如剩引榴花(句)醉偎瓊樹(叶)

平仄照填○或云上花風光漸好為一句

帝臺春 九十七字　　李甲

芳草碧色(韻)萋萋遍南陌(叶)飛絮亂紅(句)也似知人(句)春愁無力(叶)憶得盈盈拾(作平)翠侶(句)共攜賞(豆)鳳城寒食(叶)到今來(句)海角逢春(句)天涯行客(叶)　愁(去聲)旋釋(叶)還似織(叶)淚暗拭(叶)又偷滴(叶)謾遍倚危欄(句)儘黃昏(句)也只是暮雲凝碧(叶)拚則而今已拚了(句)忘則怎

生便忘得叶又還問鱗鴻句試重尋消息叶

宋人作此調者絶少向來譜圖相傳俱首作三字句以碧字起韻色萋萋作一句遍南陌作一句不知後有暮雲凝碧斷無複韻之理况春草碧色乃江文通别賦中語此正用之具為色字起韻無疑詞綜於飛字作暖字也似知人句無似字必有所考但從來舊刻如右故仍之圖譜所註平仄皆以意為之遍南謂可平仄至忘則怎生便五字逐字反註蓋欲字字改順幾於變盡本來面目矣本譜則不敢也

珍珠簾 九十八字 珍一作真 吳文英

蜜沉爐暖餘烟裊韻竚立行人官道叶麟帶壓愁香句聽舞簫雲渺叶恨縷情絲春絮遠句悵夢隔豆銀屏難叶到寒峭叶有東風

垂柳(句)學得(作平)腰小(叶)　還近綠水清明(句)歎孤身如燕(句)將花頻繞(叶)細雨濕黃昏(句)半醉歸懷抱(叶)蠹損歌紈人去久(句)謾淚沾(豆)香蘭如笑(叶)書杳(叶)念客枕幽單(句)看春漸老(叶)

麟帶以下前後相同但東風垂柳與客枕幽單平仄異麟帶二句細雨二句雖皆五字但上句是上二下三下句是上一下四不可誤作一樣

又一體　一百一字　張炎

雲(可仄)深(可平)別有深庭宇(韻)小(可平)簾櫳(豆)占(可仄)取(可平)芳菲多處(叶)花(可仄)暗曲房春(句)潤幾番酥雨(叶)見說蘇堤晴未穩(句)便好趁踏青人去(叶)休去(叶)

且(可平)料理琴書(句)夷(可仄)猶今古(叶)　誰見靜裏閒心(句)縱荷衣未葺(句)

雪(作平)巢堪賦(叶)醒(可平)醉一乾坤(句)任此情如許(叶)茂(可平)樹石(作平)牀同坐久(句)

又却被(豆)(可平)春風留住(叶)欲(作平)住(叶)奈(可仄)簾影妝樓(句)剪(可平)燈人語(叶)

此前詞多小簾櫳三字詞家多宗此體去住二字即用上韻此玉田乃筆非必要疊韻也此詞用料理琴書簾影妝樓草窻用鮫人織就歸時人在平仄相反而前夢窻詞前用東風垂柳與周同後用客枕幽單與張同前後互異想亦不拘然他家俱用草窻體可從之坐字竹山作珠字係誤刻此字無用平理

又一體一百一字　陸游

燈前月下嬉游處(韻)向笙歌(豆)錦繡叢中相遇(叶)彼此知名(句)纔

見便論心叶素淺黛嬌蟬風調別句最動人豆時時偷顧叶歸去叶想閒窗深院句調絃促柱叶　樂府叶初翻新譜叶謾裁紅點翠句閒題金縷叶燕子入簾時句又一番春暮叶側帽燕脂坡下過句料也計豆前年崔護叶休訴叶待從今須與句好花為主叶

彼此知名四字纔見便論心素六字比前二調兩句五字者不同或以為誤渭南又一首亦云掠地穿簾知是竟歸何處是知另有此體也其後段首句兩字叶韻次句四字叶韻亦與前六字用平者不同其又一首亦云自古儒冠多誤○圖譜前收珍珠簾後又收真珠簾不知珍即真本是一調也而後起二字句亦失註叶韻

玲瓏玉　九十八字　姚雲文

開歲春遲句早贏得一白瀟瀟韻風窻淅簌句夢驚錦帳春嬌叶是處貂裘透暖句任尊前回舞句紅倦柔腰叶今朝叶虧陶家豆茶鼎寂寥叶　料得東皇戲劇句怕蛾兒街柳句先鬭元宵叶宇宙低迷句倩誰分豆淺亞深凹叶休嗟空花無據句便真箇豆瓊雕玉琢句總是虛飄叶且沉醉句趁樓頭豆零片未消叶

首句或云五字雪舫曰非也盖因春遲故雨雪耳亞字恐是凸字寂寥未消是定格不可照圖譜作平

揚州慢　九十八字　姜夔

淮左名都句竹西佳處句解鞍少駐初程韻過春風十里句盡薺麥青青叶自吳馬豆窺江去後句廢池喬木句猶厭言兵叶漸黃昏清角句吹寒都在空城叶　杜郎俊賞句算如今豆重到須驚叶縱荳蔻詞工句青樓夢好句難賦深情叶二十四橋仍在句波心蕩豆冷月無聲叶念橋邊紅藥句年年知為誰生叶

查鄭覺齋有此調於淮佳吳裔清吹等字作仄竹十蕎去廢杜俊夢四等字作平又李彭老於漸黃昏二句作數而今杜郎還見應付悲春句法平仄容有異然此係石帚自度腔從之為妥

月下笛 九十八字

周邦彥

小(可平)雨收塵(句)凉蟾瑩徹(句)水光浮碧(韻)誰知怨抑(叶)靜倚官橋吹笛(叶)映宮墻(豆)風(可仄)葉(作平)亂飛(句)品高調側人未識(叶)想開元(可平)舊譜(句)柯亭遺韻(句)盡傳胸臆(叶)　闌干四遶(句)聽折柳徘徊(句)數聲終拍(叶)寒燈陋館(宜叶)最感平陽孤客(叶)夜沉沉(豆)雁(可平)啼正哀(句)片雲盡卷清漏滴(叶)黯凝魂(句)但覺龍吟萬壑天籟息(叶)

水光至未識與後數聲至漏滴同葉字是以入作平不可泛用仄聲字人未識清漏滴定格不可用平平仄并觀其所用品字調字片字及盡卷之盡字皆仄可知此句有定格也怨陋籟三字亦不可平他如靜映亂最夜正等去聲字皆妙宜玩之館字即前抑字應叶不叶觀後陶張二詞俱叶可玩雖美成如此學

旨還當用韻為是不然或室字之誤耳圖譜註光誰橋風寒平可仄水肸品側想數夜片卷點可平我所不解

又一體　九十八字　　曾允元

吹老楊花(句)浮萍點(豆)一溪春色(韻)閒尋舊跡(叶)認溪頭(豆)浣紗磧(叶)柔(可仄)條折(可平)盡成輕別(句)向(可平)空(可仄)外(豆)瑤簪一擲(叶)算無情更(可平)苦(句)鶯巢暗葉(句)啼(可仄)破幽寂(叶)　凝立(叶)闌干側(叶)記露飲東園(句)聯(可仄)鑣西陌(叶)容消鬢減(句)相逢應是難識(叶)東(可仄)風吹(可仄)得愁如海(句)謾(可平)點(可平)染(豆)空堦自碧(叶)獨歸晚(句)解說心中事(句)月下短笛(叶)

浮萍點只三字認溪頭浣沙磧兩三字句柔條句上四下三向空外句上三下四東風二句亦然後起首句二字次句三字叶韻末句一五一四

以上俱與前不同相逢句平仄亦異

又一體 九十九字　　陶宗儀

東閣詩慳句西湖夢淺句好音難托韻香銷玉削叶早孤摽豆頓非昨叶阿可平誰底可平事頻橫笛句不可平道是豆江南搖可仄落叶向空堦閒砌句天寒日暮句病鶴可平輕啄叶　情薄叶東風惡叶試快覓飛瓊句共可平翔寥廓叶冰魂漠漠叶誰憐金谷離索叶有可平時巧可平綴雙蛾綠句天可仄做就豆宮妝綽約叶待一點豆脆圓成句須信和羹問却叶

西湖句四字同周詞餘同曾詞
尾句兩三一四與前二體異

又一體　九十九字　張炎

萬可平里孤雲句清遊漸遠句故人何處韻寒窻裏句曾記經行舊時路叶連昌約可平畧無多柳句第可平一是豆難聽夜雨叶謾驚回悽悄句相看燭影句擁衾誰語叶　張緒叶歸何暮叶伴冷落依依句短橋鷗鷺叶天涯倦旅叶此時心事良苦叶只愁重可仄灑西州淚句問可平杜曲豆人家在否叶恐翠袖豆正天寒句猶倚梅花那樹叶

上二詞於第四句四字叶韻而此用寒窻下十字大異或曰寒窻裏裏字誤必有兩字用韻與前合蓋窻

裏不可云經行路也天涯二句則與前同矣那字去聲妙妙陶南村學宋人者故亦用問字至其搖字不若曾詞一字自字張詞夜字在字兩仄聲矣蓋此二字即周詞未字漏字也

三部樂 九十八字　蘇軾

美人如月（韻）乍見掩暮雲（句）更增妍絕（叶）算應無恨（句）安用陰晴圓缺（叶）嬌甚空只成愁（句）待下牀又懶（句）未語先咽（叶）數日不來（句）落盡一庭紅葉（叶）　今朝置（作平）酒彊起（句）問為誰減動（句）一分香雪（叶）何事散花卻病（句）維摩無疾（叶）卻低眉（豆）慘然不答（叶）唱金縷（豆）一（作平）聲怨切（叶）堪折便折（句）且惜取（豆）少年花發（叶）

驀字用去各家皆同惟龍川用平應從其多者為是語字用仄亦是定格堪折便折用平仄仄仄各家同數日句各家皆作仄平仄仄抑或另有此體緻事字各家皆平恐是時字

又一體　九十八字　　周邦彦

浮(可仄)玉飛瓊(句)向邃館靜軒(句)倍增清絶(韻)夜窻垂練(句)何用交光明月(叶)閒道官閣多梅(句)趁暗香未遠(句)凍蕊初發(叶)倩誰折取(句)持贈情人桃葉(叶)　回紋近傳錦字(句)道為君瘦損(句)是人都說(叶)祅如染紅著(句)手膠脫黏髮(叶)轉思量(豆)鎮長墮睫(叶)都(可平)只為(豆)情深意切(叶)欲報信息(句)無(作平)一(豆)句堪喻愁結(叶)

首句不起韻倩誰可比蘇詞數日句異袄字恐誤如字用平可從○按千里和詞於聞道句云奈相送行客將歸多一字但觀夢窗龍川此句沓作七字或此周詞偶落一字亦未可知而前蘇詞亦只六字故不敢擅定至方詞於何用句作天際留殘月則留字上落一字是人句作到見時難說多一字查此句吳調五字蘇詞陳詞四字未知誰是想不拘也

又一體 九十九字　吳文英

江鶬初飛句蕩萬里素雲句際空如沐韻詠情吟思句不在秦箏金屋叶夜潮上豆明月蘆花句傍釣蓑夢遠句句清敲玉叶翠罌汲曉句欸乃一聲秋曲叶　片篷障雨乘風句半竿渭水句伴鷺汀

幽宿叶那知煖袍挾錦句低薫籠燭叶鼓春波豆載花萬斛叶帆鬣轉豆銀河可掬叶風定浪息句滄茫外豆天浸寒緑叶

夜潮上句伴鷺汀句各多一字後起句用平與前異

雲仙引　九十八字　　馮偉壽

紫鳳臺高句紅鸞鏡裏句霏霏幾度秋聲韻黃金重句緑雲輕叶丹砂鬢邊滴粟句翠葉玲瓏叶烟剪成含笑出簾句月香滿袖句天霧縈身叶　年時花下逢迎叶有遊女豆翩翩如五雲叶亂擲芳英句爲簪斜朶句事事關心叶長向金風句一枝在手句嗅蕊悲歌

雙黛顰（叶）遠臨溪樹（句）對初絃月（句）露下更深（叶）

無他作可証學者依其平仄可也聲一作磬烟如雙等字用平乃詞中起調處勿循圖註可仄之說

芰荷香 九十八字

趙彦端

燕初歸（韻）正春（可仄）陰暗（可平）淡（句）客（可平）意淒迷（叶）玉觴無味（句）晚花雨（可平）退凝脂（叶）多（可仄）情細（可平）柳（句）對沈腰（豆）渾不勝衣（叶）垂別袖（豆）忍見離披（叶）江南陌上（句）彊半紅飛（叶）樂事從今一夢（句）縱錦（可平）囊空（可仄）在（句）金（可仄）椀誰揮（叶）舞裙歌扇（句）故應閒（可仄）鎖幽閨（叶）練（可平）江詩（可仄）就（句）算檥舟（豆）寧不相思（叶）腸斷莫訴離盃（叶）青雲路穩（句）白首心期（叶）

正春陰下與後縱錦囊下同但垂別袖句七字腸斷句六字恐無此理必腸斷下少一仄聲字無疑作者宜照前填之

孤鸞　九十八字　馬莊父

沙(可仄)堤香軟(韻)正宿(可平)雨初收(句)落(可平)梅飄灑(叶)可奈東風(句)暗逐馬蹄輕捲(叶)湖(可仄)波又還漲綠(句)粉墻陰(豆)日融烟暖(叶)驀(可平)地刺(可平)桐枝(可仄)上(句)有一聲春喚(叶)　任酒帘飛動畫(可平)樓晚(叶)便指(可平)數燒燈(句)時(可仄)節(可平)非遠(叶)陌上叫(宜平)聲(句)好是賣花行院(叶)玉(可平)梅對妝雪柳(句)鬧蛾兒(豆)象生嬌顫(叶)歸(可仄)去(可仄)爭先戴(可平)取(句)倚寶(可平)釵雙燕(叶)

除兩起句外前後俱同旁註照各家查定畫字朱敦儒亦用水字時節亦用難寄尤覺發調宜從至正有任便倚等乃領句虛字喚起下語斷無用平之理諸圖槩作可平湖波玉梅二句除首一字外平仄定須如此乃註波可仄又可平漲可平謬甚又漲用平則全然無調矣又謂粉可平蛾可仄同語而異註所不解也

又一體　九十八字　趙以夫

江頭春早(韻)問江上寒梅(句)占春多少(叶)自照踈星冷(句)祇許春風到(叶)幽香不知甚處(句)但迢迢(豆)滿河烟草(叶)回首誰家竹外(句)有一枝斜好(叶)記當年曾共花前笑(叶)念玉雪襟期(句)有誰

知道喚起羅浮夢句正參橫月小淒涼更吹塞管句謾相思豆鬢華驚老叶待覓西湖半曲句對霜天清曉叶

自照二句喚起二句俱各五字與前詞異譜於正字註可平誤祇許句五字應如後段正字領句此不足法

又一體 九十八字　張榘

荊溪清曉韻問昨夜南枝句幾分春到叶一點幽芳句不待隴頭音耗叶亭亭水邊月下句勝人間豆等閒花草叶此際風流誰似句有孏窩詩老叶且向虛簷句淡然索笑叶任雪壓霜欺句精神

越好叶最喜庭除下句映紫蘭嬌小叶孤山好喜舊約句況和羹豆用功宜早叶移傍玉階深處句趁天香繚繞叶

後段起處二句與前異但恐誤不宜從蓋芸窗別一首原與前趙詞同也一點二句上四下六同馬詞最喜二句各五字同趙詞又與前異○按一點二句用一四一六與兩五者似是各體自宜前後相合前兩家可証此篇後段或宜於除字分註便與前同蒼崖曰既有趙詞在不妨即註兩五故從之然作者以照合為妥朱敦儒作譜圖俱註前云淡泞新妝淺點壽陽宮額後云試問丹青手是怎生描得前後互異余則斷之曰淡泞新妝淺為一句也

晝夜樂 九十八字　柳永

洞房記得初相遇便只合長相聚何期小會幽歡變作別離情緒况值闌珊春色暮對滿目亂花狂絮直恐好風光盡隨伊歸去 一場寂寞憑誰訴算前言總輕負早知恁地難拚悔不當初留住其奈風流端正外更別有繫人心處一日不思量也攢眉千度

前後段同暮字叶外字不叶山谷一首亦然而柳別作則前後皆叶作者自當皆叶為妥色字別作用平甚拗或誤不必從兩結各五字二句須知上句如五言詩下句上一下四比二句正如石州慢之結耳

八節長歡 九十八字

毛滂

名滿人間(韻)記黃金殿(句)舊賜清閒(叶)才高鸚鵡賦(句)風稟惠文冠(叶)濤波何處試蛟鰐(句)到白頭(豆)猶守溪山(叶)且做龔黃樣度(句)留與人看(叶) 桃溪柳曲陰圓(叶)離唱斷(豆)旌旗却捲春還(叶)襦袴寄餘溫(借叶)雙石畔(句)唯聞史膽長寒(叶)詩翁去(句)誰細遶(豆)屈曲欄干(叶)從今後(豆)南來幽夢(句)應隨月渡雲端(叶)

溫字宜叶此借韻耳

逍遙樂 九十八字

黃庭堅

春意漸歸芳草(韻)故國佳人(句)千里信沉音杳(叶)雨潤烟光(句)晚

景澄明(句)極目危欄斜照(叶)夢當年少(叶)對罇前(豆)上客鄒枚(句)小鬟燕趙(叶)共舞雪歌塵(句)醉裏談笑(叶) 花色枝枝爭好(叶)鬢絲年年漸老(叶)如今遇風景(句)空瘦損(豆)向誰道(叶)東君幸賜與(句)天幕翠遮紅繞(叶)休休醉鄉岐路(句)華胥蓬島(叶)

只此一闋

平仄宜遵

並蒂芙蓉 晁端禮

太液波澄(句)向檻中照影(句)芙蓉同蒂(韻)千柄綠荷深(句)並丹臉爭媚(叶)天心眷臨聖日(句)殿宇分明敞嘉瑞(叶)弄香嗅蕊(叶)願君

王壽與句南山齊比叶 池邊屢回翠輦句擁羣仙賞醉句憑闌
凝思叶萼可平綠攬飛瓊句共波上遊戲叶西風又看平聲露下句更結雙
雙新蓮子叶鬬妝競美叶問鴛鴦句向誰留意叶

向檻中至嗅蕋與後擁羣仙至競美同但前用敵字仄後用新字平想可通用他無可考圖譜乃謂太向綠臉春殿弄壽與屢共又更鬬等字可平芙同丹天分君池邊憑西雙鴛等字可仄試問據何詞而較定耶至嗅字本仄而圖作仄凝字本平而圖作平何耶芙蓉同蔕憑闌凝思必平平平仄殿字分明更結雙雙必仄仄仄平平平弄香嗅蕋鬬妝競美必仄平仄仄何得信意改竄更怪者千柄綠荷深與後萼綠攬飛瓊同金丹臉爭媚與後共波上遊戲同皆五字句乃以千柄綠荷深並為六字一句丹臉嬌媚為四字一句

豈非興事

繡停針　九十八字　　陸游

歎半紀(句)跨萬里秦吳(句)頓覺衰(作平)謝(韻)回(可仄)首鵷行(句)英俊並遊(句)咫(可平)尺玉堂金馬(叶)氣凌嵩華(叶)負壯略(豆)縱橫王霸(叶)夢經洛浦梁園(句)覺來淚流如瀉(叶)　山林定去也(叶)卻自恐說(作平)著(作平)(句)少年時話(叶)靜(可平)院焚香(句)閒倚素屏(句)今(可仄)古總成虛假(叶)趁時婚嫁(叶)幸自有(豆)湖邊茅舍(叶)燕歸應笑(句)客中又還過(平聲)社(叶)

後段定去也閑去去上即與首句歎半紀同次句說著二字作平與前次句秦吳二字亦同前第三句覺

字作平與後少年句同是換頭只多山林二字耳過字讀作平並素二字必用去聲

二郎神　九十八字　　呂渭老

西池舊約韻燕語柳梢桃蕚叶向紫陌豆秋千影下句可仄同綰雙雙鳳索叶過了鶯花休則問句可平風共月豆一時間却叶知誰去句喚秋陰句滿眼敗紅藥叶飄泊叶江湖載酒句十年行樂叶甚近日豆傷高念遠句可平不覺風前淚落叶橋熟橙黃堪一醉句可平斷未負豆晚涼池閣叶只愁被豆撩撥春心句煩惱怎生安著叶

向紫陌至閣却與後段甚近日至池閣同樂字刻本作葉葉字非韻今改正或曰上用秋陰非紅藥時矣

余謂不更有桃萼在前乎桃尚是萼春景可知或曰後有橘熟橙黃是又何說余笑曰晚涼池閣又是夏景四時都來極象嶺南風景僕亦難以斷定請公去與呂家那漢理會

又一體一百四字　柳永

炎光謝韻過暮雨豆芳塵瀟灑叶乍露冷豆風清庭戶爽句天可仄如可平水豆可平玉鈎遙挂叶可仄應是星娥嗟久阻句可平敘舊約豆飈輪欲駕叶極目處豆微雲暗度句耿耿銀河高瀉叶　閑雅叶須知此景句古今無價叶運巧思豆穿針樓上女句可平擡粉面豆雲鬟相亞叶可平鈿合金釵私語處句可仄算誰在豆回廊影下叶願天上人間句占得歡娛句年年今夜叶

作露冷至欲駕同後運巧思至影下此調與前後體原是各異首句向來傳刻皆三字沈氏謂先字下誤初字蓋欲添入一字以湊成四字句而不知此字不宜作平聲初字之杜撰不辨而自露也且此句必欲強之使同則後段許多不同處能使之俱同乎古人所謂本無事而自擾之也嘯餘依本集作炎光謝矣而亦欲湊四字竟將下一字補上作炎光謝過其下只作六字句誤失一韻尤為可笑且以露冷風清為四字句庭戶至遥推為十字句蓋謂與天二字相連故又註與字可平奇極奇極

又一體　一百五字　又名十二郎　湯恢

瑣窗睡起[句]閒[可仄]佇立[豆]海棠花影[韻]記翠檝銀塘[句]紅牙金縷[句]杯泛梨花凍冷[叶]燕子銜來相思字[句]道玉瘦[豆]不[作平]禁[平聲]春病[叶]應[平聲]蝶

粉半銷句鴉雲斜墜句暗塵侵鏡叶還省叶香痕碧唾句春衫都凝叶悄一似荼蘼句玉肌翠被句消得東風喚醒叶青杏單衣句楊花可平小扇句閒却晚春風景句最苦是句蝴蝶盈盈弄晚一簾風静叶

此為本調正格作者多從之嘯餘載徐幹臣詞亂註平仄此篇乃和徐韻者故収之以為証賺字徐用彈乃去聲是彈弓之彈意謂雀本報喜之物今乃無憑準因以丸彈之故曰問來彈雀也此字不可作平聲觀夢窻首句亦作素天際水是也銜來相思徐云愁端如何譜以其四箇平聲註何字可仄觀夢窻又是賓鴻重來後來字亦平豈徐湯吳三公皆笨伯不能作七言詩一句乎又以記翠攕下作九字句鴉雲下

作八字句香痕下作八字句情一下作九字句最若下作九字句而凡用仄處皆作可平人若依之使一調音響俱索然無味至凍冷喚醒弄晚等去上正同徐詞爐冷未醒遍倚所以為妙夢窗亦云過艇照影數點若皆作平仄不成調矣半字亦必仄聲末句或於盈盈處豆或於弄晚處豆總之語氣相貫可不拘○按夢窗此詞題曰十二郎圖譜不知即此調又續収之首句便作七字讀次句作四字讀所謂從頭差起安得不直差到底乎○又馬莊父一首記翠楲下九字止作倩說與年年相挽七字其餘皆同若謂用前呂詞法則其餘又與呂不同恐係脫兩字不錄

又一體 一百五字 楊无咎

炎光欲謝句更幾日豆薰風吹雨韻共說是天句公亦嘉神貺句特

作澄清海宇叶灌口擒龍句離堆平水句休問功超前古叶當中興豆護我邊陲句重使四方安堵叶　新府叶祠庭占得山川句佳處叶看曉汲雙泉句晚除百病句奔走千門萬戶叶歲歲生朝句勤勤稱頌句可但民無災苦叶□□□豆願得地久天長句協佐皇都換平叶

灌口以下兩四一六與後歲歲以下同此即前湯詞後段青杏以下三句句法而前後通用之者也尾句都字初疑是誤然玩上用佐字則下宜以平字應之此乃又一平仄互用之體也

陌上花 九十九字

張翥

關山夢裏（句）歸來還（豆）又歲華催晚（韻）馬影鷄聲（句）（可仄）諳盡舊郵荒

館（叶）綠箋密記多情事（句）（可平）一看一（可平）回腸斷（叶）待殷勤寄（句）與（可平）舊遊

鶯燕（句）水流雲散（叶）　滿羅衫是酒（句）香痕凝（去聲）處（句）唾碧啼紅相

半（叶）只恐梅花（句）（可平）瘦倚夜寒誰暖（叶）不成便沒相逢日（句）（可仄）重整（可仄）釵

鸞箏雁（叶）但何郎（句）縱有（可仄）春風詞筆（句）病懷渾懶（叶）

此詞風流婉約在淺深濃淡之間真絕唱也吾安得起蛻巖於九京而北面事之還又下與後唾碧下同圖註起處兩六字待殷勤句七字鶯燕連下作六字更以香字連上酒字作六字痕凝至相半作九字而又因凝處唾碧四仄乃註凝處二字云可平是苦苦要將好詞讀壞惜哉

玲瓏四犯　九十九字　周邦彥

穠可仄李夭桃句是舊日潘郎句親試春豔韻自別河陽句長負露房

烟臉叶顦顇鬢點吳霜句細念想豆夢魂飛亂叶歎畫闌豆玉可平砌都

換叶纔始有緣重見叶夜深偷展香羅薦叶暗窻前豆醉眠葱

蒨叶浮可仄花浪蕋都相識句誰更曾擡眼叶休問舊色舊香句但可平認

取芳可仄心一作平點叶又片時一可平陣句風雨惡句吹分散叶

細念想句本七字觀徽宗梅溪松山等作皆同而方

千里和此詞正作顧鬢影翠雲零亂其為七字何疑

舊譜去一細字各書多仍其訛故汲古刻片玉詞有

按譜宜是六言無細字之註也各家惟竹屋一首六

字或亦脫落或有此體然謂有此體則可謂周詞六字則不可蓋有千里和詞為証也又片時一陣應是五字各家皆同舊刻於又字上多一柰字不惟失調於文義亦贅至尾句譜圖俱註又片時一陣風雨為七字句惡吹分散為四字句今考方詞是伏夢魂一到花月底休飄散是知上句五字於陣字分斷下以風雨惡為一句吹分散為一句方詞上句於到字住下以花月底為一句休飄散為一句耳又查草窗結云倚畫闌無語春恨遠頻回首更可以為據向來原有所疑考至此不覺爽然又思人之所以誤讀者乃因玲瓏四犯又另有四字煞尾一體故人欲強而同之遂致誤耳但覽後載史詞可知其分別較然矣譜於五字句謂可用平平平仄仄下句可用仄仄平平平仄惡字竟作可平豈不大謬

又一體 九十九字 吳文英

波暖塵香正嫩日輕陰句搖蕩清晝韻幾日新晴句初展綺窻紋繡叶年少忍負才華句盡占斷豆豔歌芳酒叶奈翠簾豆蝉舞蜂喧句催趂禁烟時候叶　杏腮紅透梅鈿皺叶燕歸時豆海棠廝勾叶尋芳較晚東風約句還約劉郎歸後叶憑問柳陌情人句比似垂楊誰瘦叶倚畫闌無語句春恨遠句頻回首叶

前詞玉砌都攙攙字是韻千里亦和之此篇喧字用平不叶徽宗用翔字竹屋用情字亦然還約句比前誰更句多一字比似句比前但認句少一字

又一體一百一字　史達祖

雨入愁邊句翠樹晚無人句風葉如剪韻竹尾通涼句却怕小簾低捲叶孤坐便怯詩慳句念後賞豆舊曾題遍叶更暗塵豆偷鎖鸞影句心事屢羞團扇叶　賣花門館生秋草句悵弓彎豆幾時重見叶前歡盡屬風流句夢天共朱樓遠叶聞道秀骨病多句難自任豆從來恩怨叶料也和可仄前度句金籠鸚鵡句說人情淺叶

影字仄草字不叶韻與前二詞異幾時重見高竹屋作怨恨誰訴恨字亦用去聲與前第三句同想亦有此體可從因餘同不錄○又按史别作於聞道二句云方悔翠袖易分難聚有玉香花笑論語氣則當於聚字斷句論調格則當於分字句有字豆或謂易一體非也蓋此二句一氣貫串故梅溪巧筆作此借渡

句法本體定當上六下七與前孫坐二句相同勿謂有史詞可倚而作兩四一五也

又一體 九十九字 姜夔

疊鼓夜寒句垂燈春淺句悤悤時事如許韻倦遊歡意少句俯仰悲今古叶江淹又吟恨賦叶記當時豆送君南浦叶萬里乾坤句百年身世句惟有此情苦叶　揚州柳垂官路叶有輕盈換馬句端正窺戶叶酒醒明月下句夢逐潮聲去叶文章信美知何用句謾贏得豆天涯羈旅叶教說與叶春來要豆尋花伴侶叶

此與前各體不同乃別是一調故雖九十九字另列於百一字之後○倦遊至南浦與後酒醒至羈旅同

只江淹句六字
文章句七字耳

燕山亭　曾覿

玉可平立明光句才業冠去聲倫句漢可平歷方承休運韻江左奏功句塞壘宣威句紫可平綬可平幾垂金印叶歲可平晚歸來句望可平丹可仄極豆清可仄新氣叶祲忠叶憤著可平撓可仄節朋儔句便成嘉遯叶　千載雲海茫茫句記可平舉目新亭句壯可平懷難盡叶蝴蝶夢驚句化鶴飛還句紫華等閒一作平瞬叶七可平十樽前句算可平疇可仄昔豆都可仄無可作平恨叶休問叶長占豆取可仄朱顏作平綠鬢叶

冠奏夢三字俱宜用仄聲且以去為妙是此調定格覿徽宗用數靚地樵隱用夜錦共海野別作用夜作

競張伯雨用翠素可見圖譜俱註可平誤江左至忠憤與後蝴蝶至休問同但各家於前紫綬句有用後紫華句法者後則不用紫綬句法也各刻載徽宗裁剪冰綃一首於蝴蝶夢驚句作天遙地遠恨也宜作天遠地遙乃合此即同前段之新樣靚妝句而圖且謂可作仄平平仄相反到底矣余嘗謂紅拂傳奇一江風試語良人道句以平平仄仄平作仄仄平平仄五字皆反令歌者捩折嗓子今見圖註此句乃知反古者蓋多耳汲古刻樵隱詞塞壘下二句云客映窺亭亭萬枝開遍乃窺字下脫一字尾句云愁酒醒緋千片亦於緋字上下落一字無此九十七字體也張伯雨第二句作蝟肌粟聚與此調異恐不可以為法

○按徽宗詞第三句冷淡臙脂句注或作微注本六字詞既落一字止作冷淡臙脂注誤也不可從又此調本名燕山亭恐是燕國之燕詞滙刻作宴山亭非也

大有 九十九字

周邦彥

仙(可仄)骨清羸(句)沈腰顦顇(句)見(可仄)旁人(豆)驚怪消瘦(韻)柳無言(豆)雙眉盡日齊鬬(叶)都緣薄倖賦情淺(句)許(可平)多時(豆)不(可仄作平)成懽偶(叶)幸自也總由他(句)何須負這(可平)心口(叶)

令人恨(句)行坐咒(叶)斷(可平)了更思量(句)沒心(可平)永守(叶)前日相逢(句)又早見伊仍舊(叶)卻更被溫存後(叶)都忘了(豆)當時僝僽(叶)便擲撮(豆)九百身心(句)依前待有(叶)

賦字濇希白作聽字圖譜讀作平聲誤又以言都緣須令思相為可仄日倖坐待為可平與非前結濇作十分衛郎清瘦郎字可用平聲卻更被溫存後似應在被字豆而濇詞作彊整帽擔欹側則是六字相連

想亦不拘待有應去上聲潘作應後
可見九百風魔也金元曲多用之

鳳池吟　九十九字　吳文英

萬丈巍臺（句）碧罘罳外（句）衮衮野馬遊塵（韻）舊（可仄）文書几（可平）閣（句）昏（可仄）朝
醉（可平）暮（句）覆雨翻雲（叶）忽變清明（句）紫垣敕（作平）使下星辰（叶）經年事靜（句）
公門如水（句）帝甸陽春（叶）　長年父老相語（句）幾百年見此（句）獨
駕冰輪（叶）又鳳（可平）鳴黃（可仄）幕（句）玉（可平）霄（可仄）平邇（句）鵲錦輕恩（叶）事省中書（句）半
紅梅子薦鹽新（叶）歸來晚（句）待慶吟（豆）殿閣南薰（叶）

舊文書至星辰與後
段又鳳鳴至鹽新同

紫玉簫 九十九字　　晁補之

羅綺叢中(句)笙歌叢裏 眼狂初認輕盈(韻)無花解比(句)似一(可平)鉤

新月(句)雲(可仄)際初生(叶)算不(作平)虛得(句)郎占與(豆)第一佳名(叶)卿歸去(句)那

知(可仄)有人(句)別後牽情(叶) 襄王自是春夢(句)休謾說東牆(句)事更

難憑(叶)誰教慕宋(句)要題(可仄)詩曾倚(句)寶(可平)柱低聲(叶)似瑤臺曉(句)空暗

想(豆)衆裏飛瓊(叶)餘香冷(句)猶在(可平)小窗(句)一到魂驚(叶)

無花以下與後

誰教以下同

國香慢 九十九字　　周密

玉潤金明(韻)記曲(作平)屏小几(句)剪(可平)葉移根(叶)經年故人重見(句)瘦影
娉婷(叶)雨帶風襟零(可仄)落(句)步雲冷(可平)(豆)鵝管吹春(叶)相逢舊京路(句)素
靨塵緇(句)仙(可仄)掌霜凝(叶)　國香流落恨(句)正冰綃翠薄(句)誰(可仄)念遺
簪(叶)水空天遠(句)應念礬弟梅兄(叶)渺渺魚波望極(可平)(句)五十(作平)絃(可仄)(豆)愁
瀟湘雲(叶)淒涼耿無語(句)夢入東風(句)雪(可平)盡江清(叶)

前後惟起句異餘同經年句上六下四水空句上四下六似乎有異然十字語氣相連作者句法不妨前後一轍也舊京洛耿無語俱用仄平仄勿誤此調惟草窗有之題作彝則商國香慢愚謂彝則商三字乃是宮調非詞名也故刪之

詞律卷十五

欽定四庫全書

詞律卷十六

宜興萬樹撰

垂楊 九十九字 陳允平

銀屏夢覺韻漸淡黃嫩綠句一聲鶯小叶細雨輕塵句建章初閑東風悄叶依然可仄千樹長安道叶翠雲鎖豆可平玉牕深窈叶斷橋人豆空倚斜陽句帶舊愁多少叶還是清明過了叶任煙縷露條句碧纖青嫋叶恨隔天涯句幾回惆悵蘇堤曉叶飛花可平滿地誰為掃叶

甚薄作平倖可仄豆隨波縹緲叶啼鵑不喚春歸句人自老叶

一聲至深窈與後碧纖至縹緲同詞極精緻聲調如此不可亂改平仄蓋建章二句幾回二句皆七字而建章句與幾回句皆束上語依然句與飛花句皆連下相應語此余前註中所謂段落也論其細處則經塵天涯兩平聲之下以建幾二字頂之故用仄依字飛字語氣另起故用平而其下用翠雲鎖甚薄倖以仄平仄接之妙絕即其七字四句中閑去悄上樹去道上悵去曉上地去掃上皆極揚抑諧暢之妙君衡信驗壇高手哉譜註混填俗極

秋宵吟　九十九字　　姜夔

古簾空句墜月皎韻坐久西牕人悄叶蛩吟苦豆漸漏永丁丁句箭

壺催曉叶引涼颸句動翠葆叶露脚斜飛雲表叶因嗟念豆似去國情懷句暮帆煙草叶 帶眼消磨句為近日豆愁多頓老叶衛娘何在句宋玉歸來句兩地暗縈繞叶搖落江楓早叶嫩約無憑句幽夢又杳叶但盈盈豆淚灑單衣句今夕何夕恨未了叶

此詞應分三疊第一段于催曉住蓋引涼颸以下與首段全同亦雙拽頭之謂耳此堯章自度曲平仄皆宜遵之幸譜不收不然此結必註攺七言詩句法矣

迷神引 九十九字 晁補之

黯黯青山紅日暮韻浩浩大江東注叶餘霞散綺句回向烟波

路叶使人愁句長安遠句在何處叶幾點漁燈小句迷近塢叶一片客帆句低傍前浦叶　暗想平生句自悔儒冠誤叶覺阮途窮句歸心阻叶斷魂縈目句一千里句傷平楚叶怪竹枝歌句聲聲怨句為誰苦叶猿鳥一時啼句驚島嶼叶燭暗不成眠句聽津鼓叶

此調多三字句最為悽咽但後段一千里句應即前回向句疑回字上下落一字怪竹枝歌比使人愁多一怪字亦恐使人上落一字至于幾點八字即後猿鳥八字一片八字即後燭暗八字極為齊整且上句近字島字用仄聲下句前字津字用平聲正抑揚可受處如此對仗極易考証而圖譜以幾點至前浦十六字分作每句四字不但破壞此調而小迷近塢成何文理无咎不幸受冤于六百年之後可嘆也○覺

阮途窮怪竹枝歌乃以覺字怪字領句不可況作仄仄平平此種處須細心體認纔得

無悶 九十九字　　王沂孫

陰積龍荒句寒度雁門句西北高樓獨倚韻悵短景無多句亂山如此叶欲可喚平飛瓊起舞句怕攪碎豆紛紛銀河水叶凍雲一片句藏花護玉句未教輕墜叶清致叶悄無似叶有照水南枝句已攪春意叶誤幾度憑欄句莫愁凝睇叶應是梨花夢好句未肯放豆東風來人世叶待翠管豆吹破蒼茫句看取玉壺天地叶

悵短景至銀河水與後誤幾度至來人世同

又一體 九十九字 本集名閨怨無悶　　程垓

天與多才句不合更與句殢柳憐花情分韻甚總為才情句惱人方寸叶早是春殘花褪叶也不料豆一春都成病叶自失笑豆因甚腰圍半減句泪珠頻搵叶　難省句也怨天句也自恨怎免千般思忖叶倩人說與句又却不忍叶拚了一生愁悶叶又只恐豆愁多無人問叶到這裏豆天也憐人句看他穩也不穩叶

大畧與前詞同而自失笑句法不同倩人句少一字因用能體平仄難學作者但依前王詞可也選聲將不合以下十一字為一句而錯以甚字為韻大誤不合句四字殢柳句六字分字去聲端然是韻前詞句

法甚明且甚字閉口不應入此為叶蓋未深考耳○按書舟此詞名閨怨無悶今觀王詞止作無悶則閨怨二字乃所賦之題後人并調名連刻也○自失笑下十三字不比前詞乃與後段到這裏下同也蓋因甚句雖六字天也句雖四字實則一氣貫下分豆不拘耳穩也之也字上聲可作平用不字亦平○又按夢窻有催雪一調與此全同今録後備考

催雪 九十九字 吳文英

霓節飛瓊鸞駕弄玉杳隔平雲弱水倩皓鶴傳書衛姨呼起莫待粉河凝曉趁夜月瑤笙飛環珮蹇驢吟影茶煙竈冷酒亭門閉 歌麗泛碧蟻放繡箔半鉤寶臺臨砌要須借東君灞陵春意曉夢先迷楚蝶早風戾重寒侵羅被還怕掩深院梨花又作故人清淚

○此或夢窻以前調賦催雪之詞後傳其題而逸其調名耳初稿中竟列此調偶因夜長不寐于枕上背

吟覺有相髣髴者因憶與無悶正同急起呼童吹爐火燃燭改之不然幾分兩調矣既以自幸又復慮譜中尚有類此者不及檢點未免詒譏惟望閱者摘出而駁正之幸甚幸甚丙寅臘八夜附記

十月桃九十九字　張元幹

年華催晚句聽樽前偏唱句衡可仄煖欺寒韻樂府誰知句分可仄付點可平化金可平丹叶中原舊遊可仄何在句頻入夢豆老眼空潸叶撩人冷蕋句渾似當時句無可仄語低鬟叶有多情多病文園叶向雪後尋春句醉可平裏凭欄叶獨步羣芳句此可平花可仄風可仄度天然叶羅浮淡妝素質句呼翠鳳豆飛舞斕斑叶參橫月落句留恨醒來句滿地香殘叶

衡煥下與後醉裏下同

新雁過妝樓 九十九字　吳文英

閬苑高寒韻金樞動豆冰宮桂樹年年叶剪秋一可平半句難破萬戶連環叶織錦相思樓影下句鈿釵暗約小簾間叶共無眠叶素娥慣得句西墜闌干叶誰知壺中自樂句正醉圍夜玉句淺鬬嬋娟叶雁風自可平勁句雲氣不上涼天叶紅牙潤沾素手句聽一曲豆清歌雙霧鬢叶徐郎老句恨斷腸聲在句離鏡孤鸞叶

夢窗此調二首字法一一相同作者不可任意更變觀其所用諸去聲宜學蓋其他作亦然必非偶合者

。按張玉田有瑤臺聚八仙一調陳君衡有八寶妝一調查與此脗合今皆錄於左幅

瑤臺聚八仙 九十九字 張炎

秋月娟娟人正遠魚雁待拂吟牋也知遊事多在第二橋邊花底鴛鴦深處睡柳陰淡隔裏湖船路綿綿夢吹舊曲如此山川 平生幾兩謝屐便放歌自得直上風烟峭壁誰家長嘯竟落松前十年孤劍萬里又何似畦分抱甕泉山中酒且醉餐石髓白眼青天

。與前詞皆同只峭壁誰家平仄稍異想十字一氣可以不拘觀後陳詞可見幾兩二字可作平用非泛然仄聲也

八寶妝 九十九字 陳允平

望遠秋平初過雨微茫水滿烟汀亂洪踈柳猶帶數點殘螢待月重樓誰共倚信鴻斷續兩三聲夜如何頓涼驟覺紈扇無情 還思驂鸞素約念鳳簫雁瑟取次塵生舊日潘郎雙鬢半已星星琴心錦意暗懶

又爭奈西風吹恨醒屏山冷怕夢魂飛度藍橋不成妝與前詞同舊日潘郎四字與張合。按八寶妝另有一百十字調是名同調異者不可誤認查夢窗夢醒芙蓉一首尾云秋香月中初疑是秋月香中今觀此藍橋不成則知此句亦可用平平仄平耳。兩調用去聲處亦多與吳詞相合可見是故意推敲非泛用也。又按以上兩詞俱以八字為名或採八調合成但不可查訂即前新雁過妝樓或係節取未可知

鎖窗寒 九十九字　周邦彥

暗柳啼鴉句單衣佇立句小簾朱戶韻桐花半畝句靜鎖一庭愁雨叶灑空階豆更闌未休句故人剪燭西窗語叶似楚江暝宿句風燈零亂句少年羇旅叶　遲暮叶嬉遊處叶正店舍無煙句禁城百

叶五旗亭喚酒句付與高陽儔侶叶想東園豆桃李自春小唇秀靨今在否叶到歸時豆定有殘英句待客攜罇俎叶

千里和詞于歆字用許酒字用羽似叶而非也更闌未休闌字平聲桃李自春李字上聲可通用不可因仄聲而用去聲也未字自字則必用去耳汲古刻片玉更字作夜此字用仄不妨自字作經則誤矣桐花至窗語與後旗亭至在否同而在字用去聲查此字他家有作平聲如前段窗字者但千里和詞亦用舊字碧山玉田亦用更雁自等字故知用去聲者當從也嘯餘一概混註切不可依如灑空堦更闌未休作仄平仄仄仄平平有此鎖窗寒否前結有作一七字一六字者如蕭竹屋帳佳人有約難來綠過滿庭芳草楊无咎恨遲留藏酒期程孤負踏青時候是也此十三字語氣相貫平仄不異作兩句亦無碍故不另

列後起暮處二字俱叶是定格蕭于起二字叶次三字不叶程先于二字不叶至第五字方叶皆不可從至逃禪竟用忽雙眉暗鬬以忽字領字雙眉二字相連且雙字平聲尤不妥矣若夢窗于似楚江句少似字程先于正店舍句少正字及玉田舊時燕歸作歸燕歸魂正遙作正遠皆刻誤更于付與句想東園句各多一字以致字數參差今細加訂正惟有此一體可從而已○汲古刻夢窗甲集題作鎖寒牕元蕭允之亦作鎖寒窗然查各家俱作鎖牕寒今南曲南呂調亦有鎖窗寒是鎖寒窗乃誤倒也

金菊對芙蓉　九十九字　康與之

梧(可仄)葉飄黃(句)萬(可平)山空(可仄)翠(句)斷(可平)霞流(可仄)水爭輝(讀)正金風西(可仄)起(句)海(可平)燕東歸(叶)憑(可平)欄(可平)不見南來雁(句)望(可平)故(可平)人(豆)消(可仄)息(可仄)遲遲(叶)木(可平)樨開(可仄)後(句)不(可平)

應悮我(句)好(可平)景良時(叶)只(可平)念獨(可平)守孤幃(叶)把枕(可平)前囑(可平)付(句)一(可平)旦分飛(叶)上秦樓遊賞(句)酒殢花迷(叶)誰知別後相思苦(句)悄為伊(豆)瘦損香肌(叶)花前月下(句)黃昏院落(句)珠淚偷垂(叶)

正金風以下與後上秦樓以下同稼軒于把枕前囑付句作嘆年少胸襟平仄全異想不拘

月華清 九十九字

洪瑹

花影搖春(句)蟲聲吟暮(句)九霄雲幕初捲(韻)誰駕冰蟾(句)擁出桂輪天半(叶)素(可平)魄(可平)映(可仄)青(豆)瑣牕前(句)皓(可平)彩散(豆)畫欄干畔(叶)凝盼(叶)見金波滉(可平)漾(句)分(可仄)輝鵲(作平)殿(叶)況是風柔夜(可平)暖(叶)正燕子新來(句)海棠

微綻叶不可平似秋光句只照離可仄人腸斷叶恨無可仄豆奈可平利可平鎖名韁句為誰喚豆舞裙歌扇叶吟玩叶怕銅壺催曉句玉繩低轉叶

誰鷩下與後不似下同眄音面

又一體　一百字　蔡松年

樓倚明河句山蟠喬木句故國秋光如水韻常記得豆別時月冷句半山環佩叶到而可仄今可仄桂影尋人句端好在豆竹可平西歌吹叶如醉叶望白可平蘋風裏句緲可仄山無際叶　可惜瓊瑤千里叶有少年玉人句吟笑天外叶睛粉清暉句冷射藕花冰蕊叶念老去豆鏡裏流年句空

解道豆人可仄生適意誰會叶更微可仄雲踈雨句滿可平空鶴作平唳叶

常記得三句與前調異但此處與後脂粉二句宜同
或常字誤多別字作平時字分句耳作者從前詞體
可也少年下八
字平仄亦異

三姝媚　九十九字　　王沂孫

紅纓懸翠葆韻漸金鈴枝深句瑤堦花少叶萬顆燕支句贈舊情
爭奈句弄珠人老叶翦底清歌句還記得豆樊姬嬌小叶幾可平度相思句
紅豆都銷句碧絲空裊叶　芳意荼蘼開早叶正夜色瑛盤句素可平
蟾低照叶薦筍同時句歎故園春事句已無多了叶貯滿筠籠句偏

暗觸豆天涯懷抱叶謾想青衣初見句花陰夢好叶

瑶堦至嬌小與後素蟾至懷抱同金鈴枝深四字平聲定格如此查碧山别作用西窗凄凄夢窗一用春衫啼痕一用王孫重來一用清波明眸詹玉用誰家花天皆同各譜收梅溪詞烟光摇縹瓦一首此四字作晴簷風裊裊字仄聲查梅溪本集原係晴簷多風各書誤改裊字耳圖譜仍録晴簷多風是矣而註多字可仄亦誤若選聲則多風二字皆作可仄尤誤瑶字則不妨作上去聲也夢好二字去上聲勿誤碧山别作用弄晚夢窗用泪滿未起梅溪用暗寫俱妙天游作烟雨則調不振矣

又一體 一百一字 吳文英

酣春清鏡裏韻照清波明眸句暮雲愁□叶半緑垂絲句正楚腰

纖瘦句舞衣初試叶燕客漂零句烟樹冷豆青驄曾繫叶畫館朱橋句

還把清尊句慰春顦顇叶　離苑幽芳深閉叶恨淺薄東風句褪

香銷膩叶彩箋翻歌句最賦情偏在句笑紅顰翠叶暗拍闌干句看

散盡豆斜陽船市叶付與嬌鶯句金衣清曉句花深未起叶

後結多二字餘同暮雲愁下應是叶韻刻本係歛字訛故缺之諸去聲字各家皆同萬勿依譜圖混用總之調之協不協全在平仄古人於平仄無傳書其傳詞即可據也如此篇平仄各家字字俱同豈不可信只夢窗别作于恨淺薄二句云但惟得當年夢緣能短惟字用平然此惟字無理恐是怪字蓋此字各家俱去聲也最賦情二句云傍海棠偏愛夜淺開宴則淺字乃深字訛刻無疑耳

丁香結 九十九字

吳文英

香嫋紅霏句影高銀燭句曾縱夜遊濃醉韻正錦溫瓊膩叶被燕踏豆暖雪驚翻庭砌叶馬嘶人散後句秋風換豆故園夢裏叶吳霜融曉句陡覺晴動豆偷春花意叶　還似叶海霧似仙山句喚覺環兒半睡叶淺薄朱唇句嬌羞豔色句自傷時背叶簾外寒挂淡月句向日秋千地叶懷春情不斷句猶帶相思舊字叶

故園句美成云棄擲不忍千里云淚眼暗忍擲眼用仄此園字或是國字或曰擲眼乃作平者曾縱周作庭樹方作為誰從周為是前結十二字周云登山臨水此恨自古銷磨不盡似與此同方云青青榆莢滿

地縱買閒愁難盡則六字兩句總是一氣豆處不拘此調惟此數篇平仄相合宜學勿樂圖註之寬而自誤也晴字照周方不宜用平況晴動欠妥必是暗字無疑海霧句應一字領句起必係似海霧仙山之訛

念奴嬌　一百字　又名百字令　百字謠
酹江月　大江東去　大江西上曲
壺中天　無俗念
淮甸春　湘月

辛棄疾

野棠花落（句）又（可平）匆（可仄）匆（可仄）過（可平）了（豆）清明時節（韻）剗（可平）地東風欺客夢（句）一枕銀（可仄）屏寒怯（叶）曲（可平）岸持觴（句）垂（可仄）楊繫（可平）馬（句）此（可平）地曾經別（叶）樓（可仄）空人去（句）舊遊飛燕能說（叶）聞道綺陌東頭（句）行人長（可仄）見（句）簾底纖纖月（叶）舊（可平）恨春江流不盡（句）新（可仄）恨雲山千疊（叶）料（可平）得明朝（句）尊（可仄）前

重見句鏡裏花難折叶也應驚問句近來多少華髮叶

此為念奴嬌正格。清明明字平而于湖作一點張樞作漁唱李彭老作清透董明德作多愛亦用仄聲

又一體 一百字 蘇軾

大江東去句浪淘盡豆千古風流人物韻故壘西邊人道是句三國周郎赤壁叶亂石穿空句驚濤拍岸句捲起千堆雪叶江山如畫句一時多少豪傑叶 遙想公瑾當年句小喬初嫁了句雄姿英發叶羽扇綸巾談笑處句檣艣灰飛烟滅叶故國神遊句多情應笑我句早生華髮叶人生如夢句一樽還酹江月叶

此為念奴嬌別格○按念奴嬌用仄韻者惟此二格止矣蓋因小喬至英發九字用上五下四遂分二格其實與前格亦非甚懸殊也奈後人不知曲理妄意割裂因疑字句錯綜餘譜諸書夢夢竟列至九體甚屬無謂余為醒之曰首句四字不必論次句九字語氣相貫或于三字下或于五字下略斷乃豆也非句也詞綜云浪淘盡本是浪聲沉世作浪淘盡與調未協愚謂此三字如樵隱作算無地閬風頂此等甚多豈可俱謂之未協乎人讀首句必欲作七字故誤而譜中不知此意因以為各異矣故疊以下十三字語氣于七字略斷如此詞人道是三字原不妨屬上讀譜中不知此義又以為各異矣羽扇以下十三字即與前故壘句同因處字訛間字譜又以為各異矣至多情句因讀我字屬上句故又以為異不知原可以我字連下讀也詞綜云本係多情應是一句笑我生華髮一句世作多情應笑我益非愚謂此說亦不必

此九字一氣即作上五下四亦無不可金谷云九重頻念此衮衣華髮竹坡云白頭應記得尊前傾蓋亦無碍於音律蓋歌喉于此滚下非住拍處在所不拘也更謂小喬句必宜四字截了字屬下乃合則宋人此處用上五下四者尤多不可枚舉豈可謂之不合乎又如前詞簾底纖纖月五字易安作玉闌干慵倚惜香作倚闌干無力句亦稍變總不拘亦不必另作一體也至如芸窓于道字笑字作平聲蘆川後起作修禊當時今日觴字作平聲洛水前結作臨風浩然搔首後結作歌此與君為壽此等甚多皆誤筆又惜香前結句作八字聖求于小喬句作小窗寒靜盡掩多一盡字洪堂于三國句少二字而稼軒集參差處更多總是誤刻不然如此極平熟之調豈有諸名公不諳者且此調原名百字令豈有作九十八字與百一字百二字者乎至譜圖之誤又不止在分體斷句之差而已所可怪者此調因坡公詞尾三字名為酹

江月而圖譜另收酹江月一調下又註云即念奴嬌第九體夫不知其即念奴嬌而另收猶不足怪也既知即念奴嬌而又收之豈非大怪乎又因蘇詞首四字名大江東去傳之既久落一去字遂謂之為大江東而作譜者不識以字形相類誤讀為大江乘譜中因載一大江乘調豈非大怪乎然此猶因傳訛而錯蓋其詞尾句本是中書二十四考六字因添一還字于中書之下因以為一百一字而收之耳乃同是一百字而另收無俗念一調豈不大怪此詞名百字令誰不知者而又收百字謠一調如此則尚有壺中天大江西上等名色皆宜另收孫行者行者孫有何窮極乎選聲亦另收大江西上曲圖譜又收賽天香調採楊升庵詞為式仍是念奴嬌無論重出失考即明人自度曲原未協律如鳳洲小諾皋等亦不可入譜也又如白石湘月一調自註即念奴嬌鬲指聲其字句無不相合今人不曉宮調亦不知鬲指為何義若

欲填湘月即仍是填念奴嬌不必巧狗其名也故本譜不易收湘月調○沈選觧于伯機詞尾云多病年年如削此本年年多病而誤耳沈不能辨正陋哉嘯餘見百字謠之名以為新奇因不識即念奴嬌故收之不足怪矣妙在此詞非宋元人作不知何人所填故其題下與目錄不書朝代止有一袁字而闕其名至圖譜竟換作周邦彥詞極醜劣不知美成何不幸而遭此嫁禍也或曰此詞為賀人新婚不過俗耳君何毀之若此余曰公自未讀竟耳如後段于多情應笑二句譜圖俱連作九字其詞云房奩中好物事騃騃近無論作三字三句甚奇試問新婚而好物事相近是何物事乎真笑斷人腸矣

又一體 一百字　陳允平

凝可仄雲沍可平曉句正蘇花纔積句可平荻絮初殘韻可仄華表翩躚何處鶴句可平愛

吟(可仄)人正孤山(叶)凍解苔鋪(句)水(可平)融莎甃(句)誰(可仄)憑玉勾闌(叶)草(可仄)衫氈帽(句)冷香吹上吟鞭(叶)將次柳(可平)際瓊消(句)梅邊粉瘦(可平)(句)添作十分寒(叶)闌(可仄)踏輕澌來薦麴(句)半(可平)潭(可平可仄)新漲微瀾(叶)水北峰巒(句)城(可仄)陰樓觀(句)留向月中看(叶)巘雲深處(句)好風飛下晴湍(叶)

用平韻蘆川石林皆有此體梅邊二句可用平平平仄仄平仄平平此可證前小喬二句不防上五下四也汲古于石林此調註云或刻百字令字句迴異蓋不知有用平體故駭然歎謂字異則可謂句異則非

換巢鸞鳳　一百字　史達祖

人若梅嬌(韻)正愁橫斷塢(句)夢遶溪橋(叶)倚風融漢粉(句)坐月怨

秦簫叶相思因甚到纖腰叶定知我今豆無魂可銷叶佳期晚句謾

幾度豆淚痕相照換仄叶人悄叶仄天淼淼叶仄花外語香句時透郎懷抱叶仄

暗握荑苗句乍嘗櫻顆句猶恨侵堦芳草叶仄天念王昌忒多情句

換巢鸞鳳教偕老叶仄溫柔鄉句醉芙蓉豆一帳春曉叶仄

平仄通叶苗字或云是叶平韻余謂此句與下乍嘗句為偶無叶韻理圖譜句句皆改欲其順口無乃太勞乎

渡江雲 一百字　張炎

山可仄空天入海句倚可平樓望極句風可仄急暮潮初韻一簾鳩外雨句幾處

閒田句隔水動春鉏叶新烟禁柳句想如可仄今豆可仄作平綠到西湖叶猶記作平得豆
可仄當年深隱句可仄門掩兩三株叶愁余叶荒洲可平古溆句斷梗疎萍句更
漂流可仄何處換仄叶可仄空自可平覺豆圍羞可平帶減句可平影怯燈孤叶平可仄長疑可平即見桃花
面句甚近來豆翻致無書叶平書縱遠句如何夢也都無叶平

平仄互叶往往有之如西江月等顯然者人知之其
他人多未察遂致失韻如此更漂流何處正是以處
字去聲叶上初鉏等平韻余初于片玉晴嵐低楚甸
一首用指長安日下謂其以下字叶沙家等韻人多
不信及觀千里和詞亦用過離情不下已為明證而
玉田此詞亦以處字為叶及別作是紗佳等韻此句
云想蕭娘聲價吳草廬作是粧霜等韻此句云似長
江去浪草窗作是茵雲等韻此句云數幽期難準詹

天游作是聲情等韻此句云掩重門夜永歷觀諸家如此豈非此句皆以仄聲叶平乎若不細察則少卻一韻矣○又按片玉結句本係時時自別燈花刻本時字上加一但字似贅千里和詞加一日于末句上乃原無此字而誤以為缺耳查玉田草庵草窗等詞尾皆六字可知本調尾無七字體也圖譜于前尾止有四字蓋將周詞漸漸可藏鴉刪去可字異哉

琵琶仙 一百字　　姜夔

雙槳來時句有人似豆舊曲桃根桃葉韻歌扇輕約飛花句蛾眉正奇絕叶春漸遠豆汀洲自綠句更添了豆幾聲啼鴂叶十里揚州句三生杜牧句前事休說叶又還是豆宮燭分煙句奈愁裏悤悤

換時節叶都把一襟芳思句與空階榆莢叶千萬縷句藏鴉細柳句為玉尊豆起舞迴雪叶想見西出陽關句故人初別叶

此石帚自製腔平仄俱宜遵之圖譜何據謂可改易至讀思字作平及圖可仄何也夫以一百字之調而議改至四十一字亦可謂善改者矣沈氏謂此調與絳都春相近大奇其音響判若天淵何為相近

御帶花　一百字

歐陽修

青春何處風光好句帝里偏愛元夕韻萬重繒綵句構一屏峰嶺句半空金碧叶寶檠銀釭句耀絳幕豆龍虎騰擲叶沙堤遠豆雕輪繡轂句爭走五王宅叶　雍雍熙熙句作畫句會樂府神姬句海洞

仙客曳香搖翠（句）稱執手行歌（句）錦街天陌（叶）月淡寒輕（句）漸向曉（豆）漏聲寂寂（叶）當年少（豆）狂心未已（句）不醉怎歸得（叶）

嘯餘于此調以搆一屏至金碧作一句寶檠至絳幕作一句作畫會至神姬作一句稱執手至天陌作一句皆誤蓋萬重以下與後曳香以下相同只嶺字仄歌字平稍異耳寶檠句即月淡句耀絳幕即漸向曉句也檠字可讀作仄聲虎字可借作平聲沙堤遠即當年少何以前段作三字後段連狂心未已作七字手爭走句與不醉句皆平仄仄平仄仄平仄是定格奈何註可作仄仄平平仄仄手曳字去聲刻俱作找誤觀其所用帘愛萬搆耀絳繡洞曳稱漸向等去聲發調何得俱作可平作畫亦作平可雍雍本是去聲註可仄皆可笑按作畫會三字欠妥必有誤處蓋題是元宵安得云作畫會愚謂作字必是似字之訛乃雍雍熙

熙似畫一句會字連下樂府神姬為一句謂神姬
仙容俱至故以會字領之耳鄙見如此質諸高明

東風第一枝　一百字　史達祖

草脚愁蘇句花心夢醒句鞭可仄香拂作平散牛土韻舊歌空可仄憶珠簾句綵
筆可平倦題繡戶叶黏雞貼可平燕句想立可平斷豆東風來處叶暗惹起可平豆一作平掬
相思句亂可平若翠盤紅縷叶今夜覓豆夢池秀句叶明日動豆探去聲花
芳可仄緒叶寄聲沽可仄酒人家句預約可平俊遊伴侶叶憐它梅可仄柳句怎可平忍俊豆
天街酥雨叶待過了豆可平一作平月燈期句日可平日醉扶歸去叶

考梅溪三首竹屋二首蛻巖一首平仄俱註明如右
矣若夢窗傾國傾城一首草字作平夢字作平或亦

不妨若後段起句云曾被風容易送去風易二字拗恐是曾容易被風送去末二句云信下蔡陽城俱迷看取宋玉詞賦亦拗不可從乃如散倦繡暗翠夜夢秀採俊伴待醉等去聲各家皆同不可亂填芳字亦以去聲為妙如梅溪別作舊家伴侶杏開素面聖求用凍香人落之類可見至于綵筆句聖求云陽稍已含紅蔫紅字宜去誤平此必綠字之訛觀其後段即用倚闌怕聽畫角畫字仍是去聲矣此是詞眼勿謂太拘譜註不可從至詞統收馬洪一首隨極奈何取之使廁于史呂高諸公之後耶

春夏兩相期 一百字

蔣捷

聽深深豆謝家庭館韻東風對語雙燕叶似說朝來句天上婺星光現叶金裁花誥紫泥香句繡裏藤輿紅茵軟叶散朧宮輝句行

鱗廚品句至今人羨叶西湖萬柳如線叶料月仙當此句小停颸輦叶付與長年句教見海心波淺叶縈雲玉珮五侯門句洗雲華洞三春苑叶謾拍調鶯句急鼓催鸞句翠陰生院叶

似說朝來下應與後段付與長年下同但繡裹藤輿平仄與洗雲華洞不同或曰宜作綉茵輿裘紅藤軟則句句穩順然不敢議改洗雲雲字重上縈雲亦誤若作洗雲以合前段之繡裘則洞字亦應作平不敢強為之說也急鼓句平仄亦與前行鱗句異圖譜欲改藤茵二字為仄蓋取其順也余謂如欲改茵為仄則寧改裘為平輿為仄以合于後段洗雲句猶不失前後相同耳

彩雲歸一百字

柳永

衡皐向晚艤輕航韻卸雲帆豆水驛魚鄉叶當暮天霽色如晴晝句江練靜豆皎月飛光叶那堪聽豆遠村羌管句引離人斷腸叶此際浪萍風梗句度歲茫茫叶　堪傷叶朝歡暮散句被多情豆付與淒涼叶別來最苦襟袖依約尚有餘香叶算得伊豆鴛衾鳳枕句夜永爭不思量叶牽情處句惟有臨岐豆一句難忘叶

圖譜以別來句為六字依約句為六字論文義應作四字三句故未註句豆然其語氣總一貫者至其平仄無他作可証悉隨意改之余不敢從

萬年歡　一百　無名氏

天(可仄)氣嚴凝(句)乍寒梅數枝(句)嶺(可平)上開坼(韻)傳(可平)粉凝脂(句)疑是素娥
妝拭(叶)洗(可仄)報陽和信息(叶)更雪月(豆)交光一(作平)色(叶)因追念(豆)往(可平)日歡
遊(句)共君攜手同摘(叶)倒(作平)別來又經歲(叶)隔奈高樓夢斷(可平)(句)無計
尋覓(叶)冷(可平)艷寒容(句)啼雨恨烟愁濕(叶)似(可平)向人前淚滴(叶)怎不(可平)使(豆)
伊家思憶(叶)還只恐(豆)寂寞空枝(句)又隨昨夜羌笛(叶)

乍寒梅以下與後段奈高樓以下同只斷字仄聲與枝字異然此字可平觀晁詞此句用算當時壽陽肯抽身盛時陽字時字平也胡浩然于寒梅之句云漸輕風布暖則枝字亦可作仄二者不拘可知梅溪于烟字作里字里可作平切不可用去聲字若乍數上信共又歲夢計淚又諸去聲是此調定格不可假借

理應如此非拘泥也內上字計字尤不可平兩結如念奴嬌用仄平平仄平仄是鐵板一定者圖譜概欲改之至于粧拭愁溼用平仄矣下二句自相呼應則用信息淚滴去仄為呼而以一色思憶平仄為應自然諧協可聽史晁諸家亦同即圖所收浩然作亦于前用醉目如玉後用對戲重續何皆亂註耶雖然倘非深心細玩豈便解此彼著譜者照舊本謄錄急于問世詎肯費此心血乎傳粉下十字與冷豔下十字一氣故梅溪前段云過了悤悤燈市草根青發无咎後段云此事談何容易冀才方騁無礙也息字滴字俱用韻史則用離事二字不叶晁亦有不叶者想不拘晁刻本于還只恐止有那堪二字乃堪字下落一字非有九十九字體史詞第二三句謝橋邊岸痕猶帶陰雲或曰應讀上三下六此篇亦可于寒字豆句但晁詞似佳人未來香從無迹是其句法應在五字分斷云

又一體 一百一字 趙師使

電繞神樞句虹流華渚句誕彌良用佳辰韻萬寓謳歌歸舜句寶歷增新叶四七年間盛事句皇威可仄暢豆邊可仄鄙無塵叶仁恩被句華可仄夏咸安句太平作平極治歡聲叶 重華道隆德茂句亘古今希有句揖遜重聞叶聖子三宮歡聚句兩世慈親叶幸際千秋聖旦句雲鎬宴豆普可平率惟均叶封人祝句億可平萬斯年句壽皇尊並高真叶

此用平韻與前詞不同句法亦絕異虹流華渚句誤華渚虹流此句乃對首句萬寓以下與後聖子以下同 按此與慶春澤相近

絳都春 一百字　　吴文英

情粘舞綫（韻）悵（可平）駐馬灞橋（句）天寒人遠（叶）（去聲）旋翦露痕（句）（可仄）移得春嬌（句）栽瓊苑（句）流鶯（可仄）長語烟中怨（叶）恨（可仄）三月（豆）飛花零亂（叶）豔陽歸後（句）紅藏翠掩（句）小坊幽院（叶）誰見（叶）新腔按徹（句）背燈暗共倚（豆）寶屏葱蒨（叶）繡被夢輕（句）（可仄）金屋裝深（句）沉香換（叶）梅花（可仄）重洗春風面（叶）正（可仄）溪上（豆）參橫（作平）月轉（叶）（可平）竝（可仄）禽飛上金沙（句）瑞香霧煖（叶）

旋翦至零亂與後繡被至月轉同栽瓊苑沉香換用平平仄是定格譜圖于金屋裝深沉香換作七字讀以四平為拗竟註裝字香字可仄大誤凡作此調者有于此二字用仄者否此一調之大關鍵處而可以

已意取其順口改作七言詩句乎此調除所旁註外一字不可改易而瀛露共夢四字入尤易于用平此則必須去聲萬萬不可作他音餘如旋恨艷翠按背暗繡正上瑞霧等字亦俱用去聲各家俱同即或十中有一用上聲者萬無誤用平聲之理舞月小亦不可平慎之慎之流字似乎可仄然段落于此另起必得平聲字為喚而下以恨字去聲接之飛花四字則用平平平仄頓住其下艷陽句又另起上用飛字既平故此用仄平平仄艷既仄歸既平下則接以平平仄仄紅既平翠既仄下則束以仄平平仄各家皆同如竹山秋千紅架下云纖然歸近風光又是翠陰初夏丁仙現雙龍銜照下云絳綃樓上彤芝蓋底仰瞻天表澤民樸華多少下云召還和氣拂開霽色未妨談笑張榘文章身後下云喚回奇事青油上客放懷尊酒夢窓初勻妝面下云紫烟籠處雙鸞共跨洞簫低按又臨風重岸下云可憐垂柳清霜萬縷送將人

遠又蓬萊雲氣下云寶街斜轉冰蛾素影夜清如水無不相同者而蔣之又字丁之蓋字毛之霽字張之上字吳之共萬來字俱必去聲豈非一定之律乎尾用霧煖去上然尤妙必如此而後音節和協可律律呂也若照譜註則詞調千餘不管何體遇五字七字則照詩句遇四字非平平仄仄即仄仄平平遇六字非平平仄仄平平即仄仄平平仄仄一概施行于仄字又不辨上去入而亂填之則作詞有何難事而古人依律製腔供所不必鏤肝劌腑亦為太愚所稱高手名篇亦不足貴矣○背燈暗共倚句不妨于暗字分豆其下六字易填或曰如此則此詞何不于三字為豆乃註連下余曰以備此上五下四體也若丁詞慶三殿共賞羣仙同到則不可于三字豆而必用此體分法矣○查趙介庵旋剪下作舊日文章如今風味渾如許後段亦然紅藏翠掩作種種風流乃不成音律之醜筆後人不可貪其順便易填而以此陋詞

為墻壁也○又東坡一首于恨三月句只有六字後段竟落去此句七字乃誤刻非有此體

又一體　九十八字　陳允平

鞦韆倦倚句正海棠半坼句不耐春寒韻殢雨弄晴句飛梭庭院句繡簾閒叶梅妝欲試芳情懶換仄叶翠顰愁入眉彎叶平霧蟬香冷句霞綃淚揾句恨襲湘蘭叶平悄悄池臺步晚句任紅曛杏靨句碧沁苔痕叶平燕子未來句東風無語句又黃昏叶平琴心不度春雲遠叶仄斷腸難托啼鵑叶平夜深猶倚句垂楊二十四欄叶平

用平韻與前異而懶字遠字仍以仄叶蓋此二句格宜叶韻但一概用平則與上句相同故不得不仄入

不可忽畧謂其用平而于此二句失却一韻也若換頭晚字則可不必叶矣翠鞚句斷腸句比前詞各少一字故止有九十八字本譜以字少者居前因此調以用仄為正格此平韻乃君衡所製故附于後即如東堂集之憶秦娥不得居青蓮之前也此詞雖用平叶觀弄字末字四字亦用去聲不可誤

遶佛閣 一百字 周邦彥

暗塵四斂句樓觀迥出句高映孤館叶清漏將短叶厭聞夜久籤聲動書幔叶桂花又滿叶閒步露草句偏愛幽遠叶花氣清婉叶望中迤邐城陰度河岸叶倦客最蕭索句醉倚斜陽穿柳線叶還似汴隄虹梁橫水面叶看綠颭春燈句舟下如箭叶此行重

見叶歎故友難逢句羈思韻空亂叶兩眉愁豆向誰舒展

此調作者甚少惟夢窗有三首其一即此詞重出者餘二首不惟平仄相同而四聲無字不合是知體格定當如此只氣字吳兩首俱作情字下字吳一首作鬓一首作生或此兩字可移動耳圖譜憎其語拗句句欲改而順之所謂富翁厭却斷紋琴老僧削圓方竹節也滿字失註叶韻亦誤望中下九字吳作怕教徹膽寒光見懷抱還似以下九字吳作還記暗螢穿簾衔語悄又作長閑翠陰幽芳揚柳户細玩徹膽寒光暗螢穿簾翠陰幽芳等四字似不可分斷可知此九字乃一句因悟厭聞以下九字吳作送幽夢與人間秀芳句亦一氣讀也汲古刻吳詞倩霞艷錦一首前結九字云東風搖颺花絮冂口口蓋相傳缺此三字然其通首用杼縷等韻花絮二字正其煞尾二字應作東風搖颺口日门花絮方是閲者勿謂第六字

可用緊字仄聲圈註詵詵切不可效

霓裳中序第一 一百字 姜个翁

園林罷組織叶樹樹東風翠雲滴叶草滿地間行迹句聽得聲聲句曉鶯如覓叶愁紅半濕叶絲憔悴豆牆根堪惜叶可念我豆飄零如此句一地送岑寂叶龜石叶當年第一叶也似老豆人間風日叶餘葩選甚顏色叶羞撚江南句斷腸詞筆叶留春渾未得叶翻些入豆啼鵑夜泣叶清江晚豆綠楊歸思句隔岸數峰出叶

聽得以下與後羞撚以下同但留春句五字與前愁紅句四字異

又一體 一百三字 周密

湘屏展翠疊韻恨入宮溝流怨葉叶紅冷金花暗結叶又雁影帶(可平)霜句蛩(可仄)音淒月叶珠寬腕雪叶歎錦牋豆芳字盈篋叶人何在豆玉簫舊約句忍對素娥說叶 愁絕叶衣(可仄)砧幽咽叶任悵(可平)底豆沉(可仄)煙漸(可平)滅叶紅蘭誰採贈別叶悵洛浦分綃句漢(可平)皐(可仄)遺玦叶舞鸞光半缺叶最怕聽豆離絃乍闋叶憑闌久豆一(可平)庭香露句桂影弄淒蜨叶

又雁影句與悵洛浦句比前詞聽得着撚二句各多一領句字故另收之尹煥一首前段與周詞又雁影句同五字後段與姜詞着撚句同四字參差不齊必無此理故不收一百一字體

又一體 一百三字 羅志仁

來鴻又去燕韻看罷江潮收畫扇叶謾湖曲豆雕欄倦倚句正船過西陵句快篙如箭叶淩波不見叶但陌花豆遺曲淒怨叶孤山路豆晚蒲病柳句淡綠鎖深院叶　離恨宜叶五雲宮殿叶記舊日豆曾遊翠輦叶青紅如寫便面叶悵下鵠池荒句放鶴可平人遠叶粉牆隨岸轉叶漏壁豆殘陽一線叶蓬萊夢豆人間那信句坐看海濤淺叶

謾湖曲比前二詞多一字。按此調首句宜兩平三仄此三詞不必言矣如尹煥作青顰粲素靨應法孫作愁雲翠萬疊皆用三仄各譜俱收詹天遊一規古蟾魄一首蟾字獨平粉牆句諸家皆同詹獨作佳人

已傾國佳平巳仄傾平俱誤不宜從大抵詹詞多不
足法也此詞前第三句倚字失叶後起句恨字失叶
亦誤收畫扇三字或如此平仄仄或作仄平仄各家
不同青紅句或如此上三平下三仄或如前姜詞想
皆不拘然此二處總宜依周詞蓋草窓用字
精確必不誤尹亦宋人可從餘皆元人耳

解語花 一百字 吳文英

門橫皺碧句路入蒼烟句春近江南岸韻暮寒如翦叶臨溪影豆一
一半斜清淺叶飛霙弄晚叶蕩可平千可仄里豆暗可平香平遠叶端正看平聲豆瓊樹
三枝句總似蘭昌見叶酥瑩雲容夜煖叶伴蘭翹清瘦句簫鳳
柔婉叶冷雲荒翠宜叶幽棲久豆無可仄語暗申春怨叶東風半面叶料可平準可平

擬豆何郎詞卷叶歡未闌豆烟雨青黃句宜晝陰庭館叶

暮寒以下與後冷雲以下同但剪字是韻翠字非韻查美成千里用瓦帕叶射下此字宜叶夢窗匪心最細必不失韻翠字或苑字阮字之訛耳觀其别作俱叶可知其皺路暮半弄夜鳳牆半未等去聲各家皆同須謹守之圖註非是至所用上去去上尤妙宜熟玩焉前結五字上二下三後結五字上一下四句法不同不可相混

又一體 一百一字 周密

晴絲罥蝶句煖蜜䣽蜂句重簾卷春寂寂韻雨萼烟稍句壓闌干花雨染衣紅濕叶金鞍誤約句空極目豆天涯草色叶閬苑玉簫

人去後(句)惟有鶯知得(叶) 餘寒猶掩翠戸(句)梁燕乍歸(句)芳信未端的(叶)淺薄東風(句)莫因循(豆)輕把杏鈿狼藉(叶)塵侵錦瑟(叶)殘日紅窗春夢窄(叶)睡起折枝無意緒(句)斜倚秋千立(叶)

第三句六字前後第四句俱用平不叶于字循字平閃兆句睡起句如七言詩梁燕二句上四下五殘日句上四下三兩結句同是上二下三如五言詩以上俱與前吳詞不同○按約字宜叶恐誤

桂枝香 一百一字 又名疏簾淡月 王安石

登臨送目(韻)正故國晚(可平)秋(句)天(可仄)氣(可平)初肅(叶)千(可仄)里澄江似(可平)練(句)翠峯如簇(叶)征(可仄)帆去(可平)棹殘陽裏(句)背西風(豆)酒(可平)旗斜矗(叶)綵舟雲淡(句)星(可仄)

河鷺(可平)起(句)畫圖難足(叶)念(可平)自(可平)昔(豆)豪華競逐(叶)歎門(可仄)外(可平)樓頭(可仄)(句)悲(可仄)
恨(可平)相續(叶)千(可仄)古憑高對(可平)此(句)謾嗟榮辱(叶)六(可平)朝舊(可平)事隨流水(句)但
寒烟(豆)衰(可仄)草凝綠(叶)至今商女(句)時時猶唱(句)後庭遺曲(叶)

千里下十字與千古下十字一氣貫下可作上四下六如張宗瑞梧桐雨細一首是也張于晚氣恨三字用平門外樓頭用草堂春綠裡水二字叶韻其餘皆同故不另列至其取名疎簾淡月乃因詞中語名之張詞首首如此取名非調有異也如此旁註可平仄者各家皆通用之亦非獨張另為一體也圖譜必取新名題作疎簾淡月且以為第二體誤矣蓋于張詞後段第二句負草堂春綠落去負字遂以為一百字又以王詞結句時時猶唱作時時猶歌且連末句作八字故以為又一體豈不可大噱乎

滿朝歡 一百一字　　柳永

花隔銅壺(句)露晞金掌(句)都門十二清曉(韻)帝里風光爛漫(句)偏愛春杪(叶)煙輕晝永(句)引鶯囀上林(句)魚遊靈沼(叶)巷陌乍晴(句)香塵染惹(句)垂楊芳草(叶)　因念秦樓彩鳳(句)楚館朝雲(句)往昔曾迷歌笑(叶)別來歲久(句)偶憶歡盟重到(叶)人面桃花(句)未知何處(句)但掩朱門悄悄(叶)盡日竚立無言(句)贏得淒涼懷抱(叶)

此調無他詞可證然平仄穩順可從

翦牡丹 一百一字　　張先

野綠連空句天青垂水句素色溶漾都淨韻柔柳搖搖句墜輕絮無影叶江洲日落人歸句修巾薄袂句擷香拾翠相競叶如解凌波泊渚烟春暝叶　綵縧朱索新整叶宿繡屏豆畫船風定叶金鳳響雙槽句彈出古今幽思誰省叶玉盤大小亂珠迸叶酒上妝面花艷媚相並叶重聽叶盡漢妃一曲句江空月靜叶

此調惟子野此篇無可考証姑依時人句豆然愚嘗細玩此詞通篇俱有訛錯如此分句不足憑也如宿繡屏花艷媚等及彈出句必非全語古今詩話云有客謂子野曰人皆謂公張三中公曰何不云三影蓋生平警句雲破月來花弄影嬌柔懶起簾壓捲花影柳徑無人墮飛絮無影此飛絮無影句正是此篇則

上句宜作柳徑無人今作柔柳搖搖定係訛錯矣推此則通篇訛錯何疑可惜如此好詞而千古傳訛也

水龍吟 一百一字 趙長卿

淡烟輕霧濛濛句望中乍歇凝晴晝韻纔驚一霎催花句還又隨風過了叶清帶梨梢句暈含桃臉句添春多少叶向海棠點點句香紅染遍句分明是句胭脂透叶　無奈芳心滴碎句阻遊人豆踏青攜手叶簷頭線斷句空中絲亂句纔晴却又叶簾幕閒垂處句輕風送豆一番寒峭叶正留君不住句瀟瀟更下黃昏後叶

初閱此詞疑結有誤及查其别作亦云念啼聲欲碎何人解作留春計則另有此體也然各家與不朋此

體姑存此備考耳夢窗亦有一首于簾幕下十二字云攜手同遊處玉奴喚綠窓春近與此同然與前段不合總不宜從也○趙係宋南豐宗室江右人鄉音最別故此詞以了少峭叶晝透等韻亦不免林外閩音之譏矣○纔驚下十二字正格該四字三句此則西六雖亦可借作四字讀然通篇既別不必強同也

又一體 一百一字 又名龍吟曲 小樓連苑 海天濶處 莊椿歲 辛棄疾

楚天千(可仄)里清秋句水(可平)隨天(可仄)去秋無際韻遙(可仄)岑遠目句獻(可平)愁供恨句玉(可平)簪螺髻叶落(可平)日樓頭句斷(可平)鴻聲(可仄)裏句江(可仄)南遊子叶把吳(可仄)鉤看(可平)了句闌(可仄)干拍(可平)遍句無人會句登臨意叶　休(可仄)說鱸魚堪(可仄)膾叶儘西風豆季(可平)鷹歸未叶求(可仄)田問舍句怕(可平)應羞見句劉(可仄)郎才氣叶可(可平)惜流年句憂(可仄)愁

風可仄雨句樹可平猶如此叶倩何人喚取句紅可仄巾翠可平袖句揾英雄淚叶

送岑至拍遍與後求田至翠袖同篇中四字句前後各六但上三句俱仄下三句一平二仄勿誤把吴鈎五字句闌干四字句無人會三字句登臨意三字句此一定鐵板也少游賣花聲過盡垂楊院落紅成陳飛鴛甃句法本同嘯餘誤以落字屬下句讀作落紅成陣遂謂上八下七另是一格載之于譜曰第三體已可怪矣至圖譜因沈氏之辯將落字改宇字然舊刻之誤在讀差句法非因宇字訛寫落字也但須註明字句何必改落為宇豈院宇是成語院落非成語乎乃既改宇字仍于題下照舊註云第九句九字第十句七字是昔日之誤作落紅成陣者句法雖亂文理不差而今所改曰宇紅成陣如何解法豈非天下大怪事哉更可怪者因秦首句别名曰小樓連苑圖譜于水龍吟外復收小樓連苑一體而其所取之詞

則仍是水龍吟正格且不收秦詞而反收楊樵雲詞怪而又怪矣後結倩何人五字句紅巾四字句揾英雄淚四字句此一定鐵板也東坡云細看來不是楊花點點是離人淚句法本同嘯餘誤讀不是楊花作分句下六字作兩句故卓氏晤歌從之而沈氏亦謂此調句豆原不同究之何嘗不同乎章質夫于獻愁供恨句作點畫青林平反相反此句與後香毬無數同不宜兩樣諸家無之不可從點畫句下原是全無才思四字時刻添誰道二字于其上可恨可恨此調每段內各有四字六句前後相同全無才思正對後段纔圓却碎何得多此二句杜撰害古極矣何異于弋陽腔將舊曲添字乎沈氏猶謂一本有誰道二字詞統乃云俗本失去二襯字不成語吾不知有何不成語此原用楊花榆莢無才思舊詩句也何反謂之不成語且妄加二字又如何成語乎況因此二字忽添出一個襯字來則自十數字之調起至二百幾十

字皆可曰襯矣且仄謂前後相同者曰俗本是凡作
此句用四字者俱可謂之俗耶真可駭異也○第一
字有用平聲者不如仄聲起調後起句可不叶韻尾
句英雄二字須用相連語名作多如此間有不連者
十中之一耳詞綜載趙汝鈉李居仁詞後結作七字
一句三字二句與本調不合乃是誤筆此正誤讀坡
詞之類此調作者最多俱無此格姑溪于第二句云
挹露色寒相射此句雖有六字體但作三字兩句語
氣雖或偶然用之不可學也稼軒于遙岑三句作末
論一顧傾城再顧又傾人國似六字兩句此以其平
仄不差故弄巧為破二作三之句雖與前趙詞相似
然前後各別亦不可學○嘯餘又另妝莊椿歲一調
解方叔詞不知即水龍吟也蓋解詞尾句云伴莊椿
歲遂巧立此名譜不識也以其名新故收之又將前
結落去一字遂註為九字句
如此迷謬而自號曰譜異哉

又一體 一百二字 陸游

摩訶池上追遊路句紅綠參差春晚韻韶光妍媚句海棠如醉句桃花欲煖叶挑菜初閒句禁烟將近句一城絲管叶看金鞍爭道句香車飛蓋句爭先占句新亭館叶

惆悵年華暗換叶黯消魂豆雨收雲散叶鏡奩掩月句釵梁折鳳句秦箏斜雁叶身在天涯句亂山孤壘句危樓飛觀叶歎春來只有句楊花和恨句向東風滿叶

前詞首句六字次句上字此詞首句七字次句六字餘同稼軒竹山友古叔安皆有此體

詞律卷十六

詞律卷十七

宜興萬樹撰

玉燭新 一百一字

史達祖

踈雲縈碧岫韻帶晩日搖光句半江寒皺叶越溪近遠句空頻向豆過雁風邊回首叶酸心一縷句念水北豆尋芳歸後叶輕醉醒豆隄月籠紗句鞍鬆寶輪飛驟叶 秦樓屢約芳春句記扇背題詩句帕羅沾酒叶瘦愁易就叶因驚斷豆夢裏桃源難叶又臨風訴舊叶

想日暮豆梅花孤瘦叶還靜倚豆修竹相思句盈盈翠袖叶

瘦愁瘦瘦字誤後有瘦字叶韻必不複用且瘦愁易就文義欠妥也此調自帶晚日至籠紗與後段記扇背至相思俱同只就舊二字叶韻與前遠綫二字不同美成此二字亦後叶而前不叶想體可如此但夢窗于綫字叶逃禪則遠綫二處皆叶畢竟前後相符為正體也汲古刻方和周詞于想日暮句少想字還靜倚句少倚字人因疑有九十九字體而圖譜載周詞好亂抑繁花盈首句亦落好字故收作一百字皆誤蓋不知好亂抑即前念水北耳越近一瘦易話翠與仄且以去聲為妙勿誤可也圖譜誤改四十五字甚奇而將越溪至頻向為七字句且謂可作平平仄仄平平仄仄則奇之太甚後段則又分瘦愁句四字下作九字何也就舊二句竟不註叶愚所云從譜之意專在破壞詞調豈不信哉

月當聽　　史達祖

白壁舊帶秦城夢句因誰拜下句楊柳樓心韻正是夜分魚鑰句不動香深叶時有露螢自照句占風裳豆可喜影斂金叶坐來久句都將涼意句盡付沉吟叶　殘雲事緒無人捨句恨息息豆藥城歸去難尋叶綴取霧窻曾唱句幾拍清音叶猶有老來印愁處句冷光應念雪翻簪叶空獨對句西風緊弄句一井桐陰叶

惟梅溪有此一調他無可考雖為句豆恐有未當因載三聽說于左一曰第二字壁字作平與後起七字句同則因誰句該與恨息息句合今必因誰上少一問字蓋當于問因誰讀斷則拜下楊柳樓心六字與

藥娥六字合矣一曰時有句六字占風裳句八字後段猶有老來印愁處不宜兩句七字況猶有句文義欠妥有字恐誤也蓋前段此句已用時有此必不重出有字必係怕字之訛而愁處二字乃係倒刻今改正之曰猶怕老來印處愁冷光應念雪翻簪蓋此詞詠月後段起處謂恨嫦娥歸去故唱清音以留之而猶怕其印我老人頭上愁冷光之在白髮也上用恨字下應怕字故用猶字于中轉下且印處二字去聲恰與前段自照二字去聲合矣或曰此前後二句俱應作七字讀後段不差乃前段時有句本該七字但因照占二字傳訛不得不于照字下分斷耳然實則照占二字必是招颭二字之訛言螢火于風中招颭故下云風裳可喜也如此則自招颭三字去平去正與後印愁處合矣嗟乎世遠調湮安得起邦卿而叩之

瑞雲濃慢　一百一字　陳亮

蔗漿酪粉句玉壺冰醑句朝罷更聞宣賜韻去天咫尺句下拜再三句幸今有母可遺叶年年此日句共道月入懷中最貴叶向暑天豆正風雲會遇句有慇嘉瑞叶　鶴冲霄句魚得水叶一超便直入神仙地叶植根江表句開拓兩河句作得黑頭公叶未騎鯨赤手句問如何豆長鞭尺箠叶向來王謝風流句只今管是叶

此與七十五字之瑞雲濃各異但恐有訛處

翠樓吟　一百一字　姜夔

月冷龍沙（句）塵清虎落（句）今年漢酺初賜（韻）新翻胡部曲（句）聽氊幕（豆）元戎歌吹（叶）層樓高峙（叶）看檻曲縈紅（句）簷牙飛翠（叶）人姝麗（叶）粉香吹下（句）夜寒風細（叶）　此地（叶）宜有詞仙（句）擁素雲黃鶴（句）與君遊戲（叶）玉（可平）梯凝望久（句）歎芳草（豆）萋萋千里（叶）天涯情味（叶）仗酒祓清愁（句）花消英氣（叶）西山外（叶）晚來還捲（句）一簾秋霽（叶）

新翻以下與後玉梯以下
同石帚自製曲平仄宜守

鳳簫吟　一百一字又名芳草　鳳樓吟　晁補之

曉曈曨（豆）風和雨細（句）南園次第春融（叶）嶺梅猶妒雪（句）露桃雲

杏已綻碧呈紅叶一年春正好句助人狂豆飛燕遊蜂叶更吉夢
良辰句對花怨負金鍾叶　香濃叶博山沉水句小樓清旦佳氣
葱葱叶舊遊應未改句武陵花似錦句笑語相逢叶蓬宫傳妙訣句
小金丹豆同換冰容叶況共有芝田舊約句歸去雙峰叶

嶺梅至遊蜂與後段舊遊至冰容同已字似應屬下但後段武陵花似錦五字故知九字一氣已字可畧帶上讀也○按韓玉汝有芳草一調與此全同只少二字然必是一調今錄附備証

芳草　韓縝

鎖離愁連綿無際來時陌上初薰繡幃人念遠暗垂珠露泣送征輪長行長在眼更重重遠水孤村但望極樓高盡日目斷王孫　消魂池塘別後曾行處綠

妒輕裙恁時攜素手亂花飛絮裏緩步香茵朱顏空
自改向年年芳意長新遍綠野嬉遊醉眼莫負青春
○按暗句比晁詞少一字曾行處上必落一舊字其
餘皆同查宋人奚淢亦有此調曾行處作一眉新月
無誤暗垂句亦落一字總
之與鳳簫吟一調無疑

鳳歸雲 一百一字 柳永

向深秋豆雨餘爽氣肅西郊叶陌上夜闌豆襟袖起涼飈叶天□
殘星句流電可平未滅句閃閃隔林梢句又是曉雞聲斷句可仄陽烏光動句
漸分山路迢迢叶 驅驅行役句苒苒光陰句蠅頭利祿句蝸角
功名句畢竟成何事豆謾相高叶拋擲雲泉句狎翫塵土句壯節等

閒銷叶幸有五湖烟浪句一船風月句會須歸老漁樵叶

天門以下與後拋擲以下同電字就字去聲

又一體　一百十八字　柳永

戀帝里豆金谷園林句平康巷陌句觸處繁華句連日疎狂句未嘗輕負豆寸心雙眼韻況佳人豆盡天外行雲句掌上飛燕叶向玳筵豆一一皆妙選叶長是因酒沉迷句被花縈絆叶□更可惜豆淑景亭臺句暑天枕簟句霜月夜句雪霰朝飛句一歲風光句盡堪隨分豆俊遊清宴叶算浮生事豆瞬息光陰句錙銖名宦叶正歡笑豆試

恁暫分散叶即是恨雨愁雲句地遙天遠叶

用仄韻與前調迥別此調因前起于二十七字方用韻後起于三十字方叶韻故兩難讀疑有誤處不惟選詞不載譜亦不收不知當時自有此體非誤也據愚論之前後段本是相同只後起多一四字句耳故敢竟為分句如右前自三字起至巷陌語氣一止觸處二句是相對語一止未當六句一止乃用韻也後段亦三字起等字開口韻不可誤認是叶此即前陌字也霜月句對前觸處句該四字蓋因夜字下缺一明字故難分句若作霜月夜明則四字四句恰與前合然不敢竟添入故加一口以補之蓋淑景句是春暑天句是夏霜月句是秋雪霰句是冬故下云一歲風光也是則淑景以下四句相排豈可缺一字乎一歲風光句乃總上四句故下云盡堪遊宴是則此處比前段多一歲風光一句盡堪二句乃叶韻也其下

則前後俱相同只前則遥字平妙字仄後則笑字仄分字平稍異不拘

山亭宴

一百一字　張先

宴堂永晝喧簫鼓(韻)倚青(可仄)空(豆)畫欄紅柱(叶)(可平)玉瑩紫微人(句)靄和氣(豆)春融日煦(叶)(可平)故宮池館更樓臺(句)約風月(豆)今宵何處(叶)湖水動鮮衣(句)競拾翠(豆)湖邊路(叶)

落花蕩漾(平聲)怨空樹(叶)曉山(可平)靜(豆)數聲(可平)杜宇(叶)(可仄)天意送芳菲(句)正(可平)黯淡(豆)疎雲短雨(叶)(可仄)新歡寧似舊歡長(句)此(可平)會散(豆)(可平)幾時還聚(叶)試為挹飛雲(句)問解相思否(叶)

前後俱同只前結六字後結五字怨平聲佛家究親究字皆作怨坡公醉翁操亦作平用圖譜以玉瑩紫

微人謁為六字句且不必言與後段天意句乖謬只人謁二字索解人不得

曲江秋 一百一字

楊无咎

香消爐歇（韻）喚沉（可仄）水重燃（句）薰（可仄）爐猶熱（叶）銀（可仄）漢墜懷（句）冰輪轉影（句）冷（可平）光侵毛髮（叶）隨分且宴（可平）設（叶）小（可平）槽酒（句）真珠滑（叶）漸（可平）覺夜（可平）闌（可仄）（句）烏紗露濡（可仄）（句）畫簷風揭（叶）

清絕（叶）輕紈弄月（叶）緩歌處（豆）眉山怨疊（叶）持杯須我醉（句）香紅映（可平）臉（句）雙腕凝霜雪（叶）飲散晚歸來（句）花梢指點流螢滅（句）睡未穩（豆）東窗漸明（句）遠樹又聞鶗鴂（句）

此照楊集三首平仄為註其詞是和韻必不參差但夜闌二字一作欹枕一作龍津稍異濡字兩首俱作

去聲想不拘耳後睡未穩以下此作三字四字六字讀其一云行樂久空歎無才可賦厭聽鶗鴂是作三字六字四字讀者其一云正攜手無端驚回檻外數聲鶗鴂則又似作五字兩四字讀者此則與後載韓詞相合然此十三字總是一氣貫下可兩偕耳

又一體 一百三字

韓玉

明軒快目韻正雨過湘溪句秋來澤國叶波面鑑開句山光澱拂句竹聲搖寒玉叶鷗鷺戲晚日寘叶芰荷動句香紅藪叶千古興亡意句淒涼颭舟句望迷南北叶 鬢鬚寘叶烟籠霧簇叶認何處豆當年繡轂叶沉香花萼事句蕭然傷□句宮殿三十作平六叶忍聽向晚菱歌句

依稀猶是當時曲叶試與問如今句新蒲細柳為誰搖綠叶

千古句五字忽聽句六字與前詞異後結正與揚别作正攜手以下同○按刻本于飈字下作一口傷字下仄不加口誤也蕭然句即前詞香紅映臉必落一感字若作三字文理必不通矣或曰可惜如此佳詞只用韻欠當余曰日字鬢字前詞用叶此不叶想有此體若國字北字則白石清真諸名家亦皆借叶或無礙也若謂日鬢二字亦是借叶則不可

壽樓春 一百一字 史達祖

裁春衫尋芳叶記金刀素手句同在晴窗叶幾度因風殘絮句照花斜陽叶誰念我句今無腸叶自少年豆消磨疎狂叶但聽雨挑燈句

歆林病酒句多夢睡時妝叶 飛花去句良宵長叶有絲闌舊曲句金譜新腔叶最恨湘雲人散句楚蘭魂傷叶身是客句愁為鄉句算玉簫豆猶逢韋郎叶近寒食人家句相思未忘蘋藻香叶

記金刀至挑燈與後有絲蘭至人家同或謂結句中忘字亦是叶韻未必也此調多平聲疊用似拗他無可証然通篇音響如此乃是定格並非有訛字也圖譜句句欲改之以前段裁彩同因花誰今磨鼓多後段花良綵金湘蘭身愁逢寒忘蘋俱作可仄素幾照自聽有最玉食未藻俱作可平自宋迄今未見有第二首壽樓春不知何從考其可換也其平之改仄者謂惡其拗耳若誰念我身是客誰身二字極順反改作三仄之拗何歟至諸仄字並不曾拗而亦遭一例更變何歟想改到興頭上亦顧不得也若依所改填

一詞以示人即最深最熟之詞家亦斷斷不識其為壽樓春矣余讀至此不覺浩嘆蓋嘆梅溪大不幸不得生于今世一讀此語而當日填此腔時費盡心力也

憶舊遊 一百二字　張炎

記開簾送酒句隔水懸燈句欵語梅邊韻未了清遊興句又飄然獨去句何可叶處山川叶淡風暗收榆莢句吹下沈郎錢叶歎客裏光陰句消磨艷冶句都可叶在尊前叶　留連叶佳人處句是檻曲窺鶯句蘭沼園泉叶醉拂珊瑚樹句寫百年幽恨句分付吟牋叶故舊幾回飛夢句江雨夜涼船叶縱忘却歸期句千山未必無杜鵑叶

欽語至光陰與後蘭沼至歸期同未了句與醉拂句句法上二下三相合而美成後段用也擬臨朱戶千里和詞用奈可憐庭院是作上一下四句法總之是仄仄平平仄不拘也詞綜載劉應幾此句作奈蓀蒲舊地蓀字平舊字仄想亦不妨然觀夢窗與張同恐劉詞未可為據也夢窗起處云送人猶未苦苦送春隨人去天涯首句用上二下三或不拘然他無同者若送句例用四字當在隨字住夢窗八字蟬聯乃是巧句不可認若送春為三字句也收字回字考他家或上或入俱不用平似應從多者為是若回字平而舊字反仄尤為不可此舊字恐是人圍山鄉等字之訛觀前用風字知玉田必不用去聲字耳詞綜載劉將孫于未了句作七字乃誤刻而其餘諸字亦無調不可從夢窗于又飄然句無又字乃刻本誤遺沈氏謂前段少一字似有此體矣留連二字用韻周方等俱同將孫失韻更誤此則夢窗亦不叶也周詞迢迢

問音信譜圖不知從迢迢二字是叶註此五字可用仄
仄平平仄奇乎不奇結句凡作者平仄皆同乃一定
之格譜圖謂可作仄平平仄仄平平可笑之極豈不
見周作東風竟日吹露桃吳作殘陽草色歸思賒方
作重尋當日千樹桃應數作瀟湘近日
風捲湖將孫作黃昏細雨人閉門乎

花犯　一百二字　王沂孫

古嬋娟蒼鬟素靨句盈盈瞰流水韻斷魂十里叶歎紺縷飄零句
難繫離思叶故山歲晚誰堪寄叶琅玕聊自倚叶謾記我豆綠箋
衝雪句孤舟寒浪裏叶　三花兩蕊破蒙茸句依依似有恨豆明
珠輕委叶雲卧穩句藍衣正句護春憔悴叶羅浮夢豆半蟾掛曉句么

鳳冷豆山中人乍起叶又喚取豆玉奴歸去句餘香空翠被叶

周方二作律度森然而歷覽各家無不字字摹擬其所用諸去聲若出一手後人何棄此程式而自以為是乎此篇仿美成丰度至所用上去字十餘皆妙絶真名詞也蕊字周方皆作花字平聲譚在軒亦用邊字至碧山用蕊草窗用怨皆仄聲想可通用仄聲難易塡然周倡方和皆平能守之為高手雖夢窗亦一首用中字一首用作字矣然作字或是為字依依下九字一氣可于五字豆亦可于三字豆也○按譜圖分句註字無不淆亂至此調尤為欠理斷魂十里是韻各家無不叶者譜收周詞露痕輕綴綴字正叶上朱字方亦云霧綃紅綴而乃失註遂落一韻一誤也故山句七字琅玕句五字皆叶韻周云去年勝賞曾孤倚冰盤同燕喜倚是韻方和詞現明而註去年勝賞為四字句曾孤倚至燕喜為八字句遂又落一

瀕二誤也三花句七字依依句九字周云今年對花最叙叙相逢似有恨依依愁顇乃註今年對花最叙叙相逢為九字句真無理之甚又因叙叙相逢四箇平聲相疊遂于叙字下註可仄誤到極處矣人奈何惟譜是守哉○汲古刻夢窗集小娉婷一首註云重押鬌字蓋前用翠翹倚鬌後用又還見玉人垂紺鬌而傳訛作鬌字也夢窗豈有複韻之事乎況此句必以平去上為然如美成之烟浪裏千里之香步裏草窗之薰翠被夢窗別作之驚換了無非平去上者豈獨此誤作平去去耶尾二字去上尤為喫緊翠被被字上聲勿誤讀去聲

瑞鶴仙　一百二字　毛幵

柳風清晝溽韻山櫻晚豆一樹高紅爭熟叶輕沙睡初足叶悄無

人歛枕句虛檐鳴玉叶南園秉燭叶歎流光豆容易過目叶送春歸去句有無數弄禽句滿徑新竹叶

閒記追歡尋勝句杏棟西廂句粉墻南曲叶別長會促叶成何計句奈幽獨叶縱緗絃難寄句韓香終在句屏山蝶作平夢斷續叶對沿堦豆細草萋萋句為誰自綠叶

汲古刻樵隱詞題作瑞仙鶴誤

又一體 一百二字 周邦彥

悄郊原帶郭韻行路永豆客去車塵漠漠叶斜陽映山落叶斂餘紅猶戀句孤城闌角叶凌波步弱叶過短亭豆何用素約叶有流鶯

勸我句重解繡鞍緩引春酌叶 不記歸時早暮句上馬誰扶句醒眠朱閣叶驚飇動幕叶扶殘醉句遶紅藥叶歎西園已是句花深無地句東風何事又惡叶任流光過却句猶喜洞天自樂叶

介菴亦有此體行路永下九字上三下六與前詞同而方和詞云更暮草萋萋疎烟漠漠乃上五下四平仄亦稍異可不拘後起第二字不叶韻與前詞同而千里和詞用叶想亦不拘惜香夢窗亦有不叶者然以叶音為是後結任流光句五字猶喜句六字與前詞不同而方詞則與毛合亦應從方為妥蓋第二字不叶猶有毛詞可証若後結句法則他家俱無余謂此二處必係傳訛蓋方氏遵周甚嚴即體可兩用亦必不作另調而與周異也用素二字事又二字用去聲與前詞易過夢斷四字同方用員厚是易趙又用

闘妙到夢惜香用結正待問介菴用散叢事醉昔同是知原有此體具但平者又一格也但不宜前後互異斜陽映山落平平仄平仄是一定之格作者如林無不同者譜圖註可作仄仄平平仄此有心搯到底也惜香一首此五字句失韻誤幕字與前弱字同必叶惜香予逸介菴有失叶者雖或有此體不宜從逸紅藥定用仄平仄不可如譜圖改平平仄如空同之巫陽館惜香之垂大顯是敗筆上句扶殘醉可用平仄仄有一二用仄平仄者若惜香二句用金井梧秉籬菊猶是敗筆不可學也此調步動又洞等字必要仄聲且以去為妙古詞無一首異同者而尾句之仄平去上或仄平去入尤為喫緊不可作平平平仄如陸予逸之怎生意穩夢窗之采花弄水鏡中未晚玉蟾之等閒過了當齋之恨長怨永介菴之淺如故否西樵之醉扶玉腕皆絕妙蓋第三字去聲一縱而未字上聲一收方皆音律若用去去上上且不可何況

平仄乎或謂此言大鑿余曰若于宋元詞內檢出一用平平平仄者則余甘受妄言之罰可也毛詞首柳風句上二下三此篇以悄字領句上一下四不拘但平仄皆同若審齋用韓吾在江左在江用仄平他家無之不可從毛詞前結送春句四字有無數句五字此篇有流鶯句五字重解句四字此係各體故不同又重解繡鞍句海野用黃昏院宇惜香用年華荏苒平仄不同夢窗亦有此體若惜香一首前結云漸危樓向晚魂消處倚遍闌干曲尾作一三一五則更為躍冶自不宜從

又一體 一百二字

史達祖

杏烟嬌濕鬢(韻)過杜(可平)若(可平)汀(可仄)洲(可仄)(句)楚(可平)衣香潤(叶)回頭翠樓近(叶)指鴛鴦(可仄)沙上(可平)(句)暗(可平)藏春恨(叶)歸鞭隱隱(叶)便(可平)不念(可平)(豆)芳痕未穩(叶)自簫聲(豆)

可仄吹落雲東句再數故園花信叶　誰問聽歌牕罅句倚月鉤欄句舊家輕俊叶芳心一寸叶相思後句總厭盡叶奈春風多事句吹花搖柳句也把幽情喚醒叶對南溪豆桃萼翻紅句又成瘦損叶

第二三句用上五下四痕字情字用平自蕭聲七字再數句六字後起第二字叶韻此四者俱與前詞異此體各家多從之指鴛鴦九字上三下六過杜若句梅溪別作云為發妝酒暖平仄互異玉蟾介菴俱有指鴛鴦沙上稼軒作似三峽波濤審齋作更堆積愁腸即有此體而各家不用不宜從又夢窗于末句用周公拜前魯公拜後則因使成語取巧耳上句公拜二字拗矣介菴前結亦用耕相借牛社相留客亦然吳禮之心字作步惜香寸字失韻俱勿從餘如吹落雲東句竹山作三字空同作夜來枕上過杜若句空

同作四字夢窗作看畫堂凝香堂字平又于吹花句作玉墀班平墀字平惜香桃萼句乃作為誰縈牽誰字平審齋于舊家句多一字皆係刻本之訛非有此體夢窗彩雲栖翡翠一首更多訛脫○又按竹山通首用也字住句然也字之上俱是用韻即如和稼軒水龍吟用些字上一字亦叶韻耳但瑞鶴仙共十三韻而也字之上七平叶六仄叶可知古人用韻平仄可相通也至如惜香效之亦作也字住句而其上字不叶則頗無義趣矣審齋于樓字用酒上可作平勿認作仄聲而用去字陸子逸第二三句用睡覺來冠兒還是不整上三下四平仄雖稍異此句或可如此但無此高手秀句恐亦難學不然或本係還是冠兒不整○又按張樞詞于相思後六字作西湖上多少歌吹多填一家他家俱無此體必係傳訛

又一體 一百三字

周邦彦

煖烟籠細柳句弄萬縷千絲句年年春色韻晴風蕩無際句濃於酒豆偏醉情人調客叶闌干倚處句度花香豆微散酒力叶對重門半掩句黃昏淡月句院宇深寂叶　愁極叶因思前事句洞房佳宴句正值作平寒食叶尋芳遍賞句金谷里句銅駝陌叶到而今魚雁沉沉無信息叶天涯常是淚滴叶早歸來豆雲館深處句那人正憶叶

首句不起韻濃于酒下與到而今下俱與前詞異倚處處字賞字俱不叶此體雖錄于此然必有訛錯不必從

曲遊春　一百二字　周密

禁苑東風外（句）颺煖（可平）絲晴絮（句）春思（去聲）如織（韻）燕（可平）約鶯期（句）惱芳情偏（可仄）在（句）翠（可平）深紅隙（叶）漠（可平）漠香塵隔（叶）沸（可平）十（作平）里（豆）亂（可平）絲叢笛（叶）看畫（可平）船（句）盡入西泠（平聲）（句）閒却（可平）半湖（可仄）春色（叶）

柳陌（叶）新烟凝碧（叶）映簾（可仄）底宮眉（句）堤上遊勒（叶）輕（可仄）暝籠烟（句）怕梨雲夢（可平）冷（句）杏（可平）香愁冪（叶）歌（可仄）管酬寒食（叶）奈（可平）蝶（作平）怨（句）良（可仄）宵岑寂（叶）正（可平）恁（可平）醉月搖花（句）怎（可平）生去得（叶）

春思至叢笛與後堤上至岑寂同思字上字俱仄聲不可作平元入趙功可一首用雨字處字圖註可平誤漠漠句五字沸十里句七字俱是叶韻正對後段食字寂字二韻也圖以漠漠香塵隔沸為句奇甚不惟失一韻不知隔沸二字作何解法後段何不亦作歌管酬寒食奈耶尾句選聲謂去字可平亦誤其所

載王竹澗詞于看畫船句云起來踏碎松陰止有
六字此仍詞統之誤也後起陌句趂功可不叶

倒犯 一百二字

方千里

盡日任豆梧桐自飛句翠堦慵掃韻閒雲散縞叶秋容瑩豆暮天清
窈叶斜陽到地豆樓閣參差句簾櫳悄叶繳袖舞豆涼颸拂拂生林
表叶蕩塵襟句寫名醥叶　攜手故園句勝事尋蹤句松篁幽徑窵叶
曲沼瞰靜綠句蔭簷影句龜魚小叶信倦跡豆歸來好叶倩丁寧豆長
安遊子道叶道鬢髮雲侵句莫待菱花照叶醉鄉深處老叶

舊刻于遊子道下落一道字今補之蓋方本和周詞
此句五字而夢窗亦作五字也查此調作者不過數

篇其平仄一字不易故不能加旁註恐意欲假借者見責幸察而諒之○按斜陽至參差八字吳作清溪上慣來往扁舟似宜于上字分句周作何人正弄孤影蹁躚則可兩借而此方詞不可于到字住句因思其上句或是斜陽地而到字原是倒字之訛其下句乃是倒樓閣參差耳姑將臆說附此或曰吳詞清溪上慣乃四字句上字讀作上聲上慣猶行慣也涼颸二字或云當屬上句未知是否後段起處或云當于勝事斷句觀周云淮左舊遊記送行人歸來山路窵自當于遊字斷吳云回首詞塲動地聲名春雷初啟户尤當于塲字斷也○或問蔭廻影六字信倦跡亦六字君何上則旁註句字下則旁註豆字余曰上則語斷下則意連也如夢窗上云數間屋梅一塢兩句語意自分下云待共結良朋侶氣自貫下美成云印遙碧余樞小愛秀色初娟好亦同句豆之辨以此他可類推問者歎以為然

鬬百草 一百二字 晁補之

别日常多句會時常少句天難曉韻正喜花開句又愁花謝句春也似人易老叶慘無言豆念舊日朱顏句清歡莫笑叶便冉冉如雲句霏霏似雨句去無音耗叶 追想牆頭梅可仄下句門裏桃邊句名利爲伊都忘去聲了叶血可平寫香牋句淚封羅帕句記三朝作平豆離腸恨攪叶如今事句十二樓空憑誰到叶此情悄叶擬回船豆武陵路杳叶

无咎此調二首刻本此首一百一字别作一百二字細考之則此篇落一霏字其實相同只憑誰到作轉愁寂轉字用仄聲耳忘字去聲觀其别作用恨字去聲可見此篇笑字是叶韻别作不叶乃誤刻也第二

句少字非叶別作至曉字方起韻

瑤花　一百二字　或加慢字

周密

朱鈿寶(可平)玦(句)天(可仄)上飛瓊(句)比人(可仄)間春別(韻)江(可仄)南江北(句)曾(可仄)未見(豆)謾(可平)擬梨(可仄)雲梅雪(叶)淮(可仄)山春(可仄)晚(句)問誰(可仄)識(豆)芳(可仄)心高潔(叶)消(可仄)幾番(可仄)花(可仄)落花開(句)老了玉(可平)闕豪傑(叶)金(可仄)壺剪(可平)送瓊枝(句)看一(可平)騎紅塵(句)香度瑤闕(叶)韶華正(可平)好(句)應(可仄)自喜(豆)初(可仄)識長(可仄)安蜂蝶(叶)杜(可平)郎老(可平)矣(句)想舊(可平)事(豆)花(可仄)須能說(叶)記(可平)少年(可仄)一(可平)夢揚州(句)二十四(可平)橋明月(叶)

江南以下與後段韶華以下同○按夢窗此調于曾未見下九字云應笑春空鎖淩烟高閣人多讀空字

為句誤照用詞應于春字豆張天雨此句云怎一夜換作連城之望可見但應笑春三字欠妥春字恐誤此字觀後段及各家俱不用平聲作者但用仄為是圖註平仄恐改若明字改仄恐有不便至度字改平尤不便耳

齊天樂　一百二字　又名臺城路　五福降中天　如此江山

王沂孫

一(可平)襟餘(可仄)恨宮魂斷(句)年年翠陰庭樹(韻)乍咽涼柯(句)還移暗葉(句)重(可仄)把離愁深訴(叶)西窗過雨(叶)怪瑤(可仄)佩流空(句)玉箏調柱(叶)鏡暗妝殘(句)為誰嬌鬢尚如許(叶)銅仙鉛淚似洗(句)歎移盤去遠(句)難貯零露(叶)病翼驚秋(句)枯形閱世(句)消(可仄)得斜陽幾(作平)度(叶)餘音更

苦叶甚獨可平抱清商句頓成淒楚叶謾想薰風句柳絲千萬縷叶

乍咽以下至妝殘與後病翼以下至薰風同過雨更苦去上聲妙萬萬不可用平仄而萬縷尤為要緊前後結平仄一字不可更改後結須如五言詩一句白石用一聲聲最苦一聲二字原是相連且上面一箇聲字原可讀斷故妙沈氏收正月小一首末云一夜聲聲是怨乃多夜字沈不能去之但註前段多一字謬甚近見今人詞有竟用上一下四句法且同如此竟于絲字用仄萬字用平若甘草子結句惹兩眉離恨矣豈是齊天樂乎各譜俱屬亂註切不可從銅仙句三平三仄是定律間有用平平仄平仄仄者然依此為是夢窗用四平二仄竹屋第二字用仄若秋崖歸去來兮怎得則尤不可從盼字宜仄聲間有用平者亦當依此為是總之凡調中字句如古人俱同從之不必言即十中拗七順三亦當從其多者蓋其中

必有當然去處不然古人何其愚而捨易就難也況往往拗者是大家名詞順者不及此理極易曉也○歎移盤句可用上二下三五言詩句法玉田一首于消得句少二字千里一首于難貯句多二字夢窗一首于後起作五字俱係誤刻非有此體君衡黄昏盡矣刻誤盡矣非不叶○圖譜失收之調甚多若齊天樂極在眼前而不收反收五福降中天蓋見一新名不覺驚喜亦不知其即齊天樂也前結上四下七乃讀作上六下五妙絶又于苦字失註叶難貯零露句少一貯字甚獨抱句少一甚字此則汲古刻沈端節詞原少此二字圖譜既為人誤又即以誤人耳然刻詞集者未嘗以為人作式既日譜矣寧得草草從事乎至其圖字平仄之誤不必言矣更異者續集又收臺城路一調仍是齊天樂而怪瑶佩句又落一字一首作一百字一首作一百一字究竟道却一百二字之齊天樂矣

又一體 一百三字 陸游

角殘鐘晚關山路句行人乍依孤店韻塞月征塵句鞭絲帽影句常把流年虛占叶藏鴉柳暗叶歎輕負鶯花句謾勞書劍叶事往情閑句悄然頻動壯遊念叶孤懷誰與彊遣叶市壚沽酒句酒薄怎當愁釅叶倚瑟妍詞句調鉛妙筆句那寫柔情芳艷叶征途自厭叶況烟斂蕪痕句雨稀萍點叶最是眠時句枕寒門半掩叶

用韻甚精佳詞也市壚句四字酒薄句六字與前詞上五下四者不同陸詞二首如一自另是一體前後起句有用韻者乃偶合不必叶也

慶春宮　一百二字　陳允平

斜(可仄)日明霞(句)殘虹分雨(句)軟風淺掠蘋波(韻)聲(可仄)冷瑤笙(句)情(可仄)疎寶(可平)扇(句)酒醒無(可仄)奈秋何(叶)彩雲輕散(句)漫敲缺(豆)銅壺浩歌(叶)眉(可仄)痕留怨(句)依約遙峰(句)學(可平)斂雙蛾(叶)

銀牀露洗涼柯(叶)屏掩香銷(句)忍(可平)掃裯羅(叶)楚驛梅邊(句)吳江楓畔(句)庚郎從此愁多(叶)草蛩喧砌(句)料催織(豆)迴文鳳梭(叶)相(可仄)思遼遠(句)簾捲翠(宜仄)樓(句)月(可平)冷星河(叶)

聲冷下與後楚驛下同銅壺浩歎迴文鳳梭用平平去平方是慶春宮調譜圖截清真詞于微註見星息息未成俱註可作仄仄平平與滿庭芳高陽臺金菊對芙蓉等調中七字語同安得謂之慶春宮乎○詞

綵載王碧山淺萼梅酸一首乃係慶春澤誤刻慶春宫不可錯認又或訛題名作慶宫春尤誤

又一體 一百二字　王沂孫

明玉擎金句纖羅飄帶句為君起舞回雪韻柔影參差句幽香零亂句翠鬬腰瘦一捻叶歳華相誤句記前度豆江皐怨别叶哀絃重訴句却是淒涼句未須彈徹叶

國香到此誰憐句烟冷沙昏句頓成愁絶叶花惱難禁句酒銷欲盡句門外冰澌初結叶試招仙䰟句怕今夜豆瑶簪凍折叶攜盤獨出句空想咸陽句故宫落葉叶

用入韻柔影下同前劉澥前結須作下後結宫作醒想可用仄但花惱句作平生高與前後各異誤也

湘春夜月　一百二字　黄孝邁

近清明句翠禽枝上消䰟韻可惜一片清歌句都付與黄昏叶欲共柳花低訴句怕柳花輕薄句不解傷春叶念楚鄉旅宿句柔情別緒句誰與温存叶　空樽夜泣句青山不語句殘月當門叶翠玉樓前句惟是有豆一波湘水句搖蕩湘雲叶天長夢短句問甚時豆重見桃根叶這次第豆算人間沒箇句并刀剪斷句心上愁痕叶

此調無他作者想雪舟自度風度婉秀真佳詞也或謂首句明字起韻非也如此佳詞豈有借韻之理

石州慢　一百二字　慢或作引　又名柳色黄　賀鑄

(可平)薄雨催寒(句)斜照弄晴(句)春意空濶(韻)長亭(可平)柳色纔黃遠客一枝先折(叶)烟横水際(句)映帶(可平)幾點歸鴉(句)東風(可仄)消盡龍沙雪(叶)(可仄)還記出門時恰而今時節(叶)將發(叶)(可平)畫樓(可仄)芳酒(句)(可仄)紅泪清歌(句)頓成輕別(叶)(可平)已是經年(句)(可平)杳杳(可仄)音塵都絕(叶)(作平)欲知(宜仄)方寸(句)共有(可平)幾許清愁(句)芭蕉(可平)不展丁香結(叶)(可平)枉望斷天涯(句)兩厭厭風月(叶)

烟横以下與後欲知以下同長亭二句因向傳蘆川詞溪梅晴照生香嫩蕊數枝爭發人多讀作四字三句故高季迪亦云春來長恁樂章懶按酒籌慵把今據賀詞則又六字兩句謝勉仲亦同想此十二字一氣句豆不拘譜作一八一四則無謂矣後段已是二句蘆川云章臺枕前雲雨樽前花月作上六下四此

十字于四字分句六字分句亦不拘也圖譜更也一石州引又因舊刻之誤于共有六字句止存下四字遂另列一體引字慢字或不知其原是相同乃不于石州二字一留心察之何也且輕顰淺笑刻淺顰輕笑而後尾兩句云回首一銷凝望歸鴻容與誤讀凝望相連遂分上句為六字真可笑矣弄字意字必用去聲觀蘆川用意際他仲用半意元遺山用賦少高季迪用頬院可見若蘆川別作用驚天二字不足法且只此一首不可托以自便也至若譜中字字亂註乃其長技矣兩結各五字二句須知上句是上二下三下句是上一下四勿誤同此篇後結上句該于望字畧豆不可因誤斷相連謂可作上一下四然此句到底有疵或誤不可學月後起遺山作羇旅山中父老相逢應念此行良苦山中下似六字二句且相逢應念四字平仄與本調異不可學

畫錦堂 一百二字　蔣捷

染柳烟消句敲菰雨斷句歷歷猶寄斜陽韻掩冉可平玉妃芳袂句擁可平出靈場叶倩可平他鴛鴦來寄語句駐君舴可平艋亦何妨叶漁榔靜句獨奏櫂歌句邀妃試酌清觴叶　湖上換仄叶雲漸暝句秋浩蕩句鮮風支盡蟬糧叶平贈我非可仄環非佩句萬可平斛生香叶平半蝸茆屋歸吹影句數螺苔石壓波光叶平鴛鴦笑句何似且留雙檝句翠隱紅藏叶平

歷歷下至漁榔靜與後解風至鴛鴦笑同只歷歷二字入聲不知可與後段相同借作平否觀美成用日日二字夢窗用獨鶴二字皆故作兩入聲字不知何也惜千里不和他無可考耳此調中兩七字句參差

難訂美成前段云愁聞雙飛新燕語更堪孤枕宿醒收後段云短歌新曲無心理鳳簫龍管不曾拈兩段比對不同愁聞雙飛燕五字連平甚拗或曰是宜作愁聞雙燕新飛語則順且與後短歌句合余亦以為然及見竹山此篇則與片玉一轍方信調宜如此而古調不可輕識改竄也又查夢窗舞影燈前一詞前云愁結春情迷醉眼老憐秋鬢倚蛾眉後云泪香沾濕孤山雨瘦腰損折六橋絲後二句與周蔣俱同其愁結句雖不拗而與泪香句平仄相反未知又是何故今錄蔣詞為式以其與周相合作者自宜從之後起第二字叶韻片玉用多厭厭字理當作平聲夢窗用當時二字以叶歸眉等韻則此字自宜平聲而竹山却用上字殆不可解玫青謂豈竹山誤認厭字作去聲耶余曰厭字固可音懨然多厭二字無理不可解若謂即是懨懨之誤則周詞尾句正用懨懨況竹山此詞字字摹倣片玉豈有誤用去聲者再四思之

乃悟曰此字却是去聲乃以仄叶平者也周詞是賦春景其上用懊惱幽恨愁悶等語其下亦用倶嫌惆悵等語是通篇皆閨中怨辭觀多厭之下云晴晝永瓊户悄蓋謂閨中寂寞當此三月時偏覺日長多為可厭是厭字原作厭惡之厭並非借作平聲故竹山亦用上字為叶耳此必平仄可以通用者若夢窗平叶則又原不妨也○汲古夢窗詞刻晝錦堂二首余方喜其可以互証及觀其第二首則全然迴别同人見是又一體謂可另列余細繹之則慶春澤也

氐州第一 一百二字

周邦彦

波落寒汀句村渡向晚句遥看數點帆小叶亂葉翻鴉句驚風破雁句天角孤雲縹緲叶官柳蕭疎句甚尚挂豆微微殘照叶景物闌

情句川途換目句頓來催老叶　漸解狂可仄朋歡意少叶奈猶被豆思牽情繞叶座上琴心句機中錦字句覺最縈懷抱叶也知人豆懸望久句薔薇謝豆歸來一笑叶欲夢高唐句未成眠豆霜空已曉

村渡句平去去上定格千里和韻用天氣豔冶譜註渡可作平誤適字註作仄猶可點字乃註作平則大悮矣至官柳句四字甚尚挂句七字蓋言柳色蘅蹊已淒楚矣為甚事尚挂斜陽更添景物之慘乎其義易明譜圖奈何作上句五字下句六字耶千里和詞云芳草如薰更瀲灧波光相照豈可讀作芳草如薰更乎川途句用平平仄仄故下用去平平上接之譜以上句作仄平平仄而下用平平平仄便無調矣也知人六字入字一豆亦不可概連作平平仄平平仄末句因讀作一七一四覺七字中高唐未成為拗遂

將成字註作可仄不知原可于高唐住句也但狗已意不管古詞愚所謂必要改作七言詩句是已題本氏州第一與霓裳中序第一圖譜俱刻作第一體蓋因造慣第一第二之次序故不覺于題下添體字可笑不知氏州與霓裳中序之第二第三體在何處耳

南浦　一百二字

魯逸仲

風悲畫角句聽單于豆三弄落譙門韻投可仄宿駸駸征騎句飛雪滿孤村叶酒市漸闌燈火句正敲窗豆亂葉舞紛紛叶送數聲驚雁句乍離烟水句嘹唳度寒雲叶　好在半朧淡月句到如今豆無處不銷魂叶故國梅花歸夢句愁損綠羅裙叶為問暗香閒豔也

相思豆萬點付啼痕叶算翠屏應是句兩眉餘恨倚黃昏叶

聽單于至驚雁與後段到如今至應是同譜圖不識于為問句註在也字分斷致後人認此為兩七字句如律詩矣何其謬哉箏翠屏句註在眉字住又以兩眉為拗註兩作平亦誤聽單于正敲窗到如今俱云可平仄平必欲將好詞註壞可嘆

又一體 一百五字 程垓

金鴨懶薰香句向晚來豆春醒一枕無緒韻濃綠漲瑤窗句東風外豆吹盡亂紅飛絮叶無言竚立句斷腸惟有流鶯語叶碧雲欲暮叶空惆悵韶華句一時虛度叶追思舊日心情句記題葉西

樓句吹花南浦叶老去覺慵疎句傷春恨豆都付斷雲殘雨叶黃昏
院落句問誰猶在憑闌處叶可堪杜宇叶空只解聲聲句催他春
去叶

此是用仄韻者與前異濃綠下與後老去下同此調
句字多有參差但以一百五字為正如碧山于傷春
恨作蘋花是落一字片玉于碧雲下十三字止有十
二字亦是落一字此係缺而不全者不必具論其他
各家不同處不能悉載摘錄于後
向晚至無緒九字此篇上三字下六字片玉梅溪皆
同
王碧山作認麴塵乍生色嫩如染又一首亦然是上
句五字下四字而乍字用去聲者此另一體簡九成
之作羨雲屏九疊波影涵素疊字作平正與此同然

玉田作燕飛來好是蘇堤纔曉是字用仄堤字用平

另一體

暮字宇字此篇叶韻他家皆不叶

碧雲至處度十三字此篇暮字叶韻四字句其下九字作一五一四後段亦然

吳梅溪作謝屐來聯安排共文鴛重遊芳徑屐字仄韻或可作平後段作海棠夢在相思過西園秋千紅影蠟字與在字不叶而安排連下作五字或連上作六字句文義皆不妥是另一體

柳玉田作回首池塘青欲遍絕似夢中芳草上句如作七言詩一句下六字結後段亦然是另一體或謂于塘字住句亦平仄各異

王碧山作再來漲綠迷舊處添却殘紅幾片又一首嚲亦然雖上七下六而再來漲綠四字與玉田不同至其後段作采香幽徑鴛鴦睡誰道湔裙人遠又有一首亦然上句七字雖亦如七言詩而與玉田平仄

全相反是又一體此一體惟陶九成用之

宴清都

一百二字 又名四代好

盧祖皋

春(可仄)訊飛瓊管(韻)風日(作平)薄(豆)度墻啼鳥聲亂(叶)江城次第(句)笙歌翠合(句)綺羅香暖(叶)溶溶潤綠冰泮(叶)醉(可平)夢(可平)裏(豆)年華暗換(叶)料黛眉(豆)重(可仄)鎖隋堤(句)芳(可仄)心還(可仄)動梁苑(叶)

新來雁闊雲音(句)鸞分鑑(可平)影(句)無(可仄)計重見(叶)啼春細雨(句)籠(平聲)愁淡月(句)恁時庭院(叶)離腸未語先斷(叶)算(可平)猶(可仄)有(豆)憑高望眼(叶)更那(上聲)堪(豆)芳(可仄)草連天(句)飛梅弄晚(叶)

江城至隋堤與後啼春至連天同烏綠計語俱仄聲十中一二用平而已暗望弄黛那五字亦須用仄去

聲更妙江城笙歌二句平平仄仄綺羅句仄平平仄後段亦同凡作者俱然不可隨意亂填此等處最易忽畧也泮渐二字可以不叶兼可用平聲亦有前平後仄者風日以下九字夢窗一首云制州昔未來時正春暖是于昔字下借豆非另有此體動字夢窗一作沉一作章想不拘結用弄晚去上聲甚妙觀片玉之認香草窗之弄晚菩扛之露隣千里之在香夢窗之路淺桂酒在香皆然譜謂弄字可平誤矣至謂度搯句可作平仄仄平平仄尤誤　按此詞何藴于前結云那更天遠山遠水遠人遠書舟效之云那更春好花好酒好人好因名之曰四代好入見四代好之名甚新不知其即宴清都也但遠字好字上聲可以代平故借入平用不碍音律若不知其理而泛謂仄聲可以上去通用填入去字則為大謬夫詞曲中四聲以一平對上去入之三仄固已然三仄可通用亦有不可通用之處葢四聲之中獨去聲另有一種沉

着遠重之音所以入聲可以代平次則上聲亦有可代而去則萬萬不可入但于口中調之其理自明南北曲之音繫全在此處人或謂今日之曲付于歌喉尚且不必拘泥詞又不入歌何妨混填此大謬之説何也詞即曲之先聲當時本以按拍豈可以聱牙撓嗓者號為樂府乎如此遠字好字若作去聲便落腔矣明王渼陂作南曲亦採天遠八字為結歌者不以為拗因是上聲也去則唱不得矣且天遠春好天春二字即此篇隋字人遠人好人字即此篇梁字須要平聲不可謂下用四箇遠字好字而其上面之字平仄不拘也譜圖因收何詞見四遠字謂為定格於天遠山遠二遠字不敢註平各調無不亂註偏于此二字不註不平蓋誤將此句于山遠下分斷耳然則此篇可讀重鍥隋堤苦心為一句乎此調作者頗多何未一查也何詞後起用堪嘆二字譜作叶韻正伯亦用春好二字或另有叶韻之體然夢窗一字不苟者

所作此字與用平聲
但從之不叶可也

西平樂　一百三字　柳永

盡日憑高寓目句 脈可平脈春情緒韻 嘉景清明漸近句 時節輕寒
乍暖句 天氣才晴又雨叶 烟花澹蕩句 裝點平蕪遠樹叶 黯凝竚叶
臺榭好句 鶯燕語叶 正可平是和風麗可平日句 幾可平許繁紅嫩綠句 雅稱
嬉遊口平聲去叶 奈阻隔豆 尋芳伴侶叶 秦樓鳳吹句 楚可平臺雲約句 空悵
望在何處叶 寂可平寞韶光暗度叶 可堪向晚句 村落聲聲杜宇叶

按晁无咎此詞一首與柳詞俱同只向來樂章集雅
稱句止五字而晁詞此句作準擬金尊時舉六字是

知柳集必落去一字故于遊字下補口或曰柳與晁或是二體予安得必合之為一余曰觀前段有六字三句一調中句法定應相似况樂章多訛脫如沒古刻于寂寞句亦無暗字則的係誤落非兩體也况其餘字句平仄無不同乎衣煖又雨燕語伴侶向晚杜字等去上聲妙晁亦同又晁于嫩綠二字作一部乃叶通篇韻者此綠字恐有宜作叶韻北音綠字原作慮音也

又一體 一百三十七字 或加慢字 周邦彥

稺綠蘇晴句故溪歇可平雨句川迴未覺春賒韻駝褐侵寒句正憐初日句輕陰抵死須遮叶歎事逐孤鴻盡去句身與塘蒲共晚句爭知向此征途句區區佇立塵沙叶追念朱顏翠髮句曾到處豆故

地使人嗟叶　道連三楚句天低四野句喬木依前句臨路欹斜叶

重慕想豆東陵晦可平跡句彭澤歸來句左右琴書自樂句松菊相依句

何況風流鬢未華叶多謝故人句親馳鄭驛句時倒融尊句勸此

淹留句共過芳時句翻令倦客思家叶

如此長調只用七韻初疑有誤乃不惟千里和詞一字無訛查夢窗所作亦字字相同可知古人細心不若今人自以為是也但方詞及吳稿俱于爭知向下無區區二字方云流年迅景霜風敗葦驚沙吳云當時燕子無言對立斜暉似不宜更贅兩字恐此篇區區二字或征途二字是誤多耳吳稿于塵沙下分斷誤〇此篇用平韻字句亦與前詞迥別

金盞子 一百三字

吳文英

賞月梧園句恨廣寒宮樹句曉風搖落韻莓砌掃蛛塵句空腸斷薰爐句爐消殘萼叶殿秋尚有餘花句鎖烟牕雲幄叶新雁又豆無端送人江上句短亭初泊叶 籬角夢依約叶人一笑豆惺忪翠袖薄叶悠然醉紅喚醒句幽叢畔豆淒香霧雨漠漠叶晚吹乍顫秋聲句早屏空金雀叶明朝想豆猶有數點蜂黃句伴我斟酌叶

查梅溪詞落去一字故本譜不收一百二字體○按此調作者雖少而人各一體難于歸一如此詞空腸斷下九字似應先五後四梅溪作江南岸應是草樸花蕊又應先三後六或曰此篇亦于空腸斷豆句與

後幽叢畔九字同耳蓋其下段秋二句與後晚吹二句相合則其上亦必合也然觀夢窗別作云爲偏愛吾廬畫船頻繫則是先五後四而竹山云人孤另雙鵜被他羞看又是先三後六愚謂總之此九字一氣分豆不拘其後段此九字亦然前結尤爲參差如夢窗別作石橋鎖烟霞五百名仙第一人是五百名仙與此篇送人江上不同一人而兩格矣梅溪作風光外除是倩鶯煩燕設通消息與此篇相似而是字用仄矣竹山作無情雁正用恁時飛來叫雲尋伴用字仄來字平矣後結夢窗別作轉城處仙山小隊登臨詩西風起山字西字用平矣梅溪作空遺恨當時留秀句蒼苔蘚壁此固當時下落去一字而時字用平句字用仄矣竹山則兩結如一云風刀快但翦盡撩梧桐怎翦秋斷但翦句三仄三平與前段正用恁時飛來同而怎翦之翦又用仄矣作者不知何所適從愚謂學吳則依吳到底學史學蔣亦然則庶幾無誤

云恨與寒九字蔣云夢乍醒黄花翠竹庭館句法異不拘圖以首句作七字誤後起竹山云猶記杏攏煖杏字宜仄沈氏誤作香反註云一本作杏誤可笑人一笑下八字竹山云銀燭下纖影卸佩鶯鶯字乃是以平聲而叶仄韻者想此調亦可平仄通用詞綜鶯字作欵字雖以仄叶然佩欵亦未妥圖譜乃云可作仄仄平平平平平平甚為可駭然亦無可奈何矣悠然句蔣云春渦暈紅豆小此句各家皆六字圖作三字兩句幽叢畔蔣云鶯花嫩却註是叶嫩與館看豈是同韻是又誤人多用一韻矣明朝想蔣云風刀快言風利如刀故下云但剪畫撘梧桐怎剪秋斷圖作颭刀奇絶却又偏不圖可平至通篇平仄改得七顛八倒于金盞子何仇乎此詞換頭二字一叶蔣云猶記杏籠煖記字不叶亦異

龍山會　一百三字

趙以夫

九日無風雨韻可平一笑憑高句浩氣橫秋宇叶可仄羣峰青可數叶可仄寒可仄城
小豆可平一水可仄縈迴如縷叶可仄西北最關情句可平謾可仄遙指豆東徐可仄南楚叶黯消
魂句斜陽冉冉句雁聲悲苦叶 今朝可仄寒菊依然句可仄重上南樓句草
草成歡聚叶可仄詩朋休浪賦叶可平舊可仄題處豆可平俯仰可平已隨塵土叶可平莫放酒
行踈句可仄清可平漏短豆涼蟾可仄當午叶也全勝句平聲作平白衣未至句獨醒凝竚叶

只後起句是換頭餘俱同前段此詞完整可從查夢窗此調汲古刻本止一百字今查脫誤處甚多賴有此篇作証知能山會非百字耳吴詞錄後備考

石徑幽雲冷步悵深深艷錦青紅亞小橋和夢醒環珮杳烟水茫茫城下何處不秋陰問誰借東風艷冶

最嬌嬈愁侵醉霜泪洒紅綃　搖落翠莽平沙挽斜陽駐短亭車馬晚妝羞未墮沈恨起金谷魂飛深夜驚雁落清歌酹花慵船快瀉去來捨月向井梧梢上住

首句不起韻是有此體非誤也杳字誤刻香字愁侵句綃字作結大誤或綃字是帕字之訛或是洒字為煞而上下顛倒耳挽斜陽句比前叠上句少一字駐字領句亦與前異此或換頭處另體如此酹花句即前段問訊句不應作六字是酹花下少一字矣去來捨文理不明必誤尾句七字亦比前少一字此亦或另體總論之是有訛脱不可從也

澡蘭香　一百三字　吴文英

盤絲繫腕句巧篆垂簪句玉隐紺紗睡覺韻銀瓶露井句彩箑雲

臆句往事少年依約叶為當時曾寫榴裙句傷心紅綃褪萼叶黍夢先陰句漸老汀洲烟蒻叶　莫唱江南古調句怨抑難招句楚江沉魂借叶薰風燕乳句暗雨梅黃句午鏡澡蘭簾幙叶念秦樓豆也(可平)擬人歸句應剪菖蒲自酌叶但悵望豆一縷新蟾句隨人天角叶

銀瓶至褪萼與後薰風至自酌同心字若照後剪字可用仄聲且順妥和協然因無他首可証未敢旁註黍夢下十字圖譜作上六下四誤○魄字非韻惟落魄之魄可作託音未便取叶此韻然夢窗或必有所據耳

詞律卷十七

欽定四庫全書

詞律卷十八

宜興萬樹撰

喜朝天 一百三字 晁補之

衆芳殘韻海棠正輕盈句綠鬢朱顏叶碎錦繁繡句更柔柯映碧句
纖搦匀般叶誰與將紅間白句采薰籠豆仙衣覆斑斕叶如有意豆
濃妝淡抹句斜倚闌干叶 妖嬈向晚春後句慣困欹晴景句愁
怕朝寒叶縱有狂雨句便離披□損句不奈幽閒叶素□來禽總

俗句謾遮映豆終羞格疎頑叶誰来顧豆斜風教舞句月下庭間叶

此調他無可証然據鄙意揣之乃披字素字下各落一字蓋緑鬢下與後愁怕下俱同也碎錦繁繡用仄仄平仄而縱有狂雨有字恰與錦字合也更柔柯二句九字對後便離披二句則豈非披字下少一字乎況離披損不成語必是滴損或折損也誰與句六字素柰禽句五字必素字下落一柰字蓋此詞咏海棠故以素柰来禽兩種花為比云此兩花相較但見其俗即共相遮映而此兩花之體格終覺疎頑可羞耳終羞格疎頑恰對前仙衣覆斑斕同是平平仄平平豈非前後如一乎至兩結各三句尤合矣故敢入二□于字間此但據理論斷未知識者肯見俞否也

竹馬兒　一百三字　兒一作子

葉夢得

與(可平)君記(豆)平山堂前細柳(句)幾回同挽(韻)又征帆夜落(句)危檻依舊(句)遙臨雲巘(叶)自笑來往悤悤(句)朱顏漸改(句)故人俱遠(叶)橫笛想遺聲(句)但寒松千丈(句)傾崖蒼蘚(叶)

世事終何已(句)田陰縱在(句)歲陰仍晚(叶)嵇康老來尤嬾(叶)只要蓴羹菰飯(叶)卻欲便買茆廬(句)短蓬輕檝(句)尊酒猶能辦(叶)君能過我(句)水雲聊為伴(叶)

柳詞起句云登孤壘荒涼危亭曠望圖譜以為上五下四而此篇平山堂前四字相連但寒松九字柳云指神京非霧非烟深處應作上三下六而此篇該上五下四二處想皆不拘檻字柳作平恐是欄字之訛尾句柳云又逐殘陽去比此尾較順或曰此尾是雲水誤倒水雲或曰柳用逐字亦是以入作平未敢臆

斷作者依柳仍用入聲可也若細又夜漸故縱處便畫等字須用去聲柳詞正同譜不足據至云幾回可平仄自笑卻欲可平平嵇康可仄仄仄則改得愈為無謂

征部樂　一百三字　柳永

雅歡幽會句良夜可惜虛拋擲韻追念狂蹤舊跡叶長祇恁豆愁悶朝夕叶憑誰去豆花衢覓叶細說與豆此中端的叶道向我豆轉覺厭厭句夢役勞魂苦相憶叶　須知最有句風前月下句心事始終難得叶但願我豆蟲蟲心下句把人看待句長似初相識叶況逢春色叶便是有豆舉場消息叶待這回豆好好憐伊句更不輕折叶

或曰惜字是起韻非也勞魂
當作魂勞不然上是役夢

湘江靜 一百三字

史達祖

暮草堆青雲浸浦韻記悤悤豆倦篙曾駐叶漁榔四起句沙鷗未
落句怕愁沾詩句叶碧袖一聲歌句作平石城怨豆可仄西風隨去叶滄波蕩
晚句菰蒲弄秋句還重到豆斷魂處叶　酒易醒句思正苦叶想空山豆
桂香懸樹叶三年夢冷句孤吟意短句屢烟鐘津鼓叶屐齒厭登
臨句移橙後豆可平幾番涼雨叶潘郎漸老句風流頓減句閒居未賦句

記悤悤至蕩晚與後想空山至漸老同圖譜于此調
只改得二十一字可云善矣只漁榔二句三年二句

皆平平仄仄何後則免改而前以漁沙二字為可仄四字為可平平耶重改仄猶可斷豈可改平至怕字屬字領句其下四字為平平平平仄圖譜欲讀作五言詩句故于愁烟二字改作可平便使此句不響矣

雙聲子 一百三字

柳永

晚天蕭索句斷蓬蹤跡句乘興蘭棹東遊韻三吳風景句姑蘇臺榭句牢落暮靄初收叶夫差舊國句香徑沒豆徒有荒丘叶繁華處句悄無覩句惟聞麋鹿呦呦叶

想當年句空運籌決戰句圖王取霸無休叶江山如畫句雲濤烟浪句翻輸范蠡扁舟叶驗前經舊史句嗟謾載豆當日風流叶斜陽暮草句茫茫盡成句萬古遺愁叶

後起或讀作三字兩句是以壽字似叶韻也不知此句該在決戰住句蓋後段之圖王至風流即與前段之乘興至荒丘相同況圖王句連上決戰二字文義亦不妥也覩字上疑有落字驗前經句比前多一字或夫差上缺一字耳

惜餘歡 一百三字

黄庭堅

四時美景句正年少可仄賞心可平句頻啟東閣韻芳酒載盈車句喜朋侶簪合叶杯觴交飛勸酬獻句正酣飲豆醉主公陳榻叶坐來爭奈句玉山未頹句興尋巫峽叶歌闌旋燒去聲絳蠟叶況漏轉可平銅壺可仄句烟斷香鴨叶猶整醉中花句借纖手重插叶相將扶上句金鞍騕褭句

碾春焙(豆)(去聲)顒少延歡洽(叶)未須歸去(句)重尋艷歌(句)更留時霎(叶)

以闔合峽蠟同叶是江西音也正年少以下與後況漏轉以下同啟侶未斷手艷等字仄聲不可依圖用平頻山歌闌烟纖等字平聲不可依圖作仄其餘亂註亦皆不可從如玉山未頽正與重尋艷歌前後相對通篇照合甚是森然且別無他作相証何以見其為可平可仄乎旋焙二字乃去聲讀作平亦誤況焙字對前歛字豈可作平至杯觴以下七字乃落去一字兼有訛錯蓋此句即對後段相將以下八字該每句四字愚謂必係飛觴交勸為一句口杯酬獻為一句或杯觴飛勸交口酬獻口必是平聲字而刻本顛倒脫落也圖因之作七字句無論前後不侔而上四字疊四平下三字勸酬獻更可笑谷老豈若是不通耶且因四平相疊岸然註杯觴二字為可仄則更奇矣醉主公陳橘亦差愚謂公字是人字之訛蓋以主

人比陳蕃耳若主公陳榻則除非戲場上有主公之稱豈非笑話

春雲怨　一百三字

馮偉壽

春風惡劣韻把數枝香錦句和鶯吹折叶雨重柳腰嬌困句燕子欲扶扶不得叶軟日烘烟句乾風收霧句芍藥荼蘼弄顏色叶簾幙輕陰句圖書清潤句日永篆香絕叶

盈盈笑靨宮黃額叶試紅鸞小扇句丁香雙結叶團鳳眉心倩郎貼叶教洗金罍句共看西堂醉花新月叶曲水成空句麗人何處句往事暮雲萬葉叶

此係雲月自度曲平仄當依之弄顏色篆香絕倩郎貼皆用去平入此一調之音響所關也圖譜隨意亂

註至以日永句謂可用平仄平平平仄共看二句共醉謂可平西新謂可仄往事句往暮萬謂俱可平按兩重下十三字譜作兩四一五選聲仍之余謂嬌困不對兩重且困字去聲不響只作燕子欲扶有理有致

還京樂　一百三字　方千里

歲華慣句每到豆和風麗日歡再理韻為妙歌新調句粲然一曲句千金輕費叶記夜闌沉醉叶更衣換酒珠璣委叶帳畫燭搖影句易積銀盤紅泪叶　向笙歌底叶問何人豆能道平生句聚合歡娛句離別興味叶誰憐露浥烟籠句盡栽培豆艷桃穠李叶謾縈牽豆空坐隔千山句情遥萬水叶縱有丹青筆句應難摹畫顦顇叶

再字盡燭畫字積字夢窗用平桃字夢窗作翳雖或不拘然千里和美成則兩首如一也悵畫燭以下周作任去遠中有萬點相思清泪當于點字為豆此篇則搖影易積四字不可相連蓋搖屬燭積屬泪也吳作風吹遠河漢去槎天風吹冷則用周句法想一氣貫下分豆不拘

雨霖鈴 一百三字

黃裳

天南遊客韻甚而今却送可仄君南國叶西風萬里無限句吟蟬暗續句離情如織叶秣馬脂車句去郎去豆多少人惜叶望百里豆烟慘雲山句送雨城愁作行色叶 飛帆過豆浙西封域叶到秋深豆且艤荷花澤叶就可平船買得鱸鱖句新穀破豆雪堆香粒叶此與誰同句

須記東秦(豆)有客相憶(叶)願聽了(豆)一闋(作平)歌聲(句)醉倒攙今日(叶)

此係詞綜所載與屯田曉風殘月詞相符只君字柳用雨字或可不拘不如依柳為是而飛帆句柳云多情自古傷離别如七言詩句此則上三下四不同自應從柳詞所以取此者欲廣見聞也甚而今八字柳云對長亭晚驟雨初歇是晚字斷句此應於今字作豆蓋此八字總一氣亦于却字借豆耳秋馬以下十一字柳云執手相看泪眼竟無語凝咽譜分上作六字句下作五字句大差而語凝二字註可用平仄送兩城句柳云暮靄沉沉楚天濶註可用平平仄仄平平仄艫字註可仄須記下八字柳云應是良辰好景虛設註謂良辰好景可用仄仄平平更差

眉嫵　一百三字　又名百宜嬌

王沂孫

漸新痕懸柳句澹影穿花句依約破初暝韻可平便有團圓意句深深拜句相逢誰在香逕叶畫眉未穩叶料素娥豆猶帶離恨叶最堪愛豆一曲銀鉤小句寶簾挂秋冷叶　千古盈虧休問叶嘆謾磨玉斧句難補金鏡叶可平太液池猶在句淒涼處豆何人重賦清景叶故山夜永叶試待他豆窺戶端正叶看雲外山河句還老桂花舊影叶

便有至離恨與後太液至端正同畫眉未穩故山夜永用去平去上真名筆也觀石帚翠尊共欵亂紅萬點可見圖譜奈何以意竄定乎其餘破在帶挂補賦戶等字俱用仄是定格石帚後起六無限風流疏散譜因註二字叶韻起觀此篇則知非叶也○按石帚于前尾五字云愛良夜微煖是上一下四此則上二

下三句法各異又石帚後結云又爭似相攜乘一舸鎮長見乘一舸下與此篇不同想亦可如此然石帚在前定宜從之此所以載碧山此篇者正欲人兩相對勘以見用字之法也愚又疑此或是還老桂舊花影于桂字豆本與姜同而誤以桂花連寫耳○按此調俱作百宜嬌不知百宜嬌另有一體係一百五字

情久長　一百三字或作情長久　呂渭老

鎖(可平)牕夜永無聊(句)盡作傷心句(韻)甚近日(豆)帶紅移眼(句)梨臉擇(作平)雨(叶)春(可仄)心償未足(句)怎忍聽(可平去聲)(豆)啼血催歸杜宇(叶)暮帆挂(豆)沉沉暝色(句)衮衮長江(句)流不盡(豆)來無據(叶)點(可平)檢風光(句)歲月今如許(叶)趂此際(豆)浦花汀草(句)一(作平)棹東去(叶)雲牕霧閣(句)洞天(可仄)曉(豆)同作

烟霞伴侶叶算誰見豆梅簾醉夢句柳栢晴遊句應未許豆春知處叶

盡作至擇雨與後歲月至東去同怎忍聽以下與後洞天曉以下同只雲窗霧閣一句四字與春心償未足五字異是必雲窗句下缺一字故以口補之擇字必係捍字之訛此調止聖求二首平仄相同不可亂改其第二首于梓字作平必係誤刻此字對上臉字也至梨臉句作天外飄逐其通篇用里腫等韻逐字失叶亦必誤刻或是飄逐天外倒寫耳

迎新春 一百四字

柳永

嶰管變青律句帝里陽和新布韻晴景回春煦叶慶喜節豆當三五叶列華燈豆千門萬戶叶遍九陌豆羅綺香風微度叶十里燃絳

樹叶鰲山聳豆喧喧簫鼓叶漸天如水句素月當午叶香徑裏豆絕纓擲果無數叶更闌燭影花陰下句少年人豆往往奇遇叶太平時豆朝野多歡民康阜句堪隨分良聚叶對此爭忍豆獨醒歸去叶

按此調必係雙疊或當于簫鼓下分段或曰漸天如水二句似對此爭忍一句恐于當午下分段總無他詞可証難以臆斷也

合歡帶

一百四字　杜安世

樓臺高下玲瓏韻鬭芳樹豆綠陰濃叶芍藥孤栖香艷晚句見櫻桃豆萬顆初紅叶巢喧乳燕句珠簾鏤曳句可平滿戶香風叶罩紗幃豆象

牀屏枕句畫眠才似朦朧叶 起来無語更兼慵叶念分明宜仄豆事

成空叶被你厭厭牽繫我句怪纖腰豆繡帶寬鬆叶春来早是句分

飛雨處句長可仄恨西東叶到如今豆扇移明月句簟鋪寒浪與誰同叶

闕芳樹至屏枕與後念分明至明月同然觀前結與後截柳詞恐尾句誤多與字也分明明字疑誤此字即前段樹字恐原係分手分袂分別之類耳此篇調明字穩可學

又一體 一百五字 柳永

身材兒豆早是妖嬈韻算舉措豆實難描叶一箇肌膚渾似玉句更

都来豆占了千嬌叶妍歌艷舞句鶯慚巧可平舌句柳妒纖腰叶自相逢豆

便覺韓娥價減句飛燕聲銷叶　桃花零落句溪水潺湲句重尋仙徑非遙叶莫道千金酬一笑句便明珠豆萬斛須邀叶檀郎幸有句凌雲詞可仄賦句擲果風標叶況當年豆便好相攜句鳳樓深處吹簫句

首句比前調多一字自相逢下前詞一四一六此一六一四後起兩四一六亦與前異後結與前調之前結同兩便好相攜四字平仄亦異

月中桂　一百四字　趙彥瑞

露醑無情句送長歌未終句已醉離別韻何如暮雨句釀一襟涼

潤句來留佳客叶好山侵座碧句勝昨夜豆疎星淡月叶君欲翩然

去句人間底許句員嶠問帆席叶詩情病非疇昔叶賴親朋對

影句且慰良夕叶風流雨散句定幾回腸斷句能禁頭白叶為君煩

素手句薦碧藕豆輕絲細雪叶去去江南路句猶應水雲秋共色叶

已醉至然去與後且慰至南路同長歌未終用平平去平已醉句且慰句用仄仄平仄問帆席用去平仄皆不可擅改暮字雨散雨字皆仄淡細皆去妙送釀勝賴定薦等為領句字尤須去聲影字不可用去

陽春 一百四字 或加曲字

楊无咎

蕙風輕句鶯語可平巧句應喜乍離幽谷韻飛過北牕前句迎清曉豆麗

日明透翠幃縠叶篆臺芬馥叶初睡起豆可仄橫斜簪玉叶因甚自覺
腰肢瘦句新來又寬裙幅叶　對清鏡無心豆欣梳裹句誰問著豆
餘酲帶宿叶尋思前懽往事句似驚回豆好夢難續叶花亭徧倚
檻曲叶厭滿眼豆爭春凡木叶盡顛頗豆過了清明候句愁紅慘綠叶

按此調與梅溪杏花烟一首同只因甚二句上七下
六史云還是寶絡雕鞍被鶯聲喚來香陌乃上六下
七無他作可証作者隨所擇從之可也至其平仄處
與史皆合如麗日明透史云舊火銷處圖譜乃謂可
用平仄仄平平對清鏡句史云記飛蓋西園寒猶凝圖
謂飛西猶三字可仄又謂思字回字可仄夢字并厭
滿過了慘字俱可平不知何據徧倚檻曲四仄史云
故里信息亦改信字可平皆出自新裁者儘顛頗句

八字愁紅句四字無可疑也史云奈芳草正鎖江南夢春衫怨碧上云故里信息俱無故此句言江南之夢亦被芳草鎖住耳圖乃讀作上七字下五字夢春衫如何解○按麗日句史云舊火銷處近寒食愚謂火字與此篇日字恐是作平高明者試于口中調之以為何如欣字應是忺字

綺羅香 一百四字

張翥

燕子梁深句秋千院冷句可平半逕垂楊烟縷韻可平怯試春衫句可仄長恨踏青期阻叶可仄梅可平子可平後豆可仄餘潤留寒句可平藕可仄花可平外豆嫩涼銷暑叶漸驚他豆可仄秋老梧桐句可仄蕭蕭金井斷蛩暮叶薰篝須待被暖句催雪新詞未穩句重尋笙譜叶可平水閣雲牕句可平總是慣曾經處叶可仄曾可平信可平有豆可平容裏

闋河句又可平怎可平禁可仄豆夜深風雨叶一聲聲豆滴可平在疏蓬句做成情味苦叶

怯試至梧桐與後水閣至疏蓬同催雪句六字舊刻梅溪做冷欺花一首此句作還被春潮急蓋急字上落一晚字也歷查他家俱作六字可証後起六字須用三平三仄間有用平平仄平平仄者十中之一耳前結金井斷蛩暮必用平仄仄平仄後尾味苦二字必用去上聲更有細處如秋千院冷新詞未穩則用平平仄仄垂楊烟縷重尋篁譜則用平平平仄踏青期阻嫩涼銷暑慣曾經處夜深風雨則用仄平平仄此則詞中用字關鍵處如謂鄙言為鑿請驗諸古人名詞可也　按前結句後起句後結二句俱與齊天樂平仄脗合不可為譜註淆惑情味二字必須相連說見齊天樂下

霜花腴　一百四字

吳文英

翠微路窄句醉晚風豆憑誰為整攲冠韻霜飽花腴句可平燭銷人瘦句秋光做也都難叶病懷彊寬叶恨雁聲豆偏落歌前叶記年時豆舊宿淒涼句暮烟秋雨野橋寒叶

妝壓鬢英爭艷句度清商一曲句暗墜金蟬叶芳節多陰句可仄蘭情稀會句晴暉稱拂吟牋叶更移畫船叶引珮環豆邀下嬋娟叶算明朝豆未了重陽句紫萸應耐看叶

霜飽至淒涼與後芳節至重陽同病懷句更移句用仄平仄平圖以懷字可仄悮也至認烟字為叶而以記年時舊宿為五字句淒涼暮烟為四字句尤誤晚風憑圖謂可平仄仄猶可若雁字珮字改平而偏字改仄則此二句失調矣此腔是夢窗自製惟有此曲何所見為可改乎

西湖月 一百四字 黃子行

初(可仄)弦月挂林梢(句)又一度西園(句)探梅消息(韻)粉牆朱戶(句)苔枝露蕋(句)淡勻輕飾(叶)玉(作平)兒應有恨(句)為悵望東昏相記憶(叶)便解珮(豆)飛(可仄)入雲階(句)長(可仄)伴此花傾國(叶)　還(可仄)嗟瘦損幽人(句)記立馬攀條(句)倚欄橫笛(叶)少年風味(句)拈花弄蕋(句)愛香憐色(叶)揚州何遜在(句)試點染吟牋留醉墨(叶)謾贏得(豆)踈(可仄)影寒牕(句)夜深孤寂(叶)

此調二首黃註自度商調查他家別無同作者其平仄二首如一自當恪守不可亂填別一首謾贏得句刻本作消瘦沈約詩腰乃消瘦上落了一字故圖譜收作一百三字誤也況此詞兩段字句相同只前結

六字後結四字比前少長伴二字耳前起句六字即同後起句六字圖譜見其別作云湖光冷浸玻璃蕩一餉薰風小舟如葉竟不及覩其此篇而遽録之遂以蕩字連上讀不知此蕩字蓋指下小舟非指上湖光有何難明處乎豈此篇亦可讀作初弦月挂林梢又乎其別作之後段又註六字何不亦讀作殢人小摘墻榴為乎異哉異哉譜圖等書每遇四字槩作平平仄仄與仄仄平平不知此中正有大分別處如此篇探梅句倚欄句是仄平平仄此是上三句住語其下三句亦俱四字而第一句用仄平平仄第二句必須用平平仄仄第三句則仍用仄平平仄抑揚頓挫方為有調此是詞中深微處而亦是詞中明顯處須悟此理便可掾鈴以開各調之關鎖矣彼亂填亂註者豈解此哉如圖譜所收此調即黃子行首作其餘字字相同不必言矣所謂四字三句者前云藕花十作平丈雲梳霧洗翠嬌紅怯後云舊遊如夢新愁似織

泪珠盈睫豈不與此篇一轍故不憚饒舌而詳録之以証鄙言之不妄云

綺寮怨 一百四字

周邦彦

上馬人扶殘可仄醉句曉風吹未醒韻映可平水可平曲豆翠可仄瓦朱簷句垂可仄楊裏豆乍可平見津亭叶當時曾可仄題敗可平壁句蛛可仄絲可仄罩豆淡墨苔暈青叶念去可平來豆歲月如流句徘徊久豆嘆息可平愁思盈叶

去可平去倦可平尋路程叶江陵舊可平事句何曾再問楊瓊叶舊可平曲淒清叶斂可平愁可仄黛豆與誰聽叶樽前故可平人如在句想念我豆最關情叶何須渭城叶歌可仄聲未盡可平處豆先泪零叶

查宋詞止此一首無可據正元人王學文有一詞字句與此俱同只平仄稍異今取註于旁學文首次句

云忽忽東風又老冷雲吹晚陰圖譜以忽忽東風爲首句又老冷雲爲次句起韻吹晚陰爲三句叶韻奇乎不奇其詞所用韻乃陰林禁深尋臨沉心吟音皆十二侵閉口字豈起韻用一雲字況又老冷雲如何解乎當時二句學丈云江南庾郎憔悴睡未醒病酒愁怎禁本上六下八圖以江南庾郎爲一句憔悴睡未醒爲一句病酒愁怎禁爲一句又讀庾平聲遂似江南庾郎四字疊平竟註江南二字可仄又以憔可仄酒可平奇乎不奇啟愁黛六字總讀作一句故于黛字云可平而其餘之亂圖者更不可勝舉矣奇乎不奇

送入我門來　一百四字　胡浩然

荼蘼安扉句靈檻挂戶句神儺烈竹轟雷韻動念流光句四可平序式

週回叶須(可仄)知今(可仄)歲今宵盡句似頓(可平)覺明年明日催叶向今夕(作平)是處句迎(可仄)春送(可平)臘句羅(可仄)綺筵開叶　今古徧同此夜句賢愚共添一歲句貴賤仍偕叶互祝遐齡句山(可仄)海固難催叶石(可平)崇富(可平)貴籛鏗壽句更潘(可仄)岳儀容子建才叶仗東風盡力句一(可平)齊吹(可仄)送句入(可平)此門來叶

動念以下與後互祝以下同向今夕句五字即同後仗東風句夕字入作平譜圖不識以向今夕分句謂可作平仄仄是字翻作可平竟與後全異矣明日明字妙後子字上聲亦可大約調中此等句此一字得平為佳用去聲便下乘矣○按詞統載此調七十八字一體前段無向今夕以下後段無仗東風以下各十三字乃明人吳鼎芳作不知其何所本歷查唐宋金元皆無此體不足為法選聲收之又誤刻吳鼎南

恐人不知其為明人而學之
轉謂本譜失載故備註于此

憶瑤姬　一百四字　蔡伸

微雨初晴韻洗瑤空萬里句月挂冰輪韻廣寒宮闕口句望素娥縹緲句丹桂亭亭叶金盤露冷句玉樹風輕叶口覺秋思清叶念去年豆曾共吹簫侶句同賞蓬瀛叶　奈此夜豆旅泊江城叶謾花光眩目句綠酒如澠叶幽懷終有恨句恨綺牕清影句虛照娉婷叶藍橋杳楚館雲深叶擬憑歸夢去句彊就枕豆無奈孤衾夢易驚叶

此調有訛缺覩其前後則洗瑤空至風輕與謾花光至雲深相合但藍橋下落一字耳口覺下與擬憑下

未知確否

又一體 一百九字　　史達祖

嬌月籠烟句下楚領豆香分兩朶湘雲韻花房漸密時句弄杏牋初會句歌裏慇勤叶沉沉夜久西窻句屢隔蘭燈幔影昏叶自綵鸞豆飛入芳巢句繡屏羅薦粉光新句　十年未始輕分叶念此飛花句可憐柔脆銷春叶空餘雙淚眼句到舊家時郎謾染愁巾袖止說道凌虛句一夜相思玉樣人叶但起來豆梅發窻前句哽咽疑是君叶

此與前調甚異亦有訛缺姑為句豆未必果然也起二句彷彿與前同花房句時字宜仄或花房時漸密而誤倒也沉沉以下與前詞全異至後段空餘雙泪眼之下竟不可讀愚謂可憐句對前香分句空餘句對前花房句郎字乃是節字到舊家時節五字對前弄杏句五字其下漫染愁巾四字對前歌裏慇懃四字則與蔡詞之望素娥九字恨綺牕九字合矣袖止二字係訛字此六字乃對前沉沉六字而一夜句七字對前段屢隔句七字亦相合矣但起來七字亦對前段自綵鸞七字要咽句則尾也

永遇樂　一百四字　又名消息

趙師使

可平日麗風暄句暗催可仄春去句可仄春尚可平留戀韻可仄香褪花梢句可仄苔侵可平栁徑句可平密幄清陰展叶可平海棠零亂句可仄梨花可平淡泞句可仄初聽鬧空鶯燕叶可平有輕可仄盈豆

妍姿靚(可平)態(句)緩(可平)步(可平)閒風(可仄)仙苑(叶)　綠(可平)叢紅(可仄)萼(句)芳(可仄)鮮柔媚(句)約略

試(可平)妝深淺(叶)細(可平)葉来禽(句)長(可仄)梢戲(可平)蝶(句)簇(可平)簇枝頭見(叶)酡(可仄)顏鬢髮(句)

春(可仄)愁無(可仄)力(句)困(可平)倚畫屏嬌軟(叶)只(可平)應怕(可平)(豆)風欺雨恨(句)落紅萬點(叶)

香褪至靚態與後細葉至雨恨同尚字多用仄聲用平者十中二三而已步字可平風字可仄不拘尾句仄平仄仄是定格舊詞無不同者萬點去上猶妙若譜所收淡烟細雨正是名詞妙處而註作可用平平平仄不知何解正如一絕色美人乃必欲矐其目髡其鬢而以之示人曰此美人也有是理哉○竹山于陰字用遊字頭字用幾字兩五字句俱枷查越以夫亦用點字萬字想有此體也耆卿二首于梨花淡汚句皆作平仄平平後起第二句皆作六字第三句皆作四字而觧字作仄媚字作平酡顏三句一首作藩

傒瞻望彤庭親擕像吏竟歌元首是一六二四一首
于春愁無力作槐府登賢與此篇異因他家無此不
必從之故不另列○鼂无咎題名消息註云自過腔
即越調永遇樂故知入某調即異其腔因即異其名
如白石之湘月即念奴嬌而
腔自不同此理今不傳矣

又一體 一百四字 陳元平

玉腕籠寒句翠欄凭曉句鶯調新簧韻暗水穿苔句遊絲度柳句人
靜芳晝長叶雲南歸雁句樓西飛燕句去来慣認炎涼叶王孫遠豆
青青草色句幾回望斷柔腸叶薔薇舊約句樽前一笑句等閒
辜負年光叶鬭草庭空句拋梭架冷句簾外風絮香叶傷春情緒句

惜花時候句日斜尚未成妝叶聞嬉笑豆誰家女伴句又還採桑叶

用平韻與前調異觀此篇晝字絮字仄聲可知前調竹山以夫用仄字非拗矣

拜星月慢 一百四字或無慢字星或作新 吳文英

絳雪生涼句作平碧霞籠夜句小立中庭蕪地韻昨夢西湖句老扁舟身世叶歎遊蕩句暫賞豆吟花酌露樽俎句冷玉紅香罍洗叶可平眼眩宜平意迷句古陶洲作平十里叶　翠參差豆淡月平芳砌叶可仄甎花滉小浪魚鱗起叶霧盎可平淺障青羅句洗湘娥春膩叶蕩蘭烟豆麝馥濃侵醉叶吹作平不散豆繡屋重門閉叶又可平怕便豆可平綠減西風句泣秋檠作平燭外叶

作此調者甚少今按片玉夜色催更一首于暫賞至罍洗云似覺瓊枝玉樹相倚暖日明霞光爛其本集原是十四字嘯餘及圖譜詞統詞綜諸書俱去相倚二字論其順拗則去此二字便于讀便于填然查夢窗此篇及周草窗賸葉陰清一首俱作十四字惟詞綜載元人彭泰翁一首云怕似流鶯歷歷惹得玉鎖瓊碎止十二字但彭詞後于蕩蘭烟句少一字必係殘闕且其尾句云月明天似水用五言詩句法與本調不合不足以為程式則其十二字者愈不足據矣蓋美成詞意以似覺二字領起下二句彷彿相對言相遇之人如瓊玉之潤如日霞之光故言似覺也夢窗亦以暫賞二字領起樽俎正與罍洗相對洗亦是酒器故言暫賞也相倚二字正用蒹葭倚玉故事今若去此二字則此篇亦可去樽俎二字矣豈得謂全調哉至草窗詞云想人在絮幕香塵疑望誤認幾許烟檣風幔想人在即此嘆遊蕩三字其下于凝望分

斷而誤認以下為一句比周句法各異或可不拘然其字數平仄則未有異耳○此詞用五字句者四皆須上一下四不可上二下三且皆是仄平平平仄愚疑此五字四句當分四段首于老扁舟身世佳次為換頭于古陶洲十里佳蓋不惟結句相同而并上四字句且并上六字句亦皆相似也三段于洗湘娥春臙佳後為末段蓋翠參差八字句與蕩蘭烟八字同甎花滉八字句與吹不散八字同只又怕句比霧盎句多一字耳○又按四八字句亦有别翠參差與蕩蘭烟是仄平平甎花滉與吹不散是平平仄但草窗于甎花滉作研箋紅不如周吳紀律也醉字本集作酒此字諒叶韻今改正舊譜註末句于西風泣處分作八字而尾作四字大謬　圖譜収美成拜星月又収草窗拜星月慢調竟未一校對何怪其句字之各亂乎

向湖邊 一百四字 江緯

退處鄉關句幽棲林藪句舍宇第須茅蓋韻翠巘清泉句啟軒牕遥對叶遇等閒豆鄰里過平聲從句親朋臨顧句草草便成歡會叶筴杖攜壺句向湖邊梛作平外叶 旋買溪魚句便砍銀絲鱠叶誰復欲痛飲句如長鯨吞海叶共惜醺酣句恐歡娛難再叶矧清風明月非錢買叶休追念豆金馬玉堂心膽碎叶且鬬尊前句有阿作平誰身在叶

只此一首平仄宜遵○或謂此調畧似剪牡丹非也余謂酷似前拜星月慢

瀟湘逢故人慢 一百四字 王安禮

薰風微動(句)方榴花弄色(句)萱草成窩(韻)翠帷敞輕羅(叶)試冰簟
初展(句)幾(作平可平)尺湘波(叶)疎檐廣廈(句)稱瀟湘(豆)一(可仄可平)枕南柯(叶)引(可平)多少(豆)夢
魂歸緒(句)洞庭雨棹烟簑(叶)　鶯回處(句)閒晝永(句)更時時(豆)燕雛
鶯友相過(叶)正綠影婆娑(叶)況庭有幽花(句)池有新荷(叶)青梅煮
酒(句)幸隨分(豆)(可平可仄)贏取高歌(叶)功(可仄)名事(豆)到頭終在(句)歲華忍負清和(叶)

翠帷敞下與後正綠影下同帷字平綠字仄似不合不知此句在三字畧豆其第二字平仄可不拘況綠字入可作平或曰帷字是帳字之訛亦未可知也若圖譜云可作平平仄仄平則無此理也此調凡叶韻句俱平平住豈有忽挿一仄平住者乎此亦理之最淺近者展字亦以上作平歌者不于此字住拍故不

拘耳○按詞統載王秋英一首用仄韻另為一體因是女鬼所作又明時小説故不敢收列而附載其詞于註云

春光将暮見嫩柳拖烟嬌花帶露頃刻間風雨把堂上深思閨中遺事鑽火留餳都付却落花飛絮又何心挈罍提壺鬬草踏青盈路　子規啼蝴蝶舞遍南北山頭紙灰緑醑奠一丘黄土嘆海角飄零湘陰凄楚無主泉扃也能得有情雞黍畫角聲吹落梅花又帶離愁歸去

詞甚悠揚或有所本而愚偶未及見耳事字應用韻此借叶也

春從天上来　一百四字　王惲

(可仄)羅綺深宮(韻)記紫袖雙垂(句)(可仄)(詞律)當日昭容(叶)錦封香重(句)彤管春融(叶)

帝座(可平)一點雲紅(叶)正臺(可仄)門事(可平)簡(句)更捷(可平)奏(豆)清(可仄)晝相同(叶)聽鈞天(句)侍瀛(可仄)池內(可平)宴(句)長樂歌鍾(叶)　回頭五雲雙闕(句)恍天上繁華(句)玉殿珠櫳(叶)白髮歸來(句)昆明灰冷(句)十年(可仄)一夢無蹤(叶)寫杜(可平)娘哀(可仄)怨(句)和淚(可平)點(豆)彈(可仄)與孤鴻(叶)淡長空(叶)看五(可平)陵何(可仄)似(句)無樹秋風(叶)

帝座下與後十年下同只後空字叶而前天字不叶耳吳彥高作亦然年字若照前座字不宜作平或可通用吳作前用用歌吹後用風雲能細心者亦以不用平為佳也譜圖平仄不必言其所收吳詞于看五陵句本作對一軒涼月乃落一對字遂收此調為一百三字竟不見吳詞前段此句云似林鶯嚦嚦有一似字也

花心動 一百四字　史達祖

風約簾波(句)(可平)錦機(可仄)寒(豆)難遮海棠烟雨(韻)(可平)夜酒未蘇(句)春枕猶欹(句)(可仄)曾是慣成歌舞(叶)半褰薇帳雲頭散(句)(可平)奈(可仄)愁味(豆)(可平)不隨香去(叶)儘沈靜(豆)文園更渴(句)有人収否(叶)　嬾記溫柔舊處(叶)偏只怕臨風(句)見他桃樹(叶)(可平)繡戶鎖塵(句)錦瑟空絃(句)(可仄)無復畫眉心緒(叶)待拈銀管書春恨(句)(可平)被(可仄)雙燕(豆)(可平)替人言語(叶)意(作平)不盡(豆)垂楊幾千萬縷(叶)

未蘇鎖塵俱宜仄平譜圖註可平平大錯觀美成之裀香鳳幃蘆川之作閒未平竹山之貫簾叩冰惜香之作濃鬟心又一首半開繡裀竹屋之舊家勁松阮氏之作晴絹衾黄于行之作零泪乾無不同者且俱

用去聲尤妙豈得杜撰謂可平平耶垂楊幾千萬縷亦宜平平仄平去上此乃定格上所引各家亦無不同者譜乃云可用仄平平仄平仄如念奴嬌尾句豈非杜撰耶至沈天羽續集收風裏楊花一首謂是謝無逸所作查溪堂集内並無此詞余以為必非無逸所作蓋于海字作高未字作懸更字作花鎖字作嬰已皆失調而待拈句作猛期月滿會姮娥不知此句即配前段半褰句乃會字用去娥字用平垂楊句作甚日于飛時節甚日二字用仄于飛二字用平全失體格矣豈有無逸大名家而作此落腔詞乎且其語鄙陋不堪沈氏亟賞之并引惡濫可笑歪娼傖卒口中之桂枝句以為娩美何其村醜至此可為一嘆

縷字誤刻里今改正

歸朝歡

一百四字 又名菖蒲綠

張先

聲(可仄)轉轆(可平)轤聞露井(韻)曉(可平)引銀(可仄)瓶牽素綆(叶)西(可仄)園人(可仄)語夜來風(句)

叢(可仄)英飄(可仄)墮紅成逕(叶)寶猊(可仄)烟未冷(叶)蓮(可仄)臺香(可仄)蠟殘痕凝(叶)等身

金(句)誰(可仄)能得(可平)意(句)買(可平)此好風景(叶)

粉(可平)落輕(可仄)妝紅玉瑩(叶)月(可平)枕橫(可仄)

釵雲墜領(叶)有(可平)情無(可仄)物不雙棲(句)文(可仄)禽只(可平)合常交頸(叶)晝夜(可平)歡

豈定(叶)爭(可仄)如翻(可仄)作春宵永(叶)日曈曨(句)嬌(可仄)柔懶(可平)起(句)簾(可仄)壓捲花影(叶)

猊字平夜字仄此二字不拘如稼軒東坡前後俱平者卿則前仄後平馬莊父則前平後仄可通用也此調前後符合起二句第二字俱用仄三四兩句第二字俱用平各家皆同只莊父于後起句用圓圓寶月憑纖手此乃誤筆必不可從或本是寶月圓圓憑素手亦未可知斷無與前段首句兩樣之理若譜註并

首句亦改從圓圓句平仄則尤為無理矣好字捲字間有作平者然不如仄聲起調子野用字緻密自在蘇辛上耳

西河 一百四字 又名西湖 三疊　　周邦彦

長安道句瀟灑西風時起韻塵埃車馬晚游行句灞陵烟水亂鵶棲鳥夕陽中句參差霜樹相倚叶　到此際句愁如葦冷落關河千里叶追思唐漢昔繁華句斷碣作平殘記叶未央宮闕已成灰句終南依舊濃翠叶　對此景豆無限愁思叶遶天涯豆秋蟾如水叶轉使客情如醉叶想當時豆萬古雄名句盡作往來人句淒涼

事叶

清真集誤作兩段今分正際字偶合非叶覷各家可如此體他無作者〇按如葺當作似葺此字各家皆作仄況後如水如醉二句相承此不宜更複

又一體 一百四字 王彧

天下事韻問可平天怎可平忍如此叶陵可仄圖誰可仄把獻君王句結愁未已叶少豪氣概總成塵句空餘白作平骨黃葺叶　千古恨句吾老矣叶東可仄遊曾可仄吊淮水叶繡可平春臺可仄上一回登句一回搵淚叶醉歸撫劍倚西風句江濤猶壯人意叶　只今袖手野色裏叶望長淮豆猶二千

里叶縱有可仄英心誰寄叶近新来豆又報烽烟起叶可平絕域張騫歸来未叶

首三字即起韻第三段起句上四下三及後結俱與前詞不同而未已之未字揾字用去聲亦異○袖手野色裹五字疊仄且宜去上去去上方佳不可不知張騫歸来四字疊平勿誤

又一體　一百五字

吳文英

春乍霽韻清漣畫舫融洩叶可仄螺雲萬點暗凝秋句黛蛾照水叶謾將西子比西湖句溪邊人更多麗叶　步危徑句攀艷蘚叶可平捫霞到手紅碎叶可仄晴蛇細折小迴廊句去天半咫叶畫欄入暮起東

風句棋聲吹下人世叶　海棠藉雨半繡地叶可仄殘寒可平褪豆初卸羅綺叶可仄除酒消春何計叶向沙頭更續豆斜陽一醉叶雙玉盃和流光洗叶

向沙頭句比前調多一字美成千里皆用此體照半亦如前詞用去聲其餘作畫舫萬鬟謾更步徑艷細去盡暮下指半繡卸向更諸去聲俱與周方張無異圖譜亂註謬矣又謂步危徑二句是六字句攀字光字可仄俱背謬之甚且以前二段合而為一尤未體察也○按稼軒西江水一首俱與前長安道一調同只後結用此篇體但于醉字不叶韻步危徑六字用會君難別君易平仄稍異因註明不另錄又玉田一首于盡闌上多一字此段宜同首段不應多一字故本譜不收一百六字體其原刻題作西河圖譜另收

西湖一調誤且螺雲下十一字本上七下四玉田云闌紅深處小秦箏斷橋夜飲是也圖譜分作上四下七青蛇下十一字亦上七下四與前段同美成云空餘舊跡鬱蒼蒼霧沉半壘是也圖譜亦分作上四下七眞顛倒錯亂可嘆也後結云且脫巾露髮飄然乘與一葉愁香天風冷與字乃叶韻正與吳詞醉字同尾句乃七字也以飄然乘與一葉為一句以尾為五字尤誤○按此篇汲古刻于細折分斷恐作尺向作高俱誤今改正

百宜嬌 一百四字 呂渭老

隙月垂篦句亂蛩催織句秋晚嫩涼房戶韻燕拂簾旌句鼠窺窗網句寂可平寂飛螢來去叶金鋪鎮掩句謾記得豆花時南浦叶約重陽豆

萸糝菊作平英句小樓遙夜歌舞叶銀燭暗豆佳期細數叶簾幙漸西風句午牕秋雨叶葉底翻紅句水宜平面可平皺碧句可仄燈火裁縫砧杵叶登高望極句正霧鎖豆宮槐歸路叶定須將豆寶馬鈿車句訪吹簫侶叶

燕拂至菊英與後葉底至鈿車同○按眉嫵亦可百宜嬌實與此調全異不可混也○此調微似氐州第一

夢橫塘 一百五字

劉一止

浪痕經雨句鬢影吹寒句晚來無限蕭瑟韻野色分橋句剪不斷豆前溪風物叶船繫朱藤句路迷烟寺句遠鷗浮沒叶聽疎鐘斷鼓句

似近還遙句驚心事豆傷羈客叶 新醅旋壓鵞黃句擣清愁在眼句酒病縈骨叶繡閣嬌慵句爭解說豆短封傳憶叶念誰伴豆塗妝綰髻句嚼蕊吹花弄秋色叶恨對南雲句此時淒斷句有何人知得叶

平仄宜悉依之病字不可從譜作平

尉遲杯 一百五字 吳文英

垂楊逕韻洞鑰啟豆時可仄遣流鶯迎叶去聲涓涓暗谷流紅句應有緗桃千頃叶臨池笑靨句春可仄色滿豆桐華弄妝影叶記年時豆試酒湖陰句

褪花曾采新杏叶　蛛可仄牕繡網玄經句　纔可平石研開奩句　雨潤雲凝叶　小可平小蓬萊香一作平掬句　愁不到豆　朱嬌翠靚叶　清可仄樽伴豆　人間永日句　斷琴可仄和去聲豆　棊聲竹露可平冷叶　笑從可仄前豆　醉可平臥紅塵句　不知仙在人境叶

臨池以下與後人間以下同此篇比片玉階堤路一首平仄相合只時字作寀窗字作念石字作限耳其餘旁註者則依詞綜所載元人尹公遠詞也○纔石研九字周云長偎傍疎林小檻歡聚上三下六此是一氣分豆不拘圖譜將此調改圖三十七字幾不似尉遲杯矣

又一體　一百五字　無名氏

歲云暮(韻)嘆光(可仄)陰(豆)冉(可平)冉能幾許(叶)江梅尚怯餘寒(句)長(可仄)安信音
猶阻(叶)東風無據(叶)凭(可仄)欄久(豆)欲去還凝竚(叶)憶溪邊(豆)月夜徘徊(句)
暗香(可仄)疎影(可平)庭戶(叶)　朝来凍解霜消(可仄)(句)南枝上(豆)香英數點微
露(叶)把酒看花(句)無言有泪(句)還(可仄)是那時情緒(叶)花依舊(豆)晨妝何
處(叶)謾贏(可仄)得(豆)花前愁千縷(叶)儘高樓(豆)畫角頻吹(句)任教(宜仄)紛紛飛
素(叶)

此篇與樂章寵嘉麗一首平仄同但前結柳用自有憐才深意與此平仄不同然此句當如念奴嬌之結此篇是也柳詞恐是憐才自有深意霜消二字柳用駕被似叶韻者或云被字係衾字之訛原與此無異

也其與前調異處首一字用仄據字叶韻還字平把酒下四字兩句還是句止六字花依舊句叶韻此數處不同另一體也教字柳用肯字自不宜用平聲

又一體 一百六字 晁補之

去年時韻正愁絶豆過却紅杏飛叶沉吟杏子青時叶追悔負好花枝叶今年又春到句傍小闌豆日日數花期叶花有信豆人却無憑句故教芳意遲遲叶

及至待得融怡叶未攀條拈蕋句又嘆春歸叶怎得春如天不老句更教花與月相隨叶都將命豆拚與酬花句似峴山豆落日客猶迷叶儘歸路豆拍手攔街句笑人沉醉

如泥叶

用平韻句法與仄韻多同只更教句對上如七言偶句

秋霽 一百五字 即春霽

史達祖

江水蒼蒼句望倦柳愁荷豆共感秋色韻廢可平閣先涼句古簾空暮句雁可平程最嫌風力叶故園信息叶愛渠入可平眼南山碧叶念上國叶誰是豆鱠鱸江漢未歸客叶　還又歲晚豆瘦骨臨風句夜聞秋聲豆吹動岑寂叶露蛩悲豆清燈冷屋句翻書愁上鬢毛白叶年可仄少俊遊渾斷得叶但可憐處句無可仄奈冉冉魂驚句採香南浦句剪梅烟

驛叶

此與草堂舊載胡浩然詞平仄如一而夢窗作亦同甚矣古人守律之嚴也西麓一首圍字失叶乃係誤刻此公精密絕倫必不誤也又字亦誤作思乃是念字之訛草窗一首于倦柳愁荷作芳園載酒恐是載酒芳園悞倒嫌字作舊字仄聲或不拘故園句宜仄平去仄草窗故字作年誤又字作蛩開字作眼可字作遊亦俱誤或係傳訛或係敗筆皆不可從作者但守胡史吳足矣〇按草堂收胡詞以此為春霽又收秋霽一調與此一字無殊甚為無謂且題下註陳後主作怪甚陳後主于數百年前先為此調而字句多學浩然豈非奇事今查史陳周俱作秋霽故題名從之譜圖以首句為七字念上圖連誰是為一句俱奇至調中平仄除旁註外一字不可移譜註乃無一字不可移尤奇之奇也

曲玉管　一百五字　柳永

隴首雲飛(句)江邊日晚(句)烟波滿目凭欄久(韻)一望關河蕭索(句)千里清秋(韻平仄)忍凝眸(叶平)杳杳神京(句)盈盈仙子(句)別来錦字終難偶(叶仄)斷雁無憑(句)冉冉飛下汀洲(叶平)思悠悠(叶平)暗想當初(句)有多少(豆)幽歡佳會(句)豈知聚散難期(句)翻成雨恨雲愁(叶平)阻追遊(叶平)悔登山臨水(句)惹起平生心事(句)一場銷黯(句)永日無言(句)却下層樓(叶平)

此調亦平仄通叶者思悠悠三字疑是後疊起句因無他作可証依舊録之

泛清波摘遍 一百五字

晏幾道

催花雨小句著作平柳風柔句都是去年時候好韻露紅烟綠句儘有狂情鬭春早叶長安道叶秋千影裏句絲管聲中句誰放艷陽輕過了叶倦客登臨句暗惜光陰恨多少叶楚天渺叶歸思去聲正如亂雲句短可平夢未成芳草叶空可仄把吳霜鬢華句自悲清曉叶帝城杳叶雙鳳舊約漸虛句孤可平鴻後期難到叶且可平趁朝花夜月句翠樽頻倒叶

此詞丰神婉約律度整齊作者何寥寥耶而各譜中失收更不可解○愚按此調當是四段合成催花至

春早為一段秋千至多少為二段而長安道三字乃換頭語也只露紅句與倦客句平仄異耳楚天渺至清曉為三段帝城者至末為四段此則字數俱齊者華字照後月字宜仄恐是影字之訛抑或後月字是作平皆未可知然此等不歇拍處原不拘也如前露紅倦客二句唱時皆平平帶過其勢趨向下句于闋字恨字兩去聲着力縱激而以早字少字兩上聲收之空把且趁二句亦然故後二段然句亦皆用上聲而自字翠字先用去聲也管見如此知天下人莫不以為迂且怪矣○前結句詞滙作暗惜花光歛恨多少甚無義理原疑其誤及查汲古刻小山詞又作暗惜花光陰恨多少花光歛與花光陰皆不通因恍然悟後結又用花月則此花字乃誤多而詞滙又因陰字訛作歛字耳

欽定四庫全書

詞律卷十九

宜興萬樹撰

角招 一百六字

趙以夫

曉寒薄(韻)苔枝上(豆)剪成萬點冰蕚(叶)暗香無處著(叶)立馬斷魂(句)晴雪(作平)離落(叶)溪畧彴(叶)恨寄驛(豆)音書遼邈(叶)夢繞揚州東閣(叶)風流舊日何郎(句)想依然林壑(叶)離索(叶)引杯自酌(叶)相看冷淡(句)一笑人如削(叶)水雲寒漠漠(叶)底處羣仙(句)飛來霜鶴(叶)芳姿綽

約叶正月滿豆瑤臺珠箔叶徙倚闌干寂作平寞叶盡分付豆許多愁句城

頭角叶

暗香至東閣與後水雲至寂寞相合則溪畧彴句與芳姿綽約正同尚應有一字況畧彴是小橋止加一溪字恐無此文情耳。按趙作角招徵招二詞乃詠梅雪正如白石暗香疎影之意招字雖相同而徵招已有小令類附故不便並列。圖譜全未玩味不知薄字是起頭却將首句作六字而以萼字為起韻是使此調失却一韻矣又不知邀字音莫本是叶韻正與後箔字同因不註叶是使此調失二韻矣又不知徙倚句六字寞字本是叶韻正與前閣字同因讀作七字連下盡字為一句是使此調失三韻矣趙虛齋何不幸哉雖然虛齋往矣其不幸俱在後之信譜者矣

解連環　一百六字　又名望梅　蔣捷

妒花風惡韻吹可仄青陰漲却句亂紅池閣叶駐媚景豆可平別可平有仙葩句遍瓊甃小可平臺句翠油疎箔叶舊日天香句記曾可仄遶豆玉可平奴紘索叶自長安路遠句膩紫肥可仄黃句但譜東洛叶　天津霽虹似昨叶聽鵑聲度月句春又可平寥寞叶散黯魄豆可平飛可仄入江南句轉湖渺山遶句夢境可平難托叶萬疊花愁句正困可平倚豆鈎可仄闌斜角叶待攜尊豆醉歌醉舞句勸花自落叶

吹青陰至紘索與後聽鵑聲至斜角同。按片玉于散黯魄句止作六字方千里楊補之和詞亦同但此句正對前段駐娟景句宜用七字此調作者頗衆皆用七字自當從其大同者故本譜不收一百五字非失考漏列也且多此一字塡詞較便學者但作七字無誤沈刻周詞加慢字是也小譜又境等字周方姜張翥等俱用仄聲竹屋逃禪多用平聲似應用仄為有調後結兩醉字勸字自字俱用去聲是定格即高楊亦守之矣譜乃無一字不註可平可仄安在其為解連環也○按前結一五兩四各家皆同補之本和美成者美成云想移根換葉還是舊時手種紅藥補之則云自無心彊陪醉笑負他滿庭花藥應于笑字分句或一氣貫下可以不拘然陪字平聲終覺不順學者自有周方及他家典型在也○又按舊草堂載柳詞望梅一調查與解連環全同當時亦誤兩收猶慶春澤之與高陽臺也今録于左覽者對勘當知之

望梅 一百六字 柳永

小寒時節正同雲幕慘勁風朝冽信早梅偏占陽和

向日處凌晨數枝先發時有香来望明豔遥知非雪展穠金嫩蕋弄粉素英旖旎清徹　仙姿更誰並列有幽光照水踈影籠月且大家留倚闌干鬬緑醑飛看錦箋吟閱桃李春花料比此芬芳俱别見和羮大用莫把翠條慢折

向字平仄音響俱同豈非與解連環一調後結雖于大用斷句然一氣不拘正如補之前尾用負他句六字也想此調或可兩名或耆卿用前調作梅花詞題曰望梅因誤襲爲調名故本譜不復另收望梅調。按向来嘯餘圖譜等書于鬬緑醑九字俱將看字讀作去聲故以鬬緑醑三字為豆而下作六字句且因看字差認并上飛字亦註可仄謂飛看六字可作仄仄平平仄仄訛錯相沿莫知訂正余謂看字平聲此九字上五下四蓋在梅花之下必宜詩酒故用緑醑錦箋飛字屬酒吟字屬詩看與閱則屬花言飛觴以看花吟句以閱花也若作六字句則看閱二字複矣此兩句自相為對而以鬭字領起正應上大家二字也且此調後段比前只換頭尾中皆相合前凌晨二字平則此飛看二字亦必平矣同人猶未深信余因檢放翁集望梅詞出示之則此九字云奈回盡鵬程鍛殘鸞翮正用儷語鵬程二字豈可連下句于是此調始明而知向來狥譜之謬

飛雪滿羣山　一百六字　羣或作堆　張　榘

愛日烘晴(句)梅梢春動(句)曉牕客夢方還(韻)江天萬里(句)高低烟樹(句)四望猶擁螺鬟(叶)是誰邀滕六(句)釀薄(作平)暮(豆)同雲沍寒(叶)却元來是(句)鈴閣露薰(句)俄忽老青山(叶)慳都盡道(豆)年來須更好(句)無緣農事(句)雨澀風慳(叶)鶩池夜半(句)銜梅飛渡(句)看樽俎折衝閒(叶)

儘青油談笑句瓊花露豆盃深量寬叶功名做了句雲臺寫作圖畫看叶

江天至沍寒與後鵞池至量寬同看樽俎句三字一豆與前四望句稍異然觀後蔡詞自宜從前段為是圖畫汲古誤刻畫圖題名本集作飛雪滿堆山然查友古詞堆作羣調本相同而羣字較堆字為妥

又一體 一百七字

又名扁舟尋舊約

蔡伸

可仄冰結金壺句寒生羅幙句夜闌可平雪月侵門韻可平翠筠敲竹句疎梅可弄影句數聲雁過南雲叶酒醒欹枕句愴猶有豆殘妝淚痕叶繡衾孤擁句餘香未滅句猶是那時薰叶妝長記得豆扁舟尋舊約句聽

小𢙍風雨句燈可仄火昏昏叶錦可平裀纔展瓊籤報可平曙句寶釵又是輕分叶黯然攜手處句倚朱箔豆愁凝黛顰叶夢回雲散句山遥水遠空斷魂叶

餘香句與前詞鈴閣句平仄異然前詞薰字或作黛字則仍是仄聲或閣字作平用也蔡别作此句用麼生繡帳是依此詞爲妥聽小窗句比前詞多一字此篇全整可從前詞是誰邀儘青油二句以是字儘字領句故滕談二字用平此如五言詩句縈手二字用仄此可不拘○又按蔡别作是猗字起韻後用時衣等叶而于殘妝泪痕作渾如夢裏是知裏字乃以上聲叶平者又一平仄通用之調也殘妝句愁凝句俱用平平仄平末三字必用平仄平不可誤此則圖譜俱不誤改可愛

望海潮　一百七字　　秦觀

梅英疎淡(句)冰澌溶(可仄)洩(句)東風暗換年華(韻)金谷俊遊(句)銅駝巷陌(句)新晴細履平沙(叶)長記誤隨車(叶)正絮(可平)翻蝶(可平)舞(句)芳(可仄)思交加(叶)柳下桃蹊(句)亂分春色到人家(叶)

西園夜飲鳴笳(叶)有華燈礙(可平)月(句)飛(可仄)蓋妨花(叶)蘭苑未空(句)行人漸老(句)重來事事堪嗟(叶)烟暝酒旗斜(叶)但倚(可平)樓(可平)極目(句)時(可仄)見棲鴉(叶)無(可仄)奈歸心(句)暗隨流水到天涯(叶)

金谷以下與後蘭苑以下同俊字未字用去聲是定格歌至此要振得起用不得平聲觀自來宋金元名

詞無不用去惟有石孝友一首用搖生二字乃是敗筆其别作一首即用命鷹二字矣奈何譜圖註可平耶其餘平仄除旁註外亦不可亂用逃禪集首句菊暗荷枯用仄仄平平恐是荷枯菊暗之誤無此體也

又一體一百七字 秦觀

秦峯蒼翠句耶溪瀟灑句千巖萬壑爭流韻鴛瓦雉城句譙門畫戟句蓬萊燕閣三休叶天際識歸舟叶汎五湖烟月句西子同遊叶

茂草荒臺句苧蘿村冷起閒愁叶何人覽古凝眸叶悵朱顏易失句翠被難留叶梅市舊書句蘭亭古墨句依稀風韻生秋叶狂客鑑湖頭叶有百年臺沼句終日夷猶叶最好金龜換酒句相與

醉滄洲叶

後段結語二句前調上四下七前後相同此篇用上六下五與前段各異○按柳詞東南形勝一首于汎五湖句作怒濤卷霜雪有百年句作乘醉聽簫鼓句法不同可以通用然聽字應讀平聲而怒濤句濤平卷仄終覺不順恐原是卷怒濤霜雪而傳訛也作者但照秦則無失矣柳後結本云異日圖將好景歸去鳳池誇與秦詞如一嘯餘落却歸去二字大謬盖此詞因孫何知杭州柳不得見作此囑妓楚楚因宴會歌之孫即迎柳預座故云異日須畫西湖之景歸去汴京之鳳池而誇之也若删歸去二字則鳳池在何處乎乃圖譜沿襲收作一百五字調試問自宋以來有一百五字之望海潮否此調作者如林隨意可取一篇為式而偏取此脫誤者作譜以誤後人何歟○此調二十二句其第一字除汎茂帳有四字必仄翠

最二字不拘其餘俱要
平字起勿為譜所誤

望湘人　一百七字　賀鑄

厭鶯聲到枕句花氣動簾句醉魂愁夢相半韻被惜餘熏句帶驚剩眼叶幾許傷春春晚叶泪竹痕鮮句佩蘭香老句湘天濃暖叶記小江豆風月佳時句屢約非烟游伴叶　須信鸞絃易斷叶奈雲和再鼓句曲終人遠叶認羅襪無蹤句舊處弄波清淺叶青翰棹艤句白蘋洲畔叶儘目臨高飛觀叶不解寄豆一字相思句幸有歸來雙燕叶

青翰下譜作八字句誤其他用平仄處皆古人配定成腔故抑揚協律譜註猒字可平從頭差起凡所為抑揚者皆要改作落腔悲夫

夜飛鵲　一百七字　或加慢字　周邦彦

河橋送人處(句)良夜何其(韻)斜月遠墮餘輝(叶)銅盤燭淚已流盡(句)霏(可仄)霏涼露沾衣(叶)相將散離會處(句)探風前津鼓(句)樹杪參旗(叶)花驄會意(句)縱揚鞭(豆)亦(可平)自行遲(叶)　迢遞路迴清野(句)人語漸無聞(句)空帶愁歸(叶)何意重經前地(句)遺鈿不見(句)斜徑都迷(叶)兔葵燕麥(句)向斜陽(豆)影與人齊(叶)但徘徊班草(句)欷歔酬酒(句)極(可平)

望天西叶

相將句夢窗作西風驟驚散蒲江作韋衣揾彈淚俱五字恐此篇處字係誤多者然自来相傳如此故不敢收一百六字體而作者用五字亦可送人處宜仄平仄夢窗作印遥漢蒲江作破清曉譜註可平仄仄而河字并註可仄誤兔葵句夢窗作輕冰潤玉汲古刻落玉字斜月句似應于遠字分豆夢窗清雪冷沁花熏蒲江花下恁月明知亦然已字譜註可作平誤夢窗云天街曾醉美人畔蒲江云餘光是處散離思可見相將散註可用仄仄平亦誤

無愁可解 一百七字

蘇軾

光景百年句看便一世韻生來不識愁味叶問愁何處來句更開

解箇甚底叶萬事從來風過耳叶何用不著心裏叶你喚做豆展却眉句便是達者豆也則恐未叶　此理本不通言句何曾道歡遊句勝如名利叶道作平則渾是作平錯句不道如何即是叶這裏元無我與你叶甚喚做豆物情之外叶若須待醉了句方開解時句問無酒豆怎生醉叶

此坡公自度曲無他作可對圖譜誤于眉字下添一頭字問愁三句與後道則三句彷彿相同或曰問愁下前後相同蓋何用句誤落一字便字下多是字則字下多恐字則字作平是與後同也若須句多須了二字方開句多開字是與前同也此因用俗語後人誤加餘字耳此說亦通

折紅梅　一百七字　杜安世

喜輕澌初綻句微和漸入豆郊原時節韻春消息句夜來陡覺紅梅句數枝爭發叶玉溪珍館句不似箇豆尋常標格叶化工別與豆一種風情句似匀點胭脂句染成香雪叶　重吟細閱叶比繁杏夭桃句品流終別叶可惜彩雲易散句冷落謝池風月叶憑誰向說叶三弄處豆龍吟休咽叶大家留取豆時倚闌干句聞有花堪折句勸君須折叶

玉溪下與後憑誰下同但館字不叶說字則叶有花句平仄亦異此調惟壽域有此詞其平仄不可如圖

譜亂填息字不是韻非叶也

按此詞全採屯田望梅字句

一萼紅 一百八字 周密

步深幽韻 正雲(可仄)黃天(可仄)淡句 雪(作平)意未全休叶 鑑(可平)曲寒沙句 茂(可平)林烟(可仄)草句

俯(可平)仰(可平)今古悠悠叶 歲華(可仄)晚(可平)豆 飄零漸(可平)遠句 誰(可仄)念(可平)我(可平)豆 同載五湖舟叶

磴(可平)古松斜句 壓(可仄)陰苔(可仄)老句 一(可平)片清愁叶 回(可仄)首天涯歸(可仄)夢句 幾魂

飛西浦句 涓(可平)灑東州叶 故(可平)國山川句 故(可平)園心(可仄)眼句 還(可仄)似(可平)王粲登樓叶

最負(可平)他(可仄)豆 秦鬟妝(可仄)鏡句 好(可平)江(可仄)山(可仄)豆 何事此時遊叶 爲喚狂(可仄)吟老(可平)監句

共(可平)賦銷憂叶

鑑曲至湖舟與後故國至時遊同圖譜收尹礀民一首于何至此時遊作更忍凝眸落去一字此句正與同載五湖舟相對豈可聽其缺落而收作一百七字調乎詞綜載李彭老亦誤落一字又尹詞起句玉搔頭三字正是起韻圖註起句八字直至第十三字方起韻誤人不少○按白石于為與句作待得歸鞭到時時字平聲不拘詞綜載劉天迪云夢破梅花角聲聲字平聲正用此體

薄倖 一百八字　　呂渭老

青(可仄)樓春晚(韻)晝(可平)寂寂梳勻又懶(叶)乍聽(可平)得(豆)鴉啼鶯弄(句)惹(可平)起新愁無(可仄)限(叶)記年(可仄)時(豆)偷擲春心(句)花間隔霧遙相見(叶)便角枕題詩(句)寶(可平)釵貰(可平)酒(句)共(可平)醉青苔深(可仄)院(叶)怎(可平)忘(可仄)得(豆)迴廊下(句)攜手處(豆)

花明月(作平)滿(叶)如(可仄)今但(可平)暮(可平)雨(句)蜂愁蝶(作平)恨(句)小(可平)窻閒(可仄)對芭蕉展(叶)却

誰拘管(叶)儘無言閒(可仄)品秦箏(句)淚滿參差雁(叶)腰肢漸小(句)心(可仄)與

楊花共遠(叶)

平仄照各家考定勿亂為佳如今但暮雨句方回用幾回憑雙燕克齋用閒愁消萬縷樵隱用奈當時消息南澗用任雞鳴起舞句法平仄各異不拘儘無言下十二字一氣如此詞及克齋倚屏山挑盡琴心誰識相思恁則當于第三字豆第七字句若方回云正春濃酒困人閒晝永無聊賴樵隱云怕嬌雲細雨東方驀地輕吹散南澗云趁酴醾香暖持盃且醉瑤臺路則當于五字分句平仄不殊總不拘也○按方回詞後起云自過了燒燈後一本落後字詞綜亦依之查各家俱六字賀前結云向睡鴨爐邊翔鴛屏裏羞

把香羅偷解而一本誤作待翡翠屏開芙蓉帳掩羞把香羅暗解比睡鴨三句雅俗相去遠甚沈氏云皆通非知音者也乍聽得二句賀云便認得琴心先許與綰合歡雙帶上七下六譜註上五下八誤觀各家可知圖譜改上七下六是矣而先許二字仍舊註可作仄平通篇平仄亦皆依舊然則何以另譜爲哉却誰拘管賀云約何時再正是叶韻各家皆同而譜連下五字作九字句大謬蓋意于時字分豆而下作再正春濃酒困也故于再字作可平再既作平不得不于何字作可仄奇絕奇絕吾不知再正二字相連如何解法耳漸小用去上妙觀賀用睡起克齋用瘦損樵隱用病也南澗用記取無不相符共遠二字亦然

奪錦標　一百八字　張埜

涼月橫舟(句)銀潢浸練(句)萬里(可平)秋容如拭(韻)冉冉鸞驂鶴(可平)馭(句)橋

倚高寒句鵲飛空碧叶問歡情幾許句早收拾可平豆新愁重織叶恨人間豆會少離多句萬古千秋今夕叶誰念文園病客叶夜色沈沈句獨抱一可平天岑寂叶忍記穿針亭可仄榭句金鴨香寒句玉歛塵積叶憑新涼半枕句又依稀可仄豆行雲消息叶聽窻前豆泪雨浪平聲浪平聲句夢裏簷聲猶滴叶

萬里下與後段獨抱下同

一寸金　一百八字　周邦彥

州夾蒼崖句下枕江山是城郭韻望海霞接作平日句紅翻可平水面句晴

風吹(可仄)草(句)青搖山脚(叶)波暖鳬鷖作(叶)沙痕退(豆)夜潮正落(叶)踈林外(豆)一(可平)點炊烟(句)渡口參差正寥廓(叶)　自(可平)歎勞生(句)經年何事(句)京華信漂泊(叶)念諸蒲汀柳(句)空歸閒(可仄)夢(句)風輪雨(可平)檝(句)終辜前約(叶)情景牽心眼(句)流連處(豆)利名易薄(叶)迴頭謝(豆)冶葉倡條(句)便入(作平)漁釣樂(叶)

望海霞至炊烟與後念諸蒲至倡條同波暖句對後情景句而作字叶眼字不叶初恐其誤考夢窗二首一則前叶後不叶一則前後俱叶想不拘自首至尾所用下是望面退夜正外渡正事信念夢處利易謝便釣等去聲字妙絶此皆跌宕處要緊必如此然後起調周郎之樹幟詞壇有以哉夢窗之心如鏤塵剔

髮者故亦用瘦瘦正地透尚暗記繡掛事愛嘆思重袖下醉露等字又一首亦同嗚呼詞豈可草草如圖註截若如註以正寥作平仄真笑話矣結句八字吳用情字可知入字以入作平也譜不圖入字作平翻圖鈞字作平相去幾許○吳詞第六句玉龍橫笛與通篇不叶此乃竹字訛笛字非不叶韻也

擊梧桐 一百八字 柳永

香靨深深(句)姿姿媚媚(句)雅格奇容天與(韻)自識來(豆)來便好看伊(句)會得妖嬈心素(叶)臨歧再約同歡(句)定是都把(豆)平生相許(叶)又恐恩情(豆)易破難成(句)未免千般思慮(叶) 近日書來(句)寒暄而已(句)苦沒忉忉言語(叶)便認得(豆)聽人教(平聲)當(句)擬把前言輕負(叶)

見說蘭臺宋玉(句)多才多藝善詞賦(叶)試與問(豆)朝朝暮暮(句)行雲何處去(叶)

前後起三句同其下多不可定或曰自識來向七字原與後便認得七字同其第二來字必係誤多者後段教當二字是當時人口氣本是聽人教帶一當字猶金元人曲用問當耳或曰自識來三字對後便認得來便好三字對後聽人教看伊下兩四字句後段當字下乃落一時字也亦是八字同前總之此詞字有訛錯舊刻不足為據也

又一體　一百十字　李珏

楓葉濃於染(韻)秋正老(豆)江上征衫寒淺(叶)又是秦鴻過(句)霽烟

外豆寫出離愁幾點叶年來歲去句朝生暮落句人似吳潮展轉叶

怕聽陽關曲句奈短笛喚起句天涯情遠叶　雙屐行春句扁舟

嘯晚叶憶著鷗湖鶯苑叶小小梅花屋句雪月夜豆記把山扉牢

掩叶惆悵明朝句何處故人句相望但豆碧雲半斂叶定蘇堤豆重來

時候句芳草如剪叶

與前調迴異江上至幾點與後憶著至牢掩同而年來二句與惆悵二句平仄相反相望句比人似句多一字或云前則年來四字誤倒後則何處故人誤倒但字誤多前後本是相合然此調止有此詞無可考証或又謂惆悵句六字故人句四字但碧雲句五字原與前段不侔此說頗妥可從

大聖樂 一百八字 周密

嬌綠迷雲句倦紅顰曉句嫩晴芳樹韻漸午陰豆簾影移香句燕語夢回句千點碧桃吹雨叶冷落錦衾人歸後句記前度豆蘭橈停翠浦叶憑闌久句謾凝竚鳳翹句慵聽金縷叶 留春問誰最苦叶奈花自無言鶯自語叶對畫樓殘照句東風吹遠句天涯何許叶怕折露條愁輕別句更烟暝豆長亭啼杜宇叶垂楊晚句但羅袖豆晴沾飛絮叶

此調古詞惟此無可參証但取康蔣用平韻者相對亦可彷彿得之蓋韻雖殊而字則合也但後段怕折

二句康蔣竟與前段全別與此篇異愚謂此篇前後本是相對只因向來相傳于冷落句誤缺一字耳今據詞滙作冷落錦人歸後人豈可稱錦其誤不必言詞綜作冷落錦衾歸後衾豈可言歸是亦有誤愚因合而斷之乃是冷落錦衾人歸後七字恰與怕折露條愁輕別七字相對而平仄亦符合矣至更烟暝句之與記前度句則原無異也故敢竟加人字于衾字之下而列爲一百八字云

又一體一百十字　蔣捷

笙月涼邊句翠翹雙舞句壽仙曲作平破韻更聽得豆艷拍流星句慢唱壽詞初子句羣唱蓮歌換平叶主翁樓中披鶴氅句展一作平笑豆微微紅透渦叶平襟懷好句縱炎官駐繖句長是春和叶平　千年鼻祖事業句

記(可仄)曾趁(豆)雷聲飛快梭(叶平)但也曾三徑(句)撫松採菊(句)隨分吟哦(叶平)

富貴雲浮(句)榮華風過(句)淡(可平)處還他滋味多(叶)休辭飲(句)有碧(作平)荷

貯酒(句)深似金荷(可平)

破字以去聲起韻歌字換平以下俱叶平韻是又一平仄通用之調也向讀草堂舊載伯可詞第三句云曉来初過而下即用多波等叶圖譜皆以過為平音是書素善亂註可平可仄者而此字則以爲平蓋不意此調之反可以平仄通用也得竹山此篇甚釋前疑若過字可作平破字豈亦可作平乎通首俱與康無異信乎另有此體矣主翁句康云淺斟瓊卮浮緑蟻斟字平正與此篇翁字合譜以爲拗而改曰可仄怪甚紅字飛字滋字用平正是調中肯綮康亦用生字邀字時字譜俱改可仄何也更可笑者襟懷好三

句康作輕紈舉動團圓素月仙桂婆娑正與後結三句一樣譜註載動字連上輕紈舉動成何語真不顧人笑殺將此篇亦可讀襟懷好縱耶康後結云休肴鎖同朱顏去了還更來麼亦可讀體肴鎖悶耶吾不知自有此譜以來詞家之依譜而作大聖樂者誤了幾位矣悲哉○更有謂此調即沁園春者傖父也

杜韋娘 一百九字 杜安世

暮春天氣句鶯老燕子忙如織韻閒嫩葉題詩哨梅小句乍遍水豆新萍圓碧叶初牡丹謝了句秋千搭起句垂楊暗鎖深深陌叶暖風輕句盡日閒把豆榆錢亂擲叶　恨寂寂叶芳容衰減句頓欹玳枕困無力叶為少年狂蕩恩情薄句尚未有豆歸來消息叶想

當初鳳侶鸞儔喚作平生更不輕離拆叶倚朱扉句泪眼滴損豆紅綃數尺叶

惟安世有此詞他無可証○愚謂老字當是兒字蓋此句七字對後頓欹句七字也頓字恐是頻字間嫩蘂句八字對後為少年句八字但間嫩蘂句字有訛錯當以後段為正哨字無理恐是間題詩嫩蘂青梅小耳乍遍水七字對後尚未有七字初牡丹下十六字對後想當初下十六字但前段應作五字一句四字一句七字一句後則上句訴在鸞儔住喚作二字連上連下俱不妥必有誤字雖十六字平仄與前無異語氣貫下分豆或可不拘淤喚作二字于理不順作者但照前段初牡丹以下填之可耳暖風輕以下與後倚朱扉以下同

過秦樓　一百九字　李甲

賣酒壚邊句尋芳原上句亂紅飛絮悠悠韻已蝶稀鶯散句便擬把長繩句繫日無由叶謾道草忘憂叶也徒將豆酒解閒愁叶正江南春盡句行人千里句蘋滿汀洲叶有翠紅徑裏盈盈侶句簇芳茵禊飲句時笑時謳叶當暖風遲景句任將相句永日爛漫狂遊叶誰信盛狂中句有離情豆忽到心頭叶向尊前擬問句雙燕來時句曾過秦樓叶

按此調因又名惜餘春慢又名蘇武慢又名選冠子故紛紜最甚難以訂正今將此篇列于前幅因用平

韻與後詞各異而詞尾有過秦樓三字恐此調之名因此而起故以首列也餘說詳見後篇

又一體 一百十一字 周邦彥

水浴清蟾句葉喧涼吹句巷陌雨聲初斷韻閒依露井句笑撲流螢句惹破畫羅輕扇叶人靜夜久憑闌句愁不歸眠句立殘更箭叶歎年華一瞬句人今千里句夢沉書遠叶 空見說豆鬢怯瓊梳句容銷金鏡句漸嬾趁時勻染叶梅風地溽句虹雨苔滋句一架舞紅都變叶誰信無聊爲伊句才減江淹句情傷荀倩叶但明河影下句還看疎星幾點叶

後起比前段多三字後結比前段少二字。按此詞舊草堂收之題曰過秦樓而以魯逸仲一百十三字者另載題曰惜餘春慢但魯詞比此只後結多二字其餘無字不同豈如此長調但因二字而另爲一調乎故沈天羽辯之兩詞俱刻作惜餘春慢此言是已然論之猶未詳也今考方千里和周詞末句一本作濃似飛紅萬點則與此篇相同一本作濃于空裏亂紅千點則爲一百十三字與魯詞同矣是知千里雖和周詞亦即可名曰惜餘春而過秦樓與惜餘春爲一調無疑矣且此詞又名蘇武慢于人靜下十四字句法與此不同而各處俱註即過秦樓未必確然若謂即過秦樓則友古之蘇武慢一百十一字與周詞同放翁孏窟之蘇武慢一百十三字與魯詞同至如虞部菴之蘇武慢一首一百十一字一首一百十三字是蘇武慢可多二字可少二字正與過秦樓惜餘春相合更無疑矣又蘇武慢亦名選冠子而楊補之張景修之選冠子皆一百十三字與惜餘春字數正同乃比後所載呂渭老之選冠子竟多至六字是可知此調字本多寡不同不可以一百十一字者必屬之過秦樓一百十三字者必屬之惜餘春也或曰草堂舊本分兩調必有所據予何得後起而紛更之余曰天下事之訛錯者雖古人定論亦須駁正不然何貴于讀書尚論乎如君言則春霽秋霽二調一字無異草堂列作二體而並存之今亦將因其古本而阿諛遵奉之耶又如慶春澤之即高陽臺解連環之即望梅其不能辨者亦多矣錫鬯謂草堂選詞可謂無目者也選詞尚無目論調又豈能有目哉嘯餘譜照草堂分收兩調圖譜改之不收蘇武慢而以一百十一字者為惜餘春以一百十三字者為惜餘春慢更爲奇創未知何據矣今總斷之曰李甲詞當名過秦樓以其止有一百九字而平聲迥異且有此三字在末也周魯等詞當名曰惜餘春慢呂詞止一百七字

當名曰蘇武慢蔡同于周陸同于魯則各附之至選冠子之名則竟以別號置之庶幾歸于畫一耳然合而言之大約原總一調故類集于此

惜餘春慢 一百十三字 或無慢字 魯逸仲

弄月餘花句團風輕絮句露溼池塘春草韻鶯鶯戀友句燕燕將雛句惆悵睡殘清曉叶還是初相見時句攜手旗亭句酒香梅小叶向登臨長是句傷春滋味句泪彈多少叶 因甚却豆輕許風流句終非長久句又說分飛煩惱叶羅衣瘦損句繡被香消句那更亂紅如掃叶門外無窮路歧句天若有情句和天須老叶念高唐歸

夢(句)凄涼何處(句)水流雲遶(叶)

尾句與千里之濃于空裏亂紅千點同又按念高唐以下譜作上七下六兩句雖亦可讀但應照前結一五兩四爲是

蘇武慢　一百七字　呂渭老

雨(可平)溼花房(句)風斜燕(可平)子(句)池閣晝長春曉(韻)檀盤戰象(句)寶局鋪碁(句)籌(可仄)晝未分還嬾(叶)誰念少年(句)齒(可平)怯梅酸(句)病(可平)疎霞盞(叶)正青(可平)錢遮路(句)綠絲明水(句)倦尋歌扇(叶)　空記得(豆)小閣題名(句)紅牋青(可仄)鬟(句)燈火夜深裁剪(叶)明眸似水(句)妙語如絃(句)不(可平)覺曉霜鷄

喚叶聞道近來句箏可仄譜慵看句金可仄鋪長掩叶瘦可平一枝梅影豆回可仄首江

南路遠叶

誰念少年聞道近来平仄仄平不可誤觀其別作與
此篇無一字不合森然可法也齒怯至霞盞八字此
他家少二字箏譜下
亦然後結與周詞同

又一體　一百十一字　蔡伸

雁落平沙句烟籠寒水句古壘鳴笳聲斷韻青山隱隱句敗葉蕭
蕭句天際瞑鴉零亂叶樓上黃昏句片帆千里歸程句年華將晚叶
望碧雲空慕句佳人何處句夢魂俱遠叶　憶舊遊豆邃館朱扉句

小園香徑句尚想桃花人面叶書盈錦軸句恨滿金徽句難寫寸心幽怨叶兩地離愁句一樽芳酒淒涼句危欄倚遍叶儘遲留豆憑仗西風句吹乾泪眼叶

此蘇武慢之一百十字與過秦樓字數相同者樓上至将晚十四字與周詞異後段兩地下十四字亦然尾句周用上五下六此用上七下四而風字用平亦稍異邵庵亦同此體

又一體 一百十三字 陸游

澹靄空濛句輕陰清潤句綺陌細塵初靜韻平橋繫馬句畫閣移舟句湖水倒空如鏡句掠岸飛花句傍簷新燕句都是學人無定叶

歎連年戎帳句經春邊壘句暗凋顏鬢叶 空記憶豆杜曲池臺句新豐歌管句怎得故人音信叶羇懷易感句老伴無多句談麈久閣犀柄叶惟有翛然句筆牀茶竈句自適筍輿烟艇叶待綠荷遮岸句紅蕖浮水句更乘幽興叶

此蘇武慢之一百十三字與惜餘春字相同者掠岸下與惟有下各十四字蔡用四六四此又用四四六想不拘亦足見此調之變體甚多耳尾與前段同與惜餘春兩結正相合也

八寶妝 一百十字 李甲

門掩黃昏句畫堂人寂句暮雨乍收殘暑韻簾捲疎星庭戶悄句

隱隱嚴城鐘鼓叶空堦烟暝半開句斜月朦朧句銀河澄淡風淒楚叶還是鳳樓人遠句桃源無路叶　惆悵夜久星繁句碧雲望斷句玉簫聲在何處叶念誰伴豆茜裙翠袖句共攜手豆瑶臺歸去叶對脩竹豆森森院宇叶曲屏香暖凝沈炷叶問對酒當歌句情懷記得劉郎否叶

陳君衡有八寶妝一首九十九字者與新雁過妝樓全同已入新雁本調下註明矣此則真入寶妝也

疎影　一百十字　又名綠意　姜夔

苔枝綴玉韻有翠禽小小句枝上同宿叶客裏相逢句籬角黃昏句

無(可仄)言(可仄)自(可平)倚(可平)修竹叶昭君不慣吳沙遠句但暗憶豆江(可仄)南江北叶想

佩環豆月(可平)夜歸來句化作此花幽獨叶　猶記深宮舊事句那人

正睡裏句飛近蛾綠叶莫似春風句不(作平)管盈盈句早與安排金屋叶

還教一片隨波去句又卻怨豆玉(可平)龍哀曲叶等恁時豆重(可仄)覓幽香句

已入小窗橫幅叶

余前于暗香録夢窗所作此調夢窗亦有因有殘缺故仍載白石原篇枝上同宿以下與後飛近蛾綠以下俱同但無言自倚四字與早與安排四字異觀夢窗此句後用香滿玉樓瓊闕而前亦用淩曉東風吹裂則知無言自倚四字亦不妨與早與安排相同故敢于字旁註之此雖白石自製腔然夢窗與白石交

最深自當知其律吕也又查玉田于翠禽小小作滿地碎陰平仄亦異玉田詞亦金科玉律者則此句亦必可用仄仄仄平故亦于旁註之其餘平仄皆于本詞前後相同處爲註耳他如夢窗于翠字作横上字作花但字作全正字作漪玉田于客字作枝化字作應平聲己字作空而客字莫字不慣不字一字俱或作平不拘但未敢註北字自孫光憲已與促字同叶宋人用于屋沃韻内者尤多非白石之誤也○此調本姜詞爲祖圖譜收鄧剡詞其平仄與姜相合乃以前結想佩環二句分作三句一五字兩四字而後則仍作上七下六可謂亂黙兵矣至嘯餘不收暗香而收疏影又將疏字誤認棘字所載即鄧剡詞豈不更昏謬乎○按白石爲石湖製暗香疏影二曲自後作者寥寥不知何人改作紅情緑意今人見紅情緑意之名新巧可喜遂從而填之竟莫能察其即是暗香疏影矣毛氏解題謂紅情起于柳耆卿盖未細考朱

錫鬯紅豆詞固絶妙而只就紅情填之亦不及辨其爲暗香也緑意見于樂府雅詞無名氏詠荷者人亦莫知其是踈影可見詞調紛紜錯亂不可勝考余雖深思詳勘大費心力而其間訛錯正恐多端惟冀大雅君子憫其勞而諒其公遇有乖謬處爲條舉而教正之幸甚幸甚不然人將謂此狂夫于各家舊譜妄肆譏彈而已所編述動成罅漏則其罪有不可勝數者矣今恐人不見信姑録緑意一闋于右以便稽覽

緑意 一百十字 無名氏

碧圓自潔向淺洲遠浦亭亭清絶猶有遺簪不展秋心能卷幾多炎熱鴛鴦密語同傾蓋且莫與浣紗人説□怨歌忽斷花風碎却翠雲千疊 回首當年漢舞怕飛去謾綰留仙裙褶戀戀青衫猶染枯香還笑鬢絲飄雪盤心清露如鉛水又一夜西風聽折喜淨看匹練秋光倒瀉半湖明月

踈影本一百十字此于怨歌上落去一字耳以此兩

詞相對豈非同調乎而紅情之即暗香更不必言矣○按此詞是詠荷葉原本作荷花誤○又按彭元遜有解珮環一詞亦即此調或因姜詞有想珮環三字因變此名今錄附後校對自明

解珮環　一百十字　彭元遜

江空不波恨靡蕪杜若零落無數遠道荒寒婉娩流年望望美人遲暮風烟雨雪陰晴晚更何須春風千樹盡孤城落落蕭蕭日夜江聲流去□日晏山深聞笛恐他年流落與子同賦事濶心違交淡媒勞蔓草沾衣多露汀洲窈窕餘醒寐□遺珮浮沉澧浦有白鷗淡月微波寄語逍遥容與

此詞各刻亦于遺珮上落一字其實即踈影也蓋前詞怨歌句與後段喜淨看同此詞遺珮句與前段更何須同俱不可作六字也至圖譜以有白鷗淡月為一句微波寄語為一句遂與前段各異而文理亦不通矣

八犯玉交枝　一百十字　　仇遠

滄島雲連句綠瀛秋入句暮景却沈洲渚韻無浪無風天地白句聽得潮生人語叶擎空孤柱叶翠倚高閣憑虛句中流蒼碧迷烟霧叶惟見廣寒門外句青無重數叶　不知是水是山句不知是樹叶漫漫知是何處叶倩誰問豆凌波輕步叶謾凝眸豆乘鸞秦女叶想庭曲豆霓裳正舞叶莫須長笛吹愁去叶怕喚起魚龍句三更噴作前山雨叶

八犯想採八曲而集成此詞但不知所犯是何調耳聊據其韻脚臆註云○極眼前調作者尚須細心勘

校恐有踈忽不合于古之處況孤調無可証據乎譜于此等詞從來只一篇者必不肯仍其舊務要彊出已意謂可平可仄除是知音識律高出于古作詞之人之上而後可如此嗚呼其果高出于古人否耶

高山流水　一百十字　吳文英

素絃一一起秋風韻寫柔情豆多在春葱叶徽外斷腸聲句霜霄暗落驚鴻叶低顰處豆剪綠裁紅叶仙郎伴句新製還賡舊曲句映月簾櫳叶似名花並蒂句日日醉春濃叶吳中叶空傳有西子句應不解豆換徵移宮叶蘭蕙滿襟懷句唾碧總噴花茸叶後堂深豆想費春工叶客作平愁重句時聽蕉寒雨碎句淚溼瓊鍾叶恁風流也

稱（句，去聲）金屋貯嬌慵（叶）

圖譜註此詞謂蘭蕙滿三字句襟懷唾碧四字句總噴花茸四字句客愁重三字叶韻恁風流三字句也稱金屋貯嬌慵七字句愚謂非也蘭蕙以下與前段俱同蘭蕙滿襟懷五字對前巖外斷腸聲句總字必係窗字之訛而又誤倒刻乃是碧窗唾噴花茸六字對前霜霄暗落驚鴻也否則碧字作平必無襟懷唾碧之理後堂深句七字對前低顰處句客愁重重字去聲非平聲叶韻者此三字對前仙郎伴句時聽二句十字對前新製二句恁風流也稱五字稱字去聲對前似名花並蒂句若稱字作平文義欠通矣金屋貯嬌慵五字對前日日醉春風句豈非字字相合乎

慢卷紬 一百十字

柳永

閑窗燭暗(句)孤幃夜永(句)欹枕難成寐(韻)細屈(作平)指尋思舊事(句)前歡都來未盡平生深意(叶)到得如今(句)萬般追悔(句)空只添憔悴(叶)對好(可平)景良宵(句)皺著眉兒(句)成(可仄)甚滋味(叶) 紅茵翠被(叶)當時一一堪垂淚(叶)怎生得依前(句)似恁偎香倚暖(句)抱著日高猶睡(叶)算得伊家也應隨分(句)煩惱心兒裏(叶)又爭(可仄)似從前(句)澹澹相(平聲可平)看(句)免恁縈繫(叶)

細屈指下與後怎生得下同但似恁句訣六字抱著句訣六字而舊事至都來不成句都來二字平聲必有誤耳○按題名卷紬無義理紬字恐是袖字之訛

五綵結同心　一百十一字　　趙彥端

人間塵斷句雨外風回句涼波自泛仙槎韻非郭還非野句閒鶯燕豆時傍笑語清佳叶可仄銅壺花漏長如線句可仄金鋪碎豆香煖簷牙叶誰知道豆東園五畝句種成國豔天葩叶　主人漢家龍種句正翩翩迥立句雪竚烏紗叶歌舞承平舊句闉紅袖豆詩興自寫春華叶未知三斗朝天去句定何似豆鴻寶丹砂句且一醉豆朱顏相慶句共看玉井浮花叶

非郭下與後歌舞下同圖譜不解將歌舞句作四字而以舊字搭下作四字不知前段不可以非郭還非

爲一句也○歲在甲子僕在端州制幕適吳太守園次徐太史電發兩先生前後入粵因啖荔枝太史遂有五綵結同心之作制府和之僕暨雪舫亦附賡吟其調與此字句雖同而用仄韻署中苦無詞書莫可考究因請于太史訊其源流時太史亦忘之故至今耿然于衷未得收此體入譜更思詞格之繁正多遺缺必待廣搜緩蒐方可成編緣琰青以剞劂之便慫恿立成漏萬貽譏自所不免但調之未輯者不妨續編而體之妄議者難以自訟統祈高明糾其譌謬亦所遺亾共成全璧以便學者是合鐫之功勝此帙萬萬矣望之望之

霜葉飛 一百十一字 吳文英

斷烟離緒關心事句斜陽紅隱霜樹韻半壺秋水薦黃花句香可仄

噀西風雨叶縱王勃豆輕飛迅羽叶淒涼誰弔荒臺古叶記醉踏南屏句彩扇咽豆寒蟬倦夢句不知可仄蠻素叶 聊對舊節傳杯句塵牋蠹可平管句斷闋作平經歲慵賦叶小蟾斜影轉東籬句夜可平冷殘蛩語叶早白髮豆緣愁萬縷叶驚飇從捲烏紗去叶謾細將豆茱萸看句但可平約明年句翠微高處叶

斜陽至臺古與後斷闋至紗去同香噀句夜冷句如五言詩而美成作正倍添淒悄奈五更愁抱上一下四句法不同觀千里和詞前云臺榭還清悄後云況老來懷抱可知此句句法不拘也彩扇下或云一五一六周云又透入清輝半晌特地留照余謂若于輝字住與上句句法連疊相同矣自宜入字豆晌字句

也方云自遍拂塵埃玉鏡羞照是落兩字無此體知字周方皆作去聲夢窗細摹清真者不知何以此字各異耳斷闋二字似宜連上讀但周云度日如歲難到方云未落人後先到則應連下作六字況此句即與前斜陽句同也周用日字方用落字此用闋字皆以入作平原與前陽字一樣耳將字方作質字亦入作平不可誤用上去字各家平仄如一不可擅易迅羽萬縷去上聲妙周用憾曉閑了方用悠曉過了可見圖譜因周詞起句霧迷衰草疎星挂遂謂草字起韻註作四字句起而以下句爲九字誤甚

八歸　一百十一字　高觀國

楚(可平)峯翠冷(句)吳波烟遠(句)吹袂萬里西風關河迴隔新愁外(句)遙憐倦客音塵(句)未見征鴻(叶)雨帽風巾歸夢杳(句)想吟思(豆)吹(去聲)

入飛蓬叶料恨滿豆幽苑離宮叶正愁黯文通叶　秋濃叶新霜初
試句重陽催近句醉紅偷染江楓叶瘦節相伴句舊遊回首句吹帽
知與誰同叶想萸囊酒醆句暫時冷落菊花叢叶兩凝佇豆壯懷
立可平盡句微雲斜照中叶
或曰宮字是偶合
此句可不必叶
又一體　一百十五字　史達祖
秋江帶雨句寒沙縈水句人瞰畫閣愁可仄獨韻烟蓑散響驚詩思句
還被亂鷗飛去句秀句可平難續叶冷眼盡可平歸圖畫上句認隔岸豆微

菸雲屋叶想半屬豆漁可仄市樵村句欲暮競燃竹叶　須信風流未老句憑持□平聲酒句慰此淒涼心目叶一鞭南陌句幾篙官渡句賴有歌眉舒綠叶只怱怱眺遠句早覺閒愁挂喬木叶應難奈豆故人天際句望徹淮山句相思無雁足叶

用仄韻此前調後結多望徹淮山句換頭亦不於二字叶查白石調與此全合平仄必有定格不可隨譜妄填憑持句訣四字白石用而今何處是也此篇乃刻本誤落一字耳觀前吴詞雖韻脚用平而聲調則一其于此句正用重陽催近則訣是四字無疑故添口于内圖譜不解于姜詞下反註而字羨想因史詞故如此註乃題下又註一百十五字則仍以而字為正何其自相矛盾也

透碧霄　一百十二字　柳永

月華邊(韻)萬年芳樹起祥烟(叶)帝居壯麗(句)皇家熙盛(句)寶運當千(叶)端(可仄)門清(可仄)畫(句)觚稜照(可平)日雙(可仄)闕中天(叶)太平時(豆)朝(可仄)夜多歡(叶)徧錦(可平)街香(可仄)陌鈞天歌吹(句)閬苑神仙(叶)　昔觀光得意(句)狂遊風景(句)再(可平)覩更精妍(叶)傍柳陰(豆)尋花徑(句)空恁嚲轡垂鞭(叶)樂(可平)遊雅(可平)戲(可平)平康豔(可平)質(句)應也依然(叶)仗何人(豆)多謝嬋娟(叶)道宦(可平)途蹤(可仄)跡歌酒情懷(句)不似當年(叶)

端門下與後樂遊下同只歌酒情懷與鈞天歌吹平仄異耳圖譜收查荎一首于端門三句云相從爭柰

心期久要屢變霜秋圖註作六字兩句蓋讀要字作平聲也觀此觚稜三句端然俱是四字且正與後樂遊三句相對是知不可作六字也傍柳陰下十二字查云愛渚梅幽香動須采擷倩纖柔圖作上句五字下句七字甚謬愛渚梅三字豆即此篇之傍柳陰也又以梅幽香三字疊平竟將梅字圖作可仄更可笑矣但須采擷句文義亦有可者與此空空恁句句法似别然玩查句文義亦有可疑若作采擷須倩纖柔則理順語協與此相符矣○或云查用論語久要字自當作平聲此詞日字與後段質字乃入作平耳照豔二字不可用平然查之後段却用誰傳餘韻是不可以一處而拗三處也○按王荆公老人行云古來人事已如此今日何須論久要要字叶丨笑誚韻是久要原可讀去聲查詞之與此篇觚稜照日正合矣

玉山枕　一百十三字　柳永

驟雨新霽韻蕩原野句清如洗叶斷霞散彩句殘陽倒影句天外雲峯句數朶相倚叶露莎烟芰滿池塘句見次可平第豆幾番紅翠叶當可仄是可平時豆河可仄朔飛觴句避炎蒸豆想風流堪繼叶　晚來高樹清風起叶動簾幙句生秋氣叶畫樓晝寂句蘭臺夜靜句舞可平豔歌姝句漸任羅綺叶訟閒時泰足風情句便爭可仄奈豆雅歡都廢叶省可平教可平成豆幾可平闋新歌句盡新聲豆好尊前重理叶

蕩原野以下與後動簾幕以下俱同此調無他作者平仄當悉遵之或謂芰字泰字亦是叶韻未知是否泰外等古亦連押然不必圖譜以起句四字為二句不知何據此詞用韻甚正柳七雖俗亦從不肯借韻

豈有以魚語韻字入齊薺者況以借叶之字為第一箇韻脚乎雨字與霽叶乃吴越閒俗音近來儈父多此適疾稍知沈韻者必不犯此而謂柳七為之耶況如此長調又非換頭豈有以兩字起句二字繼叶之理不比醉翁操原學琴操為之也蕩原野二句反合為六字至動簾幕則又仍分二句俱不可解。當是時用平仄平平後省教成用仄平平兩結相同故旁註可平可仄然愚謂當是時三字恐原係是當時三字也讀者可玩而知之又前後二結讀者俱如右註上七下八姑仍之然愚謂當以上三字為豆而中七字為句下五字為尾蓋河朔避炎是一件事下則想繼其風流是另一層意新歌新聲是一件事下則要重理其歌曲亦是另一層意如此則語意不累墜矣願以質之具正法眼藏者

丹鳳吟　一百十四字　方千里

宛轉回腸離緒(句)嬾倚危闌(句)(可仄)愁登高閣(韻)相思(可仄)何處(句)人在繡帷羅幕(叶)芳年豔齒(句)枉消(可仄)虛過(句)會合絲輕(句)因緣蟬薄(叶)暗想飛雲驟雨(句)霧隔烟遮(句)相去還是天角(叶)悵望(可平)不時夢到(句)素書謾說風浪惡(叶)縱有青青髮(句)漸吳霜妝點(句)容易凋鑠(叶)歡期何晚(句)忽忽自驚搖落(叶)顧影無言(句)清淚溼(豆)但絲絲盈握(叶)染斑客袖(句)歸日須問著(叶)

讀詞非僅探其菁華須觀其格律之嚴整和協處然人見其嚴整便以爲拗句不知其拗句正其和協處但多吟咏數遍自覺其妙而不見其拗矣字之平仄人知辨之不知仄處上去入亦須嚴訂如千里和清

真平上去入無一字相異者此其所以爲佳所以爲難若徒論平仄則對客揮毫小有才者亦優爲之矣即此詞可見風浪惡時刻本風波惡誤美成用心緒惡夢窗用城外色夢窗詞與此平仄亦同但容易凋鑠作燕會相識不合未審傳訛乎抑夢翁偶誤也

輪臺子 一百十四字 柳永

一枕清宵好夢句可惜被豆鄰鷄喚覺韻悤悤策馬登途句滿目淡烟衰草叶前驅風觸鳴珂句過霜林豆漸覺驚棲鳥叶冒征塵遠況句自古淒涼長安道叶 行行又歷孤村句楚天濶豆望中未曉叶念勞生豆惜芳年壯歲句離多歡少叶歎斷梗難停句暮雲

漸杳叶但黯黯銷魂句寸腸憑誰表叶恁驅驅豆何時是了叶又爭似豆却返瑤京重買千金笑叶

只此一首平仄宜遵亦熨帖可從驅驅恐是馳驅

紫萸香慢 一百十四字 姚雲文

近重陽豆偏多風雨句絕憐此日暄明韻問秋香濃未句待攜客豆出西城叶正是羈懷多感句怕荒臺高處句更不勝情叶向樽前又憶漉酒插花人叶只坐上已無老兵叶 淒清叶淺醉還醒叶愁不肎豆與詩平叶記長楸走馬句雕弓搾柳句前事休評叶紫萸

一枝傳賜句夢誰到豆漢家陵叶盡烏紗豆便隨風去句要天知道句
華髮如此星星叶歌罷涕零叶
無他作可考平仄當悉依之通篇韻語皆平平住句
只前結用上平後結用去平是其音律如此也圖譜
註改并涕零亦謂可作
平平則不敢奉命矣

沁園春 一百十四字 陸游

孤可仄鶴歸飛句再過遼天句換盡舊人韻念纍可仄纍枯可仄冢句茫可仄茫夢可平境句
王可仄侯螻可仄蟻句畢可平竟成塵叶載可平酒園林句尋可仄花巷可平陌句當可仄日何曾輕可仄
負春叶流年改句歎圍可仄腰帶可平剩句點可平鬢霜新叶交親叶散可平落如雲叶

又豈(可平)料(豆)如今餘(可仄)此身(叶)幸眼(可平)明身(可仄)健(句)茶(可仄)甘飯(可平)軟(句)非(可仄)惟我(可平)老(句)更(可平)有人貧(叶)躲(可平)盡危機(句)消(可仄)殘壯(可平)志(句)短(可平)艇湖中閒(可仄)采蓴(叶)吾何恨(句)有漁(可仄)翁共(可平)醉(句)谿(可仄)友為鄰(叶)

此一百十四字為沁園春正格念纍纍以下與後幸眼明以下同當日句短艇句七字又豈料句八字定格也各家有前後用八字而過變處反用七字者更有前八後七前七後八者非偶筆即誤刻蓋兩段相同不宜參差作者但宜從此篇為妥首起三句平仄多不拘惟此篇為正大約首句俱同第二句則或用仄平平仄或用平平平仄或用仄平仄平或用平平仄平或用平平仄仄或用仄平平平或用仄仄仄平或用仄平仄仄或用平仄平仄第三句則或用平仄仄平或用仄仄平平或用仄平仄平或用平平仄平

以上皆不拘畧畧枯冢與眼明身健閒有用仄仄平平者亦不拘然數十中之一也覩字可以不叶其叶者亦一二而已若石屏一曲狂歌一首于又豈料句少一字夢窗澄碧西湖一首于流年改句多一字及芸窗前結云又何須聽那西樓絃管南陌簫笙則尤差誤無此體也輕餘閒三字平仄不拘然用平最爲起調。沈選蔣詞當日句云絕勝珠簾十里迷樓八箇字珠簾十里正用杜樊川詩與隋家迷樓何與竹山豈不通如此沈不知迷字誤多乃註第十句八字可歎可歎豈有此句八字之沁園春乎

又一體　一百十五字　　秦觀

宿靄迷空句朧雲籠日句晝景漸長韻正蘭皐泥潤句誰家燕喜句蜜脾香少句觸處蜂忙叶盡日無人簾幕挂句更風遞豆遊絲時

過墻叶微雨後句有桃愁杏怨句紅泪淋浪叶　風流寸心易感句但依依竚立句回盡柔腸叶念小奩瑤鑑句重勻絳蠟句玉籠金斗句時熨沉香叶柳下相將遊冶處句便回首豆青樓成異鄉叶相憶事句縱蠻牋萬疊句難寫微茫叶

盡日句柳下句俱七字更風遞句便回首句俱八字後段起句用仄不叶韻但依依句五字回盡句四字俱與前調異

花發沁園春　一百五字　劉圻父

換譜伊涼句選歌燕趙句一番樂事重起韻花新笑靨句柳可平軟纖

腰(句)齊(可仄)楚衆芳圍裏(叶)年年佳(宜仄)會(叶)長是傍(豆)清(可仄)明天氣(叶)正魏(可平)紫衣(可仄)染天香(句)蜀(可平)紅妝破春睡(叶)一簇裎羅鳳翠(叶)遍東園西城(句)點檢芳字(叶)銓齋吏散(句)畫館人稀(句)幾(可平)闋管絃清脆(叶)人生適意(叶)流轉共(豆)風(可仄)光遊戲(叶)到遇(可平)景取(可平)次成歡(句)怎(可平)教良夜休醉(叶)

此與沁園春絕異因以名類從列此又因沁園春是古調且多作者其名最顯故列之于前而以此調附後焉。花新以下與後銓齋以下同東園西域四字俱平不可仄點檢要二仄字不可平花庵詞用天姿妖嬈不減姚魏二句正與此同圖譜亂註切不可從會意二字是叶韻花庵用砌美二字圖譜失註是使

此調少却二韻矣

洞庭春色 一百十三字 陸游

壯歲文章句暮年勳業句自昔誤人韻箕英雄成敗句軒裳得失句難如人意句空喪天真叶請看邯鄲當日夢句待炊罷黃粱徐欠伸叶方知道豆許多時富貴句何處關身叶人間定無可意句怎換得玉鱠絲蓴叶且釣竿漁艇句筆牀竈句閒閒聽荷雨句一洗衣塵叶洛水情關千古後句尚棘暗銅駝空愴神叶何須更句慕封侯定遠句圖像麒麟叶

此調與沁園春秦詞全合似應不必另列然怎換得句七字與秦之但依依以下九字不同而書舟錦字親栽一首亦名洞庭春色亦于此句作但贏得雙鬟成絲七字是或此句别名洞庭春色耳故雖附于沁園春之後而仍其洞庭春色之名正如過秦樓之于惜餘春慢也程詞于尚棘暗句缺尚字此句對前待炊罷不可少此一字程刻乃誤耳

摸魚兒 一百十六字 兒或作子

又名買陂塘 安慶摸 張翥

漲西湖(豆)半篙新雨(向) 麴(作平)塵波外風軟(韻) 蘭舟同(可仄)上鴛鴦浦(句) 天(可仄)氣嫩寒輕暖(叶) 簾半捲(叶) 度(可平)一縷(豆) 歌雲不(可平)礙桃花扇(叶) 鶯嬌燕婉(叶) 任狂(可仄)客無腸(句) 王(可仄)孫有(可平)恨(句) 莫(可平)放酒杯淺(叶) 垂楊岸(句) 何(可仄)處

紅亭翠館叶如今遊興全嬾叶山容水可平態依然好句惟可仄有綺羅

雲散叶君不見叶歌可仄舞地豆青蕪滿可平目成秋苑叶斜陽又晚叶正落可平

絮飛花句將可仄春欲可平盡句目可平斷水天遠叶

麴塵下與後如今下同。按摸魚兒調最幽咽可聽

然平平仄一亂便風味全減如麴塵句如今句必要平

平平仄平仄天氣句惟有句必要平可仄仄仄平平仄

而何處句則必要平可仄仄平平仄仄譜圖總用混註

簾半捲之半字君不見之不字或有用平聲者然不

如仄爲佳蓋此用仄而下歌雲用平正是抑揚起調

處也燕婉又晚去上妙妙不可用平仄至酒字水字

則自有此調以來便用仄字曾見舊作有以平平仄

爲熟者否註曰可平是作譜者之創見者然見有時

流亦往往誤用者度一縷及歌舞地以下十字必于

上三字爲豆而下用七字句方妙人多作兩五字句雖無碍音律而覺于調情不愜知音者熟味自知之耳。又按各刻如度一縷十字竹山多一字芸窗少一字書舟碧山于後結多一字此類甚多乃傳刻之誤又芸窗于歌舞地下十字用看麈袂方清有恩綸催入句法差詞綜載何夢桂于山容句用風急岸花飛盡也平仄全拗此則係作者之誤也又夢桂天氣句用折不盡長亭柳李彭老惟有句用一葉又秋風起俱三字一豆此係偶筆不必學也。晁無咎此調起句買陂塘旋栽楊柳故人取其首三字名其此爲買陂塘而又寫差以買作邁試問陂塘如何邁法何不通至此俗傳笑府所謂春雨如膏夏雨如饅頭周文王如燒餅也豈不絶倒哉。沈氏收杜伯高一首于君不見下云君試問問此意只今更有何人領因誤落一問字天羽遂認此調後段少一字奇矣又收徐一初于簾半捲下云君看取便破帽飄零也傳名

千古蓋本是也博名千古耳不知博字而以傅名相連妙絶

又一體 一百十七字　歐陽修

卷繡簾梧桐秋院落句一霎雨添新綠讀對小池閒立殘妝淺句向晚水紋如縠叶凝遠目叶恨人去寂作平寂作平鳳枕孤難宿叶倚闌不足叶看燕拂風簷句蝶翻露草句兩兩長相逐叶　雙眉蹙叶可惜年華婉娩句西風初弄庭菊叶況伊年少多情未已難拘束叶那堪更趁涼景句追尋甚處垂楊曲叶佳期過盡句但不說歸來多應忘了句雲屏去時祝叶

此調惟歐公有此詞宋元諸公無有作者前段起句多一字次句平仄亦異三句亦多一字結用長字平聲俱與本調不合後段則竟全異結用屏字平聲亦不協雖録于此然必係差錯不可法也

詞律卷十九

詞律卷二十

宜興萬樹撰

賀新郎 一百十六字 郎一作涼 又名乳燕飛 金縷曲 貂裘換酒

毛 幵

風(可仄)雨連朝夕(韻)最驚心(豆)春(可仄)光晼晚(句)又過寒食(叶)落(可平)盡一(可平)番新桃李(句)芳草南園似積(叶)但(可平)燕子(豆)歸來幽寂(叶)況(可平)是單(可仄)棲饒惆悵(句)儘無聊(豆)有(可平)夢寒猶力(叶)春意遠(句)恨虛擲(叶) 東君自是人間客(叶)暫時來(豆)怱怱卻去(句)爲誰留得(叶)走(可平)馬插(可平)花當年事(句)池

畹空餘舊跡(叶)奈(可平)老去(豆)流光堪惜(叶)杳(可平)隔天(可仄)涯人千里(句)念無

憑(豆)寄(可平)語長相憶(叶)回首處(句)暮雲碧(叶)

最驚心下與後暫時來下同

又一體　一百十六字　高觀國

月泠霜袍擁(韻)見一枝(豆)年華又晚(句)粉愁香凍(叶)雲隔溪橋人

不度(句)的皪春心未縱(叶)清影怕(豆)寒波搖動(叶)更沒纖毫塵俗

態(句)倚高情(豆)預得春風寵(叶)沉凍蝶(句)掛么鳳(叶)　一盃正要吳

姬捧(叶)想見那(豆)柔酥美白(句)暗香偷送(叶)回首羅浮今在否(句)寂

寞烟迷翠壠叶又爭奈豆桓伊三美叶開遍西湖春意爛句莫羣

花豆正作江山夢叶吟思怯句暮雲重叶

此與前調俱同但前調兩段中七字四句末三字如新桃李饒惆悵當年事人千里俱用平平仄是拗句也此篇用平仄仄竟與七言詩句相同查此四句或順或拗隨意不拘各家于一篇中叅差不一不能悉録今止列前毛詞係全拗者此高詞係全順者以爲式作者隨筆填之可耳。前後第二句年華又晚柔酥美白可用仄仄平平如竹山前用千樹高低文溪後用黄菊猶葩芸窗前用放浪江湖後用尊酒論詩皆不拘然十中之一耳又如善扛于人字用半字文溪于塵字用也字東坡于今字用細字石屏于春意之春字用與字是七字句之末用仄平仄皆係偶然不可從也又如文溪于想見耶下十一字云便三台兩地也只等閒如拾又云訝銀杯羽化折取戲浮醲酥夢窗于雲隔下十三字云紅日闌干鴛鴦枕畔枉裙腰褪了皆不必學梅溪前第二句云是天地中間愛酒能詩之社後第二句云爲狂吟醉舞毋失晉人風雅雖另一體然他無同者亦不必學若蘆溪于態字爛字叶韻或效之亦可然此體亦無同者至李南金于前第二句云我亦三生杜牧爲秋娘著句是誤筆不可謂有此體他如芸窗後起句不叶韻夢窗雲隔句用千尺晴虹映碧漪烘堂後第二句用更撩人情興異香芸馥少却二字以上皆係訛錯勿誤認也至若坡公乳燕飛一詞妙絕古今而失體處亦有但傳誤已久人不細解耳如人不度作白團扇今在否作細看取白細二字原有用仄者前已指明况白字原可作平無害酥字作蕋上可代平亦無害寂寞句用芳心千重似束心字一本作意字即係心字亦不甚害至開遍二句作若待得君來向此花前對酒不

忍觸花前上少了一字或公偶失填或原有一字而傳刻遺落不復可知若不忍二字則可借作平亦無害于歌喉但後人不宜學耳嘯餘譜雖作一百十五字然于此二句亦作兩七字至圖譜則并不知此義竟以若待得君來作五字句向此花前作四字句對酒不忍觸作五字句則大謬可怪而以此誤人使坡公亦貽譏千古豈不可歎哉至于兩結三字用仄平仄是此調定格歷觀各家可見其間或有一二用平平仄者乃是敗筆如坡公前尾之風敲竹是也譜不以此為失反于後尾之兩簌簌註兩字為可平則誤甚矣第一箇簌字原是入聲作平譜謂可平亦誤夫謂之可平者本身是仄也今以簌本身是仄仄則將使人於此句用仄仄仄或平仄仄矣豈不失調哉嘯餘因坡詞兩句七字故收李玉詞上七下八者為第二體註云前段與第一體同惟後段第九句作八字是也而又收劉克莊詞為第三體尾句本云聊一笑

吊千古乃落去聊字作五字句收為第三體可笑甚矣更奇者圖譜收劉詞為第二既知添入聊字而于題下仍舊譜之註云第九句作八字末句作六字夫此調末句誰非六字乎但因添聊字故改註五字為六而忘其前後皆六字耳既于劉詞添聊字則體已盡無所用第三體矣乃又仍收李玉詞倒作第三奈李玉與劉字字皆同無可註其相異處遂註曰惟後第四句分作四三蓋李云月滿西樓凭欄久端端正正七字而忽然分作兩句讀遂謂上句四字下句三字與劉體有異于此而奇絶矣○本調因坡詞乳燕飛華屋又名乳燕飛圖譜既收賀新郎又收乳飛燕選聲亦復兩列且以前後第二句皆分作兩句而所收竹齋詞清影句云但莫賦綠波南浦本七字誤以賦字為叶韻惜哉圖譜于二體外又收金鏤曲更奇

子夜歌一百十七字　彭元遜

褪春衫豆篋中半在句浥浥酒痕花露韻恨桃李豆隨風吹盡句夢
裏故人如霧叶臨頴美人句秦川公子句却共何人語叶對誰家豆
花柳池臺句回首故園咫尺句未成歸去叶　昨宵聽豆危絃急
管句酒醒不知何處叶漂泊情多句衰遲感易句無限堪憐許叶似
尊前眼底句紅顏消幾寒暑叶年少風流句未諳春事句追與東
風賦叶待他年豆君老巴山句共君聽雨叶

彭係元人此調宋詞無之作者須遵此平仄圖以首
句作五字次句作八字誤又以半在浥浥疊四仄字
遂改浥浥二字為可平更誤似尊前二句作上七下
四亦誤事字註叶甚奇此句毋論不用叶事字亦並

非同韻○共君聽雨恐是共聽夜雨聽字平聲

金明池　一百二十字

秦觀

瓊苑金池(句)青門紫陌(句)似雪楊花滿(可平)路(韻)雲(作平)日淡(豆)天低晝永(句)過三點(豆)(作平)兩(作平)點(可平)細雨(叶)好花枝(豆)半出牆頭(句)似悵望(豆)(可平)芳草(可仄)王孫何處(叶)更(可仄)水遠人家(句)橋當門巷(句)燕燕鶯鶯飛舞(叶)怎得東君長(去聲)爲主(叶)把綠鬢朱顏(句)(可平)一時留住(叶)佳人唱(豆)金衣莫惜(句)才(可平)子倒(豆)(作平)玉山休訴(叶)況春來(豆)倍覺傷心(句)念故國情多(句)(可仄)新年愁苦(叶)縱寶馬嘶風(句)紅塵拂面(句)也只尋芳歸去(叶)

余謂詞中有以上聲作平聲用者人多不信如此詞兩點二字鑿然以上作平也雲日淡以下與佳人唱以下同過三點句即後才子倒句比對自明仲殊天澗雲高一首前段云朱門掩鶯聲猶嫩後段云厭厭意終羞人問鶯聲二字即兩點二字應用平也人不知此意見此句連用五箇仄聲便以為難而自以為知者又亂將去聲字填入則拗而不叶律矣歐公亦用三點兩點雨霽註見越溪春為主為字讀作去聲言為人作主也若作平則拗觀仲殊用關字可見似悵望九字與念故國九字一氣分豆不拘○按詞滙失收夏雲峯本調而以仲殊金明池詞題曰夏雲峯大謬若不校正不幾令學者名實相乖乎

送征衣 一百二十一字 柳永

過昭陽韻璿樞電繞句華渚虹流句運應千載會昌叶馨寰宇豆薦

殊祥叶吾皇叶誕可平彌可仄月豆瑤圖纘可平慶句玉可平葉騰芳叶並景貺豆三靈眷祜句挺英哲豆掩前王叶遇年年豆嘉節清和句領率土稱觴叶　無閶要荒華夏句盡萬里豆走梯航叶彤庭舜張大樂句禹會羣方叶鵷行叶趨上國句山呼鼇抃句遙爇爐香叶竟就日豆瞻雲獻壽句指南山豆等無疆叶顧巍巍豆寶可平歷鴻基句齊可仄天地遙長叶

吾皇下與後鵷行下同○按此調六字句凡四用皆中三字一豆者如鼇褰字字挺英哲哲字盡萬里里字皆用仄聲則指南山山字亦應用仄恐是岳字之誤也

笛家一百二十一字　柳永

花發西園句草薰南陌句韶光明媚句乍晴輕煖清明後韻水嬉舟動句禊飲筵開句銀塘似染句金堤如繡叶是處王孫句幾多遊妓句往往攜纖手叶遣離人句對嘉景句觸目盡成感舊叶別久叶帝城當日句蘭堂夜燭句百萬呼盧句畫閣春風句十千沽酒叶未省豆宴處能忘絃管句醉裏不尋花柳叶豈知秦樓句玉簫聲斷句前事難重偶叶空遺恨句望仙鄉句一餉泪沾襟袖叶

按此調他無可考惟屯田此一篇耳舊刻以別久二字屬在前段之末余力斷之曰凡兩字句多用于換頭之首或用于一段之中未有前半已完而贅加兩字者況上說離人對景而感舊矣又加別久二字真

為蛇足若作感舊別久語氣不成文四字疊仄音韻亦不和協且舊字明明用韻顯而易見前尾觸日句六字後尾一餉句亦六字端端正正兩結相同而人竟不察沿習訛謬可歎也然于舊字用韻而加兩字于下猶為不妨乃將感舊別久四字合成一串選聲連上作八字句時人因有作轉歎離索者豈不截鶴添鳧哉且因此句讀錯并將上觸目盡成四字岸然作一句而為無奈閒愁矣異哉。又按凡長調詞起結前後互異而中幅每每相同此詞恐有顛倒今以臆見附此蓋別久帝城當日是換頭起語其下當移入未省至花柳十四字而以蘭堂四句對前水嬉四句豈知八字對前是處八字前事難重偶對前往往攜纖手空遺恨以下兩三字一六字對前遣離人以下三句句法字法相同豈不恰當蓋謂因別久而追思當日在帝城之時宴處即聽絃管醉裏必尋花柳從未有忘此二事者故上加未省二字未省者不解如此也下即以蘭堂四句實註彼時歡會之勝而下以豈知二字接之言不料如今若此寂寥也如此則意順調協矣嗟嗟安得起屯田于遮須國芙蓉城而証其說乎總之舊集中惟樂章最多差訛脫落難于稽覈然後人亦宜將舊詞詳審妥確而後填之寧得躁率而自謂作家耶如此詞論改易前後處人或以古調傳久不便議改若別久二字則斷斷不可擊之于前尾雋字斷斷不可不叶韻任人間詈我狂妄哂我穿鑿而余必硜硜守是鄙說矣

白苧　一百二十一字　蔣捷

正春晴句又春冷句雲低欲落韻瑤芭未剖句早是東風作惡叶旋安排豆一雙銀蒜鎮羅幕叶幽壑叶水生漪句皺嫩綠豆潛鱗初躍叶

愔愔門巷句桃李紅纔約畧叶知甚時豆霽華烘破青青萼叶

憶昨叶引蝶花邊句近來重見句身學垂楊瘦削叶問可平小翠眉山句

爲誰攢却叶斜陽院宇句任朱絲罥徧句玉箏絃索叶戶外唯聞句

放剪刀聲句深在妝閣叶料想裁縫句白苧春衫薄叶

首句本集是正春晴而他刻多作春正晴觀柳詞則正春晴平仄為是而首用正字次用又字恰相喚應故知他刻之誤也

又一體一百二十五字　柳永

繡簾垂句畫堂悄句寒風淅瀝韻遙天萬里句黯淡同雲羃歷叶漸

紛紛豆六花零亂散空碧叶姑射叶宴瑤池句把碎玉零珠拋擲叶

林巒望中句高下瓊瑤一色叶嚴子陵豆釣臺歸路迷蹤跡叶

追惜叶燕然畫角句寶鑰珊瑚句是時丞相句虛作銀城換得叶當

此際偏宜句訪袁安宅叶醺醺醉了句任金釵舞困句玉壺傾側叶

又是東君句暗遣花神句先報南國叶昨夜江梅句漏泄春消息叶

蔣柳二詞相同只換頭二字句下柳比蔣多燕然畫角四字故另作一體愔愔門巷巷字柳作中字平聲稍異然此字用平拗恐是裏字○按蔣用欲落作惡約畧俱兩箇入聲字相連初謂偶然乃柳詞亦用漸瀝冪壘一色六入聲因思此調或宜如此用字不然何其相符也然此論太激未知得免于穿鑿之誚否

譜誤不一備摘于此疊堂悄即蔣之又春冷也乃以三字盡改平仄平蓋其意欲連下作七言詩也畫堂正與上繡簾相對有何不解遥天萬里即蔣之璃芭未剖也萬里未剖去上㝡妙乃以遥作仄萬作平漸紛紛即蔣之旋安排也三字盡改平仄仄林巒望中即蔣之悄悄門巷也此的惟中字不合乃以平平仄仄翻改作仄仄平平而中字偏不註可仄嚴子陵下十字宜于三字為豆下作七字句乃分兩五字嚴子陵釣臺即蔣之知甚時霽華也乃作仄仄仄平平當此際九字宜上五下四乃分上三下六偏宜即蔣之眉山也乃作仄仄金釵正對下玉壺以任字領下二句頂上言醉後光景蔣亦以任字領下朱絲玉箏也乃金字譌作他字而以任字作平釵字作仄困玉二字作平傾字作仄蓋意欲將任他二字領句而下作七言詩句也并其餘平仄改註者共五十二字尤不便者散報二字即蔣之鎮在二字必用去聲今亦

作平射字音亦正叶韻二字句蔣亦用幽壑今只作五字句失註叶韻如此註法何不別名此調為黃麻綠葛而仍日白苧乎

秋思耗　一百二十三字

又名畫屏秋色　　吳文英

堆枕香鬟側(韻)驟夜聲(豆)偏稱畫屏秋色(叶)風碎串珠(向)潤侵歌板(向)愁壓(作平)眉窄(叶)動羅箑清商(豆)寸心低訴叙怨抑(叶)映夢牕(豆)零亂碧(叶)待漲綠春深(向)落花香汎(向)料有斷紅流處(向)暗題相憶(叶)歡夕(叶)簷花細滴(叶)送故人(豆)粉黛重飾(叶)漏侵瓊瑟(向)丁東敲斷(向)弄晴月(作平)白(叶)怕一曲霓裳未終(豆)催去驂鳳翼(叶)嘆謝客(豆)猶

未識謾瘦却東陽[向]燈前無夢到得[向]路隔重雲雁北[叶]

或云自潤侵至春深與後丁東至東陽相同動羅箑以下十二字于商字分豆怕一曲以下十二字于終字分豆然總之十二字一氣平仄不差分豆語句不拘也或謂客字亦是叶韻燈前無夢四字句與前落花香汎同到得二字句叶韻路隔亦二字句叶韻重雲雁北四字句叶韻俱用去入二聲正此調促拍淒緊之處此說甚新然不敢從姑採其說于此

春風嫋娜　一百二十五字　馮艾子

被梁間雙燕[向]話盡春愁[韻]朝粉謝[向]午花柔[叶]倚紅欄[豆]故與蜨圍蜂遶[向]柳綿無數[向]飛上搔頭[叶]鳳管聲圓[向]蠶房香煖[向]笑挽

羅衫須少留叶隔院蘭馨趁風遠句鄰牆桃影伴烟收叶些
子風情未減句眉頭眼尾句萬千事豆欲說還休叶薔薇露句牡丹
毬叶懸懸記省句前度綢繆叶夢裏飛紅句覺來無覓句望中新綠句
別後空稠叶相思難偶句嘆無情明月句今年已是三度如鈎叶

雲月自度曲當
悉依其平仄

翠羽吟 一百二十五字　蔣捷

紺露濃韻映素空叶樓觀峭玲瓏叶粉凍霽英句冷光搖蕩古青
松叶半規黃昏淡月句梅氣山影溟濛叶有麗人豆步依脩竹句瀟

然態若游龍叶　綃袂微皺水溶溶叶仙莖清灑淨洗斜紅叶
勸我浮香桂酒句環佩暗解聲飛芳靄中叶弄春弱柳垂絲句
慢按翠舞嬌童叶醉不知何處句驚剪剪淒豆緊霜風叶夢醒尋
痕訪蹤叶但留殘穹叶梅花未老句翠羽雙吟句一片曉峰叶

此調只此一詞難以考定恐有訛字但留殘句必有脫落意謂殘月掛蒼穹也

十二時 三疊 一百三十字

柳永

晚晴初豆淡烟籠月句風透蟾光如洗韻覺翠帳豆涼生秋思叶漸
入微可仄寒天氣叶敗葉敲可仄牕句西風可平滿院句睡不成還叶起更漏咽豆

滴破憂心句萬感並生句都在離人愁耳叶 天可仄怎知豆當時一可平句句做得十可平分縈繫叶夜永有可平時句分明枕可平上句覷著孜孜地叶燭暗時酒醒句元來又是可平夢可平裏叶 睡可平覺來豆披衣獨可平坐句萬種無可仄憀情意叶怎得伊可仄來句重諧雲可仄雨句再整餘香被叶祝告天發願句從今永無可仄抛棄叶

此係三疊後兩段相同各譜于天怎知作三字睡覺來又作七字分明下作九字重諧下又作一四一五字真所謂隨意亂填何以作譜○按朱敦儒有小令四十六字者亦名十二時因查其即是憶少年故不收列此調之前

蘭陵王　一百三十字　史達祖

漢江側韻月可平弄仙人珮色叶含情久豆搖曳楚衣句天可仄水空濛染嬌碧叶文漪簟影織叶涼骨叶時將粉飾叶誰曾見豆羅襪去時句點可平波閒冷雲積叶　相思舊飛鷁叶謾想像風裳句追恨瑤席叶

涉可平江幾可平度和愁摘叶記可平雪映雙腕句剌縈絲縷句分開綠可平蓋素袂濕叶放新句吹入叶　寂作平寂叶意猶昔叶念淨社因緣句天許相覓叶飄蕭羽可平扇搖團白叶屢側臥彝夢句倚欄無力叶風標公子句欲下處句似認得叶

平仄如此無字可移如以為不便而欲出己意改之則奉勸不須作此調可也欲作此調則未有出此範圍者譜于弄珮楚染粉去冷舊恨映素放許等字俱作可平至以染嬌冷雲映雙放新許相俱作平仄全與蘭陵王風馬矣至以屢側臥分作三字句尋夢連下讀而末句作七字蓋其所收蘆川詞末句本云相思除是向醉裏暫忘却譜乃改相思前事除夢魂裏暫忘却不惟作七字而一句之中有三謬焉除字是上面移下來一也魂字是添出二也忘字讀作平聲三也意欲湊成末句七字移了上文下來故相思下補前事二字耳不知此調尾句六字俱是仄聲自有蘭陵王以來即使六仄字無一平者而譜何冒昧若此耶汲古刻片玉亦作似夢魂裏泪暗滴何其所見畧同豈夢字之下必應聯魂字耶稼軒只合化夢裏蝶詞統亦以裏字訛中字是則凡遇夢字即做夢矣一笑劉須溪于後兩段俱用春去二字起句查第二

段相思字他家無用仄叶者可不必從且劉詞用字多出入總不足法也涼骨是叶韻二字句觀盧川捲珠箔一首云吹落梢頭嫩蕚可見或初見余此註謌然指為穿鑿余檢美成柳陰直詞示之曰誰識京華倦客而千里和周者亦曰曾識傾城幼客詞綜載彭履道詞云飛去黃鸝自語雖他家或有不叶者不可謂此非叶也

破陣樂　一百三十二字　柳永

露花倒影句烟蕪蘸碧句靈沼波暖韻金柳搖風木木繫句彩舫龍船遙岸叶千步虹橋句參差雁齒句直趨水殿叶遶金堤豆曼衍魚龍戲句簇嬌春羅綺句喧天絲管叶霽色榮光句望中似覩蓬

萊清淺叶 時光鳳輦宸遊句 鸞觴禊飲句 臨翠水開鎬宴叶 兩兩輕舠飛畫檝句 競奪錦標霞爛叶 聲歡娛歌魚藻句 徘徊宛轉叶 別有盈盈遊女句 各明珠句 爭收翠羽句 相將歸去句 漸覺雲海沉沉句 洞天日晚叶

此調無考証處○木木二字無理金柳至水殿似對後段兩兩至宛轉但聲歡娛歌魚藻六字比千步二句少二字必係差落蓋聲歡娛不成語也各明珠句各字下落採字但別有以下直至尾纔叶韻亦必有譌脫不可考也

瑞龍吟 一百三十三字 三疊 張翥

鰲溪路(韻)瀟灑翠壁丹崖(句)古藤高樹(叶)林間猿鳥欣然(句)故人隱(句)在溪山勝處(叶)　久延竚(叶)渾似種桃源裏(句)白雲窻戶(叶)燈前素瑟清樽(句)開(可仄)懷正好(句)連牀夜語(叶)　應是山靈留客(句)雪飛風起(句)長松掀舞(叶)誰道倦途相逢(句)傾蓋如故(叶)陽春一曲(句)總(作平)是關心句(叶)何妨共(豆)磯頭把釣(句)梅邊徐步(叶)只恐怱怱去(叶)故園夢裏(句)長牽別緒(叶)寂寞閒鍼縷(叶)還念我(豆)飄零江湖烟雨(叶)斷腸歲晚(句)客衣誰絮(叶)

此詞以清真章臺路一曲為鼻祖向讀千里和詞愛其用字相符今此蛻巖詞亦和周韻者平仄亦復字

字俱合信知樂府之調板如鐵古賢之心細如髮也
花庵云前兩段屬正平調謂之雙拽頭後屬大石尾
十七字再歸正平故近刻周詞皆分三段愚謂既以
尾為再歸正平則該分四疊而清真及此詞應在纏
字再分一段矣若夢窗甲稿二首猶刻作兩段誤也
夢窗丁稿一首于誰道二句落兩字其下亦多訛錯
而三首俱以第一字作去聲若較第二段首字或可
不拘然作者當依周為妥也嚀字吳用梯字平叶恐
誤連狀的五字亦誤翁處靜一首亦與此字字皆同
但于迻字用幕字飄零用曲曲二字此雖借入為平
然此調以周詞作準繩用入終屬第二着人不可以
其仄聲而亂填上去也圖譜于此詞只長松句失註
叶韻其平仄全不
議改妙甚妙甚

大酺 一百三十三字 方千里

正夕陽閑(句)秋光淡(句)鴛尾參差華屋(韻)高低簾幙迴(句)但風搖環珮(句)細聲頻(可平)觸(叶)瘦(可平)怯單衣(句)涼生兩袖(句)零亂庭(可仄)梧摠竹(叶)相思誰(可仄)能會(句)是歸程客夢(句)路諳心熟(叶)況時節(可平)黃昏(可仄)(句)閑(可仄)門人靜(句)憑(可平)欄身獨(叶)歡(可仄)情何(可仄)太(可平)速(叶)歲華似(豆)飛馬(可仄)馳輕轂(叶)謾自歎(可平)(豆)河陽青(可仄)鬢(句)苒(可平)苒如霜(句)挹菱(可仄)花(豆)悵(可平)然(可仄)凝(可仄)目(叶)老(可平)去(可平)疎(可仄)狂減(句)思(可仄)墮策(豆)小(可平)坊幽曲(叶)趁(可平)游樂(豆)繁華國(叶)回(可仄)首(可平)無緒(句)清(可仄)泪紛於紅蔌(叶)話(可平)愁更堪剪燭(叶)

方和周詞平仄如一此旁註者依劉須溪任瑣窗寒一首載之因字同不另列隨作者取法而填之但或

學周方則依周方或學劉則依劉不可相混也譜註斷不可從第一字嗔起用去聲領句妙甚豈可作平乎趁游樂句周云況蕭索青蕪國國字乃借叶即如借北字同詞人亦有不拘者故千里和之詞統云國字不通一作園又失韻此論甚謬園字可笑豈不失韻便可作菁蕪園乎青蕪國頗有意味但可謂借韻不可謂不通也閑字必是閙字之訛周用夢字去聲方必不作平也

歌頭 一百三十六字 唐莊宗

賞芳春(豆)暖風飄箔(韻)鶯啼綠樹(句)輕烟籠晚閣(叶)杏桃紅(句)開繁萼(叶)靈和殿(豆)禁栁千行(句)斜金絲絡(叶)夏雲多(豆)奇峰如削(叶)紈扇動(句)微涼輕綃薄(叶)梅雨霽(句)火雲爍(叶)臨水檻(豆)永日逃繁暑(句)泛

觥酹叶　露華濃冷高梧彫萬葉一霎晚風蟬聲新雨歇

惜惜此光陰如流水東籬菊殘時嘆蕭索叶繁陰積歲時

莫景難留不覺朱顏失却叶好容光且且須呼賓友西園

長宵讌雲謠歌皓齒且行樂叶

後半叶韻甚少必有訛處不敢擅註句豆即前半亦未必確然原註大石調姑存其體為餼羊而已

多麗　一百三十九字　又名綠鴨頭　　張翥

晚山青韻一可平川雲可仄樹冥冥叶正參可仄差豆烟可仄凝紫翠句斜可仄陽畫可平出南屏叶館娃歸豆吳可仄臺遊可仄鹿句銅可仄仙可仄去豆漢可平苑飛螢叶懷可仄古情多句憑可仄高

望(可平)極(句)且(可平)將(可仄)尊酒慰漂零(叶)自(可仄)湖上(豆)愛(可平)梅仙(可仄)遠(句)鶴(可平)夢幾時醒

空留得(豆)六(可平)橋疎(可仄)柳(句)孤(可仄)嶼危亭(叶)待蘇堤(豆)歌(可仄)聲散(可平)盡(句)更(可平)須

攜(可仄)妓西泠(叶)藕花深(豆)雨(可平)涼翡(可平)翠(句)菰(可仄)蒲(可仄)軟(豆)風(可仄)弄蜻蜓(叶)澄(可仄)碧生

秋(句)鬧(可平)紅駐(可平)景(句)採(可平)菱新(可仄)唱最堪聽(叶)見一(可平)片(豆)水天(可仄)無際(句)漁(可仄)火

兩三星(叶)多情月(豆)為(可平)人留(可仄)照(句)未(可平)過前汀(叶)

詞品以此詞為石孝友作今查金谷遺音不載而張仲舉蛻巖樂府自註云西湖泛舟席上以晚山青為起句各賦一詞且玩其字句非蛻巖無此手筆其為張詞無疑此調作者雖多求其諧協婉麗無踰此篇者○起句他家多不用韻惟盧炳李漳有之他家平仄或有不齊者今註明然如本詞可謂精當之至學

者所當摹仿也一片上汲古缺見字今補正俟寘于疎栁二字作是誰留照二字作化爐平仄異或不拘然他家無之若詹玉于空留得作夜沉沉更須句作却孤斂水雲鄉火字作封俱不可從詞統載鳳凰簫一首云是栁詞于歸字深字用仄樂章不載必非栁作也聲字次山作里字天游作繫字想不拘天游于採菱句云隔墻又唱謝秋娘沈氏選詞落一謝字遂註題下云後段少一字不知自己誤脫而調另有此體謬哉

又一體　一百三十九字　　晁補之

新秋近句晉公別館開筵韻喜清時豆銜盃樂聖句未饒綠野堂邊叶繡屏深豆麗人乍出句坐中雷雨起鵾絃叶花煖間關句冰凝

幽咽句寶釵搖動墜金鈿叶未彈了豆昭君遺怨句四坐已淒然叶西風裏豆香街駐馬句嬉笑微傳叶　算從來豆司空見慣句斷腸初對雲鬟叶夜將闌豆井梧下葉句砌蛩收響悄林蟬叶賴得多愁句潯陽司馬句當時不在綺筵前叶競嘆賞豆檀槽倚困句沉醉倒觥船叶芳春調豆紅英翠萼句重變新妍叶

起三字用仄與前調不同坐中句砌蛩句雖亦七字而用上四下三與七言詩句同比前調兩句相對者異是另一體也

又一體　一百四十字　聶冠卿

想人生句美景良辰堪惜韻向其間豆賞心樂事句古來難是并得叶況東城豆鳳臺沁苑句泛清波淺照金碧叶露洗華桐句烟霏絲柳句綠陰搖曳蕩春一色叶畫堂迴豆玉簪瓊珮句高會盡詞客叶清歌久豆重然絳蠟句別就瑤席叶 有翩若豆驚鴻體態句暮爲行雨標格叶逞朱脣豆緩歌妖麗句似聽流鶯亂花隔叶慢舞縈回句嬌鬟低嚲句腰肢纖細困無力叶忍分散豆彩雲歸後句何處更尋覓叶休辭醉豆明月好花句莫慢輕擲叶

用仄韻與前異此詞相傳如此豈敢他議然竊有疑者凡詞之平仄可兩用者其調本同但叶字用仄耳

如聲聲慢絳都春之類甚多可証即今南曲中畫眉序高陽臺等曲亦然雖韻不同而中間字句則合即此理也此篇與前平韻詞自是一樣盖想人生三字為領美景句為接是起韻語向其間下十三字與況東城向亦皆同泛清句向讀作上三下四今疑是七言詩句法盖用晁詞體故後段似聽流鶯的亦七言詩句四不然無前後兩般之理但似聽句該仄平平仄仄平平而此乃相反因思聽字必讀平聲而流鶯乃鶯語之誤耳露洗二句每句四字綠陰句該七字愚謂一字乃誤多者且蕩春一色亦難解其為七字句無疑原調平聲者一百三十九字此仄聲者今作一百四十字恰是誤多此一字也自來選家譜家從未留心體察耳畫堂迴下字句皆相同明月好花必是好花明月此句對前重然絳蠟也如此相對豈非此篇只換得韻脚其餘皆相符乎○嘯餘不收前平聲調惟收此詞又欲改六十六字可怪圖譜亦依之

乃後添又一體註云前段八句九句并作七字蓋指綠陰搖曳句也又云十句十一句亦并作七字蓋指畫堂迴句此句原七字不知何以謂之并作七字其詞又不載真無從摸索也又云用平韻餘俱同前既云用平則安得餘俱同前乎

玉女搖仙佩 一百三十九字 柳永

飛瓊伴侶句偶别珠宮句未返神仙行綴韻取次梳妝句尋常言語句有得幾多姝麗叶擬把名花比叶恐傍人笑可平我句談何容易叶細思可仄算豆奇葩艷卉句惟是可仄深紅豆淺白作平而已爭如這多情句占得人閒句千嬌百媚叶 須信畫堂繡閣句皓月清風句忍把光

陰輕棄叶自古及今佳人才子少得當年雙美叶且恁相偎倚叶

未消得作平可仄憐我句多才多藝叶願可平奶奶豆蘭心蕙性句可平枕前言下豆表

余深意叶為盟誓叶從今斷不負鴛被叶

偶別至而已與後皓月至深意同但枕前言下四字平仄與惟是深紅不同此調圖譜不收嘯餘于表余深意句不知是叶韻竟連下為盟誓作七字句豈如此著譜而能禁人之指摘乎哉

六醜　一百四十字　方千里

看流鶯度柳句似急響豆金梭飛擲韻護巢占泥句翩翩飛燕翼叶

昨夢前迹叶暗數歡娛處句艷花幽草句縱冶遊南國芳心蕩

漾如波澤叶繫馬青門句停車紫陌句年華轉頭堪惜叶奈離襟別袂句容易疎隔叶　人間春寂叶謾雲容暮碧叶遠水沉雙鯉豆無信息叶天涯漸老羈客叶嘆良宵漏斷句獨眠愁極叶吳霜皴豆半侵華幘叶誰復作平省豆十載匀香暈粉句鬢傾鬟側叶相思意豆不離去聲潮汐叶想舊家豆接酒巡歌句計今難再得叶

與清真詞平仄無異篇中諸去聲字俱妙而占易離尤嘶緊夢窓漸新鵝映柳一首亦皆相合只春字作翠字去聲家字作永字上聲耳汲古刻于春寂分段非今查夢窓詞于隔字分則當如右所錄也譜中字字亂註而于縱冶遊南國云可平平平仄仄芳心蕩漾如波澤云可仄仄平平平仄仄尤為怪異不知何

所見而云然也且此調楊升庵以其名不雅改曰箇儂已為無謂圖譜乃于六醜之外又收箇儂一調兩篇相接何竟未一點勘耶且楊本和周韻而兩詞分句大異可怪之甚是則升庵和詞而誤其誤者十之三圖譜創立新調而誤其誤者十之七矣今據圖譜所書備列于後以見愚非敢謗先賢與時賢爾

箇儂　楊慎

恨箇儂無賴五字嬌嚲眼三字春心偷擲四字豆起仄著苦花落四字一雙先印下月樣春跡九字叶閒氣不知名五字似仙樹御香五字水邊韓國四字叶羅襦襟解閒香澤七字叶雌蝶雄蜂四字東城南陌四字叶何人輕憐痛惜六字叶窺宋玉鄰墻五字巫山寧隔四字叶尋尋覓覓四字叶又暮雲凝碧五字叶良夜千金四字繁華一息四字叶楚宮盼睞留客六字叶愛長袖風流五字鍾情何極四字叶唱道是鳳幃深處附素足十字叶顫梟周旋惡五字憐伊儘傾側五字叶叶檀郎莫枉春夕七字叶恐佳期別後青天樣八字何

由再得幗四字

右調本和周韻而合于周者擲跡國澤陌惜隔碧息容極側得十三韻其失和而自用韻者寂字以覓字代叶汝字以夕字代叶其忘為韻脚而失和者翼字情字二韻其句法誤者遠水句上五下三楊因周作靜遠珍叢底成歎息誤讀底成相連因為四字兩句矣艷花二句周云夜來風雨葬楚宮傾國楊誤讀葬字屬上句因作上五下四矣十載句周云一朵釵頭顫裊向人欹側本上六下四楊誤讀一朵釵頭為四字句因作顫裊周旋矣其他平仄誤處則箇無著閑石名樹香輕痛暮凝楚袖風流鐘唱道附憐伊儘叫郎舊等字俱平仄相反而竊宋玉句全差矣然夢字楊用様字離字楊用枉字猶知用仄也至圖譜之註則并此一槩改抹且以翩翩句作九字吳霜皷句作十字更異者楊作顫裊周旋二句不過誤作上四下六而圖譜乃註作五字兩句以顫裊周旋悉分斷又

楊本著昔落花圖譜改為花落豈非誤而又誤乎哉

玉抱肚　一百四十字　楊无咎

同行同坐韻同攜同臥叶正朝朝暮暮同歡句怎知終有拋嚲叶記江皐惜別句那堪被豆流水無情送輕舸叶有愁萬種句恨未說破叶知重見豆甚時可叶　見也渾閒句堪嗟處豆山遙水杳句音書也無箇叶這眉頭豆彊展依前鎖叶這淚珠豆彊收依前墮叶平生豆不識相思句為伊煩惱忒大叶你還知麼叶你知後豆我也甘心受摧挫叶又只恐你句背盟誓豆似風過叶共別人豆忘著我叶

把洋瀾左叶都捲盡與句殺不得這心頭火叶

此詞姑照本集錄之分段恐不確惜無可引証也○按那堪被十字是對你知後十字因思正朝朝二句可對我平生二句但你還知麼比記江皐句少一字是則這肩頭二句乃是換頭配首起坐卧二韻而見也至無箇尚屬前段耳不然前短後長矣

六州歌頭　一百四十一字　程珌

向來抵掌句未必總談空韻難徧舉句質三事句試從公叶記當年句賦得一丘一壑句天爲閣句淵魚靜句莫擊磬句但酌酒句儘從容句一水西來他日句會從公豆曳杖其中叶問前回歸去句笑白髮

成蓬叶不識如今句幾西風叶　蒙莊多事句論虱豕句推羊蟻句未辭終叶又騾説句魚得計句孰能通叶歎如雲囷䍐句龍伯唉句眇難窮叶凡三惑句誰使我句釋然融叶豈是瓠瓜繫者句把行藏悉付鴻濛叶且從頭檢校句想見口迎公句湖上千松叶

會從公公字或謂亦是叶玩此調及語氣應是偶合者況前後有公字叶豈複三韻乎此體惟程此篇恐有誤姑列于此作者自從辛張等調可耳

又一體　一百四十二字　韓元吉

東風著意句先上小桃枝韻紅粉膩拗仄韻嬌如醉叶仄倚朱扉叶平記年時叶平

隱映新妝面三換仄臨水岸叶三仄春將半叶三仄雲日煖叶三仄斜陽轉叶三仄夾城西叶平草軟沙平句驟馬垂楊渡豆玉勒爭嘶叶平認蛾眉叶平凝笑臉豆薄拂胭脂叶平繡戶曾窺叶平恨依依叶平　昔攜手處四換仄香如霧叶四仄紅隨步叶四仄怨春遲叶平消瘦損五換仄憑誰問叶五仄只花知叶平淚空垂叶平舊日堂前燕句和烟雨句又雙飛叶平人自老六換仄春長好叶六仄夢佳期叶平前度劉郎句幾許風流地句也應悲叶平但茫茫暮靄句目斷武陵溪叶平往事難追叶平

按此調較辛張等詞惟也應悲句少一字認蛾眉下十字他家作兩五字句餘同但其所用三字句皆逐段自相為叶凡換五韻此則他家俱無此體獨此首為然然余亦細玩而得之人多未察也前度句他家

俱作六字風流以下
作七字與此亦異

又一體一百四十三字　張孝祥

長淮望(可平)斷(句)關(可仄)塞莽然平(韻)征塵(可仄)暗(句)霜風勁(句)悄邊聲(叶)黯銷凝(叶)追(可仄)想當(可仄)年事(句)殆(可平)天數(句)非人(可仄)力(句)洙(可仄)泗(可平)上(句)絃歌(可仄)地(句)塞荊榛(叶)隔(可平)水氈(可仄)鄉(句)落日牛羊下(句)區(可仄)脫縱橫(叶)看名(可仄)王宵(可仄)獵(句)騎(可平)火一川明(叶)笳(可仄)鼓悲鳴(叶)遣人驚(叶)

念腰間箭(句)匣(可平)中劍(句)空埃(可仄)蠹(句)竟何成(叶)時(可仄)易(可平)失(句)心徒(可仄)壯(句)歲將零(叶)渺神(可仄)京(叶)千(可仄)羽方懷遠(句)靜(可平)烽(可仄)燧(句)且休兵(叶)冠(可仄)蓋使(句)紛(可仄)馳(可仄)騖(句)若為情(叶)聞道中(可仄)原遺(可仄)老(句)常(可仄)南望(豆)

(可平)翠葆霓旌(叶)使(可仄)行人到(可平)此(句)忠(可仄)憤氣填膺(叶)有(可平)淚如傾(叶)塞荆榛(叶)

此則稼軒後村龍洲諸家俱用此體旁註照各家作龍洲又一篇首段起處云鎮長淮一都會古揚州升平日朱簾十里春風小紅樓後段云悵望金陵宅丹陽郡山不斷綢繆與此篇又異茲註明不易錄○又按此調或于塞荆榛處分為首段且休兵處分為次段共成三疊未知孰是譜不知何故將征塵暗六字殆天數六字洙泗上六字看名王十字匣中劍六字時易失九字冠蓋使九字皆各合為一句然此猶不大害也復將悄邊聲二句合而為一則失去聲字一韻笳鼓二句合而為一則失去鳴字一韻渺神京至懷遠合而為一則失去京字一韻一調而使人失叶三韻尚得為譜乎作圖者尚從之而弗敢變填詞者亦從之而弗敢易真所不解矣然圖譜不議改字甚善□念字領句腰間相連勿誤

夜半樂 一百四十四字

三疊

柳永

凍雲黯淡天氣句扁舟一葉句乘興離江渚韻渡萬壑千巖句越溪深處叶怒濤漸息句樵風乍起句更聞商旅相呼句片帆高舉叶泛畫鷁豆翩翩過南浦叶 望中酒旆閃閃句一簇烟村句數行霜樹叶殘日下豆漁人鳴榔歸去叶敗荷零落句衰楊掩映句岸邊兩兩三三句浣紗遊女叶避行客豆含羞笑相語叶 到此因念句繡閣輕拋句浪萍難駐叶歎後約豆丁寧竟何據叶慘離懷豆空恨歲晚歸期阻叶凝淚眼豆杳杳神京路叶斷鴻聲遠長天暮叶

此詞三疊首段渡萬壑以下與中段殘日以下同雖渡萬壑二句上五下四殘日句應三字豆然語氣一貫不拘也中段起亦六字圖于旆字分句誤閃閃而動正言酒旆不可指烟村中段尾笑相語正對首段尾過南浦同仄平仄而各刻俱作相笑語誤甚不特失調而笑相語比相笑語用字適俊豈淺人所知後段杳杳神京路是叶韻後詞亦用暮字圖以斷字連上而下鴻聲遠長天暮作三字兩句誤

又一體　一百四十六字　　柳永

艷陽天氣句烟細風煖句芳草郊燈明閒凝竚韻漸妝點亭臺句參差佳樹叶舞腰困力句垂楊綠映句淺桃穠李夭夭句嫩紅光數叶度綺燕流鶯鬬雙語叶翠娥南陌簇簇句躡影紅陰句緩移

嬌步叶攏粉面韶容句花光相妒叶絳綃袖舉句雲鬟風顫句半遮檀口含羞句背人偷顧叶競鬬草金斂笑爭賭叶對此嘉景句頻覺銷凝句惹成愁緒叶念解珮豆輕盈在何處叶恐良時豆辜負少年等閒度叶空望極豆回首斜陽暮叶歎浪萍豆風梗如何去叶

比前多二字其大畧相同然恐有訛字而芳草下數字尤差欽字亦差應是斂字之訛光數應是無數之訛首節應在鬬雙語分段次節應于笑爭賭分段茲姑照原本錄之

寶鼎現 三疊 一百五十五字

康與之

夕陽西下句暮可平靄紅隘句香風羅綺韻可仄乘麗景豆可仄華燈爭放句濃可仄燄

焼空連錦砌(叶)覩皓月(豆)浸嚴城(可仄)如畫(句)(可仄)花影寒籠(可平)絳蕋(叶)漸掩
映(豆)芙蕖萬頃(句)(可平)迤邐齊開秋水(叶)太守無限行歌意(叶)擁麾
幢(豆)(可仄)光動珠翠(叶)(可仄)傾萬井(豆)(可仄)歌臺舞榭(句)(可仄)瞻望朱輪軒鼓吹(叶)控寶
馬耀貔貅(可仄)千騎(句)(可仄)銀燭交光(可平)數里(叶)似亂簇(豆)寒星萬點(句)(可平)擁入
蓬壺影裏(叶)宴閣多才(句)環豔粉(豆)瑤簪珠履(叶)恐看看(可仄)丹詔(句)
催奉宸遊燕侍(叶)便趁早占(豆)通宵醉(叶)緩引笙歌妓(叶)任(可平)畫角
吹老寒梅(句)月滿西樓(可平)十二(叶)

首段乘麗景下與次段傾萬井下同此調作者各有參差向疑此篇有誤蓋宴閣多才比他家少二字恐

看看向亦有誤但思伯可名搯一時此篇尤為膾炙當時元夕必歌此曲故竹山女冠子云綠鬟隣女綺窗猶唱夕陽西下則此篇傳世最盛不應有訛落也及查惜香樂府則字數適與此同宴閣句亦四字恐看看二句亦一五一六始信此詞自有此體只惜香于芙蕖萬頃作巷陌連甍吹老寒梅作息時恁節平仄稍異耳因考此調結處如漸掩映下十三字三段皆同有作上七下六者有作一五兩四者可以不拘也靄隘二字俱仄各家多同惜香于隘字作平恐誤譜并紅字俱作可仄則萬無此理太守二字註作可平以及通篇俱亂註無謂之甚必不可從也騎字偶合不必叶　按石孝友雪梅清瘦一首汲古刻以次段尾句為三段首句誤而第三段多錯字竟不可讀且止存一百五十一字故不敢錄

又一體　一百五十八字　　劉辰翁

紅妝春騎句踏月呼影句千旗穿市韻望不見豆璚樓歌舞句習習香塵蓮步底叶簫聲斷豆約綵鸞歸去句未怕金吾呵醉叶甚輦路豆喧闐且止句聽得念奴歌起叶 父老猶記宣和事叶抱銅仙豆清泪如水叶還轉盼沙河多麗句滉漾明光連邸第叶簾影動豆散紅光成綺句月浸蒲桃十里叶看往來豆神仙才子句肯把菱花撲碎叶 腸斷竹馬兒童句空見說豆三千樂指叶等多時豆春不歸來句到春時欲睡叶又說向燈前擁髻叶暗滴鮫珠墜叶便當日豆親見霓裳句天上人間夢裏叶

與前詞大槩相同只第三段六字起等多時二句上七下五與前詞恐看看二句上五下六者異三結與前同騎字止字麗字綺字子字偶合可不叶○按程珌綠楊欲舞一首亦一百五十八字雖多闕文而字皆相合只未怕句作問元功誰爕理月浸句作恬然如談笑耳等多時二句則依康詞為稍異也

又一體　一百五十八字　張元幹

山莊圖畫句錦囊宜仄吟咏句胸中丘壑韻年少日豆如虹豪氣句吐鳳詞華渾忘却叶便袖手豆向巖前溪畔句種滿烟梢霧篠叶想別墅平泉句當時草木句風流如昨叶　瘦藤宜仄閒倚看鉏藥叶雙芒鞵豆雨後常叶　目送處豆飛鴻滅沒句誰問蓬蒿爭燕雀叶乍霽

月(豆)望松雲南渡(句)短艇欹沙夜泊(叶)正萬里青冥(句)千林虛籟(句)從渠鐺繳(叶)　攜幼尚有筠丁(叶)誰會得(豆)人生行樂(叶)岸幘綸巾歸去(句)深户香迷翠幙(叶)恐未免(豆)上淩烟閣(叶)好在秋天鶚(叶)念小山叢桂(句)今宵狂客(句)不勝盃勺(叶)

三結俱用一五兩四者岸幘二句俱六字又與前二體不同囊藤各家俱仄此恐誤

穆護砂　一百六十九字　宋褧

底事蘭心苦(韻)便淒然(豆)泣下如雨(叶)倚(可仄)金臺獨(作平)立(句)揾(可平)香無主(句)斷(可平)腸(可仄)封家如妒(叶)亂撲蔌(豆)驪珠愁有許(叶)向(可平)午夜(豆)銅(可仄)盤傾注(叶)

便(可平)不是(豆)紅(可仄)冰綴(可仄)頰(句)也(可平)濕透(豆)仙(可仄)人(可仄)烟樹(叶)(可平)羅(可仄)綺筵中(句)海棠花

下(句)溪(可仄)溪常(可仄)怕鳳脂枯(借平叶)比雄陽年少(句)江州司馬(句)多少定誰

似人(借叶仄)照破別離心緒(叶仄)學人生(豆)有情酸楚(叶仄)想(可平)洞房佳會(句)而(可仄)

令寥落(句)誰(可仄)能暗(可平)妝玉(作平)筋(叶仄)算只有(豆)金釵曾巧補(叶仄)輕(可仄)拭了(豆)粉(可平)

痕如故(叶仄)愁(可仄)思減(豆)舞(可平)腰纖(可仄)細(句)清(可仄)血盡(豆)媚(可平)臉(可平)膚腴(叶平)又(可仄)恐(可平)嬌羞(句)

絳紗籠(句)郤綠(可平)牕伴(可平)我檢詩書(叶平)更休教(豆)隣壁偷窺(句)幽蘭

啼曉露(叶仄)

倚金臺至脂枯與後想洞房至詩書同此調以枯腴書為叶是平仄通用者似字係借韻

稍遍　二百三字　稍一作哨

蘇軾

為米折腰(句)因(可仄)酒棄家口(句)(可平)體交相累(韻)折棄二字須仄聲累字起韻各家俱同以後韻腳平仄通叶不拘

歸(可仄)去(可平)來(可叶)亦有叶者然可以不必

誰(可仄)不遣(可平)君歸(可仄)(叶)坡公春詞云洗出碧蘿天不叶韻細考坡春詞一篇與本調多不合處不必從也稼軒此句云翠藻青萍裏用上聲叶但不可去

覺從前(句)皆(可仄)非今是(叶仄)各家同

露(可平)未晞(叶平)(可仄)稼軒方秋崖用上聲叶王初寮不叶

征夫指予歸(可叶)路有叶者然不必稼軒莊周談兩事句乃談字上落一當字或曾字耳

門(可仄)前笑(可平)語喧童稚(叶仄)各家同坡春詞以上三句云一霎晴風迴芳草榮光浮動卷皺銀塘水與本調不合不必從

嗟舊菊都荒(句)新松暗(可仄)老(句)各家同

吾(可仄)年(可仄)今(可仄)已(可平)如此(叶仄)(可平)初寮後村同稼

軒云之二蟲又何知用平叶秋崖同稼又云又說於羊棄意坡又云園林翠紅排比與此稍異

但小惣豆**容膝閑柴扉**叶平 各家同秋崖云凡三千五百廿年餘廿字本音淫詞滙刻作二十年餘多一字便難讀而失調矣惣字坡又作燕不如用平

策可平**杖**可平**看**豆**孤雲暮鴻飛**叶平 各家同稼軒末三字云為得計用仄叶為得二字不合此雖不拘依坡為妥

雲可仄**出無心**句**鳥倦知還**句 各家同稼于鳥倦句又云冰蠶語熱平仄異方亦然或可不拘也

本非有可平**意**叶 各家同稼軒非作我上聲

噫叶平 一字句譜俱連下讀誤各家如稼軒三首兩用噫字一用嘻字後村秋崖亦用噫字初寮用嗟字是知此一字為起語而坡春詞便乘興攜將佳麗深入芳菲裏不但無此一字其下句亦非一四一七者故云與本調不合也至稼軒池上主人一首本用噫字下云子固非魚而譜圖偏改作子固非魚噫註為五字句毋論失韻失調

試問子固非魚噫文理如何解得去稼軒于千載下冒此不通之名亦究矣或曰凡詞調從無一字句者子安得創為此詠余曰十六字令已用一字為首句況詞為曲祖北曲之上馬嬌九條龍貨郎兒山坡羊閱金經等一字句甚多噫字正用論語噫斗筲之人句而梁伯鸞五噫歌亦用于詩中詩曲可用一字豈詞獨不可用乎蘇辛劉方等皆用支微齊韻故皆以噫字領句若用他韻即以此本韻一字叶之但須通得去耳

歸(可仄)去來兮(叶平)或有不叶者不拘我(可平)今忘我兼(可仄)忘世(叶仄)初寮同辛劉方俱用平叶親(可仄)戚無浪語(句)辛劉同初寮秋崖浪作平琴書中(豆)(可仄)有真(可仄)味(叶仄)(可平)初寮同方辛同平叶中有二字可分豆亦可相連坡春詞此二句作上四下六與本調不合步翠(可平)麓崎嶇(句)泛溪窈(可平)窕(句)泛字恐是清字各家同涓(可仄)涓暗(可平)谷如(可仄)流水(叶仄)(可平)各家同稼軒云過而留泣計應非用平叶觀(可平)草木

欣榮（句）幽（可仄）人（可平）自感（句）各家同坡春詞及後村于上句少觀字乃誤落也方于上句榮字亦叶韻可以不必吾生行且休矣（叶仄）各家同後村云采于山鈎于水上三字分豆念（可平）寓形（豆）宇（可平）內復幾（作平）時（叶平）不（作平）自覺（豆）皇皇欲何之（叶平）此二句即同前但小窓二句蓋自涓涓至此六句與前段門前至鴻飛同也初寮後村及坡春詞俱與此合辛云看一時魚鳥忘情喜會我已忘機更忘已用仄叶方亦然坡春詞任滿頭紅雨落花飛各刻俱于飛字下增一墜字人遂謂九字句誤也劉云大丈夫不遇之所為刻亦于遇字下誤多一時字委吾心（豆）去（可平）留（可仄）難計（叶仄）各家云辛云似鯤鵬變化曰幾幾是叶韻各刻俱于幾字上落一字譜因註似鵾鵬變化為五字句而以幾字連下作幾東遊人海亦註為五字句而下更註為七字句矣可歎可歎神仙知在何處（句）各家同坡春詞云君看今古悠悠與本調不合

富可平貴非可仄吾願韻可平此句各家俱叶舊刻作非吾願願字乃誤也蓋此詞乃檃括歸去來辭故因成語差刻愚謂必志字或事字之訛人未細考故相傳成誦耳各家俱仄叶獨辛一首于此二句云東遊入海此計直以命為嬉嬉字平叶但此計二字恐有誤處圖譜因東遊四字連上幾字故以此計字連下作七字句尤無此體例也嬉字恐是戲字之誤

但知臨可仄水登山嘯詠句自可平引壺觴自可平醉叶此十四字一氣讀如此詞應作上八下六而臨水登山又應相連方云幾時明潔幾時昏暗畢竟少晴多雨則明是兩四一六坡春詞亦然辛一首亦同而又一首云大方達觀之家未免長見悠然笑耳觀音貫此則句法不同若王劉則一六兩四故知平仄不異分豆可不拘耳辛又一首云古來謬算狂圖五鼎烹死□為平地各刻為字上一字或作栢或作恒此必有誤譜不置辨而又不註斷止于不二體題下註云十五句作七字十六句六

字十七八句四字竟如夢囈雖智者亦不能明其故也

此可仄生天可仄命更何疑叶平且可仄乘流豆

遇可平坎可平可仄還可仄止叶仄各家同

此調長而多訛故逐句註釋以便省覽

戚氏 二百十二字 三疊

柳永

晚秋天韻一作平霎作平微雨灑庭軒叶檻菊蕭疏句井梧零亂惹殘烟叶

淒然叶望江關叶飛雲黯淡夕陽閒叶當時宋玉悲感句向此作平臨

水與登山叶遠可平道迢遞句可平行人淒楚句倦平聲聽可平隴水潺湲叶正蟬鳴

敗葉句蛩響衰草叶相應聲喧叶孤館度日如年叶風露漸

變(句)悄悄至更闌(叶)長天靜(豆)絳河清淺(句)皓月嬋娟(叶)思綿綿(叶)夜永對景那堪(叶)屈指暗想從前(叶)未名未祿(句)綺陌紅樓(句)往往(可平)經歲遷延(叶)

帝里風光好(句)當年少日(句)暮宴朝懽(叶)況有狂朋恠侶(句)遇當歌(豆)對酒競留連(叶)別來迅景如梭(句)舊遊似夢(句)烟水程何限(換仄叶)念利名(豆)憔悴長縈絆(叶仄)追往事(豆)空慘愁顏(叶平)漏箭移(豆)稍覺輕寒(叶平)聽嗚(作平)咽(豆)畫角數聲殘(叶平)對閒牕畔(句)停燈向(句)曉抱影無眠(叶平)

譜圖于然字不註叶失一韻矣遠道迢遞譜云可平平平平蛩響衰草譜云可仄平仄仄風露漸變譜云

可仄平平仄仄誤
觀後坡詞可知

又一體 二百十三字　　蘇軾

玉龜山韻東皇靈媲統羣仙叶絳闕岧嶤句翠房深迥句倚霏烟叶
幽閒叶志蕭然叶金城千可仄里鎖嬋娟叶當時穆滿巡狩句翠華曾
到海西邊叶風露明霽句鯨波極目句勢浮輿可仄蓋方圓叶正迢迢
麗日句玄圃清寂句瓊草芊綿叶　爭解繡勒香韉叶鸞輅駐蹕句
八馬戲芝田叶瑤池近豆畫樓隱隱句翠鳥翩翩叶肆華筵叶口間
作管鳴絃叶宛若帝所鈞天叶稚頭皓齒句綠髮方瞳句圓極恬

淡高妍叶 盡倒瓊壺酒句獻金鼎藥句固大椿年叶縹緲飛瓊
妙舞句命雙成豆奏曲醉留連叶雲璈韻響瀉寒泉叶浩歌暢飲句
斜月低河漢換仄叶漸綺霞豆天際紅深淺叶仄動歸可仄思豆迴盼塵寰叶爛
漫遊豆玉輦東還叶平杏花風豆數里響鳴鞭叶平望長安路句依稀柳
色句翠點春妍叶平

刻本漸字下誤重一字盼字誤兮字今改正○雲璈句七字叶韻與前調別來的六字不叶異其餘俱同人每謂坡公詞不叶律試觀如此長篇字字不苟何常不協乎故備錄之且李方叔云此是因妓歌此調詞不佳公適讀山海經乃令妓復歌隨字填去歌完詞就然則坡仙豈非天人而奈何輕以失律譏之歟

口間作管鳴絲作管二字必誤此句對前詞夜永句應改閒䪞作口管鳴絲爲是

鶯啼序 二百四十字 四疊

吳文英

殘寒正欺病酒句掩沉香繡戶韻燕來晚豆飛入西城句似說平春事遲暮叶畫船載句清明過却句晴烟冉冉吳宮樹叶念羈情句遊蕩隨風句化爲輕絮叶　十載西湖句傍柳繫馬句趁嬌塵軟霧叶遡紅漸豆招入仙溪句錦兒偷寄幽素叶倚銀屏豆春寬夢窄句斷紅濕豆歌紈金縷叶暝堤空句輕把斜陽句總還鷗鷺叶　幽蘭旋去老句杜若還生句水鄉尚羈旅叶別後訪豆六橋無信句事往花萎句

瘞玉埋香句幾番風雨叶長波妒盼句遥山羞黛句漁燈分影春江宿句記當時豆短檝桃根渡叶青樓彷彿句臨分敗壁題詩句淚墨慘淡塵土叶　危亭望極句草色天涯句嘆鬢侵半苧叶暗點檢豆離痕歡唾句尚染鮫綃句嚲鳳迷歸句破鸞慵舞叶殷勤待寫句書中長恨句藍霞遼海沈過雁句謾相思豆彈入哀箏柱叶傷心千里江南句怨曲重招句斷魂在否叶

詞調最長者惟此序而最難訂者亦惟此序蓋因作者甚少惟夢窗數闋與詞林萬選所收黄在軒一首耳其中句法字法多有不一今細細校定大約從其合者可也起句六字合矣次句五字句法上一下四

吳之引鴛鴦戲水凝春空爍綺凝去聲黃之卧長龍一帶合也次七次六亦合但說字吳他作用紗字碧字說碧入作平而黃用市字仄然照後段兒字應作平聲耳次七字人多因橫塘棹穿艷錦一曲云潤玉瘦冰輕倦浴疑是七言詩一句于冰字讀斷作上四下三的法而黃作芳草岸灣環半玉似亦可兩借不知此作畫船載又別作綵翼曳扶搖宛轉則顯然上三下四是本無不合而人誤讀也次七字俱合次念羂情至輕絮十一字可作上五下六讀亦可作一三兩四讀觀吳他作聽銀水聲細梧桐漸攪涼思黃作看碧天連水翻成箭樣風快則當為上五下六而觀第二段之結及吳他作怕因循羅扇恩疎又生秋意黃作黛眉修依約霧鬟在秋波外則皆一三兩四者夢窗天吳駕雲閬海一篇首段云近玉虛高處天風笑語飛墜次段云步新梯藐視年華頓非塵世或者因謂前必上五下六次必一三兩四乃是定格余曰

非也總之此十一字意義相貫但平仄聲響不悞便是難訂難從處不在此此也第二段起句四字次句四字次句五字乃一定之體蓋起二句為換頭而五字句仍與前段合也人因橫塘曲內次句用冉冉迅羽乃上上去上四仄字故讀作窻隙流光冉冉一句迅羽愬空沭燕子一句不知四仄乃此調定格此詞傍柳繫馬四字亦然不可截傍柳連上作西湖傍柳亦不可截繫馬連下作繫馬趂嬌塵也況吳他作清濁緇塵快展曠眼傍危欄醉倚黃作白露橫江一葦萬頃問靈槎何在快展的一葦句皆四仄尤為明証考此則不惟句法該兩四一五而四仄字萬無夾一平聲如時人所作薄鉛不御之理矣所用趂字傍字問字領起五字句正與首段掩沉香句法同次七次六與前合但遡紅漸黃作平仄仄幽字吳他作金字平聲不字亦作平聲黃作沉字去聲然照前段遲字應作平耳遡紅漸七字本上三下四黃作空翠溼衣不

勝寒人多讀空翠溼衣此誤認也但觀前段燕來晚句上三下四原無不合次七字上二下四四詞皆合但夢字黃作襯吳他作雨俱仄聲且前段此句吳用過倦究三字黃用半字則此字宜仄乃詞統詞滙於吳橫塘曲刻云記瑯玕新詩陳迹掐香痕纖葱玉指陳字乃是平聲可疑及查吳本稿則記瑯玕新詩細掐早陳迹香痕纖指是細字本是仄聲而各書誤刻耳因一字之差遂致參差不合甚矣書之不可不細校也次又七字句此句最為可疑論前段晴烟冉冉句則上四下三該如七言詩一句四詞皆合而此句獨黃作壝田湧出神仙界與前段合若此首斷紅溼歌紈金縷與他作早陳迹香痕纖指又燕泥動紅香流水則用上三下四矣此則依吳依黃可以不拘也次十一字與前合不必再論只斜字吳他作恩字弁字平聲與前段合而黃作霧字去聲此則當依吳為是還字與前為字皆平聲而吳他作二首與黃作皆

前結用仄次結用平想皆可不拘其難訂難從處猶不在此也第三段起處兩四一五四詞皆同只水鄉句句法稍異若作尚水鄉寄旅則與前段合觀他作歎幾縈夢寐可見黄作飛蓋蹴鰲背亦不合不必從也乃詞統詞滙于横塘曲第三段誤刻云西湖舊日畫舸頻移不定歎幾縈夢寐霞佩冷飛雨乍溼鮫綃暗盛紅泪比前段于頻移下多不定二字于霞佩冷下少五字讀之再三不解及查本稿則頻移下原無不定二字而霞佩冷下乃疊瀾不定靡霽飛雨乍溼鮫綃暗盛紅泪與前段原合其他作翁笑起離席而語敢詫京兆以後為功落成奇事字字相同柰為後人訛亂耳黄作萬選刻云燈火暮相輪倒景隃睇别浦片片歸帆共十五字以燈火暮三字抵别後訪則其下少四字且失一叶韻句其誤不必言矣事往花萎萎字平聲亦可作仄讀靡霽飛雨敢詫京兆等皆仄仄平仄至後之尚染鮫絞則各篇俱用仄仄平平

想不拘然用平爲有調也次兩四字相對不以七字句承之四詞皆合只黄作于漁燈句汲古刻云有人剪取江水此乃江字上落一字或吳字或淞字耳次八字上三下五四詞皆合次四字次六字又次六字皆合只臨分之分字吳他作用頭字銜字而黄用見字去聲不必從也第四段兩四一五與前合四詞皆同只歎鬢侵句横塘曲云也感紅怨翠翠字仄聲與此相合而黄作寄語休見猜吳他作正午長漏遲猜遲二字想可以平叶仄但寄語二字亦如飛蓋二字句法不如上一下四也暗點檢以下至慵舞與前段合黄作于首三字句止有洗却二字乃脱去一字吳他作詞滙于省慣二字上乃脱一念字也次段勤至過雁十五字與前段俱合四詞亦皆同過字宜仄聲讀吳他作浪字禊字黄作我字俱仄聲不可平也次謾相思下二十二字四詞俱合但汲古刻吳他作銜爐香分染朝衣袂脱染字耳據此結該六字與兩四

字或因謂前結亦應以六字領句青樓彷彿臨分可以讀斷不知黄與吳他作不可讀斷詞于結處另異乃是常格第四段尾只還他一六兩四可耳總之作詞須從其多者須從其全者尤須從其前後相同者便無差謬故以愚見論次如右不知時流肯謂余之狂言為然否也又汲古載夢窓稿附絶筆一首即天吳一曲而殘闕幾半毛氏未訂并載于帙耳○按楊升庵先生于詞道原不甚精究但喜用新穎之字故人多愛而彷之不知天下未有眉目不全之女人而以脂粉為絶色者如此調六字起句用平平去平去上是定格也升庵作碧雞唱曉四字次句五字用去平上可平去上定格也升庵作霞散綺重闌憕畫全不相涉時流不以古人為法而偏學升庵未審何意且于碧雞唱曉之仄平仄仄又變而為仄仄平平則尤不解矣至畫船載二句升庵亦未錯也學之者乃誤作兩句七言相對如滿江紅中語豈不大悞隨風二

字升庵作聯翩亦未錯也學之者乃誤作兩去聲豈
不大誤傍柳繫馬升庵作雨信頃刻亦未錯也學之
者乃誤于柳字用平豈不大誤春寛夢窄升庵作洛
神襯襪亦未錯也學之者乃誤作平仄平平杜若還
生升庵作文石錦沙只錦字用上聲猶可借也學之
者用仄仄仄平平仄六字豈不大悞事往花萎下該
有瘗玉二句升庵只有五字叶韻一句桃根渡下反
多一七字叶韻句青樓下只有一五一六兩句共少
五字誤矣學之者于別後訪作五字其下四句四字
不叶韻即用七字叶韻句接之而七字又作仄仄平
平仄平仄豈不大誤暗點檢句升庵只作六字寫字
誤平藍海句誤上三下四學之者于數鬢侵半苧用
仄仄平平仄其第二段亦然俱作五言詩句法豈不
大誤春秋責備賢者故余後學鄙人不禁娓娓高明
定能諒之然則既欲作詞何不一斟酌于古人而必
擇一失調者為式且更于其失調之外更多失調耶

至圖譜之亂分字句亂註平仄不可枚舉又不足論乃收升庵明人之詞二百三十五字者為式已為可怪又續收一夢窓詞杜撰一名命之曰添字鶯啼序則又安得怪人之吹毛索瘢也哉

琰青曰余初讀此調即疑有誤然數詞並列未能確辨其是非及閱紅友稿見其逐句逐字論定胥次疑團不覺冰釋因歎不具此眼光心血豈能使五百餘載之傳訛一日剖去蔓藤瑩為明鏡乎前此哨遍一篇訂釋已歎希有至此尤不能不為心悅誠服矣天下有不心悅誠服者非庸妄之夫即偽為支飾者矣將付梓時紅友必欲于此註另加刪定蓋謂談及時流恐以買怨也余曰風雅一道于今淪亡有志于此者正願有同志之人疑義相晰有疵繆處正望有人為我糾正若護短飾非反咎人之針砭豈名流賢者之心哉況欲訂正此調不得不援古証今臚列而加考論詎可慮及買怨而不詳明剖白猶仍作葫蘆提

語耶故亟索原稿授梓而著崖雪舫守
齋葯菴韓若諸同人亦以余言為韙云

詞律卷二十

總校官候補知府臣葉佩蓀

校對官編修臣嚴福

謄録監生臣張彤

圖書在版編目（CIP）數據

詞律 / (清) 萬樹撰. — 北京：中國書店，2018.2
ISBN 978-7-5149-1921-9

Ⅰ. ①詞… Ⅱ. ①萬… Ⅲ. ①詞律－中國－清代 Ⅳ. ①I207.23

中國版本圖書館CIP數據核字(2017)第320410號

四庫全書·詞曲類

詞律

作者 清·萬樹撰
出版發行 中國書店
地址 北京市西城區琉璃廠東街一一五號
郵編 一〇〇〇五〇
印刷 山東汶上新華印刷有限公司
開本 730毫米×1130毫米 1/16
印張 83.125
版次 二〇一八年二月第一版第一次印刷
書號 ISBN 978-7-5149-1921-9
定價 二九〇元（全三册）